冰恍

若羽芳华 /著

贵州出版集团
贵州人民出版社

图书在版编目（CIP）数据

冰恍 / 若羽芳华 著. -- 贵阳：贵州人民出版社，2020.5
 ISBN 978-7-221-15319-7

Ⅰ.①冰… Ⅱ.①若… Ⅲ.①长篇小说-中国-当代 Ⅳ.①I247.5

中国版本图书馆CIP数据核字(2020)第056886号

冰恍
BINGHUANG

若羽芳华 / 著

总　策　划	陈继光
责任编辑	陈继光　杨雅云
特约编辑	陈胤凡
装帧设计	陈电
封面设计	源画设计
出版发行	贵州人民出版社有限公司（贵阳市观山湖区会展东路SOHO办公区A座）
印　　刷	长沙鸿发印务实业有限公司（长沙市黄花工业园3号）
版　　次	2020年5月第1版
印　　次	2020年5月第1次
印　　张	25.5
字　　数	440千字
开　　本	710mm×1000mm　　1/16
书　　号	ISBN 978-7-221-15319-7
定　　价	49.00元

目　录

序	01
第一章　支持你的任何决定	03
第二章　因为蓝珍	08
第三章　改变主意	13
第四章　校园事件背后	16
第五章　放飞	21
第六章　与蓝珍在一起	24
第七章　初识苏C	33
第八章　"男保姆"VS 冲浪冠军	41
第九章　粗制滥造的理由	50
第十章　纪用的回忆	58
第十一章　与蓝珍和解	65
第十二章　新西兰的快乐生活	73
第十三章　"悬而未决"和Sam教授的"QDF菌"课	78
第十四章　看似草率的决定	82
第十五章　纪用出现了？	87
第十六章　纪用果真出现	91

第十七章 渗透——进入ATocke	94
第十八章 "一切皆有可能"的空间	99
第十九章 纪用的混乱世界	103
第二十章 但愿没事儿	110
第二十一章 惊天血案——"公主"被杀	113
第二十二章 "化成灰都认得"是句空话	116
第二十三章 找到新线索	121
第二十四章 无力的证据	124
第二十五章 新凶手画像	128
第二十六章 乔的表白	138
第二十七章 彩悉帮我！	153
第二十八章 苏C的请求	163
第二十九章 乔之痛	170
第三十章 纪用交到顶级奖项的好运	175
第三十一章 乔迈洛与苏西贝拉结婚	183
第三十二章 关于那个大麻烦	195
第三十三章 克里帝安的科研所	204
第三十四章 分手	212
第三十五章 冰恍	221

第三十六章	克里帝安的救援	230
第三十七章	诡异的涂鸦日记	238
第三十八章	罗丽嘉隐身	242
第三十九章	"鱼眼"医生	246
第四十章	行动与死亡	254
第四十一章	真实的内心	261
第四十二章	又有五人失踪	269
第四十三章	中国之行	277
第四十四章	陈教授的命运	285
第四十五章	与纪用的较量	292
第四十六章	假冒迪文斯	297
第四十七章	末页涂鸦	303
第四十八章	需要一座公寓	311
第四十九章	幽灵谷	321
第五十章	生存	328
第五十一章	为自己的勇敢感到后怕	337
第五十二章	乔的爱	342
第五十三章	罗丽嘉得到暗示	350
第五十四章	好运策马而来	353

第五十五章	表决结果	359
第五十六章	诀别之痛	365
第五十七章	FNO病毒	371
第五十八章	被破译的阴谋密码	375
第五十九章	冰冻的躯壳	381
第六十章	帕尼克的乐队	385
第六十一章	回国	388
第六十二章	关于那个新打算	391
第六十三章	和你在一起	395
后记		400

序

2013年元旦前夕的某个下午,上海方华集团董事长蓝枚正在"美宝丽"美吧做按摩。她最近总是精神不爽,食欲不振,感觉四十五岁这个年龄对她来说,突然间衰老沉重了许多。

二十一岁的小文是她的指定服务生,她言语柔和,技法娴熟,再加上笑起来甜美可爱以及交流上的投缘,让她感觉两人几乎成了忘年交。

"她的浓妆差点刺伤我的眼睛!"当蓝枚初次走进"美宝丽",非常不爽地推掉第一个叫露露的服务生后这样对之后进来的小文说。

"其实她很漂亮,我也不主张她上那么夸张的妆。"小文柔声细语地说。

"但与漂亮相比,我更仰慕气质佳人,就像您!"小文这句话的声音更细了,像只温柔的蚊子。

"有没有第二个人说您看起来像孟庭苇?"她纤细的双手将她后背的肌肉一块块向上捏起,又轻轻放下。她背上的僵硬感顿时消失无踪了。

"哦,你是第一个!"蓝枚回应道。

"可是气质不是模仿出来的,它就像这Jasmin(一种精油品牌名),需要精心打磨和历练,才能得到所有物质里最具有活力的血液和灵魂。"

其实蓝枚曾无数次听到关于她气质好的恭维,但不知为何,她从小文的声线里感觉到她内心的真诚,于是她也决意对小文抱以真诚。

"所以,只要你骨子里有这东西,而且又沉得住气,那它迟早会从你挺拔的肩膀上冒出来。"她风趣地鼓励小文。

于是,两人一来二去便成了熟人。

此时,小文正轻柔地顺时针按摩她的"足三里"穴,小文边按边抬头看了一下时钟,嘀咕道:"你八点四十的股东例会,现在是七点三十七,十分钟踩背,二十分钟刮痧,时间足够。"小文热络地嘀咕着,然后把加湿器往蓝枚做着面膜

的脸部拉近一点儿。

"我妈又催我回家乡了,她说乡里的学校在招聘老师,让我回去应聘,她已经帮我报了名。"她轻声抱怨。蓝枚终于知道了为什么她今天看上去笑得不那么自然。

"你自己怎么打算?"蓝枚随口问道。其实蓝枚能感觉到小文目光里的向往,在这里小文虽然辛苦,却充满走向未来的希望。而回家,放慢的节奏和慵懒的状态会消灭她仅有的小小魅力,时间久了,她也许又成为下一个像她妈妈一样的小女人,事业对那样的女人来说也许只是个神话。蓝枚很想帮小文,假如她的公司仍是几年前的风生水起之时,但最近,许多疲软的迹象让她很不自信。

"也还好吧,乡下也有乡下的好处,没有压力,安宁平静……"小文的话突然被电话铃声打断。是蓝枚的手机在响,小文利落地帮她取到手机,并递到起身侧坐的蓝枚手里。

"哦,是移民新西兰的妹妹打来的,大概是我女儿丽嘉又惹她生气了,她去那里留学快三年了。"蓝枚看一眼电话号码,边解释边示意小文可以继续。

然而,当她按下接听键却发现电话那头半天不动声色时,她的心瞬间揪了起来。

果然,一阵沉默之后,电话那端蓝珍失声痛哭。

蓝枚一阵痉挛,强烈的不安使她顿时双眉紧蹙。她急切地追问:"怎么了?发生了什么事?"

"丽嘉,你的丽嘉失踪了!"蓝珍在哭喊。

蓝枚不能相信自己的耳朵,她抬手猛击额头:"不,这……怎么回事?这不可能!"

第一章　支持你的任何决定

故事要从2008年初夏说起。

那年，蓝枚正好四十岁。她有良好的修养，心理健康，涵养和气质俱佳，是那种人群中闪着亮光的女人。此时，她正拎着那款hotwind坤包沿着美诺商厦滚梯升到六楼中厅入口，有百分之九十的男人义无反顾地投来赏心悦目的目光，而女人们除了嫉妒，还想激活愤怒，可是那道亮光也压抑了她们的冲动……

手机响起，蓝枚急切地去接，以为是她十几个小时一直关机的女儿丽嘉打来的。看过号码，才知是自己公司的业务经理。

"什么事？"

"蓝董，威卡那边好像对价格不太满意。"

蓝枚："噢，我知道了，可以给他打个八折。对了，我们的CLOUGH网页上有人咨询报价问题，你回复一下。另外，上周胜诉的案子你及时把新账号传真过去，抓紧收款。"

蓝枚凝视着对面悬空垂下的巨幅体彩广告。

"那好，就这样了，再联系。"

蓝枚的生意做得很出色。她经营着全国最大的电子经理世界，有时她自己也认为不可思议，只要她自己有想法，就能拿到百分之八十以上的成功概率。

挂了电话，蓝枚看时间已近中午，她按了重复拨号键，丽嘉那里终于有了回铃的响音。

电话通了，传过来的是几秒钟的尖锐嘈杂的迪士高音乐，之后是丽嘉有些意慵心懒的声音。

"妈咪，你找我？阿瑄说你把电话打到学生公寓了。"

罗丽嘉在本市一所非常有名的大学读书。她的优势是随时可以回家，但她选择住校，她认为这样才能体现十六岁后完全自主的特权。

"可是宝贝,我没记错的话,昨天是周末,现在,不,是九点之前,你应该和我们在一起,待在家里吃早饭。"

"昨晚有聚会,太晚了就睡同学家了。真是该死,我忘记打电话了。"

"那你现在在哪儿?"

"做头发呢,应该……差不多了,不过,我现在不能回家,一会儿还有事呢。"

"那上周说好的索兰雅修身裙还要不要买?我在美诺,如果要来就快点,我在卖场外的大厅等你。"

"老天,还真有点混乱了,这都咋整的!好吧,给我十五分钟,十五分钟我保证到。"

蓝枚在等待时随意转了转化妆品店和内衣店,买了几款丽嘉喜欢的品牌的东西,丽嘉的日常经营都是她亲自打理的,还有儿子罗凌野,他虽然没朝没晚地不着调,她并不认为自己应该放弃做母亲的责任。

最后她给自己选了条欧根纱丝巾。

丽嘉飓风似的刮来时,超短的头发把蓝枚吓了一跳。

丽嘉看着蓝枚,挂了一脸诡秘的嗔笑。

"妈咪,怎么样?靓不?发艺馆叫它'金冠八角'。"

她自信地从头顶扯一缕头发给蓝枚看。

蓝枚已经看到了,除了超短,它们还是金棕和深焦茶色相间的,根本找不到原来发质的颜色。

"你是不是把奇怪都当成美?"蓝枚感叹。

"不是,但我坚信,两双眼睛里绝不是同一道风景。"

蓝枚心里在想,自己真的越来越理解不了太过前卫的东西了,那些也不太让她厌恶,只是下不了决心去赞美。就像敏感与激情被岁月打磨得结了厚实的痂,自己想想会痛,又不忍心硬生生地剥开它。

身高一米七二的丽嘉光顾时装店时通常会受到过分热情的接待。索兰雅店老板显然也很欣喜,她至少一口气推荐了五款新品及六个不同色系。

丽嘉拿到了那套她在时装杂志上看好的短款针织开衫配雪纺短裙。店老板又极力推荐一件亚麻军绿色长外套。罗丽嘉在试衣镜前试穿时,蓝枚在一旁说:"嗯,这件感觉也不错,觉得中意也拿上吧。"

丽嘉意外地差点儿上前亲蓝枚两口。

把买好的衣服打了包,两人从索兰雅出来,走过美诺商厦底楼旋转门,蓝枚把它们推给丽嘉。

"你在这儿等我,我去取车。"

丽嘉有话要说,开了口却没出声。

蓝枚取到车回来时,找不到丽嘉,一个戴贝雷帽的保安把东西塞进她的副驾座。

"刚才那位小姐说她有事先走了。"

"天哪,真是……"

蓝枚有些气恼,她烦乱地拨通罗丽嘉的电话。

"怎么啦?和妈咪捉迷藏吗?为什么不回家?"

"不是的,妈妈,我和阿瑄约好去她姐姐的玫瑰馆,昨天刚刚开业,我们去帮她热场。"

"妈妈有事和你商量。"

"那好,现在就说,我已经在等去楚山的地铁!"

"算了,还是等你回家再说。什么时候回来?"

"晚上吧,可能会晚点。"

"好的。"

晚饭后又忙乱了一会儿,阿瑄决定请罗丽嘉喝冷饮。玫瑰馆虽是姐姐开的,她仍为开业的忙碌开心着,对面就是一家冷饮快餐店。两人要了草莓冰激凌和加冰可乐。飘在耳边的是一首爵士风格轻音乐,它和着抒情欢快的舞者韵律,演绎着一种超乎想象的悠远。

她们从正大广场的建筑风格谈到天目西路新开的玩偶店,从歌坛新秀谈到好莱坞男星,说得投机,笑得灿烂。

可是阿瑄能感觉到丽嘉内心仍被那个自私轻狂、自以为是的纪甬伤得很深。

她很想为朋友的爱情方程式破译点什么,毕竟没有结局的故事谁都难以接受。

"丽嘉。"

"什么?"

"纪甬他还没有消息吗?"

丽嘉看着窗外凝神出些许的忧伤。听着阿瑄在问,也没回头。"没有,我想他根本不想理我了。"

纪甬是罗丽嘉哥哥的大学同学,他假期来找罗凌野时偶然认识丽嘉并与她恋爱。作为一个生物学博士生,他为了初恋放弃了自己做专业科研人员的意愿,来到丽嘉现在的大学做了外聘代课教师。他对这个自己没兴趣的职业很快产生了倦

怠,而且慢慢地,谁都看出了他的浑噩和消沉。于是,没多久就出了事,他和学生一起打篮球时,与学生冲突并大打出手,直到对方晕厥被送院急救。这一教师重伤学生的恶性事件轰动了整个上海的各大院校,同时似乎也伤害到纪甬自己,他当天就从学校甚至从上海蒸发得无影无踪,没跟任何人打招呼。

"不可思议,纪甬他怎么可以这样呢?那么聪明的一个人。"

阿瑄疑惑不解,她使劲让最后一块冰在嘴里发出清脆的响声。

丽嘉把目光收回,落在她手里慢吞吞旋转的可乐杯上。

阿瑄盯着罗丽嘉追问:"《青年报》上的解聘声明你看过了吗?上面说三个月后如果纪甬不来学院解决问题就要解除与他的聘约了。"

丽嘉当然知道,除了院方也许她是最早看到那份声明的。

"是的。在这之前刘主任亲自找过我,她希望我好好劝劝纪甬,出来大家面对面谈话,还说如果那样,院方也许可以考虑给他个记过,不会解除聘约。而学生那边因为没什么严重内伤,而且学院也给了相应的补偿,估计也没什么大麻烦。可是,纪甬对任何人都没有信心,包括我。"

丽嘉平日的灿烂阳光此时烟消云散。她不敢相信那是真实的,太突然了,甚至没给她彻痛彻恨的机会。

"这倒不至于,说不定他有自己的打算,其实纪甬他平日里对你蛮认真的;而且他个人又风度翩翩、斯文儒雅,男人有才三分酷,他可是占了外形、气质、智商三个A,你们俩,典型的才子配佳人。而且,我听说他多少因为放弃了搞科研的初衷,非常郁闷,你知道男人非常看重事业。"

"所以我都在鼓励他重新做出选择,可是不知他究竟怎么想的,宁愿出事也不做调整。"

"一边是爱情,一边是事业,这对比也太强烈了,换作我,也未必能有多么洒脱,所以,至少他为你做了牺牲,你应当理解才对。"

"再怎么着也不应该拿学生撒气,现在好了,他人失踪了,我却无辜成了重要的关联人物,甚至成了比事件本身都严重的吐槽对象。"

"是啊,他怎么回事呢,像个不懂事的小孩,闯了祸拔腿就跑,有替你考虑过吗?从这方面说,唉,他还真是办事欠妥,所以,算了,不要理他也好。"

角落里的丽嘉和阿瑄沉默了很久。

丽嘉忽然半开玩笑地说:"如果我也走,离开上海,你会想我吗?"

"你?为什么?你决定去找他吗?你知道他会去哪儿是吗?"

阿瑄惊异地瞪着丽嘉,仿佛眨眼她就会突然消失。

"不是，与他无关。最近我爸妈一直在密谋让我出国留学的事。只是还没正式和我谈过。"

"啊？真的呀！太好了！真是羡慕死你了，有这么好的机会！"阿瑄兴奋得喜形于色，好像出去的是她自己。

"是吗？我可没感觉！"

"没毛病吧你，你没见咱班那几个留学狂想症患者欲望有多强烈吗？估计他们有那么一两个能走成的。可论条件他们哪个也不如你！"

"他们是他们，我可不想做那种追风附俗的人。"

丽嘉很平静，让人一眼就能看出她的确对这事热不起来。

"哈哈，你就玩个性吧你！要换了我，明天就打包走人！"

"我想过了，我也不是那种跳进格子就出不来的人，独立生活的能力也有，可就是找不出要走的理由。再说，纪甯他还不知道这事！"

"哈，情字作怪，可以理解，再说你俩也不是因为感情上出了问题。万一纪甯回来你又走了，也确实不是个事。"

丽嘉想说不是这样的，她对爱情有自己的理解，所以不会因为这个放弃应该追随的东西。但她没说。

"其实你知道我当然也不想你走的啦！"阿瑄突然眼圈发热。

"行了吧，现在煽情可不是时候哈，还都不一定呢！"罗丽嘉嘲笑道。

邻座女孩的手机在响，丽嘉想着下班高峰已过，加塞车该恢复正常了。

"我要回家了，和妈妈说好今晚回家住。"

"好的，做了任何决定我都会支持你！"

"嗯，明白，亲爱的！"

第二章　因为蓝珍

　　上海的夜有种激烈得近于颓废的美，纷至沓来的霓彩，分分秒秒浓郁的夜的黑色，幽深的老街和愈拔愈高的水泥森林犬牙交错，仿佛黑夜成了它们群魔乱舞的天地，平添给行色匆匆的人压抑与焦灼。

　　丽嘉看着公交车从身边擦过却不想去坐，一直慢条斯理地走回家。

　　蓝枚径直把车开回自己在丽珠花园别墅区的家。

　　蓝枚进门时，儿子罗凌野刚好从楼上下来，一副夜不归宿的样子。

　　"不是要在家里吃晚饭吗？"

　　"临时有应酬。再说，丽嘉的事按照惯例，我保留意见！"

　　凌野提着外套，开走自己的车……

　　晚饭后，蓝枚一直烦乱，她只开了那柄造型叫作"忧郁的男人"的立式台灯，暖色调的灯光映射着它身后墙壁上那幅《沙馥芭蕉仕女图》的冷色调，中和着散发出一种类似焦虑的菌，在空气中漫延……她为自己倒了杯冰水，并不想喝，放下后转身去了阳台，她的丝绒睡衣难抵入夜的凉意，她打个冷战只好退回来。

　　"怎么啦？影子丢了？晃来晃去的，晃得我都不自在。"

　　丈夫罗明愚，那位在2000年全球华人分子学国际会议上，代表中国学术界发表演讲的中国微生物研究所高级教授，此时正在看晚报，他在茶几旁坐得不算太久。

　　蓝枚满脸的怨气。

　　"女儿出国这么大的事你都漠不关心，我真心为你担心，提前到休眠期了？怎么就这么沉得住气！"

　　"我们还不能推断事情的方向，不要自己制造压力。所以你现在要做的就是放松。"

　　显然丈夫是为了安慰她。

蓝枚重新坐进沙发，倦倦地沉默着。

罗丽嘉回到家，和父母打了招呼，甩下外套，坐进沙发。还没坐稳忽然想起来今晚有国际女子网球巡回赛，她从沙发的角落里抽出遥控器，施了魔似的转了好几圈才找到那场即将结束的赛事。

蓝枚走过来："晚饭吃过了？"

"嗯，噢对了，妈咪，这些日子没去做头发吗？唐莉阿姨问起过你。我是在我们学院门口见到她的，她说要搬家了，新单元在工人体育场那边，说让你有空去玩。"

丽嘉眼怔怔地盯着电视，像在自言自语。

唐莉是蓝枚在发艺馆认识的兰州老乡，两人谈得投机，所以常相约一起美发、购物。

"最近公司很忙，昨天想去的，和一客户通电话谈了近半小时，我再电话过去，我的发型师已经安排了下单。"

蓝枚说着坐了下来，盯着女儿看了良久。丽嘉根本没听她说话，更不关心她说了什么。

"丽嘉，如果你现在不想睡，爸爸妈妈和你说件事。"

"嗯，说吧。" 丽嘉笑吟吟的，只是依然没有转移视线。

"把电视关了吧，以后可以看重播。"罗明愚忍不住插嘴说。

丽嘉不解地看了罗明愚一眼："为什么，有那么严肃吗？最近我一切正常，没做什么惹是生非、装疯卖傻、祸国殃民的事。I'm not a problem child now！"

蓝枚被丽嘉的话惹得发笑，她细语柔声地说："这个爸爸妈妈绝对放心！你一直都是爸妈的乖女儿！"

"那是什么？" 丽嘉终于把目光投向妈妈。

"我们留学好吗？"蓝枚有些忐忑，和丽嘉目光交错时甚至有些不安。

"我猜也是这个问题！"丽嘉慢慢往沙发里滑。

"怎么？你已经知道了？"蓝枚一脸惊讶。

"前几天路过厨房好像听你们在议论，我想可能与我有关，毕竟凌野你们是舍不得放出去的，那可是撒开缰绳能飞出宇宙的主儿！"

"那谈谈你的想法吧！"罗明愚说着，眼前似有黎明的曙光出现。

"没想法呀，我们学院每年走那么多，就联合班从开学以来也走了好几个，

又不是什么新鲜事,我不感兴趣。"

蓝枚说:"不是新鲜不新鲜,爸妈这样做也是为你好!"

"我不明白怎么突然关心起这个问题了?噢,我想起来了,唐莉阿姨前些日子把儿子打发到英国去了,是她触动你们那根虚伪敏感的神经了吧,然后就把我当筹码?"丽嘉心不在焉地欣赏着自己的美甲。

"丽嘉,不能这样和妈妈说话!我们的目的就是让你再站高一点,从进化论说,闭塞一直是思维固化的直接因素。"罗明愚用民主和商榷的口气说着。

"老爸,这样的理论早在N年前我已经听说过了,所以一点也不精彩。而且,我从来没有过要出去的意愿,在我看来你们这是节外生枝。"

丽嘉把后面的声音压得很低,她可不想真的惹恼罗明愚,他可是个坏脾气专家。但她做不到沉默,排除感情的因素,丽嘉的确对现在的生活状态充满信心。她的大学、她的理想专业、朋友以及熟悉的生活环境……她要捍卫自己的追求与快乐!

蓝枚起身,走到丽嘉的背后,又转回来,很为难的样子。

可是想想可怜的蓝珍……

"丽嘉,其实这不完全是我和爸爸的意思,是蓝珍姨妈,她……"

蓝枚察言观色,丽嘉爱她的蓝珍姨妈,也许事情并不糟糕。

"蓝珍她又怎么了?我的杰西表弟又惹她生气了,还是她要和她那个醉鬼老公离婚了?"

丽嘉满目急切。

"比这些更严重,蓝珍打来电话说,她的儿子杰西自杀了。丈夫马斯受不了打击,突发心脏病,也在两星期前去世了。她自己已经到了崩溃的边缘。"

"天哪!我就知道从南太平洋根本传不出什么好消息。不会是蓝珍命里和那里什么什么相克吧,为什么所有的不幸都降临到她身上?"

丽嘉若有所思,然后以一种难以掩饰的轻松表情说:"不过,这样更好,让蓝珍重回上海和我们团聚好了。"

"我原来也是这么想,可是,蓝珍在电话里很坚决,她说丈夫和儿子都在那里,她根本不会做回来的打算。"

"蓝珍好傻,那个带给她灾难的家伙都死了,她还在留恋什么!"

"所以,我们想……"

蓝枚注视着女儿,有些忐忑。

"想什么?"丽嘉阴阳怪气地反问道。

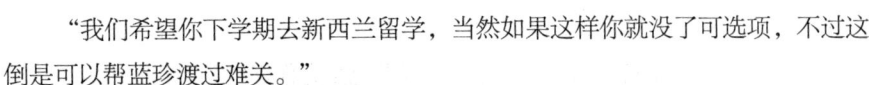

"我们希望你下学期去新西兰留学，当然如果这样你就没了可选项，不过这倒是可以帮蓝珍渡过难关。"

蓝枚尽量一口气把话说完。室内很静，听得见彼此的呼吸。

"明白了，我说怎么留学这么光明磊落的事在咱家就变得神秘兮兮的呢。原来真没那么简单！"

"大家也都不希望事情会这样。可是蓝珍她处在人生低谷，孤独会让她彻底绝望。"

"是的，我也可以理解她的痛苦、她的不幸，可是，她早该知道那个酒鬼不可靠，而且又跑那么老远，搞得自己形单影只、举目无亲，她真的是自讨苦吃。"丽嘉愤愤地说着，心里咒骂着那个粗俗丑陋的南太平洋人。

"马斯并不像你想象的那样，他原来并不喝酒，是杰西把他拖累成这样，你对他有偏见；还有，他们的感情也没那么糟。而且不管怎样，现在我们是她唯一的支撑。"

"可是，不管是情感筹码还是攀比之心，到头来你们还是要强加自己的意志给我是吗？"

气氛骤然紧张，像面临一场战争。

"有那么严重吗？"

蓝枚有些恼怒了，她不能容忍。

"为什么你会这样想？你没有一点点同情心吗？即使不为了蓝珍，也应该想到为我们分担些责任。她是我的亲妹妹，我们不能对她不理会。"

"典型的道德绑架！我不是站在同情者这边吗？可是这并不意味着我会为了这份责任做毫无价值的牺牲。这不公平，这恰恰是你们对我人性的摧残和无视！蓝珍需要自己站起来，而不是牺牲别人！"

蓝枚的心被深深地刺了一下，面对丽嘉的发泄不知所措。

罗明愚很认可丽嘉张扬的个性、思想的独立，他示意蓝枚应该尊重女儿的想法。

罗明愚一边深沉地思索着，一边对妻子说："丽嘉已经十八岁了，关键的事情上，咱们更应该尊重她自己的决定。"

他停顿了一会儿，然后平静地说："咱们不妨都再好好想想，没准会有更好的解决方式。"

　　罗丽嘉回到自己的房间，斜躺在那里，在入夜的黑暗与寂静中，她拼命地拨着手机，她极度需要倾诉，内心要爆炸的那种！但也许太晚了，连阿瑄的手机也没打通。她恨恨地把手机摔进被子。

　　眼前似乎晃荡着一个人，那就是蓝珍。那个眼神里充满忧郁和愁苦又可恨可恶的蓝珍，如果不是她带给自己莫名的冲击，也许今晚她应该是快乐的，至少她会和阿瑄她们一起，在迪厅里疯狂得把自己摇得支离破碎，至少放纵的过程就是从那个负心的纪甪带给她的阴影里走出的过程⋯⋯

　　可是现在，那个感情的伤口因为无奈的压抑和烦乱，越来越成为她完全不能梳理的心情！

　　是的，要是纪甪此时站立眼前，她发誓一定要把他像纸屑一样撕得粉碎，像烤面包一样把他烤焦⋯⋯

　　她清晰地记得纪甪出事的前一天下午他们还在一起，他们坐着双层大巴去了世纪广场B座的恋人角。那里的室内中央花坛是露天的，那里有全上海最迷人的音乐喷泉和色调最明快的情侣座椅。纪甪还说，这里的氛围像极了《罗马假日》里的乔与公主一起把臂同游的浪漫！

　　纪甪的真实沉湎着、飘摇着，滞留在那一刻。

　　唯独那株他送的四季蔷薇却依然固守着一份追随与坚定，躲在阳台的一角肆意地疯长，像无法扼制的离愁，漫延到无处不在！

　　罗丽嘉看着黑暗里的蔷薇，在杂乱无绪的闪现与回忆里沉沉睡去⋯⋯

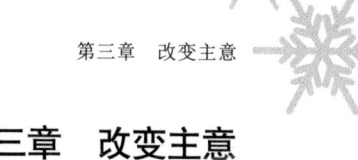

第三章　改变主意

清晨，蓝枚从蒙眬中醒来，窗外的光线把绛紫色的窗帘映成了红的深褐色。她起身从梳妆镜里看了一眼无精打采的自己，好像一夜间风把水面吹皱了的感觉。

蓝枚整夜都没睡好，一开始她想等儿子凌野回来，可是大约下半夜了门厅里除了鱼缸里充氧器微弱的噪声仍然没有别的声音，有些睡意的时候她放弃了这种让人焦虑的等待。

凌野最近的生活状态尤其让人担心。他神情沮丧，沉默寡言，频繁的应酬暴露出他日常生活的不合逻辑。他几乎蜕变成一只过分迷恋在政治、权力甚至利欲的布袋里的虫子，自从他一头扎地进去，几乎不见他探出头来。

虽然，在别人看来他已经在他的政治职业生涯爬得很快很高，可是城建资源环境开发部副部长的职位仍不能让他满足。他如痴如狂地奋斗着，似乎把自己置身于刺激的升级游戏中。

蓝枚深知凌野太把自己当回事了。迟早他会碰壁……因为他只一味地追逐和迎合，在政治圈里，要立得长久，不踏踏实实做点接地气的事业是没人信服的，更何况，单单说人际关系，也是充满智慧的。

唉，他还是太年轻了！那些大把的可以带回家的女人，怎么就不能帮她磨砺出一个值得她骄傲的儿子呢……

蓝枚听到楼上的门有响动，她以为彻夜未归的凌野回来了，急忙推开房间的门。

她看到罗丽嘉穿着休闲的运动衫、轻便布鞋从楼梯上噔噔噔地下来，推门跑了出去。

以罗丽嘉的性情她是注定不会有什么持之以恒的兴趣或爱好的。她喜欢舞蹈、瑜伽、晨跑和球类运动。但她对待这些，最得意的要领是：不要永远地坚

持,也不要彻底地放弃!

还有,她会利用一些身体的内耗抵制内心的灼伤和愤怒。当她过分安静或沉默时,不要以为那是好事,说不定是一捆一触即发的炸药。当压抑和怨气越捂越嚣张的时候,除了枕头、衣物以及其他可以任其发泄的物件之外,她会带着催眠式的意志挑战她自己的运动极限,比如坚持半小时以上的波尔卡步或肩肘倒立……

现在她一路小跑地出去,也许因为是留学谈话的伤。

蓝枚轻轻叹口气,尽可能舒缓着昨晚整夜的疲惫,她转身坐进沙发,她想象不出为什么生活好像进入了某个旋涡,一切在旋转中趋向困难甚至散乱。凌野的事已经够她烦了,蓝珍那里又……她不能像以前那样信心十足地思考下去,惆怅已经在心底深处悄无声息地萌芽。

一个小时后,罗丽嘉慢跑着回来。她拉开厅门进来时,蓝枚发现她除了一身运动后的轻松之外,脸上意外地有些情绪释放后的自在。

"妈咪!这么早?"

"很早吗?醒了就不想再睡了。"

"是不是我吵醒你了?"

"不是,我想给你煮粥。"

"好,我要酸甜乌梅的。"罗丽嘉几乎一脸的芬芳。

"另外,妈妈,留学的事我想好了,你告诉蓝珍,也许她可以帮我选个好的学校。"

丽嘉这个突然的决定令蓝枚难以置信。

她点着头,眼睛木木地瞪着女儿。

罗丽嘉已经转身连蹦带跳地跑上楼梯,一边高声唱着:"我们拒绝沉睡着,因为青春是善变的,不要认为生活一团糟,阴冷的峡谷偶尔有阳光在笑……"

罗丽嘉关上自己房间的门,带着兴奋的余温拨打阿瑄的手机。

"快,快,快接电话!"罗丽嘉喃喃自语。

阿瑄咬着被子似的声音传过来:"这么早?没发高烧吧?"

"总算醒过来,你这只可恶的睡猫。"

"别忘了今天是周末!"

"知道,但我刚才出了状况。"

"什么?发生了什么事?"阿瑄声音惊异。

"别大惊小怪的,不是什么大状况,是我决定飞了,我决心做爱心使者,那里所有漂泊的灵魂在向我呼唤!我将成为他们的同志,无论那里的上帝离我有多远,我会活着回来见你!"

阿瑄基本上清醒了。她惊叹原来语不惊人死不休是这个样子。

"至于吗?现在是和平年代,又不是让你去维和,而且好像带了情绪的。"

"NO,NO,还算正常。我刚刚从外面回来,我去了海塘湾,好久没跑那儿去了,今天有些特别。"

"海塘湾怎么了?那边我知道的。"

"淡的晨曦,公路的空白,淡的雾,城市的角落,杉树守望在那里,有那么一段堤岸,很小的一段,从那里看静如止水的海面,像看到细细的海的潮湿……"罗丽嘉边喃喃地说边暗自嘲笑自己的混乱。

"直接切入主题,大清早的没工夫听你矫情!"

"主题?噢,有呀,一位老人,目光里的矍铄、恬淡、从容——是一种忧扰释怀后的从容……"

"唉,真拿你没办法!"阿瑄那边夸张地厌倦。

"Sorry,清早遭遇仙境容易激动,所以……没错,正是这些……"

没等罗丽嘉说完,阿瑄已经在叹息:"算了,算了,你现在就是形容出吴哥古迹、比萨斜塔或者尼亚加拉大瀑布什么的,我现在也只向往回笼觉。"

"你也太麻木了吧?不是本质上的问题,是一种深邃或者说是浓度什么的,唉,怎么说呢?我自己也搞不清楚啦!"

"行啦,我的大小姐,如果这一切与你的决定有关,也只能说,一个恍惚的瞬间刺激你做了一个突然的决定。总而言之,言而总之,既然做了决定如此,那接下来就是'喝杯离别酒消受一下你离开我的痛快'的事了!"

"啊?不会吧,我一直特让你烦吗?"

"那又怎样?"

"当然,I know,I know。"

"哈哈。不过我得提醒你,我不会让你更骄傲的。"阿瑄在那边笑得很开心。

"噢,我的上帝,让我怎么感谢你呢,我亲爱的朋友,我的大学因有你而幸免于臭名昭著……"

……

第四章　校园事件背后

蓝枚开始为罗丽嘉的出国做准备。从新西兰八所公立大学的选报开始，她的商务通上记录了上百条与留学事件有关的类似于运作流程、提取资料、必备要件等相关词条。

作为罗丽嘉外出读书经济来源的提供者，有关蓝枚公司资金、个人财力及税务登记方面也被详尽备案。在外事服务中心她实在被这些七忙八乱的头绪搞晕头了，她只好动用她多年来精心营造的关系网。

"喂，王局吗？最近忙什么呢？"

在社会学这门课上，碰壁后怒不可遏往往无济于事，智谋者会在摸索中打开通道，或收买或公关，总之那些跳蚤一样让人厌恶的招数在紧要关头却是锦囊妙计！

于是，蓝枚欣喜地看到一切简单多了！

而且，让蓝枚欣慰的是，罗丽嘉似乎也渐入佳境。她把雅思分数考到了6.7，又因为她在国内的成绩超好，所以申请最好的学校不成问题。她自己买了全英版出国手册，还看一些有关新西兰风情的碟片。

离护照签发还有些日子，罗丽嘉略显不耐烦。

有一天她下楼来询问的时候，她的手机响了。接完之后罗丽嘉一边穿上那件抢眼的朱砂红小外衫，一边请示蓝枚。

"妈咪，想用下你的车。"

"恐怕不行，我一会儿就走，九点半有个商务会，今天是周五，好多事必须做。你什么事？如果顺路我可以送你。"

"是刘主任电话，她约我去学院，我一直在请假，可能她已经知道我要走的事，具体她也没说。"

"对了，你可以用凌野的，他昨晚喝多了，半夜我听见他一直在吐，像要把肠胃都翻出来了。估计他上午没法出门,不过你最好给他打个招呼。"

"那好,我去跟他说。"

罗丽嘉坐进罗凌野的水蓝色宝马,咬着一块小杏仁饼冲出大门。

罗丽嘉十五岁开始开车,去年5月才拿合法驾照。现在她对驾车环游有着绝对信心。

车里,仍有纪甪的气息,因为每到假期,两人总以猜拳决定谁是副驾的方式,一起痴狂在上海郊野的任何路上。

纪甪?是的,纪甪,你还好吗?

罗丽嘉怅然,她打开CD,把扬声器调到八十分贝,这样,她可以完全放松地狂奔在通往学院的公路上,于是,那醉舞狂歌的DJ舞曲轰炸了她所过之处的每条街。

当罗丽嘉拐过旧校区,穿过行政楼和第九教学楼进入田径场,她看到刘主任已经等待在那里。

再看第二眼时,她看到在那位女领导的脚旁,堆了两个盛满物品的纸箱。罗丽嘉终于明白,原来这次会面依然是关于纪甪。顿时,她的心像塞了沉闷气体的罐子,眼前跳荡出最初因为这事与刘主任接触的情形来。

"他为何动怒?"

"请你把关于这件事的一切都一五一十地告诉我们!"

"关于他,你还知道些什么?"

"他在你面前抱怨过学校对他待遇的问题吗?还是另有原因?"

那天下午他们完全把罗丽嘉当成同案犯在研究、在审讯。刘主任是唯一的女人,也是唯一对她大吼大叫失去姿态的人!她声色俱厉,像个暴君,也像女巫。

罗丽嘉当然明白她有权力也有能力严词相对,她除了曾经是这里的学生,其余没任何其他理由坐在这里遭受轻蔑。但不知为何,她觉得看她们继续把激烈的戏剧饰演下去倒更有意思,于是她一直沉默着,在内心发笑,原来纪甪让这些人快发疯了!

……

罗丽嘉在车里停留了两秒钟,然后出来走了过去。

"这么早,不是住在卢湾那边吗?我以为至少半小时才能到。"

她今天慈祥而柔和,笑得也特别真切。

"让您久等会有负罪感。"罗丽嘉表情淡然。

然后在她说这些话的时候，也终于发现对方那一身笔挺的职业正装下包裹着一个不规则的体态——圆鼓鼓的肚腩把衬衫的扣子撑得紧巴巴的，像要裂开……

刘主任似乎注意到罗丽嘉注视的眼神，她带着几分幸福，笑着："差不多六个半月了，好辛苦，不过还好，原本医生说我几乎没有受孕的机会。这是意外惊喜，上天造化……"

不知为何，罗丽嘉感觉那张虚伪的面孔扭曲得像脱水的茄子，然后她说的任何话都被自己似乎装了防火墙样的耳膜阻挡在耳朵的外面。但至少她内心在想，上天大概怕这个有女权主义倾向的女人背离母性的阴柔太远，所以要以怀孕的方式及时拯救她。

"要出去读书了是吗？"

这句罗丽嘉听到了，她点点头："嗯，预签已经拿到了，估计月底走。"

"那天……"刘主任有些忐忑地看着罗丽嘉的眼睛，说，"那些日子学校面临来自各方面的压力，你知道的，学院的分级职责……"

"我可以理解！"罗丽嘉打断她，审判的伤割开了她与这里的距离，她没讨论任何问题的兴趣。于是她垂下目光盯着纸箱。

"这些是纪甪的，对吗？"

对面的人，微笑得有些窘迫。

"是的，纪甪的位置学校已经另做安排……所以……麻烦你把东西转交给他。"

"好的，反正他上海也没别的关系，我可以为他保存。虽然我也没有见他的把握……"罗丽嘉几乎没有勇气说这个，她突然感伤起来，大概让自己说的话伤害到了。

"噢，差点忘了，这个，我想大概是纪甪留给你的，至少他有过这样的想法，我们在收拾的时候看到它在抽屉的最上面，上面有你的名字。"

刘主任递过来一摞有一本书那么厚的纸页。罗丽嘉早就看到她手上有这些东西，只是第一感觉以为是她随时带着自己的工作方案或笔记。

扉页上，除了打印着《嗜血寄生者》的书名之外，还有纪甪用签字笔写在上面的几个字。

To Ruijia!　You are my favorite!

罗丽嘉接过《嗜血寄生者》，眼前浮现出与纪甪关于藏书的讨论。

"哪些是你喜欢的？"

"时讯、名著、言情、武侠……我把看到的,那只是购买零食另外的另一种程式。"

纪甪说:"电子书收藏夹会让一切改变。"

"像书这类的东西,没有纸的质感,感觉像是失去了它的灵魂。"

纪甪说:"但,顺势而为,宏伟工程变成烂尾楼也是没办法的事!"

"从心理上,我需要时间和过程。"

纪甪说:"I will help you to pass the wean period.(我帮你度过断乳期)你想买的那本脱销书《嗜血寄生者》我已经在网上搜到了,我会帮你找家彩喷打印机把它打印出来,那将成为一种象征,同时它要成为你关于网络书夹的第一件藏品。"

那时,在罗丽嘉看来那只是一次平常而无意的交谈。

纪甪却认真着。可是……

刘主任见罗丽嘉神色迷惘,于是问她:"没事吧,丽嘉?"

罗丽嘉迟疑着回过神来:"哦,没什么。"

刘主任又问:"要不要招呼学生帮你搬上车?它们可是有些分量的。"

"不,我自己来吧。"

她哀哀怨怨地低语着,转身打开右车门,把《嗜血寄生者》堆进副驾座,她想也许上了车她要把它们堆到膝盖上。

然后,她转身把纸箱塞进后备厢。

风不知何时呼啸而起,四月的上海天空瞬间阴云压顶,仿佛一场暴风骤雨即将来到。

猛然,一股强大的风浪蹿进敞开的车门,把那些没来得及装订的打印页"呼啦啦"席卷一地。

罗丽嘉急忙弓身捡拾。风浪像一只故意捉弄人的手,拽着几多散散乱乱的打印页,飘飘荡荡地飞过护栏,无影无踪。

似乎冥冥中有种暗示,让罗丽嘉不能接受。

一直以来所有的哀怨和委屈,都一股脑儿地汹涌而来。她竭力不让泪水滚落。

她头也不回地抛下一句"主任再见"便转身钻进车子,发动引擎,向公路疾驰而去,空气里传来四挡急速拐弯时持续刺耳的侧滑声……

罗丽嘉终于释放出来,泪水簌簌而下,她扯一把纸巾满脸抹一下,像是倾盆大雨中雨刷抹过前挡风玻璃,一秒的清晰后,又模糊成一片。

19

　　她一路轰着油门，顺着随便哪辆车一直追逐、疯跑下去……想逃离这悲伤的城市，逃离这世界！

　　深夜，罗丽嘉独自在屋子的一角揉搓着剩下的打印纸无声哭泣。月光如水的夜，把窗子映成灰蒙蒙的银色，仿佛夜阑人静本来就是人类的痛……

第五章　放飞

蓝枚打电话预订机票的时候，已是2009年4月21日。她征求罗丽嘉的意见："提前两个月到达，你适应一下，不要临近开学了太匆忙。"罗丽嘉一脸无辜地说："随便好啦，哪天都行。"

于是，蓝枚在澳大利亚快达航空与泰国航空之间选择了泰航，预订了两天后经由泰国曼谷转机飞抵新西兰第一城奥克兰市的航班。

出发那天清晨，罗丽嘉做得最得体的一件事是把她房间里的两条大金龙鱼拿下楼。尽管她把它们托付给了蓝枚，但家里的海鱼向来是罗明愚养的，蓝枚不但没经验，更没有理会小生物的耐心。所以她断定，小可怜们死定了。

蓝枚在车里耐心等待。罗丽嘉终于挎着米色鹿皮中包，抱着DV机和手机配件慢吞吞地出来。

车子驶向世纪公园和汤臣高尔夫球场之间的罗山路，一直往南，两个人各自开始漫天彻地地聊电话。

蓝枚要求蓝珍重新核对一下时间，计算好时差，及时或者提前赶去接机。如果感觉混乱最好记录在案，盯住字条是蓝枚最得意的经验。还有丽嘉的大行李已经托运，她自己只带必需品，如果当日气温偏低，你记住为她准备外套⋯⋯

把车停好后，她们看到罗凌野已经等候在候机厅门口。

"里面来了你好多朋友！"罗凌野非常惊讶地低声说。

"这说明我人缘好嘛！可是阿瑄这家伙不守诚信呀，我都跟她说不要告诉别人的！"罗丽嘉心里乐坏了，嘴上却在假惺惺地抱怨。

"嗨！"大家冲向罗丽嘉。

"哇，好感动！"罗丽嘉美滋滋地跳了过去。

蓝枚轻轻皱了下眉头，她感觉女儿扑到朋友堆里的动作太欠优雅。

阿瑄凑到最前面,瞪大眼睛瞧了又瞧:"总觉得哪儿不对头啊?"

"不会吧!"罗丽嘉满脸神秘。

阿瑄终于发现藏在罗丽嘉灰褐色纱丝报童帽下的竟是一袭银白色短发,那拢在后脑上的薄薄碎碎,看上去像一缕缕从帽子下散洒的白烟。

"不至于吧!爽歪歪啦!"阿瑄说着想伸手去抓帽子,罗丽嘉急忙紧紧抱住:"别取笑了,正后悔莫及呢!"

于是哄笑成一片。

在那间叫作"归航"的矩形休息室,地方不大,却设计得温馨惬意,有三面透明清爽的落地玻璃墙,一面纤瘦的半椭圆红木吧台。吧台后金色的屏幕外托绿玉跨桥,斜度使光线刚好落在下面玻璃橱里贵族酒和特色餐的上面,十足的非凡大气。

大家边聊边喝冰饮。Lili把手机举过头顶给大家拍了张合影,边上传微博边嘀咕着:"用'Hans your smile, had been flurried my time passage'(谢谢你的微笑,曾慌乱过我的年华)发个微博吧!"

"我也要拍一段!"罗丽嘉从罗凌野手中拿过DV,开始对着每一张熟悉的面孔慢条斯理地拍摄。

"你们别停,继续说点什么!"罗丽嘉自语。

"拍这个是有交换条件的!"

Lili突然嚷嚷道。

"新西兰也是我们向往的,所以到了之后一定要多转多发微博才能扯平!"

罗丽嘉自信地点头:"No problem,我就是你们的眼睛、耳朵,保证半小时之内刷新微博一次!"

"还有我们的生物工程。听说新西兰在生物学术方面拥有多个世界级优秀研究中心,具有全球最强的科研能力,他们拥有许多走在前沿的科研带头人……"

"也没那么邪乎,哪个国家没点儿自媒自炫的事儿?不过我前几天在图书室倒是看到一本关于PCR技术、DNA转染方面的权威版本《现代细胞分子生物学》,我记得它是奥克兰大学研究中心梯队的一位年轻学员编写的,据说它有望成为全球关于PCR技术和DNA转染的最新参考文献,所以丽嘉你肩负重任。"

罗丽嘉会意地点头:"当然!我欣赏交换苹果与交换思想的理论,尤其这种民间交流古往今来无处不在。只要有人走出去!哈哈,这么一来,我走,倒是很实用。"

阿瑄伸出手臂揽住罗丽嘉的肩，一脸坚毅的表情说："等你回来，我们建立自己的实验基地，我对生物没兴趣，但至少可以从事人事管理，成为未来生物界世界第一梯队的发起人和领导者，为了这个伟大的目标，让我们义无反顾地播下希望的种子！"

　　"而且，我们的实验室不再是沉闷、单调的，一定要有非本质的诱惑在里面，比如构造上别致精美，有优雅的带女人味的休闲娱乐，可以养宠物，外加免费三餐！"有人发言。

　　"没有否决票！亲爱的伙伴们，来吧！"

　　"耶！"

　　青春缔造的激情，让她们把手掌击拍得"啪啪"作响。

　　罗丽嘉示意朋友们，她应该给爸妈道个别。

　　于是，她飞奔着扑过去，给了蓝枚一个深情地拥抱。

　　蓝枚有些受宠若惊，她恍然回过神，内心抽搐一秒："终于，长大的鸟儿要飞了！"

　　她下意识地环手，想如同儿时揽女儿在自己温暖地怀抱。

　　可是罗丽嘉几乎像只调皮而张力极好的弹力球，眨眼就弹到罗明愚那边去了。

　　蓝枚进入痛而挣扎的状态，是雏鹰放飞时母性的苦涩！它无可挑剔，而又撕裂、难以割舍！

　　泪水淌过她因最近过于操劳而日见瘦弱的脸颊，她默默地看着罗丽嘉随涌动的人流，带着一脸的平和灿烂消失在登机桥的尽头⋯⋯

第六章　与蓝珍在一起

蓝珍整天为自己的不幸头疼。当小杰西8个月大被确诊为脑瘫，命运的砝码已经偏离公平。

她开始孤傲冷漠，不能按捺任何的情绪，她皱着眉头愤怒地叫嚷。

但，至少那时马斯和杰西还在，至少每个清晨她都拥有与他们一起喝茶吃早点的希望。她并不太抱怨，她虔诚地祷告那锈迹斑驳的命运齿轮日复一日地旋转……

只是，沧桑不是上帝的开心点心，她被视而不见，当更加残酷的风暴袭来，蓝珍憔悴成一抹死气沉沉的游魂。

她摇摇欲坠……

此时，蓝珍攒眉蹙额地站在门前的园子里，正在为她家那个在这里工作近十年的老雇工约翰怄气，他已经有一周没回她的农场干活了，在这之前老约翰没提任何休假或处理私事的请求。

"倒霉的老鬼，也许他死在回家的路上了！"

蓝珍谩骂着，她现在的状态就是这样，瞋目切齿，怨东忧西。

蓝珍盯着工具房的角落，那堆她托人从镇上买回的爪哇蔓枝灌木已经开始打蔫儿。

她恼怒烦乱起来："老约翰，你可别以为我有多么好欺负，这个家还没完蛋呢！"

蓝珍自顾自地在园子里吼叫着，惊扰了四周如夜的寂静。

她开始拿了铁锹自己在草地上挖土。在这里生活二十多年，她熟悉并习惯了周围的一切。可是这里有很多高大的乔木，它们已经高过屋顶……可是，自从罗丽嘉来到这里，她强烈抗议一切阴影，她要求阳光洒遍每一间房屋，还嚷嚷说，不渴望阳光的人心里都是阴暗的，当她说这句话的时候，蓝珍几乎能感觉到她对

自己充满了嘲讽。

蓝珍不情愿地依了她。

蓝珍有些虚弱,她不能劳作太久。

"拉森"狂吠了几声,蓝珍直起腰,视线转向路口。

"拉森"是生活在蓝珍家里的一只纯种萨摩犬,是马斯的一位朋友从坎贝尔岛带回来的,送给马斯的时候它只有三个月大。

约翰在那里出现了。他拿的箱子一样的东西似乎很沉,走得慢条斯理。

蓝珍拍拍手上的土,扭曲着脸等待约翰走近。

"I'm sorry, Ms Lan."

约翰因为走了很长一段路而气喘吁吁。他用英语对蓝珍说: "I Came back to be late. Because I fell ill."

蓝珍怒目以对,说: "是吗?那也至少给我个音信。而且,在我印象中你平日里连个喷嚏也不打。"

蓝珍看到约翰瞄了那些苗木一眼,她借机愤懑地说: "就算我不怪罪你,那些东西也要怪罪你,它们白天晒着大太阳,晚上躺在冰霜一样的夜里,没有土壤和水,已经打蔫,差不多快要死掉了。"

"是的,我看到了。"

约翰无精打采地应承着,一边把那只很重的箱子放到他的脚下,搓了搓发麻的右手。

这时候蓝珍才发觉有些不对头,那是只工具木箱,也许那只箱子是要带约翰离开这里的。

蓝珍有些惊异,她审视的眼神瞪着约翰,问道: "说吧,一定有什么新鲜的话要说了!"

约翰局促不安起来,他不敢正视蓝珍,他很少给她添很大的麻烦。可是现在,他不得不面对。

"不,是,是我的头最近很痛,保健医生建议我休养一段时日……"

"噢?是吗?那么严重吗?怎么会突然间就头痛了?要不要去大医院检查?"蓝珍泡泡堂一样的连串问话,语气里充满质疑。

然后她忽然大笑起来。

"我明白了,你太太开始担心了,马斯走了,这里只剩一个宿雨餐风的孤苦女人,她不会有太多的钱付工资,或者,如果与这个倒霉的女人有瓜葛,说不定

25

她自己也会有大麻烦！"

约翰窘迫起来，他难过又急切地说："不，不是这样的！只是……"

只是他实在还没找到周全的理由，他沉默了。

"这算什么？世态炎凉吗？"蓝珍喃喃地说，"那时候，马斯像亲兄弟一样对你，现在他走了，你却要让他的农场变得荒芜一片！"

"真的非常抱歉，我……"约翰把头埋得更低。

约翰想了一会儿，然后突然振作起来，满眼恳切地安慰说："您可以和别的农场一样，把它租出去，只要您谈妥条件，到时候您只要按期收利，其他的由他们来做。"

蓝珍一阵抑郁的尖笑："租出去当然简单，可是，有谁会拿租来的东西当回事，所以，等我想收回来的时候，它们就变成了寸草不生的荒地，呵呵！所以，你何必为我操这份闲心？我完全可以请到比你更强健、精明的工人！也可以付更优厚的待遇给他们！"

约翰当然理解蓝珍的尖酸，他自己也难抑悲伤，这些天，他一直在忐忑，在动摇。他回忆与马斯一起的种种，两个没有亲缘的中年人，一直有着兄弟般的亲切和默契，他们勤恳而坚毅，为两个虽艰涩却又充满爱和希望的家庭而奋斗。可是现在，马斯他放弃了，这让他自己也仿佛一夜间被人掳走了灵魂，他一夜间老了……

蓝珍凄楚地说："好吧，这月的工钱会照例打到你的账户上！"蓝珍坚定地走下台阶，打开工具房的门，"现在，带好你的东西，从这里消失吧！"

约翰走过去，在那因冬雨浸润而略有潮湿的屋子里默默地收拾。

蓝珍看到，约翰伤感的背影在战栗，她看不到他眼中的热泪，可是感觉得到！她终于明白，眼前的人同样站立在苦痛的壕沟之上，自己太过分了！

她用一种难得的谦卑喃喃地说："对不起约翰，请原谅我的无理，我想，我想让你知道，马斯的农场没有死，它随时欢迎你回来！"

约翰默默地点头……

蓝珍哭泣着跑上楼。

初春的夕阳矫饰着园子，美得凄凉而冷清！

罗丽嘉自降落新西兰到现在近两个月时间，一直保留着两种情——忧心和恼火！在机场，蓝珍准备出门时突然病倒，罗丽嘉半小时内无人接机，她不知当时发生了什么，但那种被冷落的感觉令她非常不爽，眼前的一切都那么陌生。她需要些时间到处转一转，包括蓝珍所在的镇——瓦卡塔尼，很随意地买点东西，或者随便转几条街。只是这时，罗丽嘉来到镇上一家临街的咖啡店。她刚刚买了一大堆"MADE IN CHINA"的日用百货，她现在还不能强迫自己喜欢过分异国风情的东西。

　　罗丽嘉酌了口当地有名的Morlen热咖啡，眼神茫然地转向窗外，她看到洒满阳光的街道和过路人亲切的谈笑。眼底的余光扫视窗边角落，那里的那辆破车——它是马斯用过的，所以实在晦气。当蓝珍拿着钥匙在罗丽嘉眼前晃，并意味深长地说"马斯待它很好，我想它还能再跑十年"时，罗丽嘉像见了鬼魂似的在内心惊呼：噢，不！不要把它给我！

　　然后她恨恨地想，蓝珍这家伙好私心，自己留着那辆银灰的九成新麦瑞纳，却让她开一辆可称为死人遗物的破皮卡……

　　只是她别所选择。这也是个问题，她所有的问题之一。

　　当罗丽嘉把那辆1996年产美国通用皮卡拖出车房，并试着把它颠簸在从蓝珍家到瓦卡塔尼镇的路上，她不得不把自己想象成一只疲惫地在粗糙而硕大的军用草鞋里闻臭气的蚂蚁！

　　悠扬在耳边的音乐伴着咖啡的香气让罗丽嘉释然了好多。她回过神来环顾四周，"这里色彩明亮、图饰古朴、氛围温馨，还有就是，它的主人是荷兰早期移民后裔，一对三十多岁双胞胎，她们身穿同样的衣服，体态臃肿，面貌丑陋……"

　　罗丽嘉一边这样想着，一边看到姐姐正冲妹妹大喊："Lisha，就在你的旁边，对，8号桌子，我忘记拿他们的结算卡。"

　　"可是，这里根本没有！"妹妹也提高了嗓门儿。

　　"那么，椅子上！"

　　"还是没有，您放在自己手里了？"

　　"再找找看，也许在它旁边的窗台上！"姐姐有些不耐烦地喊道。

　　"实在抱歉，我根本没法找到它！那张没用的烂纸！"妹妹一边说着，一边带着几分失望转向其他客人。

　　姐姐在沉思。

　　妹妹突然活蹦乱跳地向姐姐冲去："我在桌子和椅子之间的地上看到了它！"

"You little villain！"（你这个小淘气！）于是这两人咯咯大笑起来，为一个幼稚的小玩笑乐个不停！

罗丽嘉禁不住也跟着快乐起来，她甚至在脑子里为她俩找到一句话："Two melons growing on the same vine."（长在一根藤上的两个瓜。）

夜幕降临，罗丽嘉开着那辆快散架的皮卡，从镇上返回，不归与徘徊在意念里作怪，使得她慢得像只悠闲的树蛙。

一辆超大货车在她后面拼命按喇叭，道路很窄，罗丽嘉急忙打方向，惊恐地看着大货车像龙卷风一样呼啸而过。

一切恢复了宁静。遥远的地方坐落着几间乡村别墅，它们各自拥有不拘的花园和木制连廊，隔着车窗玻璃，她把它们凝视成美妙绝伦的城堡。

城堡！是的，就在蓝珍家的那座城堡里，有她像鸟巢一样美丽而安详的小巢。她给了那个很有诗意的屋塔房一个好听的名字叫"馨晴阁"。至少，在罗丽嘉心里是这样定义它的。

罗丽嘉有些怪，她的情绪有时随思维而定，现在她为想到她的"馨晴阁"而兴奋起来。

那可不是一般的小屋。当罗丽嘉还是个小女孩，常常在奶奶膝下啃手指玩的时候，已经隐约在勾勒一个大大的梦想，那就是拥有一座森林木屋。

"大概是这样的。"小罗芬在地上用沙石胡涂乱画，"小罗芬"是奶奶给她的乳名，她画出天台的木栅栏，或者想象出绛黄色的木门窗。

"小罗芬"天真地仰着脸，甜甜美美地笑着、渴望着、慢慢长大……

所以，当约翰到达机场从那里把罗丽嘉接回来，停在园子里的时候，罗丽嘉被眼前的木制乡间别墅惊呆了！

"天哪，魔法师把机票变成了城堡！"

上海的家，罗丽嘉也有公主房，只是她一直认为，那只是别人眼中的一处豪宅，它因为太规矩，内配太奢华而毫无风格。

"比我想象的好得多！"罗丽嘉流露着她的喜悦之情，她已经顾不得蓝珍的寒暄，更不在乎一路的疲惫，她一边入神地扫视、游移，一边请求道："我可以提要求吗？"

蓝珍点头："当然，有什么要求你尽管说，我想，你来这里不必客气。"

"我可以自己选房间吗？"罗丽嘉把目光转向蓝珍。她当然不管这样是不是太冒失。

"可以！这里住的地方很多，一定有你喜欢的。"

蓝珍为她打开所有房间的门。

罗丽嘉很感激蓝珍的慷慨，她于是朝楼顶走去，在阁楼楼梯入口停下来。

"那么，就是那里，还有这儿！"罗丽嘉指着天台和阁楼说。

蓝珍又惊又难。

"可是REJIA，你应该看得出，这些破破烂烂的东西，我们好多年没有动它了，它只是个储物间，除了蜘蛛和老鼠，从来没人住过。"

"那是我没来，我要是来了早就有人住了！"罗丽嘉学着国内的小品的台词和腔调，像只快乐的鸟儿飞着下楼。

"它比灰姑娘的水晶鞋更重要！而且，其实改造它也并不难。"

将梦想变成现实的心情，时刻都充满了愉悦。

蓝珍请人来完成这项工作时，罗丽嘉一直跟在工人的屁股后面，她要让他们把一切都按照她的要求来做，把阁楼掏空，然后把狭窄的小窗改成双倍的大扇，把墙壁涂成粉白。

当那几个人像猴子一样攀附在头顶，要把那些裸露的水气暖管道装进夹层时，罗丽嘉突然改变了主意。

她一边思索一边阻止道："让我想想，如果不把它们藏起来，而是帮它们稍微涂点颜色，那感觉会怎样？一条鹅黄的底纹，加上不规则的绿色或黑色圆点，另外装两盏吊灯做它的眼睛，啊，这么一想，真的感觉它会像一条体格饱满、性情温顺的巨蟒，盘踞在头顶。它温顺体贴，与主人和平相处，在这座幸福而温馨的城堡。对，就这么定了，就让它露在外面好了。"

那些在上面的人有些犯傻，耷拉脑袋看着罗丽嘉，生怕她又改变主意。

"就是这样！弄些彩色油漆，光泽会让它更加生动！"她调皮兴奋地跳跃着，完全无视真正主人蓝珍的皱眉和摇头：她太任性了！

罗丽嘉被一群为她造梦的人包围着，似真亦幻地一步步向她的梦靠近。

"大床放这儿，蝶形书桌和曲线木板书架靠这边，条板框架布艺沙发紧挨扶梯口……"

"我完全不懂抽象和油画，所以一幅挂毯和一件手制酒瓶木塞万年历用来装饰就够味，另外来一盏欧式风格的台灯……"

罗丽嘉依然在回来的路上，自我催眠似的回味，让她的思绪甚至延伸到当夏

季来临,薰衣草花的淡紫和玉米金相间的纱帘在风中飘逸,窗外是错落在远处的枝头小景,淡雅如洗的月光洒在木地板的一角,那里她散乱的袜子和电话酣睡在一起……

小路在一棵高大的落羽杉下交错,罗丽嘉习惯性地按了两下喇叭,这里已经看到蓝珍厨房的灯光。

"拉森"今天可能把我给忘了!罗丽嘉心想。

按照平常,喇叭响过之后,"拉森"会飞一样从屋里蹿出来,向她飞奔。可是现在连它的影子也看不到。

在罗丽嘉来新西兰之前,因为蓝珍不喜欢任何动物,于是她把"拉森"拴在一条铁链的一头,不允许它参加看家之外的任何活动。

罗丽嘉来了,她把自己安顿好,然后就在"拉森"旁边半蹲下来,她第一眼见到它就喜欢上这个三岁多活泼健壮的"小男孩"了。它双耳直立,眼睛闪亮而机敏,它纯白色的皮毛泛着银白色的亮光,质地比名贵的锦缎更华丽。她注视着它的眼睛,像读一位朋友的双眸,"拉森"那灵性而聪慧的眼神传递给罗丽嘉一种信息:"快来解救我吧,这样的日子会让我中风的!"

罗丽嘉抚摸它的皮毛:"我可以纵容你,可是,你必须听话!"

"拉森"似乎听明白了,它在喉咙里发出一阵低而呢喃的亲昵声音,并用舌头舔了罗丽嘉的手臂。

"怎么回事?"罗丽嘉跳下车,找寻"拉森"的影子,屋里悄无声息,罗丽嘉急匆匆拉开屋门,正好"拉森"耷拉着脑袋,满眼委屈地慢慢走了出来。

蓝珍一动不动地坐在椅子里,好像不爱说话。等罗丽嘉走近了,她才抬起因为生气而有些发抖的手指向客厅一角的沙发。

"我在厨房里忙,它整个下午都在撕那张纯羊毛地毡,还踢翻了我的青瓷花瓶!这是早晚的事,它对那些东西不会客气的!"

蓝珍很激动,看得出来,那些是她钟爱的物件。罗丽嘉回头看看"拉森",它趴在门口,神色忧伤。

"你打它了?"罗丽嘉仔细打量它,充满担心地问。

"我是想让它知道什么事是坚决不能做的!"她朝躲在角落里的"拉森"挥着手,一副还想继续教训它的样子。

罗丽嘉还没来得及上前安慰它,蓝珍突然又质问:"你昨天带它去农场了?"她语气冰冷,眼冒凶光。

"我只带它在没有作物的地方转了转,而且,为了保证不让它在那里面撒尿,我们只待了不到五分钟!"罗丽嘉一副不屑的口气。

"那里刚洒了除菌剂,而且马上就要种青瓜和豆角了,那会污染土壤,让瓜苗和豆角遭殃!"她的话总是恶狠狠的。

"细菌?它一天洗两次澡,每周都洗牙清耳朵为什么还担心传播细菌,你既然那么讨厌它,干吗不把它赶走?"罗丽嘉似乎更加理直气壮。

蓝珍似乎懒得继续跟她理论,于是一摆手打断她的话:"还有你,以后不允许这么晚回来,这里离市区远,有事的话,警察半个多小时才能到!好吧,我承认,既然你来我这儿,我就得对你负责,即使这样你妈也天天打电话,吵得我心烦……"她似乎累了,边像泄了气的皮球一样声音越来越弱,边走进餐厅准备开饭。

"晚饭吃什么?"罗丽嘉借机追随而来,一副饿极了的样子。

"蒜味牛排、烩羊肉片、奶油番茄汤,还有……"

没等蓝珍说完,罗丽嘉已经激情地大喊起来:"好丰盛的晚餐!"看上去很有大快朵颐的意思。

可是,蓝珍发现她只是随便转了一圈,然后拿了一块什果奶酪便转身离开了。

蓝珍先是愣头愣脑地站立在那里,然后突然疯狂地大呼:"天哪!她怎么可以这样!我受不了了!我要找蓝枚好好谈谈!"

说着,她冲出厨房,扑向电话!

"蓝枚,你犯了一个多么严重的错误,你知不知道?你的女儿让你宠得太不像话了,我花了整个下午为她做吃的,她看都不看一眼,你有没有教会她学会尊重别人的劳动?而且,她把那条狗当帮凶、当宠物,我的一切都被打乱了,她却一点罪恶感都没有!你根本没教育她守规矩……"

蓝珍的"小报告"不能不引起蓝枚的重视,至少,她想知道罗丽嘉的所有想法,她不想遗漏女儿在外生活的任何细节。

只是蓝枚必须慎重,罗丽嘉也有她的脆弱。

"干吗呢,乖女儿?"

"别假惺惺的好不好,我知道蓝珍说了我一筐子坏话!"

"怎么是坏话呢,她也是用心良苦。她像妈咪一样要求你完美!"

"我刚才正在想呢,告状倒也无关痛痒,我在担心,她这样的状态,会不会

有朝一日像对待'拉森'那样虐待我？"

"嘘，不能无端指责一个处境艰难的人！根本没那么严重，我完全理解，你们需要一个情感汇集的磨合期，有矛盾也很正常。"

"水火不容呢！整个一个狂躁症，从头到脚把快乐的神经都割断了，她能开心才怪呢？我感觉自己天天在她内心疯狂的火焰上烤，说不定哪天半夜把我给谋害了！而且，我的任何想法做法、都让她难受，她这是严重摧残我的自信……"

"你别忘了宝贝，生活就是个雕刻师，它想把你塑造成什么样子，它的刻刀就残酷地从哪里下手，蓝珍她所承受的，也不是每个人都能够感同身受的，所以，不是已经说好，学乖一点吗？"

"再乖也救不了她……"罗丽嘉满腹怨气地发着牢骚。

"宝贝儿，别忘记了，你就是快乐天使，也许冰山一角已经开始融化。"蓝枚在电话那端平抚和安慰。

"……好吧，谁让我冲动地出卖了自己呢，也许，我也没那么容易被打败吧！"她悻悻地说。

第七章　初识苏C

罗丽嘉通常晚上上网和上海的朋友们聊聊，她们如果有空，大都六点以后才陆续上来，罗丽嘉这边已经十点多了。

收到信息，罗丽嘉总发些笑眯眯的脸蛋或者眨眼睛的顽皮表情。

"哎，丽嘉，知道吗？7月26日，咱们的'premeiosis'高级研修班要远赴美国，在哥伦比亚大学完成为时三周的模块训练。"

"咱们的宿舍挪地方了，楼层升格到十二了。那里住过男生，至今还留着恶心的味道！"

"我们的Lili决心成为素食者了，她爱上了一个嫌她胖的男生。"

阿瑄问："那边还好吗？"

罗丽嘉故意遮住皱眉的脸："好什么呀，好的一切与我无关，与我有关的一切都不好。快郁闷死了，你们不在身边，有种强烈的遗弃感！"

"你需要新朋友。"

"嗯，知道。还有很多问题。"

"是什么？"

"那些习惯的零食和日用品，一下子到处也买不到了，感觉像2003年的非典，非正常状态，感觉非常不安！"

"你会比别人更快适应一切！"阿瑄给她打气。

"刚来那会儿，都不知道能不能活下去，找不到方位和空间感，季节不对，车道不对，连太阳的位置也不对，压抑久了，是一个噩梦，梦见自己被红头魔人抛到另一个星球去，那里只有黑暗和恐怖。有强烈的光线从你们星球的位置扫射过来，好像在寻找我，我拼命地喊……"

"典型的科幻片后遗症。"

阿瑄又问，快开学了吧？罗丽嘉说，别提这事，一提本人挫折感又上来了。

本来这几天正烦着蓝珍,想借着开学离她家远正好出去租房住,可是人人都说去奥克兰租房又贵又难,最近,老在他们的信息网页上搜索,有点感觉的就赶紧打电话,我对奥克兰更不熟悉,所以至少应该离学校近一些,房间很大,厅要冷色调的,卫浴和厨房最好没人用过。还有……唉,还是烦!

对方安慰了几句,然后说现在很晚了,就聊到这儿吧,等我们也抽空帮你搜搜,到时候留言给你。

罗丽嘉也传上一个感激涕零的大头贴,说,那就劳驾亲了!回头我请你看我拍的DV纪录电影。然后附上网址。再然后,她枕着新西兰深夜特有的宁静,安然入眠。

罗丽嘉三两天后上网查看,果然收到来自上海那边向她推荐的一系列信息。

她悉心浏览,逐一淘汰:171 Queen Street的太偏;玛格丽特公寓太靠皇后街,好吵;1521幢的联系过了,男主人绝对是狼,听口气只要住进去,白吃白住都成……

最后,她留意到一个叫苏西贝拉的澳大利亚籍在读女生寻求合租伙伴的帖子,帖子倒没什么特别,只是阿瑄她们别有用心地在后面附了谏言:那是一幢全新二手房,女孩已经清理完装修现场住进去了,你只要搬过去就行。省钱省力,新西兰是掉馅饼还是奶酪你试试就知道。而且,给你找个伴才让我们更踏实。

罗丽嘉摇头。她端着一杯自己煮的不太对味的咖啡,揣测着这个没有心理准备的事件。

罗丽嘉盯着那张从瓦卡塔尼花了5纽币买回来的奥克兰市区地图,突然发现,Carlton 226A的位置真的不错。紧临有名的Queen Street步行街,周围至少有两家银行和洗衣房;然后,一家规模不错的购物中心在它后街的弯道上;最重要的,它距离奥大那么近,十分钟之内到达。奥大的许多公寓,也享受不到这样的优越条件。

"那又怎样呢?"罗丽嘉自己嘀咕着。

"不习惯和别人共用厨房和卫浴,还有不熟悉的人,对,就是完全陌生的人突然共处一室,多少有违和感。"

她把地图散放在地上,心烦意乱地望着窗外,天灰蒙蒙的,大概又要下雨了。

罗丽嘉起身去关了窗子,然后闭上眼睛扑倒在床上。不知为什么,她摆脱不了那个Carlton 226A。她的大脑里,散布着自己从那里出发,抱着课本,穿透步

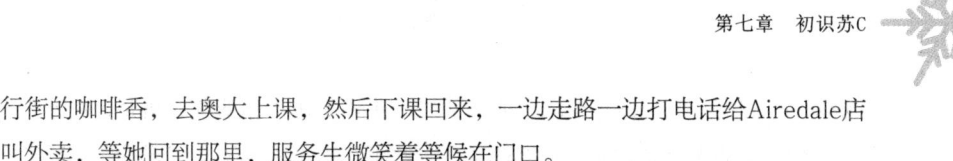

行街的咖啡香，去奥大上课，然后下课回来，一边走路一边打电话给Airedale店叫外卖，等她回到那里，服务生微笑着等候在门口。

"完了，让她们害死了！"罗丽嘉敲开电脑，"噼噼啪啪"敲上两句话，告诉阿瑄，那个美丽的陷阱，她不跳都难了，所以她决定试试。同时，她开始拨帖子上提供的电话……

罗丽嘉要搬去Carlton 226A住了。临行前的那个晚上罗丽嘉兴奋得睡不着。她冲过热水澡之后，半裸着身子趴在被子里和蓝枚咬电话。

蓝枚说："成绩要尽量考到A，如果听课不耐烦，也不要听耳机或者吃零食，现在是国际生了，要注意影响。"

"好老调，换个频道！"罗丽嘉打断蓝枚，自顾自地说，"我今天去学校注册，顺便去了Carlton 226A，厅还不错，沙发和电视墙有立体墙纸，餐厅和客厅连着，隔断墙里塞满水果模型，大概原来的主人是水果批发商，或者是卖塑料玩具的。"

"那个同屋女孩呢，见过了？"

"当然。巧合吧，她也在奥大念书，是建筑学系二年级的优等生。她好美，像电影《宝莱坞生死恋》里的女主角玛德休拉，尤其眼神特别像。而且，我们有好多一样的爱好，感觉会很合得来！"

"也不要太温柔的那种！"蓝枚又是忧虑的语调。

"Homosexuality？Gay（同性恋）？"

罗丽嘉反问着，诡谲地笑个不停。

"放心，不会有问题的。"

离开蓝珍家的那天，"拉森"像个玩伴一样依依不舍，围着罗丽嘉就要开走的皮卡转。罗丽嘉蹲在它的身边，摸着它的脑袋煽情地说："我会想你的！"

"拉森"摇晃着尾巴，神情充满哀伤。

蓝珍无悲无喜的表情，让罗丽嘉失望，她心里在想，如果蓝珍流泪，就好好地道别一下，可是，蓝珍一直默默地站着，直到她跳上车，也只是挥了挥手那么简单。

罗丽嘉慢慢地上路，还没走出多远，她从后视镜里看一眼身后，蓝珍依然愣愣地杵在那里，像是冻住了。

突然的伤感让罗丽嘉不安，她意识到自己这样对蓝珍好不公平，走出大门时

蓝珍说她昨天去镇上把车检修，加满了油，她都没说声"谢谢"。

罗丽嘉想着，犹豫了一秒选择了踩下刹车，她跳下车来，"咚咚咚"地着跑回去，给蓝珍一个深情的拥抱。

"我会回来看你！"

蓝珍眼含泪点点头。

远处阳光明媚，七月的新西兰拥有柔美的暖冬。

Carlton 226A的厨房里，罗丽嘉添置的称心蓝瓷餐具、内衬粉花白底棉巾的古铜色的点心筐，正好搭配原来的园桃木水果筐、象头树脂壁挂，加之高而透明的玻璃天窗里，映着一方奥克兰诗一样的蓝天白云，像一幅带木质边框的名家油画。

"亲切的感觉，也许几世之前我的灵魂在这里出没过。"罗丽嘉喜欢自语。

那个叫苏C的女孩点点头："奇怪，我也这样想。"

"哈，原来还十分默契！"

拥有了和谐，因此也就不再感觉拥挤，两个贪吃的女孩一边聊天，一边各自忙碌着自己的晚餐。

"我最喜欢这种把一堆堆黏糊糊的东西搅呀搅，或者把完整的剁成大块小块，然后把七零八落的这些推进锅里煮，那种满足感实在太爽了！"

罗丽嘉手捧一本快餐秘籍，一边照本宣科地学做鸡酥包，一边说着。

苏C摇头："我不喜欢厨房的味道，可是很小的时候还是常常站在旁边看妈妈忙。现在想想很可笑，妈妈在厨房里做蛋挞，我为了往搅匀的鸡蛋里多加点油，脚下需要踩些东西才能够得到，所以有一只破烂的木箱，妈妈把它拿走我会偷偷又把它放回去。"

"完了，我弄翻了好多炒面和葱头。"罗丽嘉大嚷着，然后小声念着食谱，"下入清汤、奶油、辣酱油、鸡精、盐、胡椒粉，成为鸡馅，把馅做成40个3.3厘米的枕头形……可是，刚才……这样的话，估计3.3的最多只能做30个。"

苏C笑笑："可是，REJIA！"她喊着罗丽嘉的英文名字感叹道，"那也够你吃上三天了。"

罗丽嘉凑过来看苏C的作料，惊讶地张大嘴巴："一周之内你至少有七次在做咖喱羊肉炒饭，你是不是只会做这个？"

"我喜欢。有时在梦里都能闻到它的味道。"

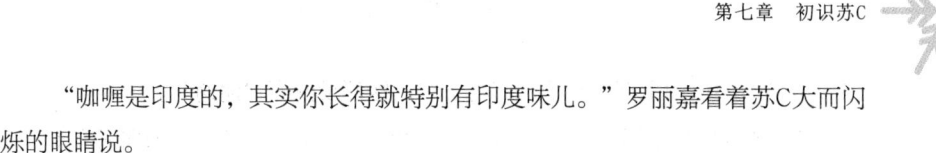

"咖喱是印度的,其实你长得就特别有印度味儿。"罗丽嘉看着苏C大而闪烁的眼睛说。

"很久以前,我是属于那里,住在印度北部城市巴雷利,说地道的印地语,满眼是参天的菩提树。"

"噢,后来移民了?"

"大人的有些决定真是让人无法容忍,我九岁那年,父亲突然决定移民到他现在工作的城市澳大利亚,我认为这样的决定太自私了,直到现在我也这样认为。我,包括我的母亲都因为没什么心理准备而难以接受,可是他依然坚持到最后。"

"男人坚持通常有两种理由,为爱或者事业。"

"也是,我父亲简直就是工作狂,他是骨科麻醉师,可他投入在神经麻醉研究上的精力比实际的工作更多。有一段时间他在新德里和澳大利亚两地学习和工作。我们很少见他一面。也许正是因为这样,他才下定决心。"

罗丽嘉放下手头的工作,等待烤炉十分钟后"开锅"。

"印度,我知道天竺和佛教,还有好看的电影,而且,好像有好多东西和我们相像。"

苏C点头:"我也知道一些,比如生态和作物,传统的家庭教育和古文明。"

"是的,古老的时间、古老的地点,古老是中国和印度共同的骄傲。"

"我们各自沿古老的时光之河泅渡到这里,想想还真的是很深的缘分呢!"

"历史是时间的游戏,在未来,这一切也当作回忆!"闻着从苏C锅里飘出的辣香味,罗丽嘉为此停顿了一下。

"这么一想,真是让人惬意。"她补充道。

苏C一边把炒好的咖喱饭端上餐桌,一边一脸认真地对罗丽嘉说:"我想是上帝安排我们认识的!"

罗丽嘉想笑,因为她想起最初的决定和阿瑄她们,于是半开玩笑地说:"如果那样,我是离上帝很近的人。"

"你说什么?"

罗丽嘉看不到苏C脸上有笑,于是说:"噢,不是,我是说我的父母、老师都告诉我,一定要尊重别人的上帝,那是一种高尚的信仰,不管你是不是他们的信徒。"

"我自己也不完全是,我并没正式加入教会,但有所信仰至少不是坏事。"

这样漫无边际地聊天让两人很开心，像走在路上看风景。唱片也一刻不停地转，放着慢歌和轻音乐。

这样的日子过得飞快，使得罗丽嘉对转瞬过去的无雪的奥克兰的冬天印象模糊：树和草坡始终是绿的，偶尔有落叶乔木凋零着变得褐黄。如雨似雪的薄雾在屋架上或近在眼前的山脚下一阵阵飘散，几条爱干净的狗追逐着，跳过街上零星的积水。人们摇下车窗玻璃，或者悠闲地站在公交车站牌下看几眼简报，再朝远处张望一眼……

然后，罗丽嘉因为选错了课，为了应付考试，她只好又与功课奋斗了属于春天的两个月。再然后，进入新西兰美而平静的春末夏初时节时，两倍于国内的年未假——暑假开始了。

罗丽嘉特别兴奋。她冲着同屋女孩苏C傻傻地笑，然后见她没有反应，就纳闷："你不感觉幸福吗？"

"有什么特别吗？"

"这么完美的假期！你总是麻木吗？"

苏C使劲摇头。

"首先，这不是我的第一个长假，然后，下学期我要争取结束所有课程，所以这个假我也要下点工夫。"

"你的心情我能理解，早早拿到证书，然后像你的父亲一样读硕士、博士！可是，我们生来不只是为学习和工作的。对我来说，没有假期，就意味着把时间变狭窄了！"

"我也不会浪费掉整个的假期，至少可以保留新年和圣诞！到时候我们好好放纵一下！"

"当然！"

罗丽嘉仍然兴冲冲的，一边收拾送洗的衣服一边说着自己要用一周去北岛旅行，想想"海角天涯"和 Cape Reinga 灯塔这些蛊惑人心的名字，就有无边无际的向往，而且那里也是寻迹历史和原生先民的地方……

不过，另一个问题困扰得她笑不起来。她拨通了洗衣房的电话，告诉他们过来取衣服之后，趴在了沙发靠背上，紧紧盯着苏C房间的那扇微掩的门，那里有个影子在里面晃荡两天了。

两天前，苏C带回来一个十四五岁的小女孩儿，罗丽嘉只看了肤色和自己相近的女孩一眼，正在猜测她是韩国人、越南人或者新加坡人时，苏C只说了一

句:"她是我朋友,在这儿待几天。"然后便匆匆地把她塞进房间,自己进厨房准备晚餐去了。

"妖冶的女孩!"罗丽嘉自从看了女孩一眼,有种非常强烈的惊讶,"原来黄种人也可以汹涌及至爆炸!"

同时罗丽嘉又想,作为自由公民,苏C是有绝对的权力把自己朋友带回来的。所以她原本也是笑着点头,表示欢迎的。可是,时间一长,罗丽嘉的又一个想法出现了:女孩不但性感,而且怪异!

自从进了苏C的房门,几乎不见女孩出来。她像一只受了惊吓的老鼠,不敢触及外面的世界。所以自从她来了,苏C的那扇门连半开的机会都没有。只是里面并不安静,通过虚掩的门,也经常听到她在里面活蹦乱跳的,有时也非常投入地唱歌。甚至偶尔也从里面不同的光线或者角度朝外张望。

"原来是日本人!"罗丽嘉自言自语着,而且非常好奇地翻来覆去在想:也许她受了精神打击吧,如果那样,我最好不要激怒她。可是她的眼神不呆滞,也没见她对苏C或她的房间疯狂。那么是——性感?罗丽嘉于是就想起蓝枚的担心来。

同性恋?国际生间非常敏感的问题?

罗丽嘉于是就开始恐慌地观察着那房间,时而的安静的确有些神秘。

"也许正是温婉柔情中!"

"太可怕了!像瘟疫一样可怖!"

临出发那天早上,罗丽嘉背好自己的肩包,带着疑惑和不安,和苏C暂别。

"要出发了!"

"噢,开心点,同时保证自己的安全。"苏C和罗丽嘉同岁,却总是表现得像个姐姐,懂得体贴入微。可是,如果换个角度,也许是另有原因的?

"那个,要在这里待很久?"罗丽嘉终于忍不住疑惑,指着那边的房门问道。

"也许吧,也不一定,视情形而定。"罗丽嘉一听,好后悔不该自寻心烦,这样的回答似乎更有悬念了。

上到北岸,罗丽嘉就瞬时兴奋成疯子了。

她是喜欢把复杂情感传递给别人的人,当她有这种强烈的愿望了,她会不顾一切地拨手机。可是手机的快速拨号竟然是苏C的。罗丽嘉下意识地连忙挂断了。

她心里开始纠结,也许,回头就要有地盘纷争或者矛盾了。

"那么,这么久,我竟然没被苏C骚扰过?难道在某些瞬间,我已经被那可恶的家伙从某些指标上测试过,而自己却浑然不觉?或者干脆是意念亵渎?"

"可是,也不要因为这个影响到现在的情绪。"罗丽嘉下决心不再去想。

持续之旅是让人骨松肉散的原罪。当罗丽嘉从港湾大桥上回来时,"气力衰竭"的辛苦让她在心中呐喊:给我一张床,让我的疲惫死在上面吧!

上帝呀,不要把我吵醒,不要吝啬你的噩梦,只要让我的躯体安静!

当罗丽嘉从沉睡中醒来,已经是回到Carlton 226A第二天的中午。

"好熟悉的香肠味!"浑身的酸楚变得隐约,她被厨房里午餐的味道诱醒了,揉搓着眼睛慢慢爬起。

"天哪!我睡错地方了?"她夸大的清醒似乎把自己吓了一跳。

"苏C,有人来打劫过吗?我的屋子!为什么成了这样?"罗丽嘉惊异地大喊,一边在满屋狼藉的不堪里让自己看清楚是不是还是原来的房间。

"没错,东西还是我的,可是,没什么在原来位置了。"

苏C已经闻讯而来。她平静地看了一眼,没有说话。

"我走后发生什么事了?"罗丽嘉质问。

"静芝来过了,只是我没想到会弄成这样,你很紧张吗?"苏C想了想,然后直截了当地回答。

"太过分了!"罗丽嘉吼叫着,"这个没有规矩的疯子!变态狂!我跟你没完!"

第八章 "男保姆"VS 冲浪冠军

罗丽嘉没有机会对那个叫静芝的日本女孩大打出手。

因为苏C说:"我们都来自爱好和平的国度。"

然后她又说:"静芝正读中学三年级,但那天她因为没钱交房租和学费躲在路边餐馆的角落里哭,我就把她带回来了。我不知道她的父母发生了什么。但是,她才十五岁,咱们像她这样的年龄时,大概也只知道没有钱是非常痛苦的事,却不知道如何解决痛苦事!"

事情的确如此,这让罗丽嘉瓦解了锐气,而且她从那扇门里也终于看到,原来苏C这些日子一直睡在书橱下落地窗边的踏台上。

扫除了误会的阴霾,原来的怨气也就消失了。罗丽嘉于是开始半忧半怨地说:"怎么不早说!"

再然后,这场没有燃起的战火把罗丽嘉的某种情绪激醒,她突然想到,也许苏C果然是上帝为她而安排的,毕竟在国外,和品格高尚的人在一起是件幸运的事。

……

从奥大回家的每个傍晚,罗丽嘉总要经过一个全是弧形蓝色玻璃窗的半圆柱形三层小楼,它面目灰土,墙体斑驳。在它索然无趣的暗影之下,铺张着十几平方米杂草丛生的狭小后院。

"那是一所即将废弃的幼稚园。"最初苏C就是这样给她介绍的。她还补充说,马路对面的那座金黄色城堡正是取代它的新园,多数小孩已经转去那里。只有少数孩子和园长在拆除之前暂时留了下来。据说那个可爱的男园长很有小孩儿缘,因为他曾被百分之九十的家长认为像家庭保姆那样可以信赖,又有一半以上的小贝贝经他调教可在短期之内摆脱对父母的渴望和依赖。

"过分细腻的男人我欣赏不来!"罗丽嘉毫无兴趣地评价道。

尽管如此，罗丽嘉仍对三层小楼充满兴趣。尤其每当靠近街角的厨房，那里总有烤在炉子里烘出香甜滋味即将出炉的菠萝冰激凌松饼的味道。

那是五岁时妈咪为我从香港带回新鲜泡芙的幸福！她在内心给出这样的定义。

某天，罗丽嘉回来得有点早。她从自动售货机上取了一听可乐，然后一路喝着数她喜欢的随便哪种品牌轿车。快到幼稚园的时候，她稍稍停了下来，当一辆刚才还停在绿色超市门口、满载南瓜的运输车轰轰隆隆驶过之后，她听到了前方幼稚园里传来一阵瓮声瓮气的热闹，那声音几乎把四周变得很快活。于是她决定转到它的前面去看一看。

它的前院居然很美！靠近左侧红色院墙的是一座层次分明的长方形花园，花园的底层是漫地丛生的紫色鼠尾草、墨西哥薄荷菊和柠檬草，高一点的是盆栽大绿萝、巴西木、散尾葵。蔓延在墙壁和空中木架上的，是开着橘黄或橘红小花的藤蔓植物。除了占地三分之一的花园，剩下的空地用彩色地砖砌成犀牛、蓝鲸、恐龙之类的动物图案。透过漆色残缺的铁艺大门，让人怀疑见到的是一座美轮美奂的童话城堡。

十几个小孩儿，手拿塑料工具，正准备浇灌绿植或者清除杂草。一位金发高个男子回到楼道门前，伸手打开水龙头，手力很大的他，几乎让水流喷涌而来，孩子们倒很乐意这个样子，他们仿佛长了翅膀的麻雀，顿时围着"唑唑"响的水柱欢腾起来。

"当心！"金发男子很紧张地叫道，他的神情仿佛他正面临一窝倾巢而出的蜜蜂。很怕见到他们蜂拥而出的样子。

这应该就是他们的"男保姆"了！罗丽嘉突然想起苏C对她说过的。而且"男保姆"很快在她心里成了那人的代名词。然后她上下打量着他，发现这个人的衣着与他的职业一点儿也不搭：系带松散的旅行鞋，严重打褶的棉布休闲半裤，纯白色的套头衫外搭着一件长袖深蓝硬牛仔。整个人看上去像邋邋俗气的路边修花匠……

那些看上去走路都摇晃的小孩儿忙碌起来一点也不含糊。可是也许因为过分投入，他们很快把事情都搞砸了。一个头发红棕的胖女孩儿爬进木桶花盆，踮着脚尖抓飞蛾，飞蛾小心地逃过她的小小手掌，她扑空了，胖乎乎的身体把身边的藤蔓连枝压弯并揪扯下来，大片地覆盖在她身上。她吓坏了，空气中传来大声的尖叫。

第八章 "男保姆"VS 冲浪冠军

"男保姆"冲上去,惊慌失措地抓开蔓枝,把她从里面"拎"了出来。

刚刚把那个放下,惊魂未定的"男保姆"又被纠缠在一起打架的男孩惹恼了,他们互相撕扯着,像两只咬住对方的小狗一样,眼中燃烧着"怒火"。

"你们两个,给我住手!"他扯大嗓门冲他们喊道。那奋力的样子,仿佛眼下正有一场激烈的犯罪,不需要太多时间,只要像他这样的"警察"出现就能解决问题。

显然两个小家伙吓坏了,先是彼此把手分开,然后紧咬着牙齿,把满眼的"凶光"瞄准了他,并且最终其中一个男孩儿突然哭喊着离开院子朝楼梯跑去。

他意识到自己很失态,同时又为去追跑掉的男孩儿还是留下来照顾这里的混乱而犹豫不决。顿时他锁紧了眉头,甚至脸上流露出几丝忧虑,所有的不在状态让他完全失去了具有长久工作经验的从容,反倒更像一个陌生人到了陌生的环境,一切都显得那么生硬。

"简直像一群闯进菜园的鸡雏儿!"他烦躁地嚷嚷道。就在这时,他看到了一直站在门外的罗丽嘉。

"他们可真难弄!"他带着一丝沮丧这样说道,并在脸上挤出一点点勉强的笑容。

"同时也很可爱!"罗丽嘉掩饰着内心想笑出来的感觉,注视着那些小孩儿,翘着嘴角回应道。

"Ye Ye!"他不太自信地感叹着,然后抓抓已经很乱的头发,以使自己放松。

一个有着灰金头发、身穿碎花连衣裙的女孩儿跑来了,站在靠门很近的地方抬头看着门外的她。

"嗨!你是蒂娜对吗?"罗丽嘉蹲身和她打招呼。女孩儿依然面无表情地只是盯着看。"这件新衣服可真漂亮!"罗丽嘉赞赏地说。因为她了解那些小女孩儿,尤其当她们穿上新衣裙的时候,她们需要得到赞赏。而且,在这之前她还注意到这个女孩儿和自己的牙买加同班同学有个完全相同的名字。

"你?她……""男保姆"见此情景,疑惑地问。

罗丽嘉看着他总是紧张兮兮的样子,突然很想与他开个轻松的小玩笑。于是她点点头:"是的,我是她的亲戚!只是我好久没来看望她们了,也许她已经不太记得我了!"

但是话一出口,她又为如何收场而后悔不迭,因为除了那个偶然间听到的名

字,小孩的其他状况她一无所知。

"男保姆"没做任何反应。但或许在考虑问题。

这时候,捣蛋的孩子们又在恶搞了,那个个头最大的十分费力地把水管拖到了"男保姆"身边,然后没等他反应过来,一场大水把他齐腰以下灌了个透。

井水很凉,他不由自主战栗起来。

罗丽嘉再也忍耐不住,捧着肚子和孩子们笑成一团。她笑得眼泪都流出来了,于是,她一边摘下从现钞市场上买到的苍蝇眼墨镜,一边擦拭眼角。

露出本来面目的罗丽嘉显然让浑身透水的"男保姆"感到意外,他完全忘记有"悲惨的事"发生了,而是惊讶地指着她说:"你?天哪,我认得你!"

完了!她心里嘀咕起来。

假冒亲戚的"阴谋"给他识破了,毕竟在保护孩子们安全的问题上,他一定非常有经验!她心虚地想。

如果那样,那些中国留学生中又要因多了个蓄谋绑架罪名的分子而臭名远扬了。

她越想越不自在,连点头、摇头都决定不了。

手机响了,是苏C打来的。她像遇到了救星一样,慌忙接听。

"噢,苏C,是的,是……哎,好的,我马上就到!"她一边故意大声通话,一边跟门里的人摆着手势,说明她现在有事要马上离开一下,也许以后再来看那小孩子之类欲盖弥彰的话,然后匆忙离开。

"可是……请问你的名字!"他在身后喊着,罗丽嘉却再也不敢回头,很快消失在街道的转角。

之后,当罗丽嘉对正在玩手机游戏的苏C滔滔不绝地描述这件事情的时候,苏C极不耐烦地数落她:"你怎么突然对一个幼稚园老师感兴趣了?"罗丽嘉自己更无法释然:"我就是觉得那个样子太滑稽了!"

……

夏日到来,炎炎烈日在新西兰上空找寻可以灼伤的猎物,所以,没人愿意不抹防晒油出门。可是,罗丽嘉的防晒油已经在上次外出时用光了,现在她和苏C开着那辆老皮卡,穿行在送静芝去郊区打工返回的路上。

"那是一家机械加工厂?"罗丽嘉转过头来问苏C。

"好像是这样,而且,只有那些市郊的黑厂,才肆无忌惮地雇用童工。"苏C说。

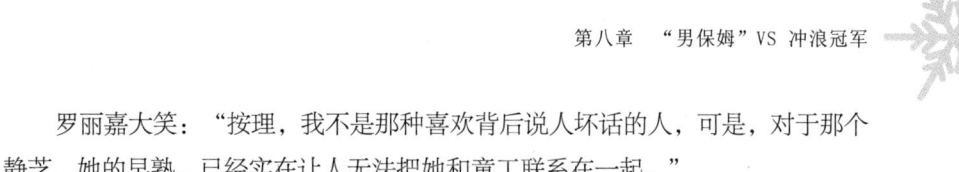

罗丽嘉大笑:"按理,我不是那种喜欢背后说人坏话的人,可是,对于那个静芝,她的早熟,已经实在让人无法把她和童工联系在一起。"

"哈哈!"苏C也跟着笑起来,"确实有那么一点。"

罗丽嘉把车侧停进拐弯车道。

"去'Zealot'咖啡吧之前,一定要买到玫瑰防晒油,我可不想让自己晒成粉色。"

"那样的话,只有Microcosm Necessary最顺便。"苏C看着外面远处的天空说。

突然她大喊:"看,那是一只白头海雕!"

"是的,它在尖叫!"罗丽嘉兴奋地把头探出车窗。

"好羡慕呀,到达了那样的高度,才有资格目空一切!"

……

两个趣味相投的伙伴到达了日用品店,一边谈论着一边买好了防晒油,然后向"Zealot"咖啡吧驶去。

"Zealot"咖啡吧在一个街口拐角的地方,那里停车十分困难,罗丽嘉每次来都把老皮卡折来倒去的,像要把它的灵魂甩掉一样。

终于把它靠边停好了,罗丽嘉抖着她活泼标致的格纹连衣裙,优雅地把双脚高跟踏到地上,想着奥克兰真是个不可思议的鬼地方,街道曲折迂回,草皮却井然有序,总让人觉得杂草丛生是绝对的奇迹,想完了她旋转回头,"砰"地把车门撞上。

"嗨!我来了!"她朝已经走到马路对面的苏C喊着,一边小跑着跟了过去。苏C没应声,只是站在原地不动,罗丽嘉仔细看她一眼,原来她正盯着前面一个站在两米之外的年轻人,眼珠都不眨一下。

"居然是他!"罗丽嘉确信他就是那天在幼稚园见到的金发男子。

"只是今天他看起来精神多了!"她评价道。

那人把手别在身后裤袋,找出山地车钥匙,在手掌里翻转两下,既而低头开锁,然后骑车离去。

"你认识他?"苏C终于回过神来问道。

"那是当然!还记得我提到的'男保姆'吗?那正是他!"

苏C回头用异样的眼光盯着罗丽嘉,仿佛她刚才说的话充满恐怖。

"不可能!那简直是个天大的玩笑!"苏C肯定地说。

两人说着推开店门走了进去。罗丽嘉坐到苏C的对面的时候，苏C仍然盯着玻璃在想什么。

"嘿，我已经在这儿了！"罗丽嘉轻声提醒她。

"哦！"苏C回过神来，看罗丽嘉一眼，然后用强调似的口吻说，"可是你知道他是谁吗？他是乔·迈洛！"

罗丽嘉心不在焉地点头又摇头，她心里在想自己需要一杯冰凉的汽水，于是她交代了侍应生，然后才转回头说："也许是这样。"

"'也许'是代表什么？"苏C显得有点急切。

"因为我根本不知道他的名字。"

"可是，他是我来'Zealot'的理由！虽然我们从来没有交谈过。"

罗丽嘉睁大眼睛惊讶地看着面前的女孩，像不再认识一样，怔怔地。

"真让我吃惊，原来情有独钟的'Zealot'藏有秘密！这样一来，我真的很想知道他是谁了。"

侍应生这时把一杯咕咕冒着气泡的汽水摆在罗丽嘉面前，她于是感觉周围空气都是清凉的。

"他是我们的英雄！正如你们中国当下把刘翔、姚明当英雄一样！"

"英雄？你们的？噢，是崇拜！偶像崇拜？没那么庸俗吧？"

"你对冲浪有怎样的看法，或者你没兴趣，不然，你不会不了解他，他是我们顶级的冲浪手，是许多澳大利亚和新西兰女孩眼中的明星！"

"非常意外！"罗丽嘉吸了大口的汽水，咽下喉咙时发出了很夸张的声音。然后苏C自语道："他有一双深沉如海洋的蓝色眼睛。"

"是蓝色的吗？"罗丽嘉回忆不起来。

"而且，我们成年了，崇拜是小孩子的玩意儿。"

苏C神情迷离，她深情地再看一眼外面，然后开始自言自语。

"乔·迈洛，身高1.87米，体重96公斤，血型B型。1986年出生，母系是意大利人，父系是法国人，他的祖父是二十世纪初新西兰最有名的船业大亨。他的父亲携手其他兄弟享有'CRYT二世'的美誉。他12岁上'IEH'私立中学，19岁毕业于英国的都柏林大学机械系。"

"忠实的粉丝！"罗丽嘉在打岔。

"他幼年玩潜水和风浪板，十岁爱上冲浪，六年后加入新西兰有名的'二角'俱乐部，并迅速成长为他们的明星队员，2008年拿走全国冠军，之后代表

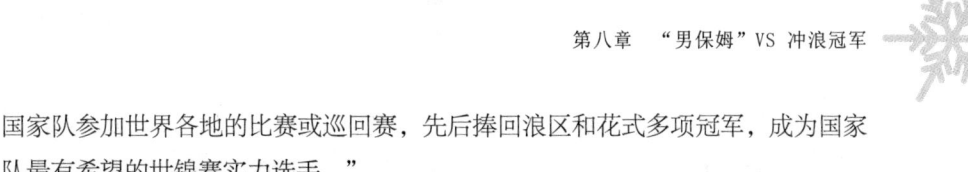

国家队参加世界各地的比赛或巡回赛,先后捧回浪区和花式多项冠军,成为国家队最有希望的世锦赛实力选手。"

"哈,了如指掌!绝对的铁粉!"罗丽嘉心有感慨。

"年少时,他性情狂野,桀骜不驯。然后'CRYT'给他留有位置,他却让他的父辈们很失望,因为他根本不在意是否可以过得最好。还有他与前女友分手,是因为那女孩是个典型的自恋狂,她恨不得天下男人都是她的追慕者,而她自己则从来不知道怎样施予别人爱。"

"几近完美,我是说,至少他在你的心里是这样的。"

"来新西兰之前的那个夏天,当他为晋升金牌级赛手而前往澳大利亚昆士兰市参加南太平洋地区赛时,我曾请求我好友的父亲带回他的签名照。"

"要不要搜搜看,签名照不离身?"罗丽嘉又在取笑。

"我是想那样做,可又担心会弄坏,所以把他放在相册的头一页。"苏C诡谲地笑着。

然后,两人为这个有趣的话题一同笑得人仰马翻。

"可是,幼稚园又是怎么一回事?"罗丽嘉更加疑惑了。

……

后来的某一天,罗丽嘉和苏C在"Zealot"东神侃时,又见到了那个被苏C称作英雄的乔·迈洛。当天他换了浅蓝色的T恤和薄牛仔裤,刚整理的头发上还闪着水雾的亮光,格外神气。当两个女孩留意倒是他走进门的时候,乔·迈洛也同时看到了她俩。

"嗨!我们又见面了!"他显然一眼认出了罗丽嘉。

"嗨!"两个女孩儿同时回应道。

苏C一副激动的声调请求道:"这边有空位,大家可以坐一起!"

乔·迈洛倒也并不见外,他十分恭敬地低了低头表示感谢,然后笑眯眯地说:"十分荣幸。"于是罗丽嘉把自己换到苏C身边,他坐在了两人的对面。

那时是下午的四点之后,玻璃窗外开始有放学的小孩做着稚气的鬼脸贴在上面,侍者送来乔·迈洛习惯的加冰清咖啡。

等到咖啡送上来了,他不无尴尬地提到上次的事。

"那天我只是帮忙。而且不止那天,整整一周我都在替一个老朋友做'保育员'的工作。那些小孩儿让我伤透了脑筋。直到最后我都快崩溃了。"

"简直是一群闯进菜园的鸡雏儿!"罗丽嘉故意拿出了他当时的话来取笑,

47

并夸张地学着当乔迈洛面对捣蛋的孩子们时的窘迫表情。

"那次经历中，让我感觉'男人'这两个字在他们那里特别苍白无力！"

罗丽嘉回想着那天他被他们"捉弄"的场景，很想笑出声来。

"而且！"他突然转变话题。

"在那之前，我们的确见过！"他再一次非常郑重地这样说道。

罗丽嘉报以微笑，心里却存有疑惑。看着他微波的闪亮金发、蓝绿交织的深邃双眼、轮廓明显的脸庞，的确有一点点的印象。可是，具体不到细节上。比如：在奥大的课堂，瓦卡塔尼，或者维多利亚街的快餐店，还是四处闲逛时的曾经擦肩而过？

是蓝绿色的，而不是蓝色的眼睛。她在心里嘀咕着。

"半年前，我们曾经同机从奥克兰上空降落。"他有意提醒。

"噢！我想起来了，是的，就在我下了飞机，停留在奥克兰机场接机大厅的时候，那里好多留学生代理机构的服务人员在做宣传，我烦躁于他们的纠缠不休，你当时也站在一旁，还说可以帮我，天哪！我当时把你当成他们一伙的了。"罗丽嘉不好意思地解释道。

没等乔·迈洛做出反应，苏C已经显出鸣不平的气愤样子，低声咬着罗丽嘉的耳朵冷冷地质问道："难道你当时就没感觉他很特别吗？"

罗丽嘉耸耸肩，不以为然地故意大声说："那时我就是很邪恶，一直担心被人绑架，恐惧压得我老想喊救命！所以，幸好没人靠我太近！"

咖啡吧轻轻飘扬的是钢琴演奏版 The Sound Of Silence。

乔迈洛耐心地等到她俩完全安静下来，然后一副欣然的样子，悠悠地说："没关系，上帝安排我们今天认识，我也十分领情！"

……

自从那个下午之后，他们常常坐在"Zealot"的这个或那个位置，一边品冷饮或者咖啡，一边谈论有趣的话题。

然后，三个人说到美食和旅行，苏C真正感兴趣的是建筑，她用自己独特的视角来看新西兰获得卓越建筑奖的《Paraparaumu公共图书馆》和"独身汉"·Coromandel Bach。然后又传神地表达了印象中印度门的神奇，红堡和泰姬陵的美轮美奂……

有时候，苏C说："我看到好多留学学生混进赌场。"

罗丽嘉会说："那些孩子想以此证明自己已经长大。"

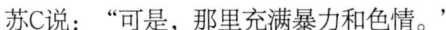

苏C说:"可是,那里充满暴力和色情。"

罗丽嘉看着她摇头,说:"如果你帮他们离开赌博,他们会让你看到酗酒。"

那时候也正好临近圣诞节,于是罗丽嘉说:"所以,还不如说说我们周末的圣诞。"

乔迈洛于是面带兴色,说:"是呀,说说看,你们的圣诞有什么特别?"

"这里圣诞节真的很隆重呢,感觉跟我们那儿过春节差不多。然后我倒也没写什么邮寄卡片,学校是要求参加活动的人穿蓝泡泡长裙、戴尖顶帽,圣诞的早上,必须以一副这样的行头去参加圣诞庆典。噢,我的天,那件蓝泡泡,让我想吼,它看上去又肥又土,还不如一套旧式的海军装让人精神。"

苏C接着说:"然后下午,不,是再晚些时候,我们就去留学生服务中心参加欢庆舞会。"

"需要报名吗?我也很想参加。"乔迈洛做出美好得让人流口水惊叹的样子。

"其实很简单,如果你假冒我们当中谁的男朋友……"苏C脸露几分羞涩,窃声说。

第九章　粗制滥造的理由

罗凌野确实不够帅，1.69米的身高，肚大腰圆的身材，一双古灵精怪的细长眼睛，加上一对弥勒佛一样硕大的耳垂，让人感觉他总是在笑。当他褪去西装领带换上T恤马裤时，他越瞅越觉得自己没官相，倒像个十足的熟食店老板。

罗凌野于是总是愤愤不平，罗家怎么就把唯一传宗接代的少爷出息成这般模样？

越是这样，罗丽嘉就越是拿她1.72米的窈窕身材在他眼前晃，她一边不怀好意地"安慰"他：你知足吧，你看咱外公眼儿小吧，咱祖母她江浙小女人个儿矮，咱爸三十年如一日体重超标，再看看你就知道整个一罗家活宝！一边又故意穿起十厘米的高跟鞋在他周围模特似的转上两圈，恨得他忍不住想在背后踹她一脚！

但是，罗凌野也有自信的一面，比如他的职位和私家车。他今天能坐在市政大厦高层的多功能厅，列席正局级单位——上海国资委的中层会议，除了父母那百密无一疏的人际关系，也与他那张差点肄业的研究生文凭有关……

罗凌野坐在会议桌前看似传神地倾听，实则梦幻游离地开着小差。他想着现在是周五的下午，再过两小时便可约些朋友喝酒或者和哪个女人约会了。

国资委主任终于作完了关于做好年内国资经营预算审议工作的报告，但是看情形又要没完没了地说题外话。

罗凌野大约瞌睡了半小时，会议散了，他带着对无聊会议的厌烦悻悻地朝自己办公室走。这时，手机响了。"兄弟，是我！"一个既熟悉又有些陌生的声音。罗凌野不耐烦地问："你谁呀？装神弄鬼的？声音挺熟的，号码怎么没见过呀？"

罗凌野刚把话说完，他自己突然倒吸口冷气。

"纪甪？换手机号了？你还没死啊？"罗凌野那冷冰冰的语气里显然充满了

第九章　粗制滥造的理由

辛辣的讥讽。

对方沉默着。

罗凌野从牙缝里挤出一丝冷笑："切！你还真有勇气打电话！怎么？在外混不下去了？说，在哪儿？你等着，早晚我收拾了你！"

罗凌野听完电话，"啪"地把它扣在桌子上，嘴里骂骂咧咧地点了支烟，大口地吸着，仿佛要连同烟纸一起吸进肺里……

罗凌野与纪甪的认识并非偶然。

这与罗凌野在北大读书时一段刻骨铭心的恋情有关。

罗凌野是怎样的人呢？他是个汕头汕脸、大大咧咧、重义善行的时尚人物，像一个罗盘，走到哪儿都少不了许多朋友围着他这个指针转。

这大概就是那场恋爱到来的原因。

入校两年后的某天，他那些哥儿们说："哥，听说了吗？入校新生来了位校花级云南美妞，你看手机里那位都约了八遍了还装孤傲，要不咱换换风水？只要你一句话，咱哥们一准帮你搞定。"

罗凌野半躺着摊开双手，喃喃自语地说："嗯，也是，就这么着吧，拜托各位仁兄了！"

于是大家张罗着把情书传给新生校花，接着是玫瑰、巧克力、电影票，没想到，不到三天，那位让男生们垂涎三尺的叫程楚楚的美丽女孩果然出现在罗凌野面前。

于是，吃快餐、喝咖啡、约会、出游……谁都看在眼里，罗凌野可是动真格了。

他把自此之后的整个一季浓缩成浪漫的主旋律。

爱情可是个怪圈，有些人游走在边缘，边品味边观望。有的人，像罗凌野，他本来是一个什么都拿得起放得下的人，却在这个圈里着了魔，他甚至还天真地以为程楚楚就是慢热……

于是，当半年后的某天，程楚楚平静地站在他面前温柔而坚决地说："我们分手吧，和你在一起只是因为你爱我。但我早就听说有两个人的爱情，而且，非常不幸，也许他真的出现了！"

罗凌野差点当场晕厥过去。他勉强让自己支撑着点着头，哀楚楚地请求道："能让我知道他是谁吗？"

他像游魂一样把自己拖回宿舍，因为罗凌野骨子里有娇生惯养的少爷习气，

51

所以当他受了打击,他会不顾一切地又哭又笑又喊又叫就差哭爹喊娘了,至少在参加工作之前一直这样。那天,急救车差不多到楼下了的时候,他又噔噔噔连滚带爬地跑没影了……

半个小时后,罗凌野将自己喝得烂醉并提着一把从五金店新买的榔头出现在另一幢公寓的610室。他一脚把门踹开,里面一个手提水杯的男生满目惊恐地望过来。

"你找谁?"他问。

罗凌野凶神恶煞地挥舞着榔头嘶吼着:"谁……谁是程楚楚新男友我找谁!是你吗?有种……你给我出来!"此时仿佛世界都发疯了。

那人盯着他摇摇头:"不好意思,我叫纪甪,迄今为止还没有女朋友!"

罗凌野失望地垂下手来。那个叫纪甪的人问他:"你找他干吗?他上周已经搬出去住了,可能在外租房。具体在哪儿我还真不知道。"

"除了……睡觉,他……噢,对……还上课!"

罗凌野恶狠狠地挥舞着榔头掉头就走。

他的冲动让这位名叫纪甪的男生感觉担心,教学区正在上课,万一他借着酒胆做什么傻事,后果不堪设想。于是他急忙好言相劝。

"兄弟这是怎么了?就算再怎么着有那必要吗?你一榔头下去他死了,你自己还能活吗?"

"他抢我女朋友!"他几乎又要像任性的小孩一样哭吼起来。

"兄弟,这与抢没关系,其实我感觉恋爱就像你去商场挑领带一样,你先选了一款感觉不错,当你买好付完钱就在出门的时候也许感觉另一款更称心。这时候就看你自己的选择了,是将就还是重新选择都没错。爱情双方也是一样,而且,从心理学上说女孩对待爱情比我们男人更理性,她既然离你而去,说明她确信下一个才是她真正想要的!"

罗凌野终于垂下头来,内心的悲痛让他的婴儿肥软如棉絮。

许久,他才沮丧地离开。那个纪甪冲他喊道:"兄弟,想开点!今天是周末,如果你还想喝,我陪你!"

罗凌野摇摇头,有气无力地说:"谢你了哥们儿,我只想喝毒药……"

再后来,和纪甪成了好朋友是两人进了北大生命科学院同一硕士研究生班之后。男人的交往,有了些许情义上的基础,接下来的就是建立在自由之上的默契……

52

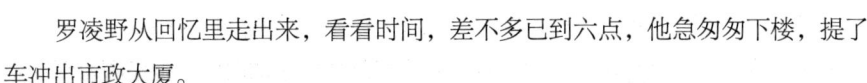

第九章 粗制滥造的理由

罗凌野从回忆里走出来,看看时间,差不多已到六点,他急匆匆下楼,提了车冲出市政大厦。

他一路飞车来到和纪甪约好的地点。其实,罗凌野对这附近并不熟悉,可此时的他犹如龇牙的猎犬,几乎嗅到了来自罪孽之徒的浑噩之味。

那里曾经是二十世纪九十年代某私营业主的厂区后院,里面堆了几辆破车和其他废弃的物品。

罗凌野把那辆水蓝色宝马X3停在院子当中。

他咬着牙,冲了过去,脚步在左手是敌、右手为友的混乱思忖中迟疑着,站立在了纪甪的鼻子前面。

"嗨!"纪甪无精打采地打了声招呼,声调明显没什么底气。

罗凌野不屑地瞟了他一眼,确认对面不是冒牌的谁谁之后,那只仿佛长了泄愤的眼睛似的拳头已经挥舞着朝纪甪左腮的上颌骨砸去,于是听到如同冰裂的响声。

纪甪感觉头晕目眩,趔趄着向后退了两步,脸部的肌肉抽搐着,疼痛难忍。

罗凌野粗鲁地呵斥着,语调暴躁而阴冷:"你个王八蛋,你以为自己可以逃过这一劫?除非这辈子别让我见着你!我告诉你,这拳还不是我的,这是替那个学生还的!就算他不知道今天有人为他讨了公道,这也至少可以清醒清醒你混沌的头脑!"

他一边说着一边"啪啪"又搧了纪甪两个沉闷的耳光。那是为丽嘉搧的。一直以来,妹妹丽嘉那双委屈而不安的眼睛像两只硕大而蠢笨的毛毛虫寄生在他的心脏或者胃里,让他经常不得安然。虽然平时他可以对她浑斥浑骂,但别人给她一丁点委屈都绝没可能。这便是他认为的作为同胞的责任。

伸张正义的凛然让罗凌野发出最后的咆哮:"你怎么回事!啊?为什么会这样!为什么!"

纪甪哀怨地抽动了下嘴角,没吐出只字片语。

罗凌野没有要听他解释的意愿,他闪过纪甪用来掩埋脸部的双臂,朝他下腹飞起一脚,纪甪支持不住,终于跌倒在身后凸起的沙堆上。

那是两个男人间因信任缺失而耿耿于怀的一脚。

罗凌野踢出去,心里舒畅了好多,像得到了正义者奖章。

纪甪因疼痛面部扭曲,他揉抱着肚子半天没能动弹。

四周的荒凉散乱幽闭营造出一片空旷的宁静。

　　罗凌野点了支香烟,眼神飘荡在夕阳余晖的光晕里。他沉默良久之后,踩灭那支吸了长长一口的烟,冷若冰霜地对纪甪说:"不好意思,我还有事,恕不奉陪!"

　　说完,他驱车离去。

　　空地里只剩下凄怨迷离的纪甪。

　　他挣扎着站起来,疼痛着,心中却隐隐滋生出一种风暴之后的晴朗,他坚信,生活终将进入新的状态,他渴望和充满期待……

　　罗凌野在那个区域行驶了一会儿,没有勇气把油门继续轰下去了,他慢慢刹车,然后拨了纪甪的手机号。

　　"没事吧?"

　　"没事,皮肉之苦对我不算灾难!"

　　"那是我手下留情!"

　　罗凌野把车滑进右车道,然后拐进回头的路。

　　"说实话,"罗凌野有些感慨万端,他挺直腰板深深叹口气继续说,"即使一生要遗忘很多人、很多事,纪甪你也让我永远心存感激,所以仇是仇,恩是恩,一码归一码!"

　　罗凌野说的当然是他毕业那年的事,那时硕士研究生他刚上一年多,已经对余下的课程失去了兴趣,他率性地请假、旷课,甚至在飞往香港、泰国的飞机上泡妞……

　　他的导师先是说教,到了无计可施的时候他气愤地指责说:"你太让我失望了,别以为你家境好就可以为所欲为了,我还从来没见过像你这么对自己不负责任的人!你会后悔的!"

　　学院那期间正好要拿他当典型,计划开除他,以达到以儆效尤的目的。

　　纪甪急切地找到罗凌野告诫他小心行事,罗凌野不屑地说:"正好,我实在待不下去了,真是不敢相信我竟然在这里待了这么久!"

　　纪甪恳挚而坚决地说:"我帮你补课,你修满学分,即使完成不了毕业论文也拿个肄业证书回家吧!"

　　罗凌野想起往日的情形有些激动,他冲电话咧了咧嘴,"嘿"了一声说:"来吧,我们找个地儿喝一杯。"话说完了,他们已经互相看到了对方。

　　公路的尽头渐渐由灰白陷入灰暗,车流如影,匆匆穿梭,夜已降临。

第九章　粗制滥造的理由

那是一家叫作"追随者"的夜总会，四周灯火阑珊，让人在11月的初寒里也能感受几分温暖。

两人随便挑了个位子坐下，服务生送来酒和餐品。

面对面坐着，却看不到喝酒的气氛，而且各自对激发离别之情的兴趣也不高，只好到处找些无聊的话题。

其实纪甪在心里憋了好久的一句话，反复在喉咙里打转，他想问：丽嘉好吗？可是在这样的情形下，会感觉他在罗凌野面前好没面子，有点像初识一个女孩就对她说"我爱你"那么苍白。

于是他随便问了句："你最近怎么样啊？"

"嗨，就那么回事吧，你知道的，原来我一直想自己开旅游公司或当个赌城老板，好多人都劝我说进机关吧，机关多好，样样都是美差，我又没主见，说的人多了我就进了。结果时间一长麻木了，你知道为什么吗？我发现只要喜欢搞政治的人差不多都长着同一副模样，傲慢钻营、善变虚假，尤其是凑在一起开会的时候，那种感觉像什么来着，像一窝互相追咬尾巴的臭虫。"

罗凌野说这些时，一脸的迷茫。他轻易不在别人面前流露出他对于自己处境的哀怨，但在对面这人面前，他掩饰也没用。

但罗凌野停顿下来，毕竟，此时此刻，即使"朋友"这两个字似乎也不如之前听上去让人舒坦了。

罗凌野给自己喝光的杯子里倒满酒，目光里闪过几丝凝重。

纪甪的脸仍火辣辣的，除了皮肉上的灼伤感，他内心的惭愧也在沸腾。于是窘窘地待在那里，局促不安地在混乱的大脑里搜索话题。

"我最近把烟戒了，那东西时间长了上瘾！"他视线很低，仍没太多勇气正视对方。

"你原来就不抽啊！偶尔应酬时玩玩，那个不算！"罗凌野也知道他在没话找话，于是一脸的不耐烦。

纪甪只好换个话题。

"这地方我原先来过，只是变化挺大的，重新装修了吧！"

"换人了！老板是北方人，听说他一口气盘下了这条街所有的门面。真够牛的。这年月，看起来很难，而且感觉自己很有钱，可一转身那些土豪巨富还是一串一串从你脚底下往外冒，那种心惊肉跳的感觉让人很不爽！"

罗凌野把目光抛向离他很远的过道，言不达意地接着说："不过即使对同一

座城市，每个人对它的审美、评价也各不相同。如果是分割的，像建筑师、史学家甚至店铺老板，他们可以在实用、时期、生存价值做出判断。而从整体看，美感和精神却是共性的。所以，我们只有对一座城市充满信心……"

纪甬怅然地闷头喝了半杯酒，眼光里流露出以往少有的幽怨。

他拿捏不准罗凌野是否在为他制造某种悬念。终于他鼓足勇气打断罗凌野的话，问道："记得陈历教授吗？"

"当然，北大著名的生命科学家、博士研究生导师，1993年入选中国科学院院士。"罗凌野回过神来注视着纪甬。

"这段时间我一直在他那里。"纪甬声音压抑而低沉。

"正如你所说，我当时对这座城市完全没有信心！"

"为什么？"

"你是了解我的，我只对分子遗传及基因工程感兴趣，来上海后，面对那些学生我总认为自己在浪费时间。可是，我又下不了决心。我不想伤害谁，可是那种挣扎痛苦极了。"

纪甬苦恼的表情让罗凌野深知他当时的压抑。

"那天自由篮球时间，我当时本来就因为前节课的课堂效果不好，心里有情绪，再加上那个没家教的小子根本不把我当回事，抢球时撞我也就算了，后来竟然拿脏话骂我，所以我就一时冲动失控了。"

纪甬舒一口长气，接着说："我根本不想把事情搞成这样！我以为那家伙一定死了，所以……"

"你比我想象的还蠢！我就纳了闷了，你出手打他的时候，你头也不回离开上海的时候，你这里都在想些什么？"罗凌野似乎又气愤起来，他用食指使劲戳着自己的脑袋质问道。

"没有，什么都没想，大脑一片空白！"纪甬的声音沉沉的，像内心一样沉重。

"后来我打匿名电话了解了一些情况，知道他根本没事。只是，我已经没有退路！"

纪甬鼓起勇气看了罗凌野灰沉的脸一眼，负疚的心隐隐作痛。

"我回到北大，因为我知道陈历教授一直在寻找一个得力助手，他曾经强烈要求我毕业时留下。"

罗凌野对这点倒毫不质疑，因为他知道在陈历教授和北大其他生物学教授眼里，纪甪是个极具天赋而又不可多得的奇才。

"可是，你竟然用极端的方式解脱自己！"罗凌野毫不客气地直戳他的伤处。

"因为，理想和爱情在现实的字典里，充满矛盾和不确定性……"

"是啊！理想是件不容易的事……"罗凌野似有同感地叹息道。

"当时，我已经不知道什么才是慎重明智的。"

纪甪一身疲惫的样子，往座椅里靠着，说话的声音也渐渐慵懒，他眼神里的痛苦突然触动了罗凌野对男人内心的理解。

"算了吧，不要总在这纠缠不清的事情上浪费时间了，你知道作为男人咱俩最大的差别吗？在你那里总有一盏灯，无论你往哪儿走，或是走到哪儿，它一直孤傲却又坚决地亮着；而我，也许曾经有属于我的星星之火一闪而过，它没有照亮让我坚持的东西，什么理想啊，追求呀，都还不如眼下这些酒燃烧得痛快，这种惆怅让人感觉像黑夜里没有灯光一样可怕……"

第十章 纪甪的回忆

纪甪决定飞新西兰了,他捏着护照、签证、入境卡机票,一边叫了出租车前往机场,一边给罗凌野发短信:

"我去新找丽嘉,无论她是否原谅我,我必须勇敢面对。不必通知她,我用自己的方式找到她。无法预知是打工或读书,视情形而定,已在路上,不必送我,祝好运!"

飞机起飞时,已近黄昏,2010年春节过后的上海上空,弥漫着冬的冷清和年岁伊始的活跃与匆忙。晚霞像深红的软组织,无情地抛开、泛滥,要把飞机燃成烧着的房子。

纪甪拒绝一切机餐,他把一只透明的玻璃小猪塞在嘴里,不停地吞进吐出,那圆鼓鼓的猪肚皮被他的口水点缀成斑驳的麻痘,让邻座一对旅行中的美国母女非常恶心。

纪甪顾自闭上眼睛,慢吞吞地往座椅里滑,记忆之门随之打开,罗丽嘉从那里步履轻盈地走出来,她笑容纯净,目光清澈……

认识罗丽嘉那年纪甪二十一岁,是他读硕生涯第二年的暑期。

那年夏季的上海风轻雨柔。四处播放着西域男孩的 *My love* 和邦乔维的 *It is my life*。纪甪和罗凌野两个北大的高才生,背着"青年志愿者"的旗帜,带着沉甸甸的"科技扶贫接力活动委员会"的委托,怀一腔应征者无私奉献的激情兴致盎然地来到罗凌野出生、成长的城市——上海。他俩是科技"三进巷"上海分区的主力队员,任务是进入基层社区,将一部名为《生存与生命》的科教幻灯片免费"公映"。

纪甪如约起了个早,背好他的笔记本电脑,跨上那辆他租来的为之取名"菠菜"的劳迪士名牌自行车,蹬过夏日初晨的满目清爽,从他租住的旅馆出发,七

折八拐地拐入××区××路××街,去罗凌野家与他会合。

纪甪凭借某种感觉,找到了关于罗凌野家的房子,那是一幢建筑于二十世纪九十年代末的现代豪宅,它造型独特,风格绚丽,临街的贝壳型门廊下是一对古鲷色欧式大门,然后建筑的主体是灰蓝色,透过大门铁栏,十几米内宽阔的花园式阳台光洁耀眼。

纪甪在想,自己在邯郸的家曾经也如此模样,可是,自从彩悉出事以来,那里几乎成了一座充满煞气或阴郁的鬼屋,连他自己都没回去的勇气……

纪甪把车子停在一边,然后透过护栏向内张望,不见罗凌野的影子,便轻轻按下门铃。

五分钟后,罗凌野抓着乱七八糟的东西小跑着出来,扬头笑笑,然后去墙角取他的Pacific山地自行车。

这时候,不经意间,从罗凌野身后跳跃出一个飘逸挺拔、清丽阳光的漂亮女孩。

女孩穿了件前短后长的海魂露肩条纹T恤,搭配一条橘色马裤,光脚穿着一双夹脚人字拖,也许刚刚睡醒,因为她还没张口说话,一个个大哈欠打得她仰马翻。

"有事吗?"罗凌野边用手摸一把车座上的灰尘边没好气地问。

"你要去哪儿?带上我好吗?"女孩回头看一眼十几米外的窗户,压低声音用最温柔娇细的声音乞求道。

"去哪儿关你什么事,老妈不是交代过了吗?今年暑假你哪儿都甭想去,老老实实在家待着复习备考,你不是打算考复旦吗?成绩不好怎么考,等着别人来雇你去啊!"罗凌野说着,推着架好幻灯幕和扩音器材的车子走了出来

女孩并没理睬他的教诲,踏着小碎步步不离地跟了出来,脸上堆起难抑的笑容。

"站住!"罗凌野一脸严肃地阻止道。

"你再往前走一步我喊人了啊!"他的语气充满恐吓。

女孩见罗凌野当真生气了,急忙赔着笑脸同时又装出一副楚楚可怜的样子:

"太过分了嘛,高三怎么了,高三的学生就活该要待在家里闷死吗?没朋友,不旅行,甚至连门都不让出,明明是失去自由的软禁嘛!如果这样,不如叫'死亡假日'好了!"

罗凌野说:"放心,你现在自杀也无妨,免得老和你纠缠不清。"

站在一旁的纪甪听着暗自想笑。他忽然记起罗凌野曾经提到自己有个读高中依然疯癫的妹妹，成绩不好，目标却超高……

这时，纪甪不知哪来的兴趣，突然帮腔说："其实高三怎么了，高三也应该适当放松和劳逸结合嘛！"

直到这时，她才突然想起应该打个招呼之类的问题，于是抬头用淡然而又优雅的眼神瞟纪甪一眼，嘴里挤出两个字："你好！"

纪甪礼貌性地点头："噢，你好！"

然后，她似乎更加看到了希望，于是借机又将一脸夸张的痛苦委屈推送到罗凌野的视线之内，然后喁喁低语："你看看人家，是个男人都懂得要怜香惜玉，而你，把这些心思都用在根本不相干的女孩身上！白白浪费那么多自鸣得意的情感，而自家人上吊自杀怕你连眼皮都不眨一下。"

"OK，打住！打住！"

罗凌野似乎担心她说出更不着调的话来，于是急忙打出"STOP"的手势。

他稍加思索，然后说："可以答应你，但只限今天，而且约法三章：第一，我们是搞活动你不得胡闹；第二，你自觉自愿，爸妈要是追究，责任自负；第三……"

"只要你把我带出去，把我投进大海喂鱼都行！"

她兴高采烈地用脚尖把自己甩一圈，抖出一个"咃"的稚气小动作，脸上堆满灿烂而娴静的笑。

罗凌野却皱着眉头恨恨地看着自己一百公斤的体重和五花大绑的车子，无奈地向纪甪投去求助的眼光。

纪甪倒也识趣，自告奋勇地说："可以的，这个任务交给我！"

女孩也并不客气，并不道谢，小跑几步直接跳上车子后座，即刻出发。于是三个人骑着两辆车子拐出胡同，正式出发了。车子没骑几步后座上的女孩就又开始嘀咕起罗凌野的坏话："他整天大惊小怪的，你怎么就搭档了他？"

纪甪却言不达意地赞赏讨好她："祝贺你，勇敢的战士！为自由而战，我投你一票。"

"没错，自由之战！榨汁的柠檬，他们简直就是把我当成那东西，却不顾被压榨者的牺牲！"

"太夸张了。不过，柠檬倒的确有汁可榨。照这样的理论，杨梅、橄榄会死得更惨。"

女孩在身后咯咯地迎风大笑。

"你是我哥的同学？"

"是同学，也是朋友，本人姓纪名甪，认识你很高兴！"

"噢，好像听他提过。我叫罗丽嘉，谢谢你刚才帮我说情，不然他绝不会答应的。"

丽嘉，很诗意的名字，纪甪在想。

这时女孩已经开始漫不经心地在说今天天气不错，那个爱管闲事的阿姨两天前就把小狗狗丢了，一大早又在找，找得好心焦。刚才那个打领带的男人真帅，罗凌野从来不打领带，当然了，他的脖子粗成那样，领带到他那大概只能当红领巾系了……

纪甪跟着她跳跃的思绪、活泼的话语，有时收拾起一两句话，在心里想，她是个很有优越感的女孩！

然后他又想，今天天气真的不错，而且心情也如朝阳一样渐渐明亮。

可是，接下来，活动并不顺利。

三个人先到了第一站目的地，罗凌野和社区主任寒暄的时候，就发现根本没有电话上说的那么热闹。

主任拍拍罗凌野的肩膀，说："别找了，实在不好意思，其实情况很复杂，有些老同志是想过来支持一下你们这些小年轻的，可是又临时有事脱不开身。那些有自己的想法和兴趣的，咱根本请不来。再说，现在不是都有电视、报纸、杂志吗？你们干吗不直接去找电视台拍成电视宣传片呀？就一些投影镜头呀，对白呀，确实太枯燥了。"

很明显，他们白来了。

"您确定吗？不会再有人来？"纪甪一直在听，他追问道。

"不过没关系，我肯定在意见书上签字，具体怎么签也由你们说了算。"主任轻车熟路地安慰道。

罗凌野听出来了，主任出了一个大家都省事的"好"主意。照这样下去，估计他和纪甪不出三天就可完成任务。

但罗凌野又似乎不太甘心，毕竟当时分派任务的时候已经提前交代过了，不允许走马观花式地应付，而且之后还要有电话回访之类的检验。他想到这儿，悻悻地站进角落里。

"别泄气。再想想办法。"

纪甬安慰道。半分钟后,纪甬突然想到了什么,于是走上前去问主任:"我们来时路过街口有块电子广告牌,它属于哪个部门?我们可不可以借用一下。"

主任疑惑地看着他说:"可以呀,那个广告公司的经理我认识的,我可以帮你们联系一下。"

罗凌野听到这个来了精神。

"哎,对呀,我们可以自己先在电脑上制作个版块,拿过来当公益广告一放不就完了嘛!那样咱们既用不着驮这么大堆的东西还可以节省许多陪伴的收看时间!至于回访质量更没问题!"他说着,脸上立刻乐出笑佛的表情。

"而且,这样的话,其他社区也可以采用这样的形式,至于那样的广告牌现在到处都是,根本没问题!"纪甬补充道。

"Good!就这样,让我们朝着胜利的方向出发!"罗凌野将胖墩墩的身体费劲地从地上跳离了半米,然后重重地落回地面,那扎实的声响像重型坦克。

罗丽嘉用异样的眼光看着他们,追逐着他们,也笑得好开心。

纪甬后来才发现,自己其实从见到罗丽嘉的第一天起就喜欢她了。只是那天还并不确定。当活动出现状况,纪甬心里特别在意的就是她会是怎样的想法和感受。而且或许是为了讨好她,他才绞尽脑汁想出了那样的主意。后来想想那可能就是爱和爱的原动力。

后来,罗丽嘉宣布正式加入他们的行列了。于是二人小组成了三人团队,他们的团队因为有了信念而走得很远。甚至,他们在电子广告牌上打出的标语"我们是火花,把你们的关注留下,燃烧我们吧!"在上海风靡一时。

音乐一直响在他们身边或者角落,抵挡着夏的酷热。三个人,时间一长,便有了更多话题和交流,比如地铁、电影和篮球。他们也经常一起坐下来喝点什么,然后一起吃个简单的午餐。

一个周末的晚上。纪甬吃了晚饭,然后就去他租住的旅馆旁边的超市买"菠菜"需要更换的零件。

回来的时候,站在电梯里面,他突然满头满脑地想起了罗丽嘉,想她的声音、影子和她的快乐。

她喜欢爬超高的楼顶,到达天台。然后,用悠远的目光眺望这个世界最深最远的位置。

她喜欢拿手机拍独行男人的侧脸甚至后背,拍到第九个定为一组,拍到第九组为一系列,然后反复对比取舍,九九归一,唯一剩下的,设为屏保,陆续取名

为"帅男甲、帅男乙、帅男丁……"。

"不如直接叫'男丁'！"罗凌野带着讽刺挖苦说。

她说水和火是她的崇拜，因为，水是魔幻的，它那么柔，永远是融化的！火也是魔幻的，那么热烈，难以摧毁……

这时，电梯门开了，纪甪从狭小的沉闷里走出来，楼道里正好有股强风袭来，把他悱恻的心敲醒。

然后，罗凌野打进了电话。问："干吗呢？"

纪甪自嘲地笑着："我呀？在楼道里找北呢！"

罗凌野纳闷，问："在哪儿呢？"

纪甪没说，只嘿嘿地笑了笑。

罗凌野也不管那么多，他说："我和丽嘉在'群魔乱舞吧'跳舞，最新的慢摇DJ，好痛快！你要不要来，来就快点！"说完，便把电话挂了。

罗丽嘉提起过"群魔乱舞吧"，她说那是她一个叫麦克的盲人朋友开的。他有好多好心的朋友，常常过去捧场。她佩服他看不见世界却可以笑得那么桀骜而明朗，他最大的愿望是加入盲人足球队。还说他对音乐有着特别的感觉，他可以把电吉他弹得回肠九转、光风霁月……

纪甪是叫了的士去的。进去的时候，罗凌野看到了，冲纪甪挥了挥那顶白天戴着的涂鸦棒球帽，一边仍然摇晃个不停一边招呼说："来啦！那边有喝的，你随便啊！"

纪甪说："行，玩你的吧，不用客气。"

纪甪要了一瓶冰镇可乐，慢慢地喝了两口，同时他感觉这家迪吧的音效太聒噪，歇斯底里的，让他无法喜欢。

可是，罗丽嘉喜欢！是的，罗丽嘉，她在哪儿？

其实，刚才一进门，已经有一个人抓住了纪甪的视线，她，用一块紫红法式大头巾把头发裹在一起，用一副防强光复古蛤蟆镜挡住脸庞，穿着温色的无肩T恤和麂皮热裤。斑驳陆离的七色灯光打碎她，仅仅是最简单地晃，由她的修长美腿开始，仿佛中了音乐的咒，四肢的舞动到达极致，成为天雷勾地火的疯者，散发超炫的活力，直至停不下来……

纪甪看得呆滞。

罗凌野累了，他走出来。甩掉衬衫，接过他原来放在酒吧台里的饮料，然后一把搂过现任女友，挨着纪甪坐下。

"怎么不下去？"

"白天够辛苦了，我可不想累散架。"

"哈，告诉你吧，只要折腾半小时，出一身臭汗，要多舒服就多舒服！"

"没道理，以毒攻毒啊你这是！"

"嘿，你还别不信，要不，你下去试试。"

纪甪摇摇头，突然转移话题，问道："那是她吗？"

"哪个呀？谁？"罗凌野迟疑地看了纪甪一眼，然后突然明白。

"当然！罗丽嘉可是这里的明星，常来的好多是她的舞迷，那可是个跳舞坏子。她原来是上海艺术体操队的主力队员，从受训到参加国家级比赛至少也有五年，后来伤了脚，改学舞蹈了，可惜呀，一个夭折的体操皇后！"

罗凌野心不在焉，甚至有点尖酸地说着，嘴已经快咬到贴身搂着的女孩脸上。

纪甪回过头，动情地注视着那个随音乐而动，然后用她的节奏左右身边所有人的罗丽嘉，而且，她那甜美的笑靥，闪动的狂野，犹如火的气质，水的灵动……

纪甪情不自禁地低语着："我要恋爱了！"

罗凌野诧异地回过头，盯着纪甪的眼睛想把他看穿似的："丽嘉？就她？不会吧！"

纪甪严肃地点头。

"有没有搞错，一直以为你水准很高的！认真对待吧老兄，这可是你的初恋！"

"我不想拿这个开玩笑！"

纪甪的恳切让罗凌野无可奈何。他摇着头向服务生要了瓶酒，添满两只杯子。

然后说："来吧，为你情窦初开的初恋，干一杯！"

飞机在新西兰南部城市皇后镇降落，纪甪站在陌生的城市看陌生的人群，接机的人热烈拥抱、亲吻，熟悉这里的人满怀信心，匆匆在视线里消失，然后看到他自己，寂寥落寞、形影相吊。他抬头望一眼机场外湛蓝的天空，感觉自己像颗随风而至的尘埃，到来和离开都无关紧要，突感一阵强烈的怅惘，不再明了自己该不该来，该不该出现在这个漠视他存在的国度……

第十一章　与蓝珍和解

在瓦卡塔尼镇一家仓储店门口，奉命前来帮蓝珍采购的罗丽嘉正在把买到的东西一一放上车——那辆"噼里啪啦"响作一团的皮卡，她一边放一边扬扬得意地嘀咕："应该差不多齐全了：一罐牛油、五盒羊肉、一包豆蔻粉、一份即日到货的进口猪肉馅和一篮新鲜的时令水果。"

放置停当，她跳下车来，透了一大口气。街上，有一点点冷清，偶尔有人从对面儿童医院的门厅里出来，或者两个交谈着的人匆忙在某个街口拐了弯。

"也许要下雨了。"罗丽嘉抬头看看乌云密布的天空，黑幕已经由远及近压顶而来。于是，她决定马上离开。

发动了引擎，她看一眼后视镜，利落地退出了停车位。这时候她发现前面的门廊下有一只很眼熟的柚木箱子，抬头看时，拿箱子的人正冲自己充满笑意。

"哈喽，约翰大叔！"罗丽嘉把头探了出去问候道。

"你好，姑娘，你叫什么来着？"

"丽嘉，罗丽嘉，我是蓝珍的外甥女，您还记得吗？"

"对，丽嘉，我当然知道你是蓝珍的外甥女，是我亲自从机场把你接回来的，而且，你来了之后，我在那儿还待了两星期。"

"您的记性还不错。"

约翰已经走到了近前，眼中有一丝不安或期待。

"您需要帮忙吗？"罗丽嘉问。

"天气不太好，所以想搭个便车。乡下的公共汽车恐怕要半小时以后才来。"

"这么说，我可以帮您！至少我可以把您载到蓝珍家附近的那个路口，那里往那边去的车更多些。或者说不定有从别的方向过来的公共汽车。"

罗丽嘉表现得异常热情，可能是她今天对自己黑底白镶片真丝坎肩和怀旧短牛仔的穿着很满意，这让她精神十足，所以心情也特别好。

"那样当然好！"老约翰充满感激地坐了上来。

上路了，罗丽嘉开了收音机，她想听听有没有来自中国的热点新闻。

一边她也偶尔与老约翰寒暄几句，然后，罗丽嘉听他倾诉起自己的苦情来。

"生活真辛苦啊！而且很不公平，那些聪明人和资本丰厚的人本来就比我们这些靠劳工挣钱的人过得悠闲，又可以和那些有钱人混得熟得到更多挣钱的机会。而我和太太就没那么幸运了，我们从帕劳的托克劳搬来的时候就没什么积蓄，加上买地盖房子还欠了债，本来在蓝珍家干得好好的，眼看钱也快还上了，马斯又出了事。现在倒好，我一直靠打零工生活，这根本不够三个半大的孩子上寄宿学校的费用，我不知道这样的日子什么时候熬出头，有时总感觉被生活压得喘不过气来。"

他好像很不如意呀。罗丽嘉心想，这样他的愤世嫉俗才算正常。他懂得发泄，至少说明生活没将他麻木。

就在这时，她果然听见老约翰接着咕哝道："今天结账，又被老板扣了工钱，他嫌我手生，活做得粗糙。粉刷和砌砖本来就不是我的长项，再加上一起搭伙的伙计偷工减料，把水泥弄得不成样子。反正，被扣了钱心里很不是滋味啊！"

罗丽嘉很想安慰他几句，但一时又感觉找不到非常贴切的话，于是她说："有时候就是不太顺利啊！"

老约翰苦笑了一下，点起一支烟，愤懑地吸着。

车外面，雷声隆隆，豆大的雨点开始拍打挡风玻璃。罗丽嘉拿出电话打给蓝珍，告诉她自己已经在路上了，稍后到达。

电话又诱发了老约翰的感慨，他幽幽地注视着路的尽头。

"蓝珍她还好吧？年纪轻轻遭遇那么多打击，再坚强的人也承受不起，真担心她迈不过这道坎啊！"他忧虑地问。

"你用不着为她担心，她最近情绪不错呢，而且……"她原本想说这半年多来她的状况发生了很大变化，甚至她已经在考虑和别人订婚的事，只是罗丽嘉话还没说，突然关注起广播里的一则关于摘葡萄大赛的新闻来，便收住了嘴。而且，一想到每次回来两人都要吵架，她也不想说她什么好话。

他一支接一支地吸烟，好像为她的不能理解而难过似的，依然自顾自而沉闷地念叨："所有人都在劝她和马斯，应该趁年轻生几个健康的小孩儿，可是她很固执，说那样对杰西不公平，会伤了那孩子，还说要把他当成像其他孩子一样来养育，其实那孩子……唉！蓝珍她其实很了不起的呢！"

第十一章 与蓝珍和解

罗丽嘉回头注视了他一眼,那目光坚定而凝重,是他少有的神情。

"哦?"罗丽嘉把视线收回来,应着。然后她抬头看见,雨就在此时倾盆而下了。

车子在交叉路口停下来。路边齐腰深的植物在那里拥挤着,快把朽木栅栏挤炸了,路牌上两个英文路标分别指向蓝珍的家和约翰要走的方向。

罗丽嘉把车熄了火,陪老约翰等公共汽车来。雨刮器有节奏地摇着。五分钟后,车来了,老约翰打开了车门。

"您等等。"罗丽嘉喊道。

不知为什么,她心里突然有个并不成熟的想法,但她决定说出来。

"这是一个自作主张的决定。"她说。

"但,在说出之前,您能回答我一个问题吗?"她问。

"那当然!"

"您离开蓝珍的农场,是因为怕人说闲话吗?"

"说实话,我和我太太都是这样想的。"老约翰诚恳地望着罗丽嘉。

"那么,现在这个问题解决了。蓝珍告诉我,下个月她就要和那个叫格什温的眼科医生订婚了。"

"真的吗?那真是太好了!"

"蓝珍那里你不用担心,她一直都在为找不到你那样的好帮工发牢骚。所以,如果没什么意外,我会让蓝珍尽快打电话和你联系。"

老约翰欢快地跳了下去,在暴雨里跑动着,一边拼命地大喊:"真是一场及时雨!收获的季节就要到了!"

在Carlton 226A的大厅,苏C冲完凉正拿着吹风机走向阳台,想在那里烘干头发,这时候,她看见刚刚从瓦卡塔尼返回的罗丽嘉无精打采地站在角落里发呆。

"怎么?又和蓝珍吵架了?"

"这次好像没有,相反,我帮了她一个大忙,领不领情那是她的事!"

"哈,听起来是件了不起的大事呀!"

"那是当然,我帮她把最满意的老帮工找回来了,啊哟,其实这可是一件两全其美的好事。我回来时,蓝珍已经开始打理那人用过的工具房了。"

"Love is love's reward。"(爱是爱的报偿)苏C说。

罗丽嘉抬头看见夜空明月银洁,星空浩渺。

"可是!"她让脸孔的晴朗待了短短几秒,然后又一副满腹心事的样子说,"还有一种心情不能解释。"

苏C让吹风机停止轰鸣,关切地问:"关于什么?"

"你帮我想想,什么样的缘由能让两个人对同一个人的感觉和印象差距特别大呢?比如蓝珍,我对她没有一点好感,脾气暴躁、冰冷呆板,好多好多坏印象。可是那个老帮工却对她死心塌地,佩服她,还说她是一个了不起的女人!"

"他应该是了解她的。"

"当然!可是,她整天因为杰西纠缠在家里,根本没什么社会能力。我是说,她至少可以是个服装师、牙科医生或者做个公益事业宣传员,那样的话,我也有认为她了不起的理由。"

"其实,一个了不起的理由非常简单,比如农场的管理,她在乡间民间选举时的独到看法?或是因为她为你曾经提到小表弟杰西的牺牲之类的。"

苏C表现出福尔摩斯般的思考技巧。

"农场是由马斯管的,民间选举更没可能,杰西?按说我不应该说他坏话,可是那真的根本不能算作一颗完整的生命体,我感觉他只是上帝一时疏忽让他投错了胎。所以,为那样的孩子牺牲我不认为那是了不起。"她神情幽怨地说。

"而且,他已经夭折了。"苏C凝眉补充道。

"我只见过杰西一次,那时我十一二岁,他只有六岁,蓝珍带他回国,希望找到更好的治疗机会。看上去,他真是个除了眼睛和食管可以动弹,其他都像气吹的羊皮口袋上长着颗人类的脑袋一样,让人都不忍心去看。"

罗丽嘉说着,心里有种难以名状的感伤。毕竟,那是个有着血缘关系的小可怜。这时,她忽然想起了什么:"噢,天哪,我想起来了,蓝珍曾经给我一包东西,好像与杰西有关。让我想想,当时我把它放在皮卡的后排座上,后来就不见了,好吧,我得下去看看它们还在不在。"

罗丽嘉"噔噔噔"跑下楼去,五分钟后抱了一个纸包上来。

"它们还在,那些乱七八糟的东西把它挤到车座下面去了。"

她迫不及待地将它打开,里面是几本普通的笔记和一沓画满星象的纸张。

"是些什么?"苏C充满好奇。

"蓝珍写的什么东西。"罗丽嘉肯定地说。

"但是,这些很难说。"她指的是那些纸张,"我不记得蓝珍有天文方面的兴趣，而且，我觉得，她好像也不怎么有那样的心情。"

苏C打开第一个日记本，念道："从中国回来不久，我们发觉杰西可以用眼神表达自己的意愿。这真是个大惊喜。所以我开始参照中国中医学专家给过的建议，为杰西做全面而持久的家庭康复训练，训练之前，我必须自己学习一些东西。"

苏C一边往下翻，一边挑关键的部分念出来。

"这里说到'关于穴位按摩和对肌张力的揉捏，控制不自主的痉挛和抓狂'一节。"

接着，苏C拿到另一个本子，继续念："如果杰西能够站立，他应该和马斯一样高了。男子汉的他多么渴望站立。现在，杰西虽然不再完全瘫痪，但也没有完全摆脱大范围的肌无力。所以，接下来要做的，就是恢复他的颈椎及上下肢的活动，这就需要配合一些中医针刺疗法……"

然后苏C轻轻一声感叹，因为她看到蓝珍写的这样一句话：

这是一个脱胎换骨的过程，杰西像被上帝塞进了钢制的躯壳。不是血淋淋把壳剥掉，就是把杰西活生生拎出来。

"生活对他们来说，的确太残酷了！"

罗丽嘉哀怨地说着，同时翻看着另外两本。

"这里写道'杰西已经认识了很多事物和单词。作为父母，我们希望他和别的孩子一样得到心灵的成长，并学会表达内心。所以，当他能够看懂更多单词的时候，我们希望他握住笔，把它们写下来。可是，当他能够紧紧握住笔书写的那一刹那，他画了一张关于星星的画！"

"原来真是杰西画的！真让人意外！"苏C喊着。

罗丽嘉摊开那些画卷，那些象征大小形状不等的星体的黑点，或像棋子、蚕豆甚至沙砾，然后用或虚或实或笔直或曲折的线连接，超乎寻常的生动！它们半透明，像用塑料撑起的立体多维图。

两个女孩张大嘴巴。

"他把那些看上去星星点点的东西处理过了，虽然明显得没经过什么点线图的训练，可是，还是描述得极其详尽确切，他还掺杂一些他的想象在里面。"

"还有那些标题！"苏C兴奋地嚷嚷着，"'骑士脚下雄壮的黑马''狼与猎人对峙于断崖''农场主在户外搭起屋顶''妇人脚旁的洗衣筐''绅士在念祷文''法老和他的歌剧'……"

苏C念完了,轻轻扬起脸,她断言:"我想,它将是我此生见过的最特别的星图!"

罗丽嘉也静静地思索了一会儿,然后说:"也许,这就是老约翰所了解到的。他看到的是蓝珍虽然沧桑却不苍白的人生,是她的倾尽心血让杰西真正活过了,有爱有思想,接近于真正意义上的人。虽然他也因为最终产生了思想而感觉看不到希望而自杀了,但至少因为蓝珍的不能舍弃而改变了。而这一切,又与一个普通的母亲把一个健全的孩子培养成天才有什么两样?"

罗丽嘉起身走到窗前,仰望星夜,喃喃地说:"那里有一颗属于杰西的星,我很难过,在这之前我从来都没想过,可是现在,我很确定!"

解决了认知上的偏差,罗丽嘉很有心情和蓝珍聊电话了。她愉快地听到蓝珍有了新的生活打算——她要在瓦卡塔尼开旗袍店。

"可是,那是很中国的东西。"

"瓦卡塔尼有不少中国人。"蓝珍说。

"但,更多的华人和华人后裔生活在奥克兰和但尼丁。"

"我只是给自己找点事做。"蓝珍淡然而坚定。

"那,这样也不错。说不定照样远近闻名。"罗丽嘉开着玩笑,她希望蓝珍开始走运。

当罗丽嘉挂断电话,起身下床,她看见时钟已经超过十点。她随便在赤裸的上身挂起一件黑色真丝小吊带,搭配着白色的小三角内裤晃荡着走向洗手间。

"啊!"

她突然发出一声恐怖的尖叫,她战栗着再次抬头看时,客厅里站着一个陌生而胡子拉碴、衣衫不整的丑恶男人。

"你……你是谁?怎么进来的!"她几乎在发抖,她脑子里汹涌而来的,除了打劫还有凶杀。

"静芝!是她带我进来的。"那个男人不屑地指指苏C的房间,根本不把罗丽嘉当回事的样子。

这时候,苏C从外面买早点回来了。她听到屋里的惊叫声快步上楼。

"发生了什么事?"

罗丽嘉已经稍稍镇定下来。

"见鬼!这算不算私闯民宅?"

罗丽嘉指着站在那里的陌生人说，而且内心里很想加进去"粗鄙的男人"几个字。

"我想，你的宝贝朵丽静芝要有大麻烦了！如果我没记错的话，她刚出去不到两周！"她气愤地补充道。

这时候，静芝已经从苏C的房间里拎了许多东西出来。

"没什么，是她大惊小怪的！好像这辈子还没见过男人似的。" 静芝一边说着，一边把化妆品袋和一双蝴蝶结中筒靴递到那个男人手中。

罗丽嘉已经随手拉了阳台上正在晾干的外套裹在身上。一边愤愤地抱怨："没人教过她带男人进来有必要先打招呼吗？"

"你自恋狂吧？还是故意穿成这样？"静芝开始蛮横无理。

罗丽嘉强压怒火，恨恨地瞪了她一眼。

苏C问静芝："他是谁？"

"这正是我想说的。从今天开始，我要离开了。"

"为什么？"苏C急切地追问。

"我想，我找到了另外一个睡觉的好地方。"她笑嘻嘻的，好像在跟谁开着玩笑。

"不要告诉我，你打算和他生活在一起！"

对于这样的变故，苏C目瞪口呆。

"事实就是这样的！"

"为什么你要这样做？如果你不想打工，我们可以想其他办法。"苏C恼怒起来。

"帕尼克就住在这附近！我相信他会照顾好我的一切！"

什么帕尼克！当罗丽嘉注意到那个人穿着沙滩裤的毛茸茸的腿时很想送他一个叫"蟑螂腿"或者"松脂""易拉罐"之类的外号，因为那个粗糙的有着马鞍棕色皮肤的男人说话时，一直把脸和脖子斜斜地卡在肚皮鼓鼓的身子上，给人的感觉极不舒服。

白痴！罗丽嘉在心里骂着，她甚至想骂出更难听的。于是她带着讽刺的意味，言不由衷地说，"其实，我不太爱管你的闲事，但，我还是奉劝你不要跟他走。"

"别假惺惺了！我知道你根本不希望我待在这里。"

罗丽嘉气得发抖："真不知该用幼稚还是愚蠢来形容你！"

"随便你！反正，这是我个人的事！"静芝气焰嚣张的样子让罗丽嘉感觉恶心。

苏C也已经在气愤地跺脚，可是无济于事。那个男人此时已经满脸狡诈地笑着，心安理得地像搬走一件已经有归属感的行李，牵起静芝的手臂走向门口。

"我会想你的！"静芝并没忘甩给苏C一句甜蜜的话，然后头也不回地走了，此时此刻，简直让人相信她即将走向幸福。

剩下的两个人默不作声地看着他们下楼。三分钟后，他们被一辆又老又吵的尼桑车带走了。

"你在为这样的人伤心难过吗？"罗丽嘉走上前来安慰苏C。

苏C忧伤地说："我应该早些把内心的想法说出来。我想用自己的积蓄来帮她。而且我可以拿到奖学金。"

"我不认为这样就能帮得了她。我第一眼见到她的时候，就感觉她骨子里有种东西，是你和我没有的，现在我知道那是什么了，是堕落。这种与生俱来的劣质，让她即使没有困境，也同样要把手伸向'蟑螂腿'那样根本看不出有多可靠的男人，而不是安分于我们的真诚。"

"'蟑螂腿？'"苏C似乎没能反应过来。

"我送给他的外号！好了，不要再想这件事，让我看看你带回的早餐都有什么！"

"噢，天哪，你买了培根比萨！"

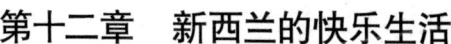

第十二章 新西兰的快乐生活

又一个周末的下午。罗丽嘉在海关街闲荡了半天,买了一条毛利人的手工编织棉布小背心和许多精美的骨器,又在街口的"OK Gift Shop"精品店买了Manuel丝袜,然后打着"Loney Loney Loney"的DJ调子回家。

在门口,罗丽嘉从邮箱拿到两张罚单。她有些意外,因为她只知道上个月有超速的记录,那是送静芝去乡下时不小心超的,发现时已经停不下来了。

"另外一张是怎么回事?"风轻轻地吹在脸上,她咕哝着,无奈地摇着头打开了门。

"是什么?"苏C刚好出来,她好奇地问。

"喏!这些令人讨厌的单子!而且那个害我被罚的家伙不知去向了!"

"就是她在,也没钱替你交罚单!"苏C安慰着。

然后她指指手里的网球拍:"来吧,我们去'Farrell',来一场比赛怎么样?我约了乔迈洛,他也许已经在那儿等着了,让他做我们的裁判。"

罗丽嘉默认,她们早就有打场比赛的约定。她从车库把车开出,苏C跳上来,即刻出发。

罗丽嘉无法拒绝像乔迈洛这样的朋友,首先,出国在外,朋友像咖啡一样成为生活的必要;然后,在国内的那群"声援者"和"智囊团"看来,能和某某冲浪高手交往,简直就跟美国平民和他们的总统共进晚餐一样稀奇罕见。

"可是在新西兰,玩冲浪、潜水、蹦极之类极限运动的年轻人,就像在西欧或爱尔兰把歌舞的神韵融于身心的民间歌手一样多。"罗丽嘉努力把这种人文背景添加进她们的交流之中,以期待对方同样感受"意外"并非偶然。

现在,她们走在一段优雅的下坡处,同时一边谈论着乔迈洛的冲浪队友。

"不敢相信,爱喝酒跳舞的瑞是地道的编程专家。"

"那个'绿豆糕',他的吃相真强悍,像头饥饿的熊,而他的屁股后面老跟

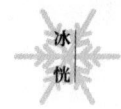

着等待他去抓挠她头发的红发女友。"

"还有'差莱',他说自己曾经想当牲畜屠宰员或者渔场剖鱼师,他细长的鹰钩鼻子让他看上去很特别,任何有想象力的人如果把这两点稍稍一结合,就会发现a pair of wings对他很合适。"

一辆新世爵C8 Spyder"嗖"地从皮卡身边飙过。

"它是我来奥克兰后见过的最酷的一款跑车。"罗丽嘉难忍垂涎的强烈,她啧啧地赞叹。

苏C点头,表示赞同她的说法,然后"Farrell"近在眼前了。

"Farrell"是有名的畜牧农场主埃斯罗的私人网球场。埃斯罗有一头浓黑的卷发、红棕的肤色和粗犷的体格,这一切正好印证了他是同为波里尼亚族的摩里欧里人和毛利人结合的后裔的说法。

现在,她们看见乔迈洛已经站在球网边上了。他穿着一套靛青色运动装,戴着青灰色球帽,女孩们看到他向前跑动了两步,又退了回去。

"充满活力的装束让他更加气宇不凡。"苏C追逐着乔迈洛的身影,默默低语着。

"是吗?也许吧!"罗丽嘉不能肯定,因为她的注意力没在那儿,而是感觉非常喜欢这个清静宽阔的球场。

"嗨!"乔迈洛向她们喊着。

"下午好!"

"听说你俩要一决胜负!有理由相信这是一场精彩绝伦的赛事。"乔迈洛抓起一支拍子在空中用力挥了一下,然后回过头来说道。

"我可没什么信心!"罗丽嘉翻着白眼,灰心丧气地说道。

"现在退出还来得及!"苏C故意挑衅。

"那样,我是没什么面子,可是你也失去了一次进步的机会。"她反驳道。

很明显,这是一次已成定局的较量,苏C贝拉几年来始终是校网球队成员,尤其擅长双打,虽说是校际或者民间的比赛,但出色的表现仍然给她带来很多荣誉。而站到她面前的罗丽嘉,却纯粹是个业余爱好者,当她为自己从体育商店买回第一副球拍时,她都不知道选罗凌野还是哪个什么人当陪练。接受正规训练还只是两年前的事,但由于种种原因,一年之内她至少换了三个场馆和更多的教练,所以直到现在,她都不敢肯定自己是否跳出了"初学者"的局。

比赛约定采用三盘两胜制。乔迈洛当裁判的同时,兼做司线和捡球员。

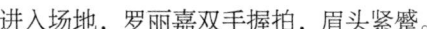

进入场地，罗丽嘉双手握拍，眉头紧蹙。

"太严肃了亲爱的！"苏C打趣着。

"来吧，别以为你就是绝对的赢家。"罗丽嘉并不服气。

苏C站进发球区"T"形位置，单手握拍，抖抖双臂，然后后退垫步，准备抛出第一记坚定而有力的发球。

看样子她是不会对我心慈手软的。罗丽嘉心里嘀咕着，同时弯腰弓背，视线的摇摆证实她内心的不自在。

比赛开始了。苏C果然威慑力很强，发球局总能拿到分值。同时，在受球的战术上，她则或者高速回击，或者轻抽底线球后疾步上网，同时制造着即将暴力挥拍的假象，当对手在发球区左右张罗时，她却毫不迟疑地要上一记网前超短球。

"My god！No、No、No！"被动和失误丢分让罗丽嘉不停地嚷嚷。

当第一盘苏C以6∶2获胜时，罗丽嘉气喘吁吁地撑膝弓在原地，看上去非常疲惫和恼火。

"发挥还算可以的，下一局多打几个反拍，至少可以缩小差距。"乔迈洛给罗丽嘉打气。

罗丽嘉垂头丧气地进入了第二盘比赛。但形势却出现戏剧性转机。苏C不知因由地连连失误，这让罗丽嘉质疑的同时，也得到了乘胜追击的机会。

"我拿下了第二盘！"罗丽嘉忘形地亲吻她的拍子。

但是，任何情况下，实力终究战胜侥幸。苏C以更多漂亮的斜线穿越和挑高球收回了第三盘。

"我知道，上盘你故意输掉的吧？"罗丽嘉一脸的不快，抱怨着。

"我只是不想令你甩拍子走人。"苏C开着玩笑说。

"太小瞧我了，恰恰相反，我认为自己今天真的发挥得不错。"

等到比赛结束时，两个女孩已是大汗淋漓，乔迈洛周到地递上毛巾和瓶装水。

"你们彼此跟得很紧！"然后，他开始一本正经地发表评论。

"苏C很有力量，动作干净利索，的确有打专业球的功底。只不过，你打双打的经验带给你一个坏习惯，常常突然太偏离左区或者右区。如果没有这样的失误，比分距离还会拉大。"

"然后是你，丽嘉！"乔迈洛煞有介事地转向罗丽嘉。

"你的平衡感和应变能力很棒,这可能和你良好的判断和有力的弹性伸展有关。成绩不好不是你的错,是遇敌太强。所以我觉得,作为业余爱好者,有这样的发挥水准还算可以的。"

"哇,这样的评价真叫人飘飘欲仙!"罗丽嘉欣喜着,笑得很开心。

"现在你们准备去哪儿?"乔迈洛平静温和地看着她俩,等待一个期待的答案。

"没有计划呢!"罗丽嘉心不在焉地甩甩手说,"时间还早,要不然开着车到处兜圈子玩?"她补充道。

"也行!然后我请你们吃海鲜排档!"乔迈洛说着,夸张地拍拍他装着排满信用卡的上衣口袋。

"当真?那可太幸福了!"苏C迫不及待地回应道。

"可是……"罗丽嘉突然一副十分为难的样子,但转眼她突然兴奋地跳跃着说,"既然她都答应了,我只好奉陪到底啰!"

夜幕降临,三个人快活地找到了一家海滩餐厅。

他们点了些餐品和饮料,边吃边聊。她们先聊了"Farrell"的主人——有名的畜牧农场主埃斯罗、天空塔以及新西兰有着独特番石榴味的葡萄酒Saint Clair Sauvignon Blanc,之后当聊到乔迈洛的"二角"俱乐部时,心思细腻的苏C突然发现乔迈洛的神情有一丝的落寞。

"有事吗?可不可以说给我们听?"苏C柔声问道。

乔迈洛先是低头沉默了几秒,然后目光抬到半空,神色黯淡地说:"其实,我需要一份新工作!"

两个女孩愣住了,罗丽嘉挑起的鱿鱼寿司送到嘴边停在那里。

"不是开玩笑吧?'二角'金牌会员说自己需要一份新工作!它要解散了,还是到了退役的年龄?"罗丽嘉惊讶地问。

她就是这样,有时大大咧咧、口无遮拦,多数时候她会为自己说出的话感到不对劲,或者说到半截已经有所察觉,便拼命卡回去,但这样反倒让对方更难受,因为那半句话像冲到悬崖边的汽车,充满悬念。

但是,现在,她必须把寿司塞进嘴里,因为它巨大的诱惑老在分散她的注意力。

"怎么回事?"苏C充满关切。

"不是解散或退役的问题,是我自己有这个打算。"他稍作停顿。

"冲浪手的职业生涯本来就很短，它对年龄和体质有很高的要求，这是其一；另一个原因，我越来越无所谓或没兴趣了，这对我自己是个很大的转变，记得去年这时候，我还在为没能拿到去美国加利福尼亚的恩西尼塔斯参加秋季世锦赛的机会而恼火。我曾经认为自己可以玩到六十岁甚至更久。"他说话时，气息平静，视线坚定，没有理所应当的不安。

"噢，也对哈，像模特呀，影视明星什么的，他们也一样会考虑让自己提前退休，找份更长远稳定的工作的。"罗丽嘉保持着传统的安慰理念，因为在她看来，毕竟"需要一份新工作"至少不是什么让人愉悦的事。

"如果我是你，我会考虑去大公司应聘，因为人缘好；或者用原来的积蓄和离职基金搞投资；要不然，直接回家族企业。"罗丽嘉快言快语道。

"不错哦，转眼就有三个可选项了。我倒觉得你应该去应聘冲浪教练，还是得心应手的本行，而且在许多国家，教练这个职业是退役运动员的首选。"苏C不假思索地说。

"还有，海滩救生员也不错噢！每天坐着游艇出海，舒服潇洒、自由自在……"罗丽嘉说着，脑子里已经对那些情形展开天马行空的想象。

"其实，对于我这个英国都柏林大学机械系毕业的高才生来说，给自己找份满意的工作应该不成问题。而且这个也不急。所以，现在咱们喝一杯，为今天的快乐！"乔迈洛充满自信地端起酒杯。

"也为明天的期待！"苏C补充道。

"干杯！"

……

第十三章 "悬而未决"和Sam教授的"QDF菌"课

两个女孩回到住所，苏C无精打采地倒进沙发，情绪低落地盯着天花板，一句话都不说。

罗丽嘉探过脑袋，拦住她的视线。

"怎么了？刚才还好好的？"

"我也说不上来，心里很难过。"苏C木瓜一样动着嘴角。

"为你的偶像即将离开'二角'？"罗丽嘉心想，如果那样，倒也在情理之中，毕竟她最初正是因为他的冲浪才认识和了解他的。

"不是的！"她肯定地回答，神情中流露出更多的忧伤。

"让我猜猜看！"罗丽嘉倒了两杯果汁，一杯递给苏C。

"同样是这双美丽的眼睛，白天的某些瞬间，我看到了迥异的闪光。"她永远喜欢言语里充满夸张。

"所以，我能猜得到！"罗丽嘉故弄玄虚地嚷嚷道。

"你爱上他了，对吧！"罗丽嘉坐下来，非常大声地说。

"是的，我承认。"苏C彻底坦白。

"其实，我早就发现问题了，你的眼神告诉我，那不是简单的仰慕，而是爱慕。"

"可是我知道根本没什么希望！"苏C喃喃自语。

"这个，我说不准。"罗丽嘉稍稍移开视线。

"不过，我知道他骨子里有种东西对你有利。事实上，他并不像表面上那么高不可攀，我感觉乔这个人虽然富于浪漫，但又向往平凡和简单。哎呀，我的意思就是说，他一点都不难相处啦！"

苏C默默点头。表示认同这一点。

良久之后，她很难为情地问："那我该怎么办呢？"

罗丽嘉往沙发里靠了靠,然后边想边说:"对呀,通常女孩子遇到这样的情况应该怎么办呢?反正你要想办法让他知道你喜欢他,这一点很重要!"

"不!我不想那样做。"苏C急切地摇头。

"其实我有种感觉,他愿意和我们在一起,或许只是因为你。"她压低视线幽幽地说。

"My God!为什么你会有这种感觉?是你在我这里也看到了爱的眼神吗?"罗丽嘉指指自己的眼睛。

"再说,你如果有自信和勇气,即使在他那里你有一百个对手又能怎样?除非你根本不确定是不是真的喜欢他!"

"是的,我没什么自信!"苏C一脸凄楚地喃喃自语着,看样子她当真动了感情。

"当然了,如果你真心害怕我是个障碍,没关系,从明天起,我彻底从你们的眼前消失。"罗丽嘉一副生气的样子。

"不,我不是那个意思!"苏C急忙解释。

"而且,我也不想再让自己受伤!"罗丽嘉暗自神伤地低语着。

"你是说你谈过恋爱?"苏C一脸的惊讶。

"是啊,这没什么好保密的。但我现在什么都不想说。"

"对不起,我并不想让你难过。"苏C安慰她。

"不会的,我只怕比你想象的坚强。"罗丽嘉自持地仰起头,其实眼睛开始酸酸的,她急忙把视线移开,并尽力用一种欢快的声调说,"所以,我才说,感情是两个人的事,暗恋只能是自己折磨自己,是件傻事。只不过,让他知道也不是就那么直白地说,也许你应该找个比较成熟的时机,毕竟在他没有恋爱心理的状况下,只会让彼此很尴尬,到那时,你就真的没什么希望了。"罗丽嘉认真地分析着,而且,内心十分惊讶自己竟然有这么多丰富的理论经验。

"好吧,我接受你的建议!"苏C欣喜地点头,最重要的,她至少知道,在Ruijia那里,她过于担心了。

于是她继而转忧为喜,情不自禁地傻笑起来。

"心里有些小激动了!想想如果有一天,我真的和乔迈洛恋爱了,我们一起手牵手走在St Marys Bay或者Onewa是一件多么幸福的事!而且,我妈妈最喜欢爱运动的男孩,如果她知道我将来有可能带一个运动明星回家做她的女婿,她一定会像我一样兴奋!"她美滋滋地边想边说。

"先别急着激动啊,我们中国有句话叫'八字还没一撇'呢,你最好少安毋躁。"罗丽嘉用中文谚语打击道。

"What is 'ba zi hai mei yi pie'?"苏C睁大疑惑的双眼。

"It's up in the air.(悬而未决的意思)Do you know?"

"Oh,I know……"

暑假结束了,罗丽嘉像调钟表一样努力调整自我状态。

"作为学生,这座城市发生任何事件都不可以成为你迟到的理由!"这是她们的加拿大籍教授Sam常说的一句话。

Sam教授看上去和其他教授一样文质彬彬、严肃、拘谨。但他的课绝对引人入胜、精彩绝伦。此时他正在讲《细菌学》,罗丽嘉听得入了神。她已经像好战分子喜欢核武器一样喜欢这些课程了。想来可笑,罗丽嘉对于生命科学的兴趣其实来自纪甬,他像个传授《圣经》的信徒一样,把两人谈情说爱之外的余暇时间,差不多都用来阐述那些关于宇宙间一切与生命科学有关的"教义"。

"学会达尔文式思考和学他的进化论一样重要!"

"高中生物教学参考资料中,用蟛蜞菊观察细胞质的布朗运动是因为许多植物液泡发达……"

"假如疾病的基因治疗成为可能,人类的寿命至少可以延长五十岁。"

尽管当时这样的讨论和切磋对于罗丽嘉来说只是肤浅和业余的,就如同航天工程指挥部总指挥给一个充满好奇心的中学生讲他的"神舟六号"。但如今她已经在这方面表现出异乎寻常的理解和悟性。

现在Sam提到了近代生物学家沃利斯·皮特的QDF菌。罗丽嘉突然不安起来,那个困顿内心的疑团像卡上了喉咙,让她烦躁难耐。

"对不起,教授!"罗丽嘉异常兴奋地从座位里站了起来,非常大胆而冒险地打断了Sam。

教室里顿时像电脑关了扬声器一样,格外寂静。

Sam瞪大眼睛,沉着地扫一眼屋子,然后点点头,示意她说出她想说的话。

"我认为沃利斯·皮特在QDF菌一节中,对FY异粒容纳值的描述不够精准。我在实验之初就感觉有出入,后来我花了更多时间反复研究观察,之后终于发现,在高度的受活倍数之后还存在至少两组以上保守的导码。虽然我现在并不确定这样对它意味着什么,但我认为那样的理论有点错误或瑕疵。"

罗丽嘉鼓足勇气一口气把它说完。她话音刚落即刻引起一片哗然。

"她想干吗?"

"野蛮的小母牛!她把自己当谁了?"来自傲慢美国女生的低声谩骂清晰地传来。

奚落和议论甚至把几个躲在角落里睡觉的韩国男生吵醒了。

罗丽嘉像被卑劣或羞耻愚弄了,令人难堪的唏嘘让她面红耳赤、惶恐不安。

"也许我应该单独找Sam谈!" 她猛然反省。

"其实只要忍耐十分钟,这节课就要结束了,那样倒可以赢得与Sam激烈讨论的机会!"她开始为自己没有良好的自控能力而懊悔不迭。

"谁能确信她的质疑有问题?"Sam突然用一种尖锐而具威慑的语调来摧毁四起的嘲笑。

"那么,请同学告诉我你的名字!"Sam简单利落地问。

"My name is Ruijia!"罗丽嘉声音怯怯地答。

"那么,好的,请坐下听我讲话。在你们大家没有明确的反驳意见之前,我要站在支持Ruijia的一方了。可以说,她这样做,相当于丢给我们一个盒子,也许里面装着合乎逻辑的推理,但也许只是装了一个简单的启示,那就是——我们每个探索真知的人,都需要有一种向哪怕是真理的一切挑战的勇气!也就是说,在探索真知的海洋里,刚刚离岸和遨游千里有同样开阔的视野!我们要珍视这只'不起眼'的盒子,从长远考虑,这对我们每个人都有好处。"

罗丽嘉十分感激Sam的解围,她感觉自己像被绑匪逼近悬崖走投无路却意外抓到了上帝的怜惜之手,毕竟,在某种情形之下,尊严与生命同等重要!

课堂结束之后,所有的人都已陆续离去,罗丽嘉心情却难以平静,坐在那椅里发呆。

"她们不会放过我的!可是,我已经自设圈套跳进来了,我会证明给她们看的!"

等着瞧吧,我决不让她们的轻蔑得逞!罗丽嘉暗下决心找出答案。

就在此时,手机响了。是苏C打来的。

"下课了吗?我在楼下等你!"苏C总是轻言轻语、细声柔气的,让人感觉怠慢她简直是天大的罪过。

"好的,马上下来!"罗丽嘉应着,匆忙下楼。

第十四章　看似草率的决定

已经接近中午，灿烂的阳光照在过道里，是明晃晃的那种亮。

"嗨，什么事？"两个女孩通常各自回家，但今天显然苏C有话要说。

"我看到小报上说乔迈洛对参加本届世锦赛情绪低落。"苏C边说边走下台阶。

"这不意外呀，那天他不是已经对我们说了要退出的事吗？也就是说，他对拿不拿奖根本不在乎了。"罗丽嘉提醒她。

"可是，大部分媒体都有他卫冕冠军的预测。本届在澳大利亚科特斯鲁（Cottesloe）海湾举行的沃琪世界男子长板职业冲浪赛，三年才举办一届，是在全球冲浪界最具影响力的国际赛事。而且，尽管乔迈洛表面上代表新西兰参赛，而事实上他的水平在整个南太平洋地区也是数一数二的。所以其他国家的爱好者们都对他充满期待。"

"有这么严重吗？"罗丽嘉将信将疑。

"集训已经开始了，如果他真的消极怠慢，即使他不去计较个人得失，也会害大家失去一个送到家门的拿全球大奖的机会，那样大家会对他感到大失所望的。"苏C有些心急火燎。

"想想你分析得也有道理哦，哎，我就纳闷了，为什么同样的事情、同样的年龄，在你那里怎么就考虑得成熟成那样了呢？"罗丽嘉顾左右而言他地咕哝道。

"那不是问题的关键！"苏C真的有些不耐烦了。

"好吧，你说怎么办？打电话还是发信息？你说了算，我听你的。"罗丽嘉终于言归正传。

"我想过，这种事情好像打电话不够真诚。所以，咱们最好亲自去'二角'。而且，我还从来没见过冲浪训练基地是个什么样子。"苏C说着，一脸诡

第十四章　看似草率的决定

谲的表情。

"哈，我明白了，你哪儿是关心他参赛呀，好久没见他了，想借机去看看他吧！真是的，你这个样子，有假公济私之嫌啊！"罗丽嘉打趣她。

"快走吧，不然时间来不及了！"

"好吧……路上请我吃饭啊，我今早起晚了现在还饿着肚子呢……"

"没关系，我准备了面包火腿，现在要吃吗？"

"啊？也太简单点了吧……"

两个女孩赶到"二角"的时候，那里的一切让她们惊讶不已。大厦东侧的大门敞开着，所有的队员进进出出往路边停靠的大卡车上搬东西，厢房的仓库门口，他们的美籍女教练莫琳正火冒三丈地对一位材料书写员指责她手上的一份材料。路旁的几箱防水服散落在那里，一切看上去乱糟糟的，像是一场战争结束之后的撤离。

"这里乱作一团了！"苏C垂头丧气地小声在罗丽嘉的耳边嘀咕。

乔迈洛老远看到她们来了。他放下手里的风速检测仪和气袋，跨着大步朝这边走过来。

"你们怎么来了？下午没课吗？"他关切地问。然后拉着两人来到一个并不嘈杂的角落。

"看样子你比想象中更有影响力。你的一个退出决定打垮了整个'二角'？"罗丽嘉又开始冒傻气地直言不讳起来。

"在这之前，我们还曾想劝你好好准备比赛什么的，可是现在看来，根本没什么必要了！"

"你在说些什么？"乔迈洛似乎感觉莫名其妙。

"有人提前预见到今天的迹象了，所以写了那些关于你的报道！多简单的推理啊！"罗丽嘉语气里带着淡淡的奚落。

"啊哈，那是莫琳玩的声东击西的心理战术，她想故意让对手们麻痹大意，我们也好出奇制胜。怎么？你们当真了？再说，即便我要走，也至少要抓住这个难得的机会给自己的水上生涯画个圆满的句号！"乔迈洛说着，脸上一副很得意的样子。

"原来是这样！可是，这里又是怎么回事？"两个女孩还是不能理解。

"为了让大家拿出最好的成绩，莫琳决定把训练场地改在丰盛湾了，那里的

VIOKE地区风大浪高,随随便便哪天都有十米以上的浪头,特别的天气里还会有上百米的巨浪。"

这下,两个女孩终于放下心来,互望一眼,脸上露出会意的笑。

"说说看,你们是怎么找到这里来的?从6号公路下来,要分出好几个没有路标的岔口才能拐到这里。"他一脸的疑惑。

"我们有这个!"罗丽嘉拿出手机在他眼前晃。

"来时路上,Ruijia特意停下车来下载了新版的导航地图,所以一到这儿看起来就非常简单了。"苏C也为她们不错的表现而自夸。

"而且幸好是今天来了,如果是明天或明天的明天来,我们会以为你们被外星人掳走了!"罗丽嘉打趣说。

"没错,或者你们还会想,之前那个乔迈洛根本就是个大骗子,什么'二角'啦,冲浪基地呀,都是他编出来骗人的!"乔迈洛幽默地附和道。

就在这时,莫琳在喊乔迈洛过去。但他站着没动,先是思忖片刻,然后侧过脸来对罗丽嘉说:"我们原来谈过海潜的事你还记得吗?"

罗丽嘉当然记得,那是上个月的一次沙滩聚会上,他的队友"绿豆糕"和"差菜"正在讨论此事,罗丽嘉当时兴趣使然刨根问底地打听了许多有关的细节,并扬言离开新西兰之前一定要亲自尝试。

她想要潜水的理由很简单,她对海底世界充满向往,很小的时候当她在海边玩,时常会想,为什么鱼可以在水中上下自如,随心所欲,人却只能漂在水上用笨拙的狗刨式?而且她最喜欢的贝壳就在那下面。

"对呀,怎么了?"罗丽嘉点着头。

"在Bay of plenty(丰盛湾),我最好的朋友Gabriel在那里的潜水基地当教练。我们很小的时候便一起潜水,后来他去了秘鲁,而我也改了行。现在,我们又在一起了,共享百里沙滩。"他说这些时,脸上流露着自豪。

"这么说我真的有机会下海了?"她兴奋起来。

"可是,我又矛盾了,我从网上看到,这里的所有训练都特别专业,好像还要达到一定分值才能毕业,我能不能行呀?而且,和真正的海潜相比,我觉得海洋馆更踏实,有风浪的日子海水很可怕的。"她犹豫不决。

"机会不错噢,如果换作我……"苏C开始学罗丽嘉的口气动员她。

罗丽嘉当然理解苏C的心思,这样她就有更多机会去丰盛湾。

乔迈洛担心教练发疯,于是边离开边对她说:"等你想好了给我电话,我会

84

第十四章 看似草率的决定

让他给你尽量安排周末或周日训练!"

"好啊,好啊!就这么定了吧,反正也没什么难的!"就这样,她草草地做了决定。

然而,万万没想到,后来正是这个如此草率的接受潜水训练的决定救了她和其他人的命……

Bay of plenty,距离奥克兰205公里,车程两个半小时。只是,直至到了那里,罗丽嘉才真正明白为什么"二角"把它当作新的选择。它除了海滩上风格迥异的建筑景观外,还拥有大片的原始海岸和白色沙滩。而且,冬季有来自北大西洋的暖流,夏天,来自新西兰南部大陆的冷空气又是它的冷却器,于是它有理由成为一年四季的水上运动的天堂。

距离"二角"新开辟的水域1公里,就是乔迈洛为罗丽嘉联络好的潜水训练基地。

"它有些简陋对吧?"乔迈洛带她与Gabriel见面的时候,当她并没表现出过多的兴奋,他急忙做出解释。

"他们真正的工作地在Tauranga市中心,这儿只是他们用来随时休整的户外营地。海洋管理机构不允许把大规模建筑堆在海滩附近。"他补充道。

见面当天,训练便开始了。当他们分发完必要装备,Gabriel便把大家集合起来,开始在一艘以"Molar(摩尔)"命名的小汽艇旁边讲第一课。

"每一个想成为优秀潜水员的人,首先要头脑清晰,目标明确。你们当中任何人、任何时候都不要忘记,我们是在挑战不可抗拒的自然力量,它从来不能容忍人类的为所欲为、自由傲慢,任何的违背都有可能带来灾难……"

Gabriel的严肃当真超出罗丽嘉的想象。她心想,我对海洋没什么欲望,也不想成为什么优秀的潜水员,我只是出于对它有所好奇,可是现在一紧张,怎么感觉连那点好奇心也快支撑不住了呢。

接下来,Gabriel开始讲解一些相关知识:保险锚绳、氧醉、减压、安全位置、紧急施救……

Gabriel的语速越来越快,加之他有严重的次重音连带,于是当他讲到更加具体的细节时,她已经分不清到底是inextensible(不能伸展的)还是inextinguishable(不能消减的),是shuffle(拖着脚走),还是shuttle(短程穿梭)。

于是她问身旁一个肥胖的俄罗斯女孩:"他在说什么?"

女孩斜斜地瞟了她一眼，然后充满放荡和挑逗地低声说："我也没听清，但是我有注意他有性感的胸毛，所以我想他很适合我！"罗丽嘉像突然被灌了汤药一样想吐。她鄙视地狠狠用中文骂了那个肥妞一句："只有白痴才把Sexy理解成性！"

那天返回的路上，刚坐进车里，罗丽嘉便开始对苏C和乔迈洛发牢骚。

"怎么有种错上贼船的感觉呢？"

乔迈洛正在倒车，他只是从后视镜上看她一眼，没搭茬儿。

"怎么了？"苏C盯着她问。

"印象中好像不是这样潜水的。应当是背个大氧气瓶，穿着各种皮皮的东西的那种。"

"那个叫给氧潜，不一样的。"苏C淡淡地说。

"这个真是太专业了，完全超出了娱乐范畴。"罗丽嘉一脸的幽怨。

"啊哈，给氧潜在南方大陆的成年人眼里，太小儿科了。"乔迈洛终于忍不住插嘴道。

"当然了，自由潜对参与者的呼吸和运动技巧以及心理承受状态都充满极限挑战，所以，我以为你会非常乐意接受挑战！"乔迈洛说着，脸上浮现出一种阴谋得逞的坏笑。

罗丽嘉一副不能释怀的样子。

"怎……么？要……放……弃……了……吗？"乔迈洛故意慢吞吞的样子。

"我才没那么容易被吓到！"罗丽嘉愤愤的一副接受挑衅的样子。

后来，罗丽嘉把她初学潜水的感受写在日志里，她写道：

原来我以为，潜下去很简单啊，不就是把自己当成小石子一样，使劲儿抛进去就完了，可当真不是那么回事。第一次下水的一个多小时，老觉得身边的水突然间变得像冒泡的柏油一样黏，你想把自己从脚下的位置提起来，真是比挣脱古代那些严刑拷打的铁链还困难。

今天，终于第一次尝到了自由潜水的刺激和乐趣。当我潜到水下五米的时候，感觉自己像在空中飞翔了上千米。伸出手，我可以触摸到浅滩海床上的墨绿色苔藓、紫红或粉白海葵。不知名的小海鱼在轻轻啄我，温暖的水流在身边像丝绸一样滑过。

已经可以屏气2分05秒。成绩排第三了，很自豪的感觉有没有？

……

第十五章 纪甪出现了？

"Molar"号汽艇停泊在距离海岸13海里的水面上，3月初的阳光如同花瓣一样姣好，气温在25摄氏度以上，是个下水的好日子。可现在，女孩们并没下水，因为她们的教练正在为说服她们如何在90秒水下拍摄过程中更好地使用特殊的呼吸技巧而大伤脑筋。

"我实在想不通，有些人对'挑战个人生理极限'这个概念的理解，竟有如此大的差距！"

他气愤地说着，然后板起铁青的脸，一屁股坐在机舱盖上。

"好吧！也许放松一下会好一点。"他示意她们休息，然后拾起放在那里的故障相机，开始埋头修理。

此时，罗丽嘉的情绪也不比教练高到哪儿去。她掀起面镜支在脑门儿，然后趴在甲板一侧的栏杆上望着深蓝的海水开始发呆，慢慢地所有心思开始游移，眼前出现了几天前自修室窗外见到已来新西兰的纪甪的情形。

那天的自修课课堂非常安静，好像每个人都被糨糊刷子封住了嘴巴，或者，某些人的视线终端拴在了兴趣标题上，总之，偌大的教室坐满了人，却鸦雀无声。

持续进行了一个钟头的阅读和整理，罗丽嘉决定停下来休息。于是她把头轻轻转向窗外，这样，既可以缓解视神经的疲劳，还可以看到几十米远外停车场里五颜六色的各式二手敞篷车。

这时候，她发现南北纵伸的马路上，一辆墨绿色汽车疾驰而来，迎面走着的是一个肤色白净、穿着适时的年轻人。

他走到马路中间去了！罗丽嘉好奇地想。然后她设想着汽车的主人暴躁地按喇叭或行人闪电般躲开的样子。可是接下来并不是她所想象的那样，她看到，没等马路上的人做出反应，墨绿色小车已经以惊人的技巧拐过路边石阶疾驰而去了。

"他是怎么做到的？"罗丽嘉感叹着司机的车技，她忍不住又朝年轻人看了

一眼。他并不急于往前走,又不愿意回头走回去,整个人看上去心事重重,犹豫不决,当他拿起手机往外拨号的时候,那只按键的手指又好像不听指挥一样麻木在键和键的空隙。

纪用?当她清晰地看到了他的脸,她禁不住在内心里发出惊叫。

他真的来新西兰了!罗丽嘉屏住呼吸,意外的冲击让她惶惑不安。

他在找我吗?可是……她急忙从口袋里翻出自己的手机,上面没有任何未接来电,此时也没有电话打进来。

在这之前,罗凌野曾经亲自打电话给她,告知她关于纪用即将为她而飞新西兰的消息。然而,那个电话距离此时至少两个月了,两个月来,罗丽嘉没有收到关于纪用的任何信息,她于是对此十分疑惑。

眼前的纪用,虽然依然英俊挺拔,脸色却因消瘦而苍白,然后,顺着他视线望去的,是一种浓稠的黑色忧伤。即使曾经在她的眼眸中王子一样的魅力光环,如今也被一种莫名的阴郁颓废所占据。

我恨他!因为他,我曾经美好的爱情向往已经冻成冰坨了。罗丽嘉紧紧咬住嘴唇,积蓄已久的怨恨吞噬着想要喊出名字的热望。

可是,他看上去那么单薄和孤独!强烈的挣扎快要把她逼哭了。

有些事迟早都要面对!她安慰着自己,并且最终做出了一个要找他谈谈的决定。

当她终于要不顾一切地冲出教室,与他见面时,自修课结束了。于是,在他和她的四周瞬间漫延了太多嘈杂,流沙般的人群把一切毫不客气地摧毁了。他们彼此并未遇到。

也许他只是过来查资料的!罗丽嘉失望而愤懑地想,同时听到远处有汽艇的声音,于是她的思绪被从远方拉扯回来。

她直起身子向声音传来的方向看,那是一艘和"Molar"同一型号的汽艇,它以惊人的速度朝这边飞驰,身后留下一抹烟色赤道。

站在船头的人,穿着棕色休闲T恤和男式多袋七分裤,一副蓝边防风运动眼镜把脸庞摭了大半。但Gabriel还是老远就认出那是乔迈洛。

"嗨!下午好,乔治!"Gabriel喊着,和他打招呼。

"嗨,还不错!"乔迈洛一边敏捷地从另一条船上跳了过来,一边应着。

在Gabriel看来,乔迈洛八成无事可做的时候都会来这儿,因为在刚刚过去的两周里,他至少来过三次了。他有时坐下来聊聊,有时陪那个叫Ruijia的中国

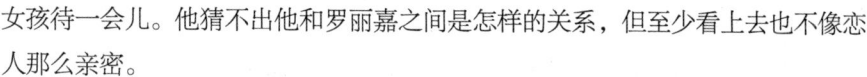

第十五章 纪角出现了？

女孩待一会儿。他猜不出他和罗丽嘉之间是怎样的关系，但至少看上去也不像恋人那么亲密。

"'浪头老兄'又罢工了吧！"Gabriel看了看天，然后对站在中央扶梯旁边空地上的乔迈洛打趣地说。

"是啊，整天在十米以内的海浪上跳来跳去的真让人难堪！看样子丰盛湾也有风平浪静的时候啊！"

"所以说，天气这东西真是靠不住，我们也常常因此而头疼！"

"不过，今天对你来说，实在是天公作美。"

"那又怎样，这些家伙仍是待在这里晒太阳。"Gabriel说着，无奈地抬起手中的东西让乔迈洛看。

"需要帮忙吗？"

"算了吧，已经修好了。"

Gabriel说这些话的时候，乔迈洛已经注意到独自站在甲板边上闷闷不乐的罗丽嘉了。

"嗨！累坏了吧！"他踱着轻快的步子走过来。

"嗯，可能是时常缺氧的原因，一直觉得浑身不自在！"她语气淡淡的，也没怎么笑。

"大家都有这样的感觉。休息一下会好的。"

"进展如何了？"他停顿一下接着问。

提到这个，罗丽嘉便又打起了精神。

"还不错呢！"随即一丝得意挂上了脸庞。

"Gabriel他还夸我，说我有天赋，动作特别到位，可以练成专业级别的海潜高手！"她兴致盎然地自夸着。这就是罗丽嘉，喜欢把喜怒哀乐统统写在脸上。像衣服挂在了晒绳上那么直观。

乔迈洛暗自欣赏着她的阳光和骄傲。但又忍不住想要打击她，仿佛只有这样，才能真正感受到她那与生俱来的公主气息。他略作沉思，然后说："据我所知，Gabriel这里最棒的成绩是下潜82.5米，用时2分45。你突破它有多大把握？"

"我可不想冒险，超过两分钟，我一准能憋死！哎呀，那种快要窒息的滋味真不好过呢，有几次我觉得自己坚持不住了，就拼命地抓保险锚绳，结果那东西在水里软绵绵的，和没抓东西一样，我当时就想，完了，我要死了，结果教练从背后一把把我推出来了，他的力气可真大呀。而且，我就纳闷了，我身后还隔着两个人

呢,他怎么就知道我不行了?"她轻轻摇头,边说边自己又忍不住笑出来。

"保险锚绳不是用来抓的,是用来确认方向的。而Gabriel,他当然有自己的判断方式,其实,人在即将窒息时的表现都是一样的,这大概就是他的判断秘诀吧!"乔迈洛说着,抬头看一眼开始陆续下水的另一边。

"又要受罪了!"显然,罗丽嘉也看到了,她边抬脚离开,边皱起眉头。

"一定要多加小心!"当她从他身边擦肩而过时,他轻抚了下她的肩膀。

"嗯,没问题的。"她回脸对他致以浅笑和谢意。

结果,她与他的目光相对的那一刻,她内心"怦"地吓了一跳,因为在那双深蓝色的眼睛里,她读到了一种感觉,让她心惊胆战的感觉!他眼神里那种熟悉的深情和专注,是从苏C盯着乔迈洛时可以读到的。

她心慌意乱地逃!完了,一定是她看错了,怎么会被苏C说中了呢?不,这绝不可能……

……

第十六章　纪角果真出现

时间是透明的画布,生活是炫色油彩。每个人每天把画布涂满,它们抽象而绮丽:穿越城市是几何岩板的灰;被智慧牵手是淡淡的蓝;运动是活泼的青色;和朋友一起是缠着薄暮的粉紫;而享受音乐和美餐,是柠檬或酸橙色,只有梦和呼吸是"无色"的,当"无色"枕上透明的画布,一切喧嚣渐行渐远……

罗丽嘉的生活也是这样。一天天翻阅着属于自己的画卷,时而烂漫,时而纷扰,时而顾影自怜。

此时,刚刚起床的罗丽嘉打开窗帘,在窗前站了一会儿,眼前的明朗宁静让她还算惬意。

下月8号是老爸生日,应该为他准备礼物:外嵌银厥叶片的烧制瓷杯?独特怪异的铁艺酒架?霍克湾Hawke's Bay的精品白葡萄酒?或者……

可是!

当她五迷三道地呆想着,并慢慢把视线从矮栅栏外马路对面的玻璃报亭收回时,却意外发现车库已经空了。

"苏C!"

她冲着客厅大喊,整栋屋子却似并未醒来。

"天哪,爱情的力量真是强大,苏C这家伙竟然这么早,连早饭都不吃就跑去丰盛湾吗?那个成了她的指令性习惯?"

罗丽嘉独自唠叨着,一边给自己从冰箱里拿了面包、沙拉酱和桶装奶,同时又在心里想,苏C为爱痴狂了。但愿这样能够感动上苍,让乔迈洛爱上她吧,不然这家伙只怕学业不保了。

然后,她三口两口程式式完成早餐,无所事事地在客厅里转悠了两圈之后,从横在大厅与餐桌之间的酒吧台上使劲儿地抽到了昨晚放在那儿的一摞参考书当中最厚的一本。

"只好和这个笨家伙掰一整天手腕了！"她叹着气坐进沙发。

"可它足足有630页！"她自怜自哀地发着牢骚。

这时候，手机响了。

她趴倒在沙发里，抻长胳膊捞到了躺在另一张沙发靠背上的手机。

"Holle！"她习惯性地用英文打着招呼。

"丽嘉！是我！"电话里传来纪甪忧楚沉郁的中文语音……

两人约在一家叫作"Star Blue（蓝色星光）"的时尚饮品店。那里一直是罗丽嘉印象中奥克兰最令人向往的地方，尤其当夜幕降临，整个内湾的景色尽在眼前；晶莹透明的海水倒映着富丽堂皇的世界级宾馆五光十色的影子，进入港湾的帆船悠闲地排列在沿岸，天边葱郁浓密的深山轮廓充满神秘，而特色美食永远在空气中弥漫着芳香。

也许景色是随人的心情而定的，加上白天炽亮的光线吞噬了许多美妙和浪漫，因此，在罗丽嘉看来，此时的一切，都不曾是她路过时感觉到的那般迷人。

"嗨！"

"嗨！"简单的招呼后彼此坐下来。

对面而坐的是曾经的亲密恋人，此时却是陌生的，彼此没有勇气急切说什么，只是埋头默默地嘬几口咖啡。

"你……"

"是的，我……"两人同样欲言又止。

"其实，其实新西兰真是个不错的地方。"他终于忍不住先开了口，并用深深地呼吸给自己打气。

"是啊，的确不错！"

"我们突然没有话说了。"纪甪自嘲地沉下声来。

"是啊，一个内心爬满愧疚荒草的人，自然不好开口。"她恨恨地挖苦道。

然后，她的眼光掠过他的左肩落在吧台内穿着黑色马甲的调酒师的手上，看着他给那些流质东西大施法术，让它们幻化成任何人们想要的东西。

"其实！我最想知道的，是你在这里的生活。"

"很好啊！当然非常好！有什么理由不好呢？当我对感情充满期待，为它冲动和疯狂，甚至忘记了自己那颗并不成熟的心还有那么一点点脆弱不能经受创伤的时候，那个没修养、没责任的家伙却消失无踪了。我应该怎样呢？像个五岁的小女孩一样号啕大哭吗？还是应该庆幸背后的指点和嘀咕像雪球一样越滚越大，直到把我彻底淹没呢？"她拿出所有的尖酸和讥讽。

于是，纪甪感到脸火辣辣的，如同挨过罗凌野的愤怒耳光。

罗丽嘉也不能再说下去，因为委屈已经在胃口里反酸，泪水也在眼眶里打转。

"对不起！"他的声音里带着感伤的涩，眼睛不敢高过她的下巴。

"我真的不是故意要伤你！如果那样，我就不会为了你放弃北大。原来我以为，理想这东西如果把它搁下，不去想不去探讨也就慢慢化了。可是一想到要一辈子日复一日地备课讲课再备课，往复循环，再加上对未知的科研成果的向往像噩梦一样死缠烂打，我实在受不了了。"

"听起来很高尚！"罗丽嘉冷哼一声，"可是，根本不用去猜，就知道一定是这个理由！"

"这么说，你是不肯原谅我了是吗？"眼中闪过绝望。

"是啊，有时候，解释会变得更遭！"他抬起目光，轻轻叹息。

"可是，这个理由要多么强大，才可以支撑你和我完全失去联系！"她像是质问，其实又不需要答案，那是斥责。

这个世界上，还从来没有哪个人可以对她那样，仅此一点，她的自尊便无处安放。

"很想和你联系的，有时候把手机握在手心里一直到沾满汗水。可是！勇气又会在徘徊的时候一点点地消失。后来，我又相信爱是一种信念，尤其在我努力做事的时候，这种信念成为我唯一平复情绪的动力。"

声音继续下沉，眉头间拧着凝重的忧伤。

然后他说："如果一个人可以不为感情而活，也许就不会这么煎熬吧！"

罗丽嘉没兴趣接他的任何话茬儿，于是，又是一阵沉默。

"好了，我要回去了！"罗丽嘉决定离开，因为她知道，自己内心的坚强已经支撑不住，她不想让他看到自己的泪水，因为在他眼里，也许那些泪，是因为被他打动，而事实上却是她的心又痛了。

……

第十七章 渗透——进入ATocke

从"Star Blue"回来后,罗丽嘉为没有结果的约会烦乱得发了疯,她怎么都搞不懂自己竟然在最后的关头退缩了。

她先是抱着枕头号啕大哭,哭得天昏地暗的时候,突然爬起来抓起电话就打。

"喂!你发疯了,凌晨两点了你还没睡?"那边是刚好睡下的阿瑄蒙眬的惊讶。

沉默和抽咽在电话那头交替。

"是在哭吗?怎么啦?"阿瑄立刻被那边的泪水浇醒。

"帮帮我!今天和纪甪见面了!"

"啊哈,在案潜逃的家伙终于露面了!"阿瑄冷嘲道。

"其实他来新西兰有段时间了,一直没和我联系。"

"见个面正好,来个痛快的,快刀斩乱麻!"那头愤愤地。

"我心里也是这么想的,可是见了面,我突然下不了决心!所以好痛苦好难过!"罗丽嘉又泪涟涟的。

"也就是说,这么久了,还是没想好对吧,那么无情无义的家伙你留恋他干吗?"阿瑄急了。

"我也认真地想过,想了好久,可是,我还是觉得在内心里其实并不恨他!"

"呵!你可真仁慈啊!原来我以为他出走三五个月如果回来也就算了,可是竟然一年多了都没有和你联络,这让我这个想说好话的人的心都凉透了!"

"其实,我知道他也很想和我联系的。只是,站在他的立场想想,也许真的已经没有退路了。而且据说他在那之后做了很多事,包括一起和他的北大教授完成了一个科技攻关项目。凌野说,他在网站上查过了,而且他是论文的主编,这事在北大很有影响力,已经在申请年度成果奖了。"

"我有点糊涂了,也就是说,你认为他在学术上的成功完全可以弥补之前的

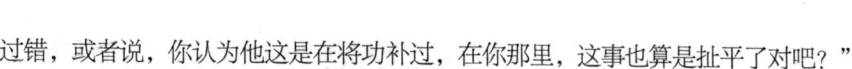

过错,或者说,你认为他这是在将功补过,在你那里,这事也算是扯平了对吧?"

"也不是这样的,我在想,一个男人如果一门心思地扑在事业上,至少也应该不是什么坏事吧……"

罗丽嘉说出内心的想法,但又明显底气不足。

"那么,你不认为自己受过伤害和委屈吗?"

"可是,和那些为了某种目的而利用感情,或者把感情当儿戏的人相比,他并没故意伤我。"

这次换阿瑄无语了,好久之后她叹息一声说:"那么你打算怎么办?就这么原谅他了?"

"我也不太清楚……"

"那好吧,我保留意见好了。也许,我真的应该好好谈场恋爱了,不然,总对某些事感觉不可思议……"

几天过后,纪甪又来奥克兰了。他刚一落脚便掏出手机给罗丽嘉打电话,他有种感觉,罗丽嘉会原谅他的,那只是时间问题。

"丽嘉,今天周末对吧?我想到奥克兰转转,做我的向导可以吗?"

罗丽嘉依然心绪复杂。

他停顿片刻,接着说:"让之前的不愉快化成烟灰吧,我想我们之间完全可以抛开从前,重新做朋友!而且,我已经答应凌野,来新西兰之后,一定要替他好好照顾你!"

"可是,我最近也很忙!"罗丽嘉支吾道。

"只要一下午或两个小时好吗?我都已经到了!"

罗丽嘉犹豫着,于是之间是十几秒的静音。

"你知道的,在我这里沉默就代表默认!那么咱们在哪儿见面?上次见到的地方好吗?"

"行吧!"于是,罗丽嘉那点并不强壮的锐气终于被内心的摇摆彻底击败。

……

谁都知道,那根本就是纪甪想要见到罗丽嘉的理由。这样的理由可以有很多,只要从南岛飞来,除了地理上的距离,一定也有缩短另外一种无形距离的可能。

于是,从那之后,纪甪频频到北岛来。纪甪在新西兰的落脚点是达尼丁市,那是一座(Dunedin)位于南岛中部的城市,因为南北岛之间是有名的库克海峡

相隔,从那里到北岛的奥克兰,除了渡轮,如果时间不充裕,还可以选择城市间的喷气式客机。

当他们在一起时,纪用总表现得像是新的护花使者。

"想吃点什么?又没吃早饭吧!"

"不要直接躺在草地上,潮湿会伤到你的骨头。"

"你要去图书馆吗?我陪你一起去行吗?我保证不说话,坚决把自己当哑巴!"

从两人简单的相处方面说,纪用是个不错的男人,懂得倾听,体贴照顾,从不计较,而且细心。即便简单的电话,他也能自编笑话把你逗乐。所以,罗丽嘉没有不快乐,只要那些成果呀,成就呀,事业什么的不干扰他,或者只要在某个阶段他的心里只有她。

于是,两个人之间的话题慢慢地就更开阔些。

比如纪用说:"网上说,最近入住达尼丁××国际饭店的××欧洲财团主席被当地一伙不良少年'欺负'了,他们浇了汽油,把他的房车烧成了黑面包。"

"这里的不良少年应该归特别法院管的。"罗丽嘉有心无意地搭茬儿。

"但听说那个倒霉的财团主席打算私了,据说他当时下榻的酒店与一桩经济阴谋有关联。"

"前天我开车去了趟达尼丁的乡下,结果那里的街上有一股特别浓烈的羊毛脂味,还有,那里的民间竟然有好多来自第一代中国淘金移民遗留的木铂和银器……"

就这样,两人谈笑间又恢复了许多融洽与默契。

有一天纪用谈到了他自己。

他说:"上周周末,是我来新西兰之后最幸运的日子,因为从那天起,我被允许进入奥塔哥大学的ATocke实验室,并正式开始了我的博士研究生课题。"

当时,他们正在罗丽嘉住所附近的一家西式茶馆喝第二杯"冷翡翠"绿茶。

罗丽嘉当然知道ATocke,那是整个新西兰最著名的博士后科研流动站。纪用作为北大博士毕业生,而且又有科研研究的工作经验,按说进入ATocke是非常正常的事。

可是,罗丽嘉心里又特别不对劲了。

那么,他根本就是冲ATocke来的!而我又偏偏恰好提前来了!这叫什么?机缘巧合,还是戏剧和荒唐?纠结和矛盾又在拷打她。

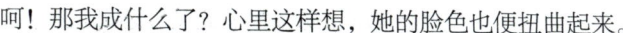
第十七章 渗透——进入ATocke

呵！那我成什么了？心里这样想，她的脸色也便扭曲起来。

"我明白了，其实，ATocke才是你来新西兰的终极目标对吧？！"她质问道。

"看看，你这又敏感、小心眼儿了不是，你想哪儿去了？如果单纯为了那个，随便哪个欧洲或美洲国家也可以去的，干吗非跑到你这来？再说，干吗非要把自己和那些东西对立起来呢？你完全可以想，这是一个多么感人的爱情故事呀，一个痴心男人为了他心爱的姑娘漂洋过海，不远万里众里寻她千百度……然后得到上帝眷顾，就给了他一个ATocke这样适逢其会的机会。难道你不希望这样的幸运机会降临在我身上吗？而且，如果我发展好了，你会感觉嫉妒，或者感觉对你有多大危害吗？"

纪甪就是这样一个人，反应机敏、能言善辩，他心里的那点小算盘，不是人人都可以彻底看透的。

几个叠加和肯定又接着几个反问，直接又把罗丽嘉唬蒙了，想想他说的又有道理了，可为什么他刚才说到ATocke时的兴奋，却让她有种说不出的感觉呢？

……

到现在为止。

按理，纪甪的种种，在外人看来，他无论是性格上的自私还是人格上的偏执都是有所表现了，加之，虚伪者善辩，他那些所谓关心体贴也都是耍花腔、玩花言巧语。可是，为什么同样脑部发达的罗丽嘉却感觉并不强烈。

首先，这与罗丽嘉的生活环境有关。罗丽嘉的父亲是知名学者、著名物理学家，他的威望和著作都为他及他的家庭带来许多光环，而他圈内的朋友也有极高的层次。而且，功成名就的他经常无限放大这种闪光或光环。久而久之，生活在这个生活圈的罗丽嘉在崇拜父亲的同时，在她内心深处也就种下了许多那种光环所折射出来的潜意识，例如，搞科研或做学者，既可以有高层次的交际圈，又可以为家庭带来稳定而丰厚的收入，而且社会上其他人对他们的崇敬仰慕更让小小的罗丽嘉将这种潜意识往复叠加，于是，当同样拥有尖端头脑的纪甪出现在她面前，加之他挺拔酷帅的外表、冷俊沉郁的"学者"气质，她便认定那是她的真命天子。而且在这一系列的潜移默化下，似乎像罗丽嘉这样有优越感的女孩，如果要处一个草包式的吃货富二代，吃喝嫖赌抽五毒俱全，或是平凡居民，不用说或风险或败家了，估计在她单纯的内心里，就连下一代的先天基因缺陷都会让她害怕。加之，罗丽嘉年纪小，涉世未深，对异性的任何示好或关怀，都认为是新

鲜和无害的。再者她一直被优越和宠爱包围,所以在她眼里,根本没什么是不可容忍和完全错误的,只要顺着我,像公主一样捧着我、娇着我,负担起家庭的责任,就应当是不错的婚姻或爱情了。总之她恋上他了。

而且这样的思维模式一直禁锢影响着她,包括她之后对纪用所做事情的判断力和决定,总之,这几乎是没有办法的事,就像被某种愚蠢而无形的网困住了,除非她自己碰壁到头破血流。

事实上,正常情况下这样的选择或决定也没什么大错,嫁一个高智商,有科研潜力又体贴耐心的男人是许多女孩儿的目标或向往,说不定两人性格上大部分又合拍,十有八九也没什么不好!但是,非正常情况下,一切就大不一样了……

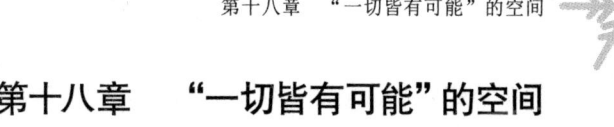

第十八章 "一切皆有可能"的空间

当一个人对某种事物充满坚定信念，他的自信就会盖过其他卑微，成为一种气质。

又一个周末，纪甪吃完晚饭大概没什么事做，就又打电话给罗丽嘉。

"嗨！干吗呢？"他说话从来都很干脆的样子。

"没干吗！"其实罗丽嘉正在整理参考文献电子文件夹。但她懒得说那么多。

"我跟你说啊，我自从搬进自己的实验室，天天高兴得睡不着，这里的什么什么都是整个奥塔哥大学城最潮、最先进的，我觉得自己像住进了奥塔哥的'白金汉宫'。嗨，我的意思是，你要不要过来参观一下啊？而且，我有另外一件非常重要的事要向你报告！"

"啊？噢！等哪天我有空……"还没等她说完，他便插嘴说："别呀，一支哪天又没影了，明天吧，明天我去机场接你！"纪甪有点小强迫。

"啊？好吧。"尽管答应得有点勉强，她还是应了。

达尼丁天气晴好。纪甪开着他花了4万纽币在二手车市场买到的2000年产五门四驱车前来接机。

一路上，他们讨论着那辆性能、外观都还物超所值的越野车，很快到达了目的地。

那是一栋水晶白的西式建筑，它掩映在层林中，附着在土著人营造的广袤土地和残垣断壁之上，有着张显的空旷感和不规则线条。两条蜿蜒曲折的庭院式小路在木兰树的掩映下的门厅处会合。整体构造以学术研讨所为核心，其他附属建筑，除了一段米色柱廊，其余大多以倾斜的透明玻璃天窗封顶的日光通道来连接，通道里因为充满光线和植物的绿色而更像街道。"街道"随处延伸向自然馆、细菌区、生化室。公共办公场所多是开放的自由区，枣红或褐色印花布艺沙

99

发、静穆的雕塑、古典的油画以及看似摆设的壁炉、钢琴和可移动报夹。

自由！

而且无界！罗丽嘉在内心感慨。显然ATocke给了她许多灵感，所以她幻想着，如果哪天回到上海，有朝一日实现梦想的时候，至少理念应该不比这里差。

纪甪却并不关心建筑的审美。他大步流星把她引到一个厅壁上挂着巨幅墨西哥平原和加利福尼亚油画的电梯入口。上到六楼停下，刚一出楼道他就迫不及待地指着第一扇磁卡门说："这是我们的教授达斯曼的实验室，也是大半年来我协助那个埃塞俄比亚黑人工作的地方。"

他用手掩住嘴巴低声嘀咕道。

"但是我带你去的是另外一间！"

他喜形于色地在罗丽嘉面前转了个圈。

"确切地说，那里才是供我智慧和思想自由翱翔的'停机坪'，在那里，它让我找到了单飞的大磁场，只要大门一开，我的思维立马像脱缰的野马，那个驰骋啊！喊停都怕把自己腰闪了！"他窃窃的声音，却眉飞色舞。

"得了吧，一个实验室有什么好得意忘形的，就没见有嘚瑟成你这样的！"罗丽嘉打击他。

然后隔了两扇磁卡门，他停下来打开左边那扇。

"就是这里。一个实现E-KNEBIL设想的地方。"

"什么？"罗丽嘉没完全听清那个生僻的单词。

"那就是我要跟你说的！"他神秘地看看过道，然后轻轻把门关上。

"是的，当然是它。一个关于改善生理机能和遗传基因的设想，本来以为得到实验申请会比较慢长，事实却出人意料。也就是说，我已经顺利地进入了实验通道。"

"E-KNEBIL是个什么概念？"她问。

"一个全新的概念！怎么说呢？在如今生命科学的领域，虽然细菌免疫控制和遗传基因中疾病基因的控制是目前我们提高人类肌体健康能力的两把利器，但是，无论是细菌免疫还是疾病基因的研究，除了自身存在缺陷，两者之间也更缺乏融合与关联。这个空白其实正是威胁人类健康的最大黑洞。而E-KNEBIL就是一个既避免两者自身缺陷又能完成融合与关联的标志性实验。"

罗丽嘉把手心扣在一张用来降解蛋白的模板边缘上，耐心地倾听。

"这样说，听来有些复杂。"他开始郑重其事。

"其实通俗地说，就像我们行车时让车变道并轨，这样做的目的，多数情况是为了超越或提速。E-KNEBIL的原理就是利用一种善于传染和修复的代阶基因，实现人类身体机能健康的超越和提速。既是为了避免两者各自的缺陷，又要在两者之间建立避免病原发生的顽强壁垒。E-KNEBIL一旦实现，大多数的人类都可能做到寿命的自然延长，这种代阶基因从进入人体到产生自身抗原发挥作用，到不可逆转地最终又被人体内部另外一种抗体吞噬，大至需要八十年。到那时，人的平均寿命可以达到一百二十岁左右。"

"天哪！真是那个一直在生命学界传为神话的E-KNEBIL吗？可是，之前只是个理论上的设想！"

"科学界不存在神话！在现实和理想之间，也许只有一步之遥，而且一定要有一切皆有可能的信念！"

他的眼中闪现笃定的光彩。

罗丽嘉用一种惊异神情，重新审视这个与自己曾经有着某种关系、如今也说不出没有关系、而此时此刻让她十足震惊的人。

他，看上去依然是那个曾经与自己怀着热恋激情跑遍上海大街小巷、为她的开心而开怀为她伤心而忧伤的他，也是事件之后不顾一切地逃走的那个他。

而如今，在他的周身，似乎因为生活的磨砺，多了许多深刻沉静的东西，这种东西像那种彷徨的灵魂接近了它追寻已久的宿主，渐渐附着，渐渐沉淀。

而这种东西叫作气质，而且是一种特别气质——一种当一个人对一种事物充满坚韧，他的自信便盖过其他卑微的特别气质。

的确，这家伙还真是给他根撬棍便敢于撬起地球的那种！她内心嘀咕道。

"这样的话，也要很久吧？"她没话找话地问他。然后，把脸转向露台阳光处，一层蒙眬的光晕打在她的脸上，使她看起来异常清新、灿烂而娇柔。

"如果顺利的话，应该也用不了太久！而且我在想，到了那个时候，每个人都会拥有一大笔漫长的青春！到时候，人们就可以慢慢地恋爱、慢慢地想好每一件事情，想清楚什么才是值得失去的。"

他的声音，开始变得沉重，当她回过头来，他幽怨的眼光落在了她的脸上。他神情复杂地久久凝视着她，让感到她不自在。

"不知道为什么。"他语调清澈柔和。

"当我面对你的时候，我的心，依然飘忽不定！"

在纪甬那里，一种埋藏已久的温柔开始抬头，他满怀深情地靠近，眼中闪烁

着"原谅我"的请求!

他已经在她呼吸之内,清晰而急促。

"亲爱的,我们已经浪费了太多时间!我想找回曾经的感觉!"他乞求着,轻轻环住她双肩,想从她迷离的眼神中找到迎合。

"让我吻你好吗?我快把亲吻的滋味忘了!"他喘息着缓缓地低下头去。

于是,迅疾的温热在两人之间漫延。那艘曾经搁浅的爱情帆船,终于鼓起满满的风帆,重新起航!

她温柔地闭上了双眼……

第十九章　纪甬的混乱世界

6月初的微冬夜晚。罗丽嘉正与纪甬在一个叫作"Flatters her（讨好她）"的酒吧约会。

此时，她的同班华裔男孩唐奈打进了电话。

"丽嘉姐，在哪儿呢？需要朋友吗？我这里别的没有，没主儿的雄性一打一打的，所以，只要你开口，小弟我让他们给你列个队，恭候着你来随意挑随便捡。"这可是个油腔滑调的小子。

"又来了，小心姐姐抽你！"罗丽嘉嗔骂道。唐奈比罗丽嘉小三个月，所以两人比过岁数后，罗丽嘉捡了个香蕉人小弟。

"我和纪甬在一起呢，有事吗？"罗丽嘉压低声调对他说。

"噢，那请问你，周末有安排没？"唐奈在新西兰出生长大，但中文除了个别词用不对地方，其他非常溜。

"这周吗？除了回趟瓦卡塔尼，应该还没特别安排。"

"那太好了！带上你的啦啦队，助威我兄弟的校足联赛啦！"这个唐奈除了成绩不好、个头小、身板薄之外，足球加交际是他的强项。而且据说他最近正组建一支以萨克斯表演为主的原创乐队，而且又据说，那些被砸鸡蛋西红柿爆米花的噩运已经开始。

"我的终极梦想是成为一名上将军衔的陆军军官！"

这是唐奈的骄傲的口头禅。

现在，他说到了关于罗丽嘉在《细菌学》课上发言之后将自己的实验结果写成报告交给了Sam的事。

"姐姐！你是怎么做到的？那天Sam把你的论文从头到尾念给他们听的时候，那些黄毛卷都痴呆了。"唐奈之所以学习不好，是因为他个性飘浮，虽然有冰雪聪明的大脑，但一看书就想逃的好动因子一直扼制他，使他常在挂科边缘彷徨。

"其实很简单啊,就和你的音乐创作一样,调动大脑所有思考细胞,然后踏踏实实地做每一步实验,而且,这个实验几乎是逆着来的。当两个保守的导码出现的时候,你会发现其实其中的一个代入式是有问题的。但沃利斯·皮特恰恰把这个错误的导码写了进去。这只是个小疏忽,他的大理论还是非常了得的。"

"你也很了不起呢,我看到那些黄毛正在绕开原来他们占好的座位,偷偷溜去后面坐着了。"他故作神秘地说。

"有吗?也许他们突然想换个位置坐了。"罗丽嘉心不在焉地答。

"你发现没有,他们当中好几个骆驼背,所以挡在前排很不舒服,就像热播枪战的电视老出现花屏,太烦人了!"

"哈!有那么严重吗?记得你一听课就走神!所以,就是为了讨好我,想象出来的吧!"

两个在电话里大笑。然后又聊了会儿电视剧和学期考试。

最后,罗丽嘉看了看点,聊了有十几分钟,可电话那头根本没打住的迹象,于是她不得不再次提醒他。

"奈唐,你是不是约个女朋友,我……"她一直这么叫他。

"噢!不好意思啊,忘了那茬儿了,你们继续啊!拜!"

终于挂断了电话。

王子说:"当我遇见你,就被劫持了那颗心。即便,飓风样的快乐和六神无主的思念来回荡秋千,我依然祷告,让我们永远相爱……"

公主说:"放下你的不逊与傲慢,让我们疯狂亲吻,亲吻让幸福加倍,而且比任何其他方式更能表达爱!"

公主和王子正在约会。

"Flatters her(讨好她)",那是一个纯粹而优雅的幽会地点。

它位于一条小街的最外面,恰在丽嘉喜欢的一家连锁时尚超市的旁边。在那里,有着魔幻的灯色、闪着燃烧光泽的橘色沙发、晶莹剔透的海绿色茶几以及顶着肚皮肩挂玫瑰和红酒的亚灰金树脂的顽童摆设。

此时此刻,"Flatters her"正播放"隧道尽头"的成名作《想吧!》。

纪甪正在斯文地喝红酒。蓝如月色的灯光打在他清爽飘逸的黑亮发角,那略带思索的视线望向不太遥远的地方,有空洞又有几许的坚毅。

"可爱的样子!"罗丽嘉傻乎乎地盯着。

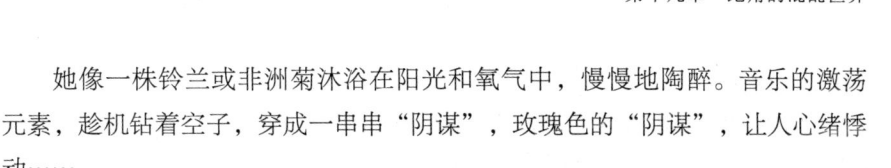

第十九章 纪甬的混乱世界

她像一株铃兰或非洲菊沐浴在阳光和氧气中,慢慢地陶醉。音乐的激荡元素,趁机钻着空子,穿成一串串"阴谋",玫瑰色的"阴谋",让人心绪悸动……

"走吧!"她站起来,同时伸出一只手,期待他的响应。

"我们出去!"她温柔而又坚定地说。

他没有犹豫,平静地起身,然后拉过她的纤柔手臂,她则顺势黏腻缠绵在他的半个胸膛,于是,就这样相依相偎地走了出去。

屋子外面,巷中的店铺都已打烊,初冬6月的寒气给九点刚过的夜色浸满清冷,笼着雾气的门头灯在微风中摇曳,巷尾渐溢渐浓的是深色的静谧。

一阵冷风席卷而来,两人逃也似的躲进纪甬停在路边岔口斜坡上的车里。

"早知道外面这么冷,就不要在香槟里搅那么多冰沙了!"

罗丽嘉抱怨着阴冷的天气。只是她喜欢香槟,有时,她单单看到它们的名字和或透明或清雅的色彩,也爱得想把它们连同玻璃一起吞掉。

此时,马路中间,几个操着意大利口音来新西兰度假的海员刚刚远足归来,他们除了背着包还彼此搭着背,兴冲冲说笑着拐过岔口,然后慢慢消失在那条下坡路的远处。

"来吧!"罗丽嘉柔媚而娇羞地注视着纪甬,想要亲热一下的恳求不言而喻。

他转身看她一眼,不带任何表情。

"怎么了?"她不安地问。

"没什么,可以的。"刚才还柔声和气的他此时却神色漠然。

得到允许的罗丽嘉毫不掩饰地把唇从他耳际滑到唇边,先是低频啄吻,然后是极富感染力的风暴激吻。

纪甬被神奇的力量悍住了,两人即刻热烈地拥吻在一起。

于是,令人窒息的缠绵让车外漫长的公路更加寂寥。

透过薄薄的衬衫,她感受到了他柔韧顺畅的腰线和结实有力的背脊。于是,冲动的欲火像一枚锋利的荆棘刺进丽嘉的心脏,让她难以自拔。

"亲爱的,想要皮肤百分之百地接触!"丽嘉呢喃呓语,然后笨拙地撕扯纪甬的衣服。

虽然,就在动作的瞬间,她因为表现得像个如饥似渴的男人而嘲笑自己的粗劣,而且,她也并不希望感染澳大利亚人把恋爱当成同居代名词的恶性流毒,但至少他们恋爱已久,难免更加渴望。于是坏坏的念头在她大脑皮层层峦叠嶂般汹

涌而来。

他总是用不屑和庸赖来对待那些属于男孩时代的青涩。每当罗丽嘉为纪甪总是表现出温吞和拘谨感觉到好笑，这句话就在她脑子里形成，同时大脑的另一侧，又会反映出他在享受亲密时的快乐时刻。

他只是故作矜持罢了！她傻傻地想。

的确，当赤裸成为彼此眼中的全部风景，纪甪有些慌张，接着，眼神渐渐迷离……

丽嘉几乎感到了一丝特别的香泽了，那是来自男人的特别气息，柔软却又坚毅。于是，她的纤巧细指，像一颗润泽的雨滴，轻盈地滴在纪甪的光洁肩头，然后缓缓滑行，它在他那突兀性感的锁骨上稍作滞留，接着，轻轻擦过因长久篮球运动而胸肌结实的肌肉群，转瞬，"单薄的雨滴"变成丝丝细雨，在他平伏如海面的腹部时而浸润时而淋漓，然后所有带有温热的"水滴"燃烧起来，在他腹部的上空凝聚成火焰，刺激他的欲望。

她感觉到了微妙的变化，就在她和他最密切接触的地方。于是，羞红和燥热涌上脸颊。

"啊！"

纪甪突然凄惨痛苦地大叫，划破了四周的寂静，罗丽嘉惊呆了。

……

"怎么回事？"罗丽嘉仿佛从美梦中惊醒，抬头的瞬间，她发现他那在昏暗路灯辉映下的灰色脸庞上，挂满令人难以置信的诡异和惊骇。

"嗨！发生了什么事？"她疑惑不安地摇晃着他，同时她发现，纪甪的脸部因为紧张而微微抽搐。

她确信他一定看到了什么，于是她将目光转向车窗外。

透过车窗玻璃，她睁大双眼努力搜索，一切似乎安然如常：路边的几株异叶南洋杉，因为阵风的摔打，发出瑟缩的颤抖；唯一的一株檀香树叶子稀稀落落，大头大脑而又皮肤嶙峋的样子，虽然奇怪却也深沉可爱；前面通往罗斯基尔山的狭窄公路下面，除了昏黄的路灯已经空无一人；笼罩在沉闷空气中的只有即将来临的第一场冬季风暴的无形浸润和婆娑树影。

"你刚才看到了什么可怕的事情吗？"她惊异地问。

"你对那些晃荡的影子害怕吗？而且你亲热的时候都不要闭上眼睛吗？"她

抱怨着，声音里带着浅浅的幽怨。

"还是你看到了鬼影之类的东西？"她感到怪怪的。

"啊？你不会真的看到鬼了吧！"她突然又被自己的话吓了一跳。

纪甬只是摇头，并同时尽可能地把头压低，将整个脸躲进黑暗里。

不管怎样，罗丽嘉之前的热情已经渐行渐冷，于是慢慢把身子滑向一侧。

接着，尴尬和羞恼随之而来，于是她情绪激动地抓起被两人挤在角落里已经起褶的衣服，烦乱地往身上拉扯衣领和袖子。

纪甬也僵硬地坐直身子，同时出于本能，他迅速把衣服揽在身边掩藏羞涩。

等罗丽嘉差不多背对着他把上衣穿好，纪甬似乎也渐渐恢复平静。于是他用似有迟疑而又喑哑的声音解释道："刚才，你，是你压痛我了！"

"啊？噢！也许！"丽嘉咬舌暗笑，当她忍不住转头注视他的窘迫，终于抑制不住，失声大笑起来。

"没有关系吗？"已经完全把自己打理好的罗丽嘉终于平静下来。她关切地问，内心里还有一丝的愧疚。

"没出什么大事。"他笑得勉强。

"其实，在这之前，虽然我见习时不得不看那些男人裸露的器官，却从来想象不出它的兴趣状态，我是说，它的那个时刻，难以想象！"

为了克制不再发笑，她推开车门跳了下去。

"而且，在我看来，那些让人蠢蠢欲动的念头原本也没什么大不了！"她挑着眉毛，背对着他悻悻地说。

然后，她丢下那只从脑壳里拎出来的为自己开脱的"果篮"，转身跳回两步开外自己的车上。

"噢，天哪，我的车没油了！"她也许为了摆脱窘境，于是借机轰开油门，风驰电掣般拐入下坡，朝距此最近的加油站驶去。

纪甬怔在那里，任凭大脑一会儿空白一会儿清晰地又纠缠了几十秒，然后努力侧头朝向丽嘉离开的方向，注视着她像落叶般瞬息滑入坡底的车影，当他恍惚幽然的目光在皮卡尾灯闪烁的刹那终于重现跳跃的神采时，他感觉自己再次从一场短暂而险恶的梦魇中挣脱出来……

他拧亮车内照明灯，鼓起勇气在后视镜里照着自己，然后伸手拉扯那张令他自己感觉陌生而又扭曲的脸，心在滴血。

"'压到我'之类的谎言迟早会被揭穿，它迟早把我毁掉！"纪甬默默打开

贴身携带的日记,带着愤懑在上面书写:

"它是可怕的巫师,饥饿的时候就钻进我的脑壳,把那些海绵状的东西当冰冻牛油舔食。于是,我的世界就会突然大乱。不,它把带着剧烈震波的电极植入了我的大脑,接通的时候我能够清晰地感觉到,它的波幅是由内而外的,而我的脑电波经受不了干扰,彻底瘫痪,多么可怕……"

夜色的灰暗包裹着周围的天空,一片血色的记忆渐渐潜入心头,纪甬痛苦地把自己埋入掌心,一切清晰如在眼前……

纪甬那年十四岁,和其他男孩一样,恰同学年少,风华正茂,他阳光好动,天真烂漫,他已经明显感觉到了内心的渐变渐强。直到那种似可倾听的成长,让他感觉自以为是的时候,他也就天真地以为到了自己可以主宰一切的时候。

"我不需要这个!"

"这个由我自己来决定!"这便是他那个年龄之初最最常态的坚决口气。

然后,他以为自己会是这个样子:酷酷的甩发、亮眼的花格衬衫和时尚的运动短靴。戴着新款手机听着耳机上学。然后把父母给他买学习资料的钱全部花在CD光盘上,他要在课本的空白页画满随心所欲的漫画,他要路过美女时跟她说:"你真漂亮,咱们交往吧!"

也许每个少年都是一样的,至少最初是这样。

可是,这种强大正与另一种也许更加强大的力量厮杀。

当父母讨论事情,他很想表达自己的主张,还没等他把话说完,老爸便要大吼:"小屁孩儿,你懂什么?自己房间待着去!"

他对妈妈说:"我要属于自己的空间,请不要随便进入我的房间、随便乱动我的东西!"

爸爸就在旁边,他板起脸:"有什么好神秘的,我也从你这个年龄长大!"

他对爸恳求:"我想单车旅行,也许用不了多久我累了就会回来!"

"你想都别想啊,你将来的目标是考研究生考博士,假期上补习班,参加三科联赛!"

"可是,我想当旅行家或飞行员。"

"那是什么,满世界跑吗?乞丐也可以的!飞行员也是,用不了多么高深的学问,所以不如你现在就出发吧,省得我继续呕心沥血培养你!"

那个用决绝的命令和冷嘲热讽来教训他的,是一个自诩为成功的经商男人的一家之主。女主人唯唯诺诺,不敢有半句商量。

可是，那些命令和讥讽，犹如钢质尖刀，守候在少年尚未钙化的个性锋芒上。

于是，日复一日，它们折了，断了，撒落一地。

与此同时，眼睛里的锐利明亮也日渐风干，哀怨、迷茫汹涌而来。

"好吧，距离博士研究生毕业还有N年呢，还有成千上万的书需要念，慢慢来吧不急的。"

"呵，有什么新鲜的，无所谓！"一副少年老成的冷漠样子成为后来的常态。

最最重要的，就在那些的下面，还埋藏着他深深的孤独。

直到暑假韩彩悉搬来了，当她快活得如同歌唱的鸟儿一样，带着夏日凉风背着她的大提琴从他身边刮过，走进他家的院子，就在见到的刹那，他能够感觉到他的救世主出现了，纪甪似乎看到了新的希望。因为她个性张扬，性格开朗，而且她的独立和自由是最令纪甪心驰神往的东西。他也可以因此而摆脱内心的孤独，或者至少可以在她的庇护之下，回归那个简单顽皮的少年。

于是，对于明天，他充满期待……

第二十章 但愿没事儿

那天,当背着琴盒、拖着拉杆箱、穿着蓝色半露肚腩无袖帽衫、橙色七分裤、腰系红色宽腰带的韩彩悉站在路边招手问路的时候,刚好纪甪和同伴一起放学回家。纪甪走在最前面,所以韩彩悉一脸灿烂地和他打招呼,同伴们嫉妒着女孩儿的美丽,他们上下打量着这个时髦另类的女孩儿,然后彼此挤眉弄眼开始想着起哄的鬼招儿。只是,什么都还没来得及做的时候,他们听见纪甪惊讶地说:"那个地址正是我家!"男孩儿们更加好奇起来,于是更加坏笑得肆无忌惮,然后一起夸张地大叫起来:"原来漂亮姐姐是自家姐姐!" 纪甪因为男孩儿的哄笑涨红了脸,然而心里却有说不出的快活和得意。

那个管自己的父亲叫表舅、大纪甪四岁的韩彩悉表姐正是自巧遇的那天起住进纪甪家的。

她之所以从老家广平来邯郸,是想利用暑期学习大提琴。

"这是用我自小到大所有的私人积蓄买到的。"她自豪地指指那个看上去比她还高的大提琴。

"真不可思议!你爸妈允许吗?"纪甪用难以置信的神情看着她。

"我爸妈没多少文化,他们根本不懂什么是音乐、什么是大提琴、小提琴,但好在他们就我一个孩儿,在家我都称自己本公主怎样怎样,所以他们什么事都由着我。我从小喜欢这个,它让人看着舒服,而且又能演奏出音域很宽的曲子,我做梦都想成为大乐队的成员,开音乐会,为明星伴奏。我有时候就对着音乐会的乐队那个大提琴手看呀看,然后把她的模样想象成我,然后我就闭上眼睛一边想一边拉,哎呀,那种感觉真是太妙了!其实到现在为止,我就识乐谱,连琴弦哪根叫什么都不懂,就根本是个琴盲。所以,我这次不光要学,而且要学好,我一定要成为乐队的一员,到大舞台上去演奏!"

她直爽、乐观,不像是乡下来的女孩,而当真像童话世界里的公主。纪甪在想。

"所以，如果你一不小心走到我房间来，千万别乱碰，看看可以，它可是我的宝贝！"她指着书和躺在半掩着的琴盒里的深棕色崭新提琴。

"我就担心你一捣蛋，随便倒栽葱似的把它当你的冲锋枪玩。"她站在两个房间之间的过道上，傲慢地翘着嘴角，眼中充满骄傲和快乐的神态。

"可是，我已经过了玩冲锋枪的年龄。"纪甪敏感地脱道，然后摆出一副不屑而坚定的神情。

喜欢音乐的韩彩悉韩"公主"无疑是上帝的宠儿。她不仅生得妩媚艳丽，骨子里还真的具有一种与音乐相关的天分。她常常自我陶醉式地哼唱，听不出调子更听不清歌词，但她可以用哼唱迎接一天的开始，又用这样独特的方式迎接一天的结束。而且这种天分又让她更具艺术气质，就是一种由内而外的如诗如歌的浪漫气息。总之，在纪甪眼里，快乐和美成就她，使她成为他眼中的完美化身。

但，很快，这种欢快的基调，出现了不和谐音。

某天下午，纪甪正埋头写作业，他听到了客厅里"公主"与她父母通电话时的争吵。

"不可能！打死我我也不要回去念书了，学那些比牛粪还没用的东西干吗？我早就厌烦学校和老师了，跟你们说实话吧，出门以前我就已经决定不回去了。再说，我已经十八岁了，可以打工养活自己，所以，我决定边打工边学琴！等我学好了，有出息了，把你们接出来咱们一起住！"

电话那边依然传来妈妈带着哭腔的低乞。

"不要再说了，今天下午我已经跟人家把聘用合同签下了。明天就去上班，所以，你说再多也没用！"她决绝地挂断了电话。

这种自立和勇敢却是纪甪所没有或不能够的。所以，他内心又震撼了一次。

这个突然的决定，也让纪家人深感意外。纪爸爸专门拿出晚饭后的汇总账目时间坐在"公主"面前好心规劝。但"公主"主意已定，她坚决如西部牛仔。

纪甪则暗地里心花怒放、喜不自禁，他当然希望她留下。

只是，娇纵和任性似乎也给未经世事的韩彩悉带来了麻烦。

韩彩悉应聘的是一家私人传媒俱乐部，她是新人，而且年龄又小，所以就做一些最累、最不起眼的杂活。但无疑这个乡下来的"公主"并不像大城市的真正的公主们那么娇气，她每天起得很早，一天至少要付出十个小时的劳作，而且，她明显有时吃不消，但她又懂得隐忍。

可是，没有社会经验的她根本想象不到，俱乐部的年轻老板名声很坏，纪爸

爸托人调查的时候，竟然听说他不但是一个好逸恶劳的小混混，虽然家境不错，但赌博、打架，劣迹斑斑。

于是纪爸爸又非常负责地劝她。其实在纪甪眼里，纪爸爸真正关心的并不是"公主"的工作环境或安全问题，而是害怕他自己的名声受损。因为他可是个视名声为一切的传统大男人，所以，他压根儿都并不赞同彩悉学什么提琴。

"咱们换个工作吧，老舅我托人帮你！找个与大提琴沾边的。"

"不是的，它至少与音乐有点关联的，他们上周刚拍了一个音乐MV，虽然档次不是很高，但他们也在积累经验，而且这个至少比那些广告公司、家政或饭店勤杂工听起来靠谱。"也许她怕给纪家添麻烦，也许她真的喜欢那份工作，总之，她振振有词。

没有结果的谈话很快结束了。

于是后来的后来，纪甪竟然感觉那个纪爸爸眼中的恶少似乎在追求"公主"，因为她的工作位置慢慢在提升。而且，有那么三两次，韩彩悉没坐公交而是被恶少开车亲自送回。

但是，好景不长，也许恶少终归是恶少。有一天，"公主"进门时，一副心事重重的样子。

"怎么了？"纪甪小心翼翼地问。

"没怎么，小孩子别管！"她话没多说，但仍很紧张的样子。

不知为何，年少的纪甪隐隐感到不安，他在内心祈祷：但愿没事……

第二十一章　惊天血案——"公主"被杀

那晚纪甬做完习题，上床休息的时候，已经接近十点。他轻悄悄下楼察看楼下的门窗是否关好。父母外出一周以来，纪甬自然担当起看家护院的责任。

"说是24号回来吗？那么还剩三天，也许能够提前回来！"他一边上楼，一边计算着父母归来的日期。

"'公主'最近睡得真早呀？而且，为什么总是心事重重呢？"他走到楼梯口看着韩彩悉大门紧闭的房间思索着。

"最近好像也没听见哼唱了。"他胡乱想着，然后进屋睡下。

凌晨时分，突然间的一声响动把睡梦中的纪甬惊醒，他打了一个冷战，然后忽地坐了起来。

"噩梦？"他思忖着，然后警觉地观察动静。屋内一切正常，窗子外面，午夜之后的下弦月已经半遮在浮云背后，深秋10月的夜漆黑而宁静。

"可是，明明听到了什么！"纪甬拧着眉头屏息倾听。果然，他听到了隔壁隐约的窸窸窣窣，于是他蹑手蹑脚下床，摸索着向门边走去。这时，他终于发现问题了，他的房门竟然被人打开了一条很小的缝隙。

"我记得明明是关上了的。"纪甬的心一阵紧缩。因为他十分清楚，自己虽然没有反锁门的习惯，但至少因为厌恶夜晚的风把房门刮得叮当响，因而门从来都是关妥的。

纪甬安慰自己不要惊慌，现在他需要证实一下自己的感觉，于是他挑着食指把门稍稍拉大一点缝隙，透过螺旋楼梯看下去，借着楼下玄关的微弱光线，他惊讶地发现门厅的门竟然是完全敞开的。

这下，纪甬的心彻底被恐惧扼住了，于是，他听到了自己心脏的狂跳。

怎么办？小偷还是劫匪？他瑟瑟发抖，双脚几乎动弹不得。

可是，家里只有他和"公主"两人，而他是唯一的"男人"！想到这儿，纪

用深吸一口气,双手抱门强迫自己把头探了出去。

与此同时,他又听到那让人毛骨悚然的窸窣声了,这次他听得更加真切,直觉告诉他,那是挣扎和搏斗的声音,而且,声音正是从"公主"的房间传来的,虽然她的房门看上去和他睡前看到的一样严实。

纪用已经顾不了多想,他退后几步摸到桌上的一把尖嘴水果刀,然后调整呼吸准备去敲开韩悉彩的房门,正在这时,窗户亮光处闪动的两个男人头型的人影又把他吓得退缩在角落里。

他们不止一人!他拼命晃着脑袋让自己更加清醒。

既然这样,破门而入只能自取灭亡。报警!纪用压抑着怦怦狂跳的心脏,再次贴近虚掩的房门。

可是,他的手机因为晚睡时听歌被老爸没收很久了,而固定电话,除了安装在韩彩悉化妆台上的那部分机,主机却偏偏装在楼下客厅。所以,也许下楼是唯一的希望。只是,那样也根本行不通,因为纪用十分了解那些钢制楼梯的特点,平时一只小猫从上面走过,也会发出"叮叮咣咣"的清脆声响,要做到人不知鬼不觉根本没可能。

一定是他们想要偷东西却被'公主'发现了!可是,那些人渣什么事都做得出来!他急得快要哭了。

这时他又看到窗外影子在晃了。这些影子是从彩悉的房间折射到她窗户外面的阳台上的。

她的窗帘没完全拉紧!他想。

而且,这里的内阳台窗户与'公主'的外阳台是连着的。

于是,他果断向窗子靠近,然后悄无声息把窗户打开一条能够顺利通过的空隙,倚着墙角侧身赤脚跳进了韩彩悉的外阳台。

透过窗帘的空隙,借助韩彩悉床头灯的微弱光线,纪用强迫自己往里看了一眼,顿时,他被里面发生的一切吓得瘫软成一团。韩彩悉被三个恶毒的歹徒控制住了,其中一个紧按她的双腿,另一个则用随便拎来的衣服牢牢封住她的嘴,然后穿黑色套头棉衫、脸上冒着青筋的那个人正像扎稻草人一样一刀又一刀往毫无生存希望的韩彩悉身上乱捅乱扎。

纪用差点失控惊叫出来。噩梦般的意外,让纪用感觉一阵阵恍惚、一阵阵眩晕。

"血?杀人?血?杀人犯!"他喃喃自语,同时又恨不得扑上去撕裂他们。

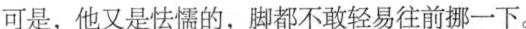

第二十一章　惊天血案——"公主"被杀

可是，他又是怯懦的，脚都不敢轻易往前挪一下。

畜生！浑蛋！他死死捂住自己的嘴巴，在心里撕心裂肺地咒骂。

为什么！为什么会是这样！'公主'是个连这样凶悍的三个男人同时往她跟前一站就会吓昏的人，怎么会惹来杀身之祸？

行凶者十分确定躺在那里的女孩儿没气儿了，才肯罢休。他们像是干完了老行当，十分镇定地把手套脱下来装进自己口袋，然后仔细检查周围有没有留下证据和线索。其中一个看到自己在慌乱中手臂被抓破了，他小心地使劲按了几下，以确保它不再流血。

纪甪狠狠地盯着他们，不放过任何细节，他暗自发誓，如果有机会，一定要把这些杂碎的血管刺开，然后看着他们一滴滴把血流干。

正在这时，他看到他们的头儿正在比画什么，并用手指向隔壁他的房间。这时纪甪想起自己的房门被人打开过。也就是说，在他醒来之前，他们已经探明隔壁有个睡着的少年，他们根本没把他放在眼里所以才没对他下手，可是如果他们知道他已经看到了真相，那么，这些杀人不眨眼的恶魔绝不会对他手软。

此时的纪甪虽然已经慌乱一团，可是出于本能，他拼命让自己镇定，停顿数秒之后，他终于哆哆嗦嗦爬回自己的房间。

当凶手之一的矮个头蹑手蹑脚推门进来时，纪甪已经安静地躺在床上。只见他睡相十分甜美，身子仰躺在床上，四肢因为沉睡而十分舒展，被子胡乱地纠缠在他身上，一只脚耷拉在床脚下，嘴边传来一两声轻微的呼噜，甚至嘴角仍挂着来自酣畅美梦的笑颜，让人看上去绝对相信他睡得正香。

因为光线太暗，矮个子猫着腰看了纪甪一眼，他的脸凑得极低，纪甪甚至闻到了他溅到身上的血渍的腥味儿，纪甪那只掩在被子里紧握尖刀的手开始打战，内心仇恨的怒火冲动得快要迸发！就在这时其他两人的影子在门前晃过，矮个子于是旋即离去了。

三个嗜血恶魔幽灵般地在楼梯口消失了，当纪甪再次鼓起勇气想和他们拼命的时刻，客厅的门已经重新关好，一切平静得像什么事情都不曾发生一样。

孤零零站在两扇房门间的纪甪两腿一软，晕了过去……

第二十二章 "化成灰都认得"是句空话

急救车和刑侦警察同时赶到的时候，天刚蒙蒙亮。

纪甪木讷地坐在楼梯上，脸色苍白。

刑侦队卞程警官看着手表，弓下身，然后用深沉的口气，安慰神情茫然的纪甪："不要怕，你父母已经接到通知，他们正在赶回的路上！"

纪甪拼命摇头。

"她死了吗？你们快去救她！"他看上去像在呼喊，可是却浑身使不出力气。

"我去看过了，那些伤刀刀致命！"卞警官委婉地说出残酷的真相。

"那些疯子，我要亲手杀了他们！"纪甪大哭，嗓音里带着那个年龄特有的沙哑，悲痛欲绝的颤抖叫人心碎。

卞警官蹲坐下来扶住他，同情地拍打他肩膀，然后恨恨地说："是的，如果可能，我也帮你补上几刀！"

他说着，环视四周，观察这幢镶着红色木漆窗框的两层别墅，同时思索着凶手如何撬开房门，因何进入被害人房间的问题。

其他的警员正在为寻找凶犯留下的踪迹而忙碌。

"来吧，我们回你的房间，那里安静些。"他提议道，纪甪缓缓起身，然后让自己幽灵一样的身体慢慢走回那间凶案旁边的屋子。

他在书桌旁坐下，双眼傻愣愣地盯着那扇从见证了彩悉死亡到他懦弱地逃离经过的窗户。

卞警官脑子又运转着许多问题，但是面对一个受到极度恐怖刺激的十四岁男孩儿，他需要多一点耐心。

"喝口水吧，你太紧张了！"他亲自为他接了一杯温水，并双手递到他眼前。

"你多大了，小子？"他故作轻松地问。

"十四岁。"他木木地微动嘴角。

第二十二章 "化成灰都认得"是句空话

"爸妈经常外出吗？"卞警官尽量挑无关紧要的东西问，因为在他看来，这样既可以安抚当事人，又会让他们感觉他在这些事情上富有经验，好让他们对破案充满信心。

"他满世界跑，妈妈不经常跟去，但这次她说让彩悉表姐照顾我，就一起走了。"他依然低垂着脑袋，目光混浊。

"其实每个人在长大过程中，都要经历些大事。"他企图站得高端一点，启发十四岁少年的坚强。

还好，他很知趣，非常配合地把杯子抬起来，象征性地呷了一口水。同时，他眼中微闪一丝光亮，那是太阳升起时把阳台玻璃映红时辉映到他的眼睛里的光亮。卞警官似乎看到了希望。

"可以告诉我一些关于昨晚的事吗？你听到或看到的都行。"他小心翼翼地问。

"他们把她杀了！"纪甪似在喃喃低语。

接着突然激动起来，呼吸在加剧，嗓子里传来哭泣时的哽咽。

"是的，大家都感到非常难过。"卞警官担心地注视着他，并上前轻揉他因紧张而缩紧的肩膀。

"到处是血！她身上到处在流血！"他依然哽咽，但没有泪。

"是的，这是事实，一个谁都难以接受的事实，但同时也是这一恶性事件的严重结果，所以，我们需要复原这一过程，而你是唯一了解这一过程的人，至少你了解了某个或某些细节，这些细节是我们侦破案件的重要证据。"卞警官似乎用尽了耐心，他不得不尽快把另一个观点表达出来，那就是请你配合我们的调查。

纪甪从窗户边收回目光，冷冷地用整夜未眠而充满血丝的眼睛瞟了对方一眼，似乎根本不能理解他在说些什么。

卞警官非常后悔自己的急躁，他当然知道，让一个刚刚经历惨痛事件的当事人重温噩梦无疑是对他人性的摧残，他不应该妄自施压。

"好吧，你先好好休息，啥时想找我聊聊，我就在外面。"他打算暂时放弃。因为对于人命关天的案件，勘查现场也得分秒必争。况且，到此为止，他仍没法判断案件性质。

"我认得他们！化成灰都认得他们！"纪甪突然大嚷。

"这么说，你见过他们，那伙人是你表姐的朋友？"

"不!彩悉从不把朋友带回家。"

"那到底是怎么回事?"

"我是说,如果再让我见到那些人渣,我会一眼认出他们,不管在哪儿!任何时候!"

"呵!那相当于一句空话!他们可是长着两条会跑路的腿的大活人,随便躲在哪儿你就找不到。"卞警官打击道,他刚才的兴奋也即刻败下阵来。

但他至少开口说话了。卞警官心想。

"三四点钟时,我突然听到一个声音。"他两手紧紧扣在一起,以缓解过度的心慌。

卞警官没有插嘴,他担心任何一句不恰当的话,都会惹毛这个神经脆弱的少年。

"我不确定那是什么,是楼梯响还是他们打开我房门发出的声音我不确定,我就是被那个声音惊醒的。直觉告诉我,有人打开了我的房门。"

"他们是三个人,衣服全是黑的,脚上没有鞋,但都穿着同一种灰白色袜子。走路又轻又快,像书上说的飞毛腿式的飞贼。其中一个矮子有点胖,就是他把刀递给瘦高个的。而且,我发誓,那把刀是从我们家厨房里临时拿来的,因为它小时候划伤了我的手,从那时起我从来不去碰它,妈妈知道我见到那把刀就害怕,她也就很少去用。但我认得它。"

"不得不说,小孩儿对于事物的认知无可挑剔。"卞警官忍不住夸了一句。

于是卞警官听他断断续续把如何爬过窗户又爬回来装睡的过程说了一遍。残酷的回忆,让少年眼中燃起怒火,同时,瞬间的成熟又在压抑他,让他看上去比其他同龄人更加深沉。

说完,他沉默片刻,突然间又情绪激动得自责和撕扯自己:"我空气一样的存在,和那些浑蛋一样没人性,我没勇气冲上去救她!我知道他们根本没把我当回事,所以才那么张狂!我恨自己!彩悉姐不会原谅我的!"

卞警官急忙上前阻止他:"你做得对,我们没必要做无谓的牺牲!"

等到纪甪再次平静下来,卞警官决定离开,因为他担心过度的刺激会让这个十四岁的大男孩儿彻底崩溃。于是他又安慰了几句,并亲自扶他上床躺好,然后提了一点比如"现在什么都别想,闭上眼睛休息一会儿,如有需要随时找我"之类的建议后,关上他的房门离开了。

纪甪根本没法休息,他脑子里乱极了,闭着的眼睛里也忽一阵黑又一阵红地

第二十二章 "化成灰都认得"是句空话

往他心脏里扑。隔壁，随着相机的咔嚓声，那边窗户被打开，他们边拍边讨论。

"这是她的艺术照？"有人在问。

"长得真不错，有明星范！"另一个人的声音。

"所以惹来杀身之祸？"卞警官的声音。

"发现什么了？"他接着问。

"没有找到鞋印，但有两只大小不一的带血的袜子印，这些狡猾的家伙还戴了手套。没有找到凶器，应该是带走了，而且刀伤和厨房里刀具架上少的一把锯齿刀齿痕吻合，另外，已排除器官摘取和性侵。"

"简单分析一下啊！刚才男孩儿说是作案的一共有三个人，那么，不管是仇杀还是情杀，不可能同时涉及三个男人。排除了情杀和仇杀，假如偷盗团伙被女孩发现想要报警，这是引火上身的可能性之一。还有一种可能，既然女孩儿长得惹眼，那也有可能是有人尾随入室强奸，因为女孩强烈反抗，导致过失杀人。"

卞警官正说着，楼下传来纪甪的父母心急火燎赶回的嘈杂声。

于是卞警官离开现场下楼。

昏昏欲睡中，纪甪听到他母亲哭诉丢失了她昂贵的"鸽血红"钻饰和两万多元现金之类的事，又听到他的父亲指责那些凶犯犯下天理难容的滔天大罪，让他无法面对他的表姐之类的话。

等到纪甪一觉醒来，办案人员已经把韩彩悉的尸体运走并离开了，他的父母也已经守候在他的身边。

"感觉好点了吗？"

"对不起，我们太大意了，没想到会发生这么严重的事！"

他们小心翼翼地抚慰着心力交瘁的儿子。

"他们怎么说？"纪甪表情冷漠，语气沉闷地问。

在纪甪看来，他已经不在意他们的歉意和任何自己受到打击之类的事情，能立马破案抓到真凶才是他最关心的。

"卞警官说，他们没有找到确定案件性质的关键证据，所以还要汇总一下其他信息才能得出是意外还是故意杀人的最后结论，他说下午去彩悉工作的俱乐部进行调查……"

纪甪几乎没有在听妈妈说话，他没等她完全把话说完，便忽地从床上跳起，翻出纸笔开始利用自己学过的素描画那三个他见过的凶犯的肖像。他画得很快，像从打印机里打出来一样飞快，画好之后，他命令父亲交到卞警官那里去。

　　然后，接下来的一段时间里，纪甬常常反锁房门自闭在屋子里，那样的他其实并不好过，因为他正在度过艰难的失眠和头晕目眩，而整夜失眠时的幻觉，又让他感觉在他这间充满黑暗中的屋子里，满墙都溅满流淌的血红色，它们一直漫延、漫延，直到他身边即将让他窒息。于是，他常常神经紧张地站立起来，在床边东张西望，或突然间大喊一两个听不出来的字或单词。父母为此非常担心，想尽办法安慰他，可是，任何办法都无济于事。

　　他的内心，似乎在某个瞬间凝成了冰河。没有了隔壁的灯光，听不到那美好快乐的间断音域，更熄灭了曾经再次点燃的希望，于是，他彻底迷失了……

第二十三章　找到新线索

在纪甪的心里，一直认为韩彩悉的到来对他来说是件不同寻常的事。像一种感觉撞击了他，很蒙眬又特别的感觉；又像是一种力量，催他成长成熟的力量。

她像天使，在她的背后，是上帝那扇透明纯洁的天窗。他常常这样想。

自从那时起，纪甪成了连同血液都流淌快乐的人。

尽管每天的每天，他因为早起搭父亲的车去学校，一整天都很难和韩彩悉见面，但后来至少他发现在他和她之间竟然出现了天意一般的意外巧合，每晚的每晚，九点半的末班车上，寥寥无几的乘客当中，总有他们两个。

"嗨！小表弟！"她每次上来都这么得意扬扬地打招呼。

"你也常常这么晚回家吗？"这是她最初的关切。

"不是常常，而是一定，我六点去文化馆学肖像油画，八点坐17路巴士去化学老师家讨论奥赛习题。"

"噢，天哪，我越来越喜欢这座有这么多陌生的人的陌生城市了！我喜欢陌生又新鲜的感觉。符合逻辑的推理是，熟悉像一种温度，接近于人的体温，时间太久会让人麻木；而陌生是一种冷却，有时即使打寒战也不见得是坏事，它会叫醒人的免疫，挑战自身的耐力。"她沉浸在一种梦幻般的欢快里。

"而且，末班车，诗一般的享受。如果我是画家，就画一幅能描幕出末班车与匆匆路人擦肩的瞬间感受来，光影闪烁，镜头摇曳，远距离背景是宁静的深巷、冷清的橱窗、街摊烧烤的余味还是天桥上旅人的哀愁？哎呀，在那个迷离的瞬间，一定是上帝来过！"

韩彩悉时晴时雨地释放着情绪，纪甪大多时候倾听着，同时认真而安静地享受着一种可爱，一种绝不可能却又懒懒的可爱。

可是，可爱不是忘情的，它阻止不了意外的发生……

纪甪回忆着，内心很痛。突然，他想起来了，对，一定是他，"公主"出事一定与他有关！于是他给卞警官打电话。

"噢,是纪甪啊!正想给你父母打电话呢。"卞警官热络地说。

"经过调查研究,彩悉的案子,基本排除了流窜犯团伙偷窃的可能,因为最近全市没有相似的报案和案例,所以,这只能说明,那些家伙是有预谋有针对性作案,我们已经调整了侦查思路。"

"我就知道偷东西只是个幌子!"纪甪语气冰冷而坚定。

"噢?这么说,你有重要的线索或发现?"卞警官感到意外。

"听说过那个叫熊正的家伙吗?就是开着一辆玫瑰色悍马整天在街上横冲直撞的那货,或许是他干的!"

熊正在这一带很有名气,确切地说,他算是富三代。祖父是改革开放后第一批利用贷款在流通行业大展身手之人,他为熊家后代囤积了丰厚资产。于是熊二代即熊正的老爸便利用固有的资产既投资又买官,1987年便成为邯郸第一个高富帅高层官员,报纸、电视到处是熊二代年轻富豪官员的露脸照。

而熊正是熊家第三代,也是最坠落、猖狂的熊一代。在家里,他是个说一不二的独苗少爷;在外面,因为许多小哥们儿靠他施舍小费,所以都捧着他、追着他奉着他,他却因为可以砸给他们钱而对他们像对待家奴一样非打即骂,跟混世魔王一样。

而传媒公司,实际上是熊爸爸为了让熊三代练练经商的拳脚,先行投了资,并指使自己的亲信经营了一段时间,等到差不多初具规模了,才扶熊三代上去。并嘱咐他,一定要好好干,我和熊爷爷打下江山,你即便不能利滚利让它飞黄腾达,至少也要守住家业吧。于是,在熊爸爸的明撑暗扶下,那个传媒公司在当地还是蛮红火、气派的。

但这个熊三代真不是好东西。他混哥们儿义气不说,还吸毒、与黑社会有染。

于是这样的公司,因为没有一个靠谱的经营者,它便犹如巨大而美丽的陷阱或幻化中的海市蜃楼,保不准哪天就吞噬了无辜者的钱财甚至生命而转眼消失。

于是,韩彩悉跳进去了,而她又成了最不幸的那个?卞警官突然被自己想到的这个问题吓了一跳,他隐约感到这事可能真的并不简单。

"哦!熊正?有所耳闻。而且他是韩彩悉的顶头上司对吧?另外,公司里还有个别人猜测他俩正谈恋爱。"

"这个猜测不是空穴来风,我之前并不认识熊正,大概两个月前,彩悉姐断断续续坐他的专车回来,我还看到他们很亲昵地道别。彩悉姐开头那些日子挺开心的,觉得自己找到靠山了。但案发前几天,她有些不对劲,我问她为什么不开

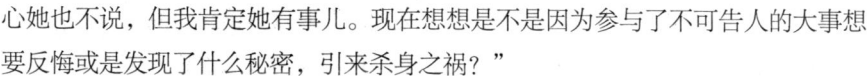

第二十三章 找到新线索

心她也不说,但我肯定她有事儿。现在想想是不是因为参与了不可告人的大事想要反悔或是发现了什么秘密,引来杀身之祸?"

"这么重要的信息,你为什么不早说?"对方埋怨道。"当时我脑子里一片空白,什么都想不起来。"他急忙解释。

"这样吧,上次时间紧迫,现场取证比较粗糙,我会尽快组织人手,再次勘查现场,以防遗漏。"

当天下午,卞警官便带着两个助手来了。

"这次,把重点集中在她房间,凡是她用过的东西,连地上的头发丝都不能放过。"卞警官对手拿钥匙的纪爸爸说。

纪爸爸帮他们开门之后便下楼了。纪甪站在楼梯口,他很想靠近些,内心的胆怯却使他迈不出步子,眼睛也在那扇房门被推开的刹那莫名昏黑。

"拿出男子汉的气魄来,小子!世界上有许多需要面对恐怖的职业,你将来有可能是他们当中的一个!"卞警官显然看出了纪甪的恐惧,他指着自己的两个助手,在他退后之前,鼓励他。他停在那里,至少没退。

三个人进了房间,开始紧张有序地忙碌。

"按理,真如这小子所说,她有所隐情而又忐忑不安的话,出于本能,她应该有所提防。比方说,她加固了房门或身边多了防身用具;或者,有些当事人会直接留下遗书或重要证据。"卞警官边把屋子里的所有物件当间谍的作案工具一样细细侦查,边跟助手们嘀咕。

纪甪远远地伫立在那里,心里有说不出的难过。

时间一分一秒地过去,大约半小时后,他们果然有所发现。

"看看这个!"助手之一从化妆盒里用镊子取出一小撮塑料膜之类的东西,他把它拿到三个人当中。

纪甪鼓起勇气凑了上去,他看到,那是一个沾了白色化妆乳液的纸制小团,只是,它显然被人精心包装过了,在它外面,是一层透明胶带做成的保护膜。

"这样它就不会被浸湿,然后埋在厚厚的化妆乳液里,根本不会被发现,非常聪明的做法,它一定就是那个夺命秘密!"卞警官语气坚定。

他命令助手把它放进标签袋中。

然后,他们又在她一部淘汰的旧手机里,获取了一段只有几十秒的简短通话记录,虽然音质效果很差,需要通过专业设备处理,但他们仍认为那也是证据之一。

两个半小时后,他们拿着这两样东西离开了。纪甪心情稍有轻松,至少他看到了破案的一线希望,他在希望中等待。

第二十四章　无力的证据

又是漫长的等待。纪甪每天清晨在日历上画圈儿，不知道那代表了什么，也没有数过自从"公主"出事后究竟画了多少圈儿，但几乎成了机械动作。或许他潜意识里，想把自己圈起来，不受到任何伤害。但这种徒劳的机械动作仍无法改变他时常眼前发黑或泛红的感觉，当那些瞬间来临，他便满视线里全是失明一样的黑色或视线模糊的血红色。而且，在那个时刻，世界会突然变得宁静，像一部无声电影，镜头在转，却毫无生息。

他没有告诉任何人，关于这些，他知道这样的情形很糟糕，只是，也许怕家人担心，也许，是一种无所谓的情绪在浅浅作怪。

终于，卞警官又来了，但这次只有他一个人。纪爸爸又出差了，妈妈招呼他坐下边喝茶边聊。纪甪凑过来，妈妈想这样的事最好让他回避。但卞警官看懂了他眼中的焦虑，于是建议他一起坐下。

为了缓和气氛，他盯着纪甪这个看上去神经绷得太紧的大男孩儿，开了个小玩笑，说："有好消息也有坏消息，你想要先听哪个？"

纪甪不领情，不冷不热地说："有本事你两个一块儿说。"

"好消息是，你猜得没错，八成这事就是熊正干的。字条上的两个大写字母正是他名字的打头，假如这只是巧合，而录音，我们经过专业测试，它百分之百来自熊正。"他稍做停顿，以确信纪甪在听，而不是已经冲动得即刻站起来，跑去把那个叫熊正的恶棍生吞了。

妈妈只是沉默着添茶。

"他为什么杀她？"纪甪冰冷地质问，语气听上去比一个三十岁的成年人还平静和理智。

"那是一组不同寻常的字母和数字。它是毒贩子内部的江湖代码。而且你想啊，如果只是普通东西，彩悉干吗把它藏得那么神秘？再说，对于好逸恶劳的熊正来说，他一定疯狂地以为，冒一两次风险却可以拿到抵过他祖上半世打拼的财富，那当然是件非常了得和有成就感的事。"卞警官稍停等待对方的回应，但纪甬没有。

"从录音内容看，是熊正在交代一场毒品交易的时间和运作方式，虽然他用的都是非常隐秘的江湖术语，我们老早就有他沾染毒品的举报。种种迹象表明，他不但参与了贩毒，而且很可能是幕后主谋。假如真是这样，那组惊人的数据，足以让他判个死刑。"

"把他凌迟都死有余辜！"纪甬咬牙骂道。

"经过这些日子的暗访调查，我对这个人有了全面了解。首先，他虽然年轻，却谨小慎微，机智过人。不得不说，他有运筹帷幄、掌控大局的能力，他有自己的手段，更有令人难以琢磨的运作技巧。"

"你们和这样的人打交道一定会头疼！"纪甬挖苦道。

"还有，熊正这个人最大的特点是他不信任任何人。在他的管理字典里，所有手下不得好奇任何细节。他安排了你前往广州收货，你只管闭上嘴巴按他的交代跑腿，假如有人想要知道更多，他有办法通过他独有的方式了解动向，然后你饭碗不保不说，很可能在离开的路上被车撞或直接遭遇蒙面歹徒折断你双腿。所以，在他的地盘上，没人知道哪些是正常业务，哪些是站在法网钢丝上铤而走险。"

"可'公主'她对一切充满好奇！"纪甬喃喃自语。

"关键是，她的好奇恰恰触及了熊正的敏感！如果他用一种唯我独尊、称霸天下的高傲筹划了一桩完美而重大的交易，却同时又感觉背后有一双温柔的眼睛正威胁他，以他的个性，视而不见绝不可能。有人听到熊正和韩彩悉在事发前那个上午吵过架，有好几次提到'分手'和'告发'之类的词，因此综合分析，很可能是彩悉规劝他收手，却没得到正面回应，但这样完全暴露了她自己。为了确保交易万无一失，熊正下了歹毒的阴招，而且做出了铲除威胁和提前交易同时进行的全新方案。我们的调查人员拿到了他在事发第二天交易成功并收到境外巨额汇款的印证。"

"赶快去抓他，不然他就跑路，人间蒸发了！"纪甬已经按捺不住，他急切地嚷嚷。

"他不会跑的，估计他心里非常清楚，他根本没必要跑。不得不承认，这家伙在这方面非常狡猾！"

"狡猾？那是什么意思，狡猾就可以逃脱杀人的罪责？"

"这就是我想说的坏消息了。"

"根据前面的推断,这应该是一起典型的雇凶杀人案。因为彩悉得到了某个把柄而又不想沉默和妥协,然后熊正为了杀人灭口而雇凶杀人。但从我们掌握的情况看,他本人既没出现在案发现场也没在周围望风放哨,因为当晚他为了证明自己清白一直在赌场直到我们接到报案。而且,他的雇用也非常诡异,在所有通话记录里,无论是他本人还是他的亲信在案件前后几天都毫无异常,而对他手下的讯问也没有任何有价值的信息。唯一有价值的线索是,头天下午,也就是与彩悉吵过之后,他独自打的士去了劳务市场。"

"那三个像打工仔的杀人狂是他从劳务市场临时雇来的?"纪用疑惑不解。

"对,差不多就是这样!但在劳务市场的马路边随便高价雇用了几个人,看似简单,恰恰却是一步聪明的高招。因为他所需要的,正是那些刚刚进来连脚都没落稳的人,这样一来,事情完成之后他们立马在这里销声匿迹,这不仅给我们出了难题,他自己也会感觉对于这件事,可以达到一个在这座城市里,他是唯一知情人的完美效果。而且,他连司机都不带,然后暗地里询问有没有人愿意冒险做一次大买卖,对于那些靠苦力挣生活的务工人员来说,十万或几十万一定是个天大的诱惑!所以,找到敢于冒险的人并不困难。"

"那三个人里面,的确没有那浑蛋!"纪用目光灰暗地自语着。

"问题是,杀人元凶彻底消失了,这意味着我们根本拿不到他雇凶杀人或他与此案直接相关的关键证据。而且在没有任何信息和线索的情况下,要从当天进入的上万名务工人员中找出这三个人无疑是大海捞针。"

"这么说,只要犯罪分子做得跟那头狗熊一样高明,就可以逃过你们的法眼,逍遥法外对吧!这世界上还有比贩毒和杀人更大的事吗?"至此,种种的推论如同一盆冰水,再次把纪用充满希望的内心彻底打湿,同时,他似乎要被彻底激怒了。

"现在我所说的这些,都只是在目前这一时间点的状态,并不代表是这个案子的最终结局,下一秒案件又会出现新的转机也不一定。只是在我看来,其实我们每个人都有保护自己的职责,而彩悉,她明明掌握了关键证据却没选择第一时间报案,而是迟疑或者抱着一种孤胆英雄式的冒险,贻误了贩毒案的时机不说,还白白搭上自己性命,她这样做无疑是个天大的错误。"

纪妈妈不停地点头,似乎格外认同这样的观点。

可是,对于'公主'那样涉世未深的小女孩来说,这样的要求显然太过复杂

了，世界还没给她成熟到那么理智沉着的时机，这不公平！纪甪心想。

"像贩毒这种事，那些电话录音、字条之类的东西是最不靠谱的证据，即使有更长更完整的贩毒全过程的录音，却没抓到现行，也根本无济于事。而那笔汇款，他完全可以解释为巨额馈赠！至于其他细节，因为是性命攸关的大事，他当然要把屁股擦得一干二净才敢继续在这里待着。这一切，都是我们的压力，毕竟，时间无法逆转，消失的证据也变不回来。"卞警官情绪激动地发着牢骚。

谈话结束了，卞警官起身告别。纪妈妈谢了又谢，并送他到大门口。纪甪直直地站在大厅里，没说"再见"。然后他听见卞警官在门口对纪妈妈交代说："孩子情绪不太好，多安慰他，多带他出去走走，这么大的打击只怕心里有阴影。另外他画的那些画像，我们复印之后拿出去排查了，可是作用不大。我个人认为，画像和相片始终有些距离。不过，您跟孩子交流一下，如果他认为有必要，我们可以派画师帮他重新完成一下！"

纪甪听出来了，他们对他的画作水准也存在质疑。而且，纪甪有时自己也在怀疑，他所画的头像，究竟离栩栩如生差多远？只是，即使这样，他也不认为所谓的刑侦画像师的手段更好，因为在他们那里，只是许多双眼睛、眉毛甚至鼻子慢慢组合，更加没有写真价值。

"应该还她一个公道！"纪甪突然冲着大门口撕心裂肺地请求道。但他心里知道，他的请求是那么苍白无力，就像一缕微风飘过，连发丝都未曾惊动。

他失望极了，而且头痛又开始了，昨晚几乎没睡，睡不着而又心焦气躁的感觉太煎熬了，他不知道自己还能不能活下去。

他僵硬而缓慢地走回屋里，少年的泪在内心流淌……

第二十五章 新凶手画像

纪用不肯接受无法追凶的现实，然后他仍经常失眠或一睡着就持续不断地做噩梦。起初他梦见卞警官咧着锈满烟碱的黄牙附在他耳边夸耀自己的破案神功和对精密仪器的精通，接着他梦见那三个罪犯提着血淋淋的刀在酒店里喝酒。然后他梦见韩彩悉被人从高处扔下，他想帮她却眼睁睁看着她和乱石一起滚下悬崖。

这些噩梦让纪用白天更加沉默。妈妈心痛得每天都多一些时间陪他，一边安慰儿子："宝贝儿，咱不想这事了，有些事实是没法改变的。"

"就这么算了吗？他们杀人像灭个烟蒂儿一样痛快，还拿了熊正那畜生给的索命钱满世界逍遥！而且，说不定，他们当中的某一个，此时正甜言蜜语地对他的漂亮新邻居献媚呢！想想就觉得恶心！"

"可是，即使找到他们，彩悉还是回不来了！"妈妈叹息着。

"不能就这么善罢甘休！"他气愤得要爆炸的样子。

等着吧，我要把他们挖地三尺揪出来！他暗暗发誓。

希望与失望，是一条隧道的不同入口，从希望出发，出口处便往往是煌煌的光明。

纪用也许就是以这样的心态开始另一个周末的。他尽可能让自己恢复平静，收藏好那颗因失望而心灰意冷的心。然后，他毅然出现在曾经在他的肖像素描业余班讲授过"用素描诠释形象"的大师钟教授的面前，当时钟教授正在写生室检查学生作品。

"请您帮我，我要画出最好的作品！"他恳求道。

"哦？渴望成名吗？"钟教授抬眼上下打量面前的大男孩儿，脸上流露出淡淡的质疑。

"我，我只是觉得，之前画的，根本不是什么！什么也不是！"纪用犹豫着，反复着，想把自己的想法说出来。

第二十五章 新凶手画像

"啊！是吗？可是，你看看，我已经老了，拿笔的手最近总是打战，看来真应该退休了！"

教授的话让纪甪有些窘迫，他听不出大师是在试探还是婉言拒绝，他不安地站在门边，眼神僵直地盯着钟教授拿着画笔微颤的手。突然，他从那只手上看到一丝希望！

"不，不是这样的！我清楚地记得您给我们上过的第一堂写生课，是的，您当时对鬓角细纹的处理也是这样的！"他以少年少有的深沉回应道。

"还不错嘛！事情隔了这么久，竟然还记得这么清晰！而且……"他重新抬头看了纪甪一眼，接着说，"我喜欢脾气有点倔的小孩儿！"他笑呵呵地对他说。

纪甪知道那一定是教授的应允！

"太好了！我一定会加倍努力的！"他默默地下定决心。

于是，压力与动力的转换压缩了春花秋月的距离。在这样的距离中，纪甪领悟了之前用了四年都没有修到的肖像油画的真谛，那就是钟教授所说的："肖像模特是立体的，而你手中的纸厚度不足半厘米，怎样让立体在一张薄纸上栩栩如生？关键在于你的心和眼睛要当摄像机用，而不是扫描器。摄像与扫描的不同之处就在于记录下的东西是否有生命立体感，然后才是喜怒哀乐以及皮肤纹理上的细腻……"

掌握了刻画肖像的玄机，纪甪终于画出了令自己满意的三张肇事元凶的头像。

"这次绝对没有问题！"他信心十足。

然后，纪甪拨通了卞警官的电话："我把那些头像修改过了，请相信，这次肯定画得跟真人一样！"

卞警官在电话那头暗笑，心说："你练的什么神功啊？晚上做梦抓住灵感了？怎么突然就能还原真面目了？可是又怕伤了对方。"

于是推托说："那行，你先放你那儿，我现在手头正忙棘手的绑架案，然后我抽空去拿！"

接着他又补充道："有些案子是需要时机的，这事就交给我们办，你现在最主要的任务是学习，别再胡思乱想了。再说，那些杀人犯，他们既然知道自己犯的是死罪，他们会时时刻刻提醒自己千万不能把脑袋伸得太长太远，不然就性命不保。所以他们即便不能改头换面，但那些留发蓄须、乔装改扮的伎俩肯定比杀人还在行。"

纪甬这次没受打击,因为他打电话时,原本也只想给他们一点当事人比警察更关注案子的刺激罢了。

在那之后没多久,家人决定把韩彩悉的房间重新改装。

妈妈说:"房间就在那儿,没人愿意进去,经过时心里总是不对劲。而且,越是锁着越觉得恐惧,所以把那里打通吧,装成通往阁楼的楼梯井,通透一点儿也许会觉得舒服。"

然后她决定安排小时工进屋清理东西。

"所有东西吗?"纪甬走近问道。

"迷信讲死人的东西一样也不能留!"妈妈非常坚决。

"我想留下那把琴!"他低声请求。

"留它干吗?你根本没学那玩意儿,别以为它多值钱啊,彩悉家条件不好所以觉得它金贵,其实值不了几个钱,如果你喜欢,爸妈给你买新的!"

不是的!他很想说,只是想要留下做个纪念。他一听要让那里一切全部消失,他心里特别痛,少年特有的不舍。

但他没有争执。

等到小时工来,他趁妈妈不在,还是把小时工临时支走,独自进入了那个久未开启的房间。

他有些胆怯地轻轻推门。

"喂!"他鼓足勇气轻声喊道。

希望公主还在!他莫名其妙地这样想。

可是,四周除了打满大半墙壁的傍晚昏黄,只剩久失人气而冰冷沉郁的空气。

纪甬走近梳妆台,眼睛盯在韩彩悉的相片上,神情颓废地说:"我知道你从不喜欢被打搅,可是,等放了暑假,我就要去南方了,那是我的计划之一,我要到云南那些地方找找线索,实在不行,我走遍全国,反正,我有好多假期,那些假期也没什么意义!"

"其实,我的目标就是亲自送他们进监狱!"他目光坚定地说,然后又摇摇头,"你会觉得可笑吗?"他神经质地自言自语。

纪甬把脚向右边移开,走到镜子面前,上下打量自己一眼,然后自嘲地说:

"是的,看上去,我骨子里有太多畏怯和软弱,所以,我在关键的时候没能保护你,我恨自己。所以,这次我独自出去,就是为了慢慢改变,等到我长大了,像个真正的男人那样,长了皱纹和胡子,你一定会看到一个真正有刚性和意志的我。"

一股污浊的空气钻到纪甪鼻孔里了,他似乎又闻到了血腥的味道,他忍受不了,于是揉搓着鼻翼走进角落,弓身把裸露在琴盒外的大提琴拿在手上,轻薄的灰尘颜色几乎盖过了它原来深棕色透明的琴身,让看到的人感觉凄楚和悲凉。

纪甪突然回身抓起镶着相框的照片,然后充满忧伤地对它说道:"不要待在这里了!来吧'公主'!我们一起走!"

……

时光在镜子与镜子的玻璃间穿梭,已经成为北大生命科学院研究生班在读生的纪甪放了寒假后租住进离沈阳火车站不远的一家连锁酒店,他清晨起来,伸着懒腰,照着镜子,打理头发,这时的他已经"脱胎换骨","蜕变"成一个二十一岁、深沉斯文的真正男人了,虽然他的确长了些毛茸茸的黄褐色胡须和偶尔的清浅额纹,只是依然阻挡不住他出彩成剑眉星目、英俊潇洒的精致男人。

此时,进入严冬的沈阳室外格外寒冷。纪甪拉开窗户的布帘,看见清冷的晨光挂在萧瑟光秃的树干上,没有一丝温暖。

"起床吧!'公主'!"他对着七年前从韩"公主"屋里拿到的相片柔声说道。

"今天天气不错,只是和咱们家乡比起来,这里的冬天真是太冷了!"他讪讪自语。

几年来,对着相片自说自话或者表达内心已经成了纪甪的一种偏好。每当假期来临,他带着画架和那把只当摆设的提琴"漂泊"在各大城市的车站、码头。他看上去像个十足的艺术狂热者。他乐意让人这么认为,因为为了不同的追求,牺牲洒脱和自由是他与那些真正艺人的通用借口。

现在,他要吃早饭了,纪甪拿出昨晚从便利店买到的夹心面包,站在窗口大口咀嚼。

"其实,这样到处流浪很好!"他一边吃,一边低声嘀咕。

"和那些凄苦的流浪小孩儿、无人认养的孤寂老人比起来,我这个表面'落魄',实际背后拥有巨大'财团'的富家公子真是幸运多了。"

纪甪三口两口把东西吞了下去,然后伸手把窗子打开了一条缝隙。

"而且,我感觉今天心情真的很好。"他目光里闪动着亮泽,语气快乐地说道。

"也许，我们离目标更加接近了！"他自信地眉目飞扬。

"是的，也许已经很接近了，记得我们的点与圆的游戏规则吗？我们在圆的中心旋转视线，而那些目标在半径不等的圆周轨迹上运行，迟早有一天，他会进入我们的视线，成为我们的猎物！"他唠叨着，仍在跟相片说话。

"来吧，让我们出发！"纪用背起画架，手拿提琴走了出去。

纪用一路上像弹吉他一样拨弄着提琴走向车站。虽然，比起他的音乐天分，他的画技堪称是鬼斧神工了，他既不懂音节、音阶、音码，更加不懂音域与音频。只是，纪用一时一刻都不舍得让它离开。

它能帮我回想过去！他想。

可是，为什么回想又总是充满痛楚和惆怅呢？

是那种年少无知的懵懂依恋吗？他在思忖许多问题。

是的，那段日子，末班车是两个懵懂少年的默契轨迹，有时什么也不说，就那么简单地一前一后跳下车，慢慢往家走一段五分钟的林荫路，在纪用看来也是充满诗情画意的浪漫，那种感觉就像两只遗落在孤岛上的动物——一只长着昆虫下颚的兔子与一只折了翅膀的百灵，它们彼此在愉悦甚至嘲弄中依赖。渐渐地，这种依赖让他充满遐想，并把它理解为快乐的全部意义。纪用如今以成年人的理智，梳理那份通常被人称为"早恋"的纯美感情。

可是，恶魔无情地让它夭折了！他恨恨地想。

透过玻璃，纪用看到八点刚过的候车大厅虽然有些安宁，却也几乎看不到空闲的座位。

"这样下去，半小时之后，进站的人会把这里挤炸的！"纪用轻叹着，推开玻璃门走了进去，沉闷的空气立即把他包围，在他的身体内部形成一股邪恶的流质向上汹涌。这种强烈的条件反射自他七年前第一次去云南机场候机厅就产生了，然后一周之后他甚至患上了暂时性耳聋。

他们的无序，是一种让人惊恐的骚乱！假期的学生流混在探亲访友的人群里，不停地涌进涌出。

"只是，所有的意志就是这样产生的吧！"他常常这样安慰自己。

现在，纪用开始做些准备工作，他先把提琴依墙靠稳放好，然后把画架摆在靠近窗口的位置，接着他开始从油画箱里取调色板、画笔、油壶以及绷布钳。

一切准备就绪。

那么，工作就这样开始吧！

第二十五章　新凶手画像

看上去，纪甪作为一个搞画像艺术的人，或环视四周找寻如意的创作对象；或邀请一位具有艺术参照价值的人当肖像模特在他面前静坐，为他提供"出神入化"的灵感；或画笔一挥妙笔生花，总让人感觉他的假期生活那么悠闲惬意。

而事实上，纪甪坐在那里，有着更加繁杂的内心：为什么同样是微笑，却在不同的人脸上给人的感觉不同？为什么同样是愁苦，年长和年幼的人，表达也不一样？同样是思考，沉着的人安静地杵在那里，急躁的人则叼着烟转来转去……

细致的观察，似乎让纪甪练就了一双火眼金睛，他确信用这样的思维来审视每一个路人，他几乎可以洞察他们的所有内心。

而做到这一点的好处是，不管时间过去多久，他对他大脑中已经刻成钢质模板的三个杀人元凶的现实状态，通过现实思维和时光变幻的揣摩，直接刻画出此刻的形态，他要让自己在心理上永远与他们周旋在一起！

现在是早上的八点一刻，纪甪一边在画布上刮色，一边不时抬头看一眼那些拥向六号检票口等待检票的嘈杂人群，哀叹着让高等动物在群集时保持鸦雀无声是多么希望渺茫。

"嗨！小子，这么早！"推开检票口旁边工作室玻璃门的中年巡管扯着嗓门和纪甪打招呼。

"您早！"纪甪停下手中的刮刀，让刚才因为厌烦空气的陈腐而堆满阴郁的脸上挂起难得一见的谦和笑容，简短而有礼地回敬道。

"过会儿去二号厅啊，那里有你感兴趣的南线进站。"巡管神秘地冲纪甪打着手势示意道。

"嗯，手上的东西完成了就过去！"他尊崇地点头。

他总是给我建议，而且，是他挽救了我消极倦怠的行动理论！纪甪拾起画笔准备加紧赶完手头的东西，与此同时，他不由得回想起与巡管初识的情形……

那天，虽然是纪甪第一天到达沈阳站，他依然披着写生的伪装一直"工作"到很晚。当三条南下的支线关闭，候车室内的人所剩无几，他开始收拾东西准备离开。

"呵！装备这么齐全！需要帮忙吗？"当纪甪闻声望去，终于察觉那个站在两步之外身穿制服的巡管已经停留在那里有一会儿了。

"习惯了！谢谢！"纪甪收回淡漠的眼光，冷冷地回答。

"据我猜测……"那人一边说着，一边走得更近。

"警校实习生,未来的妙笔神探,还是便衣协警?"他用一种赏识的目光,又带有信心十足的笑意发问。

纪甪默不作答,他甚至连忙碌的节奏都没放慢,同时心里厌恶地诅咒:真是无聊的猜测!

"其实,上午你刚来,我就有种奇怪的感觉,感觉你特别像我认识的一位警员,但细看之后才发现,只是你们审视人群的眼神很像,都是充满敏锐和洞察力的那种!"

"是吗?"纪甪冷哼似的回应他,然后继续收拾。

"说来可笑,我有严重的崇警倾向,三岁时抱着封面有警察的画册睡觉,十岁时看到邻居侧窗玻璃被打破就煞费苦心地研究一个星期,中学起以福尔摩斯那样的冷静和机智要求自己,所以,我喜欢那种敏锐和洞察力。"

纪甪轻蔑地看他一眼,然后继续沉默。自从出事以来,他对周围的人或许多事感觉厌烦,尤其那些试图与他接近的人,他甚至视为胁迫者,令他恼怒。于是,纪甪迅速把剩下的东西一股脑儿地推进油画箱,收起三脚伸缩木画架。

"我来帮你!"巡管充满无限耐心和热忱,并帮纪甪拎小水桶和那把和纪甪寸步不离的提琴。

纪甪视若无睹地朝门外走去。屋外冷清而黑暗,好像一条无人街,漫长地流淌着孤寂。

巡管利用等车的空当,继续侃侃而谈。

"最近几年,我一直为铁路警察提供业余服务。因为我善于揣摩心理,尤其对那些偷窃或畏罪潜逃的人看得特别准,可以说是一眼看穿。也许是在人群当中待久了,嗜好就跟着环境走。"

纪甪这次有所不同,他郑重其事地看了一眼面前这位曾让他受够了应付和唠叨,自以为豪情万丈却又英雄迟暮的人,恍惚间有种趣味相投的感觉。

"而且,就在最近,我开始研究犯罪心理学……"

可是,出租车已经出现在路的尽头。

"呵,终于有车来了!"巡管像为了陪纪甪等车而说着无趣的话题一样轻松地说着,然后快步走下台阶。

然而正在这时,纪甪突然产生意外的闪念,于是他急切追上一步,冲着那个背影喊道:"您等等!"

"是叫我吗?"巡管似乎不解。

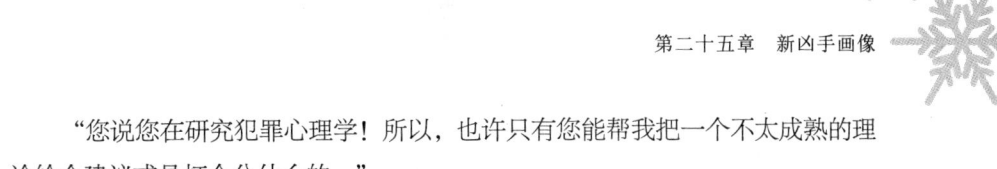

第二十五章　新凶手画像

"您说您在研究犯罪心理学！所以，也许只有您能帮我把一个不太成熟的理论给个建议或是打个分什么的。"

"什么理论？"他问。

"事情有些复杂。"纪甪迟疑着。

"没有关系，说说看……"

于是，纪甪示意出租车离开，决定把内心的彷徨释放开来。

"首先，我不是警校实习生、妙笔神探或便衣协警，我是一个地道的复仇者，一个并不光彩的头衔。"他注视着对面大门紧锁的商铺，声音低沉而悠远。

巡管并不觉得惊讶，表情平静地等待他说下去。

"我表姐被杀七年了，因为没有特别明显的线索凶手一直负案在逃。我咽不下这口恶气，所以暗自发誓要帮她找到凶手替她报仇。我是唯一的目击者，我眼中看到的一切也是唯一可靠的线索。刚开始，我也只能凭借印象在车站、码头瞪大眼睛等目标的出现。后来，如你所说，在人来人往的人群当中，其实用不着那么费劲地去找，那些作奸犯科的人有特别标志，他们喜欢躲在暗处，而且眼神飘移闪烁在一个很小范围，这些特征都非常明显。"

巡警似有同感，他深深点头。

"这样，我一想，其实就是他们作为一个特别的人群，有许多在微观上称为共性的东西，比方说，内心的丑恶和极端畸形的东西会导致他们外在表现出警觉或猥琐。"

"的确，我也这么认为。"巡管说。

于是，两人在夜晚的寒风中忘我地讨论。

纪甪接着说："所以，他们的心理结构和变异特质，就能决定他们在现实生活中的道德观念、价值取向以及社会活动方式，还有面貌、神情跟随时间的大致演变方向，这样下来，我再结合案发当晚的最初印象，我就能理出一条线。"纪甪鼓足勇气把所有的想法说出来。

"我分析，那个矮个儿，他脸色灰黑，皮肤粗糙，身板骷髅，再加上要像只胆小的老鼠终日躲在阴暗的角落里惶惶度日，只能让他的脸更黑和比同龄人更沧桑。另外一个也好不了多少，虽然个头壮些，但从他当时的神情看，他比那个矮子更阴险贪婪，我记得他一直在东张西望想顺便占到大便宜，所以他有那一类用坑蒙拐骗的卑劣手段得以谋生的人物特质。剩下的红脸膛的那个，一看就是个暴躁张狂的家伙，只是现在他在逃亡的日子里不敢张牙舞爪地乱来。那种夹着尾巴

做人的压抑一定让他愁苦不堪。"

"所以,你那三张肖像,其实一直在不停地演变和修改中!确切地说,就是一种在时间节点上的动态画像对吧!"巡管用诧异的眼神盯着纪甪感叹道。

"对,我就根据这些,一天天在细致地揣摩修改,我相信,这样就不会让他们七年之后的状态离真实太远!其实,这条线就相当于我把持住了这几个人的潜在气质,也就是说,即使闭上眼睛也能嗅出他们的气息来,不管是他的胡子和发型多夸张,墨镜和帽子如何遮掩,都会感觉那只是熟悉的面孔改变了装束而已。"

"一种非常难得的了悟!"巡管断言,"所以,我认为,你的理论在现实当中百分之百行得通!"

那晚,得到支持的纪甪睡得格外踏实,他坚信,那片阴云即将过去,明媚的阳光就在不远的将来⋯⋯

纪甪从回忆里走了出来,他看看时间,决定到巡管说的二号厅去。正在这时,他看到那个女列车员朝这边走来了。他曾经拿出凶手画像让列车员们辨认,人头攒动中就是那个女列车员嚷嚷着其中一张有点面熟,却又一时想不起在哪儿见过。

"但愿她想起了什么!"纪甪祈祷着。

果然,她冲他一直走来。

让我再看一眼那幅画像!女列车员请求道。

"你知道的,我们工作性质有点特别,如果我的确在哪辆列车上见过他,也许我说了也没用!"她接过画像时解释道。

"没错,就是他!不得不说,你画得真像,尤其那种由内而外的我也说不上是什么的东西,反正仔细看,哪哪都像是那个人照了张清晰淡彩的照片摆在这儿!"她兴奋地尖叫起来。

显然,巡管也听清了正在发生的一切,他兴奋地凑了过来,表情复杂地盯着纪甪:"看看,这还真是一件非常奇特的事,那个对照模特可是他多年之前见到的呢!"他感叹着,虽然他曾那么坚决地支持他的理论,仍为这意外的效果感到吃惊。

"是啊,七年之前!"纪甪喃喃自语。

"在接近国界的吉拉林小镇,我内蒙古乡下表姐家附近商店的旁边,在那里生活有两三年的那个男人和他的女人一起开着一家不起眼的酱菜馆。那个骷髅一样的男人不爱说话,但我能够想起去年年假我住在那里去吃早点时,他想冲女人发脾气却又狠命隐忍着的表情真是窘迫。"

纪甪不敢相信转机真的到来了！他怔在那里。"去吧，你一定要亲自去看看，我想，不出意外他夫妻俩应该还在！"女列车员提醒他。

痛苦的记忆是毒。尤其当它发生在异常敏感的少年时期时。心理学上有一种严重的心理疾病，叫创伤后应激障碍。创伤后应激障碍是种可复制扩散的剧毒，它的主要的症状是"记忆侵扰"，即受创时刻的伤痛记忆萦绕不去，而且随年龄的增长随时有可能毒性大发，侵蚀一切。

于是，纪甪中招儿了，外在症状并不明显的他，在外人看来还算正常，但偶发的篮球事件似乎让他失控了，虽然他的诡谲机智帮他圆了场。而他见不得女孩赤裸这件事，迟早是纸包不住火般的异样畸变，当时在他眼前发生的，完全再现了韩彩悉的裸体死亡现场，正常的肌肤被他魔化的视觉看成一片血污，似乎他还闻到了恶心的血腥味，仿佛她身体的每一个毛孔都在冒血，甚至发出咕嘟咕嘟令人毛骨悚然的声音，所以，一切异常，异常的一切，那正是记忆的毒开始侵蚀或攻击他了。

第二十六章　乔的表白

时光机依然在两千年的第十个年头里转,又一个周末下午,罗丽嘉坐在Carlton 226A的落地阳台上,边晒着新西兰5月午后温吞阳光,边与香蕉人小弟唐奈打电话。唐奈想拉拢罗丽嘉一起加入某创意沙龙,而同室好友苏C,因为参加建筑资源专业考试,一大早便出发了。

"必须是艺术方面的创意吗?你知道我画画、音乐都不行!"罗丽嘉问,其实她对沙龙没兴趣。

"不是啊,随便你什么不同的想法,比如你用泥土泡咖啡、拿鞋油当黑巧克力做奶油冰激凌,只要它足够独到应该就是可以的。而且我听说,全学院,唯独这个可以申请到政府创意基金,每年还有两次免费南岛五日游!"唐奈像受了雇用一样富有耐心。

"如果真这么简单,是不是所有人都可以?"罗丽嘉仍打退堂鼓。

"一起报个名嘛,我已经把表格拿到了,你我各一份,要是你嫌麻烦我帮你填。"

"你最近兜儿里缺钱了?"罗丽嘉挖苦他。

"还行吧,不怎么缺。"那边传来咯咯的傻笑声。

"那你干吗这么活跃?摸着一个组织就进啊,幸亏是学院,如果在民间,你万一一不小心加入个黑组织,到时候挂掉都不知道是怎么回事!"罗丽嘉开着不着边际的玩笑提醒他。

就在这时,罗丽嘉听到外面有人在不停地按汽车喇叭。

"没空聊了,可能有快递,那个表要填你填你自个的啊,我弃权啦!"说完,罗丽嘉匆忙挂断电话趿拉着拖鞋出门。

站在门外的,不是快递,而是乔迈洛。

"什么情况?今天没训练吗?"罗丽嘉感到意外,因为之前他集训很少露

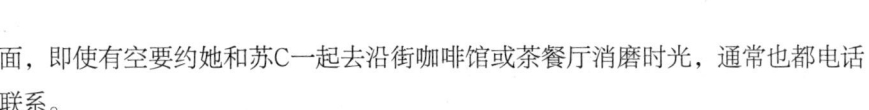

面,即使有空要约她和苏C一起去沿街咖啡馆或茶餐厅消磨时光,通常也都电话联系。

"哦,是不是苏C关机考试而我一直占线所以电话打不通?"罗丽嘉思忖着,自寻答案。

"不是啊,我没拨电话,只是开着车到处转悠,一不小心到了跟前,就顺便看看你在不在。"乔迈洛笑得很开,一看就像说假话。

"那么……"罗丽嘉有些为难,她不知道该不该请他进屋,毕竟她已经和纪用和好如初,对于一个已经在恋爱角色之中的人,她可不想为另一个诸如"Molar(摩尔)"号上那天的深情眼神制造第二次机会。

"其实,有个问题很纠结,想找个人聊聊。"他凝神望着她,一副请求的样子。

"哦,这样啊!"她应着,心里在想,什么复杂的问题不能直接说啊?万一正是那个关于深情眼神的问题呢?如果真是那样,反正自己已经有了答案,不如趁早把事摆明把话说透也倒更好。罗丽嘉心里这样嘀咕着,内心已经释然。

"那么……"她说。

"我知道一个喝咖啡的好地方,不如我们到那儿去,边喝边聊。"他注视着她,等待回应。

罗丽嘉点头:"好啊,你等会儿,我进去换件衣服。"

罗丽嘉十分钟后出来坐进了乔迈洛的车。两人一路闲聊着关于丰盛湾的事,很快到达了乔迈洛所说的喝咖啡的好地方。

它建在一段依山傍水的石子路边,虽然距离市中心至少有10公里,但看上去这里有世外桃源板的古朴与幽静。在它附近的左前方靠海岸处,除了几幢古老的大房子和十几艘至少三层甲板的舶岸游船,还有一座占地几千平方米、一身黄铜色外墙的码头大楼,大楼的窗户和挑檐都古意盎然,而且它依然挂着二十世纪四五十年代初期的极具艺术色彩的门头灯。

"V、O、K、E、S叫'Vokes(沃科斯)'咖啡餐厅吗?"罗丽嘉随着乔迈洛推门往里走,边拼读草书的连体英文边问。

"是的,沃科斯!一家老牌多功能餐厅,楼上是旋转咖啡厅。"他语气轻快地回答。

"看上去的确很有历史的样子!"她附和着。

进入大厅,她注意到它的装饰简单空旷,木角线和彩绘玻璃是冷色调,没

有吊顶,铝梁和灯线裸露在外面,边缘水池的雨花石花边的色彩倒十分活泼。等点了柠檬红茶和牛奶咖啡,乔迈洛有队友的电话打来,于是他走去临窗的角落接听。

这时,一位身形健朗、风度不凡的中年长者走过来,他微笑着,好像对座位里的她充满好奇。

"哈啰!您好哈!"她友好地主动和他打招呼,她就是这样,喜欢和任何人搭腔。

"下午好!我可以坐在这儿和你聊聊天吗?"他也一副健谈的样子,指指她对面座位。

"当然!"她礼貌地起身示意。

"虽然一会儿会有人来,但没关系了,他正在打电话!"罗丽嘉指指仍在角落里聊电话的乔迈洛。

"欢迎来到'沃科斯'餐厅!"他说。

噢,原来他是这里管事的。罗丽嘉这样一想,心里也就没什么好拘束的了。于是两人先寒暄了几句,诸如她来自中国,喜欢吃红烧鱼口水鸡椒盐虾麻婆豆腐,她收藏了上百本七十年代连环画之类。然后,罗丽嘉又因为刚好想起昨晚看到的中国网球女将李娜在1月份参加澳网女单半决赛转播的事,于是兴奋地和他谈论起来。

"您听说过我们的网球明星李娜吗?她善接对方的短球,而且反手切削接发球更厉害,那种球,看上去很低的过球网,但她把握得恰到好处,就不至于动作过猛或拍面击球不合适让球飞出底线。我在训练中也喜欢照她的动作做,就是反复看她的视频,当然了,我可成不了明星。"

罗丽嘉胡乱在脑子里搜罗着话题,她没什么和陌生人漫无天际地聊天的经验。

只是对面坐着的人一直面带微笑,一副洗耳恭听的谦逊模样。

"而且娜姐潇洒直爽的个性我也喜欢,她每期专访我必看。"这时,她终于发觉对面的人一直只听不语,似乎自己占据了话语权,于是她抱歉说,"是不是您不喜欢网球?"

"我喜欢所有运动!尤其在我年轻的时候,有球类活动的地方我都去。而且我还喜欢影视记者、武打明星和跳水健将。"他依然笑眯眯的。

她刚要说那么你一定喜欢成龙、李连杰,这时,走廊里来了新客人,而且是看起来非常尊贵气派的那种,于是他一边示意离开一边给了她一个令她得意扬扬的评价——"一个热情有趣的中国女孩"。

等到乔迈洛回到座位，那人已经带着客人朝贵宾室走去。

"这里的服务真周到，如果一个人无聊，还会有人上阵陪你聊天！"罗丽嘉欣喜自语。

乔迈洛耸耸肩淡笑了一下。

这时侍应生送来了他们点的茶和咖啡，另外，他还把双份Café Bourbon当赠品送给了他们。

"今天有特售活动吗？还是你们的几十周年庆典？"她感到疑惑。

"没有，不是的！"他答。

"确定是赠送吗？它可比我们点的贵多了！"罗丽嘉既惊又喜。

"没错，是我们的主厨利特先生亲自吩咐过的！"侍应生说。

"主厨利特？就是刚才和我聊天的那位？"她质疑道。

"是的！"对方回答。

看来他今天心情不是一般的好！或者他也是乔的粉丝？她美滋滋地想。

乔迈洛边笑边示意服务员离开，罗丽嘉感觉他笑得神秘。

他慢条斯理地搅着咖啡，然后语气平静地说："这里是沃科斯集团在EWON地区的最大码头。原来有两座旗下的货轮零件制造工厂，但前几年搬到更远的乡下去了，餐厅留了下来。因为集团总裁沃科斯离不开大厨利特，他说同样的东西，利特做出来口味简单却又回味无穷。"

"你了解得真多！"罗丽嘉感叹道。

"不过，沃科斯·乔治？乔治·沃科斯？听起来好耳熟的名字。"

罗丽嘉一边喃喃自语一边调动大脑记忆，想搜出点什么。于是，她终于想起了一些与这个名字关联的电视镜头和名词：作为运营大型货轮生意的船业大亨乔治·沃科斯，在威尼斯举办的世界船业发展战略会议上，曾指出他有望五年内独占南太平洋船舶市场。乔治·沃科斯拥有一艘世上时速最快的私人游艇，名字叫'香槟之夜'……

然后呢？然后，苏C曾非常肯定地告诉她，乔治·沃科斯是乔迈洛的家长！

哦，明白了，这里是乔迈洛家的私人地盘。

好吧，在自己的地盘上聊天，是可以腰板挺拔底气十足的。

"说吧！那个令你困惑的问题！"罗丽嘉表现出一丝好奇。

"是这样的,我最近听说,和我一起在丰盛湾集训的选手当中,有一个和我实力相当的图瓦卢小子,他因为得了非常严重的肺病,需要马上手术。可是他那个图瓦卢太穷了,他所在的俱乐部都快经营不下去了,所以没法负担那些巨额手术费,而医生建议他,参赛之后必须手术。"

"哦?然后呢?"她依然不知道问题在哪儿。

"ASP(世界职业冲浪协会)给这次比赛设立了巨额奖金,从各方面分析,参赛选手中,只有四个人旗鼓相当,有望夺金。分别是来自美国的夏威夷选手、来自法国吉伦特的选手、我和图瓦卢那小子。"他呷一口咖啡,继续说,"他非常需要这笔钱,这些天,我注意到,他不停地咳嗽,他的年龄应该比我还小,其实现在看,他还算身强力壮,但也许不久之后就不再是这个样子。"乔迈洛脸上现出忧伤的样子。

"所以,你想怎样?"罗丽嘉追问道。

"其实这场比赛对我来说意义不大。所以心里又在纠结。"

"就是关于这个的问题?"罗丽嘉好像很吃惊的样子。

乔迈洛点头。

"就这么简单?"她再次反问。

"为什么你会认为它非常简单?"

罗丽嘉暗自发笑。她之所以认为简单,是在她看来,只要不是感情上的问题,都应该算是简单,因为五分钟之前,她还在为所谓"深情眼神"之类自拧的心结翻来覆去地绕了半天。

"你是想弃权,让图瓦卢小子多一个拿奖的机会对吧?"她盯着他问。

"或者,我只参赛不拿名次。"他眼中流露善良的光芒。

"泛滥的爱心非常可怕,它会冲昏正常的大脑!"她带着嘲弄的笑嘀咕道。

"可是,万一他没有胜过其他两个呢,他还是拿不到奖金!而你却白白丢了爱心和机会!"

乔迈洛疑惑地看着她。

"你故意失误或不好好发挥,你以后一定会后悔自己做了傻事。而且这和传说中许多球类比赛里的假球一样,你会有欺骗观众之嫌,被人识破是件非常丢脸的事。"罗丽嘉说着,心里一阵自我骄傲,感觉说得头头是道的那个自己很了不起。

"所以,不如你就拿第一,然后把那些奖金和你的爱心一起暗地里捐赠给他。这样的话,不会有那么多不确定。"

"很有道理！"他会心地点头。

"那我就拿第一好了！"说着，轻松和快乐在他脸上重新浮现。

此时，身边的音乐，有女生伴着吉他提琴的轻吟，又有弦乐和背景音的附和，是那种咖啡乐的慢拍儿，仿佛要平衡出音乐与时间的距离。

两人沉默了几秒，罗丽嘉似乎想起什么，于是她问："说到比赛，你是不是对比赛之后也做了打算？上次你说离开'二角'。"她抬头看他一眼，表达着关切。

"已经决定回沃科斯了，递交给莫琳的辞职申请也写好了。"乔迈洛平静地说。

"噢，你准备去应聘你父亲大人的职位？"罗丽嘉开着小小的玩笑。

同时她心里在想，其实在国内，如果有人说他要去他父亲的企业或公司上班，一定便是传统意义上的子承父业，一种对前辈经济或实力上的依赖。她厌烦男人的这种依赖，尤其当她想到罗凌野二十六岁了，依然混在父母身边的一副慵懒模样就更加厌烦。但在这里，却完全不同，因为身处他们的环境，无论是谁，可以感受得到，即使是子女要进入这样的企业或集团，也一定会有一整套完善的考核录用机制，健康体检、个人履历、就职申请一样都不能少。至于那些身为集团总裁的前辈，无论他有多少亿的资产，在他签下馈赠协议之前，也许都与子女没半毛钱关系。虽然这种关系看上去有一丝冷漠，但因为彼此得到完全的尊重和独立而让人感觉到它的健康。

"那个职位吗？没准儿可以，但在他没有退休计划之前，我只想从基本的船舶设计做起。也许遗传了他的某种基因，我对海上漂着的所有工具感兴趣，为此，我也走访了南、北美洲以及亚洲的许多沿海城市，包括中国的上海，对，就是那一次，我们在机场搭上了同班飞机。"说起这个，他满脸神采。

"我准备设计一种新型船舶，那是一直以来我的另一个梦想。"他补充道。

这又是一个小小的冲击，在罗丽嘉看来，无论是怎样的明星，尤其在国内，他们会活得潇洒悠闲，很少有人愿意放下身段或社会地位，重新考虑做一个踏实的设计者或公司职员。

"新型船舶？是比泰坦尼克号更巨大豪华的游轮吗？"

"不，它是一种全新的理念，我准备把它设计成我们人类未来新的居所，而且是在海洋之中的居所。"

"未来在海洋之中的居所？真的假的，太意外了！"罗丽嘉很有兴趣的样子。

"让我想想,这样的居所应该有一个非常神奇好听的名字,比如:雪靡轮、幽涟号或者秘踪舟!我一直认为'二角'这个名词就非常特别,因为当我第一次听到这个名字,便在脑子里想,一角、二角、三四五六角,其实在这个世上,唯独一角和二角的东西并不多,而你们的冲浪板就是一个例外。"她尖声嚷着,兴奋已经点燃。

"说说看,它大概是什么样子!"她有些急切。

"大致应该是星球状的,有坚实而又个性化的外壳,有宽敞的空间,材质可以是合金或特制钢,最主要的,它既要经受住风浪,又可以下潜或上浮,可以做到神出鬼没、来去自由。"他说着,幽蓝而深邃的目光闪着激昂的光芒。

"让我想象一下,如果有那样一种居所,就会让我们自己或一家人,感觉在身体外面包了一个密不透水的外壳,它随时可以带我们去海洋中的任何地方,而完全不必担心鲨鱼或缺氧?"她眼中充满好奇。

"正是这个想法。我们暂时就叫它海星球好了。而海星球的创作需要理论支持,它们包括由滚轴相连或相扣的内外两个球体,外壳可以随时在海面上打开,而内核,正是重心永久朝下的居住地。而且,这里有一个非常关键的问题,无论它的外壳上下左右如何运动,它内核一定是底部朝下悬浮在一个点上。"他停顿一下,视线移向过道间,思索了一下那个看似神奇的想法,然后接着说,"这样可以确保在狂风暴雨到来时,生活在里面的人丝毫不受影响。"

"想象中,它应当更像玩具。"罗丽嘉喜欢这样有点怪异然而又十分新鲜的一切。

"至少可以用来度假!"乔迈洛回过神来,语气里有种快活。

"真正成形的海星球,由发动机系统作为动力,而动力来源于完全的绿色资源,那就是应有尽有的自然风。当我们要出门,或者朋友准备来访,只要在自己或者对方的电脑中输入海磁坐标即可顺利到达。我们当然依然需要多些阳光,所以,当天气晴好时,我们可以像鱼儿浮出水面,在印度洋洋面上打开许多扇窗户,听听音乐,晒晒太阳;当风暴来临时,不妨隐藏到马里亚纳海沟的周围,打开内部一扇又一扇的门,从厨房走到前阳台,或者从有点黑暗的地下机房走到屋后水门,递给饥饿的鲨鱼邻居一片生煎牛肉,或者邀请海象一起喝杯咖啡,都是不错的主意。假如外壳是透明的,那样的话,我们看上去就和海洋生物没什么两样了。"他运用十分风趣的语调,让这一切听起来像是即将出现在面前。

"当然了,初始阶段让它在几十米深的地方待着就好。再往下,就要有更多减缓压力的理论支持了。"

"而双层封闭时的氧气，可以利用浮出水面的换气管道来完成沉入海底时的吸氧，还有一些别的办法，比如，利用海生植物提取养分，或者直接在屋子里种植这样的植物。总之，到那个时候，我们就像居住在密林深处的小屋主人，面对森林里的一切可利用资源都尽可能地与它们原生的动物主人共享。所以，我亲切地把未来那些具体的情形称为'重返水世界'。"他说着，眼睛里洋溢着骄傲。

"不管怎样，有想法真是一件了不起的事。我觉得，只有有想法的人，大脑才能真正与脑组织区别开，因为它会有不一样的东西从那里冒出来！"罗丽嘉说。

"哈，这个倒是我没想到的！不过，事实还真是如此！"他惊讶地感叹道。

"而且我相信，迟早它会成为一种新流行，只要你把它真的打造出来。"

"你当真有这种感觉？"他不能确定她是否只是在恭维。

"对呀，因为我也认为海上是一块待开发的处女地，人们对它的开发和探索还刚刚开始。"

他一边赞同地点头，一边像是突然间想起什么，他看下手表，然后注视着她：

"说到海，下午三点正是海钓的好时候，不如我们晚餐到游艇上吃自己钓到的多宝或银鲷？"

"可以考虑！"没有了"深情"眼神之类的困扰，加之对新鲜事物的喜爱，罗丽嘉答应得十分痛快。

"那么，准备出发吧！"……

十九二十分钟后，乔迈洛楼上楼下跑了两圈，经过一番打理和准备，最后一次上来时，他手里已经拿到了电子钥匙和游艇驾照。既然知道这里是属于他的地盘，瞬间变出这几样东西也就没什么奇怪了。

随后，罗丽嘉跟随乔迈洛登上了一艘带两个阳光甲板的法国双层游艇。

开始，船速很慢，等出了浅滩并绕过了许多礁石之后，坐在阳台式操作舱驾驶台前的乔迈洛突然冲身后轻倚在甲板一侧的她发出警告："要全速前进了，如果一直站在那里，就紧紧抓牢！"

"会被风浪卷走吗？"罗丽嘉大声喊。

"60海里的时速，会把人当落叶一样刮到海里去！"

跟随声音的降落，耳边的空气开始呼啸，延绵的山脊和海面连成一片，撕扯

起来像立体而恐怖的阴影扑面而来,船底螺旋桨凶恶地把浪卷成泡沫,摧毁一切的欲望在极限空间里沙沙作响……

"天哪,飞跃的感觉真棒!"

"虽然皮肤又刺又痛像要裂开了!"她带着快乐的声调大喊,风把那些声音刮得瘦长而凌乱。

当她觉得快要飘飞到另外一个世界的时候,船终于停了下来。

"到哪儿了?"罗丽嘉神色茫然地原地转了一圈问道。乔迈洛已经从驾驶台走了出来。

"哪里呢?"他环顾四周。

"具体说,应该是在科尔维尔海峡以东的南太平洋洋面上,大约是在东经175°、南纬37°的位置上,距离最近的陆地是在我们西南方向23海里以外的科罗曼德尔半岛。"

罗丽嘉穷尽视野,都没能找到任何海水之外的东西。海水是透明的深绿色,像某种玻璃陨石。轻柔的海风从西北方向吹来,海面散开细密的网状波纹,四周完整的平面,看上去像了无边界的毛毡,厚实而柔软,船艇摇摆在温暖里……

"到了大海的中央吗?我们抛弃了整个世界是吗?"她虽然略有方向感的迷失,又因为情绪的激动,开始活跃地在甲板上跳来跳去。

"哪里是海的中央呢?或许谁也不确定。但也许至少它拥有灵魂,当我们觉得和海的灵魂已经非常接近,甚至可以倾听到它的心跳的时候,也许那就是它的中央了。"他站在雷达架旁,神情悠然地说。

周围安静极了,像一个无聊的人狠狠地往地毯上扔纸片,除了偶尔有信天翁和海鸥尖叫着飞过,空气都要窒息了。

乔迈洛也稍稍站立了一会儿,然后他开始把甲板中央盛夏时用过的软篷折了下来,这样,露天望台上金黄色的可折叠太阳椅便洒满了秋天温厚的光线。

不远处,有鱼轻跃水面。

"看那儿!"罗丽嘉指向那一圈被鱼搅起的波纹。

"所以,出海不带渔具,就像进面包店没带钱,是很残忍的诱惑。"

说着,他迅速拿到了渔具包,开始为钓鱼做准备。

"是我的马修叔叔教会我钓鱼的,他很有耐心,告诉我一些有用的经验。比方说,浪大、水冷时,鱼不爱吃钩;时间和潮汐也决定是否有收获,如果是涨潮而且又是大太阳的下午,一定就是钓鱼的好时光,就像现在。"他边弓身倒腾鱼

第二十六章 乔的表白

线,边念念自语。

"你的意思是说,我们真的可以钓到那种肥实的大鱼?"罗丽嘉半信半疑。

"肥实的大鱼?多大个的?如果有这么大。"他挺直腰板,伸手在空中比画出一米多长的宽度,然后继续说,"那它在水中的力气就会大得惊人!"他夸张地做出惊讶的表情继续说,"如果一个人跟它斗,哈哈,那最好是连鱼竿都放弃!"他的脸上,一直有灿烂而自信的笑。

而这种来自他内心的自信和快乐深深感染着罗丽嘉,并且,在罗丽嘉的印象里,他的这种活跃和感染力一直都在,仿佛他的内心里一直住着一个偌大的太阳,这样就会使他在任何时候、任何情绪里,都不会有太久太深的灰色阴霾。这一点,倒是纪甪骨子里缺少的。

气质不一样吧!她傻傻地想。毕竟,到现在为止,她对纪甪依然情有独钟。

可是,如果纪甪能和他一样阳光,那就更完美了!她心有小小期盼。

乔迈洛把线扯得很远,每个动作都十分认真。

"那就钓条小一点儿的。"她放弃了令她小失望的想法,又恢复了刚才的话题。

"没关系,就算今天手气不佳,保鲜柜里也有一些东西,所以,太阳下山前,我保你尝到一锅美味海鲜!"他快活地许诺道。

快活的话题也让他的脚步快活起来,他朝尾门路甲板平台走去,腿部肌肉强健有力,把下楼舷梯踩得嘭嘭响。他在那里目测了三五秒,然后,又转身走进厨房,从冷冻柜里取出一个盘子,走回来的时候,他把它推到罗丽嘉的面前:"看看这个!"

"是些什么?"她充满好奇。

"一些冰肺片、鸭肉还有肉松块,都是用来做诱饵的,有些鱼非常挑剔。"他说着,把盛饵料的盘子递到她手里。

"帮我把它拿过去,放在那上面去吧!"他指指带踏步梯的跳水板。

鱼钩带着鱼饵被乔迈洛娴熟地甩进水面,并慢慢沉浸下去。两人坐进木椅里,沐浴着阳光,边聊天边等待鱼儿上钩。

两人聊新西兰温和的气候,channel、nostalgia的发音,以及某中国知名导演即将携团来新取景等随心所欲的话题。

有那么一会儿,话题停了下来,乔迈洛专注地盯着水面,他蓝绿色的双眼,因为海水深蓝光线的掩映,感受到一片格外的宁静。

"我感觉,"罗丽嘉看了他一眼,然后开始猜测,"感觉,你正在和它取得联络。"她幽然地说。

"海吗?是的,当我第一次收到它的信息的时候,我就认为自己是骄傲的海豚、文雅的鹦鹉螺或者是一条叼着细长水烟袋的深海鱼龙,总之我能嗅出大海或欣喜或愤怒的气息。闻得这种气息让我自己充满迷恋和陶醉,所以,我感觉我一直都是属于它的。"

"而且,当我感觉有压力的时候,也会到深海中来,也许位置并不固定。每当这时,我就把自己想象成一座孤岛,经历温吞的晨曦,守候或稀薄或阴郁的暮霭,倾听大海因寂寞而发出的吼叫,体会它的孤傲和冷清,同时感受无垠浩瀚……"乔迈洛偶尔抬头,注视着几近无云的晴朗高空,有着一种述说故事的温婉……

"哎呀!说真的,空气里有淡淡的海水味儿,阳光让每个毛孔都舒张,真是痛快啊!就像苍鹰神游在南美延绵不绝的安第斯山脉。所以,心情堆积久了理所应当给自己打开一扇放纵的天窗,尤其像我们这些啃书的学生,即便只是到户外的空旷地儿多吸些氧气,也至少给神经和大脑得到一点点的激励吧!"她好生感慨。

然后,她慢慢闭起眼睛,试图像练习瑜伽时那样让自己彻底放松,并陶醉到自然的气息里去,有那么一小会儿,她甚至要安然地睡着了……

"它来了!"乔迈洛轻呼。

顺着乔迈洛手指的方向,罗丽嘉看到一条银灰色的大鱼正在水中急速穿梭。乔迈洛一直在放线,之后又快速收线,来回几次,鱼线颤抖着被慢慢收到近前。

"至少有两千克!"他欣喜地嚷嚷。

"它叫什么?"罗丽嘉欣喜地想要伸手接下还没下钩的灰鱼。

"味道很好的银鲑。"他担心那些尖利的鱼鳍刺伤她,于是示意她退后,等到把鱼钩摘下来,他直接把它放进了小木桶。

"直接把它带进厨房吗?"罗丽嘉喜悦洋溢地呼喊着,而且她一高兴就喜欢发问,这好像是她非常特别的嗜好,跟她待久一点的人都会发现这点。而且这一刻,也不得不让人快活。

与中层驾驶台一门相隔的厨房,素雅而宽敞。实木的浅棕色橱柜边缘,悬挂着带深蓝背垫的银制器具;浅粉色杯碟,犹如甜美的桃子在柜子里;精致的玉石吧台上,是几近地中海风情的托盘和烛具;吧台与橱柜之间,是一幅标有尺码及拍得年份的英国学院派画家William Turner的著名油画。

乔迈洛戴上长袖防水手套，开始耐心地用鱼鳞刨剥去鱼身上细小的鳞片，然后，从清水冲洗过的鱼的背脊上下各自片出两方均匀的肉片。

"如果需要的话，我可以帮忙。"

"是的，等等，那么，你去打开音乐。"他一边拌盐、芥末面和胡椒粉，一边示意音响的位置。

当第一首乐曲《蓝色的爱》响起的时候，他开始往鱼块上抹蜂蜜和橄榄油。

看着他悠然的举止和娴熟的技巧，罗丽嘉突然有种意外的感觉。

那个未来生活在他身边的女人一定非常幸福！她这样想。

半小时后，当乔迈洛托着裹满糖霜的点心走到上层甲板上的时候。罗丽嘉早已坐在那些令人馋涎欲滴的餐品面前了。

"现在，我们该尝尝美味了！"他谦逊而有礼地示意道。

"超级可爱！"她紧紧盯着那带着酱色和金黄烤纹的鱼排、橘红的姜汁蟹肉寿司、带着醋味的辣汁鲜蚝以及做工细致的果盘，像个贪婪的孩子。

"值得喝彩的东西还有这个！"乔迈洛像变戏法一样，从背后弄出一瓶深琥珀色冰酒。

"我很少喝酒！"她保持着矜持。

"我也不会喝多，也许只是抿上一口，免得伤了音乐的情调。"他轻颠着双肩，想以此点出音乐的拍子。

"你会不会觉得好笑？我原以为冰酒就是把葡萄酒放在冰块里冷冻一下，或者直接在酒里加冰！"罗丽嘉自嘲道。

"严格地说，上好的冰酒并不是如今流行的把冰冻的葡萄用来酿酒的工艺，而是需要自然环境。是的，传统的冰酒酿造，是当地人把成熟的果子保留至气温下降到零下，据说-8℃为最佳，采摘时间也定在拂晓到来之前，最好让那些冻僵的果子带着天然的霜色，然后直接压榨和低温发酵。"

"所以，这些特别的东西上帝才赋予了它特别的味道。"罗丽嘉酌一小口带着醇香的酸甜，又混着其他干果芳香的加拿大产Longlift。

然后，两人慢慢聊着，吃着海鲜，品着美酒，他们从航海家库克聊到中国的郑和，从电影《天堂里的生物》聊到运动明星，他们甚至还各自讲了许多让空气都变得更加开怀的笑话：法官：你为什么要印假钞？被告无辜地说：因为我不会印真钞。

老师：彼得，你知道老鼠能活多少年吗？彼得：这个就要看猫的心思了。

精神病医师：你哪里不舒服？ 病人：我认为我是一只鸡。

精神病医师：这种情况从什么时候开始的？ 病人：从我还是一只蛋的时候开始的。

两人哈哈大笑……

当下午六点的光线从满眼的金色中慢慢褪出苍白，从苍白往下，是许多深浅不一的颜色的排列。先是灰白，然后是浅石板灰和深板岩暗蓝灰色；从淡蓝开始，以蓝色为基调，从淡钢蓝、道奇蓝到矢车菊的蓝色，直至深蓝，依次从半边的天空到海面蔓延而来，在光线的作用下，像阔檐帽的帽檐样的，然后向边缘和无界漾开……

"色阶！绚丽奇幻的色阶！"罗丽嘉突然发现了新的奇观，她从未见过如此均匀而完美的天然色调，她感动极了。

"是的，很美很奇妙！在苍茫的海面之上，光影吸收着各种风雨雷电的自然信息，幻化成影像，它们与大海视彼此为知己，不同的时间演绎着或柔和或愠怒、或悲壮或热烈的生动故事。"

他似有感触。

"而且，幻境奇景本身，需要分享才显得真实，就像现在，至少我们的感受很贴近。但一个人的时候就不一样，不管当时的感染多深刻，也只是一时无聊的情绪罢了。"他声音低沉了许多，若有所思的样子。

"当然，如果有更多人分享那就更好了！所以，下次也许可以叫上苏C、'差菜'他们！"她认真地建议道。

微风渐起，于是，细浪开始互相拍打，敲击着甲板上两个不同心境的人。

"如果下次，为什么不可以依然是我们两个？"他眼中浮现迷茫。

"哦？你是说，如果赶巧他们又都忙是吧？"她似乎想要逃避，虽然她已经明显感到那个无法逃避的关于"深情眼神"的问题突然又绕回来了。

"Ruijia，其实我一直想要单独和你在一起，那天在机场见到你我的心就难平静了！"他情绪激动起来，好像需要一口气把话全部说完，语气急急的，而且，注视着她的眼神里充满温柔和恳挚。

罗丽嘉惊到了，因为它出现在她已经放弃矛盾和挣扎的时候，而且此刻，她已经无法回避。

好吧，说出那个答案好了！她这样想着，于是在心里琢磨怎样说会委婉些。

第二十六章 乔的表白

"其实……"她刚要开口,他便急切地把她的话压了回去:"是的,我知道你有另外一个追求对象,我从苏C那里听说了。"

"那么……"她有些哑然。显然,那个准备好的答案,赤裸裸给发问者拎去了。

乔迈洛在难过地摇头,仿佛他不需要她的任何表达,他自己却仍在喃喃自语:

"按说,相恋中的人,应该不一样,他们每时每刻都把幸福挂在脸上,每天用心花怒放的样子来诠释恋爱的甜蜜。而你不是这样子,从我认识你之后,你有时心事重重,根本不在想象中的那种恋人状态。"乔迈洛似乎占到了话语权,他想替她把理由说尽,然后,让她接受他的恳求。

"不是的,我们只是前段时间刚好闹了别扭,才刚刚和好。"罗丽嘉目光闪烁地解释道,其实她之所以闪躲他的注视,是因为刚刚他说的,关于幸福、甜蜜、心花怒放之类的恋爱相关,她自己也不确定是否存在,但至少恋爱是真实的,她的品质里有诚实,她不想撒谎。

"那又怎样?在你的名字未按法律程序与他注册到一起之前,任何其他人都有权利爱上你、追求你,而且我相信这样一个人也根本不应该叫作第三者,他应该和第一个追求者一样,只是出现的时间前后有差别,但在爱和感受的程度上并不一定比前面那个差。而且,在没有爱的尝试之前,你怎么就可以肯定,那一个更适合你自己?"乔迈洛有些激动,在他的背后,许多东西已经很有想法,所以,罗丽嘉不知所措。

"所以,为了我自己的内心感受,也为了完全不和第三者扯上关系,我可以等,一年也好,两年、三年都可以,直到你们结婚。为了喜欢的人做出牺牲很正常,毕竟不是随便扯到一个人就可以守候一辈子,而且上天也从来不把心爱的人随便给,让你隔三岔五又遇到。所以,我坚信,遇到了就要珍惜,要为得到她的回应而努力。"

罗丽嘉一脸茫然地看着他,心想干吗这么执着呢?万一一点希望都没有,时间越久对你的伤害越大呢?

此时,乔迈洛眉头微沉下去,然后,他郑重其事地把身子坐端正,当他重新抬头注视她并对她说话的时候,让人感觉他又深刻地思虑过一些事情。

"保留希望是我人生的法则,至少,这样不至于让生活变得枯燥乏味。"

然后,他把视线转到玻璃酒瓶上,看了一眼,之后动手轻轻地在两只杯里添了些酒。

"我相信这个世上没有绝对,所以,为了那个不绝对,不如喝一杯!"

她不知所然地举起杯子在嘴边抿了一口,而他却将它一饮而尽。

海风从海峡的一侧徐徐吹来,海面上弥漫着从安装在螺旋阶梯外的独立音响中飘扬的 *I Do It For You*,天边开始露出火烧云的赤色,当罗丽嘉把最后一滴冰酒喝光的时候,她注意到他的神情里终于多了一丝淡淡的感伤……

风和日丽的假日

一个人在旅行
机场角落哼唱情歌
打发无聊寂寞
突然间停下
见到的刹那
邪念一闪而过
爱上的感觉

无瑕的印象
现实中距离
勇敢中了伤风
露雨让热情锈了
夜深人静时剥开
脆弱开始发作
梦中温柔每秒
那疗伤时刻

第二十七章　彩悉帮我！

　　韩彩悉的案子因为骷髅矮个儿的出现浮出了水面。矮个子被抓当天，即交代了熊正雇凶杀人的全部过程，并同时提供出另外一个同伙的具体出没地点以及红脸膛死于一场群殴的事实。纪甪亲眼看着那个越发灰黑的家伙被吉拉林边防派出所暂时拘押，当那天晚上他因为想到即将雪恨的痛快而兴奋时，便走进路边的餐饮店非常男人地喝了很多酒，他用筷子敲击着易拉罐，含混不清地自言自语着："我拎着他一只脚把他甩进了坟墓！"。

　　新的学期开始了，纪甪再次回到北大的时候，按照常理他的心情应该如同拂晓时的光亮一样平静和安宁了，可是，事实并非如此。要说平静，那只是最初几周的情形，慢慢地，纪甪发觉自己依然失眠，最严重的一次，竟然清醒了三天三夜。这是个可怕的状态，因为纪甪本身是生物通，所以，他比谁都更加清楚，任何一种生命体如果长期过于亢奋，就会因为加倍内耗而能量失衡，对于人类，这种精神亢奋的情形如果持续太久，最终的结果便是完全崩溃。

　　于是，内心对于自己未来状况的担忧和沮丧也接踵而至。接下来，他还时常有强烈的呕吐感，而且，就在持续失眠后的某一天的某一时刻，他突然感觉身体瞬间僵硬，神情恍惚。当他努力缓过神儿来，对于过去的刚刚，他感觉异常可怕，就像时间在过去的一两分钟突然从他的时空里抽走了，于是一刹那发生了什么，他根本感觉不到，也想象不出。

　　短短的一两分钟之内，究竟会发生什么？超人出现、元素周期表上惊现第一百一十三种元素以及美国对日宣战？相对论的观点是，时间原本就预示着一切都有发生的可能。只是，对于纪甪来说，世间的许多瞬息事件，也许与他本人并没关系，但，真正发生在他身上的情形，却常常使他感到犹如到了世界末日……

　　于是，一段时间内，纪甪常出状况：活细胞合成代谢实验课上，纪甪当众把实验品用火机点着了；一堂代表亚洲较高水平细菌生态观摩课即将开始，帮忙取

国外学者所用参考资料的纪甪迟迟未到,如果不是导师的另一位助手及时赶到,那些资料只能在纪甪手中变成碎屑;然后,纪甪偶然惊现在十屋公寓楼顶的挑檐平台,而且,在当时的目击者眼中,他似乎有着另类、潇洒、挑战恐高的举动。然而纪甪本人,却是从猛然中醒来,当他浑身打着哆嗦,把身体从悬空状态慢慢抽回的时候,他充满狐疑地想象是否有人企图对他实施谋杀……

这些疯狂的情节虽然并不时时发生,但每当发生,都似乎意味着纪甪的正常生活受到了严重的扭曲和威胁。

他被一种无形而强大的力量控制住了,他想。

"没人能帮我!如果有人了解我时常失去意识,我就彻底完了!"他把无助和痛苦写在课堂教材的某个角落,也许正是从这个时候起,他养成了顺手在随便拿到的任何纸张上写上什么或画点什么的习惯,直至后来那些东西集结在册。

"它像一颗毒莓,在我的情绪血清注入了毒素,如果我兴奋或是过于忧伤,它便占了上风,露出狰狞的面目。"他写道。

"可是,为什么这样?它到底要怎样?"他苦苦思索,然后,慢慢地,他理出一些头绪。

"那个邪恶有嗜睡恶习,所以,为了让自己平淡无忧,牺牲些时间培养睡眠也许值得!"

"然后,必须克服情绪,对于那只发毛的'毒莓'来说,任何的情绪波动对它都有强烈刺激。"

虽然,这是纪甪在不能接受自己心理上出现隐性障碍的情况下,所做出的自欺欺人的愚蠢反应。但至少在一段时间之内,他的一切策略还算有效,至少那种让他产生僵硬和恍惚的力量微弱到极点,几乎让他感觉不到。

也许,这个叫纪甪的年轻男人是幸运的。当他内在的悲哀无人知晓,或者说,当他把那些隐性的危机掩藏得天衣无缝时,外在的他,几乎被人当作上帝的宠儿。首先他外形俊逸健硕,气宇不凡;然后,他拥有与众不同的聪明脑袋,即使在他心不在焉的情况之下,他依然能够只用两周便完成像《单克隆抗体的衍射》这样在国际性杂志《生物科学》上颇具影响力的论文,因此,纪甪的名字也更加引起更多学者专家的关注;再然后,克制情绪的深沉和沉默,在他的其他气质的掩饰下,转嫁成时髦的坚毅和深邃。

"他,像雪山一样凛然而冷漠!"这是从女研究生流言操作间传出的关于对纪甪的评价。

第二十七章 彩悉帮我！

"在女生眼中，他是一笔巨大的胜过亲海别墅的财富！"

"当他在体育馆中抱着篮球奔跑，每个人都想为他发出魔鬼般的尖叫！"

只是，女孩们的追崇只能更加增加纪甪的痛苦。

因为他看到自己生长在青春花园却闻不到花香感觉不到花季的存在，当周围人都在恋爱，而他自己却感觉不到那些说话声音像警笛，吃饭时常把餐叉戳进土豆里挑来挑去没有胃口的女孩有多可爱。

它控制一切，而且妄想把我变成古怪丑态的愚蠢玩偶，然后，等到对我失去兴趣，我便孤寂无助地死去。他痛苦而无奈地想。

时间是个无情兽，它驾驭着每分钟每一秒的匀速翅膀，在每个精明强干或浑浑噩噩的人面前毫无眷顾地匆匆掠过，不为任何人私设停滞密码。

所以，时间这个时候对纪甪来说，似乎完全改变了意义。之前他一直认为时间创造一切价值，即使对待知识的渴求，也需要时间的累积。可是现在，他害怕思想关于时间、人生、价值之类的任何东西，表面上他依然非常卖力，但那只是一种伪装，或者为自己偶尔的窘迫创造一些掩饰，而事实上，他已经开始迷失目标和方向，不知未来为何物了。

从吉拉林回来之后的半年里，纪甪大部分时间就是在这种不堪和痛苦中度过的。

那时，纪甪已经和罗凌野因为罗凌野去他的宿舍找麻烦那件事认识了，当时纪甪充当好人把罗凌野拦下，避免了一场闹剧的发生，所以罗凌野一直心存感激，于是，后来他们进入同一个硕士研究生班后，也就因为这层关系，走得更近些。

罗凌野是在两人为了暑期的统一行动互祝"合作愉快！"时，看到纪甪眼中的彷徨与迷茫的。

"怎么了？看上去不太舒服。"罗凌野关切地问。

"可能看书太久，头有些痛。"纪甪搪塞着，其实他特别害怕别人看到这些。

"头痛？老兄，这算什么呀！如果换作你，每天被一个隔着十万八千里也能因为她感兴趣的事叫嚣个不停的妹妹纠缠着，你就会真正明白，什么才叫真正的头痛！"

"是吗？"纪甪表示不可思议。

"那妞子为了什么歌舞喜剧设计的舞蹈动作也要打上个十八通电话，都说了我一窍不通，可她闲着没事就是这么无聊。"

"至少说明对你信任！"纪甪摇着头，面无表情地说道。

"得了吧，我可不待见这样的信任，如果不是我爹妈拿她当宝贝，有时候真想找人绑架了把她丢深山老林里去！对了，暑期也许你会有机会见识到的，到时你不觉得烦都不成！"

纪甪淡笑着走开了，他心想，和自己的苦恼比起来，别人的烦恼都算得了什么？可以说那些都是微不足道的，所以他暗自认为，命运真的过于薄待他了。

……

只是，世事难料，纪甪自己也未曾想到，他的命运转机竟然与罗凌野的妹妹罗丽嘉有关。

自从韩彩悉出事之后，他心如死灰，什么白富美、杂志模特、艺术学院的潜星，在他眼前都如过眼云烟。加之种种隐秘的状况，不管是自我封闭也好，浅浅的自卑也罢，他冷漠得异常坚决。但当那天罗丽嘉突然从罗凌野身后冒出来，死缠烂打地央求帮她"出逃"时，纪甪内心终于有所震撼了，虽然，他当时的所谓"震撼"，也不一定和其他人的爱的知觉完全一样。

至少，纪甪对于异性的感知有所苏醒。是那种从迷蒙的睡境中醒来，不那么清晰、不那么明朗的感知。

她是谁？是的，是罗凌野的妹妹，可她究竟是谁？当他看清了她的清丽外表以及似曾相识的优越感，他竟下意识地暗自拿她和彩悉做比较。最后他得出的结论是，她们外表一点儿都不像，声音、说话方式也都不同，但他还是感觉她俩总有相似的地方，而且十分肯定，也正是这点吸引他的。后来纪甪琢磨出来了，那个吸引叫气质或是气场，一种来自骨子里的一个人最本质也最独特的东西。

那么，为什么两个完全不同的人，可以在气质上如此相像？犹如日常使用的电脑，一个CUP，却可以支持两个甚至多个风格完全不同的主机外壳？纪甪又纳闷了。他之前听说投胎转世，可这并不科学，可是，科学又是什么？这个世界许多东西从科学上根本讲不通，那么就是投胎转世了？

反正，他的心里，多了这么一个人。

统统这些，通俗的理论出来了：首先，突然间失去的东西，尤其是情感，就像是被人为夺走，所以备感痛惜。韩彩悉对于纪甪来说，是几近微妙的初恋，虽毫无表白之类的实际意义，内心的纯粹、真挚却天地可鉴。对于如此的一份情感因意外而戛然而止，的确是那种撕心裂肺地痛。然后，因为内心有愧疚（纪甪感

第二十七章 彩悉帮我!

觉自己没能像个男人一样帮她救她,他便暗自发誓,好吧,为了赎罪,我会在内心视你为世上唯一,在内心加倍呵护你、爱你,谁也别想取代你的位置)。也许这是一个毒誓,假如要固执到底,终将孤寂一生。再然后,从没人取代位置的角度看,是孑然一身,而孑然一身则是另类,而另类是要付出被轻视、被讥讽的代价。为了不那么另类,好吧,我可以爱,我会"爱"上一个人,而且那个人也许和你一样,也许我可以就把她当作你,好好呵护、好好爱。

这些,都有可能是纪甪在某一时期的扭曲心理,只不过,任何人无法走进他的内心,除非是上帝。

种种成立之后,加之罗丽嘉由内而外透露着韩彩悉的气息,如果不刻意看罗丽嘉的外貌,他会误以为那就是彩悉复活重新回到他身边了。外在的天生丽质、貌婉心娴,令他一眼难忘,于是,纪甪认定,假如这个世界上仍有一个可爱之人,那便是她——罗丽嘉了。而且理智告诉他,正常的恋爱,应该与约会、甜言蜜语、亲吻以及其他相关。

但浅浅的自卑仍在作怪,仅仅迈出单独约会这一关,对于纪甪来说就很难。他必须确保自己在约会时不发生诸如恍惚、哆嗦甚至瞬间失忆之类的意外状况,而且,必须确保不在亲吻时突然喊出彩悉或"公主"之类的名字。

所以,即便那天在"群魔乱舞"吧,当"纪甪回过头,动情地注视着那个随音乐而动,然后用她的节奏左右身边所有人的罗丽嘉,情不自禁地对罗凌野低语:我要恋爱了!"等这一切发生之后,他也依然很久没鼓起与她单独约会的勇气。

只是,既然上帝再次帮他开启了一扇门,那就一定是幸运之门。

又一天,依然在"群魔乱舞"吧。三个人吃完了点餐又各自要了些冷饮聊闲话,那时,他们正在讨论某高校一男学生玩收藏花三百万拍得古代玉器的事,罗凌野和纪甪一致认为那是纨绔子弟晒富的一种手段。

"如果连学生小弟都懂得高雅和品位,那么艺术只能像满大街的垃圾一样失去价值了!"纪甪充满鄙夷地说。

"不过,也没准儿那小子和我一样儿,是个花痴。"罗凌野自嘲地说。

"你知道的,想要在聪明美女面前讨得欢心,有时也需要点智慧,玩点新鲜花样儿!所以,有时候金钱并不代表金钱,只代表你的珍惜,想想看,同样是追求者,相信傻子都明白,倾其所有肯定比一毛不拔表达得更彻底!"

正在这时,一个模特身材的漂亮女孩儿进门了,罗凌野眯着色眼紧盯着,然后脑筋开始变换主题,准备向美女冲击。

纪甪正坐在罗凌野对面,当他盯着罗凌野的神情立即明白他心思的时候,他戳一下罗凌野的前胸,半开玩笑地说:"别告诉我们那事正是你干的!"

"当然不是!"罗凌野不错眼珠地否认着。

"不过,如果必要,我会做的!"他心不在焉地说着,起身离开。

罗丽嘉起初以为罗凌野去吧台要喝的,于是,她自顾自地说:"按理,对艺术的追求应该和年龄没关系,年轻人也可以读懂艺术的真谛,当一个人对艺术的追求达到忘我的地步,宁愿倾囊而出以求获得,那么,金钱照样只是一个数字而已。"

罗丽嘉发表完观点再次抬头往吧台看的时候,罗凌野已经和模特女孩儿在吧台前的高脚椅里坐了下来,侍应生把两杯冰红茶推过去,然后,两人边喝边聊起来。

罗丽嘉一向对罗凌野感情上的摇摆游移感觉厌恶,虽然她自己并不太懂爱情,但在她内心深处,爱情绝不是可供消遣或玩弄的什么,而是一种真挚的感情,当你内心想说爱,那么心里一定是充满爱和真诚的。

于是,她盯着罗凌野的背影恨恨地说:"如果不懂真正的价值而大肆挥霍,那不是花痴而是白痴!而且花痴也不比白痴好多少!"

然后她内心开始烦乱。如果平常,她会在心情不好的时候塞进舞池跳一会儿舞,不管是蹦迪还是集体恰恰,总能让她在停下来之后,对生活产生无限的美好感觉。但是现在,她的思绪又延伸到明天她的家教就要到来,复习任务就要开始的严重事情上来了,于是心情越发黯然沉闷,然后她无精打采地把眼光放到空处,轻轻地叹了口气。

正在这时,纪甪也已经忍受不了嘈杂,于是他努力鼓足勇气对罗丽嘉轻声说道:"我们出去走走好吗?"

"对呀,反正我也没什么心情跳舞,不如出去走走!"罗丽嘉欣然同意。

于是,两人起身出门。

不知何时,屋外下起蒙蒙细雨。细密的雨丝像初秋的雾水,轻薄而温柔,雨丝在霓虹灯的织染下,如同一方美丽而飘逸的薄纱,它轻柔地涤荡在城市的上空,犹如一曲美妙的华尔兹……

"噢,天哪,简直太美了!飘呀飘吧,好舒服好清凉!"

罗丽嘉张开双臂迎着雨幕,跳着、退着、跑着,兴奋得像个小孩。

"可是!"罗丽嘉的眉头又夸张地皱起一团忧郁。

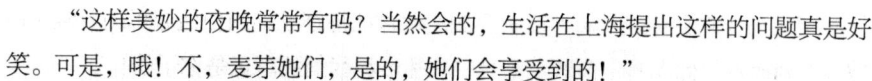

"这样美妙的夜晚常常有吗？当然会的，生活在上海提出这样的问题真是好笑。可是，哦！不，麦芽她们，是的，她们会享受到的！"

"麦芽是你朋友？"纪甪问道。

"当然，她们正在恋爱！"她收回手臂，脸上泛起浅浅的微笑。

"还有什锦、玉米、蹦蹦、酒心巧克力……都是好听的歪字，只是时间长了会突然想不起她们的真名。"

"那些男孩儿大概约不到你，因为你的骄傲？"纪甪的发问，带有几分故意。

"不是因为这个！"她一脸认真地否认。

"我只是受不了那些佯装的深沉。虽然成熟对我来说，也还未拿'合法执照'，可是，当我想象与他们在一起，就会莫名其妙想一些譬如两年之前那孩子还在抹着鼻涕跟妈妈吵着要冰激凌吃的奇怪样子，然后就会忍不住笑出声来。所以，我觉得，在让他们继续长大一点之前，我是不会和他们恋爱的！"

没准这是一个好信息。如果成熟是她爱情的必要标准的话。纪甪心想。

"只是现在，但愿不会正巧被麦芽她们遇到，那样她们就会给我冠以'见习约会'的美名！"她小心翼翼地说。

"'见习约会'？"纪甪有些好奇。

"是的，她们说：女孩子正式恋爱之前，总有许多非正式约会，因为那样的约会也许毫无意义。虽然也是单独与男孩在一起，但或许只是约出来传递一张写着喜欢之类的字条，如果女孩不能接受，男孩就不会得到第二次约会机会。"

纪甪很想自己口袋能变出一张上面写着'我爱你'之类的字条来，可是他什么都没准备，更不用说像罗凌野那样分分钟都能变出巧克力、口香糖、通宵电影票了。于是，他为自己完全没有讨好女孩儿的经验而尴尬和窘迫……

"干吗那么紧张？看来你很少和女孩儿单独在一起！"聪明的罗丽嘉大概看透了他的心思，于是打趣他。

"嗯，啊，我没有妹妹，所以没有罗凌野那么幸福。"纪甪支吾着，有点言不达意。

"他才不会因为有我当他妹妹觉得幸福呢，而且他那个花心大萝卜一样的恶神性格与有没有姊妹没关系。"罗丽嘉踢踏着脚，慢慢走慢慢说。

"所以，我讨厌像他那种朝秦暮楚、玩世不恭的男孩儿，其实说白了就是对感情不负责任。"她恨恨地指责他。

"可是,我又怀疑,有些女孩儿明明知道他那样儿,为什么还主动投怀送抱呢。"她说着,仰起脸,像沐浴阳光一样沐浴在细柔的雨雾中。

"这就是人们所说的萝卜白菜各有所爱吧!"纪甪总算对上了一句。

这样的话题让纪甪感觉轻松了许多,同时他也更感受到,和楚楚动人、气若幽兰的罗丽嘉待在一起,感觉真的还算不错。

两个人慢慢拐过一条街,然后罗丽嘉看到了一家正要打烊的韩潮饰品店。

"哇,新开张的!好多好东西哎!"她兴奋地把脸贴到橱窗玻璃上去。

"可惜要关门了,早知道应该早点过来!"她边垂涎一样紧盯着看,边喃喃自语。

"看哪,鹦鹉宝石、紫晶吊坠,还有那个魔法水晶!"她用手指着一块心形水晶,兴高采烈地呼喊着它的名字。

她这点也和"公主"相像,喜欢夸张,仿佛世界对于她们来说,永远都是新鲜的。纪甪在想。

现在,纪甪在强烈地斗争,他已经感知到内心想要与罗丽嘉在一起的愿望,却又在挣扎。

那些焦躁、恍惚甚至失忆之类的不确定会伤害到她的!于是,他对爱情的一切未知充满胆怯,毕竟,他比谁都更加清楚自己与许多人的内心是不一样的。

可是,你必须迈出这一步,不然你的人生真的完了!他同时也必须要求自己走正常人的轨迹。

他又紧张起来,而紧张是他最致命的情绪弱点,如果让那些恶俗又趁机钻了空子,他就完了。于是他手足无措地东张西望,企图尽快分散自己的注意力,现在他伸手撸到了头顶一片紫荆花叶子。

树叶拿在手上,手心已经开始冒汗,同时他默默祈祷:彩悉帮我!彩悉帮我!

似乎,奇迹出现了,当他心慌意乱地把玩着那片树叶,韩彩悉的笑靥竟然真的叠印在心形叶面之上,她依然笑得那么纯真、那么甜美,仿佛什么都没发生过。

纪甪呆了,他不知道该不该和她打招呼。就在此时,罗丽嘉突然转身跳跃着回到他身边。

"你手里是什么?魔法水晶?"她惊奇地发问。

纪甪这才注意到,他手里的紫荆叶果然和橱窗里她唤作"魔法水晶"的物件确有几分神似。但此时,彩悉的影子已经完全不见了,原来,那只是他瞬间的幻觉。

160

毕竟纪甪非常聪明，他在瞬间反应过来，于是他灵机一动："是的，魔法水晶！一块具有神奇魔力的水晶宝石！"说着，他故意神秘地把它背到身后。

纪甪同时在想：是的，无论是现实的世界还是灵魂的天堂，除了彩悉，没任何人能够了解我内心的隐痛，所以，也许冥冥之中她真的想要帮我！

那么，现在好了，放下一切负担，让那些想要彻底击垮我的恶俗全部见鬼去吧！

于是，纪甪在胆怯的渐渐瓦解中闻到了爱情玫瑰的芳香味道……

"神奇魔力？真有那么神奇？而且，刚才我好像听到你在跟它说话！"

"噢，我们正在交流！"纪甪把刚才喃喃自语的祈祷给出了这样的解释。

"它跟你说到什么？"罗丽嘉惊异地询问。

"它说它能预知未来。"纪甪装模作样地说。

"怎么可能？"罗丽嘉很想拿到被纪甪背在身后的"水晶"。

"现在，闭上眼睛！"纪甪一本正经地发号施令。

"正好让它帮忙预测一下关于你'见习约会'到'正式约会'的直线距离。"

罗丽嘉半信半疑地闭上双眼。

"现在，魔法水晶的魔法大门正在打开 然后，我清晰地看到，当你重新睁开双眼就会发现，那个男孩已经站在你的面前！"他拖着腔调注视着她，然后继续说，"好吧，让我们邀请魔法水晶做他爱情的见证！所以，现在，你可以睁开眼睛，倾听男孩的爱情宣言吧！"

罗丽嘉慢慢睁开眼睛，她看到眼前唯一的男孩依然是纪甪，她的眼中充满疑惑。

"我是认真的！"纪甪恳切地告诉她。

"我是认真的！"他重复道。

"我要告诉你，我喜欢你，所以，请接受我的恋爱邀请，可以吗？"

罗丽嘉有些发蒙，思索片刻，然后终于明白过来。于是她有些羞涩地点点头：

"也许可以吧，反正这么美好的夜晚独独让麦芽她们享受也太不甘心。"

"那么……"

"这就意味着我们以后可以正式约会了！作为报答，我有礼相送！"纪甪深情地注视着她，然后慢慢低头在她额头轻轻印下一枚啄吻。

世上每个恋爱的人，都会被它强大的力量冲昏头脑。纪甪也不例外，当他渐渐沉浸在爱河，把曾经的邪恶几乎忘记的时候，他以为他早已战胜它了，甚至他有时会不屑地去想,也许之前的种种,只是他错误的虚幻或想象。

可是,他错了。

当纪用为爱放弃科研,然后进入罗丽嘉的大学做教员,却又因为同事间不融洽的关系,以及荣誉的纷争等一系列问题,被搞得焦头烂额的时候,他激动的情绪仿佛又激怒了曾经的瘟神,那种无法控制的力量又猛烈来袭。于是,那个惹祸的学生成了他失控发泄的牺牲品,当他从恍惚中醒来,眼前的情形让他诧异、惊恐,被打的学生不省人事地躺在人群之中,愤怒的学生把刀样的凶狠眼光逼向他,仿佛想要把他活活吞噬。于是,他怕极了,只能落荒而逃,他边逃边充满恐惧地想:太可怕了,原来,那个强大的邪恶一直都在!

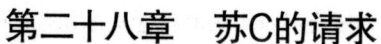

第二十八章　苏C的请求

在新西兰，罗丽嘉不愿太多计较季节的规则，因为在头脑里禁锢了将近二十年的思维常常混淆如今的认知，当有人提到October，那些云淡天高、秋高气爽、金秋海棠之类的词绝对要在她的脑壳里过往一遍，她才肯服服帖帖地承认，那正是一个生机盎然的美丽春天。

除了季节的混乱，罗丽嘉对待时间和事件的运行法则还算利落。此时是本月的第二个星期一的早上七点，她昨天刚刚参加了蓝珍结婚典礼，因为忙乱，她和她的朋友当天没来得及返回奥克兰。此时，刚刚从睡梦中被一束强烈的晨光耀醒的罗丽嘉突然感觉额头生疼，于是，她急忙下床，想要下楼找些冰水喝。楼梯下到一半的时候，罗丽嘉看到她的华裔同班男孩唐奈和他的乐队成员横七竖八地躺在客厅地板上睡得正酣，他们是罗丽嘉"邀请"前来为婚礼助阵的替补乐队及临时礼宾。

这正是那些自诩三天三夜不合眼都不识哈欠啥滋味的家伙吗？当她看到他们狼狈的样子，忍不住窃笑。

然后她一边用脚踢唐奈的屁股一边冲所有人大喊："喂！起来，三天的假期终结了，我们中午必须赶回奥克兰！"

"再睡一小会儿！"唐奈只动动嘴唇，懒懒地央求道。

"不行！苏C今天回澳大利亚，我答应去机场送她。"

"拜托拿竹签来，眼睛实在撑不开！"身边有人懒懒地嘟哝。

"唉！就知道你们保证不了任何事！"罗丽嘉看到这样的状态，为难地叹着气。

"好吧，现在我去准备早饭，不过说好了，十分钟之内必须起来！"

罗丽嘉无奈地推门进了厨房。她当然明白自己的现状，蓝珍已于婚礼结束当日飞去她此生向往的意大利度假去了，现在留下唐奈他们这些婴儿般任性的"小孩"由她亲自照料。尽管在她内心想要好好对待，可是，当她下到厨房，把昨天

傍晚还储备丰裕的柜子和冰箱来回翻了几遍,却发现除了一棵紫甘蓝和两片生牛肉之外,没有可以烹饪早餐的任何东西,她不得不佩服人类饥饿的巨大能量。

它像一只长着龙卷风样翅膀的肆虐猛兽,一旦来袭,整个世界就会被一扫而空。

只好半路买些吃的给那些家伙充饥了。

罗丽嘉心里这样想着,然后带着一脸无奈离开厨房,这时,她的头又一次炸开一样痛了,她只好推开客厅大门走向门廊,因为她想到那里也许有些清晨的凉风,会让疼痛好过一些。

"早知道昨晚就不该再喝酒!"她轻揉着依然阵阵疼痛的额头坐进白色塑料椅子时自语着。

不过,昨晚真是太开心了,好久都没这么痛快了!她满脸倦意地蜷缩进椅子,昨晚彻底狂欢的热闹情景开始在大脑里迅速回放。

罗丽嘉因为酒精的作用已经忘记哪个是彻夜狂欢的建议者了,她只记得吃过晚饭之后有人因为争抢电视感觉郁闷,便要带上"拉森"出门夜足,但毕竟,罗丽嘉是临时代理主人,她当然不会置他们的安全于不顾,而放任他们随意游弋。

"绝对不行,我必须为你们的安全负责。据说那些绑架者最近专门对那些看上去有些家庭背景的少男少女下手。"她用跟蓝珍差不多的口气恫吓他们。

"那么至少可以开车到镇上的K吧!"唐奈叫嚣道。

"镇上的那些地方想都不要想!"有人用不屑的腔调反对。

"我有个主意!"一个欧裔男孩神色诡秘地说,然后他"噔噔"跑进院子,跳进他那辆成人礼仪式上他父亲送他的跑车——韩国"Tiburon",紧接着,院子里响起震耳欲聋的音乐声。

"来呀!有没人加入今晚的星月派对?"他兴冲冲朝楼上呼喊。

"这主意棒极了!我怎么就没想到呢,这是哪里呀,方圆几里不见人烟的乡下呀!即使把天喊破,也不会有任何人追在你屁股后面叫嚣或指控你噪声污染!"唐奈边往外冲边装腔作势地附和。

"那就来个彻夜狂欢!"有人建议道。

"当然!"剩下的人在"遥相呼应"。

"可是,明天下午我还有事!"罗丽嘉是唯一提出异议的人。

"没有问题!"唐奈回过头来保证道。

"绝对及时返回!而且,这样一来,倒也不如送你个人情,看在这么美妙的

第二十八章 苏C的请求

夜色的分上，只当是你邀请我们来瓦卡塔尼度假好了，因此，此行演出的劳务费用一笔勾销！"

罗丽嘉心里在说，我何时答应付你劳务费了。只是又想，他话已至此，自己也不好太过苛刻了，于是她点头应允。

既然是通宵狂欢，那么，一定是倾放太多疯癫与狂热的那种。男孩女孩成为律动的载体，充满了活力和肆意……

有人说，酒是音乐人发明的，罗丽嘉对此深信不疑。当他们跳舞跳疯了，而大家兴味正浓，罗丽嘉自己也无法容忍酒柜里的啤酒却已喝光的扫兴。

"我记得她的地窖里有酒！是当年我的马斯Uncle留下的。"她说着，鬼使神差般跑去蓝珍的地下室，拿了两瓶年份香槟上来。

"我会请求蓝珍原谅的！"她得意而自责地说道。

虽然葡萄酒的醇香有些麻醉放纵者的动感神经，但借助夜的灵感，至少也有以鬼故事开头的午夜酒会……

"走进阴暗潮湿的千年古墓，一丝黯淡的荧光在凹凸不平的墙壁上闪烁，灯突然灭了，一只血腥的骷髅扑面而来……"

然后，当黎明将至，所有人终于在醉意中渐渐睡去……

一阵风把迷蒙回想中的罗丽嘉吹醒，她看看手表，真的有些急迫了，于是她起身进去，就在推门的刹那，她内心突然对那些家伙产生丝丝的感激。

有时，真是不能低估了他们热闹的天分！不敢想象如果这几天没有他们，会给蓝珍的婚礼留下多少缺憾！她想。

现在罗丽嘉没有耐心继续等待他们起床了。她对着依然是一堆睡相的唐奈他们大喊："赶快起来！别忘了你们答应不会误我的事！"

这回终于有更多人动了，唐奈打着哈欠看一下表，然后突然冒出一句比昨晚的鬼故事更加惊悚的话。

"完了完了，已经来不及了！"

"为什么？"罗丽嘉惊讶地问道。

"昨晚为了省去被你催眠的麻烦，我们偷偷把时间全都调慢了两小时，睡时忘记调回来了！"

他的回答终于把所有人的惺忪火苗全浇灭了。

"我跟你没完！"罗丽嘉气得眼冒金星，拿起身边板尺追打而去……

罗丽嘉从瓦卡塔尼回到奥克兰已是下午三点，她抱着苏C一直等待的希望匆

匆上楼，只是，当她看到门厅吧台上压在水杯底下的字条，便知那样的希望只是一种心灵安慰的想象，而现实是，苏C已经飞往澳大利亚，或者已经和她的父母团聚在一起。

罗丽嘉拿着字条坐了下来，她感觉疲惫极了，仿佛身上的能量全部被抽空了，于是她倚靠在沙发里轻轻阅读：

Ruijia，本来想要等你回来，可是妈咪吵着想要见我，只好马上上路了。

其实这样更好，几天来那些让我难以开口的话现在正好以这样的方式说给你听。记得乔迈洛10月份的比赛吗？没错，就在本周周末，相信你和我一样期望乔能赢，是的，他现在重任在肩，那个图瓦卢小子的命运也或许因本次的比赛而改变。可是，你知道吗？我有一个可怕的预感，那就是，如果你不能在观看台前出现，那个拿到冠军奖杯的人，也许不会是他！

我不知道你们之间怎么了？为什么你不再接听他的电话？为什么他在我面前有意回避关于你的话题？为什么他休息时宁愿躲在训练舱里拼命健身也不再约我俩一起聊天？

可是，尽管有时会自私地庆幸这样很好，但愿乔他失去左手的冰激凌就会留意右手的果汁。但我不是傻瓜，我知道其实爱情只有一个爱的对象，除非那个爱的人心死了。好吧，当我从他手里接过他为你而准备的那份亲友票，我很难过，也有过要撕掉它的坏念头，可是，我还是告诉你了，我不能自欺欺人。请原谅我那些爱的本能，也是它让我鼓起勇气请求你。不管你们之间有什么不愉快，请看在以往是朋友的分上及时出现。也许你来，他未必能拿第一，但他一定会拿出百分之二百的努力；而你不来，他一定会丢掉第一，因为对于图瓦卢小子的承诺，他有许多弥补的办法，而他的情绪里有你，却是没办法的事！

那么，周六在布若德海滩见吧！真诚期待你的到来！苏C。

罗丽嘉看完字条，感觉有些不可思议。她自言自语地说："有那么严重吗？说得我好似万能的救世主似的！"

只是，作为朋友，我本来也应该去打打气的！她想。

"只是现在，我得补上一觉！"她咕哝着闭上了眼睛，摸索着回到卧室呼呼大睡……

冲浪比赛真正是南太平洋地区的节日，而适逢世界级别的赛事，更是他们的旷世盛典。那些崇拜者买来大大小小的会旗旁若无人地背在肩上，有人甚至用购

第二十八章 苏C的请求

买盆栽来表达热烈的兴致,直到把院子外面的围栏围得满满的,所以新西兰或澳大利亚在冲浪季节盆栽十有八九都要翻出几倍的价钱。

罗丽嘉感受到这种浓烈气氛时,正拎着轻便单肩包、戴着墨镜经过机场售票口,那里许多中学生正焦躁不安地抢购前往澳大利亚的海滨城市布里斯班的机票。

新西兰人对海上运动的狂热是出了名的!她想。

罗丽嘉按照苏C的"指示",先飞昆士兰州布里斯班国际机场,后转专线巴士直抵黄金海岸观赛地布若德海滩。

"嗨!这里!"罗丽嘉走下巴士的时候,苏C已如约等候在那里。

"你心里一定希望我最好别来!"罗丽嘉走过去跟苏C开了句玩笑。

"但我至少在庆幸,比你先到的幸福感受!"

她充满神秘地凑近,然后悄声对罗丽嘉说:"因为那张亲友票可以让我们享受皇亲贵族般的高级礼遇。看到那个瞭望塔了吗?在那里,他们除了给我们提供高级座位、免费餐饮,还会让你拥有另外一样最最关键的东西,那就是一种用来观看比赛的高倍率双筒望远镜,这种机型为10×40的望远镜可以让700米之外的任何东西如同拉到近前那么生动和清晰。然后当你坐久了,还可以任意要求享受宫廷公主般的一流服务。"苏C边说边努力表现出一副孤傲的公主般的神情。

"这么说,我幸好没把它扔掉!"罗丽嘉说着,把那张小小的橙色亲友票从单肩包的侧袋里搜罗出来。

"只是。"苏C突然又忧郁起来。

"乔在三天预赛中并不顺利,他两次失误,昨天又被暗礁的石块刮伤了脚趾,虽然问题不大,可是他的分数与上届冠军安德鲁斯·吉安有六分的差距,所以让人有些担心!"

"好吧,既然我被看作救世主,所以,别说六分了,就是六十分,我也给他扳回来!"罗丽嘉夸张地嘀咕道。

两人说着,很快登上瞭望塔。冲浪协会的成员查看了罗丽嘉的橙色亲友票,然后服务人员指给她们座位的位置。

"哇!刚才沙排场地打球的女孩,就在对面!"罗丽嘉探着脑袋盯着望远镜,提高嗓门儿惊叫道。

"还有那些肚皮朝上的透明玻璃底小船像放大的贝壳一样闪闪发光,远处的商店街和购物中心也是我所喜欢的,等到比赛结束,我一定要去搜罗一番!"她透过高清镜头不停往四周张望。

这时她看到对面参加决赛的选手开始做赛前准备了。他们个个夹着冲浪板，集散在瞭望塔正对面的沙滩上，乔迈洛最后一个出现，他表情冷冷的，看起来不太高兴的样子，而且脚步很沉，走起来像拖着淤泥一样。

"他的脚伤很严重吗？"罗丽嘉一边透过镜头盯着，一边问苏C。

"不是很严重，但有可能伤口处理得不好，昨晚化脓了！"苏C神情焦灼地说。

"真是那样就糟了！"罗丽嘉也担忧起来，她放弃了望远镜，把头从那里探出来，使劲冲乔迈洛所在的位置招手。

乔迈洛果真看到她了，他好似很惊喜的样子，夸张地使劲冲她摆手。

"加油！"罗丽嘉回应他一个握拳的手势，然后指指他脚的位置表示对他受伤的担忧。他先是愣了一下，仿佛心里的温暖把他定住了，然后他一定在心里想要把这份温暖化作非常有力的信念，于是他先是摇手表示没关系，然后又向她摆出一个必胜的Pose，表情里也多出许多自信和欣慰。

"他看到我们了！"罗丽嘉告诉苏C。

"他看到你来了！"苏C有意纠正道。

"他一直都知道我在这儿，所以，如果是你说的'我们'，他没必要那么吃惊！"苏C的话语里带着点点的妒意。

毕竟，她透过镜头，清晰地看到了他刚才刹那的惊喜。也许在他心里，一直担心自己期盼的那个人不来，但是现在她来了，而且他根本不会想到，她的到来，与自己苦涩的请求有关。苏C想到这里，心里酸酸的。

不管怎样，乔迈洛此时脚步轻快起来，整个人看起来也像充了电一样精神，加上追踪记者手里相机的特写闪光，望远镜镜头中的他，突然间很有十足的王者风范。

比赛正式开始了。罗丽嘉看到比赛异常紧张激烈，然后她看到那个紧跟安德鲁斯·吉安之后的正是乔迈洛。

"我感觉乔还有希望，看哪，他现在的表现好极了，简直像条剑鱼在浪尖上飞！"罗丽嘉感叹道。

"当然！他的速度一直是一流的。所以他以速度取胜也是有可能的。"苏C有同感。

这时，罗丽嘉突然发现了一个非常严重的问题。

"天哪，那个本尼正在抢浪！"她恐怖地大喊。

"是的，乔有危险！"苏C显然也看到了本尼的违规行为。

第二十八章　苏C的请求

"躲开！快，乔，赶快躲开！罗丽嘉在心里焦急地呼喊，因为她当然知道，无论她的嗓门如何响亮，任何的呼喊对于那些搏击在海面上的人来说都是无济于事。

可是就在这时乔迈洛似乎听到了什么，他心头一震，迅即双脚扭向一边，本尼恰好从他腾出的空隙间擦肩而过，两人彼此躲过一劫。

"好险！"包括两个女孩在内，所有观看者顿时放下了悬着的心。

"可是，安德鲁斯·吉安又占据了最佳位置，而且，刚才那个浪峰至少给了他九点几的高分！"苏C又开始为乔迈洛的分数忧心。

就在这时，乔迈洛在吉安踏过的浪上做了两个完美的上空翻倒立，接着，乔迈洛也得到了一个至少十五米的浪峰，于是他飞速上浪，并用左旋停留和右旋追浪的整体动作来完成一个浪区过弯，整套动作完美极了，于是岸上观看的人由不得给他热烈的掌声。

"太棒了，这回，他把差距扳回来了！"苏C兴奋地喊着。

"我就知道他能行！"罗丽嘉默念道。

其实，当罗丽嘉试图通过《冲浪杂志》了解更多冲浪方面的信息和知识时，她看到的却是对整个南太平洋地区冲浪运动确实有非凡影响的乔迈洛的身影。

在那里，十八岁的乔迈洛被誉为"巅峰战士"，他似乎对这项海上运动充满独特的见解。比如，他认为"极限不是挑战生命，而是在生命的最精彩处完美精神"；然后他还追求它的艺术性，他认为，利用海浪的力量，加之年轻人活力四射的运动展示，可以更好地让观看者欣赏到他们逐浪高飞的神勇之美，从而将这些人海合一的挑战幻化成运动写真。

凡此种种，无不展示着乔迈洛对冲浪的思想理念，从而，因为有了思想的支撑，运动也不再仅仅是运动，而运动者也不再仅仅是运动者，而他或许已经成为不可战胜的强者。

所以，飞来的路上，罗丽嘉心里已经有所了然，这样的一个参赛者，至少也没那么容易被战胜的。

一个小时后，比赛结束了，短暂的等待之后，裁判宣布乔迈洛的总成绩为789分，他以13分的绝对优势胜过了前届冠军安德鲁斯·吉安。

"为冠军杯欢呼！"苏C兴奋地把太阳镜甩向空中。

"走吧，我们过去祝贺一下。"罗丽嘉起身建议道。

……

第二十九章　乔之痛

在爱的角逐中没能胜出比事业上的失败更令男人们汗颜。

两天之后的奥克兰，乔迈洛再次成为整座城市的焦点。中学生们纷纷电话相约新一周的音乐课上要为乔迈洛合唱一首《海洋》；许多商人也纷至沓来，请求乔迈洛担任广告代言；然后，"二角"俱乐部与丰盛湾某泛极限运动品牌巨头将联合为乔迈洛举办一场"胜利者之夜"的庆功派对。

有谁亲临过这样的派对？社会名流、体育界、文艺界和娱乐界各界明星云集。美酒、美味、模特走秀、时尚演出，会令你享受一次视觉、味觉以及听觉的巨大盛宴。如果摄像需要时尚精致的身影，这样的派对上，比比皆然、举目皆是……

罗丽嘉其实也很少有机会参加这样的派对，但这次她在应邀之列。

派对那晚，天空格外晴朗，月色皎洁，星光点点。它设在丰盛湾一家著名酒店外面的露天花园。他们在那里搭起从"卓雅"音乐厅租到的音效和灯光设备，甚至还从EIERM研发公司搞到了全球最为流行的新鲜玩意儿——发烧的壁挂式LED频谱仪，上面变幻着乔迈洛历年获奖时的飒爽英姿和经典动作照。八点之后，伴随着美妙的音乐，派对正式开始。人们三三两两聚在一起，或者流连忘返于他人之间，寻找老友或慕名知己。他们彼此带着喜悦，端着酒杯互相交谈，而作为"二角"俱乐部的成员，加之与乔迈洛关系亲密的"差莱"和"绿豆糕"则格外挺直腰板，然后带着骄傲的神情，大肆对着《踏浪者》新闻网摄影记者的镜头夸夸其谈。

然而，作为派对主角的乔迈洛，看上去却一副心猿意马、魂不守舍的样子。他起初也接受了几家媒体的专访，又与几个熟悉的朋友合影留念，之后他勉强与人寒暄了几句，便一头扎进灯光灰暗的一角开始喝酒。他心情烦闷、眼神黯淡地喝了一杯又一杯，然后脸上仅有的一点应酬时的微笑也消失了，于是，整个人看

第二十九章 乔之痛

上去比参加比赛前更焦虑和沮丧。

"差莱"的女友跟"差莱"嘀咕道:"你确定她能来吗?看样子她可是今晚的主角!"

"她答应要来的,而且我刚才打电话,她说已经在路上了!"

"她一定会来的!那是'差莱'答应过的。"乔迈洛也正在给自己以安慰。

昨晚他和"差莱"在海滩上谈了大半夜,他把所有心思都如实对他说了。然后拜托他:"明晚帮我约Ruijia前来,我有重要的事情要说。"

"老兄,你不会是想要来个浪漫求婚吧?""差莱"想要证实自己的猜测。

"这可能是我唯一的机会!"乔迈洛并不否认。

"可是,你究竟有多大把握?而且就算你把她摆平了,那个中国男孩怎么办?你确定他肯放手吗?"

"我们只是公平竞争,他依然有继续追她的权利,我会尊重所有人的任何决定。"

"我还是觉得你之前太过慢热了,如果是我,一起下飞机的那次就直接把她追到手了!""差莱"抱怨道。

"我对她一见钟情不假,可是我现在不是寻找恋爱对象而是考虑婚姻对象,所以我想给她些时间让她了解我,然后培养彼此的好感觉,这样才能在长久的婚姻里过得幸福。如果像之前的恋爱,只有单方面的执着和珍惜根本行不通。只不过,我在感情方面的命运不济,这次偏偏又晚了一步。所以,想想心里就烦透了!"乔迈洛异常平静地说出自己的想法和自己对于这份感情的至尊珍贵。

"差莱"当然理解他此时的心情,上帝把另一个对他来说非常重要的女孩送上门来了,虽然他比另一个男人晚了一步,但仍让他看到了幸福的希望,所以他决定在紧要关头再赌一把,不然她就要成为别人的新娘了。

"我感觉她还是有认真考虑过,不然决赛那天她也不会去现场。所以我好激动,当时我就有冲上去抱着她向全世界的人宣布我爱她我要娶她回家的冲动。"

"好吧,约她这事并不难。""差莱"应道,"但愿一切顺利!"

只是,感情有时远比极限运动更难以挑战。"差莱"心想。但他还是尽了最大努力,说服了罗丽嘉前来参加派对。

又一支欢快的舞曲接近尾声,乔迈洛放下酒杯,开始环顾四周,他想确认一下她是否在他没注意的时候已经到了。

果然,就在这时,他看到罗丽嘉在人群的尽头出现了,虽然出现的仅仅是她

刚刚走下车来的侧影,他依然清晰地看出正是给他不可抗拒力量的她到了。

罗丽嘉今晚大有不同,她平时喜欢利落的短裙搭配短靴,炫动的运动风格也是她的所爱,有时干脆就是乱搭。不过今晚,她显然是精心打扮了一番,只见她穿了一件精致的Non sweet水钻立领镂空露背晚装,搭配一件墨色羽毛小摆派对礼服裙,脚上搭的是一双色彩亮丽、镶嵌白色水钻的橘色镂空Ugg性感装靴。

加之,今晚的她还一改脸部素妆,特意化了耀眼的舞会妆。清晰的唇线,火艳的唇彩,脸颊打了闪亮的粉色,眼线是浓浓的水果绿,眼睑是特写的烟熏妆,头发也分了粉紫和金黄两层,发式则是散开大波浪加公主王冠发卡。

名仕风范加美女气质,加优雅的高跟碎步,罗丽嘉俨然成为魔力女郎,令所有人看成呆。

而后,更加使得众人做出惊异表情的是,乔迈洛正缓缓走向她。

"她究竟是谁?"人们更加诧异起来。

"不知为何,我对她与今晚的男主人充满特别的期待!"有人喃喃自语。

乔迈洛激动得快要哭了,他心里充满更多的期许,因为此时的她在他眼中格外迷人。

他充满兴奋和狂喜,因为在他内心一直深深地坚信,她如此精心地装扮,一定是为他而来。于是这样的情绪让他明显感觉紧张,他背脊有些僵直,清浅的笑容也不再那么自然。

当着众多人的面向女孩儿求婚,我还真的有些缺乏经验!只是,压制住那些发烫的细胞,给她一段不同凡响的真情告白吧!他安慰自己,并努力保持住微笑。

两人更加靠近了,当四目交集的时刻,乔迈洛感觉自己的心脏快要跳跃出来,他热切地注视着那双深黑而黧然明亮的眼睛,慢慢地,他飘然迷失,然后,血液变成幸福温热的水银,开始由脚底向身体升腾直至头顶。

然而接下来的一切仿佛时空发生了转变,因为乔迈洛意外看到一个眼神锐利、举止洒脱的男人迅速从罗丽嘉身后追了上来。接着,他靠近并轻扶住她的腰肢,当两人身体彼此贴近,他们开始暧昧地轻轻拥吻,然后两人默契地互换幸福的眼神并依偎着从他身边经过。

刹那间,乔迈洛从她那对自己毫不掩饰的神情中读到了彻底的崩溃,而且就连那个被自己忽略为不复存在的情敌也瞬间强大到不可战胜,接着音乐中那首一直以来被乔当作自己的爱情音乐的戴伦·海斯的《情不自禁爱上你》,也开始得不是时候:

第二十九章　乔之痛

creeping' up on you
情不自禁爱上你，
I've been hanging round all the places you haunt
我曾经游荡在你经过的所有地方，
Spying on your friends to find out what you want
向你的朋友探查你喜爱什么？
Drinking from the glass that you left on the bar
饮尽了你留在酒吧玻璃杯的半杯残酒，
Follow you around driving home in your car
悄悄跟在你的车尾间，
Do I have to breathe without you?
我的呼吸里不能没有你，
cause nobody could
因为没有人做得到，
I need to be around you
我需要在你的身边，
Watching you
看着你，
No one else can love you like I do
没有人像我一样地爱你，
Feel it when I'm creeping up on you
有感觉时我已情不自禁地爱上你……

在这之前听到这首歌的时候，乔一直当作它是为自己而唱，可是现在，所有一切变成悲哀的讽刺，乔迈洛顿时对自己充满了痛恨。

那个中国男孩，好像是故意想要令乔迈洛尴尬，他已经走出乔迈洛的视线，却突然又折返回来，从西装口袋里摸出一个打着精致包装的礼品盒递到乔迈洛的手上："噢，不好意思，差点忘了，这是我俩送给你的祝贺礼物！恭喜你！冲浪小子！"他几乎带着轻蔑的口气。

乔迈洛的脸如同烧着了，是什么让他对自己那么轻蔑？他可是比自己年轻几岁的小男孩儿，却竟然那么轻狂地叫他冲浪小子，看来，他一定自认为自己在这

场爱的角逐中必胜了,那么,既然你愿意把三个人纠结在一起,就像仇人一样拼一场吧!

乔迈洛的内心突然爆发出愤怒,眼中刹那间燃起怒火,他恨不得一把揪住他,把他踢翻在地。

"差菜"发现状况了,他急忙上前抵挡,并想办法把他从尴尬中解救出来:"乔,我们再去多喝几杯!"他一边礼貌地建议纪用随便应酬边拉走乔迈洛。

转眼,乔迈洛的位置传来持续的骚乱和吵嚷,他不能将内心的痛苦发泄在那个狂傲的中国小子身上,但随后一只盛满酒的玻璃杯在壁挂的LED频谱仪上炸开,酒和玻璃碎片从清晰艳丽的屏幕上泼洒而下,于是所有人的目光惊骇而莫名地一起朝乔迈洛的方向看去,乔迈洛痛苦万状地跌坐进座椅,嘴里含混不清地呼唤着罗丽嘉的英文名字。

音乐依然,随着"差菜"一句"乔喝过头了"的解释,人群持续了原有的热闹。只是空地上方的夜更加深沉了,最后一颗星星也充满忧郁地隐没了,一道无限的墨褐满了天空,仿佛某个人黯然的心情……

第三十章　纪甪交到顶级奖项的好运

罗丽嘉是那种对人生充满想法的人，她又受了纪甪的影响，追随他踏上了生命科学这个领域的探究之路。同时她对未来人类有着奇妙的另行规划：她认为未来的地球人应该是五彩缤纷的，比如她的邻居，单就肤色而言，那个最小的男孩儿是翠绿的，他的姐姐是热情的粉红，他的表妹是金橙或沙棕色的，而那家的主人，也就是小男孩儿的父亲是带紫蓝斑羚纹的。然后人类应该有些类似于三头六臂的同类，或者至少可以有飞行器样的组织存于体内……

这些中风般的想象常常在她大脑里碰撞甚至追尾，然后堆积起来，形成她的信念，让她废寝忘食的翻阅变成对某些质量与厚度的感知或灵性触摸，并准备成为她实现未来规划的法器……

现在，罗丽嘉坐在学院草地的一角，如饥似渴地阅读美国人伊丽莎白·H.布莱克本（Elizabeth H.Blackburn）与他的朋友卡罗尔·W.格雷德（Carol W.Greider）合作的著作《端粒》，她被他们在端粒酶的结构与功能方面深刻的研究所深深吸引，那些成熟的成果仿佛一盏盏明灯，指引她走向更遥远的方向。

短信打断了她的专注。罗丽嘉合上书，一边站起来舒展腰肢，一边把短信打开。短信是好朋友叶梓瑄——阿瑄发的。

"嗨，忙着备考呢吧？有没有时间聊会儿？"

"考试吗？那只是把花束变成花篮的小动作，没有关系的！"罗丽嘉引用当时在她们之间流行的一句趣语来回应。

"OK！急需核实一下刚刚收到的惊人消息，纪甪在EKNEBIL方面的学术成果得奖了？"阿瑄问。

"只知道他有成果出来，也听说可能引起一些轰动，但得没得奖不太清楚，也许只是传言！"罗丽嘉发过去，附带一个充满疑惑的大头贴。

叶梓瑄着急了，直接把电话拨了过来。

"短信太麻烦,通话吧!"她笑嘻嘻很兴奋的样子。

"赶紧打电话问问,不是要给你惊喜吧?全世界都关注的诺尔奖呢!"

"诺尔奖?那个比金盘子更值钱的奖项?这种事你也乐意听空穴来风吗?"

"不会错的,这个惊天动地的消息正是刚刚由我们系主任发布的,说昨天瑞典皇家科学院诺尔奖委员会宣布将本年度诺尔生理学或医学奖奖给一名工作在新西兰奥塔哥大学的Focke实验中心的中国留学生了,然后他还补充说据他所知在Focke实验中心室只有一人具有中国国籍的身份。"

"诺尔奖又不是挂号信,怎么可能说拿就拿到的?"

罗丽嘉的眼中闪过如同湖面倒映的星星般虚浮的光晕。

"让我想想有没迹象!"她怔忡地回想着。

"就在昨天我们还通了电话,然后说了关于我给他的植物一直没长和他或许下周过来看我之类的闲话。"

"不过,他可的确是个大忙人,好像他越来越把事业当命拼了,而且那种拼,在我看来简直是糟糕的自虐,尤其最近,看到他的体重都在暴跌,所以,有时我都怀疑他在南岛打黑工!"

"二十四岁拿到博士学位的纪甬可不是一般人,他有超人的智商,然后如果工作又肯卖力,别人就更加不可能比他更加接近这样的机会了!"叶梓瑄大肆宣扬着她的理论。

"只不过!"阿瑄自顾自地说,"如果真是那样,我是说,如果真的是他,我会后悔当初说了许多他的坏话!"

"没有关系,反正我也没对他多说,关键的一两句他也未必放在心上!"

"这么说你当真把我出卖了?"

"为什么不呢!他都说要等到回国,一准找你算账了。"

……两个女孩在电话两端笑得肆无忌惮。

晚饭之后,这回轮到满腹狐疑的罗丽嘉给叶梓瑄打电话了。

"怎么样?"电话刚接通,阿瑄便直截了当地追问。

"核实过了,的确收到获奖通知了。"罗丽嘉回答。

"My god,看来消息的确可靠!难怪他们把纪甬与1998年诺尔物理奖得主、裔美籍科学家安琦是母系同乡的关系都搬了出来。"叶梓瑄几乎欢呼起来。

"可是!"罗丽嘉打断她。

"通话之后,我倒更加找不到真实感觉了!"

第三十章　纪甪交到顶级奖项的好运

"为什么？他说了什么？"

"也不是说了什么特别的，老感觉他的口气不那么欣喜若狂，而是一种满不在乎，'噢！不错，很好啊，我需要那种肯定！'"罗丽嘉对纪甪那种无惊无喜、平静甚至冷淡的状态充满担忧。

"没准儿！"罗丽嘉揣测着种种可能。

"我是说，也许这个课题纪甪一个人弄不成，而且在这么短暂的时间内更加不可能。所以，实验室内其他的研究人员也参与其中，纪甪形式上一人得奖，而成果是大家分享的！"罗丽嘉若有所思地细致分析。

"不可能，如果真是你说的这种情况，他们会被评选委员会以并列提名的形式公开的，名誉面前没有愚人和傻瓜！"叶梓瑄极力否认。

"乖乖！全球最高学术奖项呀，说不定他自己也被这最权威、最富足的重磅奖项砸蒙了，现在正和咱们一样，心理上没反应过来呢！要么就是纪甪他太了解自己的实力了，他认为自己在科学界一定有无限的潜能和勇气去挑战一个又一个巅峰，人家日后让人起鸡皮疙瘩的新闻多着呢，所以这只是一个小小的开头，又有什么好大惊小怪的？所以，得了吧，什么时候咱都变得这么婆婆妈妈、疑神疑鬼的了。"叶梓瑄快言快语补充道。

罗丽嘉对于这个结论并不认同，但到此为止，她也找不出另外更加确切的观点，只好暂且默认。

12月份很快来到了。纪甪换了新眼镜和新发型，准备前往瑞典，参加在那里举行的颁奖仪式。

至此，罗丽嘉也真正相信，自己的男友一夜之间成了大名鼎鼎的大人物。

罗丽嘉在纪甪出发之前抱定了一同前往的夙愿。她花了许多时间购买她的出行装备，因为她曾听说那种皇家盛典般的正规仪式，人人都需要包装得时尚又得体。于是由苏C陪同，叶梓瑄等国内"智囊团"遥控意见，开始了大半个奥克兰的地毯式搜索。只是直到最后，纪甪依然坚持他只身前往的决定。

"他为什么不让你去？不会刚出名就不知道自己姓甚名谁了吧？"叶梓瑄又急了。

"其实他说的也有道理，领奖又不是旅行，很少有人带家眷去的，况且，我现在还算不上他的什么。"罗丽嘉又没了脾气。

"得了吧，人家法国科学家吉布罗伊当年可是租了包机去的，带了全家老小亲戚朋友，那感觉多棒呀！而且也没人嘲笑说吉布罗伊虚张声势、大张旗鼓，

177

大家都为他有那么亲密和睦的大家族欢呼呢。"叶梓瑄振振有词。

"他们为他安排了满满的行程和活动，尤其那些会议和演讲，比写论文都伤脑筋，所以没有时间和精力同时来照顾我的。"罗丽嘉很体谅的样子。

"你又不是躺在手推车里的婴儿！"叶梓瑄有些不耐烦。

"我只是觉得一个人可能一辈子再也捞不到这样的好机会了，不过人家纪用那么有出息，这种事也真是说不定。"她仍替罗丽嘉心有不甘。

"哎，如果他也觉得你这样的身份不适合，那，要不这样，你现在就叫上纪用去买婚戒，顺便叫上些小报记者，制造个他临时向你求婚的假象，以未婚妻和准新娘的身份去，就比女朋友之类的名正言顺得多了。"叶梓瑄突然冒出了鬼主意。

"得了吧，何必那么费劲儿地瞎折腾，其实去不去无所谓的，反正他答应给我带礼物回来了。"罗丽嘉喃喃低语，让人一听就知道，即便不去，她仍有沉甸甸的满足。

"礼物？干吗不早说，有我的份儿没？别忘了，我是第一线人，如果论功行赏，我拿第一份！"叶梓瑄电话那端扯高了嗓门。

"行，到时候礼物分你一半！"

"真的？你可别骗我，如果骗我，我让你喝水打呛！"……

——罗丽嘉并不理睬，因为她不想错过那个常常与土著居民探讨、善于接近难民、喜欢吃英国牡蛎的特别的王的每一个镜头——

当富丽堂皇的斯德哥尔摩音乐大厅响起旷世音乐，世界的眼光便如同感染了喜剧的魔力，人人洋溢着喜悦的笑容注视着银屏，心里想着自己仰慕的受奖者的名字或他们酷爱的颁奖嘉宾。而那些有幸亲临现场的人，他们的心如同燃烧的火焰都要激动得跳出来了。

跟随起伏跌宕的掌声陆续入场的，是颁奖典礼的举办方政要、受邀国家的与会者以及本届"诺尔奖"获得者，他们在各种巨大花篮花束的簇拥下纷纷落座。

罗丽嘉双手框成摄像机镜头状，在电视屏幕前来回晃荡，一边充满想象地对自己说："你就坐在那儿，就在瑞典国王古斯塔夫及其王后西尔维娅的后排左侧，当真正的贵族绅士稍稍回头，你就可能抓拍到他那高尚尊贵的脸颊、超凡脱俗的鬓角以及淡而儒雅的微笑。然后当他不经意间看过来一眼，你也不能表现出受宠若惊的样子，而应该像位富有修养的公主那样表情自然地和他打个招呼，同

第三十章 纪甪交到顶级奖项的好运

时抱以优雅的微笑……"

一直用电脑与罗丽嘉视频通话的叶梓瑄则在那边兴奋地唠叨不停："原以为诺尔奖是只撒野的兔子,就是你对它特感兴趣,它也从来只给你看它毛茸茸的大尾巴,可是现在,竟然这么徒然地给我们的纪甪抱回了!"她毫不掩饰地表达着自己的骄傲。

罗丽嘉并不理睬,因为她不想错过那个常常与土著居民探讨、善于接近难民、喜欢吃英国牡蛎的特别的王的每一个镜头。

就在这时,纪甪离开了他的座位走上了领奖台,罗丽嘉听到罗林斯卡医学院院长开始宣布,说自己要亲自把这枚代表着无上荣誉的生物与医学奖颁给站在他眼前的年轻人。

"让我们恭喜这位来不及热身就拿到大奖的小伙子!我很有把握他在喜欢这个奖项的同时也会喜欢我,因为我坚信这是诺尔大师设立奖项以来,我第一次用不着听到得奖者在拿到奖金之后拿鼻子对我来上两句'这个奖太迟了三十年前某个奖就应该是我的'之类的冷哼哼了!"

无疑,这孩子是幸运的。科学界一直认为,EKNEBIL是个"饮弹自尽"之类的复杂命题,因为它是一个与许多重大基因关联又相克的怪分子。假如它成功制服了癌症或艾滋病,却会带来比这两样东西更恶劣的疾病。所以,许多科研人员对它既爱又恨,一直无法驾驭它。现在好了,我们眼前这位名叫纪甪的年轻人帮我们轻易地找到了新的突破口。他通过研究和实验,实现了把人体的内细胞群,在发育成各种组织和器官之前,就让人造生命细胞把那些疾病基因加以筛选并同时让它产生对细菌和病毒的耐受性,从而达到延长人类寿命的目的……

整个大厅鸦雀无声,人们把目光聚集在这位自诺尔设奖以来获得者年龄最小的黑色眼睛、黄色皮肤的年轻男人身上,他们把所有镁灯灯光一起投向了他,于是这让刚刚还因为没有任何人的陪伴而孤单得像个独行侠的纪甪此时竟然格外英气逼人。

"完了,丽嘉!"叶梓瑄突然诈尸一样惊叫道,"你会不会感觉到你的爱情战场即将面临一场巨大的灾难?"

罗丽嘉大惑不解。

"如果情敌如潮,迟早都会战事汹涌……"叶梓瑄挑着眉毛大肆取笑。

"噢,当然!如果某种商品销路不畅,你又正好想要打个拍卖的广告也说不定!"罗丽嘉有意开着玩笑对叶梓瑄回以颜色。

179

接下来,纪用做了简短的获奖感言,他以一种平和的姿态,说着自己对事业的看法:

"在科学事业的进程中,从业者如同玩魔方,如果在大脑中构成了正确的步骤和转位,动手只需要两秒钟,所以我认为,先思考,后动手,比一直在动手中思考要管用。"

于是主持人建议把更多的掌声送给这位有超大容量大脑的智者和21世纪最出色的学术界明星,正当现场掌声雷动的时候,叶梓瑄突然又变了脸色,惊异万分地对罗丽嘉质问道:"什么?他们在说什么?噢,我的天!那是你们即将移民的先兆吗?"

"移民?先兆?"显然,罗丽嘉因为刚刚只沉浸于现场的气氛而忽略了某种东西。

"是不是我的听觉出了问题?有没有搞错,他们竟然说他是华裔新西兰人!"

"不会吧,记得他的留学签证也只有三年期。"罗丽嘉也在纳闷儿。

"可是,那些人不可能只为搞笑而有意犯下如此严重的错误!"

"我也搞不明白了。"罗丽嘉蹙着眉头,感觉事情有些蹊跷。

"他毫无反应!看来至少他知道是怎么回事!"叶梓瑄紧紧盯住纪用与罗林斯卡医学院院长热烈拥抱的视频感慨道。

"罗丽嘉我可警告你,纪用那小子心里怎么想的我不管,反正你最好按原来说好的,不然大家会恨死你!"

"噢,当然,这事,我需要确认一下。"罗丽嘉仍在发蒙。

一周之后的惠灵顿机场,平白多了许多迎接从瑞典至新西兰796次航班的人。许多自发组织的年轻人打着"热烈欢迎'生命科学天才''最年轻的科学大师'凯旋"之类的牌子,拥挤在机场外接机口护栏周围,期待着拿到医学及生物学最高奖的纪用出现。

罗丽嘉站在所有人的最后面,她的视线在Arrival Hall的地面上来回打转,心里做着两人见面的第一句话是祝贺还是挖苦之类的斗争。

就在这时,纪用出现了,尽管其他人都嗡嗡地飞了过去,纪用还是睁大眼睛寻到了罗丽嘉的身影。

"亲爱的,你来了!"他从人群中挣脱出来,快步走到罗丽嘉的面前心情愉悦地对她说。

"我以为骄傲的公主依然待在家中,等待胜利的王子前去拜访呢!"他带着

些许的得意开了句玩笑。

"接机不是我来这里的目的!"罗丽嘉面带愠怒淡然地说。

"没准你心里也很清楚!"罗丽嘉说着,头也不回地朝自己停车的方向走去。

一路上罗丽嘉沉默着。纪甪也因为疲惫于一周的演讲、探讨、参观及大小会议,从上车开始便舒服地睡着了。

"下来!少在我面前摆功臣相!"罗丽嘉刚刚把车停进纪甪在惠灵顿的暂住地点的楼下停车场,就一肚子怨气地尖酸叫嚷道。

"怎么了?我的大小姐?"显然,纪甪看出罗丽嘉情绪不对了。

"不是担心我把奖金独吞没你的份儿吧,如果你现在想要,没有关系,全部拿走好了。"说着他把所有行李背包全留罗丽嘉车上,自己拍拍双手从副驾座里跳了出来。

"无聊!"罗丽嘉不耐烦地挑着眉毛说道。

"说不定是出卖灵魂换来的!"罗丽嘉站在停车场外巨大的桉树下面,脸上布满"战斗"的烟云。

"什么?"纪甪睁大疑惑的眼睛盯着她。

"关于国籍的事,怎么解释?"罗丽嘉严肃而冰冷地问。

"噢!"纪甪恍悟似的,紧张的神经也随之释放。

"那只是收到得奖通知的那一个小时的交谈内容之一,他们的外务总参跟我探讨了一些关于之后发展的话题,他们明确表达了想要在项目合作上的诚意,而且主要是对于资金和其他我所提出的重要条件的支持,所以,我想他们并没恶意!况且,"纪甪双手按在车前板上,漫不经心地继续说道,"其实说实话,在这之前,没人知道或在乎我是谁!"他此时的眼神,冷得令罗丽嘉感觉可怕。

"现在有人在乎你了,而且拿优厚的条件换你中国人的身份?"罗丽嘉被纪甪厚颜的"坦荡"震惊着。

"可是,如果一个男人连自己的国家都不放在眼里,还算什么男人!"罗丽嘉气急败坏地指责道。

"我的大小姐,不要动不动就把简单问题复杂化好不好?照你这么说,那些举家移民的、帮外国人赚中国人钱的、帮外国人搞武器设计的更是大逆不道、离经叛道变了。国家是什么?国家本来就是对人类的一种制约和束缚,原始人类是没有边界和国家之分的,天下都是我的,你能发展到哪儿就到哪儿,甚至包括宇宙太空。真正的大爱是不应该分地域或国家的,而是对整个人类都视作兄弟姐妹

的博之大爱。这么跟你说吧，假如有一枚爱国者勋章，然后，你是愿意把它投给一个只会唱爱国高调却整天玩政治阴谋、甚至侵权敛财贪赃枉法的假政客呢，还是更愿意把它投给像我一样虽然身在异国他乡却愿意把一切都奉献给生命科学，为全世界的人类做了毕生贡献的人呢？"

"我看，从性质上说，你和那些假政客差不多！"罗丽嘉恨恨地白了他一眼。

"唉，男人活着可真累啊，本来天下大旱想要大降一场甘霖，却怎么也没想到还有蚁穴溃堤的忧患哟！"纪用故作一副忧思状感叹道。

"再说，如果利用他们的资金和先进实验设备，尽早让成果转化为对全球人类有益的产品，咱们国家的人也就能更早一点享受到成果所带来的健康收益，这又何尝不是一种爱国之心、忧患之情呢？然后，等到机会成熟，我们依然可以回去。"

罗丽嘉终于感受到一句让她感觉有些温暖的话了。她把下巴抵在方向盘上沉思了一会儿，然后回过头来想要辨认那句话的真伪似的追问道："你真的想过这些吗？"她的眼光紧紧相逼。

"当然！"他轻松地应道。

"到时候，带更多的成果回去也说不定！"他继续安慰道。

"可是……"罗丽嘉又想起叶梓瑄警告她的话，内心仍有不甘。

"现在去哪儿？"他温声问道。

"你决定吧！"罗丽嘉还未完全从刚才的情绪里出来，淡淡地应道。

"如果是我决定，那当然是找一个可以喝酒庆祝的地方！"兴奋因子又开始抬头。

"好吧！"

……

第三十一章　乔迈洛与苏西贝拉结婚

"国籍"风波很快平息。因为事后罗丽嘉逐渐感觉,纪甪及早做出选择,从某种意义上说是必要和明智的。因为瑞典的授奖仪式之后,众多的国际科研组织和学术团体都对纪甪这颗年轻而耀眼的智慧新星备感兴趣,他们除了仰慕之外,还纷纷向他发出邀请,希望成为他们的成员。因此罗丽嘉心想,与其让他前往奥地利或卢森堡,倒不如这个在适应中颇有感觉的新西兰。只是这样,她与阿瑄之间的约定,倒真的有些失言的风险了,这是唯独让她忐忑的。

巨大的荣誉似乎也让纪甪更加忙碌了,首先他破格成为新西兰生命科学学会最年轻的会员,然后他们把刚刚在南岛费尔利西郊设立的关于INELPW研究的实验所交给了他,让他成为实验所的支配和运作者。这样一来,纪甪的事业因为拉开了精彩的序幕,从而飞向未知的高度。

"再也没人在我面前指手画脚了!"当他接到这个信息的那天兴奋极了,第一时间打电话把这个消息告诉罗丽嘉。

只是这样的生活似乎把他和他的感情禁锢了。之前至少两天一通电话给罗丽嘉聊个卿卿我我或来个遥控飞吻的惯例一下子改变了许多,有时一周之内听不到任何动静的罗丽嘉只好主动打电话过去,却是对方关机的冰冷状态。起初罗丽嘉也会因受了冷落而伤感。但头脑清醒时她又会梳理头绪,用"这样的他总比那些躺在沙发里吐烟圈玩的男人好上一百倍"之类的道理安慰自己。

"而且我也不想成为任何人的负担!"她自信地窃笑。

圣诞节之后的一个周末,运动结束的罗丽嘉冲了个热水澡,然后她裹着浴巾对着梳妆镜打理头发,最初她哼着歌曲拿起电话很想给纪甪拨过去,但一想他最近疲惫困顿的样子又打消了念头。

心情不错,也许下午我会飞去他那儿!罗丽嘉鬼鬼地傻想。"但也许不一

定,唐奈那小子的音乐专场如果成功,没准会有一个庆功舞会!"她自言自语着。

然后她突然停下,神情迷离地上下打量着自己。

其实,它的确美得有些不可思议!她盯着那细腻柔滑的肌肤和高挑健美的身段,神情里充满骄傲的味道。

而且,她能够确定,纪甪对此也很着迷。

无论怎样,女人一定是为男人而生的,比如抚摸,比如性……回过神来,罗丽嘉为自己刚才的想入非非而不堪。

就在这时外面汽笛声起。虽从响声来断定汽笛声变了,但"两两三"的规则却是她与纪甪间特有的汽车暗语,看来,纪甪先她一步到来了。

她欣喜地跑着下楼,笑盈盈地朝纪甪走去。由于刚才莫名的遐想,她此刻的心情好到极点。

"嗨,亲爱的!"纪甪温柔地迎上来。

两人亲密地彼此轻吻了一下。

"还记得关于礼物的承诺吗?"纪甪柔声问她。

"嗯?"罗丽嘉疑惑着。

"去瑞典之前!"纪甪故作启发状,并努力阻挡罗丽嘉的视线。

可是那辆在阳光下格外耀眼的新车还是刺激到了罗丽嘉的视觉神经,她越过他的肩膀朝那边张望。

"MY GOD!你从哪儿搞来的!" 她几乎在尖叫。

"送给你的!"纪甪盯着她惊讶的眼神宣布了这一惊人的消息。

"给我?"她睫毛间闪过难以置信的神色。

纪甪带着决绝点头。

"可是……"罗丽嘉因为太过惊喜而激动得发抖。

"这样的礼物,太过珍贵了!"她围着它不停地转,直到感觉头晕目眩。

"正因为珍贵所以送给你才有意义!"他坚定地说。

"我们相爱很久了,当我做了一些连我自己都无法原谅的事情的时候,你原谅了我!所以,这辈子我被你锁定了,所以,不管是过去还是将来,我愿意为你而活!"纪甪简直是在信誓旦旦。

"太激动了,想哭的感觉!"她眼中饱含幸福的泪花。

"那么……"他把钥匙塞到了罗丽嘉的手上,并示意她打开车门进去看看。

"剩下的时间,就让它带上它的新主人,一起体验一下作为世界超级跑车的疯狂动感吧！"

"哦，天哪！它真的会是属于我的吗？"罗丽嘉喃喃感叹。

名车激发了罗丽嘉四射的激情，等到纪甬大体描述了它的超越性能，她便迫不及待地点火启动，轻点油门，让599GTB以零至百公里3.9秒起步、时速330公里的疾风神话向奥克兰城外飞驰……

那天下午，两人沿着新西兰1号高速一路南下，然后到达怀卡托的西部地区，在那里，他们进入一处叫作"Sunken garden"的地方，那是一片细流潺潺、水洼润泽的大湿地。

"噢！久违的湿地！"罗丽嘉感慨着把车停下后，徒步走下湿地斜坡。

"冠果草、再力花和水禾！"她跳脚跃过水洼，随即猜测脚边长在清浅水缘的植物名字。

然后，她走向苍白花束的纸莎草、斑马花纹的花叶芒、紫色蓝色和金黄成片的鸢尾以及花色清雅的雨久花，她不停地弓身爱抚那些生活在晴朗阳光下的朴素植物，内心又因为亲近它们而感到无比快乐。

"幸运的小鹿跨越了围栏！昨天那个脆弱、委屈的小可怜今天便收到了上帝亲发的抚慰信函！"罗丽嘉带着这种享受的感觉自言着，因为此时的幸福感已完全取代了之前被忽略和冷落的不快，她回头看一眼倚在车座中沐浴阳光的纪甬，释然地笑了。

那天罗丽嘉返回奥克兰时已经很晚，她轻悄悄走上楼梯时还以为苏C睡了。当她打开房门却见苏C依然倚在沙发里，好像故意等她回来。

"没睡吗？"罗丽嘉撂下外套问道。

"没睡自然有没睡的理由！"苏C带着些许神秘。

"有好消息告诉你！"

"哈，Our take-out（Never）Of shares（我们的外卖从来都是双份儿！）So, Have some good news for you（因此，我也有好消息给你）！"

罗丽嘉的话几乎重叠在苏C声音的上面。

"你先说！"苏C摊开手，示意道。

"从明天起，我们再也不用拖着那辆老皮卡上学了！"罗丽嘉难抑得到礼物的兴奋，欢快地叫嚷着。

"噢，我的老天！和我猜想的一样！是的，我看到它了，就在刚刚，你进门的时候，它可太棒了！我想那些喜欢车的家伙会为此而崇拜你的！"苏C称赞道。

"虽然有时觉得完全没必要拿金钱来表达爱,但既然做了,却真的可能透析真实的内心。今天的感受就是,除了事业,我是他内心最有价值的存在呢!"罗丽嘉自持地夸赞道。

"这么用心的爱情,真让人感动!"苏C感叹道。

"那么你呢?"罗丽嘉美美地享受完意犹未尽的得意,然后注意到在苏C那里,也有许多欣喜而难抑的快乐悬挂在表面,于是她问。

"看样子咱俩可以一起幸福地哭到天亮了!乔迈洛正式向我求婚了!我也正激动得睡不着呢!"

"真的吗?天哪,太意外了!"罗丽嘉既感觉惊讶,又为这个她愿意听到的消息高兴。

"就在今天下午,他吻了我,然后告诉我他作出了想要迎娶我做他们乔治家族最小的儿媳的决定!"

"你们何时恋爱啦?"罗丽嘉只知道苏C一直傻傻地爱着乔迈洛,却没想到两人真的恋爱了。

"是的,恋爱也并没太久,幽会时间也并不长,所以我也感觉突然!"

"可是,不管怎样,乔迈洛可不是拿这种事情随便开开玩笑的人!"罗丽嘉给苏C打气。

"那么,现在,我是不是可以打通电话,把这个特大喜讯告诉家人了!"苏C雀跃着故弄玄虚地问道。

罗丽嘉健步如飞地从客厅吧台拿过无线电话,递给苏C。

"老天,你还真沉得住气呀,如果换作我,他亲我的那个时刻,电话就差不多拨出去了!"

……

两个月后,乔迈洛和苏西贝拉结婚了。他们把婚期定在复活节当天的下午,婚宴设在北部花园Eikuy,然后那里还是新西兰地理杂志用作拼图封面的原野真迹。

复活节当天,是一个看上去温吞湿热的日子,微风翕动,云雾蒙蒙,太阳也只是偶尔从云影里显形,起初不免叫人担心云雾背后隐藏着阴雨。可是后来,就在中午过后,阳光变得明媚,空气清新舒爽起来。

快到四点的时候，感觉到时间紧迫的罗丽嘉刚刚从学校启程。她心急火燎地跳上车，然后边不停地对搭她便车的同行女孩儿波米和埃依娜发着牢骚，边让车风驰电掣般疾驰，波米和埃依娜是苏C的另外两个好友。

"我请假让我们的团长阿姨的脸铁青成了破浪神！"罗丽嘉对着那个不肯给她的复活节演出在时间上做出通融的团长感到气愤。

"难道她会天真地以为，一场隆重的婚礼可以因为亲友的迟到而延迟吗？"她情绪激动地自语着，飞扬的眉尖挑着抓狂和急迫。

"二十分钟！如果顺利的话，我是说，以现在的速度，如果你能保证不冲出路障或错车时被剐到，我想我们可以准点到达！"埃依娜安慰她。

"噢！是吗？可是，我根本不了解这里的路况，我自己也是第一次开车去那里！"她叹息一声。

"不过！我的599GTB从来不知何为匀速前进。"她说着，一脚油门踩到150迈，然后她真实窥到了意大利女孩脸上的紧张和惶恐。

"拜托！"波米恳求道。

"虽然心情可以理解，可是，我们还是要保证活着到达！"

罗丽嘉不太情愿地轻点刹车："好吧，我想也是。"然后她收拢手臂，表情是夸张的受挫者的失落。

车子依然在距离海岸线不远的郊野间飞驰。阳光映照着海岸与天际交错的轮廓，淡而金灿的光色同时洒满翠色植被，在透蓝色天迹，一架小型飞机从低空飞过，轻盈飘逸得如同儿时高架桥上随风丢下的折纸。

"飞去Eikuy那边了！"波米追逐着飞机的踪迹自语道。

"没错的，据说是乔治·沃科斯为了方便在他宠爱的小儿子乔迈洛的婚礼上接送婚宴贵宾，特意跑去美国花了两千万买回的私人飞机！"她发出异样的尖叫。

"我们亲爱的苏C，她独占了上帝的恩宠！"埃依娜崩溃状。

"而且，无论是乔迈洛的风范，还是苏C的优雅，他们骨子里世袭贵族的气质十分般配！"

"Unparalleled love（无与伦比或完美之爱）！"波米蹙着眉毛，神情里难藏妒忌。

这时，罗丽嘉突然一脸青灰地说："不要被某种假相所迷惑！"

"什么？你是怀疑……"埃依娜不解。

"我的意思是，即使接近峡口，我们也还距离目的地有段距离！"罗丽嘉自知失言，于是急忙改口。

然后她把车窗一摇到底，任由来自朗伊托托海峡的清凉海风鱼贯而入，些许冷却了车内的温度。

"有些搞不清状况！"她在内心自语，她当然清楚自己这种困惑来自几个小时之前，当她大清早陪同两人前去婚姻注册处注册时的小小波折而感受到的某种不确定，她陷入沉思……

当时，注册官拿到苏C和乔迈洛的健康表格以及单身证明之后，很认真地审核。

"没有问题！"他放下那些东西，认可地点头。

"那么即将成为合法夫妻的你们，必须牢记我下面宣读的法律条文。"注册官注视着两人。

"首先：结婚后的夫妻，在法律上享有平等的社会和家庭地位，双方各有隐私权、宗教权以及生育决定……"注册官熟背如流。

等到他把那些繁杂的条文背完，便转身回到座位。

"好了，现在做个简短的记录！"他快速在电脑里输入他认为必要的信息。

"然后！"注册官抬起头来，表情沉静地注视着两人。

"尽管到来的人想必都已信心十足、考虑周全，但作为注册官，我还是很有义务倾听他们的结婚意愿！"

"当然！"苏C欣然应对。

"我想！"她思考着，而且非常敬佩注册官对于责任的捍卫。

"我当然有话要说！"她兴奋起来。

"对于这个世界，除了一个人之外，其他人都和我的爱情无关。而这个人，在他没有在意我的时候，我的心脏已经感应到了爱情的信号。我不知道，如果上帝不把他给我我会怎样，但现在，我知道自己成了世上最幸运的人，因为他就在我身边，我马上就要成为他的新娘，在爱的天空里，我的飞翔不再孤单……"

"好！太棒了！"还没等苏C把话说话，罗丽嘉便雀跃着拍手叫好，注册官也不停点头，表示满意。

"那么你呢？"他回头，目光转向乔迈洛。

第三十一章　乔迈洛与苏西贝拉结婚

"我……"乔迈洛恍然一震,仿佛刚刚睡了一觉而突然被注册官惊扰了一般,他的目光在摇摆。

"我想,婚姻对于每个男人来说,当然是意愿使然,尽管……可是……"他吞吞吐吐甚至彷徨不安。

苏C用轻柔眼神传递着她的鼓励,罗丽嘉则在旁边握紧双手替乔迈洛着急。

但乔迈洛似乎真的忘记了之后的任何措辞,他甚至选择了沉默。苏C已经持续到僵硬。于是,罗丽嘉开始急切跺脚。

"没有关系!"注册官为了避免尴尬,连忙搪塞。

"向往美好未来的心情那么迫切,那么,就让那些例行公事的规矩一边去吧!"注册官这时兴致高涨起来,他顺手从桌上拿到两份(Particulars of Marriage)摆在了苏C和乔迈洛面前。

"好吧!"注册官拖着愉快的腔调。

"一想到你们来我这里的最终诉求,我就不想让时间耽搁一秒。"注册官说着,把准备好的签字笔递给两人。苏C迫不及待地接过来,并刷屏一样瞬间在两份证书上签了名。

"祝福您!"注册官上前拥抱并祝贺道。

"愿爱的阳光永远向您普照,一切幸福的声音围绕在您的身旁,彼此点亮诚恳、尊重以及关爱之火,让爱成为彼此化解悲痛和忧愁的秘方,使生活美好,生命丰盈……"注册官朗朗而诵。

可是,在乔迈洛那里,意外并未停止,罗丽嘉惊讶地发现,他手中握笔却迟疑不决。罗丽嘉急了,正当她焦灼地跳起脚来,她被乔迈洛猛然向她回头,眼神中充斥的忧郁和恳切震惊了。

赶快签呀!罗丽嘉忍不住张牙舞爪地向他打起哑语。

不可以出状况的!那样会让苏C受伤!罗丽嘉心急如焚地用手指指他身边的苏C。

无论如何她不想看到苏C受伤害,因为她深知,如果幸福之树突然折断,这对苏C是多么残酷的打击。

正当罗丽嘉惊措时,乔迈洛似乎下定了决心,他用某种清晰的眼神向罗丽嘉示意,仿佛在说,那么,好吧,至少我此时想清楚了。

然后迅速回头,毅然在属于他的位置上签下了自己的名字。

"谢天谢地！"罗丽嘉捶胸顿足地长舒一口凉气。

"可恶的乔迈洛竟然选在这个时候搞恶作剧！"罗丽嘉抚摸着快要跳碎了的心脏愤愤地想。

……

"看到他们了，就在那儿！"罗丽嘉听到波米的欢呼。

"噢！沸腾的Eikuy！"

埃依娜的尖叫更是差点让罗丽嘉碰倒路标。她抬眼望时，看到视线尽头扎眼的鲜花拱门和粉纱路引，它们起伏在青草之上、低矮灌木之间，节奏激烈的DJ版婚礼进行曲也浮沉跌宕于耳际。

三人到达后以最快速度把车泊好。然后，她们看到新娘苏C已经在她父亲的陪同下踏着花瓣漫撒的地毯甬道走向监礼官和新郎乔迈洛，由此可见，婚礼已在进行中，她们果真来晚了。

罗丽嘉迫不及待挤到了新娘子苏C的后面。这时，证婚人杰森到了，他示意音乐降低分贝，然后故意搞着搜遍全身也找寻不到证婚词的尴尬，而其实他根本不必做准备，他从事体育新闻多年，这样致辞只需半秒思考就可打发了。于是，他带着明朗的微笑朝所有来宾致意（用英语）：

"各位来宾：下午好！

今天，朋友们聚在一起，为了见证一桩美好的婚姻，我在此荣幸地替我的老友乔迈洛向大家宣告，他与心爱之人苏西贝拉已经于今天早上7点56分在注册官的监督之下，正式签署结婚证书，正式成为合法夫妇。在此我担任本场婚礼的证婚人十分荣幸……"

乔迈洛与苏西贝拉牵手笔直地站在一起。

罗丽嘉默默地站在他们背后，心里因为不能和苏C打声招呼感觉遗憾。

可是就在这时，苏C似乎还是感受到了罗丽嘉的内心，她趁着证婚人继续念证婚词的空当，小心翼翼地侧目，终于她看到她了，于是激动并大胆地回过头来，用一种焦急而又爱怜的神情看了罗丽嘉一眼。

为什么现在才来，让我担心死了！苏C用眼神嗔怪。

我又不是新郎官，干吗为我瞎操心！罗丽嘉示意道。

我想你尽快赶来，不然，我心里不能踏实！苏C比画着。

第三十一章　乔迈洛与苏西贝拉结婚

"不踏实？你的父母亲朋都在，为什么要为我而不踏实？噢，不要因为从今往后要倾心于乔迈洛却轻忽我就感觉不安才那样说吧，我又不会在乎，反正我也迟早要嫁人，所以不要感觉抱歉或者不好意思什么的。"罗丽嘉轻声说着。内心虽然仍为来迟而不快，此时却又因为苏C对自己犹如手足的亲情而备感慰藉。

证婚人的陈述仍在继续："乔迈洛在新西兰可是个响亮的名字，他在新西兰女孩儿的心中，可是惊才风逸、雅人深致的血性男儿，所以我们理所当然地以为惠灵顿、布莱尼姆或者是达尼丁的某位公主会成为乔治家庭的座上宾。可是，世事难料，因缘化合如此美妙，当一个人把近在咫尺的风景搁置一旁而被远在天边的尤物吸引着，那么，一定有一段非凡的爱情故事等待我们倾听……"

杰森拖着调侃的腔调，然后把目光转给乔迈洛。

"好吧！我接受这个有趣的提议！"乔迈洛识趣地接过了话筒，然后稍作沉思，几秒钟后，他对静寂无声的人群说，"其实，每个人的爱情都像一种意境，一种在云里雾里充满神往的境界，追求的路上，我们会不遗余力地想要挽住一双爱慕的手，因为一路的倾心烂漫感觉真的很棒，可是，你的意愿改变不了任何人，你手里努力握着的往往只是时空交错的惆怅。当然了，只要仍在路上，爱的意境还在，而终将有一天你到达时会惊讶地发现，其实属于你的一半已经到了，她坚韧守时、贤淑而又执着，当你感觉到了幸福，那便是上帝对你爱的约定！"

乔迈洛终于肯好好地表达了，他的话，让所有在场的人感动得近乎流泪，而苏西贝拉注视他的双眼更是满满的深情。

"亲吻吧！吻你的新娘！"台下起哄者高声呐喊。

于是乔迈洛拥抱妻子，热烈地亲吻她。

"这就对了嘛！"乔迈洛那令罗丽嘉感觉异常满意的婚誓终于让站在两人身后的她长吁一口气。

"看来注册时真的只是一个不起眼的小插曲！"罗丽嘉悠悠地轻叹一声。

本来嘛，就算想以情同手足的关爱对苏C负起责任，也不该无由凭借一个未知的眼神而对别人的情深意切感觉泄气！罗丽嘉自责着，然后带着欣慰的笑容闪回波米和埃侬娜的身边。她回头指着仪式亭上正在交换婚戒的新人，然后用自豪的口吻对她们说："你们说得没错！Unparalleled love（无与伦比或完美的爱情）！"

晚宴时分，罗丽嘉自在地在露天自助餐宴上喝着香槟，然后挑选喜爱的食物

慢慢享用：品一口开胃小菜，啜几口维希奶油浓汤，挑一匙凯撒沙拉，叉一块墨西哥薄饼，划一片法式鱼排，品一尾鲜果龙虾，然后，夹几片希腊秘制羊肉卷，添两匙加勒比椰汁奶油蛋羹。等到嘴里塞满梨木司蛋糕却难以消受的时候，她便手托带着灵异果香的香槟酒坐在乐队旁边的角落，一边脚下随悦然的心绪轻点提琴的节拍，一边透过橙红灯闪和浅蓝追光品赏缤纷菜品和来宾们的羽衣华裳，然后闻徐徐而来的缤纷花瓣的清香，放眼而望远处月色清雅薄雾冉冉崇山青厚……

许久之后，身后的嘘唏和骚动惊动了沉醉中的她。罗丽嘉回头，看见人们正盯住一个微有醉意的年轻男人。

至少，那人的饮食习惯与众不同，罗丽嘉观察了一阵儿，然后心想。

因为，她从他的斜对面，虽然看不清他的脸，却可以看到他喜欢在每样端来食品里，洒上他自制的调料包里的小调料，那些小调料，看上去碎碎散散，像是研磨粗糙的古时烟叶。

但再看就能明白，人们正在惊叹他有一种稀世珍宝，因为他可以随意把他放在任何口味的食物上，而不会被咸酸甜辣之类的口味相克，然后，它也许又有超级消化功能，因为自从那个男人加进了那些小调料，他已经当着他们的面，吃下太多东西，他面前的餐盘已经堆积如山，而此时他泰然的吃相似又说明他本人仍有强悍的食欲。

不可思议！罗丽嘉心里对这种贪婪男人充满了厌恶。

男主人乔迈洛察觉到这边的状况，他安顿好身边客人马上走了过来。

"发生了什么事？"他急切追问。

人们指向那个埋头大吃的男人，那翻倒的酒杯里的红酒流淌下来，浸湿了男人的袖管和膝盖。

"也许他喝醉了！"乔迈洛说着，正欲上前关照。

"纪甪？！"正在这时，罗丽嘉抢先一步冲了上去。尽管她自己也被这突然的发现差点惊晕，可她还是确认那人正是电话上推说自己有事脱不开身、无法到达的纪甪。

"怎么回事？"罗丽嘉羞恼地冲上前去，质问看上去神志不清的纪甪。

纪甪抬起头来。眼神冰冷、面无表情地看一眼罗丽嘉。

"好饿！我真的好饿！"他支吾着，把自己说得可怜巴巴，像是流落好久的乞丐。

第三十一章　乔迈洛与苏西贝拉结婚

气恼让罗丽嘉脸色赤红，她恨不得把他像只蛾子一样一掌拍死，好瞬时在人们的视线消失。

"帮他拿杯加冰水！"乔迈洛吩咐一旁的侍者。

"Don't mind, He was drunk!（不要在意，他只是喝得有些过头）"他安慰罗丽嘉，然后帮纪甪把手边一只碎成两半的酒杯移开，以免他不小心划伤手臂。

"没有关系吗？"他询问纪甪。

纪甪先是点头，接着摇头。

"走吧！赶快离开这里！"罗丽嘉极不耐烦地上前拉扯纪甪。因为在她看来，纪甪今晚近似荒诞的行为真的让她颜面尽失。不仅如此，作为身处异域的他国公民，纪甪还出尽了国人的洋相。

"最好有人一同前去！"乔迈洛有些担心。

"不必了，只要把纪甪的车处理好，我自己能行。"罗丽嘉谢绝了乔迈洛的好意。然后她使出浑身解数扶着纪甪朝599GTB的停车位走去。

夜风习习，午夜过后的天空异常昏暗。把纪甪靠在车边的罗丽嘉上前打开副驾位的门。这时，纪甪似乎被风吹醒，他站立起来，用手使劲捏按额头。

"好痛！我的头好痛！"他表情难过地嘟哝着。

然后他面部突然痉挛，等到罗丽嘉过来扶住，他已经"嗷"的一声，开始撕心裂肺地呕吐，罗丽嘉再也难以忍受，急忙回身从抽纸箱抓了一把纸巾抵住鼻子。

"真是疯了，竟然把自己醉成这样！"罗丽嘉恨恨地斥责，因为她想象不出纪甪遭遇了什么，自己和他最近的幽会仅隔两天，他的情绪竟然糟糕到要把自己灌醉的程度。

呕吐物不停地从纪甪那泄闸的排污管道样的肠胃喷涌而出，而且打呛的痛苦让他时而抽搐。

正当罗丽嘉再也压抑不住内心的愠怒，想要因纪甪今晚的荒诞行为暴发时，她掩闭不严的鼻息里还是无孔不入地钻进一股让人作呕的不堪气味，只是正是这种不堪的味道不但让她肠胃翻倒，更让她猛然震惊。

"酒精！没有酒精的味道！"她似乎意识到了事情的严重。

"纪甪，你没有喝酒对不对？"她扑上去抓住纪甪依然颤抖的肩膀对他嘶吼。

可是，渴望纪甪作出解释的她，却分明看到纪甪只是微微一怔，然后眼神闪躲地错过她质疑的眼睛，表情麻木地瘫坐在了地上。

　　罗丽嘉瞬时感觉浑身发冷，刹那间被一种阴森可怖的气息包围了，然后，她仿佛看见自己大脑中关于纪用的部分感染了具有完全毁灭性的病毒，那属于他的部分慢慢扭曲和瓦解，而因为病毒的传染，其他的部分也渐渐颠覆和混乱……

　　于是罗丽嘉确信，自己遇到大麻烦了！

第三十二章　关于那个大麻烦

回到Carlton 226A，罗丽嘉傻呆呆地兀自在地板上坐了好久。

湿凉之气刺激着罗丽嘉的关节，很久之后，当她僵硬地起身爬向电脑时，她决定向叶梓瑄求救。

大约半小时，叶梓瑄出现了。

只是，罗丽嘉此时似乎又失去了求缓的勇气。

这种茫然的心情，不知对朋友意味着什么！

于是她犹豫不决地在上线和离开的按键上打转。

"出来吧！没工夫跟你躲猫猫！"叶梓瑄因为熟识了罗丽嘉的上网规律而猜测她可能在，于是以假乱真地呼唤，看似识破了罗丽嘉隐身的把戏。

"正愁新闻无处播报呢！"叶梓瑄几乎没有看到留言般以兴奋的口吻发来信息。

"是的，我在的！"罗丽嘉拿出面对现实的勇气打开语聊。即使她仍然不能确定如何表达内心。

"陈历失踪了！"阿瑄释然地耸着肩，眉宇间流露出发布重大新闻的痛快。

"陈历是谁？"罗丽嘉无精打采。

"嘀，让南太平洋的海水洗脑了吧？当初还是你最先提到这个名字的，不会出国前所有事情都忘了吧？"叶梓瑄板起面孔，一副生气的样子。

"想起来了，北大教授，纪甪的导师，最重要的身份是生命工程科研带头人。"罗丽嘉神情黯淡地回忆着。

"哦啦，就是他！一个在国内生命科学界极有影响力的大人物，听说好几项成果都是世界学术界的大咖，可现在突然被报失踪，而且失踪日期和地点都不能确定。因为，据说他前往美国与妻女团聚的决定本身就很诡异，知情人透露说，他根本与美国的家人极少联系。"

"陈历性情古怪又长久独居，视财如命，是典型的土豪教授。所以警方怀疑是谋财害命。但一直没找到尸体，所以仍在调查中。噢对了，我记得你说，纪甪那次事件之后去了陈历那里对吧？如果那样，保不齐纪甪知道一些细节，而且按时间推算，陈历正是在那之后不到半年的时间失踪的。只不过如今如果警方想要联系纪甪，是不是需要通过一些使馆方面的协调了，毕竟人家现在可是加入新西兰籍了。"叶梓瑄话语里带着一丝的嘲弄。

"啊，这个……"罗丽嘉有些恍惚。

"不过估计这事对纪甪应该没什么影响的，只是简单地了解一些情况，本来嘛，警方也没必要大惊小怪的，我觉得陈历那种古怪老头儿，一时冲动想要学古人那样隐身穴居之类的，或者把自己流放到什么地方逍遥去了也说不定。"

叶梓瑄滔滔不绝。

"可是，也许事情没那么简单！"罗丽嘉深沉自语。

叶梓瑄似乎注意到什么，于是她急忙打住，凝神问道："说说吧，你急着找我有什么事？"

"刚才你说的事情，让我心里更乱了！"

"不可思议！得了吧，陈历是谁？其实与咱没关系，所以管他是死是活呢！"

"真的有些复杂，怎么说呢，我突然发觉自己并不了解纪甪。"罗丽嘉异常严肃。

叶梓瑄怔怔地，停了两秒之后点头表示理解："也是，想要真正了解一个人并没那么容易的，人其实蛮复杂的，就像现在的我，也许喜欢上那个人了可又没那么确定……"

换作往常，好友坦言如此秘事，罗丽嘉必定取笑、数落、借机玩闹一番，可现在她连关心一下那个人是谁的心情都没有，烦乱让自私占了上风，于是她说了抱歉匆匆下线了。

两天后的中午，纪甪打来了"醉酒"事件以来十三次拒接后的第十四通电话。

"好吧，反正那个沉重的开脱借口他迟早要丢给我！"罗丽嘉边说服自己边接通电话。

"丽嘉，我不想请求你的原谅，也不想改变你的决定，但在你做出决定之前，我只想坦白一个绑架了我很久而且唯有以你的受伤来替我埋单的故事。"纪甪并没挫折者的卑微，反而异常镇定。

第三十二章 关于那个大麻烦

使他快乐得像个孩子,没等大家回应,他已经拿到香槟跳跃回来。

"不如一起喝一小杯Taittinger!"他建议道。

"好啊好啊!"嘴塞鹰嘴、豆手抓啫喱糖、怀抱榴梿酥的埃依娜一副正中下怀的模样。

"而且……"她拖长声调嚷嚷道,"我们特想知道你们出走的两个月里都发生了什么!"埃依娜挤出神秘鬼脸,但马上又换回无辜表情开脱道,"我当然是指那些,就是见识之类的,毕竟我们,或者至少我还是一个未经世事的孩子!"

埃依娜的夸张和可爱让大家笑到气短。

"是的,我明白,但事实会让你们失望,我和苏C没拍到什么,而且我们也没去研究古迹胜地,但两个月里她在波兰和法国的民间建筑及我在金属铸造和航运船舶方面的收获还不错。"

埃依娜流露出不解的眼神,乔迈洛则兴致盎然。

"不过也有别的新闻。"他畅快地喝了一杯,然后继续。

"没想到我的大学同窗安东尼远赴巴黎深造的路上造就了一位政治家夫人,知道这位女政治家是谁吗?其实我也不清楚,可是安东尼这个金融疯子却把关于自由民主、劳工利益、欧洲议会与她紧紧联系在一起。"

短暂停顿之后,乔迈洛接着说:"还有,关于我的岳父,这个印度男人也不简单,他是印巴第三次战役的十几万印度参战者之一,他一生的荣耀来自他左前胸因迫近心脏而无法取出的半枚弹片,以及因它所带来的1976年印度政府频发给他的金质勋章,但最近那位亲爱的勇士正在为他的退休金里没有半分钱来自政府对他参战的奖赏而恼火。"

苏C盯着乔迈洛八卦的样子无奈地微笑着,脸上却透着粉粉的幸福。

这个俱乐部,热闹的下午,几乎让每个在场的人都感受到了清新草莓味道,而罗丽嘉除外。虽然她没有表现得不自在或者悲伤,但在内心,总有浅浅的酸涩让她开心不到曾经的海拔。

夕阳透过落地窗染红地毯的时候,乔迈洛在波米想要品尝他厨艺的呼声里走进了厨房,埃依娜、萝玲她们则把剩余的热量挥洒在跳舞机上。

罗丽嘉说了声"想要透透气"独自上了二楼阳台。JoKiH的别墅因靠山面海的优雅而阳台开放。没有玻璃,更不设围栏,超阔的空间里除了木质的桌椅以及其他质朴的摆设之外,充斥其中的便是泥土的芬芳和山毛榉的青绿。两米外山脚下随风而晃的pohutukawa和新西兰特产常绿树结出鲜红待开的小朵红柳科灌木

或小乔木，枝枝都是紫色或棕红。

西山不觉远的情境更加刺激了罗丽嘉的感伤神经，那个比纪用打了学生逃跑失踪更严重的问题已让她到了崩溃的边缘。她突然产生强烈地想要回家的意愿，回家，是的，自从她离开上海来到新西兰，这个个性独立的女孩一直快乐地生活着，把一切都安排得妥妥帖帖，没有因为任何问题想要向上海的爸妈求助，而此时她却对他们产生了深深的思念，有着扑到妈妈怀里大哭一场的饥渴。

妈咪，我该怎么办？她在内心默默地哭泣。

"Ruijia，我可以进来吗？"端着咖啡敲打阳台门的是苏C，她的尊重总令人感激。

"没有关系！"罗丽嘉点着头应着。

"我猜你可能在这儿。"苏C坐进对面，轻轻递过来咖啡。

"你看起来不太对劲！"苏C关切地注视着她。

罗丽嘉犹豫着，然后十分认真地问苏C："你给乔迈洛打多少分？"

苏C先是一怔，然后嫣然一笑说："哦，我明白了，和你亲爱的纪用吵架了对吗？"

罗丽嘉摇头又点头，弄得苏C一头雾水。

于是罗丽嘉把关于Eikuy以及自己独自去见Lifueo医生的事情和盘托出。

"纪用这小子的确有点不可思议。"苏C紧了一下眉头说。

"但，现实生活中，这种情况确实有。我九十二岁的曾祖母就是一个非常怪癖的家伙，知道吗？她患有严重的幻觉症，据说她年轻时最严重的一次错误是当着她丈夫的面狠命抽了一起下楼的一位新同事，因为她一直幻觉有女人在勾引她的丈夫，而那个倒霉的女人刚从别的公司调来，甚至根本不知道身边那位男士叫什么名字。但她的婚姻十分幸福，因为她有一位细心而体贴的丈夫。"苏C搅动着咖啡，注视着罗丽嘉。

"当然了，不是每个人都能忍受那些令人发毛的怪癖，所以，我是说，如果心里实在过意不去，就不要为难自己。"她建议道。

"可是，按Lifueo所说，现在分手，只会害他更糟。"罗丽嘉神情忧伤地说。

"啊哈，你担心他了对不对？这说明除了这点小缺陷你还是很在意他的，既然这样，干吗不找他好好谈谈，一个人躲在角落里折磨自己可解决不了任何事！"

她侧脸看一眼山际，而后郑重地说："所以，给乔打多少分我并不考虑，他看上去一切还好。"苏C神秘地眨眨眼睛。

"告诉你吧，其实两个家庭背景、生活环境各方面都不一样的人在一起，想要永远保持彼此眼中的完美根本不现实。不过还好，我有爱情小苏打，它可以帮我调节生活面包的酸碱度。"

　　"小苏打？"罗丽嘉疑惑不解。

　　"就是爱和包容啦！"

　　"好吧，这次，我也试试小苏打，但愿它能帮我把那个大麻烦溶解掉！"罗丽嘉幽幽地说，然后她突然闻到了楼下美食的味道，于是揉揉饥肠辘辘的肚子嚷嚷道，"我饿坏了，现在再多麻烦也挡不住我横扫饥饿、活力四射的冲动了！"她快活起来，跳跃着飞奔而下……

第三十三章　克里帝安的科研所

对于学业进程，天赋和平凡有着惊人的差距，许多同窗在学期末为考试挂科准备补考时，罗丽嘉却顺利通过了博士学位课程的申请。

因为导师克里帝安教授的博士生站在南岛的克伦威尔（Cromwell），因此，罗丽嘉只得通过轮渡把车和行李从北岛打包过来，又花了些时间收拾租到的房子，一周后，罗丽嘉收拾妥当，然后她带着半年后完成旷世学术论文并站在NEOHEM论坛上发表演说的美好梦想，前往拜见导师。

作为AL-NKHBE研究中心的一员，四十岁的克里帝安教授有着各种各样的兴趣，他喜欢篮球、钢琴乐和各国的政治丑闻，而他儿时的最大梦想是当一名电台音频师。

对于克里帝安来说，除了这些消遣，他还有另外一样引以为豪的秘密法术——读心术。所谓读心术，他是这样理解的：当你面对一个熟悉或并不熟悉的人，你可以通过和他交流、观察他的表情或站立状态，来判断他的内心。这种法术似乎与生俱来，自懂事起，克里帝安便懂得安慰妈妈不要为了生活琐事而焦虑，对于和父亲的相处，他则尽量在他脸有怒色时远离或少搭腔。而工作之后，他能读懂别人的信任与尊重，而每当遇到想要让他当众出丑的学生，他都会毫不客气地对他说：我也是个浑蛋！那么，让我们现在就去找院长，让他来决定今天哪个浑蛋可以留下！

只是，让克里帝安头疼的是，在维系他与妻子Lidia的关系方面，这种法术毫无法力。Lidia是个喜欢交往和不计奢侈消费后果的女人，当他感到担忧并与她严肃交谈，她会表现得善于听从，并深刻反思，但事实上她不会改变任何主意，而且，后来还迷上了一种叫作圆满收益（A satisfactory income）的投资。

"不要理会那些零风险和收益无限的陷阱理念，掩饰得再深，也是打着民间投资幌子的融资诈骗！" 克里帝安凭借直觉告诉Lidia这样做非常危险，然后十

第三十三章 克里帝安的科研所

分小心地把握自己的收入账户，生怕她转走那笔他们结清了别墅贷款之后的唯一积蓄。可是，这个冲动的女人竟然选择透支信用卡账户，而且一下子从两张信用卡刷走了100万纽币。

"这会让我们一夜之间变成债务缠身的穷光蛋的，你难道不知道，那些透支的钱需要还高额利息吗？"

为此，昨晚两人大吵了一架，而Lidia，直到最后仍然偏执地崇拜自己的判断和掌控力。

在别人眼里，我的财富可以买到私家飞机，而实际上我一直濒临破产的边缘，因为Lidia花钱的兴头总蹿到我薪水到手之前！他愤愤地想，因此他为家庭和婚姻的状况而头疼万分。

离婚！我坚决要跟这个疯狂的女人离婚，等寄宿的儿子回到家，马上离婚！

时间过去十几个小时了，克里帝安仍然难平自己所面临的窘境的愤怒。

正在这时，助手Keli敲门进来。

"安教授，刚刚我替您接受了3月份在柏林举行的生物医学国际学术研讨会的邀请通知，请您提前做好赴会计划和工作规划，以免冲突。"

"什么？"克里帝安脑袋"嗡"的一下炸了。

"谁允许你这么做的？去欧洲那么遥远的地方参加研讨会需要大量时间和精力，更要命的是要倒几个小时的时差！这些你难道没有头脑去想一想吗？"恼怒让克里帝安"腾"地从椅子上站起来，大声吼道。

"可是您之前说过要去，而且吩咐我留意他们的帖子……"科利有些发蒙，喃喃地解释。

"闭嘴，我刚才说得不够清楚吗？马上把它回复掉，不然，一切后果自负！"

克里帝安莫名的责张把科利吓得赶紧退了出去，他感到委屈，却不知是哪里出了问题。

他仍在想离婚的事，所以心情糟糕透了，因此连平日里热衷的研讨会之类的也成了负担。他恨恨地想要找人打一架的冲动让他把桌上的文件一把扫到地上。

"哗啦啦"的声音让门外的科利更加不安。

就在这时，电话响起。三声之后，克里帝按捺不住响铃的烦扰，便冷哼哼接了起来。

"他不在！有事以后再说！"虽然听到对方要找的正是自己，他也没等对方再发话便挂断了电话。

205

现在，他知道自己需要调整一下情绪了，因为他非常明白，发泄解决不了任何问题，况且，刚才未免过分了。于是，他做一次深呼吸然后转身走向窗台，把虚掩的窗子完全推开，一阵带着阳光味道的凉风吹走了他内心太多的焦灼，让他平静了许多。于是他再次深深呼吸。

楼下不远处，一个衣着时尚、身材高挑的年轻女孩半靠在街口橱窗外，她站在那里的感觉是那么舒适和优雅。微风中，她淡蓝墨点的丝巾轻轻拂起，她脸上铺满了阳光般动人的灿烂浅笑，然后她仰望天空，静静地注视着某个方向，仿佛那里生出无限梦境……

久失美好洞察的克里帝安突然被这一幕的唯美憾住了，他浮想联翩，想象着一个年轻的自己正从停车场外拐弯处向女孩儿走来，镜头里，距离一步步拉近，然后，他们的目光相遇了……

最近，他的内心空空的，突然感觉除了婚姻和女人，他特别需要一场柏拉图的倾诉。想象中的那个人，即便并不像刚才那个女孩那样年轻，至少她知性而体贴，哪怕她是一个中年妇女，只要她独特而面带笑容。是的，他一直期待那个倾听者的出现。

电话再次响起，克里帝安从恍惚中缓过神来，他再次接通电话。

对方仍是刚才被拒的那位。

"抱歉，我是克里帝安教授的学生，麻烦您告诉我除了这部电话，还有什么方式可以联络到他？我们约好下午见面，可是……也许我没搞清楚约定的地点。"

女生急切的声调终于让克里帝安彻底清醒过来，他在短短的几分钟里不仅冒犯了忠实的科利，还完全忽略了约好十分钟前与新生的见面会。

正在犹豫，他看到楼下的女孩儿也在打电话，而且此时的表情完全没有了刚才的轻松自在，而是一脸的焦急。

"天哪，难道……" 克里帝安似乎想到了什么，于是他问，"请说出你现在的位置。"

"AL-NKHBE研究中心楼下！"

是的，的确是她，他看得非常清楚，她刚才说到自己就在楼下时，甚至抬头往他的窗口这里轻瞄了一眼。

"我都干了些什么！"他恨恨地责骂自己。毕竟，他并不是真正的浑蛋，对待学生，他一直把自己当成超级奶爸，他们越是有个性、越是可爱，他越享受这种柔软父爱的自豪感。

第三十三章 克里帝安的科研所

所以,他为自己那些错愕的情绪及冒充助手拒接电话的做法后悔不迭。

而且,没有科利我怎么收场?克里帝安更加没了主张……

乱糟糟的一天因为见面会的结束而结束了,当学生们离开,克里帝安稍稍平静下来。现在,他需要认真考虑另外一件事情。那是国际生命科学学会特别任务组组长翰默森来AL-NKHBE考察时两人之间的一段非学术性探讨。

他对他开着严肃的玩笑,说:"在研究领域,我们的空间无限广阔,但嗅觉灵敏的恐怖幽灵却在我们前进的路边游荡!因此,我们需要新的参与者,他们的任务异常艰巨,我们之前的法律条文早已过时,我们不仅需要新的参与者,更需要一批像警察一样来监控那些有着不端行为或险恶阴谋的人。所以,我需要你精英队伍里的精英!"

无疑,克里帝安是忙碌的,他除了固定在周二的实验,还要致力于资金申请、查收邮件、修改论文、对每个人在认知和研究中所遇的难题进行解析等各方面事务。

但,对于选拔精英中的精英这件事,这可是那些年轻人千载难逢的机会。

所以,假如这七个孩子当中有巨龙存在,我必须制定一个尖端的方法把他从那几个人里挖掘出来。毕竟,他们已经是智力和能力的佼佼者,所以那些简单的体能、技巧,甚至理论测试是没用的。他默默地想。

罗丽嘉顺利地通过了面试而正式加入七人之列。

两个月后的某天,克里帝安决定做一次深入的课题讨论。

"大家准备好了吗?"克里帝安问助手科利。

"是的。"科利回答。

"地点在哪儿?"克里帝安再问。

"七楼的活动室!这些家伙好像把大部分时间都浪费在那里了。"科利有些不能理解。

"没有关系,我赞同他们的不拘一格,我一直认为,躯体的热能与大脑的亢奋可以互相转换。这是人类肌体的物理现象。"他喜欢灵活的人和事物。

九点钟,活动室里除了磁控划船机、自由力量训练机和跑步机的运转,还多了课题讨论的声音。

"LKKJKE细胞里的水离子是箭条形的,它在绘图中影响了与LKKJKE细胞的框架。如果不示范,又达不到效果。"杰尼迪亚说。

"箭条形规范示意在《图例》的第一百五十三页中,你如果有时间应该找到

它,并把其他的图例全部掌握,我们未来的超链接章节常常运用。"

"称为'Y连锁遗传(Y-linked inheritance)'或'限雄遗传'或'全男性遗传(holandric inheritance)'现象。如一种罕见的毛耳缘性状只限于男性。"交流生瑞恩说。

一个小时的热烈讨论之后,克里帝安建议大家休息,喝汽水和冰饮。科利推门进来。他走到克里帝安面前,低声在安教授耳边嘀咕了几句。

"好吧,让他进来!"克里帝安点着头说。

科利离开了,一分钟后,一个身材瘦小、神情沮丧、名叫杰森的男生径直站在了克里帝安的身边。

"安教授!我的毕业论文修改过了,请您高抬贵手让我通过吧,我已经不想在这里继续待下去了。"他把自己说得可怜兮兮的,而克里帝安依然面无表情,一味地严酷。

那么,把你论文的主要部分念给我听。

"慢点,把OENN-LDKLH部分重复!"克里帝安命令道。杰森只好重新大声读了一遍。

"这样吧,我需要时间详细阅读,所以,你回去等通知。"

杰森离开之后,克里帝安拿着他的论文翻看了几分钟,然后他招呼大家解散。

"稍等!"大家正议论纷纷离开时,克里帝安突然又把他们叫住了。

"刚才杰森论文中所涉及的问题大家可以回去研究讨论一下,每人给我一个意见,我会考虑大家的建议来做是否让他毕业的决定。"

两周后。克里帝安收到了七份关于杰森毕业论文的讨论稿,其中有六份持否定态度,原因是关于OENN-LDKLH那里有最突显的错误,所以不能通过。

而来自中国女孩罗丽嘉的讨论稿长达十五页。她不但建议克里帝安应该给杰森多一点时间让他再稍加努力把一个小小的失误纠正了,而且她说杰森的论文相当出色,她自己通过七个昼夜的努力才把他论文中全部的实验检验了一遍,结果发现杰森论文中关于ZCV的部分是个非常独到的成果,而且他的理论结构也完全成立,可以说,它才是他论文的中心论点。而至于那个关于OENN-LDKLH的小瑕疵,与这个新锐的ZCV比起来,根本算不上什么。

当克里帝安把罗丽嘉的讨论稿再次翻看了一遍,他内心激荡起来,他深深地感到,这个来自亚洲的二十一岁女孩非常不简单。

第三十三章 克里帝安的科研所

罗丽嘉当然不会知道，那天在活动室里进行的，只是一个仿真的"考验话剧"，克里帝安要在他们当中找出优胜者，给他或者她送上那个去国际生命科学学会应聘的机会。克里帝安认为自己和杰森的表演实在拙劣，因为没有时间彩排而后悔，但他确信这并不影响效果，因为除了他和杰森、科利三个人，没人知道。

克里帝安想到这是非常艰难的考验，但他更加明白作为未来的专家、学者，没有挑战的勇气和缺乏探索的魄力是多么可怕。而他对于考验的这些技巧则来自他小学六年级的科学课，那时他的老师常常拿假象来考验他们，而有一次他说到自己的汽车是有机体时，竟然大有人信，但克里帝安经受住了考验，他先想办法搞清了什么才是有机体，然后去汽车装配工厂对汽车进行了一番细致的观察和研究，结果得出正确的结论，那完全是两码事。

罗丽嘉做到了，而且让他震惊。

但，想要通过克里帝安这一关，是注定要费些周折的，因为他有着关于责任的使命感，因此，他决定考察一下他们敏锐的洞察力。

不久之后，科利接到克里帝安新的安排，他被要求带学生们去研究所的陈列室参观，然后每人提交一份简短的主题报告给他。

"告诉他们，这份报告要求排除一切与学术相关的，主要体现个人兴趣，不要冗长，只要有血有肉。什么史前物种、恐龙的骨骼、沙特的陶器、著名美学家苏珊·朗格的关于艺术与符号的论调之类的，只要是与陈列室的存在相关都行。"

七份报告三天后摆在克里帝安办公桌上了。报告大多十分粗糙，甚至有人利用这个机会写了关于雇用的报告，以示心中传言中所说的教授利用学生搞自己的实验等质疑和猜测。

当克里帝安拿到罗丽嘉的报告，她的"关于PRO6"的题目已经吸引了他的注意力。因为她报告里提到的那款全球最先进品牌之一的多功能调音台，是一件在陈列室待了六年的他最珍爱的私人藏品。

当时克里帝安看到有人要廉价处理掉还是八成新的PRO6时，他儿时对音频师这一高雅职业向往的情愫又纠结起来，于是他没有犹豫便花去大半个月的薪水把它买下了。因为他一直把AL-NKHBE研究中心当成自己另外的家，因此，他把它和多佛尔海峡打捞的沉船浮木同时送进了当时还在闲置中的陈列室。

她在报告中把PRO6比喻成被搁浅的鲸鱼，因为她注意到了那层因他的忙碌

而无人问津的光线下的尘埃。

她写道：

当我看到它躲在角落里，心中有小小的惊喜，想象不到AL-NKHBE里竟然容得下PRO6这么艺术而意外的物件！

于是我请求科利："可以动它吗？"

感谢科利痛快地点头。

于是，我内心渴望从CD桌上找到乔治温斯顿的《十二月》，那是我最钟爱的专辑，也是乔治温斯顿最闻名的作品。谢天谢地，它真的就在大堆的光碟里面。

乔治温斯顿是个血液都在流淌音乐的人，音符从他的指尖流出，一个用生命诠释音乐的天才，能用世界一流的PRO6还原他的音乐，我是多么幸运。

当我把《十二月》交给PRO6，它便带我走进了当年乔治温斯顿演出的音乐大厅。于是，剩下的一个小时里，我独自享受了一场完美的钢琴音乐会。PRO6让我产生另一种剧烈的渴望，我渴望同时拥有第二生命，也好在生命科学之外，把第二生命交给音乐。在这个普普通通的清晨，PRO6以它非凡的音乐复原效果给了我从未有过的音乐震撼，很难想象让平凡的我在那个瞬间成为钢琴卓绝大师乔治温斯顿与PRO6这么完美的契合。

克里帝安不假思索，在罗丽嘉的主题报告上打了个巨大的满分。

然后，他用半小时敲定了推荐信。他确信她就是那个幸运儿。

当然，罗丽嘉有必要做出自己的选择。

"太棒了！这么说我有可能走国际路线是吗？如果是那样，就会有机会和联合国的官员打交道，那就相当于和国际外交官一样的级别了，呀，这可比闷在实验室里搞东西的生活好过多了！" 罗丽嘉犹如舞台上跳疯了的舞者，兴奋得眉飞色舞。

"耐心等待通知吧，用不了多久，翰默森会给我满意的答复的！"克里帝安对这一事件充满信心。

几个月的忙碌宁静之后，博士站申请到了新项目的雄厚资助基金，于是，AL-NKHBE里一片沸腾，他们决定开个小小的Patty以示庆祝。

庆祝那天，Ruijia（罗丽嘉）带来了她的男朋友。克里帝安并没太大反应，因为他之前也见过那个叫纪甪的小子，而且多少也知道他在生命科学界有不小的名气。但他对他的印象并不好，他低落的眼神有种难以想象的沉闷。

第三十三章　克里帝安的科研所

大家在餐厅里把桌子拼起来，边喝酒边歌唱，有人把餐盘敲到无比的响。这些仍在癫狂年龄的年轻人总有用不完的兴奋，克里帝安记得他自己的这种疯狂状态持续到儿子九岁。而现在，他认为自己在他面前保持一种沉稳、内敛的男人气质非常重要。

可是，正当克里帝安谈着一通无关紧要的电话时，他发现Ruijia和他男友之间出事了，他们扭打在一起，而且令人惊慌的是，两人间划过尖刀的闪光，然后便有人在惊叫，仿佛出了命案的那种。

克里帝安疾步上前，拨开旁人，然后他看到一把带着鲜血的尖刀、Ruijia的男友血流如注的左手以及吓到脸色苍白的Ruijia。

"摁住伤口，看样子非常严重！" 克里帝安急促地喊道。

有人已经把手握上去了，血依然汹涌而出。

"拿毛巾或丝带把手腕勒住！马上送急救室！"他在嘈杂中发出指令。

然后，他扶住了即将晕倒的Ruijia，而且，他大体观察了一下，可以确定她没有受伤。

"究竟怎么回事？"他边扶她坐下，边急切地追问。

罗丽嘉眼中噙满泪水，却痛苦得说不出话来……

第三十四章 分手

克里帝安疑惑重重，事发突然，他有些发蒙，因为在他的地盘还从没发生过如此严重的事件。

等到Ruijia稍稍平静，他再次试探式地轻声问道："感情出问题了？"

"不，不关感情的事！" Ruijia回答时表情忧郁，然后，也许终于醒过神来，她开始委屈地抽泣。

"那个，从哪里来？" 克里帝安指着带血的"凶器"低声追问。他不能想象Ruijia这么纤弱的女孩因为什么拿起了武器，甚至他根本不敢相信是她要对自己的男友行凶。所以，在他没有弄清是谁伤害了谁之前，他不能妄加责备。

"不知道！我也不清楚，我们一直在争论他的坏习惯，纪用他曾发誓甩掉暴食症，但不知为什么，他突然拿到了刀割自己的手，第一刀没那么重，我想阻止他，所以，也许，也许是我不小心伤了他……" Ruijia边哭边难过地自责。

"这与你没关系，他在自残！而且幸好没弄伤你！" 克里帝安因Ruijia哭泣得有些颤抖而心焦。他压住内心对那个叫纪用的小子的厌恶，尽量语气平和地安慰她。

他们都沉默了一两分钟。然后，克里帝安决定找个合适的时间，与Ruijia好好捋捋这件事情。

第二天，克里帝安在音乐礼堂看完一部资料幻灯片后，让科利把Ruijia约了过来。

"安教授！"心情沮丧的缘故，她没心思继续开"安大叔"之类的玩笑。

打亮了所有灯光的礼堂宁谧而净洁，克里帝安隔过道坐在了Ruijia的侧前排对面。

其实，克里帝安想了许多活跃气氛的开场白，但看到Ruijia忧郁的样子，他先沉默了一会儿。

第三十四章 分手

"我们聊聊昨天的事!" 克里帝安还是开口了。

"你心里怎么想?" 克里帝安注视着Ruijia,希望她尽快摆脱忧郁的困境。

"很害怕!而且也想不明白,纪甪为什么要那么做?" Ruijia又伤心起来,但这次她没哭。

"这也正是我想弄清楚的,他为什么会那样做!不过你不要担心,而且你要勇敢。我记得我的前辈喜欢说这样一句话,他说,看事情最好往它的深处想一想,也就是说,学会追根溯源,把它的本质摸清楚,这样分析起来会很容易了,做学问是如此,其他世事也如此。"

Ruijia沉默着,但她点点头,表示赞同。

"那么!"克里帝安坚定起来,他终于决定,无论如何都要帮Ruijia把事情解决掉,他真的不忍心看Ruijia这种消沉的状态。

"如果你能信任我,我想说,我们以往要研究一个课题的话,需要一些持续的资料,也就是说,你能给我一些关于纪甪的片段吗?就是你们相处过程中,他所表现出来的非个人隐私的但又比较特别的那种。"

克里帝安让自己的语气尽可能平和。

"是有一些不对劲!" Ruijia若有所思地说。

"这么说,我的感觉是对的,我看到那小子的眼神有点特别,是不是阴暗或扭曲我说不好,但总感觉他忧郁的眼神背后,一定有许多不为人知甚至不可思议的东西。" 克里帝安暗自为自己直觉的敏锐而自豪。

Ruijia此时在克里帝安眼中看到的是那充满智慧的光芒。她一直欣赏和信任这种光芒,于是她开始回想。

慢慢地,记忆之门打开,Ruijia像同谋揭发罪案同犯一样,尽可能详尽地把也许有用的东西挖掘出来。

她从回忆里把一些重要的东西过滤出来,并讲给克里帝安听;同时,Ruijia在说到某一细节时,突然感觉自己在面对Lifueo医生时是那么草率,她当时甚至漏掉了许多重要的东西,比如纪甪时常面无表情,或者他恐惧时会脸部抽搐以及他时常从另一种状态中醒来……

而克里帝安则严谨而细致地在纸上做着笔记,并试着像他见过的那些关注心理的专业人士那样把关于情绪、动作、语言的细节归类。他对自己关于读心术的研究或者说对人的心理的透析很有把握,因此,他此时的专注让人怀疑他已经完全进入一位职业心理咨询师的状态。

等到Ruijia把她认为重要的东西梳理完，克里帝安却并没停下，他把目光飘浮在过道上沉静地思索了一会儿，然后他开始在纸上边写边画。认真整理了一会儿之后，他抬起头，眼中闪过一丝欣慰的光芒。以此来证明自己判断的正确性，仿佛他在那些纸上拎到了一只发狂的鹰并把它踩出嘎嘎叫的声响。

"你看！"克里帝安把那些画得很满的纸递到Ruijia面前。

"这是几组数据图，它是目前最权威的一种心理测试方法，其实也是套用了一些筛选公式，它的原理是，如果把那些符合条件的编号填在空缺的位置，就能得到编号的概率，假如所有概率相加达到了C点的话，那就具有很高的心理变态或扭曲的倾向了。"

Ruijia内心强烈的不安促使她瞪大眼睛，但，她还是唯独看到了C的标志。

"很可怕吗？"她楚楚可怜地望着克里帝安。

"至少并不安全！"克里帝安坚定地说，"比如像昨天那样的情形，假如他伤害到了你，也许今天我们应该是在医院里谈话了。"

Ruijia感觉有种黑色液体慢慢从她的脚底向她全身侵袭，让她像中了毒一样沉重到瘫痪。

"其实我去找过心理医生了，可那时，我不知缘由地把有些细节隐瞒掉了！"Ruijia陷入深深的自责。

"我能理解。你其实一直不敢面对现实，也存在侥幸心理，所以一直自欺欺人地在默默祈祷一切都会好起来。"克里帝安边安慰她，边把那些纸扣到膝盖上，他恨不得让它们完全消失。因为正是这些东西可能要让Ruijia难过好一阵子。

"我该怎么办？"Ruijia抬起头，眼神是那么苦楚和无助。

"按理，这话我不该说，毕竟，你们感情上没有问题，所以这就难办了。但是，假如假设存在，你愿意做当年睡在'死亡医生'希普曼身边的那个女人吗？……"克里帝安停顿下来，他相信Ruijia能懂他后面要说的，所以他也不必明说。

而其实，Ruijia来这里之前也许已经有一个模糊的决定了。因为她昨晚做了一个比昨天事件更凶恶恐怖的梦，她梦见两人在高架桥上，纪甪拿着刀逼她跳下去，这个梦让猛醒的她惊出一身的冷汗。

"好吧，我知道没有可选的！"Ruijia不再犹豫。

隔了几天，没等Ruijia抽出时间找纪甪，纪甪已经没事人似的打电话来了。

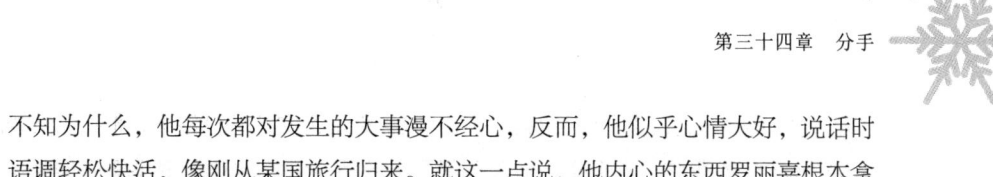

不知为什么，他每次都对发生的大事漫不经心，反而，他似乎心情大好，说话时语调轻松快活，像刚从某国旅行归来。就这一点说，他内心的东西罗丽嘉根本拿捏不准。

"亲爱的！"他底气十足。

"我最近在想，我们的爱情菜单里，有些东西的点击频率已经很高了，比如鲜花、约会和亲吻，但有一样儿也许遗漏了。"纪甪放慢了语速，他在等待Ruijia的回应。但Ruijia根本没心情。

"我是说，我们需要一款爱的容器，把我们所有的幸福都装进去，不要再让它们流落街头或随风而逝了。"纪甪像吟诗一样发挥着他的浪漫。如果换在过去，也许罗丽嘉仍会为他无处不在的才华满心欢喜，而如今，在她看来，那只是一个虚伪的小丑正在无聊地卖弄他的演技。

"有什么话你直说！"罗丽嘉语调漠然。

"哦，忘记了，你最近很忙，那好吧，周六你应该有时间来我这儿吧，到时候我们再详谈，而且这次的约会地点改了，我把地址发你手机上，如果找不到就提前打电话给我！"

纪甪自顾自地说完便把电话挂了，使Ruijia原本无助的心更加凌乱。

周六，罗丽嘉按照纪甪发过来的地址去了新约的地点。因为她十分清楚，给一段虽纠结但漫长的恋爱画上句点，可不是一句冰冷的"我们分手吧！"可以解决的。

新约的地点不是茶餐厅也不是公园、影院，而是一处位于达尼丁黄金地段的高层复式豪宅。罗丽嘉之前有听说过这里，因为她崇拜的新西兰舞蹈明星艾丽娅·迪迪移居法国前在网上拍出九百万元高价的正是此处的一套住宅。

初冬黄昏的达尼丁特别冷清，罗丽嘉很想问下路人，她手上拿到的地址与眼前的地段有没有出入，但两个匆忙而过的车主并没在意她的请求，她只好继续按号牌找了上去。

十七楼的门开着，透过门厅的灯光罗丽嘉看到纪甪果然在。他正忙着和几个工人模样的人谈话。于是，罗丽嘉心想，也许是应新朋友之邀吧，这样一想，她便出于对房屋主人的尊重敲了敲门。

"亲爱的，进来之后把门关上！"纪甪回头这样对她说，然后继续与那些人谈话。

没有主人模样的人出来打招呼，而且，罗丽嘉看到这里正要装修，而他们的

谈话内容表明那些人正是施工者。

纪甪大概不想让罗丽嘉等很久，于是大约三分钟，他便草草与他们结束了谈话。

"亲爱的，尽情地参观一下，装饰结束之后，你就可以以女主人的身份住进这里了！"纪甪看上去也正在兴奋，而罗丽嘉的思维无论如何都衔接不上。

"你把这里租下来了？"罗丽嘉有些惊讶。

"不是租，是买，亲爱的，我们需要有未来，而我们的未来需要容器，爱的容器我说过的，你忘记了？"纪甪难得一见地欢快。

罗丽嘉有些眩晕，感觉幻觉和现实近一阵远一阵儿地在捉弄她。

其实纪甪能够买下这样的房子也并不意外，即使排除他经商多年的父母的资助，他去年的奖金当时也有七百万。

依然是眩晕。罗丽嘉几乎忘记自己是来干嘛的，她楼上楼下打量个遍，然后充分发挥想象，某个房间用作书房，某个房间装成中式风尚或迷人的复古格调。然后她发现，站在窗前，达尼丁的夜亮起来了，美轮美奂的达尼丁的半座城市尽在眼前！KEOKL街和INS36路交叉之后，那些流烟的车在ENN ST渐渐消失。

梦幻吗？她自己曾多少次在梦中祈求这样的归宿，尽管自己也顶着富二代的美名，而且买辆跑车或享受二三百万的房子也在情理之中。多少次，她一副完美的复式豪宅构思几秒钟之内已经在她大脑里立体地呈现。这一切似乎是公主、女王们的专享。

"那么纠结的话，不如就嫁了吧！"另一个自己在对罗丽嘉发出讥讽和狞笑。

于是理智再次爬了起来。罗丽嘉决定让纪甪把工作人员打发走两人谈谈。

"怎么了？对这里不满意吗？"纪甪照罗丽嘉的话做了，然后他似乎看到罗丽嘉并不开心，于是开口问道。

"我要说的是另外一个问题！"罗丽嘉感觉纪甪的担心已经失去了意义，于是她抛弃了它。

纪甪没有说话，只是表情黯淡下来，

"纪甪，你确定自己忘掉自残的事件了？你不准备给我一点解释或者说法吗？你确定此时所做的是什么，为什么你要这么做吗？是的，也许看上去真是件富丽堂皇的事，可是，你自己其实比我更明白，你在逃避，一直逃避你自己以及所有的一切！"罗丽嘉情绪激动起来，她声音有些急躁和强硬。

纪甪把头低下来，视线离开了罗丽嘉，游离在她的侧身和窗悬之间。

"然后你利用你的智慧拿物质来圆场,很好啊,这些我懂的,那是巨富巨贪甚至巨文艺的人惯用的伎俩,他们那些人,会把自己喜欢的人只当他们餐桌上独特而专享的一道菜,是不是爱,要看他们食用时的心情来定。如果不小心伤害了谁,那就拿金钱或者丰厚的奖品来补偿好了!可是纪甬,你了解我此时的感受吗?这对我是一个天大的讽刺!因为,这样的房子甚至地理位置都是我曾经像痴人说梦一样跟你胡乱说着玩的,从某些意义上说,那是我一种憧憬或向往,甚至内心里我把它当成人生的终极目标,而你却恰恰利用了它,把它当成了你弥补我们之间情感创伤的砝码!"罗丽嘉内心很痛,她感觉全世界的哀怨此时都来找她了,让她无处躲藏。

纪甬沉默着,没有丝毫想解释或插嘴的迹象。

"是的,我承认,三分钟之前我挣扎过,而这种挣扎又痛得那么深刻,这就像一个天真的小孩儿,她天天祈盼叫嚷着,向妈妈恳求躲在橱窗玻璃后面冲她微笑的毛毛熊,她与它有着深厚的私交,并暗自许下约定一定会成为朋友并永远在一起。当熊买下来,另一个姐妹却毫不留情地抱走了它,她会撕心裂肺地大哭和疼痛,因为,这种舍弃,和她与妈妈闲逛时偶然相中一只熊但又没能得到满足时的失望不一样!"

罗丽嘉说到这里,深深地叹息。她知道,说什么都已失去了意义,发泄再多,也不可能让他们之间重新爱。因为在两个人当中,纪甬的爱已经像一个机械怪圈,它设定了爱情程序,如果开始玩爱情游戏,它会为你配备所需装备,比如巧克力、口香糖、咖啡小屋、宠物狗,甚至还包括诚恳的怜惜和几句善意谎言。但,现在的问题是,她因为规则的不公平而失去信心,并锁定了"是否继续或强行退出"的功能键。

纪甬把头深深埋在了臂弯间,他也许也在痛,但早已习惯了缄默和内心承受,好似上帝没收了他可以在这些事情上做出反应的所有器官。

罗丽嘉用最后的心痛看着他,此时此刻并不是她内心所愿,所以她希望此刻纪甬猛然间醒来,她愿意多一些时间等待。虽然两人已经做不了恋人,她仍然愿意当他倾诉的倾听者,只要他自己找到解脱的出口,她愿意为他做出最后的付出,只要对他未来的路和人生有所帮助。

可是,纪甬几乎对这样的时间厌烦了,他微微抬头,抬到连半个脑袋都没露出来的位置时,冷冰冰地说:"你走吧!"

就在这个瞬间,安教授那些杀人恶魔之类的恐怖预言交织着纪甬空洞苍白的

双眼,她眼前突然出现虚幻的一幕,一个游离于他的躯体之外的充满智慧、外形帅气的僵尸,正慢慢从纪甪的身上爬起,然后一步步向她逼近,好像他再稍稍抬起另外半个脑袋就会变成魔鬼一样,充满了诡异和惊悚,于是,罗丽嘉不得不鼓起勇气,在自己被吓倒之前夺门而逃……

她把原来就不属于她的车和钥匙留下来了,还给了它的主人。此时的达尼丁之夜,好似被恶神诅咒了一般,阴沉而寂寥,一阵幽灵般的飓风吹过,让奔逃中的罗丽嘉毛骨悚然,她提醒自己不要回头,她奇怪自己不想回头并不是担心分手的意志不够坚定,而是担心那个僵尸之类的虚幻延续着,从窗口跳跃下来,面目狰狞地挡住她的去路……

《就这样散了》

你总是沉默
这样的风格伤到我
仿佛我无中生事
自己折磨
没有争吵的疯狂
从十七楼坠落
街上流烟的车
碾碎它
嘲笑我的苦涩

关掉手机
下决心自己也变沉默
让第六感觉告诉你
就这样散了
你不开心不快乐
眼神迷离闪烁
错爱生动却燃不成火
别人都笑着醉着

第三十四章　分手

我们却往痛里滑落

就这样散了
把爱全部封锁
关了手机
自己终于变沉默

从那个心惊胆战的夜回来的罗丽嘉平静之后并没多难受。也许之前的种种挫折已经钙化了期待或幸福，于是，她像偶然翻看了一部骇人听闻的电影，当时惊愕失色，过后拍拍脑袋对自己说，嗨，没事了，这算什么呀！

大概纪甪也有同样的心情，因为他从那之后既没露面也没打电话。可克里帝安并不这么认为，他总是提醒罗丽嘉，在纪甪开始新的恋爱之前，她绝不可以主动与他联系，而假如纪甪前来找她，她也要保持一种平和但又决绝的态度。也就是说，对待像纪甪这种其实特别敏感的人，既不能伤害太深，又不能留下回转的余地。然后克里帝安甚至还出主意，让罗丽嘉想出办法帮纪甪介绍新女友。但好像这样的人选并不存在。

总之接连三个半月都特别平静。罗丽嘉似乎要忘掉纪甪这个名字了。但8月下旬的一个周末傍晚，当罗丽嘉从瓦卡塔尼看望怀孕半年的蓝珍回来，独自去"超级派"吃牛排的时候，凑巧遇上了也在里面吃饭的纪甪。

纪甪看上去瘦弱了，但神色依然。他看到罗丽嘉进来便从座位里站立起来。

"嗨，这么巧！"他神情幽然地打着招呼。

罗丽嘉有想退回外面的冲动，但腿却似乎并不那么听话，她只好勉强带着笑意点头。然后，她看到和纪甪一起的还有一位中国小女生，她皮肤白皙，脸庞姣美，有江南女孩的清秀丽质。

"没准是天意吧，我和丹妮两分钟前还提到你，说起你也喜欢吃'超级派'牛排的事！"纪甪一边示意罗丽嘉过来同坐，一边用一种恬淡的口气说。

"丹妮？"罗丽嘉看一眼女孩儿，并随口喊出了她的名字。

"是的，我的新女友丹妮，她刚从常州来，我们上周在DIAY俱乐部认识的，现在已经正式在交往。"纪甪语气里似带骄傲，但明显又底气不足，因为他起初在凝视罗丽嘉的双眼，而后来，他压低了视线，表情也变得不太自然。

"感觉不错！"罗丽嘉了然地说。然后她心里在想，尽管有些出乎意外，但

不管怎样,他开始与其他女孩儿接触终究是件好事,因为照安教授的说法,这种情形对她完全从这场恋爱里走脱有好处。

"Waiter!"纪甪没等罗丽嘉坐下,已经开始点她喜欢的点心和套餐。

"我们一起喝一杯!" 纪甪伸手从自助台上拿到了啤酒。

罗丽嘉想要阻止的,毕竟她曾经是那么了解他,他胃口并不好,不良的饮食习惯已经伤害了他其实还很年轻的胃。

只是,他目光里的坚决已经不是她的建议能够起效的了,于是她说:"只喝一点点,我进来之前刚约了面膜师,半小时之内我会离开。"

罗丽嘉平静地说,但她清楚自己撒了小小的谎,把一个小时的约缩水成半小时,没必要在此多待的信念让她这样做了,尽管说谎不是她的强项。

半小时快结束的时候,罗丽嘉突然感觉视线混沌,然后头也越来越沉越来越晕。最初她以为是酒精的罪,但她恍然感觉不太对劲的时候,她已经连发出声音这么简单的事都做不到了,她的心一下子凉了,心想,完了,恶魔出手了,而自己如此天真地中了圈套……

第三十五章　冰恍

不知多久之后，罗丽嘉从昏暗的光线中慢慢醒来，她眼皮沉重，除了眼睛可以动弹，全身像被石膏封住了，坚硬异常，而视线也并不清晰，它被一种浅蓝色烟雾迷蒙着，而这种浅蓝又被一张玻璃罩样的物体聚拢在眼前不到10厘米的地方，所以令她有种窒息的压迫。

"那个和我的脖子相连的身体是我的吧，可是，为什么它是赤裸的！"

罗丽嘉像只卡在出口里的蝙蝠，只能轻轻转动脖子，当她把视线抬高了一丁点后她非常惊讶。没有裸睡习惯的她竟然赤裸裸平躺着，性感和娇嫩格外刺眼，强烈的羞辱感让罗丽嘉惶恐不安。

而且，即便是让她蒙羞的赤裸，她也根本指挥不了，因为当她试图抬起胳膊的时候，她惊讶地发觉它们像两根摆放在身体两边的木头，毫无反应。

现在，她大致想起来了，自己之前最后的记忆定格在"超级派"。"超级派""纪甪""丹妮""啤酒"，是的，一个个片段修复之后，她明了了一件事，她陷入了纪甪的阴谋。

纪甪在那个恶女丹妮的帮助下，绑架了她。或者，纪甪连同那个丹妮也一起绑架了。

罗丽嘉无法控制自己的不安，开始胡思乱想，尽管她看不到伤口，但内心仍有纪甪已经对她实施了动脉切口、死亡注射甚至挖空内脏等动作的惶恐，她感觉自己已经成为一条剥了鳞、放了血清、除了内脏仅剩一息尚存的冻鱼，此时正"安详"地躺在陈尸所的冰冻棺椁里，等待最终的完结。

"如果那样，就是有口气儿喘着也没了意义！"她绝望地盯着离眼睛只有几厘米的她所认为的裹尸棺椁的内壁，死亡的恐惧刺痛着她，让她脑中庸乱地跳跃着客死他乡、父母吓傻、指控谋杀之类的词。

如果真要死了，我有权力在死前痛快号几声，然后再让如此年轻美丽的容颜死得平静而有尊严！罗丽嘉凄楚地想。

于是，罗丽嘉开始移动自己的身体，努力让自己躺得舒服些，甚至真的想要尝试号啕或大喊。

正在这时，她突然碰触到右臂位置上的某样装置，于是，面前"棺椁"的盖子轻缓滑开了，耀眼的光随即巨浪般打来，她的眼睛被痛痛地刺了一下，除此之外，四周仍是死亡般寂静。

视野开阔了，她看到了更多透着蓝光的墙壁。而且，眼睛的刺痛也突然让罗丽嘉产生了生的本能。

不，可能还有希望！因为她感觉自己的呼吸随着盖子的打开顺畅多了，而且似乎体内的那些气息，也没有越发变弱的迹象。

于是，她拼命抻着脑袋，重新从头到脚将自己细致地检查一遍。还好，四肢健全、血管没开、肚皮没破、五脏六腑也应该还在。

是像一被只打晕了的羊羔，还没来得及处理，暂时封冻起来了吗？她悲哀地想，然后似乎从持续的僵硬和微弱的体温中明白过来，自己只是冻僵了。

现在，随着体温的缓慢上升，罗丽嘉艰难地坐立起来。她仔细观察四周。眼前的一切表明，自己先前关于陈尸所的判断是错的，尽管她根本不知道所谓的陈尸所长什么样儿。因为这里看上去像只偌大而精美的冰制盒子，没有窗户的四壁全是冰墙，它们在灯光的照射下，发着深沉墨蓝的幽光，而且其他陈设也都是透明的冰刻，包括她身边的"棺椁"，也是纯粹的"冰棺"，它看上去那么完美无瑕，像一尊造型奇异的主题冰雕。而且，旁边还有相同模样的另外一尊，像是为另一个比她高大健壮的人准备的。而旁边给氧机、脉搏血氧计、心电图仪体温和代谢检测器的交错，以及墙上悬挂着的手绘草图和监控摄像似乎又表明，这里还有实验或其他功能。

这是哪里？罗丽嘉急切地想要知道自己身处何处。

满眼的冰壁冰雕、呼吸机上显示离"超级派"不到40个小时，据此可以断定，此处应该仍是在新西兰境内，也许是福克斯，或者塔兹曼，因为不足两天的时间差和拥有如此坚厚冰矿的地点，即使雇用私人飞机也难以到达南极、喜马拉雅或科罗拉多。

"这个疯子为我挖了葬身的冰穴？"罗丽嘉环视四壁，愤愤地骂道，然后一个巨大的疑问涌上心头。她哀怨地想，如果这样，那么这一切对自己来说简直是个天大的讽刺，因为刚来新西兰时她就有攀登冰山的计划，其他晚期的计划都陆续成行，唯独这个一直拖延，甚至有一次已在前往福克斯的路上，却随后因事中途而返。而今，自己与冰山的缘分竟要以近似死囚的方式来终结，真是悲哀！

体力和体温的恢复仍无情和慢条斯理，求生的本能让罗丽嘉心急如焚。

又过了三四分钟，罗丽嘉感觉到了一丝力气，于是她使出浑身解数，用双手撑住"冰棺"的边缘，终于从里面连滚带爬地翻了出来。冰坨一样的身躯硬生生磕在地上，那清脆的巨响把罗丽嘉自己的心脏都快吓停了。

上帝保佑！上帝保佑！她在内心苦苦祈祷。

还好，四周除了寒冰的刺眼光芒，没有任何动静。她抚摸着仍在猛烈狂跳的心脏，半倚在"冰棺"的棺脚下又瘫痪了好久，等到脚下恢复了微弱的知觉，她才努力直直地将自己直立起来。

然后，罗丽嘉僵直地抬脚走向左前方，她已经注意到，那里有个无门小房和一处通道。但两步之后，一本散开在地上的日记引起了罗丽嘉的注意，那里厚实而密密麻麻的内容让她异常好奇，她强压慌乱弓身把它拾起，草草地翻看。

那大概是一本随心的生活手札，但罗丽嘉看到，除了心情日记，隔三岔五，还画了一些简单的图画。

至此，无论是从画面风格还是书写笔迹看，日记正是出自纪用之手，而那些笔迹所描写的，则完全是一个属于纪用自己内心的隐秘世界，它深奥而无稽到令罗丽嘉难以想象，但她至少找到了一两页与此时的自己有一丝关联的，写道：

"男人是社会的毒瘤，人类应给他们一次彻底的动作，即使不能完全清除，至少给他们以毁灭性的打击，而这个动作很简单，既不需要暗杀也不需要战争，只要拥有L-VBNW……尔后，当新的纪元开始，冰雪中复活的女人主宰新世界，她们拥有至高无上的智慧和纯洁灵魂，她们是重生的夏娃……"

"L-VBNW？冰雪中复活的女人？重生的夏娃？天哪，难道他正拿我当实验，妄想让我昏睡千年并在千年后复活？"罗丽嘉反复琢磨着那些混乱的句子，然后抬头看一眼眼前的一切。她刚刚恢复的神经猛然间又被冻住了一般，感觉不寒而栗。

只是，此时的罗丽嘉已经没时间和心思继续翻看下去，那些荒诞、错乱让她感觉恶心，她更无法想象，他背后有如此不堪的思想，却又能够像正常人一样把

这里弄得如此有序而华丽，连同"冰棺"内壁上的玫瑰花瓣都雕刻得那么具有艺术造诣……

"它足以证明，纪甪这疯子已经在自己的迷茫世界里走了太久太远了！"她惊叹着。

同时，罗丽嘉又不能不从那些日期和邪恶内容中倍感压力，因为对手的强大不仅仅在于，他为她设想了让她活着却生不如死的"久远规划"，还在于此前那些与自己约会的日子里，他一边说着甜言蜜语的情话，一边脑子里却在盘算着处置她的计划，而且计划于他来新西兰不久便成熟了，于是他把约会、工作之余的时间，全都花在了这里——这项艰巨而秘密的与万年坚冰奋斗的"事业"上……

至此，原来的那个纪甪已经在罗丽嘉心里彻底粉碎了，她此时所感受到的，已经完全不再是原来的那个他，而是一个掩藏在他精致外表下的恐怖恶魔，于是理智对她发出响亮的警告：把最后一丝爱的幻想也从你的心脏隔膜上扯掉吧！不然你会死得很惨！

不知是恢复了知觉还是强烈的害怕，罗丽嘉开始感到头皮发麻，浑身战栗。

容不得多想，罗丽嘉惊恐地接近通道，它在她的左侧，那里除了两条粗壮的铁链，幽深而黑暗。它像一眼倒立的无底深渊，通往无限的上方。稍作镇定的罗丽嘉做出了那是简易升降梯竖井的判断，因为她看到了右手上方疑似开关的按钮。

罗丽嘉告诫自己要镇定，她并没急切地按下按钮，而是顺着小房间的方向看了一眼，那里有冷冻食物、饮用水提取机、制冰用具以及剩余的冰砖。因为没发现电影镜头里常常出现的手枪、刀具等自卫道具，她非常失望。

罗丽嘉再次抬头看了一眼监控探头，她恼怒地想，也许自醒来那一刻，纪甪那疯子就已经在像看笼中乱撞的野鸟一样看自己的笑话了。这样一想，罗丽嘉真的爆炸了，她冲动地拿到了放在小房间一角的冰镐，举起来就要把这里全部敲掉，她要把这里变成一摊烂泥……

罗丽嘉手里举起的冰镐并没狠狠落下。理智战胜了冲动，她提醒自己，事情没准存在另外一种可能，那就是，自己的对手恰在此时像死猪一样睡着了，如果那样，发出的声响惊扰了他反而会把事搞砸了，而假如他真对此时的这里一无所知，那么完全有可能安全出逃。

第三十五章　冰恍

此时罗丽嘉已异常清醒，因为她心里明了另一件事，那就是要想逃脱，就必须自己想办法，因为靠别人施救如同恳求纪用放过她一样，没有任何希望，她确信纪用已经完全失去了理智，而除了他又没人知道她在哪儿，甚至没人知道她遭遇意外或失踪。此时正值寒假，与学校的密切关联暂时休眠。然后父母那里，罗丽嘉这半年来已经摆脱了日夜电话的魔咒，她厌烦无事的闲聊，有时为了避免妈妈的唠叨，她会故意关机。现在看来，即使在至亲那里，随心所欲的自由也是有风险代价的。因为她似乎早已通过事实训练，让父母习惯了她莫名的关机或暂无消息状态。既然如此，失踪三天与失踪一周也许是差不多无害的反应。因此，作为自私的惩罚，她不得不独自承担这种自以为是的严重后果。

况且，他拿走了包括她的衣物在内的所有东西，眼下，就连一块腐败的裹尸布都没给她留，更不要说找到电话、手机之类的求救工具了。

于是罗丽嘉手握冰镐，毫不迟疑地按下了升降梯的按钮，她决定冒险一试，假如上面正好是纪用睡觉的地方或者他听到升降梯的声音惊醒了，那就拿冰镐与他誓死一搏，除非他拥有电影道具里出现的致命手枪，而根据日记显示，他似乎不想置她于死地。

升降梯下来时，带来了接近地面的酷冷空气，罗丽嘉这才注意到，自己一丝不挂，即使逃脱也会被活活冻死。于是她返回小房间，拿到了她所能找到的唯一一件单衣紧紧裹在身上。但升降梯上升时，她仍因寒冷和过度紧张而双腿抽搐，她甚至不能确定自己能不能站立着与纪用拼搏，也许在那之前，她已经又像喝了迷药一样，瘫痪在他的面前。

升降梯并未直达地面，它的停步处竟是一扇反锁的厚实铁门，这样的意外让罗丽嘉既失望又有些许欣慰，欣慰的是，至少她暂时还是安全的，可以让紧绷的神经稍作放松，而失望，则是自己唯一的武器——冰镐对它难施法力，因为，一旦罗丽嘉想要撬它或敲打，它就会像古楼上的"报时钟"一样，响彻整个世界，直响到每个心慌的人更加心乱如麻。

罗丽嘉不得不在那里停了十几秒，同时她在思索，也许可以等待在升降梯里，趁从铁门那边露头的纪用不备给他狠狠的一镐。但她很快又发现，这个方法也行不通，因为她发现升降梯里的空间太狭小，虽然看上去可以容下三两个人并排站立，但要用爆发力抡起冰镐却因高度不够而无法成功，除非她像西《游记里》的孙猴子那样，把它变成短刃匕首。

　　罗丽嘉只好摸索着按下下降按钮，重新返回下面。此时的罗丽嘉牙齿开始打战，浑身也抖得厉害，于是，她不得不快速轻跳和摩擦身体。然后她脑子也在不停运转，她知道自己躲藏在任何一个地方都没用，只要纪甪在升降梯的降落处出现，就会立马发现透明"冰棺"里的她不见了，而这样，就意味着她必须面对一个内心有了防备以及身体调动出超强攻击力的他，如同恶狼扑小鸡。

　　必须想一个机智点的办法，否则你就只能乖乖等死！罗丽嘉提醒自己。

　　或许可以制造一个有人躺在里面的假象。罗丽嘉想。可眼下实在找不到任何看上去像赤裸人体的物件来当替代品。

　　她急得团团转，然后让大脑也高速运转。

　　当目光落在地面那些交错的仪器线路中间时，罗丽嘉终于有了主意。她决定让一切回归原位，包括她自己，尽管她极度厌恶电极的吸附、给氧机鼻罩刺激的气味以及其他软管的皮肤接触，但那也许是唯一有些胜算的主意，值得咬牙一试。

　　回归原位之前，罗丽嘉必须重新选择应手的"武器"，先前的冰镐按理最有防御力，但为了不在她出手前暴露，她又不得不放弃这个选择。因为，透过"冰棺"盖子，那个带着长柄的家伙特别显眼，即使压在她的背下，也会让她的平躺变得突兀或畸形。

　　罗丽嘉再次进入小房间，她来来回回掂量着，那里的机械物件不算少，但像雕刻小刀之类的工具用来解剖甲壳虫还凑合，用来反抗暴力甚至爆发出超强的威慑力，实在是相形见绌。

　　转悠了两圈之后，罗丽嘉终于相中了一样"武器"——冰砖！眼前，小房间的角落里堆了大小十几块冰砖，它们既不显眼又具有杀伤力，于是，罗丽嘉内心一阵小小的惊喜，在她看来，配合她假躺的假象，一块小小的冰砖没准可以发挥出中国版F-22隐形战斗机的威力。

　　只是，大概那些冰砖搁置很久了，它们大部分黏合在一起，如果要拿到其中的一块，她必须拿出一点力气，于是，罗丽嘉不得不跪下，铆足劲儿把它从邻居里撬出来。

　　最糟糕的情形出现了，当她拿到了那块称手的冰砖准备起身时，她的左膝竟然和冻在地上的一块铁皮粘在了一起，这使她像传说中冻住了尾巴的猫一样，一时难以脱身。

　　就在这时，地面上一声响动清晰地传到了罗丽嘉的耳朵，她的心"嗖"的一下提了起来，因为她明白，不管那个疯子原先是睡着现在醒了还是一直醒着把她当小丑戏谑着，总之，真正的较量即将开始！

罗丽嘉毫不迟疑地硬生生把膝盖从铁皮上撕下来了，于是，破裂的毛细血管瞬间像滤血的筛子一样溢出成片的血红。她顾不得疼痛，右手拎起冰砖，左手用单衣衣角最不起眼的地方拭掉滴在铁皮上的血渍，然后几乎是同时，她毫不犹豫地用嘴压在左膝上，边压边吸，做到三秒钟止血，最后她把单衣放回原处……

升降梯落到地面上的时候，罗丽嘉基本可以确定纪甪只是刚刚睡醒，因为他在上面来来回回做了许多事，脚步邋遢、节奏平缓，她甚至猜测他下来之前吃了一包泡面。

纪甪走出升降梯时又多开了一盏灯，这让整个不大的空间更加明亮。罗丽嘉眯着眼偷视他，他步态轻柔，表情平静，径直走向她，大致俯视了她的状况，然后扫视各种仪器，没发现异常的他又走向小房间。此时罗丽嘉有些许担心，毕竟她从那里取走了一块冰砖，单衣也动过，而且她不记得粘过膝盖的地方，是否留下了一丁点血迹？正在忐忑时，她听见他拿了一点东西便折身回来了。

纪甪再次靠近的每一步都硬生生敲打着罗丽嘉的心脏，因为，她无法预料接下来他会怎样，想象不出究竟会发生什么样的状况。

他站在她旁边，抬眼望了一下时间，也许感觉无所事事，于是便在脚下的冰几上坐了下来。然后，他双手撑腮，不错眼珠地透过冰盖盯着她的脸，似乎把她当成艺术品一样来欣赏，又似乎在深沉思索，总之这个最平常无害的动作却带给罗丽嘉更严酷的考验。因为，罗丽嘉不得不设法屏住呼吸，尽管她对那些仪器动了手脚，她仍担心呼出的热气在冰冷的"棺椁"内壁形成雾气，或者气息的张合让身体产生明显的起伏。

还有另外一点，睡着了被盯着看，和假睡被人盯着完全是两回事。除非你当真睡着了，那没关系，你使劲盯着好了，反正我也许已经在梦乡中。而清醒着装睡被人盯着，就如睁着眼睛与人对眼直视没区别，甚至更加让人难以忍受。因为与人正视大多是友好的玩笑，毅力不足时可以笑场投降，而这种有巨大压力的方式更有挑战性，因为也许他要盯着她直到天亮，那是一个长达三四个小时，相当于一百八十分钟、一万零八十秒的酷刑，这样度过的每一秒都如同蠕虫叮咬一样令人难以忍受，所以，再有毅力也不管用。

那么干脆真睡一会儿呢，反正半夜惺忪的睡意正在纠缠！她胡思乱想着。

"别傻了！如果那样，当你睡梦中变了睡相或打个不雅的小鼾，还是会把自

己出卖，而且比任何出卖更荒唐！"她在心里骂着自己的天真。

她没勇气继续斗争下去，她几乎要崩溃了，她不确定自己会不会因为无法忍受而下一秒突然"腾"地直立起来；如同面目狰狞的诈尸魔鬼……

就在这时，体温和代谢检测器突然发出异样的警报，它像汽车的防盗警铃一样"嘀嘀"地响个不停。

原来罗丽嘉实习时常与同窗开玩笑，她们之间时常为了制造一个看上去非常异常的假象而设定一个固定值。她已经忘记最高值是多少了，刚才因为时间紧迫，于是便大概输入一个数值，看样子就是因为这个，它出现了异常。程序出现了乱码。就在这时，他绕了过去，想要一查究竟。

本来罗丽嘉因为警铃大作吓到呆傻了，但当她听到纪甪挪开了脚步，并绕到左侧背对她时，罗丽嘉明白这是唯一而绝佳的机会，她必须行动，而且必须成功。

于是，她轻微活动一下手指关节，确认它可以抓牢手边的冰砖甚至具有爆发力时，她毫不迟疑地按下了原来那个曾不小心碰触的按钮，随着盖子的迅速弹开，罗丽嘉诈尸一样跪立起来，同时使出全身的力量抡起冰砖砸向来不及反应过来的纪甪的后脑勺，他瞬间僵直地倒地，连哼都没来得及哼一声。

罗丽嘉像杀了人一样把自己吓得脸色煞白。她傻傻地僵在那里，不知如何是好。等她稍稍缓过神来，急忙跳下去帮纪甪捂住流血的伤口并拼命呼喊摇晃他，企图把他救醒，或至少她想知道他并没死，只是暂时晕了。

罗丽嘉很快又清醒过来，她知道自己在犯致命的错误，于是，她像扔掉一块烫手的山芋一样把他推向一边。但她又灵机一动，试探着把手伸进纪甪的口袋，掏出了他的手机和钥匙，这两样关键的东西拿到手之后，罗丽嘉又迅速像电击一样将自己与那条毒蛇一样的躯体弹开，生怕他瞬间复活并把她咬住。

罗丽嘉带着狂跳的心取到了最后几样东西——灰色单衣、日记本和冰镐，她太冷了，纪甪身上的衣服很厚实，可她没勇气再次靠近他，日记她日后会有重要用处，而冰镐既可防身，又是她下山的重要工具。

另外，离开之前，她还掰到了一片冰雕的玫瑰叶子塞进嘴里，因为她口干舌燥，感觉体内就要冒出火来。

她把它吞咽下去的同时，开始疯狂地拨打电话，前两个都关机的打击提醒罗丽嘉此时已是凌晨三点，新西兰人都已进入深度睡眠，上海那边即使有人接听，也不可能飞过来帮她。她想拨打报警电话，又担心因说不出自己位置而让人误会为恶意骚扰，从而无人理睬，一切变为徒劳。

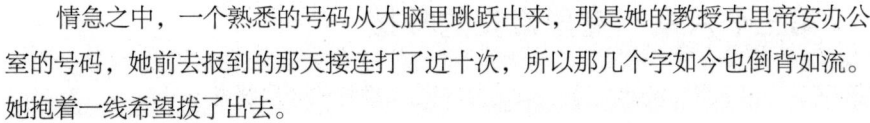

第三十五章 冰恍

情急之中，一个熟悉的号码从大脑里跳跃出来，那是她的教授克里帝安办公室的号码，她前去报到的那天接连打了近十次，所以那几个字如今也倒背如流。她抱着一线希望拨了出去。

上帝保佑！上帝保佑！罗丽嘉急切地祈祷着，因为那是她唯一的希望，虽然她心想但愿助教能在而教授也常常会因工作而在此熬夜，但她更加明白，此时正值假期，所以无人接听才算正常，因此，等到铃音响过三声之后，罗丽嘉几乎绝望到崩溃，手机慢慢从耳边滑下……

第三十六章　克里帝安的救援

克里帝安每天的工作安排时常会超过12小时，这包括漫长的假期。他这样做从来没有牢骚或抱怨，他认为自己是个精力超群的人，所以如果不工作或浪费时间他会像淋了雨却不能洗澡一样不自在。但这种情形唯一糟糕的是，当他想要倒头便睡时却根本回不了家，于是，他庆幸自己拥有带卧室和盥洗室的办公室。

最近他还每晚附加了两个小时对异常心理的研究。因为自从经历了罗丽嘉男友自残事件后，他更加确信自己对于心理揣摩的判断力和准确性。

只是，这样的猜想又能怎样呢？克里帝安同时在心里产生强烈的自责，因为他后来发现自己在这件事上虽然表现得像个好事的妖士，狂妄地做出也许还算靠谱的预言，但对那个预言事件中无论是哪一方当事人，他都充当着十足的旁观者，因为他对于事件本身根本无能为力。所以，当罗丽嘉决定与那个自残的家伙分手，他也只能像所有平常人一样做一些简单善意的提醒，除此，他什么都做不了。

虽然，又是凭借直觉，他总感觉他们之间的分手并没那么容易，毕竟，罗丽嘉需要面对的，可是一个从来不按常理出牌的家伙。他犹如深海鲸鲨，平静的海平面并不代表下面风平浪静，一旦发起攻击，被袭击者毫无反抗余地，分分钟致命。

所以，每每回忆起纪甪那个异样的眼神，他便有些许的担心。只是现在正在放假，罗丽嘉也许趁假期旅游去了，或者已经回国与父母团聚，但愿此时她正和父母在一起，那样至少应该比其他任何状况都安全。

所以，他决心在这方面花点心思，毕竟，他仍然认为自己在这方面还是有些灵性或天赋的。

原来，想要完整地剖析一个人的心理，需要面对如此庞大而复杂的课题，比如心理正常与异常的判断标准，比如心理异常者形态偏离的程度，等等。随着阅读资料和实例剖析的深入，克里帝安深刻感到想要把类似于纪甪这样的人群看清看透，也许并不比他当年进攻生命科学简单。

第三十六章　克里帝安的救援

至少，我又距离那个黑色的深渊靠近了一步！当克里帝安哈欠连天、决定放弃当晚的艰辛阅读时，他仍对挑战充满信心。

尖锐刺耳的电话铃让刚刚睡下的克里帝安非常愤怒，他边披了外套走出休息室边骂道："如果是骚扰电话，我定要把他揪出来扒了皮！"于是他没好气地对抓起的电话吼道，"给夜游神卖保险吗？"

"安教授救我！"电话那端竟然传来罗丽嘉惊慌急促的求救声。

"您听我说，我遇到大麻烦了，我也不清楚自己在哪儿，但至少是在新西兰的某座冰山上，我需要您的帮助，我好害怕，我可能把纪用打死了，他正在流血，其他的电话又打不通……"罗丽嘉的声音在发抖，语无伦次，听得出她的寒冷和恐惧。

"该死！"克里帝安恨恨地骂道。他在骂纪用，也似乎在骂自己，因为他后悔自己总是瞻前顾后，把好多事情在自己脑子里翻来覆去地想，却不积极拿出一点比如打个问候电话之类的行动，他懊恼地使劲摇头，同时告诫自己这事非常严重，此时此刻，他需要担负一种不可推卸的责任。

"好的，我明白了！你不要慌！从现在开始，你一定要保持头脑清醒，记清楚我说的每句话！"克里帝安语气异常镇定。虽然他自己也感觉空气变得阴森森的，但内心仍充满理智。

罗丽嘉连声答应。

"报警了吗？"克里帝安急问。

"我说不清自己在哪儿！"罗丽嘉语气沉郁，但同时又竭力保持镇定。

"好吧，报警的事我来做！现在开始，你不要乱打电话，要保持线路畅通，而你想要说明的情况也要简单明了，不要浪费时间，要让手机保持足够的电量。然后，三分钟内我会打电话给你，通话目的是协助警方确定你的位置。但我拿不准他们能不能找出确切地点，所以你最好想办法找点明显的标志。然后，无论何时，千万不能和那个疯子正面冲突，必要的时候把自己藏起来，但又要确保背后不是深渊或悬崖，我会立即出发，一旦确定了位置，我会第一时间赶到！"克里帝安此时像位指挥千军万马的将军，表现出超常的机智和果敢。

电话挂断时罗丽嘉已经顺利到达了地面，确切说是到达了满目灰白的冰山表面，此时夜色正浓，四周群山龇牙，阴寒刺骨。

所有迹象表明纪用对她毫无防备，他既没关厚重的铁门，地面上木屋屋门也敞开着，屋内灯光明亮，炉火也燃得正旺。

　　罗丽嘉虽然双腿又开始不听使唤地打战,她仍拿出所有的勇敢走进木屋,她知道为了顺利下山,自己必须做点什么,比如,她看到了纪用挂在墙上的棉服外套,放在墙角的攀冰靴以及木桌上的强光手电筒。

　　现在她离开木屋了,在接到电话之前,她还不能确定自己下一步该怎么走。把自己包裹在棉衣里的罗丽嘉内心仍是极度慌乱,她揉搓着双手,仰望布满阴霾的天空,感觉自己正在遭遇一种残酷而虚幻的梦境,但内心的疼痛又真真切切。

　　克里帝安准时打电话来了,空寂的冰山上电话的铃音格外惊魂,罗丽嘉手抖得厉害,所以按了两三下才接通,而且她不得不细心观察"冰穴"出口的动静,她非常担心纪用突然像一只黑色恶魔一样从那个黑洞洞的地方爬出来。

　　"Ruijia,警察也在接听这次通话,现在,你大概说说你的情况。"

　　"我很冷但没有受伤,而且我找不到明显的标志,因为,现在天上黑乎乎的,找不到南十字或其他亮星,甚至一颗星都看不到!"罗丽嘉又盯着天上寻找了几秒,焦急地回答道。

　　"地面上呢?有什么特别的?比如山体的形状或地势特征!"克里帝安急促不安地提醒道。

　　"没什么特别,前面一段倾斜的长坡,左右近处是锥形冰壑,远处是连绵的大轮廓,身后是高度超过百米的垂直冰崖!"

　　"是啊,那么聪明的一个人,怎么可能在人们的眼皮子底下冒险,所以要再想想办法……"克里帝安不安地咕哝着挂断了电话。

　　剩下的是更加焦灼的等待,这期间,罗丽嘉迅速把纪用的手机调成振动,她再也经受不起那种摄人魂魄的惊扰了。大约过了两分半钟,有电话打来了,于是,那里传来克里帝安兴奋地嚷嚷:"太棒了,现在不需要任何有标志的东西了,他们通过卫星定位找到了你的确切方位,但接下来你要做一件具有挑战性的事,你必须通过背后的冰崖爬到上面去,不要认为那不可能,看上去它是垂直的,但其实是有坡度的。你走正前方也可以的,但它绕过一道山梁,路程远许多,而且,Ruijia,假如仍要对付那个可能根本没死的疯子,也最好避开正路,你明白吗?"

　　"好的教授,我明白!"

　　"那么,即刻行动!你一定要记住,脚下要稳,要避开锋利的尖冰、悬空的壑谷和幽深的冰缝,而且上到崖顶一直朝正前方走,然后往右,继续走大约七百米再左拐,走过一条岩谷那就是我们要上去的路了。要坚强!Ruijia,眼下所有困难需要你自己勇敢面对！"

罗丽嘉回头仰望那面突兀的巨墙，最初的坚定蔫在喉咙里，因为，那个恐怖的仰角对于毫无攀冰经验的罗丽嘉来说，就如同生手渔夫孤舟远航，只怕，那远不是意志力所能解决的问题……

但，罗丽嘉更加清楚，她没地选择，此时此刻已经由不得自己。她回想起自己十三岁时参加夏令营，曾因渴望拍到狩猎用木屋而故意掉队，只身闯进荒野深处。虽然一条花蛇已经把她吓到半死，而且身后追逐着僵尸一样的阴森风声一直纠缠着她，但她仍在天黑之前跌跌撞撞地跑回了宿营地。

因此，罗丽嘉明白，这次她必须拿出比那次更不寻常的勇气。于是她坚定地挂断了电话，紧了紧攀冰靴，准备出发！

攀冰靴的好处不仅在于它的钢爪可以牢牢着地，而且它可以自由调节尺码，刚才上来时为了防止脚趾冻伤，罗丽嘉硬着头皮回去窃取了纪甪穿在脚上的便鞋，却因为不合脚而拖沓着，根本没法大步急走，现在，她每一步都矫健有力，这样的装备增添了些许战斗的信心。只是，纪甪的便鞋，她犹豫了一两秒之后决定把它处理掉，因为她十分清楚，在这冰刃游弋的山上，打赤脚就如同下油锅，生生要因痛而死。于是，她恶狠狠地把它抛入了一处深不见底的冰窟，它们的下沉持续了十几秒……

有冰镐和冰靴的吸附，罗丽嘉像只在垂直玻璃上爬动的壁虎，她牢牢地迈出每一步，尽管冰镐有时会卡在狭窄的缝隙里，要费些力气撬出来，但力气不能太大，用力过猛脚下会又开始打滑。就这样，她顺利地走了一段距离，凭借感觉罗丽嘉认为她差不多到达了三分之一的位置。尽管她没胆量往下看，那种悬空的眩晕不是常人所能承受的。但罗丽嘉又心存几许得意，毕竟她并没感到太大困难，内心认为自幼的矫健敏捷可以帮她像蜘蛛侠一样到达任何高度，这不算是什么挑战，没准她有机会可以参加攀冰比赛，拿个吉尼斯纪录什么的。

可是，就在这时，冰镐又死死卡在窄缝里了，她因为两次用力都不见有丝毫松动而内心慌张，于是她使出全身力气再次撬动，结果，这次，她差点连人带镐全都翻下冰崖，好在她惊慌中右手抓住了一只凸立的角锋，一只脚也只是往下滑动了半米正好卡在纵裂的尾纹里，只是冰镐连同撬掉的几块碎冰却"咔嚓嚓"滚到了崖底。罗丽嘉傻傻在杵在那里，在继续前行和退回去拿到冰镐间没了主张。

祸不单行，罗丽嘉明显听到了来自冰穴出口厚重铁门的"嘎吱"声。显然，纪甪从昏死中醒来了，苏醒后的他虽然没了鞋子，却依然犹如复活的恐龙，每一

步都摄人魂魄,而且几乎让人闻得到愤怒的喘息。

罗丽嘉像一只折了翅膀的受惊鸟紧紧贴在崖壁上,除了呼吸不敢有半丝响动。失去冰镐对于此刻的她等于失去了逃跑和防御的双重机会,因此一旦被发现,她就是鹰爪下的婴兔,唯有束手就擒的份儿。

窘在那里待了几秒,罗丽嘉想起克里斯帝对她说过必要时把自己藏起来的话,她忧心忡忡地想,也许对于对这里了如指掌的纪甬来说那根本不是好办法,但也只好抱着一线希望一试。

现在她听到纪甬进入木屋寻找鞋子之类的东西了,于是她凭借感觉迅速到退回到左下方五米处的一道裂缝。因为,在这之前她留意过这里,它内部深处有一个看上去比其他更有容量的套洞,但罗丽嘉走近时近乎绝望,之前的大致目测欺骗了她,事实上它又深又窄,而且下宽上狭,除非罗丽嘉丢掉外套甚至倒立。

此时此刻,已不容选择和犹豫,于是罗丽嘉不假思索地脱下了棉外套,她把它塞进了一个并不相关的幽深坑洞,然后毅然决然弓身把头和身体塞进脚下的入口,然后慢慢利用自己搞艺术体操时练就的一身柔韧,稳稳地把腿和脚推向上方的窄洞,于是,一个极具挑战的冰崖倒立出乎意外地被罗丽嘉冒着高空坠落的风险完成了。

只是,这种扭曲不但让她呼吸困难,而且像只被猎人吊在树上的狐獾,让人窘迫到恶心。

但此时的罗丽嘉除了诅咒,仍要默默祈祷,祈祷疯子纪甬没有看到滑落的冰镐和冰块,她祈祷他的脚因没穿鞋子多划出几道巨大的口子,寸步难行……但下面的他,脚步一刻没停,他先是朝远处的斜坡走了几步,黑夜里的他什么也看不清,但警觉却让他没走多远竟然又回来了。终于,他发现了冰镐和滚落的冰块,于是他明白了一切,他冷笑着对着空中轻轻喊道:"亲爱的,不要怕,我来了!"

阴森恐怖的呼喊在山谷里回荡,它犹如巫师的招魂施法,令躲在冰缝里的罗丽嘉魂飞魄散。

纪甬一把抓起冰镐,坚定地朝上面爬来了。

罗丽嘉的肩膀和大腿都划伤了,血流淌的感觉暖暖的,她已顾不得疼痛,因为,纪甬已经来到不及五米的近前,她听到他在轻声呼唤自己的名字,那么温柔亲切,像亲密爱人在捉迷藏。他似乎嗅到了她的气味,因为他越靠近她脚步越

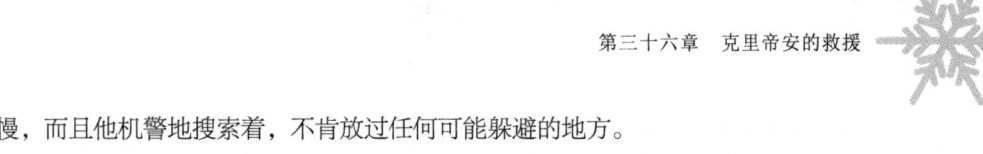

第三十六章　克里帝安的救援

慢，而且他机警地搜索着，不肯放过任何可能躲避的地方。

他又往上靠近了两三步，突然止住。透过侧缝，罗丽嘉看见他就在一米之内，他单手撑住冰裂的边缘，向前使劲探着身子，眼中凶狠的光芒如同冒着凛冽寒光的冰刃，甚至还夹杂着血红的狰狞。

此时，他们之间，只有一层薄薄冰凌相隔。现在，他只要伸手进来，她就会被他如同擒住一只冻僵的燕鸥拎出来了，于是，极度的惊恐让她感觉大脑一片眩晕。

耳边，又重新响起纪用喃喃地呼唤。

"亲爱的，我知道你吓坏了，可是，请你相信我，我并不想伤害你，没有你我也活不下去，所以，亲爱的，我有话要说，出来吧，让我们好好谈谈……"

罗丽嘉的心脏像被猛兽咬住了，即将窒息。

她所有的坚强都在这个瞬间瘫软下来，她受不了了，当他挺直身子，把一只手探了进来，罗丽嘉已经做出了像只吐丝的蜘蛛一样拼死缠住他，同他一起从这里摔下去同归于尽的决定。她已经受够了这种恐怖而疼痛的煎熬，就让一切都见鬼去吧，最好摔得支离破碎，然后堕入万丈深渊，做永不复生的游魂！

就在这一秒，纪用竟把手收了回去，他在边沿狠狠刷了一把，然后侧转身，动作敏捷地往上面爬去。

感谢上帝！他竟然并没发现她。

意外的逃脱让罗丽嘉兴奋至极，她差点高喊惊呼。但她也因为过度的寒冷和紧张而气力虚弱了。她把自己疲惫的身体像条软蛇一样贴在内壁上，静静倾听着上面的声响，等到确定他已经翻过了崖顶，不见了踪影，她才慢慢探出头来。又静听了一两分钟，她听到他走远的声响了，于是，她像午后的蝉一样悄无声息地轻轻从冰壁上退了下来。她知道，此时只得改道而行了。

5分钟后。罗丽嘉在确保自己处境安全的情况下，给克里帝安发了改走下坡路的短信。不到半分钟，罗丽嘉接到了克里帝安的回复。

"了不起的Ruijia，你的决定完全正确，只是这样一来，只得委屈你为延长救援时间做准备了。记住，斜坡下到底之后沿路右拐，一条大约3英里的羊肠小路之后往上坡的分岔路走，仍是漫长的羊肠路，到了尽头就会看到可以通车的大路了，我们就在那里碰面。还有，无论在哪儿都要寻找原有的路痕，冰路不同于其他，它是土灰色的，其他地方即使再平坦漂亮，也不要尝试半步。然后，你到达后一定要找个地方藏起来，我是说你要提高警惕，防止其他状况的发生。"

其他状况！是的，罗丽嘉深知这话的分量，因为，纪用随时有可能折身追

235

来,而脚下,即便称之为路的路,也只呈现出上百年来人迹罕至的迹象,它嶙峋龇牙,让她每一步都走得心惊胆战。

强光手电,她当然需要大能量的,最好它能让她感觉像白天一样明亮,但那样又会暴露自己。没办法,她只好撕下棉外套的内衬包裹它。而且即便这样她也尽可能不用,小心翼翼地摸索着前行。对于宇宙一样漫延的黑暗她已经视而不见了,她的心已经灌满了惊慌和恐惧,再也装不下别的什么了。就这样的二十几分钟的路程她走了一个半小时,后来她几乎是爬行的,她边爬边轻声抽泣,像一个被主人拿着皮鞭从后面狠命抽打的奴隶,疼痛和屈辱,愤怒和委屈,每一种情绪都足以让她爆炸,而此时却要全部承受,她想象不出,这世界还有没有比这更糟糕的遭遇。

后来,罗丽嘉躲进接应路边一个小洞穴里,差不多已经睡着了。朦胧中她听到有人在呼唤她的名字,声音充满焦虑。

是安教授!多么令人兴奋的声音!

于是,罗丽嘉急切地想要爬出洞穴,但双腿已经痉挛,脚也麻木得完全失去知觉。她只好拼尽全身力气答应着,手扶洞壁慢慢站起。

抬眼望去,外面已是黎明时分。警察拉住她,把她从冰洞里拉上来。安教授张开双臂,像位慈祥的父亲等待接女儿回家,他就站在那儿,表情凝重而深沉地望着这个狼狈而又楚楚可怜的女孩儿,而她已难以控制情绪,委屈地扑进了克里帝安张开的拥抱,孩子般号啕大哭。

克里帝安深深自责,他难以想象,假如那个疯子不玩冰山这样的花招儿,而是选择一刀致命的残害方式,他的疏忽也许会让自己懊悔一生。

"没事了,Ruijia,一切都过去了!"他轻拍着她柔弱的肩膀,深深痛惜她的颤抖,他眼中闪过悔恨的泪光。他感谢上天,至少她并无大碍。

"现在让他们帮你处理下伤口,你伤得很重。"克里帝安已经感觉到她黏稠的血染透了棉衣,他扶她走向警车,让随行的医护人员为她做些紧急处理。

天已明亮,晨曦的暖色洒在路旁,罗丽嘉在开着空调的车里昏沉沉睡着了。

九点钟,前去勘查现场的两路警察赶了回来。

"怎样?抓到那个疯子了?"克里帝安迎上去询问。

一位络腮胡子的胖警官从他们的车上下来,他没急于开口,而是面无表情地透过这边车上的前挡玻璃疑惑地朝发髻凌乱、神情沮丧的罗丽嘉看了一眼,然后冷冰冰地说:"除了我们,整个福克斯山连只鸟都没发现!"他指着返回的方

第三十七章 诡异的涂鸦日记

向，语气带着一丝讥讽。

"那小子的确非常狡猾。"克里帝安叹息着。

"只是，那里发生了冰崩，就在我们到达之前！"胡子警官心不在焉地念念而语。

"冰崩？"克里帝安瞪大眼睛盯着他。

"他竟然在那里装了炸药？"克里帝安几乎自言自语。

"炸药？NO，NO，NO，教授，您和我一样，都是土生土长的新西兰人，那么相信您对于每隔不久就有那么一两次的冰崩并不陌生，所以，那也许只是一个难以置信的巧合罢了！"

胖警官这时凑到克里帝安近前，耳语了一句让他气愤到爆炸的话："您不准备考虑一下您学生的行为或者精神状况的问题吗？不过说实话，我真钦佩这女孩的超级想象力和顽强毅力！"他说着，又朝只穿着棉外套、几乎半裸的罗丽嘉冷冷地看了一眼，随后，神情流露出那种难掩的鄙视。

"可是，你们还没给她说明原委的机会！"

"我想……"肥胡子警官用不屑的口气说道。

"我想，在没有新的受害人报警之前，我们手头的资料已经够用了。"说完便开始招呼其他同事准备离开。

等他们呼啸而去，只留下一连串因辛苦而发泄的牢骚，以及对自我判断所展示的傲慢与坚定时，克里帝安再也忍受不住内心的愤怒，他冲着他们离去的背影，粗俗而恨恨地骂道："浑蛋，白痴！他们简直就是一群秃鹫的近亲，这一辈子只认腐尸的味道，其他事，只怕连拒绝晚餐那样简单的理由都懒得编！"

克里帝安愤愤地坐进车子，然后无奈地对罗丽嘉说："好吧，我们自己想办法！"

第三十七章　诡异的涂鸦日记

回到克伦威尔，克里帝安建议罗丽嘉暂时继续休假或提请人身保护，总之在纪用没被送交法官定罪或想到更好的解决办法之前，她最好隐藏好自己，即使租住旅馆也要找僻静偏远的，而返回住处则完全不可以。

"失去理智的他，即便想要自杀，只怕也要拉上你一起！"克里帝安警告她。

罗丽嘉自然遵从克里帝安的建议，因为罗丽嘉知道，此时如果没有"安大叔"这样可以信赖的人在身边，她真不知道该怎样应对这天塌下来一样的混乱。

傍晚，克里帝安再次赶来旅店看望罗丽嘉。

"感觉好些了？"教授问。

罗丽嘉轻轻点头。

"还好吧，只是头还很痛。"

"睡眠是身体的特别能量，过分缺失也会导致痛苦或不适，而且，调整过程也不是等量代换那样简单。"克里帝安说着走近窗前，他打开窗子让新鲜的空气透进来。

"脑子一直很乱，开始根本睡不着，后来睡了又一直在做噩梦。"罗丽嘉表情深沉而沮丧。

"谁遇到这种情况都会噩梦不断！"他安慰道。

然后，克里帝安还注意到她脸上仍有受到惊吓的苍白。

"饿了吧？"他关切地问。

罗丽嘉坦诚地点头。

"克伦威尔最棒的中式砂锅店离这儿很近，我们去尝尝！"他建议道。

于是两人来到了那家叫作"聚香楼"的中餐店。起初两人只是默默地各自吃着饭，后来，吃到一半的时候，克里帝安还是忍不住说出了自己内心的想法："其实，仔细想想，他们也只能那样，我是说那些偷懒的警察。毕竟，要挖开那

第三十七章 诡异的涂鸦日记

些崩塌的冰坨很花力气,况且那里明摆着挖不到足以说明问题的东西。换句话说,纪甪那小子既然把爆炸都准备得那么周全,就绝不会把监控之类的完美证据留下!"克里帝安呷了一口三味汤分析道。

"可是,如果……"罗丽嘉疑惑地注视着教授。

"是的,假如你没能及时醒来,那便是另外一回事了,而摆在眼前的事实却是既无命案又无性侵或暴虐之类的肢体伤害,警察自然不能想象一个怀抱毁灭想法的人却花大量心思在其他的事情上。于是,纪甪作为科研人员,他一句和亲密恋人协作搞新型科研项目时产生分歧之类的狡辩,足以成为所有行为的挡箭牌!而在警方那里,这样的恶作剧似乎又是司空见惯的。"克里帝安语气坚定而又平静。

罗丽嘉压低了视线,她听到这些合理又无奈的分析心乱如麻,她很想像刷屏一样把这页轻松翻过,可它分明是块巨石,沉沉地压住了她,因为她似乎能够感知,事情才刚刚开始,这样的担心甚至让她毫无味觉,虽然看上去她一直不停地往嘴里塞东西。

"所以,我们必须自己想办法。"克里帝安似乎明白罗丽嘉的心思。

这时,罗丽嘉想起在"冰穴"里捡到的日记,于是把它从口袋里掏出来。

"我从他那里拿到了这个!"罗丽嘉说着,把它推到安教授的面前。

克里帝安能够看懂大部分的中文,因为他在大学暑期报过汉语兴趣班,而当时虽然他认为自己对那些深奥而神秘的笔画掌握得很差,但他的强大的理解能力还是帮他度过了相当于中国小学水平的选修结业关。

"那小子的?"克里帝安以自己的敏锐嗅觉大胆猜测,他说着接过来随意翻动。

罗丽嘉点头表示肯定。

"他的日记风格也完全与众不同。"克里帝安感叹道。因为他发现那里虽然也有大量的书写,但更多的是素描涂鸦。

"其实他真是个天才小子!"克里帝安忍不住夸赞道。

"他的素描功底了得,所以对他来说,那些简单的涂鸦,一点也不比书写困难,也许就是几十秒钟的事。"罗丽嘉情绪低落地附和道。

克里帝安仍继续细致地翻看。

"其实,早在半年前我就在他的实验室里见过这个黑色皮面的本子,但,当时一直以为是他的课业笔记,所以并没在意,现在才明白,它并没那么简单。"罗丽嘉目光投往窗外,喃喃自语。

就在这时,克里帝安惊讶地发现了一页与罗丽嘉所描述的"冰穴"完全吻合的画面。

"他把那些画下来了?"克里帝安手指画面疑虑重重。

"正是!绝对完美的翻版,他细致起来真可怕,就连那些装饰的玫瑰花瓣都是一模一样的!"罗丽嘉在感慨。

"你在哪儿拿到它的?"克里帝安皱着眉头发问。

"'冰棺'脚下,它胡乱翻开着扔在地上,我估计在我清醒之前,他一直在画。"

"他究竟是以怎样的一种心理画下这个?"他难以理解。

其实,他更加难以理解的,是真实发生在罗丽嘉身上的一切。

如果一个充满幻想的人画下那些东西,也不足为奇!可这一切都付出了人命关天的危险代价就完全是另一回事了!克里帝安在内心自语。毕竟,他自从研究异常心理以来,自认为无论是从理论上还是从自我理解上都已经升华了许多,但对于眼前所发生的一切,他仍充满困惑。

就"冰穴"这个宏伟的工程以及整个事件的运作,看起来有序而机智。可是,冰冻活人又完全是一个疯子的所为!克里帝安在深度思索。

只是,克里帝安不想把这些困惑说出来,加重原本就压力巨大的罗丽嘉的心理负担。

克里帝安神情凝重地把日记匆匆往前翻了几页。随后,他的目光停留在了一张黑暗背景下两个细长诡谲的身影相携走下门廊台阶的画面,画面中,一长一短两个人,年轻人完全是个背影,而年长者微露半张神情沮丧、目光呆滞的侧脸。暗淡的背景原充满诡谲和神秘,因此他对这张充满兴趣。

"你认为他画的是谁?你认识吗?这幅画好像有种压抑的情绪。"克里帝安双眼紧盯画面,不由自主地发问。因为他在那页的前后都没找到任何有关的文字。

"这个吗?"罗丽嘉指向年长者的位置。

克里帝安点头。

"是纪甩出国前的导师,陈历教授,据说他才是中国最有可能拿到诺尔奖的人,可是两年前他失踪了。而且是她女儿回国后才发现并报了案,只是至今仍未找到线索和他的踪迹,警方曾联系纪甩问询过一些情况,却并没什么与此有关的结论。"罗丽嘉在纪甩的相册里见过陈历的正面照,而纪甩又是那种能够把人物画到完全相像的水平。虽然只是侧脸,罗丽嘉还是一眼就能认出。

第三十八章 罗丽嘉隐身

"而纪用却取代失踪的陈历拿到了这个世界大奖？"克里帝安惊恐地睁大眼睛，似乎被自己的联想吓到了。

"是啊，现在想想，这事真是蹊跷！"罗丽嘉也倒吸一口凉气。

于是，克里帝安更加严肃起来，他不动声色地思索了几秒钟，然后合上日记，非常认真地对罗丽嘉说："Ruijia，你看这样行吗？今晚你需要好好休息，所以，我需要一份影印本带回去再仔细研究一下，或许能从中得到有用的东西！"

"当然！"罗丽嘉把黑皮本交给克里帝安。

回到公寓，克里帝安连夜重新细致地翻看涂鸦日记的影印本。

它果然非常特别。只要多看上它两眼，便能看出，它异常轻易地出卖了它的主人，因为当你看到那些荒诞的表达、混乱的情绪以及莫名的乱符，就差不多可以判断拥有者心态的扭曲和偏颇了。而且，他有些笔画犹如愤怒的刀子一样，一笔划破十几页，这绝不正常。

而画面的内容，则记录了些许的真实，比如"冰穴"，当克里帝安盯着那个透着冷砺寒光的"冰棺"看了两秒，他的内心便真切体会了罗丽嘉在二十几个小时前那场死亡梦魇的可怕经历。

而自残的那一幕，纪用也把它画上去了，而且画得极其逼真。虽然事件背景被刻意地模糊化了，但画中人的站立位置以及交错动作都极其精确，画面中的罗丽嘉，虽然只是个背影，他仍通过周围其他人的惊恐、急切表情以及罗丽嘉的倾斜位置完整地表达出了她的真实内心。

"看到这个画面，就相当于光顾了当时的现场！"因为克里帝安是自残事件的亲历者，所以他更加惊讶他用画面表达事件的特质。

只是，另一个巨大的疑问产生了。既然"冰穴"只是刚刚发生的事件，而且罗丽嘉当时便拿到了日记，为什么那个画面不在末页？而是在许多页的中间翻到了它？

就算他有随便挑一页画上去的坏习惯，它的前后衔接又看上去非常自然而关联，甚至在它周围没有任何空页或前呼后拥的不和谐，总之，这难以解释。

而且，关于失踪的陈历的涂鸦又意味着什么？克里帝安更加疑惑重重……

第三十八章　罗丽嘉隐身

接下来的一段时日里，罗丽嘉就这么如同一只见不得阳光的鼹鼠，孤独而默默地隐忍着。事情发展到这个地步，是她自己也不曾想到的。一切都来得突然，像一场精彩的演出因停电或主角遭到劫持戛然而止。当经历了"冰穴"事件后，她自己也有点神经质，一听到电话就想往角落里躲，每次服务生或安教授来敲门，她总是要想尽办法再三确认才肯开门。而且她心理也在慢慢失去平衡，她常会委屈地想，为什么别人的恋爱都可以充满快乐和浪漫，而自己的恋爱，自校园风波开始，便犹如一段艰难的冒险之旅，无时无刻不提心吊胆，于是她不得不相信了命运，也许从自己遇到纪角的那一刻起，便注定了这场不同寻常和充满屈辱的人生……

没有课业甚至不能外出的阴郁心情笼罩着她，噩梦和失眠也在交替，罗丽嘉真的担心再这样下去自己也要疯掉。

正在这时，苏C打电话来了。

"亲爱的，好久没问候一下了，最近忙吗？"苏C语气里的温柔甜蜜，其实能够让人感知她内心每一寸的幸福。

"噢，还，还行吧。"罗丽嘉支支吾吾。此时的她，像掉进了正在酣睡的狼群，虽然已经被醒来的一只死死咬住了脚踝，却仍咬着牙不作丝毫声张！是的，此时的她，心里生痛，却真的缺乏拯救心情的勇气。

"既然不忙，加入我们一起旅行怎样？"对方说。

"旅行？"罗丽嘉迟疑着。

"对，静芝约人徒步探险，我和乔准备应邀！"

"静芝？她怎么找到你的？被'蟑螂腿'甩了，没地方去了？苏C，别再听她狐狸当猫的假说，她很会装可怜！"罗丽嘉不知哪来的怨恨，也许正是心里的那个不平衡，反正，她一听到那个为了某种目的不顾耻辱随便跟着认识不到两周

的男人走掉的静芝，便从头到脚充斥着骂人的气焰。

"没那么严重，亲爱的，大家仍是朋友，她说为了几种特别植物的胚芽标本而来，而且他俩仍在一起。说来很巧，我们昨天在RSKI宠物店门前遇见。"

"噢！真是够巧。"罗丽嘉语气幽然。

"所以，叫上你的纪用，我们六个人，一起去南阿尔卑斯好吗？"

徒步和南阿尔卑斯两份超级诱惑，在同时向罗丽嘉招手。

换作往常，她必定像个孩子般地张牙舞爪、狂呼乱叫，或者即使不原地转上三圈至少也要蹦上3米，但此时的她仍挣扎在痛苦的边缘，便不由得沉默了几秒。

"五个人可以吗？"她似乎在瞬间成熟起来，带着思索的沉稳平静地说。

苏C并没在意数字的问题，只是疑惑电话那端心事重重的说话语气。

"好吧，反正迟早要知道的，我和纪用分手了，我想他最好与我不再有丝毫瓜葛！"罗丽嘉飘忽着心碎的消沉气息坚定地说。

"噢，对不起，Ruijia，也许，怎么会这样？也许我这个电话打得不是时候！"苏C惊讶又难过。

"没关系的，好吧，不如正好出去散散心，所以，我加入……"

"亲爱的，为什么要一个人承受呢，作为朋友，我们……"苏C为自己迟到的安慰感到内疚。

"我没事！真的没事，也许都已过去……"她坚强地挺直肩膀，其实已经泪眼婆娑，这个勇敢的女孩经受不起的不是挫折，而是抚慰疼痛的温暖……

南阿尔卑斯徒步之旅两天后出发。

"亲爱的，他们计划从瓦纳卡出发，沿哈威亚湖西岸的Hasst pass（哈斯特通道）6号公路一直往北，穿越阿斯派灵山国家公园后，前往布鲁斯特山。"苏C成为信息员，她第一时间把相关的消息传来。

"据说，静芝需要的植物之一生长在布鲁斯特西北部大分水岭的灰色片岩薄缝里。"她补充道。

"他们为她的植物制定了专门的路线吗？这不公平！"罗丽嘉嫉妒静芝所受的优待，而且在她的内心，更渴望前往卡地罗纳山谷或者被《指环王》用来拍摄波澜壮阔的帕兰诺平原之战的特威泽尔（Twizel）。

"可是……"苏C有些为难。

"开玩笑的，其实去哪儿对我并没不同！"她坦言道。

尽管罗丽嘉对标本或嫩芽不感兴趣，而且在她看来，在茫茫山海间寻找参

天大树都靠运气，而找寻植物的胚芽更无异于海底捞针。但，远离尘嚣还是给了她无限的放松和自由。而且她也懂得，自己内心那些疼痛，无论如何不必影响别人，因此，到了徒步的第二个下午，当五人小队再次上路时，她下决心不再孤独和沉默，于是加入同行者的讨论。

"是什么？低等植物还是高等植物？蕨类还是被子？木本还是草本？"不管罗丽嘉是不是挑衅，她不带表情地冰冷发问惹得并不友好的静芝挑起怒眉。

"是美丽的利利毛茛。"苏C说道，她担心静芝会发作，于是接了话茬儿。

"利利毛茛？奇怪的名字。"罗丽嘉嘟哝着。

"虽然只是一种花色洁白的野花，却有不同寻常的素净和优雅！"苏C感叹道。

"而且，素净和优雅应该比胚芽好得多。"罗丽嘉低声说道。而她内心也又为自己向往的特威泽尔被不感兴趣的标本所刷掉而郁闷着。

路上，大家抽签选队长，乔迈洛幸运中签。其实乔迈洛一点也不在乎这个五人小组的队长头衔，但如果有必要在某事上做主张，他至少不想听那个帕尼克的，因为他讨厌他刚一上路就喝得醉醺醺的邋遢样儿。而且他还嗜烟如命，他看到他踏上了通往南阿尔卑斯的砾石土路还在不停地点烟，于是乔迈洛顾不得尊重个人嗜好，恼怒地制止他。也许正是因为这个，其他人才拿定了要选个头儿的主意。还好，当一个男人板起脸来，另一个男人瞪着酒红色的眼睛眨巴几下，变乖了，至少，大家没在这事上浪费太多时间。

最初的行程，乔迈洛驮着他和苏C两人合二为一的巨大行李，牵着他的娇妻一直走在前面，静芝和男友各自背着简单的行装紧随其后。罗丽嘉后悔自己带了太多东西——因为她习惯外出时也像居家一样有温暖的浴巾、可口的草莓冻以及随时可欣赏的音乐。于是，她被三个沉重的行囊压得喘不过气来，除了静芝，其他三个人大概都看不下去，于是苏C返回替她拎走了一个手拎包，帕尼克也出手相助，只是出于朵丽静芝充满杀气的眼神压力，他缩回了拿走大包的手，取走了另外一个中包。即使这样，罗丽嘉也只能勉强追得上。

三天后，当队伍进入布鲁斯特北侧的西部山谷，三个女孩明显落下了。

"瞧，晴朗郡主们体力不支了！"帕尼克回头嘲笑道。"晴朗郡主"是他给女孩们的亲密封号。

"No, no, no, 本月是庆祝我们印度恒河女神杜尔迦下凡日，我正在祷告。"苏C辩解道。

第三十八章　罗丽嘉隐身

"我把昨晚在'Midnight'背包客栈灰墙上拍到的红粉画传到微博上了，它太棒了，我打赌他是个非常有名的画家，只不过没留真名罢了。"罗丽嘉也想以这样的解释来抵挡男人们的嘲笑。

虽然没人承认，但那种再也迈不动腿的疲惫，明显让她们看上去倦容满面。

乔迈洛看此情形，便在前方不到百米的地方宣布休息。

"这是今晚的露营地！"他的命令如他的计划一样恰到好处。

罗丽嘉正好不舍眼下的绵延美景，于是她收好手机推着摄像机持续拍了几分钟。当她心满意足地宣布"暂时收工"时，突然发现自己放在岩石上的背包不见了。

"怎么回事？谁动了我的包？"她惊声尖叫，因为她刚才随手把手机装在那个包的侧兜里，而且那是装着她露营帐篷和所有生活用品的背包，如果失去它对她意味着之后的行程无法继续。

她快步上前，于是在岩石背后的百米悬崖下，她失望地发现了它，它躺在那里，重摔让它变成了扭曲的干瘪面包。

"朵丽静芝！是你把它推下去了？你打算赶我走就明说！"罗丽嘉怒火中烧。

静芝镇静自若地摇头。

"关我什么事？我都懒得看它一眼！"她眼神无辜地朝罗丽嘉看一眼，然后接着哼唱歌曲。

"少在我面前装无辜！它至少在那里安静地待了十分钟！而且，所有人当中，只有你在那边转悠过！"小小的挫折再次引发了罗丽嘉内心的感伤，于是说着说着，火气竟莫名地大了起来，而且感觉自己气恼得肺都要炸了。

"那又能说明什么？随你怎么说，虽然这种情形真的非常值得同情，但，我真的无能为力！"静芝带着挑衅的语气边说边平静地转身走向露营地。

罗丽嘉先愣愣地杵在那里，两秒之后，她终于像一头被激怒的狮子一般嘶吼起来。

"你浑蛋，你个阴险小人，一个大浑蛋！"

苏C一路小跑赶来了。她拥抱了这个可怜的霉运女孩。

"亲爱的，静芝她亲口对我说会好好和你相处，所以也许只是巧合，而且，无论怎样，大家一起想办法！"

……

第三十九章 "鱼眼"医生

时间,定格在罗丽嘉与纪甪分手的那晚。

对于爱情,纪甪并未指望婚姻。对罗丽嘉的喜欢,他更多的是一种心理依恋,感觉那份优雅美丽就在那里,像表姐最初进入他的视线一样。其他的,他一直像管理者经营一份事业一样,消费一点点脑力,然后还可以模仿其他人,比如买房子,那是进入婚姻角色的男人公认的大事件,然后,纪甪想象了一下,没准在这样的决定之后,他也可以像影视剧里一样,营造出一些温馨浪漫。虽然他知道,房子里,没有他和罗丽嘉的未来。

但事实是,他这样做,触动了罗丽嘉敏感的神经。

纪甪已经不记得自己是怎样离开复式公寓了。他只记得下楼之前他曾鼓足勇气走近窗口,想要从十七楼纵身跳下,可是双腿被死亡的恐惧吓软了,他诅咒、痛恨自己……走在路上,罗丽嘉决绝的眼神一直在他眼前放大再放大,直逼到他不敢睁开双眼,路过的车灯晃过,他一阵阵眩晕。

回到单身公寓的纪甪,基本上又成了凌乱的化身,他惶恐地一遍遍把门锁卡紧又打开,打开又卡紧,惶惑的暗流迫他产生幻觉,当过道间电梯的升滑轻响,他却如同遭遇了面目狰狞的魂魄,它们张牙舞爪地怒吼着夺门而入,然后歇斯底里地纠缠他、摧毁他,让他屈服,直至垮掉……

"上帝呀,让我痛快地死掉吧!"

纪甪哀求着。他踉跄着倚墙而行。

"酒!"

他抱到杵在玄关角落里的木质酒架里所有的酒,开始咕咚咚大口吞噬,直到重重跌倒在地板上,一只酒瓶也随即甩上石头砌造的质感电视墙,爆出的玻璃烟幕散落着洒向纪甪生日时罗丽嘉送他的琉璃"迪拜塔"。

"我恨这个世界!"

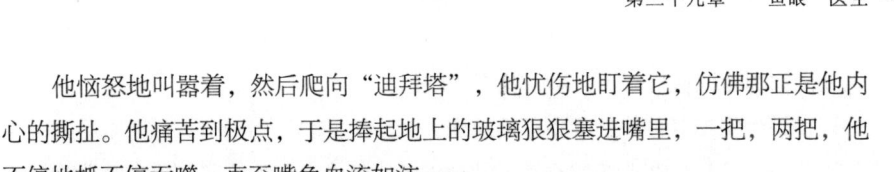

第三十九章 "鱼眼"医生

他恼怒地叫嚣着,然后爬向"迪拜塔",他忧伤地盯着它,仿佛那正是他内心的撕扯。他痛苦到极点,于是捧起地上的玻璃狠狠塞进嘴里,一把,两把,他不停地抓不停吞噬,直至嘴角血流如注……

纪甪晕厥过去。

恍惚中,电话响起。纪甪挣扎着坐起,并努力让自己恢复平静。

"喂!"他气力促狭。

"Hello!最近还好吧,我们的生命学大师先生?"

对方的问候,让纪甪怔住。

"怎么是你?"他声色沉郁。

"当然是我,如此顺利地联络到你,我自己也吃惊不小!"对方语气生冷,毫无善意。

纪甪非常厌恶地冷"哼"了一声。可是,让他更加始料不及的事情发生了,那个打电话的人声称自己已经站在门外。

"现在吗?"纪甪惊讶。

"废话少说,开门!"对方怒喝。

门开了,那人果然站在眼前。

"还记得我吧?在我眼里,你可是老交情、老朋友了!"来人黑沉着脸顾自闯了进来。

"津韦医生?!"纪甪愕然。

"很不幸,你可以离我更远,但,我有足够的耐心找到你。"那个叫作奥丁·津韦的医生不再看纪甪第二眼,只管找了椅子坐进去。

纪甪背过身去偷偷擦拭满嘴的血污。

尽管纪甪没勇气走近,只因他对他那尖锐犀利的目光充满畏惧,但仍然要客气地为他沏茶。当他端着茶水靠近,那张丑陋粗鄙的脸孔简直让他颤抖。

"没必要这样!"津韦医生若有所指。

"我是说,我对你的流血不感兴趣!"他目光冰冷,还带有淡淡的鄙夷。

"但让我生气的是,你根本没把我的话当回事,甚至关于透明人的警告,你都不以为然,所以,我只好登门拜访你,想再次郑重其事地提醒你,当你作为我芸芸访客中的一个时我并无兴趣,而让你我之前产生必然联系的,正是你认为掩藏最深的那一部分!"

津韦医生语调的强悍与专横,咄逼到纪甪哑然,他僵硬地退进角落,然后音

色苍凉地喃喃说道:"不,不,我不太明白!"

津医生突然盯着他的嘴角狂笑起来。

"哈哈哈!你在考验我心智的敏锐性吗?那么,假如换了别人,你的血盆大嘴不会吓退他们吗?"

"对不起,请允许我先处理一下!"

作呕的血腥让纪甪借机逃进卫生间。

"可恶,偏偏这个时候!"

纪甪犹如被人识破的贼般心慌意乱。他手扯浴巾拼命冲洗那些因为玻璃划伤一时不能愈合而不断汹涌的血液,水龙头下,水与血水溅染着洁白的浴缸……

抬头,对面的镜子里显现的是两年前自己与客厅里那位津医生的初识情节。

坐在叫作Purple Carnation资深诊所奥丁·津韦医生对面的时候,纪甪不能确定这位曾留学美国并获得过牛津大学医学奖的心理学专家能不能拯救他。

"我从头到脚做了所有检查,可是没有医生或者仪器告诉我哪里出了问题!"纪甪低着头开始向他认为的救世主诉苦。

"表面坚强的我其实很脆弱,我的情绪总在矛盾和纠结中,这种情况经常出现,可是越想克制就越纠结地让我痛苦到想死。而且有时候,痛苦背后有强大的爆发力,意识里有一部分力量想要控制,但另一部分太强大了,根本阻挡不了,每到这个时候,我知道,我已经在摧残自己或伤害别人。"纪甪说到这里时,回忆起复旦那起殴打学生事件,他当时神经绷得快要爆炸了,那场暴风骤雨所带给他的,除了一具横躺在地、面色苍白的学生躯体,还有几分钟内将他体内能量和气息消耗殆尽的自殒。

"平时,我是犯哪怕一丁点小错误就心存不安的人,所以为了掩饰挣扎和矛盾,我起初用厕所禁闭或猛吃东西抵挡,因此我还发明了和鸦片一样上瘾的锈粉,可是,在我身体里,需要打发的不是借酒浇愁之类的脾气或情感,我不知道那些撕扯从何而来……"

纪甪足有一卡车的烦恼需要倾诉,于是他一直滔滔不绝。然后那位津韦医生也表现出足够的耐心,不停地鼓励他"继续"或者"再具体一些"……

当以这样一种倾诉和倾听的方式持续到第三次会面的时候,纪甪对他所面对的人物的诚心有些质疑了,因为那个有着一双畸形鱼眼的男人常常背对着他倚躺在座椅里,然后除了简短的附和,其余时间都在手拿镜子忙碌他的特别嗜好。

当然,这个嗜好本身是让纪甪有所宽慰的,因为他万万没有想到,如此光鲜

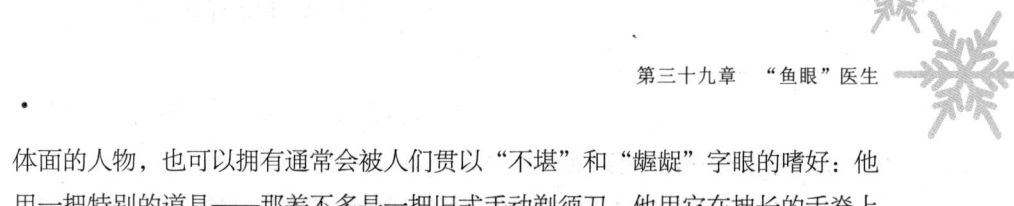

体面的人物,也可以拥有通常会被人们贯以"不堪"和"龌龊"字眼的嗜好:他用一把特别的道具——那差不多是一把旧式手动剃须刀,他用它在抻长的舌脊上刮痧,而且对着一面破碎的圆镜一直不停地刮、不停地刮直至血流不止……纪甪正是通过镜子看到每个细节的。

这样的细节如果换作他人一定会头皮发麻、不忍直视。最初其实纪甪也有不安,但他的不安并不是因为感觉恶心或恐惧,而是一种作为有教养的男人对他人特别嗜好的回避。纪甪一直自认为自己有足够的涵养的。但很快他发现"鱼眼"在他面前并不忌讳,如此的坦荡,慢慢培养了纪甪视觉上的刺激,他竟然从鱼眼的自虐中感受到了一丝特别的过瘾或痛快,像他猛吃东西、舔食铁锈一样。

于是这样的过瘾和痛快也就能把对方对他的怠慢与轻视抵挡大半。

直到第四次纪甪前来,而且是那些过瘾和质疑平衡得差不多了,纪甪即将泄气的时候,津韦医生像是看穿了他的心思,于是他终于好端端坐了起来,然后慢条斯理地对他说:"好吧,我也认为我们该谈谈了!"

心理医生奥丁·津韦终于决定要一本正经接待他的这位名叫纪甪的在生命科学界很有名气的访客了。

"这不算什么特别的!"显然津韦医生在安慰他,以缓解纪甪的心慌。

纪甪仍是听到了自己心脏的"怦怦"乱跳声。因为他突然感觉,想要接受现实,是件多么残酷的事情。

"来我这里情形严重的,我都要给他手里塞上气泡袋或一把尖刺钢刷,那些不起眼的东西足以让心神不宁的人在随便摆弄中稍作平静。"鱼眼医生慢条斯理。

但纪甪仍有感觉,他一直被死死盯住。

"但对于你,没有必要!甚至那些是否胃口不好、无缘无故感觉害怕、过分担忧、容易哭泣、脑子变空或者呼吸困难之类有关于思维、人格或者感性剖析之类的测验问卷也可以由我来代你填写。"

纪甪不解,眼神怔忡地从地面向医生的脸上游移,但仍没直视的勇气。

片刻的沉思,鱼眼医生似有迟疑。

但很快他坚定地半蹲下来,使眼光正好迎住纪甪的惶惑。

"记住!我想让你接受的事实是,我们虽然绝不可能是同一个人!但这个世界上,你我却是同一类人!而且,我把它命名为'cathode'X'!"

"'cathode'X'?"纪甪惊愕。

这个面貌丑陋、骨骼粗大的家伙怎么回事?他究竟是怎样走上医生生涯的?这么焦头烂额的思维难道都不能令他尽早失业吗?纪甪轻蔑地想。

鱼眼对纪甪脸上所表现的质疑并不理会。他兴致盎然地站立起来,甚至来了一个探戈样的跳脚动作,然后带着激扬气焰开始了他自持和轻蔑的演说:"这是一个决绝失落的世界,它龌龊肮脏、自私卑劣。假如你是生意人或者供应商,你就不得不把大半的钞票送给关系人;假如你做官从政,又不得不为那些令人心惊胆战的交易而寝食难安。而我们这些看上去精明愉快的人,说不定哪天也会突然面临骇人听闻的悲惨遭遇……"

如此拙劣的说辞如果常人不可能听下去,会认为自己所面对的是个极端而又愚蠢分子。纪甪却在这样的言论里滋生启发和共鸣,他认为这些话比那些富有艺术又极其夸张的演讲听多了。而且,这些也更贴近于纪甪自己看待这个世界的角度,他原本就认为,在这个世界上的人们,尤其是男人们,他们的心智已经被一种变异的丑恶和黑暗所侵袭,是这种侵袭导致了他们的狡诈、自私、狂妄和贪婪。而想要阻止这一切,只有将人类这个物种重新洗牌。当然,对于洗牌的规划,他可不是只想想而已,他认为自己从来不是那种只抱怨而毫无行动的人。只是事情还没什么头绪罢了。

而眼前,正是一个拿着抱怨当武器的人。他想尽办法想要把自己也拉进他那不堪的牢骚世界,我怎么可能像你那么愚蠢呢,更不可能与你是同一类人。所以,去你的吧!纪甪心里恨恨地,所以他用藐视的眼神盯着他,一言不发。

"别以为我什么都不是。"他挖苦道。不得不说,鱼眼在这些心绪细节上,把握得十分精准。

"注意到窗外的树了吗?是的,它在微风中摇摆,那至少说明一切都是现实的,你是非常聪明的人,你有高深的学问和丰富的阅历,所以你不难理解我说这些话的意思。"

"再透彻一点说,cathode'X原本就是与anodic'X相对立的。我们这种人是不可想象的。"

"因为我是可以通过一个人的眼神来透析他整个内心的人,这种超凡的能力仿佛是种神力,他让我可以在芸芸众生中提纯那些心智超凡的人。这其中包括你,你刚刚进门时,我已经断定你也是我们的人。"

这个唯心主义者,不能中了他的圈套。纪甪想要逃离。

第三十九章 "鱼眼"医生

"我是唯一知晓你的内心的人,尽管你不能信任我,甚至瞧不上我,但,终究你会因为得不到旁人的理解而想起我的。记住我所说过的每句话,它会像预言一样发挥作用的。"

纪甪感觉心头压抑,他难以坚持下去,抬起身想要逃走,可是那个丑陋人的一只手指戳住了他的脑门儿。

"不要乱动,既然不是你想要的话题,我们可以换成别的,但是,请你记住,我们是同类人,无论将来你遇到什么,我会帮你,而且也只有我,可以帮你。"

至此,他们的交谈才算告一段落。

纪甪早已忘记了这个长着一双丑陋鱼眼的医生。而且,他离开那人之后,一直认为自己误跌误撞进了被魔鬼施过魔法的魔窟,而不是什么心理诊所。

但他无论如何也想象不到,今天恶煞再次出现了。

"在里面待太久了!你总是这样对待老友吗?"鱼眼在浴室外敲门。

纪甪对着镜子又擦了擦脸,确信没有任何血迹之后,才慢吞吞从盥洗室出来。这时,他看到津韦医生已经给自己拿了杯子和奥尔买加(Olmaca)。

这个自以为是的家伙,他动了我的收藏品!纪甪恨恨地瞟了他一眼。

"我知道你有很多麻烦,比如这个!"鱼眼抓起一把带着血滴的玻璃举过头顶,然后从他自己仰起脸的上空轻轻撒下,他吞噬了其中不算太尖利的一颗。

纪甪的心紧了。

"比如Ruijia!"鱼眼用邪恶的眼神死盯着他。

"还有'EKNEBIL'!"几分威胁在他眼神中膨胀。

天哪,他竟然什么都知道! 纪甪心悸。

"虽然我不太明白你究竟在干什么,但至少我能够肯定,你在做手脚!"他的话,像一把把尖锐的刀子,直逼纪甪的心脏。在心里,纪甪有一万个问号在盘旋,他到底是谁?究竟想要怎样?

"你究竟想要怎样?"纪甪有种被另一种阴暗控制住了的感觉,但他安慰自己要冷静,面对一个近乎疯子的无赖,如果想要摆脱,也许需要时间和机会。于是他平静地坐下来,好让自己自在一些。

"不要给自己压力,我只是在想尽办法与你交流,而且,我不会把你怎样的,在新西兰这个文明的国度,谁愿意冒抵命的风险来玩杀人游戏呢?除非你有高明的手段。"鱼眼靠在沙发边上,脸上堆着神秘而僵硬的浅笑。

"慢慢地,你终会明白,我们之间还需要彼此的理解和尊重!"鱼眼似在耐

心安慰他。

纪甬悔恨自己当初去什么心理诊所，现在他的肠子都快悔青了，这个比他内心那个更沉重的苦难，真的快把他逼疯了。

"而且，其实我也很忙！"医生小酌一口，冷哼着。

我绝对不会邀请你来！纪甬恨恨地想。

"我特意跑来找你帮忙！"他向纪甬投来看似恳切的目光。

"帮忙？"对于这样的内容，纪甬仍不停地倒吸凉气。

假如是想见上帝之类的忙，我巴不得！他嫌恶地在内心嘀咕。

"说出来你会感兴趣的！"鱼眼似有用不完的自信。

"那就说来听听！"纪甬佯装有一丝兴致。

"是这样的，我有一个秘密而隆重的社会活动，你帮我准备点儿小礼品！"他的话神秘而含糊。

纪甬疑惑地盯着他。

"我有一些小虫子！"鱼眼说着，果真从上衣口袋里掏出一只10厘米左右的透明玻璃瓶，他把它推到纪甬眼前，他看到了半瓶芝麻糊一样的粉末。

"别担心，它们都是活的！"鱼眼坚定地说。

纪甬伸手想拿过来看个仔细，医生迅速收了回去。

"别乱动，它会伤害到你！"他提醒道。

"可别小看了这些小不点，它们是我旗下的千军万马，而我，则是指挥官，是它们的将军！我把它称为'黑莓行动'"

纪甬忍不住想笑，他想，什么狗屁将军，就是一个十足的疯子。但他同时能够感觉到，这个变态的医生至少已经厌倦了对眼下这个不堪的社会的抱怨，他可能要有所行动了，即使这样，他也决不认同自己与他是同类的说法，像他这类自以为是的蠢蛋，无论是在心智还是能量上根本无法与自己相提并论！

"这么说它们对人类有攻击性？"纪甬终于有了一点探讨的兴趣。

"是的，只要你帮我一个小忙，它便可以发挥它的巨大能量，十几秒内将一个像你这么年轻强壮的成年人击垮。因为它带有一种只要进入人体就会高速繁殖的致命病毒，这种病毒会让人类的血管在几秒之内腐烂破败，整个身体的血管就会变成无数孔洞的筛子，血液瞬间干涸意味着什么？没错，它就是这样战斗的，它超强的战斗力会让人类震惊！"看得出来，鱼眼有着超强的心理承受力，因为他说起坏事来，不但感觉不到不安，反倒欣然而兴奋。

"别小瞧它渺小的个头,它锋利的牙齿自带麻醉剂,被攻击者还没感到疼痛,它已经通过毛孔穿过肌肉进入了血管。"他补充道,看得出来,鱼眼对这事有足够的信心。

"这玩意儿我从未见过,我对它一无所知!"纪甪推托道。

"没关系,你只要让它对人类皮肤产生吸附性,剩下的科目,它会依靠本身的机能自行完成!"

"对皮肤产生吸附?"纪甪假装苦苦思索,其实对于他来说,这样的命题只相当于中学时代的算术附加题,只要稍下功夫,它的分值便拿定了。

"别说弄不来之类的假话,更不要在我跟前装神圣,我最讨厌那种内心想要当贼表面上却一副警察德行的人,这种矛盾会削弱你的斗志明白吗?"鱼眼一针见血的威胁让纪甪彻底投降了,他决定帮他,毕竟,看样子他真的对他有所了解,他可不想为这点小事激怒他。

第四十章　行动与死亡

两周后，鱼眼如期取走了他想要的。出门时，纪甪担心地提醒他："不要让我们自己也误入受惊的'牛群'！"为了防止路人听到，他甚至小心地使用了听来了然的暗语。

医生轻松一笑对他说："我只是满世界各处走走，任何生物都有保护栖息地的本能，敬请放心。"

纪甪似乎放下心来，但鱼眼离开之后，他莫名后怕起来，总是担心自己实验时不小心遗漏了标本，它在某个角落里躲藏，当他不经意碰触，便会遭到惨烈的攻击。于是纪甪不停地在实验室和自己的房间里喷洒杀虫剂，尽管鱼眼曾警告他杀虫剂对"黑莓勇士"毫无作用，但他想不出其他可以制服它的办法，因为他根本不确定它的位置及生存状态。然后，纪甪不停地洗澡、换洗衣物床品，又用放大镜对着身体上的每个他可能看到的毛孔不停地用刀片恶狠狠地剐擦，直到鲜血淋淋，他的心里才会感觉舒服一些，为此，他不得承认自己有一丝的强迫，就像许多事他都要反复去做，心里越是克制，而行动上越发变成一种急切的强迫……

而且，纪甪的这种担心，还来自越来越频繁的关于欧洲甚至亚洲的恐慌报道，那里不断增加"离奇"死亡病例，同时人们发现有种病毒正迅速在身边蔓延，他们亲眼看到感染者在短短几分钟内周身溃血而亡。

他究竟有多少只那样的"虫子"？难道他说的没有传染性是在对我撒谎？天哪，也许我已经被传染了！纪甪再度焦虑，他甚至决定把自己浸入高浓度的消毒水泡上几个小时，尽管那样会让他像只烫熟的火鸡一样周身溃烂。

消毒液还未倒进浴缸，鱼眼又出现了。

"你怎么又来了！"纪甪无法掩饰内心的厌恶，直白地说。

"你是担心我感染了病毒呢？还是担心有警察已经盯上我了？"鱼眼说话总

第四十章　行动与死亡

是阴冷而咄咄逼人。

纪甬自然不会承认两者兼而有之。

"麻烦你帮我弄点吃的，最好是红烧鸡腿、香辣猪扒或者牛肉三明治之类的，我最近非常讨厌饭馆里那种油烟气味。"

纪甬当然清楚，站在对面这个人，别看他此时趾高气扬的，其实这些日子一直像只缩头乌龟一样，东躲西藏，根本不敢出现在任何看上去比较体面的餐馆里。

于是，纪甬极不情愿地出了趟门，十分钟后买回来一份最简单的晚餐：香菇火腿蛋包饭加炸洋葱圈。

难吃的火腿包饭在鱼眼嘴里咂出喷香的滋味，而且他还直接拿酒瓶吞酒，狼吞虎咽的吃相，像偷渡或越狱者。

"警察在满世界找你！"纪甬想故意让他反胃。

鱼眼虽不理睬，仍因喝得太急，呛得咳嗽几声，等到平静下来，他自信地耸着肩对他说："你一点都不用担心。知道我是怎么做到的吗？虽然我分身乏术，但你别忘了，我们有好多的兄弟，满世界到处有我们的人，他们可以替我做一切事。当我在马累、多哈或埃里温，我就会打电话给那里的人。如果哥本哈根或圣马力诺有动静，而我又恰好在那里，我也不会傻到让任何人知道我在做什么，因为在地铁站台进进出出的那些人，有一部分人掸烟灰或拍裤角的小动作并不特别。而那些小家伙就是那个瞬间被我打发出去的，它们如何寻找并攻击哪些对象由它们自己说了算。"

他夸张地打着饱嗝，粗鄙的动作让纪甬非常反感，同时确信站在自己面前的这个人，根本没什么教养，或者根本就是在孤儿院长大的。

"而且，我知道，警察只对那些高明的手段感兴趣，因为他们可以借此挖掘自己的潜质，炫耀自己的智商。所以，我认为，无论面对怎样的战场，异乎寻常者最有胜算！"鱼眼自持地冷笑着。

"如果……"纪甬没有太多耐心跟一个附身魔鬼讨论更多，于是他差不多想要下逐客令了，尽管他知道那样做没什么好处，毕竟胁迫的"合作"的解释，也改变不了两人已经拴在一起的事实。

"别急！如果不想谈我的事，那么谈谈你，我可是听说你在警察那里栽了跟头。说说看，那是你的真实想法吗？你真的要跟那个姓罗的女孩同归于尽？天哪，你真的非常了不起，因为你又愚弄了警察那群蠢蛋！"

嘲讽和质疑，引来纪甪震惊，如此迅疾的信息他是怎么得到的？而且，蒙蔽了警察的理由在他那里成了蛋糕上的巧克力糖衣，脆弱得经不起他的指尖轻弹……纪甪的心猛地一缩。

鱼眼并不看他，而是起身离开餐厅，径直打开了客厅电视，因此，也许他并不等待纪甪的答案。

而其实，纪甪因敏感而窘迫的反应，似已作答。

"好吧，没关系，我现在在想，我们共同的事业才刚刚起步，为了以后的合作，应该轻松快活一点，你说呢？"鱼眼说着，已经把目光聚集在顺利找到的成人收费频道。

过后几分钟，这个满身酒气的假游医，顾自缩在沙发里像头死猪一样睡着了。

房间里，留下情绪烦乱的纪甪。面对这个已经让他厌恶到极点的假游医，他有种与他一拼死活的冲动，而且，他开始反复质问自己，这人究竟是谁，为什么要在自己的世界里出现？回想那次在路上自己误打误撞进入诊所，以及后来所发生的一切，他突然有种中了他预设的圈套的醒悟，因为那一切是如此的机缘巧合而又顺理成章。

此时，纪甪内心被恼怒和憎恨所占据，他很想找出榔头直接把他的脑袋敲碎，但当纪甪站起身来，又被一种强大的阻力挡住步伐，因为一直以来，鱼眼所做的一切都已表明，他在许多事件上的掌控力，绝不是空穴来风……

新任务很快通过电话传达而来。

鱼眼总是不断变换卡号打来电话，以至于起初纪甪并没感觉是他。

"两周后，有一个来自加拿大的包裹会寄到你那里，那些来自Edmonton（艾德蒙顿）的小芯片在他们的市场上不足10加元，他们把它用在一款儿童智能玩具上，假如对方小孩儿调皮去碰那玩意儿，它便发出向对方攻击的指令，那是一些从肩部、脚踝或者腹部的隐秘机关弹出柔软的海绵小球，无论海绵从哪个位置出现，它都会迅速并准确击中对方小孩的喉咙。假如那些小孩配合默契，躺倒或假哭会特别有过家家的效果，所以，我喜欢那些软绵绵的小球，因为它们不会伤害任何人。"

鱼眼边说，边在电话那端发出阴森的怪笑。

"哦，是吗？"纪甪毫不掩饰内心的质疑。因为即使鱼眼不那么怪笑，他也

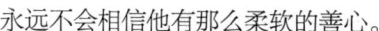

永远不会相信他有那么柔软的善心。

"不管怎样,我建议你把收件人另换他人,你知道我有研究所的工作,还有实验工厂,工作忙时,我甚至几周都不能回家。"纪甪语气坚决地回应道。

"可是,伙计,恐怕来不及了,昨天它们已经上路了!"鱼眼佯装的卑谦让纪甪听得汗毛竖立。

"而且,如果论信任度,纪甪你是首选。既然这样,我就有必要跟你讲实话,那是我们新行动的一部分,刚才我说到哪儿了呢?对,那些软绵绵的小球,我会把它们收集起来装在口袋里自己玩,取代它的,将是有着特别装置的衬衣纽扣。其实根本不是什么纽扣,我这样说,只是让你能够感觉它看上去非常安全而又特别微小,但实际那些芯片会让它们在关键时刻像变形巨蛋一样,只要有人踩踏或碰触,它会变成发毛的响尾蛇,直接攻击人类的喉咙,切断他们的气管,让人几十秒内痛快地窒息而死。这将是最臭名昭著的索命彩蛋。"

鱼眼犹如连环杀手,此时此刻,他完全显露了凶恶的真相。而且,纪甪非常清楚,如果关于邮件的事情成立,自己便成了直接参与者。

"奥丁·津韦,你简直太疯狂了!"纪甪不得不考虑自己的立场了。

"你究竟想要干吗?我以为你吹阵风过过瘾也就算了,毕竟任何能穿上警服的人,绝不可能是真正的白痴!"纪甪怒吼道,他真的受不了了,他原本就不是那种任人摆布的人,加之鱼眼不着边际的狂妄,简直变成了赤裸裸的陷害。

"怎么?你害怕了?实话告诉你,我美妙的计划多着呢,比如接下来我会打造一款有三层楼那么高的碾压机,它的碾轮有三米厚,重达十吨。如果我以两百码的时速在巴黎戴高乐或美国的时代广场出现,那么,效果会怎样呢?但现在我又在考虑,假如有胳膊或者头盖骨之类的东西卡住了轮子,我又不得不停下来清理,那么,我似乎要冒被当众暴头的风险!"

鱼眼已近癫狂,他停不下来。

"按计划,我会在下个月为那个大家伙定制相应尺寸的防弹玻璃,据我所知,花上六七十万美元高价就可以在多伦多的军工厂里搞定,所以到时候那些蠢蛋想要在行进中朝我开枪只是白费力气,但也许他们会找别的方式,比如运用导弹之类的高端武器。"

纪甪惊愕,自己遭遇了真正的魔鬼。

"这样下去,你会害死大家的!"纪甪愤怒地提醒他。

"怎么?你在教训我吗?别以为你自己有多高明,其实你玩的那些花哨的

玩意儿未必能够派上用场，而且，每天都要面对那么多丑恶嘴脸，我可没什么耐心，我一刻都等不及！"

鱼眼直戳了纪甪的敏感神经，他再次哑然。

那些有着规范包装的芯片果然如期到达。为了验证鱼眼那些离谱的言论的真伪，纪甪决定拆开来看看。

鱼眼说的没错，它先进到对目标的定位和袭击绝对分毫不差，假如给它装上纽扣一样的锋利刃器，让它成为杀人暗器，无论是从理论上还是操作上，都是完全成立的。但鱼眼还是在某些内容上撒了谎，这么尖端的高科技，不可能出现在跳蚤市场上，更不用说10加元的荒诞说法。他虽然不知道他是通过什么路子搞到了这些，但纪甪更加明白，他远远低估了鱼眼的巨大能量。

就像是鱼眼在纪甪身边安了电子眼一样，快递前脚刚到，他后脚电话就打进来了。

"那些小家伙你还喜欢吧？现在辛苦你把它送过来，我和十几个兄弟都迫不及待想要让'纽扣'的心脏跳动起来呢。"

纪甪明白，他必须做出选择，鱼眼在这件事上，像是没有形态的鬼魂，他正在遥控指挥他收买的所有人，而他自己却神出鬼没，只做幕后指使。而他之所以这样做，自然只为自保。而纪甪却十分清楚这件事已经不存在任何侥幸，那些签货的字迹以及芯片上他自己的指纹都将成为最有力的直接证据，只要"纽扣"出现，他就完了。警察和监狱就会成为他的全部，而自己的功课以及之前的一切努力都将化成泡影。

不，不能就这么草草地结束，这些根本不是我的本意，我要有自己的坚持！他苦苦挣扎。

在纪甪那里，关于道德的考量，早已在他与陈历的对决中，像受伤的战士决定锯掉生了坏疽的双腿一样挣扎过了，他只是在做暂时的自保，眼前更为重要的一种。他还需要半年时间，等他完成了自己的"L-VBNW"，他自己自然就会平静下来，不必考虑生死……

再给我半年时间，我的"L-VBNW"就要成功了，到那时，所有痛苦的人都会得以解脱，这个伟大的计划不是我个人的，而是全人类的，所以，即使他想毁掉我，也决不能让他毁掉这个伟大的计划。

纪甪决定赌一把。他连夜将它们格式化，然后扔进烧烤炉，把它们统统焚化了，听人摆布原本就不是他的本性。最关键的，他决不能因为这个打破自己

第四十章　行动与死亡

的计划。

鱼眼得到这个噩耗般的消息，完全疯了。

"为了它，我几乎倾尽积蓄！我在努力引导你走向一扇宽阔的大门，你却在门后拿枪对准我！你这个不要命的浑蛋！你这个浑身冒泡的畸形分子，你等着瞧，如果那些兄弟想要撕碎你，我更建议他们让你滴尽最后一滴血，你自己根本不会想象出你会死得有多惨！"

"我做出销毁它们的那一刻，我就做好了一切准备，等待最后一丝气息的耗尽也没什么可怕，就像秋风后的落叶罢了，好吧，我就在家里或平时经常出现的地方，或者我们约个地点，我直接前去赴死！"

毕竟纪甪在某些方面的心理素质又是超好的，所以面对恐吓他毫不畏惧，反而口气强硬得像个无畏的勇士。

嘶吼的电话后的那个清晨，纪甪带着一种漠然的态度前往科研所，虽然他心里也怯怯地想，没准出门就会有人朝他射击，但他还是硬着头皮开门走了出来。

天上飘起蒙蒙的小雨，敞开的天窗飘来蒙蒙的雨丝，他喜欢这种被湿打凉的感觉，像灵魂冰冷地躺下去，回归大地，有种在天地合一的圣域里游弋的快活。

飞驰过几个路口之后，前方几百米处骤聚的车辆和攒动的人群在他右手边匆匆滑过。他注意到，那里出了严重的车祸，有人僵硬地躺在许多散落的汽车碎片上面，甚至肇事车辆的右前轮下塞进了半条扭曲的人腿。

就在这瞬间，纪甪的眼里快闪镜头一样划过一张苍白的脸，纪甪是最惧怕这种脸的，像小时候奶奶讲过的吸魂的恐怖故事，如果人的灵魂被他吸去，他可以复活，而那个丢了魂魄的人只剩等待腐败的躯壳。

虽然只是三分之一秒的闪现，但纪甪仍能感应得到，那人已经停止了呼吸，最后一丝温度也在背后的血流中消逝。

奥丁·津韦？！纪甪突然被自己的反应惊住了。

怎么会呢？纪甪紧急踩下刹车。有人挡住了他的视线，他不得不冒着被罚款和撞车的险挂下倒挡，只为看个究竟。

骤密的雨雾驱赶着围观者，于是纪甪更加真切地看到，那堆因冲挤而隆肿的胸骨、那颗嘴角溢出胃中流质食物的脑袋，正来自一个叫奥丁·津韦的法籍假游医，十几分钟前还对着电话大声叫嚣的他，此时却横躺在公路中间，随时间的流逝慢慢变成一具僵硬的尸体！而且，那盒他通常拿在手上当玩具的最具代表性的"OELK"牌香烟被甩出去了，它离他的手两米远，此时正被一位匆匆赶到的警察踩成毛片。

MY GOD！真的是他！纪甪暗自兴奋，他几乎想要呼喊出来。但，许多高呼压过了他内心的呐喊：

他是谁？来自哪里？他身上没有任何证件，有谁可以通知他的家属？好吧，如果联系到家属，请他们直接到殡仪馆去！

第四十一章　真实的内心

他真的死了！而且是我亲眼所见！

几周甚至许久以来，纪甬的脑子里一直在盘旋一个奇妙的问题：那是上帝的安排吗？鱼眼之死是上帝之意吗？当某一个人一直与你作对，操纵你，让你变成他的影子，或者把你装进透明的玻璃瓶里，控制并命令你，当那种渐失自我的痛苦在你的内心滋生出刻骨的仇恨，却又对他无计可施时，于是，你每天诅咒上万次，诅咒他被雷劈、被火烧，诅咒他被撞残，诅咒他遭遇车祸意外死去……于是，诅咒灵验了！

现在，纪甬在他认为最惬意的酒吧里多喝了几瓶酒，然后，神清气爽地沿公路吹着晚风慢慢走回住所。

"他真的死了！"纪甬对着空旷的马路再次大声提醒自己。

虽然纪甬非常清楚，关于上帝，那是一门模糊的学问，和他自己搞的生命科学相比，这种幸运的概率根本无法精确。而且，实际上，没人愿意徒然去做想见上帝之类的癫狂尝试。

但，对于这件事，纪甬仍觉得不可思议，他感觉自己像在一场噩梦里挣扎了很久，当一觉醒来，搓两下惺忪的眼睛，噩梦便结束了！而且，那些在梦中的困顿与苦难也在瞬间消逝无踪。

然后，纪甬又可以轻松地吹着口哨等待电梯的到来，又可以把手机随便放在什么地方，假如有人来电他恰好没有接到，也不必担心像鱼眼那样的讥讽、呵斥甚至威胁。而且，让纪甬更加痛快的是，欧洲那边抓到了几个愿意承担"BlackBerry Action（黑莓行动）"全部责任的人，他们大概和邪教子弟一样"英勇"和"忘我"，因此，当他们付出牺牲，也仍为保护了自己觉得崇敬、仰慕的头目奥丁·津韦而自豪。

"那群逊色的乌鸦已成过去，让我大干一场吧！"纪甬对自己说，即使此时

他感觉自己已经醉了。

"呸！鱼眼这种人渣也配跟我谈论什么'同类人'？他大概把安装同款发动机的汽车、同样织法的衣物、同一出品日的瓶装酒都叫作同类！而且，是什么让他感觉我可以站在他那边了？是他的那些小把戏吗？他认为害几百条廉价人命或制造几起流血混乱就会出人意料和令人欣慰了，其实只是愚蠢到把自己出卖给恐怖组织或黑社会而已！哦，是的，那头蠢驴现在死了，如果他还活着，我一定会让他看看我的L-VBNW，当他弄明白是怎么回事，他一定会为自己所做的小动作感到羞耻。"

回到公寓，纪甪又恐惧地感觉到，那种想要逼他失控的邪恶再次向他袭来。他的悲哀就在于此，当经历一些事情或者情绪有些波动时，他都怀疑自己接收到了超级脑电波，它刺激着他，让他先是大脑出现异常空白，哪儿跟哪儿混乱到绝不搭界；另一外，他又会无法逃避地进入因害怕失控而紧张、因紧张却又削弱他对自己的控制能力的恶性循环。

为了避免完全进入混乱状态，他匆忙拿出涂鸦日记开始涂鸦，这是一种纪甪独创的自我疗伤方法，那些画笔如同邪恶闪电与地面之间的导线，只要在衔接时间和位置上不出差错，效果还是非常明显的。

所以纪甪把涂鸦日记视作珍宝。而且他还认为，涂鸦日记真正的完美不在于它是否具有华丽或素雅的外包装，而在于那些倾注了创作者深刻内心世界的完美内容，当它越来越成熟睿智，那种捧在手上的感觉真正叫作爱不释手。

现在，他翻开新的涂鸦日记，开始了"创作"。原来的那本不知何时弄丢了，他为此像丢了魂儿一样伤感了至少一星期。他祈祷没人看到它，但愿它只是被狂风卷走或者被什么东西掩埋在某个角落。后来他又自我安慰地想，其实即使有人捡到，他们也未必能懂，如今像鱼眼这样专门去揣摩别人心理的人并不多，所以，即使有人捡到也只会把它当成连环画册手稿而随手丢进垃圾车。

这本新的涂鸦日记，对他来说更是意义非凡，它犹如航行者的船，在某种意义上，它才是他生命的真正蓝图。

那里呈现了他理想中的未来世界：一位犹如远古时代的母系氏族里的女皇一样的女性掌管着全球人类的命运，她有至高无上的权力和地位。其他人则居住在同等条件的别墅里，衣食供给、社会地位均等。人们在社会活动中因为心智洁净，地位平等而能够像动物之间那样遵守庄严的基本法则，这包括社交、财富和性。然后，他们生活中的一切都像极乐世界里描述的那样，想什么就可以有什

第四十一章 真实的内心

么,各司其职,各取所需……

对于这样的理想,纪甪在北大时曾经试图与陈历交流。

谈话那天,之前的交谈内容刚好是几个全球大事件:纳尔吉斯(Nargis)飓风重创缅甸的伊洛瓦底江三角洲,死亡及失踪人数达13.8万人,波浪覆盖了高度低于海平面以上6米的地区;美国海军陆战队在阿富汗赫尔曼德省与塔利班武装分子交火,殃及无辜;南非排外冲突场面血腥……

纪甪感慨地说:"武力战争和环境污染在考量'文明'的意义!"

陈历因妻子背叛他并与美国佬结了婚而对美国人充满了仇恨。

所以他愤愤地骂道:"那些顶着文明旗帜的杂种!他们大概从来不需要土炮和装甲车,因为他们的兵比那些玩意儿更管用,只要给足子弹,他们就会像拉大便一样把弹壳排得遍地都是,联合国在他们眼里像只装满官员档案的纸箱子!"

纪甪借机向陈历讨教:"假如人类有回天之术,未来的文明应该走向何处?"

"我想,终极的文明,应该是一种消除了法治与国度的文明,在那里,既有发达的科技,又有依靠自律便可遵循的简单而又严格的社会关系。"

"对,就像高度进化的母系氏族社会!"纪甪插嘴道。

"而且,对于远古时期女权制的覆灭,我赞同恩格斯在《起源》里的说法:'那是人类经历的最激烈的革命之一,是最早的阶级压迫与对妇女的奴役同时发生的。女权制被推翻了,这是具有世界历史意义的失败。'"

"你认为那个时期在阶级和统治的斗争中占据上风的应该是女人?"陈历向纪甪投递质疑的眼神。

"在我看来,任何矛盾的解体,对立双方各有成败均半的机会,而且,自地球生物进化以来,自然界至今依然存在以雌性占主导地位的种群,加之无性繁殖或孤雌生殖的特例,她们简直应该像必然与偶然的较量一样大有胜算!"

陈历表情难过地在摇头,他完全理解不了他的学生纪甪这种既意外又迂腐的想法。

但纪甪并未动摇自己的信念,甚至他还想借机继续宣扬自己的理论:"所以,如果想办法改变现状,让人类沿新的轨迹行进,我们应该……"

陈历再也听不下去了,于是他毅然打断他:"小子,你会非常认真地以为那是一种向往吗?不,那绝无可能!其实人类在这个世界上是什么?那只是一道热水杯在桌子上留下的印痕,它会瞬间消失,对于历史或浩瀚宇宙来说,人类匆匆

263

几十年,实在太短暂了。所以那些企图扭转乾坤或改变历史之类的荒诞设想,只是在白白浪费时间,任何美好的设想,只怕连上帝都难以做到。所以,还是让我们做点正事,开始手头的实际工作吧!"说着他转身离开。

纪甩意犹未尽地低声嘟哝:"上帝从来不亲自做事,他也许会安排他信赖的人,所以,至少我们应该试试……"

当纪甩说这些话的时候,虽然他的目标明确到如同空屋子里唯一的一把椅子,但也许门锁着,所以想要拥有它,行动者应该怎样着手去拿,路上究竟会是怎样,他自己心里也还没底。

但事情的转机恰恰就发生在这个时候,五分钟后,当陈历从走廊那端折回来,他的手里多了一份厚厚的资料。

"小子,我不得不考虑再给你多些事做,我太忙了,而你却在浪费大量的时间去空想,所以,我希望你能脚踏实地地帮我做些事情。我的意思是说,你看,这里有多个通过了立项审核的最新命题,你可以任选其一,实验室就在这里,随便你用,经费更是不成问题,至于成果,我当然尊重你的选择!"

显然,这里活脱脱在上演成果欺诈类的"潜规则"。潜意识里纪甩是想抗拒的,因为和脾气越来越差的陈历相处久了,让纪甩感觉还不如主动回复旦接受学生事件的惩罚来得痛快。但就在纪甩看清陈历递到他眼前的所有命题的提案的那一刻,他被其中一道命题的电光击中,那可不是一般的命题,它早已牵动了他的神经,只是他万没想到会出现在陈历的手上,于是他顿时目光炯炯,心跳加速……

纪甩克制住见到那个命题的激动和兴奋,不假思索地答应下来。因为那是令他震惊的"EKNEBIL"。因此,此时的他,根本不会理会来自"潜规则"带来的恃强凌弱的"屈辱",甚至,此时即使陈历提出再苛刻百倍的条件他都会答应。

"完全没有问题!"他重复道。

EKNEBIL是怎样的一个命题呢,那是一种通过把美国生物学家克莱格·文特尔制造出的人造生命细胞附着在人体的基本细胞上,让它对细胞产生影响并加以保护的全新设想。也就是说,如果通过研究和实验,在人体的内细胞群发育成各种组织和器官之前,就让人造生命细胞把那些疾病基因加以筛选并同时让它产生对细菌和病毒的耐受性,以此来延长人类的寿命。

而且,来自这个命理的真正的强悍引力,并不在于陈历申请到了EKNEBIL

第四十一章　真实的内心

这个在国际科研杂志上被称"饮弹自尽"的复杂命题。关键的问题是，纪甪在复旦时就曾意外发现他悉心研究的L-VBNW与人造生命细胞、内细胞群有着某种至关重要的关联。也就是说，如果不出所料，陈历的EKNEBIL正是他的L-VBNW理论所要寄生的真正寄主，通俗地说，正是他冥冥之中苦苦寻找的能够打开空屋房门、径直走向椅子的那把钥匙。

这把神奇的钥匙有许多道机关，启用它具有难以想象的困难或必须面对不可思议的挑战，这就是学术界给EKNEBIL冠以"饮弹自尽"的恶名的原因，它不是什么可爱的俏皮话，而是因为许多有造诣的人，他们花再多时间，仍搞不通它庞大复杂的机理，于是，他们不得不对那种眩晕加以表达。

没错，纪甪对它也是有所畏惧的，但当一个人有了自己明确的目标，他内心便仿佛生出无限的力量，再多的挫折都无法阻挡前行的脚步。

天赋是什么？天赋是音乐人在常人连dol、re、mi三个最基本的音符都搞不准音的时候，他却可以在洗手间搓脸的瞬间创作出美妙绝伦的音乐；天赋是商界精英在人群中溜达一圈便能找对价值千万的巨大商机；天赋是乔治·温斯顿在《卡农》末尾的完美轮指；是博学家莱昂纳多·达·芬奇那"不可遏制的好奇心"和"极其活跃的创造性想象力"……在"天赋"这一超自然现象面前，人们宁愿相信上帝真的存在，因为天赋只是个别存在，而且从他们身上，常人往往会看到那种神奇引领的力量，从而使他们勇敢而顺利地在合适的时机、合适的地点走向辉煌。

无疑，纪甪是具有天赋的。

当他面对举步维艰的EKNEBIL，他需要通过上千万次的实验让克莱格·文特尔的人造生命细胞与人类胚胎发育过程中内细胞群的分裂与进化同步；接下来，从人类DNA图谱约20000个基因筛选出近600个疾病基因，也是在实验室里的宏大工程；然后，必须培养可通过空气或紫外线传播的细菌性疫苗"母粒"，或叫"母株"，因为按照EKNEBIL的特质，它根本无法通过口服用药或肌肉注射来完成……总之，面对这一切唯有勇气只怕远远不够。

半年之后，纪甪成功了！当他通过解剖受到EKNEBIL辐射的雌性小鼠所孕育的胚胎干细胞时，发现这类胚胎基因测试达到AY级，而受病毒和细菌感染的指数降低至Z-。他知道，他完成了一道足以让陈历冲击诺尔生理和医学奖的命题。

接下来，纪甪要做的便是实现他的L-VBNW理论。其实L-VBNW的秘密在于，他要在正常的EKNEBIL "母粒"内核培养一种相对稳定的L-VBNW异

株,并让这种异株经过多次诱变形成一个假单细胞,而这个假单细胞将优于真单细胞的分裂,而这种分裂既成不了生命,又无法停止。而这种基因缺陷一旦成立,人类的孕育功能即将完结,也就是说,当半个世纪后,地球不再有新的人类生命迹象,而那些年迈的心也便失去了活下去的力量。因此,这种不可逆转的基因缺陷必将把人类推向决绝的覆灭。

在涂鸦的世界里待了很久的纪甪,终于稍稍抬起头来,他犹如从幻境中突然醒来,晃了一下,然后开始自言自语:"覆灭和重生便是将人类重新洗牌的非凡神话。重生!是的,重生是所有人类共同的梦想,而千年后获得重生更是我作为非凡神话的设计者的绝妙规划。假如几周前丽嘉从冰穴下出走的经历需要一个解释,那么,我会努力告诉她我所想做的一切。没准真会让她加入。或者,假如有更多人了解了这一切并愿意加入,成为志愿者,那么正好,我应该告诉他们,作为发起人,我已经在百米冰下为所有志愿者建造了栖身冰穴,而这样的冰穴,不但可以让他们因避免了EKNEBIL的辐射而获得繁衍生息的特赦,最重要的,冰穴里先进的设施还可以让他们成为千年不死之身,这样他们就可以像南极冰川下的古老生命一样静静地等待3014年全球冰川消融期的到来,而那时正是他们起死回生的美妙奇幻时刻……"

"可是,陈历差点摧毁我的一切!"纪甪恨恨地咒骂道,然后他再次陷入沉思。

的确,就在纪甪即将完成L-VBNW的关键时刻,陈历出岔子了,他某天突然敲开实验室的门对纪甪说:"小子,我要去美国了!"他不慌不忙的冷冰冰的一句话让纪甪一愣,不知道他是否只是说笑。但转念一想,他这样做也不是没有理由的,因为一周之前他与北大校史委员会会长为全国劳模的事差点动手打起来。为这事学院里传得沸沸扬扬,甚至还有院方将予以警告处分的传言。

他大概因为这事已经在北大待不下去了!纪甪心想。

"我收到我女儿的来信了,你知道我和她好久都不联系了,所以,对于她在来信中建议我去美国和她们团聚的建议,我不得不深思熟虑。她妈妈已经再次离婚了,这样一来,女儿她可能对一家人团聚再次充满期望!"陈历面带兴奋地解释道。

纪甪心想:她女儿的信倒来得真是时候,可是,如果这样,EKNEBIL怎么办?我已经……纪甪突然害怕起来,因为他决不能失去EKNEBIL。所以此时他既不能说出EKNEBIL"已经成活"的真相,而毫无希望又无疑会坚定陈历离开

第四十一章 真实的内心

的决心。

"我已经在做关于EKNEBIL'母粒'进入小鼠体内的生物化学监测,免疫应答的进程不会太久,也许……"

"没关系,小子!当你告诉我你顺利完成了EKNEBIL'母粒'的那一刻,我就知道我们的EKNEBIL将成为生命科学界又一权威巨献,至于它是否有个漂亮的收尾那并不重要,所以剩下的工作由我来做!"

"那么我呢?"纪用神情沮丧。

"你应该回上海!首先那里有你的小女朋友,然后,那事已经了结了,一个人一辈子谁都不敢有把握自己永远不犯错,所以即使给个小处分又能怎么样呢?我考虑过带你一起走的,可是如果等你把护照签证等手续办完,也许中间又说不定出什么变故!而我说不定下周已经到了洛杉矶。不过,我会考虑给你一定的经济补偿!"

这点陈历说的倒是实话,陈历是典型的美籍华裔,他祖父是中国商人,但他本人却出生于美国,毕业于麻省理工学院,后来因留学清华并留校任教,所以虽然他大部分时间生活在中国,但作为拥有美国国籍的他,随时可以离开。

"我指的不是这些!我只是担心EKNEBIL!当然,这样没准美国人会给你个高价!"纪用气恼地讽刺道。

陈历不停地摇头。

"No,No,No,小子,为什么你会产生这么奇怪的想法?世界上的学者专家,比如法国医生卡雷尔创造了血管缝合和器官移植的神话,德国科学家劳厄因发现晶体的X射线衍射获诺贝尔物理学奖,比利时科学家博尔德让我们认识了人体免疫力,建立新的免疫学诊断法,这些人都在让全世界分享他们的成果,所以我们的科研也一样,它既无价也无国界,难道不是吗?"

正常情况下,这样的理论的确成立。正因如此,无法辩驳的纪用慌乱了,他心急如焚,因为他知道,想要说服因过于偏执而严重自我的陈历比他完成他的L-VBNW还难。可是,如果这样,他的L-VBNW便彻底完了,它特殊的"定居"和"附着"需求注定它不可能脱离EKNEBIL而独立存活。也就是说,一旦脱离了它的宿主EKNEBIL,L-VBNW什么都不是。那只是一堆杀死了纪用大量脑细胞的乱符。

好吧,既然你陈历够狠,就休怪我不义了,你等着,我不会让你得逞的!纪用心里暗下决心,同时一个粗略的阴谋在他大脑里慢慢升腾……

  夜深了,一阵自南太平洋吹来的冷风吹散了纪甬最后一丝醉意,他离开记忆重新回到他手边的涂鸦,今晚他完成了他整部涂鸦日记的重要部分——王的世界,而画面上那位被众人簇拥膜拜的王,正是罗丽嘉的模样。

  她时而勇敢奔放,时而温婉善良。她既有一般女人的清纯可爱,又有王的坚毅与优雅……可是,她为什么完全不能理解我所追求的一切呢?她甚至为了一些小情绪宁愿抛弃爱情,在这个纷乱的世界里让她独自飘摇会让我心痛,所以必须再想想办法,想办法让她待在一个为她上了完全保险的地方……纪甬边想边揉搓着充满血丝的双眼。同时他手里的笔犹如一把尖利的小刀,恶狠狠地在纸上划开深深的裂痕,仿佛他在自己大腿处刺开一道邪恶的口子,好将那些隐藏在身体深处的痛苦像血一样汩汩地引出。同时,一个让罗丽嘉回到自己身边,永远不离他的视线的新"方案"开始在他的大脑里呈现……

第四十二章　又有五人失踪

　　罗丽嘉等五人失踪了。最初发觉情况不妙的是乔迈洛的好兄弟"差菜",虽然乔和其他大部分兄弟早已离开"二角",但他们之间仍有无法泯灭的关联。比如周末相约喝茶或半夜通个电话骂骂KIEN那样的垃圾团队;或者直接冲到某个岸边再PK一把,虽然不再是特职业的水准,但只要大家嗨得够狠。那天"差菜"一直在给乔迈洛打电话,他很想听听乔对下个月"二角"新团队参加区域赛的看法,毕竟,作为刚被委任团队老大的他,面对一堆刚入行的毛头小子和"Steel"以及"Illegal"等强大的对手,他内心缺少勇敢的底气。

　　可是,乔迈洛的电话一直打不通。然后,按常理,乔如果错过了电话,不出半小时会立马回电,可这次,一整天都不见回复,而且,"差菜"再打,竟然无法接通。"差菜"了解乔迈洛带妻子和朋友一起前往南阿尔卑斯的事,所以他急了,因为一种不好的感觉一直往他脑门儿上冲,于是他傍晚决定报警,并迅速把这个令人担忧的消息告诉了其他人。

　　克里帝安接到通知后,忧心重重地驱车赶到克伦威尔(Cromwell)警局,远在格雷斯茅的罗丽嘉的姨妈蓝珍女士也已经到了,她怀抱刚刚满月的婴儿,眼睛哭得红肿,一位女华人联络官正轻声安慰她。为了给蓝珍减压,她甚至开了一个令克里帝安非常不满的玩笑:"也许他们当中有人故意玩失踪,几天后说不定便兜兜转转地平安回来了!"

　　克里帝安刚要动怒,上次打过交道的胖警官约翰带着难得的谦和递来了咖啡。

　　"这次,我发动了中奥塔哥地区的全部警察,皇后镇无论是公用还是私人直升机都答应随时为我们提供服务,只要他们没遭遇外星人绑架。"

　　克里帝安讨厌他的虚浮夸张,但看在咖啡的份儿上,他提醒自己要多点耐心。

　　"其实进入南阿尔卑斯状况比较复杂,那里,有时昼夜都在下雨,而且,也

有可能他们的行李被浇或被山洪冲走了,或者有超强磁场干扰了信号。还有,这个季节的有些山顶仍是白雪皑皑,如果是在那儿,找到他们就更不容易。"

克里帝安绷着脸瞥了他一眼,心想如果他继续说些五人已经住进了星级宾馆之类的鬼话他就上前揍他。因为在来此之前的电话里,他已经郑重声明了自己对纪用的质疑。

还好,胖子及时察觉了对方的情绪。

"好吧,就说那位年轻博士,既然有这么多人牵扯进来,就不差他一个,我准备好好查他。但要确立谋杀或毒害的罪名,首先要有许多要件上的吻合,比如行动时间或车辆出行轨迹,或者枪杀的话,与他关联的枪支也能说明问题。而且,新西兰不同于美国,要搞到枪可不容易,所以,如果他只是在黑市花10纽元买支廉价自制的枪,可能连发三发子弹就会卡壳。"

胖子站在靠窗的位置,像市长就职演说般情绪激昂。

"然后,如果找到尸体,即使是碎尸当中的一小块,我就有义务让它还原真相!"

"尸体"这个敏感词让克里帝安极不舒服,他为五个人目前的状况感到担忧,因为晃悠在眼前的这位警官太笨拙了,这个愚蠢的肥红脸压根不是那小子的对手。非常明显,五条人命的案子又压得他乱了方寸,但他仍然故作镇定地在办公室里等待着,靠接听电话和给属下下达碰碰运气的命令来完成他当官的使命,而不是前往现场一探究竟。而对于那个狡猾的作案者,他也许从了解五人的行程到策划谋杀只需要十几分钟,所以,这个愚蠢的约翰压根不是他的对手。

"有没有比较乐观的迹象?"克里帝安板着脸质问道,他当然希望五人没事。

"现在基本可以断定,他们是10号上午离开'Midnight'背包客栈后失踪的,根据客栈服务人员提供的线索,虽然当时只提供了乔迈洛夫妇两个人的证件,但从当晚入住直至早上离开,五个人一直在一起,而且,他们看上去相处和谐、精神状态良好,离开前甚至还一起收拾了所有用过的房间。"

"'Midnight'背包客栈?就是开在'墨镜'休养所旁边的那家?"

"没错,但非常糟糕的是,五人出现在那里,根本与之前填写在游客信息中心的出行地不沾边,当然,临时更改线路也是常有之事。"

"信息中心写的什么?"

"说出来你可能会不敢相信,他们写的是:寻找传说中天父拉奇的四个儿子!"胖子耸着肩,用不屑的语气回答道。

第四十二章　又有五人失踪

"什么乱糟糟的信息！"克里帝安感到恼火。

"'拉奇的四个儿子'！是的，它代表南阿尔卑斯四座高峰！可是，天知道这些家伙当时在想些什么，难道他们想要来个全线大冒险吗？"胖子冷嘲道。

"绝不可能，我的学生Ruijia告诉我，她们的旅行计划只有一周，如果只是徒步，连爬完库克山的全程都很匆忙。更何况，时间已是过半，他们仍在Hasst pass（哈斯特通道）6号公路沿途的'Midnight'留宿，这足以说明他们根本没进入南阿尔卑斯。"

"所以，也许我应该直接去问问你怀疑的小子，至少如果我的诱询高明，兴许能从他那里嗅到他周密的跟踪计划当中不太严密的部分。那样，终归比漫无目的地围绕客栈方圆百里进行地毯式搜索奏效些。"

离开警局后，克里帝安一直焦急地等待消息。他想象着胖子对纪用的调查非常顺利，然后根据线索，他命令属下迅速将五人救出……

但事实并非如此，随着时间的推移，胖子电话里的回应越来越令克里帝安失望。起初他说，查到了几个与纪用通话的陌生号码，怀疑与枪支有关，然后又说，纪用10日那天起得特别早，大约凌晨三点便出现在他住所附近的"监控眼"中。而一周后的最后一次通话，克里帝安终于忍不住冲胖子咆哮起来，因为他竟然白痴一样替纪用开脱起来，说陌生电话和凌晨外出都与失踪事件毫无关系，而且在作案时间上，那小子也有得以完全排除的证据。

"不可能！你根本不了解他，你以为他做了坏事便擎着衣领在大门口等着你上门去抓是吗？他有足够的能力把事情做得神不知鬼不觉，他是一眼望不见底的深潭，你明白吗？是的，你这只做表面文章的蠢蛋，根本不会明白！"

咆哮之后，克里帝安难过得跑到街边的酒吧喝了好几听啤酒。然后他想，这个世界完蛋了，五条人命就这么莫名消失了，而且，也许那个纪用，说不定与胖子约翰之间有什么不可告人的勾当……夜幕慢慢降临。他在那里边想边喝，但怎么也理不出头绪来。但最后，他突然想起一个人……

第二天，克里帝安如约见到了他的老伙计霍思鲁普。他是一名有着多年破案经验的刑侦专家，他现在虽然已年过七十，但不穿制服的霍思，看上去像当年穿着制服站在法庭上等待法官给他的犯人作宣判一样精神而威严。

"打扰了，霍思！"克里帝安问候道。

"我以为没人记得我了，这可不是什么好现象。"霍思鲁普谦逊地回应。

271

"我遇到难题了,老哥,我是说,万一我的学生以及她的朋友们需要帮助,我想,你可是难得的帮手。"

"怎么回事?说说看。"霍思眼中闪过一道亮光,仿佛舞者重新站上绚丽的舞台,整个身心都光芒四射了。

"我长话短说,我有个中国学生Ruijia失踪了,一起在前往南阿尔卑斯旅行当中秘密消失的还有其他四人。"

霍思满脸惊讶,插嘴道:"你忘记了吗?我有读报和天天收看新闻的好习惯,所以失踪案我听说了,但没想到与你的学生有关。"

"这事非常蹊跷,按理最近没有大雨,所以山上应该没有山洪、泥石流,可是他们失踪一周以来活不见人死不见尸。加上之前我了解到的一些事情,又不得不让我怀疑一个人,他不是别人,正是我那个失踪的学生Ruijia的男朋友。我想,万一这事与他有瓜葛就完了,因为他可是个比恐怖组织更恐怖的阴险人物。"他忧心地说。

"这个人你可能有所耳闻,他刚拿了诺尔奖,对,就是那个刚入新西兰籍的中国年轻博士。"克里帝安补充道。

"完全不敢相信!如今,他的名气可比现任奥克兰市长的名气大!"霍思眼神中充满不解。

"我也不想把这么有名的人物牵扯进来。可据我了解,他是个性格上有缺陷的人,就是那种扭曲或心理变态。三个月前,那个疯子差点把FOX(富克斯)冰山挖空了,然后,他居然把迷晕的Ruijia当成尸体冰在了那里,所幸那个可怜的女孩命大,她意外苏醒并自救成功。这个事件说来像是天方夜谭,但我参加过对她的营救,所以至今想来还感觉毛骨悚然。"

霍思听到这些眉头皱了起来,他感觉不可思议。

"如今Ruijia再次失踪了,而且是和她的朋友们一起。警方在他们失踪周遭进行了大面积搜索,但毫无结果,所以,我担心他们被跟踪并遭遇了黑手,现在,也许已经被害了。"

霍思迟疑地问道:"除了那个事件,还有别的什么让你感觉到他的扭曲的?"

"他自残!而且他的那种特别的眼神!甚至……还有这个!那小子的日记也和平常人的不一样!"克里帝安边说边从衣袋里掏出从罗丽嘉那里影印的涂鸦日记给霍思看。

"就是在这里,我的学生Ruijia差点被活活冻死,可那个变态的小子却在她昏迷时坐在她的面前悠闲地画画，他丝毫不差地把当时的情境画进去了。"

克里帝安很快翻到了关于"冰穴"的那一页。

顺着克里帝安手指的位置，霍思看清了那是一副具有写实风格又有极强情绪感染力的素描作品：一座寒光逼人的冰穴内部，冰制的桌几、灯饰一应俱全，侧门角落里的冰砖发出冷冽的光线，两副大小不一、晶莹剔透的冰棺并列在一起，一道通往上方的坚井里，升降机的铁制链条在空中摇晃……

"只是，对于这个，"克里帝安依然指着那个画面心神不宁地说，"我和我的学生Ruijia的看法不太一致。她一直认为那是刚画上去的，而且也许就在她昏睡的时候。我却不太认同她的想法，按正常逻辑，厚实的一本日记，里面到处满满的，没有其余空页，如果它在事发时还没收笔或恰好收笔，'冰穴'事件都理应在末页。而事实上它却被许多内容裹在中间。霍思老哥，你是知道的，我喜欢从心理方面来分析一些人，所以我正在努力通过这些细节上的问题来了解他画下这个情境时的心理状态。"

霍思鲁普轻轻点头。

"是的，按理说，一个画手或写生者，区别于一种空想的情境和一种真实的情境，他的内在心理当然有所不同！"

这时，霍思鲁普戴上了他的眼镜，他伸手接过翻开的涂鸦日记，然后对克里帝安说：

"好吧，让我把这些看个清楚，没准可以帮你分析一下！"

这时克里帝安接到他的助手科利请示工作的电话。

等到电话结束了。霍思那边的神情已经明朗起来。

"正好，我帮你找到了更加有力的证据。"他语气里带着难抑的兴奋。

"这么快？你是怎么做到的？"克里帝安一阵惊讶。

"看看，冰棺里能看到什么？"霍思手指克里帝安早已熟悉的画面盯着他问。

"它几乎是透明的，所以看上去好像连只蚂蚁都没有。"他非常肯定地答。

"你认为那小子画画的功力怎样？"

"绝对的大家范儿，如果单纯从他涂鸦作品来评价，这小子堪称才华出众。"

"那么，我现在要利用反证了。"霍思强调说。

"假如你的学生的观点是正确的，那么，一幅几近完美的画作，尤其他想展现一个童话般完美浪漫的主题时，他理应把躺在冰棺里的女主人公画得格外出彩。即便空间位置受限，他也有理由用独特的方式表达出来。而且你也知道，那

273

位公主般的美丽女孩当时就躺在那里，虽然她差点被冻死。"

"是的，没错！"克里帝安附和道。

"可是，我同样在冰棺里什么都看不到，连个大致的人物轮廓都没有，看上去，两具冰棺完全是空的，这对于一个具有专业素养的画手来说，如果用失误来解释绝对是不可思议的。而事实上他对于这个作品在细节上的力求完美，甚至表现在光泽和玫瑰花瓣的纹路上，所以就绝不可能遗漏画面的主角。除非他看到的果真是空的。这就如同你小时候完成写作作业，对于一个突出人物的主题假如你忘记描述人物，那你如何还能下笔？除非它的要求就是突出情境。"

"霍思你真了不起！我怎么就没想到呢？"

"这样一来也就是他先行设计了这个画面，差不多和冰穴一起的时候开始凭借想象画出来，然后再照着这个画面造出了冰穴。"克里帝安很快进入了活跃的思维。

"正是如此。"霍思肯定道。

"确切地说，这个名叫纪用的年轻人，很有可能有按涂鸦还原现实的特别癖好。我是说，他就像一个思维敏捷、业务精干的家装设计师，当他把格调、布局甚至人文理念勾勒完毕，就开始进入空房子照图施工，只是这个丧心病狂的设计师甚至把'风干的尸体钉在天花板上'这样的恐怖元素强加进去。所以，涂鸦已经不再是简单的涂鸦，而是他将阴谋变成现实的完美参照！"

"原先我只以为他因为内心受伤而无法自控做着傻事，谁承想他竟然有如此可怕的恶劣心境！"克里帝安惊叹。

"而且，我们通常把具有如此扭曲心理的人叫作心理阴谋家，而这些日记，正是心理阴谋家的阴谋笔记！所以，我有种感觉，他已经在罪恶的深渊里走得太久，任何的心理拯救或感召如今已是于事无补。"

霍思鲁普一口气把他的想法说完，这个惊人的推断让克里帝安内心发毛，因为，如果真是那样，他们看到的涂鸦可不是一页半页那么简单，而是一本厚实的画册，那么那难道都是些令人胆战心惊的阴谋？

"假如真是这样，那这家伙比想象中更危险！"克里帝安自语道。

这样一来，克里帝安更加没有主张了。

"那么，你认为我们现在应该怎么办？"

霍思再次前后翻动画册，这次他看得更加仔细，但也许他并没找到他想要看到的内容，因为他直至翻到最后依然眉头紧锁、表情严肃。

第四十二章 又有五人失踪

"竟然没有与这次事件相关的内容!"他抬起头,失望地摇了两下。

"是啊,因为Ruijia的机智逃脱可是那小子也意料不到的状况!"霍思有所醒悟地自语道。

"只是这样一来,咱们似乎也失去了线索和方向。"他深沉地绷紧双腮。

"阴谋笔记?心理阴谋家?如果这样,陈历那页也大有来头!"克里帝安似乎想到了什么。

"什么?"霍思追问道。

"差点忘了,再看这个!"克里帝安拿过涂鸦日记快速翻动,然后他找出了一张以黑暗为背景、两张背影相携走下门廊台阶的画面。

"他也失踪了!"

克里帝安把他从罗丽嘉那里听来的关于陈历的事说给霍思鲁普听。

"这很重要!"霍思面带欣喜。

"可是,他成功躲过了警方的调查!"

"那又怎样?对于这个世界,没有永远的赢家。"霍思不以为然。

"不过,假如把他当成罪犯,他可是我认为的最难对付的一种,他们心理素质好得难以想象,如果抓到什么别的把柄他都懒得搭理你。因为,他们的智慧常人难以想象,而且他更愿意把做坏事当成是与警察的较量,他宁愿拿出九成以上的时间来规划设计,当一切已心中了然,作案则只是他溜达到河边的一次小解,他放肆地吹着口哨就能轻松搞定。这种人,对于风险总有异常敏锐的判断,假如他达不到相对意义上的天衣无缝,他宁愿不做。"

克里帝安钦服地点头,此刻他感到,大脑门儿霍思正是为那些罪犯而生,在他面前,再诡谲狡诈的伎俩都形残影遁。

"只是,这样就更复杂了!"霍思低语。

"等等,你让我把思路捋捋。无论是涂鸦时间还是事件时间都在你的学生事件之前,但不管怎样,如今都成了失踪事件,而且这些都同时出现在一个名叫纪用的高智商男孩的阴谋画册中。"他喃喃自语。

"其实,这么一理,我似乎感觉陈年的陈历失踪案有东西浮出了水面。虽然除了一页涂鸦还没看清别的。但凭借我多年的侦查经验,有些案子要抢时间,而有些案子却需要滞后的时机,时间越久轮廓越清晰。"

"这么说你心里有谱了?"克里帝安为此眼前一亮。

"至少我认为接下来最好花点时间好好地研究一下这位中国老头儿,这个

看上去邋遢古怪的家伙身上到底发生过什么？他的失踪究竟和这小子有怎样的联系？这一点非常重要，如果有关，那么总有腐尸之类的东西等待着我们。所以，假如你有兴趣，愿意为你的学生做出一点牺牲，那么我建议，你应该调整你的假期去趟中国，因为我感觉，那样既可以让你对姓纪的小子有更深入的了解，而且，它会成为你还原一切真相的一个起点也说不定！"

第四十三章　中国之行

霍思鲁普真是个了不起的家伙，当克里帝安决定前往中国时，他甚至帮忙联络了他远在北京的朋友——一位当地政府的工作人员。于是克里帝安通过他顺利地与当时负责陈历失踪案的警官——沈珂取得了联系。

"下午好！欢迎您到北京来！"沈珂是位三十出头的年轻人。

"报警发生在去年6月。"两人礼貌地寒暄之后，直奔主题。

"陈教授唯一的女儿陈美美从美国回来，她无论如何都联系不到自己的父亲，当她询问周围的邻居，他们则惊讶不已。'你父亲难道没和你们在一起吗？他一年前已经离开这里了，而且他走时分明在说要去美国和你们团聚了'。邻居的这种说法让陈美美非常意外。她说，虽然他们父女二人少有联系，但在她的印象中，他的父亲自十三年前与母亲离婚离开美国时已下定决心定居中国，自此她从没听到他有返美的打算。甚至，在她参加工作独立生活时因担心再次离婚的母亲内心孤独因此发E—mill给他，他都毅然决然地拒绝了。当时她因为这事非常生气，所以一直都没再与他联系。况且在美国，他除了她们母女，没有别的任何社会或亲友关系，因此陈美美感觉哪里出了问题。"

"确有蹊跷！"克里帝安用生硬的中文附和道。

"我们虽然查到陈历购买出境机票的记录，但之后根本没有他进入机场以及登机的任何迹象，而且其他各大机场、车站的监控里，也搜索不到他的任何踪迹。事实证明，他并没出国！"沈琦几乎是断言。

"可是，他真的失踪了！"克里帝安默念道。

"是的。但当时对于案件的性质，我们非常纠结，据理这只是一起普通失踪案，而她的女儿担心有人蓄意谋杀，因为她认为她的父亲精力充沛、思维活跃，不可能莫名失踪。加之陈美美去北大打听消息，恰恰听说了她父亲的学生纪甪获奖成果正是当年他父亲申请到的课题——EKNEBIL的事，于是，她把怀疑的目

光盯在了那个与陈历走得很近的叫纪甪的人身上。"

克里帝安点头表示他听得仔细,而实际上他内心是在赞同陈美美的疑问,因为在他看来,对于至今仍挂在失踪人员名单上的陈历的确与纪甪有着千丝万缕的关系。

沈珂似乎猜中了对方的心思。于是他打击道:

"理论上,对于谋杀,除了犯罪嫌疑人、犯罪现场以及明确的被害人即伤者或尸体这些基本要件,我们至少也应该找到其他一些证据,可是,很遗憾,至今为止,对于这个案子,我们一无所获。"

"这个我不太在行!"克里帝安故作谦虚,以减少对面那个人明显的自我压力。

"而且,据说师生两人并无明显矛盾,而在获奖这事上,从时间来推算,陈历失踪时,距离诺尔奖提名还差了一年多,所以,那个成果获不获奖也许根本没谱,除非那家伙先知先觉。所以,在没有任何线索作为导向的情况下,直接把纪甪当嫌疑人似乎也很牵强。"

"对,这叫动机不明!这个词我听说过!"克里帝安附和道。

"但,为了慎重起见,我们还是进行了秘密侦查,从当时的摸查情况看,虽然没有找到比较明显的比如残留血迹、搏斗划痕或者刀具绳索之类的痕迹物证,但经过整体分析,整个事件还是暴露了几处疑点:第一,电脑专家在陈历的电子邮件里恢复了一些东西,其中有一封从已发送邮件位置删除的信,疑问在于它的地址Lsjchmml@163.com仅与陈美美的邮址Lsjchmm@163.com一个字母之差,但它的内容却与四十分钟后真实发给陈美美的截然不同。我们通过科技手段拿到了这个邮箱的申请人信息,竟然是匿名,所以这很奇怪,电脑是陈历的,邮箱也是陈历的,按说别人应该无法擅自使用,除非他非常信任的人,假如不是别人而是陈历自己所为,那他又是出于怎样的动机去匿名申请一个与自己的女儿只一字之差的邮箱网址呢?"为了照顾到克里帝安的中文听力,沈警官尽可能放慢语速。

"第二,据纪甪讲,陈历似乎是突然间大彻大悟并产生了'云游四海'的计划,而按常理,即使悟得再深也终归要生活,但事实却显示陈历自22号离家之后成了真空人,因为他既没发生银行存取业务,又无日常刷卡消费记录,这显然不合逻辑。然后,有邻居反映,在陈历离开后大约一周的某个深夜,他们曾在陈历别墅附近听到过一种沉闷诡异的声音。起初他们以为陈历刚走,那些无孔不入的

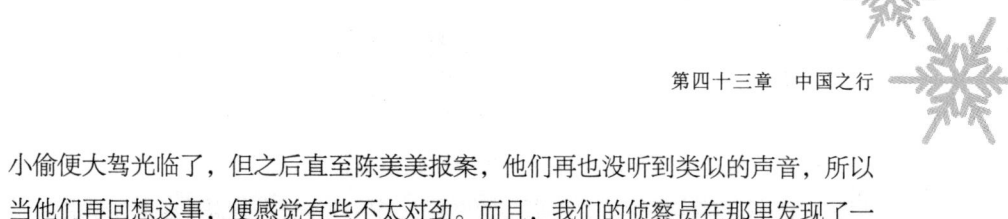

第四十三章 中国之行

小偷便大驾光临了，但之后直至陈美美报案，他们再也没听到类似的声音，所以当他们再回想此事，便感觉有些不太对劲。而且，我们的侦察员在那里发现了一个2009年6月27日生产的面包包装袋。由此可推断，2009年6月22日陈历离开之后，肯定有人进出过那里。"

"一些了不起的发现！"克里帝安赞叹道。而且此时他有想把关于黑暗背景涂鸦的图画展示给沈琦的冲动，但转念一想，这个根本算不上证据的玩意儿，在没有任何其他重要链接的状况之下拿出来根本是个笑话。

"只是，作为第一嫌疑人，纪甪把自己开脱得滴水不漏。加之我们缺少至关重要的一环——受害人或者是死者的尸体。尽管我们从没放过任何一具无名尸的DNA对比，但，到目前为止，仍无一吻合。"

"是的，没有尸体就无法立案！"克里帝安随之发出失望的唏嘘。

"所以，直到今日，纪甪那家伙在新西兰混得有模有样的，就在上个月，奥克兰市长还宣布把'杰出贡献'的荣誉奖章颁给了他，那可是获得这个荣誉的第一位亚裔新西兰人。"克里帝安感叹道。

正在这时，沈珂接到了五分钟后参加某一重大刑事案件的结案总结会的通知。

于是，克里帝安决定离开，临行前，他请求copy一份警方对纪甪调查问询时的资料。

返回路上，克里帝安在出租车里迫不及待地戴上耳机，打开他的平板电脑，点开那个录影文件……

警方："作为陈历最得意的学生，纪甪您怎样看待陈教授的失踪？"

纪甪："教授真的失踪了？我自从去了新西兰，就和他失去了联系，我以为他还在满世界转悠呢，所以这个……非常意外！"

警方："邻居回忆说，教授2009年6月22日离家时，带走了大宗行李并由你陪伴打了的士，教授当时手里拿着机票，扬扬得意地声称自己要返回美国与妻女团聚，但事实上你们并未前往机场或车站、码头，那么，你们去了哪里？还是路上发生了什么特别状况？"

纪甪："教授当时手里究竟拿了什么我不记得了，但压根没拿什么机票，而且他离开的目的根本不是飞往美国，而是外出旅行。教授最大的愿望是云游四海，他临行前给自己规划了许多路线，还说要花些时间来个世界漫游，只是第一站究竟去哪儿他本人当时也并不明确，因为直到上了出租车他也一直自称先去顺义区拜访一下老友再说。那天本来我打算无论他去哪儿我至少要亲自送他去车

站，但不巧我的手机电池坏了，又恰好路边看到一家品牌专营店，于是我们在那里临时道别。其实教授给邻居那样的说辞，当时我也并不理解，但后来想想，他那样做只是碍于面子，满足内心的小虚荣。"

警方："你们离开之后回来过吗？我是说，你们当中是不是有人落了东西返回过？你们走后邻居听到教授家里发出奇怪的响声，而且东西也被翻动过……"

纪甪："我发誓我离开后再也没回去，记得那天傍晚我一直在手机店等他们从另一分店拿回我需要的电池，然后接连几个白天我都在找便宜出租房，晚上大部分时间在通宵电影院待着。再后来我租到房子直到办好出国手续。所以我想，如果不是教授回去过，说不定是流浪汉或者吸毒小青年儿光顾了。"

警方："陈历的电脑你常用对吗？他的电子邮箱密码是多少？"

纪甪："教授的电脑与邮箱对于我的意义，差不多和我与教授的房子、保险柜之间的关系是一样的，他把房子腾出来一间让我借住，但毋庸置疑，保险柜与我毫不相干。"

警方："其实我们的电脑专家破译了他的邮箱密码，在这个他的私用邮箱里，专家恢复了一封被人删除的已发送邮件，只是这封邮件的收信人网址与陈美美的邮址仅差一个字母，而且里面的内容却正好相反，那么，凭借你对陈历的了解，这究竟是怎么回事？"

纪甪："邮箱和内容我无从知晓，但结果我是知道的，他并没答应陈美美让他返回美国的请求，因为他内心充满顾虑和矛盾，他之所以一直摇摆不定，是他比任何人都更加了解自己，他担心回去之后又会陷入彼此伤害的深渊，如果那样，还不如保持距离，彼此心存怀念……"

警方："还有最后一个比较敏感的问题：众所周知，EKNEBIL获得了诺尔奖，据我们了解，当初EKNEBIL的申请立项报告人是陈历，而且，按理他至少是你的导师和兼职合作伙伴，是什么原因让他放弃了EKNEBIL？难道他不向往诺尔奖？"

纪甪："其实EKNEBIL原本就是我自己的东西，你可以去北大随便打听，我在EKNEBIL上奋斗了将近一年，而教授他除了每周一次花一两个小时与我进行疑问探讨，其余时间都在忙其他的事，但作为他的学生，他把它归为己有我都无可争辩，至少我是在他的引导下成长，但他后来因为与校史委员会会长的冲突，情绪受到触动，像是大彻大悟了一样，突然就决定放弃了。而诺尔奖对我来说纯属意外，它就像我借了别人两块钱买了一注彩票结果中了巨奖一样。我确

第四十三章 中国之行

实摊上了小概率事件,那是我的幸运。而且,恰巧我与两元钱的主人又有一个'给'而非'借'的口头约定。"

警方:"可是,这么多巧合……"

纪甪:"怎么?你们在质疑我吗?质疑我什么?我杀死了陈历吗?呵,天知道如果那样我需要多大的勇气,我连只老鼠都不敢踩!好吧,如果你们真这么认为,请拿证据说话!"

纪甪冰冷轻蔑的斥责在克里帝安的耳边不停地回荡……

克里帝安在旅馆大厅沙发里看完录像资料时天色已晚,他起身揉揉胀涩的双眼,心里愤愤地嘀咕道:这些有备而来的抵挡真叫人不爽!

入夜,克里帝安毫无睡意。在他的大脑里,不断浮现纪甪画的酷似纪甪本人与陈历两人一起走下某处台阶的黑暗背影的画面,然后他不断思索:画面的背景是哪儿?纪甪画这幅画时是怎样的一种心境?在他与他的导师之间,究竟有些怎样不为人知的秘密?陈历到底是死是活?如果死了尸体在哪儿?如果活着,他为什么像人间蒸发了一样毫无踪迹?

9月的北京之夜,空气里仍残留着闷夏的气息,难以入眠的克里帝安决定下楼找个宵夜摊喝杯冰镇啤酒,于是他夹着外套出了门。

北京实在是个热闹的地方,即便午夜,这个繁华的世界都市仍比新西兰最大的城市奥克兰的白天热闹得多。人们在氤氲迷离的灯光里边吃边聊,让人质疑他们的话题和胃一样,同在一条源源不断的传送带上……

克里帝安果然在几条街的尽头找到了一家虽看上去不那么红火,但倒也清爽干净的宵夜地摊。

克里帝安为自己要了麻辣串和冰啤酒,然后随便找个位子坐下,地摊主人热情地招呼他,他们大概早已习惯招待世界各地的异国客人,因此能够用虽不标准却流利的英文与他交流。

倒是隔了一张桌子的三个年轻人不停地朝他这边张望,而且说话有时神神秘秘,像是在窃窃私语。不过克里帝安还是听到了一点什么,他们好像一直在谈论望风、小心、到手后如何如何的话题。

不知为何,克里帝安内心突然生出一个不算太妙的主意。他先是咕咚咕咚喝了两大杯啤酒,然后带着麻辣串和更大一杯啤酒凑到了那些人跟前。

"哈喽!哥们儿,你们好!"他用生硬的中文问候道。

281

几个人互看一眼，没人吭声。克里帝安于是凑到近前窃声低语道："哥们儿，干吗那么紧张，其实咱们是同行！来来来，大家一起喝一杯！"

对方仍没人接茬儿。

"来吧，今晚我请客，而且，没准今晚可以合伙干个大票。放心，我有内线！"

克里帝安似乎认定了这伙人的身份，于是他决意打入他们内部。

果然，听到这些，有人妥协了。

"不是有句老话怎么说来，对了，五湖四海皆兄弟嘛！来，一起喝一杯！"

两分钟后，克里帝安便和这几个人混熟了。

克里帝安心想，假如他们真是窃贼，他便可利用他们帮他尽快而又准确无误地找到陈历的住处，而且最好在不惊扰任何人的情况下进入陈历的别墅内部。警方是不会允许他那样做的，毕竟，他既不是国际警察，又与陈历攀不上亲戚。所以他只好自己想办法。

半个小时后，四个人一起出现在白纸坊东街的某别墅前。

"没错，就是这儿。"克里帝安拿着他从沈珂那里抄来的地址对比了一下。

"据我了解，屋主人是个怪癖的老头，他很有钱，最重要的是，我听说当时他走得非常匆忙，如果我没猜错的话，里面一定落下了许多值钱的玩意儿。"克里帝安非常自信于自己的应变能力，他尽情地编造着一个能够让这伙人帮他进入陈历住处的谎言。

三个人一直保持沉默，而且有时面面相觑，像是为了表现出非凡的默契。但他们仍无法抵御仿佛会挖到金库一样的无形诱惑，于是只用了三十秒便麻利地帮克里帝安撬开了陈历家的房门。这样的动作让克里帝安更加确信，他们果然是贼。

四个人分头行动，开始了对这幢三层小楼的疯狂搜索。克里帝安根本没这方面经验，他一见二楼大厅里堆积如山的大宗物品便夸张地低声惊呼道："果然有宝贝！"

"有直升机接应吗？还是自己变成推土机把这些看起来比你还笨重的家伙拖走？""老大"指着眼前的青釉花瓶、镏金烛台、玉雕台屏、黄梨木茶几，跺了他一脚并冷讽道。

克里帝安一边自我解嘲地说："我明白，只是顺便看看！"一边急忙朝墙角的陈列柜走去。

第四十三章 中国之行

同时，克里帝安发现这伙人的动作非常粗鲁，他们大部分时间在用角尺或雨伞伞柄轻击墙壁或天花板吊顶，仿佛墙壁某处暗藏着一道秘密机关，他们只想尽快找到那个可以开启宝藏的按钮，因此，即便他们靠近了抽屉或带锁的柜子也并不急于打开，只是从那里漫不经心地经过而已。

他们把陈历当成世袭贵族或富商了。而从专业的角度来判断，钻石或金条的确不应该只是简单地放在抽屉或柜子里。克里帝安边满腹疑惑地在心中暗想，边装模作样地四处翻动，他甚至把头探进干涸的水族箱里翻动里面的底沙，结果一不小心踢倒了左脚边的木质报篓，"巨大"的响动把大家都吓了一跳。

"笨蛋，你轻点！毛手毛脚的，找死呢！""老大"更加凶狠地低骂道。

克里帝安卑微地不停点头，并支支吾吾解释说："我对中国制造不太熟悉，所以心里特别着慌……"他一边解释一边心里在想，从这点看，陈历的那些邻居反映的怪异声音指定不是来自任何毛贼，毕竟他们对于"动静"是最为敏感的，他们巴不得自己像游魂一样来无影去无踪，因此，任何怪异的声音绝不是他们制造的。

十几分钟过后，他们个个表情失望地回到一楼门廊。克里帝安看到，他们当中找到的最值钱的东西竟然是两瓶老牌苏格兰威士忌、几张不算值钱的水粉画、一枚纯金茶匙以及几十枚散落在阁楼角落里的古币。

"哪来的走得匆忙之类的鬼消息？我就差把他们家屋顶给拆了，根本没找到什么值钱的玩意儿，就这点儿还是上次我们玩剩下的！"被称作"小弟"的长毛小子愤愤地嚷嚷道。

"老大"恶狠狠地瞪了他一眼，"小弟"自知失言，急忙闭嘴。可是，尴尬还是写在了每个人的脸上。

"原来你们早就来过了！"克里帝安故作惊讶地反诘道。但他终于明白了他们走进房子时的奇怪表情以及对于眼面上的东西不感兴趣的反常动作。

"难怪这里乱糟糟的，既然这样，你们进来之前干吗不明说？照这样说来，那些值钱的东西你们之前都拿走了？"克里帝安故作气恼。

"你干这行多久了？竟然连什么是咱最惦记的都不知道？我看这家压根就不是趟黄货的主儿！"其中一个没好气地嚷嚷道。

"早知道就这点破玩意儿，还不如早早回家睡大觉呢！""小弟"也失望地

抱怨道，克里帝安知道，他们内心那种也许真的落下了黄金钻石之类的宝贝的侥幸心理落空了。

"你们上次来大概是什么时候？"克里帝安追问道。

"差不多有半年了！只不过我们不习惯走正门！""小弟"故作风趣地快语道。

"闭嘴！就你话多！""老大"制止道，然后他警觉地打量着克里帝安，莫名的质疑写在他的脸上。

"你问这个干吗？"他死死盯着克里帝安质问道。

"我也是好几个月前偶然听到的消息，所以如果按时间算，或许有人返回重新收拾过了！"克里帝安故作镇定地给自己打着圆场。

即便如此，"老大"的脸上，仍堆积起风暴来临前的阴云。

"可是，你耽误了老子的大事，你知不知道？"

"对，因为他，我们原来的计划全都泡汤了！"其他两人边煽风点火边一齐凑了上来，而且不知何时，他们手里已经各自拿了"家伙"，透过阴冷险恶的目光，克里帝安此时感到，围住自己的已然是一群等待分尸的恶狼。

"老大，您别生气！"克里帝安赔着微笑抚慰道，同时他机敏地把手伸进口袋掏出自己所有的钱。

"您看这样行吗？这点钱，给大家弥补损失……"克里帝安双手将钱捧到"老大"的面前。"老大"使了个眼色，"小弟"见机，飞贼一样抢了过去。

"大概两千！""小弟"以点钞机的速度报了数。于是"老大"即刻放晴了灰脸，对他们嚷嚷道："行了，我之前常跟你们说什么来着？反正是白捡别人篮子里的鸡蛋，拿点就成了，做人不能太贪婪！得，天儿也不早了，今儿就这么着吧！""老大"冲他们摆着手，决定收工了。

"可是，老大……"克里帝安见机请求道，"我能不能留下在这儿住上一晚？我初来乍到的，连个安身的地方都没有。"

"你随便吧，只要见着警察，别把我们哥儿几个供出来就行！"当"老大"十分不耐烦地甩完整句话的时候，这个盗窃团伙已经轻车熟路地蹿过花园翻出围栏，匆匆消失在夜色里。

第四十四章　陈教授的命运

　　克里帝安带着满身疲惫返回二楼大厅，他决定在沙发里睡上一觉，反正他已经完成了计划的第一步。而接下来他仍要做点什么——因为，他隐隐感到，自己少年时代的"私人侦探"梦已然复活，虽然他深知自己不比警察更高明。

　　倚躺在沙发里并未直接入睡的克里帝安，再次从衣兜里掏出那页与陈历有关的涂鸦，借助手机电筒的微光细细端详，他边看边在内心惊叹绘画者的造诣。因为，就在几十分钟前，当他经过大门时，他毫不迟疑地确定了那里便是纪用入画的背景，他还特别留意了这座具有Georgian风格的三层小楼的门廊，因此，他发现那小子甚至把屋檐上的齿饰都勾勒得准确无误。

　　如此细腻的心思让他比看起来更加凶险！克里帝安心想。

　　两人从门廊的台阶下去……然后发生了什么？或者，是什么状况让两人的命运从此发生转折？然后，那些声音和包装纸又有什么关联？他不停地盘问自己。

　　"想要抓住罪犯，首先要像罪犯那样思考。"霍思鲁普曾经提醒他的那句话他也反复推敲。

　　声音和包装纸，是的，从时间上推断，它们也许有些关联的，那么也许当真有人返回过。

　　这个返回的人是谁？一个人或者他们两个？也许是落了东西回来取的。如果那样，一两个小时足够了，便与声音和包装纸无关。

　　如果，是其中一人，在另外一人并不知情的状况下回来的。假如这个人是纪用，那么，没准是他与陈历混熟了，了解到一些他感兴趣的东西，比如陈历无法带走的稀奇宝贝、古玩宝藏，而且它被封锁得异常坚固，想要拿走需要一些时间，于是他待在黑暗里日夜劳作，直到把它拿走。

　　这，似乎是成立的，但，却与陈历的失踪沾不上边。

再假设，陈历独自回来了，而且从此玩起了失踪。那么，也许这里有间密室，就像许多古老电影里坏事做尽的老妖，他们的隐秘居所暗藏在地下室墙壁或某个房间的衣柜之后，为了达到不可告人的目的，这种人神出鬼没，终日不见阳光。或者，他们是修行者，当他们的修行进展到某种至高的境界，便要坐化升天，就像中国小说家冯梦龙在作品里写的那样："禅师听得大惊，走至房中看时，见五戒师兄已自坐化去了。"

克里帝安当年看到"坐化"一词并不理解，于是特意请教中文导师，导师给出的答案是，坐化，就是佛教和尚盘膝坐着安然死去。

虽然陈历不是和尚，但没准也有信奉神禅般的超度理念。

想到这些，克里帝安不禁起身想要探查墙壁或者地板背后的秘密。但当他在电筒的微光里看到摇椅边横着的雨伞，他又自嘲地拍了一下脑门儿："这也没什么悬念，毕竟，刚才那几个不太走运的家伙在这方面甚至比警方更擅长！所以根本不可能有什么密室暗道。"

排除种种，两个人一起回来的概率增大了。

而且，陈历作为主人，即使他临时改变前往美国的主意，任何时间返回或者离开家都是自主自由的，完全没必要因此躲开邻居视线缩头缩尾直至彻底消失。

看来，陈历那个糊涂蛋被那个阴谋小子蒙骗和利用了，他精心设计了邻居眼中圆满的离开，然后随便编个理由把他哄骗回来，残忍地杀害了他！克里帝安愤懑地想。

夜更深了，克里帝安在不安的思绪中沉沉睡去。

一觉醒来，天已大亮。阳光透过敞开窗帘的窗子直铺进来，于是，积满灰尘的灰褐色地板仿佛爬满微小个头的金毛虫。

克里帝安看着那些毛茸茸的灰尘发了一会儿呆，然后，他听到街上走动的人和车辆多了起来。

等到感觉没有动静的时候，他小心翼翼地靠近窗户，想要观察一下这个房屋的周边环境和地理位置。结果就在这时，他与侧门外小路边的一个视线碰了个正着。虽然也许他只露出小半张脸。

克里帝安自己也被自己的莽撞吓了一跳。他慌乱中想要撤回脚步从窗边离开，但为时已晚，那人用警觉惊异的目光死死盯住他，仿佛惊悚片里倒霉的路人盯住凶杀案的行凶者正指向他的黑洞洞的枪口。

真是不巧，此时偏偏有人经过，而且恰恰是与陈历相熟的人，毕竟，陌生人

第四十四章 陈教授的命运

是不会在意这里是否有人的！克里帝安忐忑地想。于是，他立马做出了反应。

"哈喽！你好！"克里帝安迅速上前一步，打开了窗户，故作镇定地招呼道。

"我是……是这样的，我需要租到房子，陈美美是我朋友的朋友，所以他介绍我来……"

大概是陈美美这一关键词加上异国人的长相帮到了克里帝安，那个人先是疑惑地打量了他两眼，然后一想陈美美生活在美国，所以有这样的朋友非常正常，于是他神情放松下来。而新西兰人与美国人就像中国人与新加坡人一样，差别并不明显。

"虽然价格不贵，但确实离公司远了点儿！"克里帝安神情自若地继续为自己打圆场。

路人微笑着示意道："哦，可能要成邻居了，很好啊！您慢慢看，没关系的。"然后摆摆手转身走了。

克里帝安倒是自己激出一身冷汗，随后他又自我安慰道："还好碰个正着，假如他发现鬼鬼祟祟的人影直接报案，我只好再往警局跑一趟！"

镇定下来的克里帝安决定继续沿昨晚的思路捋下去。

昨晚进行到哪儿了？他细细回想，

是纪甬把陈历骗回来杀掉了！他很快接上了茬儿。

对于理由，也许无关紧要，当一个人的心理非常脆弱，他甚至负担不起几句恶语的伤害，其实，世上的许多案件的理由都是这么简单。他想。

克里帝安开始仔细在各个房间里转悠，他希望能够找到霍思鲁普所说的那种当时警察无法察觉而在这之后逐渐浮出水面的线索，比如从屋子或外面的空气里传来的恶劣气味，因为那很有可能是长久以来，深埋的尸体的腐败气息穿透了严密的沙石，犹如不可阻挡的地温扑面而来。

"可是，时间已经太久，腐败的尸体只怕已经变成干尸了！"克里帝安自嘲道。

或者，他可以做个具有通灵之术的人，因为，民间有传说，镜子可以吸食凶杀案发生时行凶者周身散发的凶恶气团，当某个时刻光线及温度、湿度合适，有灵性的人便可看清嫌疑人的形体轮廓。

令克里帝安失望的是，除了窥探到屋主人有把冰箱冰满各式蜡烛、从不清洗茶具以及使用劣质沐浴露的坏习惯之外，他大半个上午都没发现其他让人提神的东西。

无精打采的克里帝安一边走向地下室，一边拨通了霍思鲁普的电话。

"霍思鲁普，我看我要无功而返了！"

"怎么？这么快就灰心了？"霍思鲁普取笑着。

"在这里，我根本搞不到什么新鲜证据，虽然现在我更加确信纪用与陈历的失踪脱不了干系，可一日找不到尸体就真的对他毫无办法。"

克里帝安开始走下地下室的大理石台阶，台阶因为潮湿的灰尘变得湿滑，他不得不把电话换到左手，好让右手扶住门侧墙壁。

"这类案子的确很难，尸体也许就恰好在你的脚下。"

"在我脚下？"克里帝安惊慌得差点跳了起来。

"别紧张！我只是打个比方，我是说，如果没有可靠的线索，即使离证据只有一步之遥我们也无从知道，所以人类真应该发明一种对失去生命体征的人的探测仪器，好给那些想要侥幸逃脱的人及时定罪。"霍思鲁普慢条斯理地安慰道。

"所以，我们或许还需要耐心等待，等待它像2002年美国加州27岁的拉西·彼得森失踪案那样，随着时间的流逝，失踪者的尸体自己慢慢浮出水面。"克里帝安继续走下台阶。

就在这时，电话那端的霍思鲁普突然大喊起来："克里帝安，你那边什么情况？声音突然好嘈杂！为什么会有这么奇怪的声音，老天，帝安，究竟怎么回事，搞得我头快裂开了……"

克里帝安疑惑地抬手看看电话，又仔细倾听四周。

"声音？没有啊？这里除了我，连只嗡嗡叫的蚊子都找不到。"

"不可能，我受不了了，好难过！我要挂掉！"霍思鲁普语调痛苦地嚷嚷着，并当真挂断了电话。

克里帝安拐过低矮的拱门过道，警觉地察看，这是一间面积狭促、结构简单的地下室，田园式黑灰相间的装饰砖墙和白色地砖对比强烈，储酒架、无盖木箱挤在阴暗的一角，其他地方空荡荡的，除了昏暗的灯光，似乎连那些警方所说的食品包装纸也看不到。

再往里走，好像的确有让人感觉极不舒服的响声，它听起来低沉持续，甚至刺肌切肤……

再走，声响更大、更持续。而且再仔细倾听，持续里似乎也有震颤，这种震颤像是波浪，一浪一浪的，让人感觉头晕目眩。

仔细观察之后，克里帝安发现，奇怪的声音来自洞开在车库地面的天窗，它的玻璃裂开了缝隙，玻璃两侧的强对流空气在裂缝那里形成强烈气流，而地下室特殊的结构使它具有强大的回音和放大作用，使它们不断在狭小的密闭的空间里迂回扩大，听起来既尖锐刺耳又阴冷凄厉。总之没什么特别的，这种情形在别的地方也时有发生。只是通过电话的传导，恰恰那个波的频率与电波的频率吻合，电话那端听起来更加严重罢了，而且甚至，他又恰恰也利用了电话耳机的频率。

回到二楼的克里帝安差不多失去了耐心。他焦躁不安地一屁股坐在了通往三楼的楼梯台阶上，开始唉声叹气。

响午的日光将整个屋子照得通透明亮。克里帝安注意到自己脚下楼梯边的收纳架上，袋装黑咖啡旁一台老式Peik牌录音机和许多印有罗伯特·舒曼头像的交响乐专辑胡乱倒在一起。

"这家伙是个舒曼迷！"克里帝安冷冷地看了几眼自语道。

但那么多专辑堆在一起，这对同样是舒曼迷的克里帝安充满了诱惑。

好吧，既然这么多带子，不如听几曲放松一下，也全当给自己一点辛劳的犒赏吧！

想到这儿，克里帝安便起身走下台阶，把录音机从磁带堆里扒了出来，并随手挑了一盘带子，然后接通离地面半米的电源。等一切就绪，录音机里开始传来罗伯特·舒曼《f小调第三钢琴奏鸣曲》的时候，他重新坐回最后一级台阶，轻轻倚在楼梯扶手上闭上双眼，华丽的快板奏鸣曲式开始慢慢打败他因帮不上Ruijia的忙而产生的不安和焦躁，于是他把手随意地放在录音机上，在午后和煦的阳光里差不多想要美美地补上一觉。

就在这时，录音机里突然传来急促沉闷的求救声，这样的意外把克里帝安吓得像弹簧一样一下子从倚躺的状态弹坐了起来。

"求求你！把它关掉！为什么要这么残酷地折磨我，不如你直接把我杀掉，把它关掉！我受不了了，杀了我吧！"

"杀了你？你的命根本不值钱，你以为我会那么傻吗？我会为了你这样一条不值钱的命搭上我伟大神奇的一生吗？"

"你到底想要什么？为什么要这么做？"

"为什么？都是你自找的，你知道EKNEBIL对我意味着什么吗？在你们眼里，它可能是个了不起的成果，你可以拿去美国卖上很多钱，甚至可以拿它去得诺尔奖。可是这些对我来说都不重要，但，它必须跟我的L-VBNW在一起，L-VBNW是我的终生事业，也是未来理想世界的根基，而它与EKNEBIL是连

体婴儿,共用一个心脏,所以我不可能眼睁睁看你把EKNEBIL带走,让我的L-VBNW窒息而亡!"

克里帝安听得真真切切,他知道,其中一个声音来自纪甪,而另外一个,从相关的内容看,必然是陈历。

MY GOD! 这便是所有的秘密! 两人之间果然发生了什么,而且,纪甪果然从陈历那里夺走了EKNEBIL,虽然他的目的听起来不在诺尔奖。

那么,接下来发生了什么? 陈历现在究竟在哪儿?

克里帝安的心狂躁地乱跳。

关掉什么? 是什么让他那么痛苦,而且邻居们也提到过沉闷持续的怪异声音,那究竟是什么? 为什么会录下两人的声音? 说明纪甪一直在摆弄录音机,声音就在这里面,于是,他开始一盘盘地寻找,可是找了一圈下来,其他都很正常呀,而且是陈历自己买的,上面都是他写的不同的购买日期,那是收藏者的经典做法。克里帝安反复听反复想,手在录音机上不停地转换,一曲没特别的就按快进换下一曲,就这样反反复复进行了一个多小时,正在绝望的时候,在克里帝安再次想要按下快进键的时候,他的手不小心按在了慢进键上,结果,录音机立即变成了一台制造超级噪声的机器,从那里,传出来一种难以名状的音效。

突然间,克里帝安感觉到了什么,于是,他拎着录音机走进地下室,然后他接通电源,再次按下慢放键,当第一个拉长的音符冲出扬声器响起来,地下室便开始放大并回应它,让它产生一连串更缓慢更持续的磁缀音儿,之后的所有音符都一样,它在地下室坚实的墙壁上来回冲撞,这样的反复让声音变得异常恶劣不堪,然后,这些听起来让人抓狂的声响又在碎玻璃那里形成异常尖厉刺激的怪音儿,这种怪音时而沉闷、时而凄厉、时而微弱、时而尖涩,它带着一种能让人的肠胃翻江倒海的波,又仿佛此时发出最初声音的录音机刹那间变成一只吐丝的剧毒蜘蛛,毒丝正跟随扬声器缓缓流出,先是弥漫了整个地下室的所有空间,接着一丝丝地收紧,直至勒住喉咙,让人呼吸困难……又仿佛在地下室狭小的空间里晃荡着一把把带钩的铁爪,活生生把人的心脏从胸膛里钩出来……

克里帝安无法承受每秒的煎熬,他"咔嚓"一声把录音机关掉,同时反复思考,当时究竟发生了什么,几十分钟后,他终于理出了头绪,于是他兴奋地拨通了霍思鲁普的电话。

"霍思鲁普,找到了,我找到关键的线索,陈历他也许还活着,我的意思是说,纪甪并没把他杀死,而且,因为警察那里没有收到疑似他的尸体,说

第四十四章　陈教授的命运

明他也并没死于严寒和饥饿，所以，我敢断定他应该还活着，我发誓我会找到他……"

　　两周之后，克里帝安果然在某寻亲网站热心网友的帮助下，在徐州某一小镇的垃圾场角落里，找到了衣衫褴褛、蓬头垢面的陈历，而此时的陈历无辜的神情，则让他看上去像个认不得家门儿，没有家和温暖意识的低能婴儿——他已经完全疯掉了……

第四十五章　与纪甪的较量

克里帝安飞回克伦威尔后，很快与霍思鲁普见了面。

"说说看，到底怎么回事？"霍思鲁普迫不及待地追问。

"那个怪胎小子真是个浑蛋，据我估计，当陈历毫不避讳地在纪甪跟前表达出自己想要应女儿之邀返回美国时，他已经开始为制造陈历失踪事件做起了功课。而且说不定，就在陈历转身去洗手间的眨眼工夫，他已经构思好了黑暗背景下两人走下门廊台阶的那幅阴谋涂鸦！之后，他又开始照图施工了！"克里帝安愤愤地说。

"这种人，非常习惯于把那些本来应该非常了不起的智能分子用错地方！"霍思鲁普附和道。

"而且，他喜欢利用天然雨水洗头发——我是说，他完美地利用了来自陈历身边的一切自然资源……陈历简直像个白痴，他难道一点都没察觉出那个家伙的鬼心思？"克里帝安停顿一下，长舒了一口气，像是把内心的愤恨先倾倒一番，然后才能继续说下去。

"陈历的信赖让纪甪钻了空子，他先在陈历与女儿的往来信件上做了手脚。当纪甪了解到陈历即将给陈美美回信时，他便凭借已知的密码进入陈历的邮箱，并趁陈历不备删除了陈美美真正的邮址，并在原来的位置上添加了一个几乎与原来完全相近的邮址。粗枝大叶的陈历，无论如何都不会想到，那个与陈美美的邮址仅差一个字母'I'的信，她的女儿根本收不到。而陈美美真正收到的让她感觉失望和愤恨的信，则是事隔不久纪甪以陈历的名义发出的，当然，信的内容完全不同。"

"人心叵测，这是人类的悲哀！"霍思鲁普感叹道。

"接下来，当陈历拜托纪甪去买飞机票，他故意买了夜间的，当一切收拾停当，纪甪还有意安排陈历在邻居们傍晚下班时与他们纷纷道别。这样一来，所有

第四十五章 与纪用的较量

人都认为陈历回美国与妻女团聚了，一旦失踪也不会引起任何人的注意，而她女儿那里，却正因为那封父亲拒绝前往美国的假邮件而怨恨他的绝情。"克里帝安停顿片刻，接着说，"然后，在前往机场的路上，纪用随便找一个把某一重要证件遗落家中的借口，拖一直被蒙在鼓里的陈历再次返回家中。但，此时纪用只好还原真正的面目，直接把陈历打晕或者绑架，总之，陈历自返回家门起，便坠入噩梦的深渊，不能自拔。"他轻叹一声，然后继续。

"当地警察告诉我，他们在地下室发现了日期可疑的包装纸，所以当时我就非常纳闷儿，后来我通过实验终于发现，地下室果然是纪用'加害'陈历的第一现场！只是他不用尖刀和铁锤，而是用了一种特殊噪声的东西来刺激他，同时很可能还对陈历进行人格攻击，然后，他用这样的特殊惩罚加上喋喋不休的挖苦，持续将陈历折磨了几个昼夜。"

"很残酷！"霍思鲁普用一种悲哀的口吻说。

"当然，那绝对是一种比狂怒的杀戮更残忍的酷刑。"克里帝安气愤地补充道。

"他把声音当成了武器。当那种疯狂的声波透过人的头皮组织渗进大脑，它们就像是变成了锋利的刀子，能活生生把受刑者那些敏感的神经一根根切断，直至最终癫狂。"克里帝安说到这儿时，他几乎对那个叫纪用的人恨得咬牙切齿。

"邻居曾向警方提到一种怪异的声音，其实正是图谋不轨的纪用制造的。虽然他以为在封闭狭小的地下室十分保险，但他并没留意天窗的玻璃裂了很大一条缝，然后又时常有风刮过，而恰恰那种怪音又是那么让人难以形容和印象深刻！"克里帝安补充道，然后他接着说，"自此，漫长的几个昼夜之后，在某个涂碳抹黑的深夜，彻底从人们的视线里消失的，除了犯下滔天罪恶的纪用，还有一个神情呆滞，脸色阴沉的佝偻侧影，而这个侧影便是他的导师陈历。在我第一眼看到那幅画面的时候，一直感觉是作画者或许喜欢用黑暗的背景，兴许在表达涂画者的阴郁心情，但实际上，他描摹的是真正的黑暗，因为他自己已经走在魔鬼的边缘！"

霍思鲁普坐在椅子里，认真地听着，脸上不时浮现愤怨的神情。

"那么，陈历教授现在怎么样了？"等克里帝安停顿下来，霍思鲁普从椅子里站了起来，关切地问道。

"医生断言，他已经没法完全恢复了，从体检报告的结果来看，他已经得上了最严重的精神分裂症。陈历现在只是一个披着人类躯壳的活体组织了。"克里

帝安沮丧地说道。

霍思鲁普眼中流露出失望的神情。

"而且,这意味着我们将再次陷入僵局。"他说。

"是的,作为一个精神病人,他已经完全失去了指证犯罪嫌疑人的能力,而这样一来,其他证据也将无济于事!"克里帝安失落地轻叹道。

此时的克里帝安备感焦灼。因为,在对付纪用这件事上,他屡屡受挫,感觉自己是那么力不从心。他为此做出了许多努力,最后仍旧回到了原点。这就像他自告奋勇跳进魔鬼的洞窟里营救人质,可是刚要靠近,便被一阵强悍的旋风甩出了几千里,而更加悲哀的是,同时被甩出来的,还有一副被魔鬼挖去了心脏的人质躯壳。

霍思鲁普也在思索,虽然这类案子用不上橡胶手套放大镜,没有凶器和带血的物证,甚至没有尸体可勘验,可这种情形仍令人头疼。他厌恶这种被称作边际犯罪的案子,游走在罪与恶之间,甚至都是些曲折离奇、惊心动魄的怪案,但之前他所经手的,好在结果都不赖。因此,他决定要让自己充满信心,因为他知道,此时正和以前一样,只是暂时进入了黎明到来之前的黑暗阶段……

他边想边回过身来,开始不厌其烦地回放那盘录有纪用与陈历对话的录音带:

"求求你!把它关掉!为什么要这么残酷地折磨我,不如你直接把我杀掉,把它关掉!我受不了了,杀了我吧!"

"杀了你?你的命根本不值钱,你以为我会那么傻吗?我会为了你这样一条不值钱的命搭上我伟大神奇的一生吗?"

"你到底想要什么?为什么要这么做?"

"为什么?都是你自找的,你知道EKNEBIL对我意味着什么吗?在你们眼里,它可能是个了不起的成果,你可以拿去美国卖上很多钱,甚至可以拿它去得诺尔奖。可是这些对我来说都不重要,但,它必须跟我的L-VBNW在一起,L-VBNW是我的终生事业,也是未来理想世界的根基,而它与EKNEBIL是连体婴儿,共用一个心脏,所以我不可能眼睁睁看你把EKNEBIL带走,让我的L-VBNW窒息而亡!!"

听了几遍之后,他关掉录音机。然后背过脸去,面朝窗外轻声感叹道:

"真是不可思议,纪用这小子的内心里,好像始终装着一个我们未知的世界!"

"那么他所说的L-VBNW又是什么?"

第四十五章　与纪甪的较量

"从专业的角度讲，L-VBNW有可能是另外一个在那小子看来更有价值的课题或成果。但依我看，虽然他声称自己对奖金不感兴趣，还搬出来一大堆莫名其妙的理由，可谁能相信那些连体婴儿之类的鬼话呢？所以，也许那只是他给自己的自私编了些好听的借口罢了，而且，谁都知道，那些奖金他早就一分不剩拿到手了，如果他当真不感兴趣，完全可以直接弃权或另行捐赠。"克里帝安尖酸地嘲讽道。

"不过！"霍思鲁普若有所思地接过话茬儿说，"'一个穷途末路的抢劫犯，在路边劫持了一个看上去富有的人，他原本想要点小钱打发饥饿，但没想到富人却拱手让给他一座蕴藏丰富的金矿'，生活中这样的情形也是有的。但你别忘了，威力无比的火箭，不单单可攻击敌人，还可以载人进入月球，所以，我总感觉他会另有所图。只是我们目前并不清楚。"霍思鲁普认真地分析道。

"而且眼下我们也根本顾不了那么多！"克里帝安情绪低落地附和道。

的确，罗丽嘉及其伙伴失踪两个月了，而且至今仍然下落不明，这样巨大的压力，让从警多年的霍思鲁普也深感不安。此时他恨不得自己年轻二十岁，好风风火火地大干一场。

时间在沉默中一分一秒地过去，两人又陷入各自的沉思。

许久之后，霍思鲁普抬头注视着手中的杯子，用商量的口气问克里帝安："现在，只有一个法子了？"

"说说看！"克里帝安瞪大眼睛。

"既然从外围搞不到线索，我们不如直接接触他！"

"你是说我们直接绑架他，逼他说出真相？"克里帝安满脸不解。

"不，说不定他的骨头比我们还硬，不能对他来硬的。我的意思是，我们可以想办法进入他的科研所，了解点儿细节，探查点儿动静。"

"我曾强烈要求警方进入他的科研所进行搜查，可是那些白痴并不理会！"克里帝安气呼呼地嚷道。

"他们在拿到合法的搜查证之前自然不会贸然行动，毕竟合法公民和犯罪嫌疑人是有根本区别的。"霍思鲁普解释道。

"但民间行动用不着顾忌这些！"霍思鲁普向克里帝安暗示道。

"只是，那里毕竟不是歌剧院，不是人人可以排队进去的！"克里帝安疑惑道。

"想想办法！"霍思鲁普提醒他。

克里帝安苦思冥想了几十秒钟。终于，他眼前一亮，兴奋地说："据我所知，他的科研所拥有全新西兰最先进的实验演示平台，所以，它吸引了所有研究机构拿自己的理论前来模拟。另外，如果价格合适，还可以在里面租到一间独立的小实验室。"

"太好了，这样的话，就可以像一只角落里的甲壳虫那样隐蔽而安静地在里面待上一段时间了！另外，你的假期还剩下几天？"霍思鲁普因感觉这主意不错而变得语气轻快。

"三个礼拜！"克里帝安回应。

"那么，小实验室的租期就定为三周。"霍思鲁普信心十足地说。

"你的意思是让我像私人侦探一样去盯梢吗？"一丝意外挂上了克里帝安的脸。

"当然，难道你认为我比你更合适吗？"霍思鲁普反问道。

"那倒不是，你知道，因为那小子自残的事，我和他有过一面之交，所以我担心被认出来，那样的话……"克里帝安解释道。

"这点你不用担心，我能帮你找人打理一下，保证连你自己都看不到自己的影子！"霍思鲁普脸上透出神秘的微笑。

"万一弄不回原样怎么办？"克里帝安一脸担忧。

"化装术没那么可怕。但为了保证你的安全，我计划在你的一只耳朵里装个像人工耳蜗一样的无线针孔摄像机，它带有麦克风，可以监听到声音。所以，耳朵那儿当真要拉上几刀！"霍思鲁普风趣地说着，然后嘴里夸张地发出"哧哧"的声响。

克里帝安无奈地点头："好吧，但愿一切早点结束，这些事已经让我烦透了，和研究室的工作相比，私人侦探之类的东西太勉强，所以等这事过去，就让我那该死的儿时梦想见鬼去吧……"

第四十六章　假冒迪文斯

克里帝安对霍思鲁普为他安排的化妆师的动作基本满意。当他站在镜子面前欣赏近乎完美的全新的自己，不由自主地感叹道："帅和年轻真好！"

这样的造型使他又回到了三十岁，一个穿着新潮、头发向后扬起堆成黑色、发根挑染成浅黄色的蘑菇云状、左耳打着白金耳钉的时尚达人。

克里帝安心怀忐忑地前往纪用所在的ATocke科研所。接待克里帝安的是纪用的助理，他看了他的介绍信和身份证件，然后打通了纪用的电话。

大致通报情况之后，助理连连点头，然后低声应着并转身把话筒递了过来："博士想要和您通话！"

"噢，好的。"克里帝安很不情愿地接过电话。毕竟，他内心对他厌恶已久。

"您好，迪文斯教授！"纪用语调高昂。

迪文斯是霍思鲁普为克里帝安准备的新名字，对于短暂的冒用，克里帝安不得不尽一切可能将自己的行动和思维与那位真正的奥克兰大学生物遗传研究所副研究员关联在一起。

"您好！"克里帝安简单地回应。

"见到您很高兴！"对方客气道。

克里帝安不由得一愣。但他很快反应过来，对方使用了可视电话，如此一来，此时的自己，就像监狱里的犯人一样正被躲在暗处的眼睛死盯着，他为此感觉十分不自在，甚至莫名地耻辱。于是，他在内心恨恨地咒骂道：去你的！这不公平！

但他不能只顾自己的情绪，而且同时又担心假冒身份被认出。于是克里帝安下意识地往桌旁窗帘的阴影里轻退了一步。

"打扰了！"他佯装微笑。

"咱俩有共同之处，比如喜欢夹克衫、读晨报和吃法式鹅肝酱。"

克里帝安想起那是写在迪文斯个人资料里的,所幸那份资料不必附加照片。

"而您发表在《理论》杂志上的《微生物遗传与调控》,我认为也见解颇深,尤其'mRNA合成起始以后,如培养基中的有色氨酸,转录总是在这个区域终止'一节最精彩。"

他在试探?克里帝安心想,同时他内心一颤。

既然这个人如此细致谨慎,霍思鲁普的盯梢计划很可能根本进行不下去,因为那篇论文他并没见过,而且对于迪文斯这个人也仅有一面之缘。

迟疑中,电话那边已经话题一转。

"噢!可能时间长了您自己都记不得了,而我又恰恰从网上点到了它。据说您最近正在研究'常染色体与遗传'?"

"是的,此行的目的,正是为了对18AREP家系进行Parkin基因外显子重排突变进行分析。"

这点,克里帝安对答如流,毕竟,他为假冒他人做了一点功课。

"而且,我也刚好收到'全球学者联盟'委员会发出的邀请函,既然大家都在与会者名单之列,我希望我们的ATocke科研所为您提供的一切尽善尽美!"

对方带着兴高采烈的腔调嚷嚷道。

由此,克里帝安稍有安心,他心想,看来对方只是礼貌的寒暄,自己则是心虚多虑了。

于是,两人又浅谈了几句,挂断了电话。

待在陌生的环境里,克里帝安装出非常勤奋和忙碌的样子,他有时去器皿室转转,随手拎上离心管、坩埚或镊子之类的东西,或到试剂中心溜达一圈儿。或者他安静地在资料室待上大半上午,并认真地在记事簿上写下重要的东西。但实际上,他不会忘记自己的真正使命,他敏捷地在脑子里印下沿路建筑的外部方位和内部结构,然后回到实验室的办公区细细对照房间尺寸和布局。他不希望罗丽嘉和她的朋友们恰恰被困在他没能研究到的房间或角落。

同时,他躲在暗处,时刻观察纪甪的时间安排和出行规律,但几天下来,并无异样。克里帝安有些不耐烦了,因为自从种植了类似人工耳蜗的监控器,他的头皮一直又紧又痛,而且耳朵里奇痒难耐,有时他恨不得硬生生把它挖出来。

第八天晚上,克里帝安终于忍受不住这种煎熬,他趁着夜深人静偷偷给霍思鲁普打电话。

可是还没等他开口,霍思鲁普便像训斥小孩子一样指责道:"你一直不停地

第四十六章 假冒迪文斯

抓耳朵，这个坏习惯会出卖你的！"

"可是它太让人难过了，像里面有只服了兴奋剂的虫子，一刻不停地骚扰我！"

"你可能对装置里的材质过敏，但你必须忍耐！"霍思鲁普尽可能言简意赅。

"他每天有三分之一的时间和学生在一起，其他时间，看上去也非常正常，甚至比我先前见过的纪用还要正常。而且，他没太多复杂的社会关系，在这个世界上他甚至没有朋友！"克里安带着仇视的情绪，诋毁道。

"你确定他没发觉动静？"霍思鲁普质疑道。

"应该没有，你是知道的，他根本没找过我当面交谈，一个视频电话应该看不出破绽，偶尔路过，彼此礼貌地打个招呼便擦肩过去，甚至彼此都不会正视对方一眼。况且，我并没忘记三十一岁的迪文斯因那场严重的肺炎造成大脑缺氧而导致走路稍稍摇晃的明显特征。"

"那就好！只是，从陈历的事件看，他比我们想象中更阴险狡猾，所以，不能相信他的表面，你必须细致入微，明察秋毫，说不定在他的脚下，就有一间邪恶残酷的魔鬼地狱！"

此时的霍思像是一支只有两人队伍的长官，正在对他的属下发号施令。

虽然克里帝安已利用工程建造图完全排除了在纪用办公区域的地下存在魔鬼地狱的可能性，但最后他仍和霍思鲁普商定，一两个小时后潜入纪用偌大的办公区一探究竟。

凌晨两点，七十三岁的霍思鲁普打足了精神与克里帝安"战斗"在一起。

"准备好了吗？帝安，带上微光电筒和面罩！"他发短信提醒他。

"好的！"克里帝安简短地回复道。

"记住开密码锁的要领，别紧张，只要你确定那小子离开了，这个时间段那里应该没人！"

克里帝安曾跟霍思鲁普详细"报告"了ATocke科研所所有的人员及工作活动情况，因此霍思鲁普对自己的判断十分有把握。

还好，克里帝安开门时虽感觉自己慌乱得像一个用打了死结的领带勒住自己脖子的新魔术玩家，瞬间急出满头大汗，但他还是用了不到三十秒便把拨码盘式全机械密码锁打开了。

进入大厅唯一的一扇门，克里帝安踮着脚尖关掉了过道里所有壁灯。然后，

299

　　他开始在微光手电的帮助下，再次开始非职业侦探的细致观察和搜索工作。绕过客厅沙发，克里帝安从办公区一张摆着书籍、电脑、投影仪、显微镜等物品的巨大工作台的空当轻轻翻过，然后嘴咬电筒，一个跳脚，双手抓住艺术吊台，虽然他失望地看到那里除了一只被惊动的灰白蜘蛛，连灰尘都没有，但他决不想放过任何地方，以免错过与罗丽嘉失踪案有关的重要物件或线索。

　　然后在活动区他也并没发现特别之处。而拐角处的几只空箱子，则刚好符合新安装的高尔夫挥杆轨迹训练器的包装尺寸。

　　"我感觉他正躲在暗处嘲笑我的无能！"随着时间的流逝，克里帝安被一种低落的情绪所淹没。

　　霍思鲁普在监控那边也连连摇头。

　　等到克里帝安从活动区出来，退进漆黑的过道时，他突然看到一束强光落在门厅外路面的不远处，然后那束强光快速移动，随之传来急促的脚步声。

　　"有人来了！"克里帝安下意识地边低声告诉霍思鲁普，边疾步后退，他必须退出落地窗扇明显的视角。当他退了大约五米，他看到右手边有一排木质支架。于是他横侧起身子，挺胸收腹，将自己紧靠进最宽的一节支架里。尽管一系列动作完成得干净利落，他的心仍狂跳着，因为他担心纪甪有所察觉，正等待抓他现形……

　　好吧，我正想揪住他的脖子，当面把罗丽嘉他们的事问个明白！他压低呼吸安慰自己。

　　但，来人并未开门，而是绕过门厅在落地窗外停了下来，然后，强光手电晃了进来，沿着左右一点点扫射。

　　看来，来人不是纪甪，而是巡视保安员。

　　是锁舌弹开的"咔嚓"声惊动了他！

　　克里帝安心想。即使这样，他也完全不敢放松，毕竟制造一起"博士借实验之名深夜行窃"的新闻也并非好事——给同行战友带来声誉上的麻烦不说，还会让霍思鲁普因"任务"半途终结而失望。

　　横扫的强光渐渐向他逼近，然后在距离他脚尖只差几毫米的地面上突然打住。

　　克里帝安的心脏以做贼者的不安狂跳到即将炸出胸膛。

　　他知道此时的巡视保安一定是脸贴玻璃，正在怔怔地往里窥探，因为他隐约听到他似乎在嘟嘟哝哝说着什么。

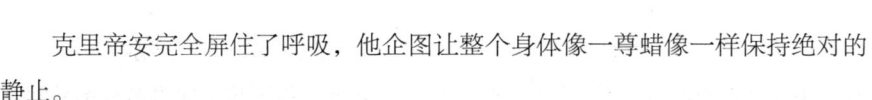

克里帝安完全屏住了呼吸，他企图让整个身体像一尊蜡像一样保持绝对的静止。

光束在那里足足停留了五秒。然后，它抬高了一米重新转动起来，它顺着左前方快速扫射，划过一道半圆的弧形，接着，它折回路面，并随即慢慢在黑暗中消失，脚步声也渐行渐远……

"好险！"

克里帝安轻声叹息。他知道霍思鲁普也正为他捏着一把汗。

"我应该事先选好躲藏地点！"克里帝安感到后怕。

他探出脑袋顺着过道尽头的门厅望去，那束强光已拐过弯道，朝地下停车场走去。

"时间差不多了，你最好及早离开！"霍思鲁普发来提醒信息。

"好的，反正这些开放的房间看上去并无秘密可言！"克里帝安轻声回应道，然后他重新打开微光手电，在刚才隐蔽的架子四周扫视了一眼。随即，他闻到了一股福尔马林的刺鼻味道。

"包括这些标本消毒架！"他自语道。

"而且，这家伙真蠢，现在很少有人使用福尔马林消毒了，它刺得我眼睛生疼！"克里帝安带着嘲讽的口气嘟哝着。

就在这时，电光抬高的瞬间，一组标签引起他的注意。他瞪大眼睛死死盯住了那些标签。

"L-V-B-N-W。"他默念道。

"L-VBNW。"他重复着。

"霍思鲁普，你有没有感觉这组以'L'打头的字母有些耳熟？"他质问道。

然后，他抬高视线思索着，重新拼读。

"录音！录音里他提到终身事业之类的内容。"霍思鲁普用信息的方式回应道。

克里帝安内心一惊。见鬼！中国之行的沮丧和失落，竟然让自己将许多关键的东西忘在了脑后，是的，正是这组字母，一个都不差，虽然至今他并不知道它的真正含义，但至少他记起来了，它正是与陈历的EKNEBIL有关的那组字母，而且也正是因为它与EKNEBIL的关联，才使陈历惨遭祸害。

那它究竟是什么？为了它，这个原本非常出色的年轻人竟然不惜伤害恩师，甚至冒违法的风险。如果是新型成果，那么狡猾的纪甪早应申请立项，毕竟没有

人傻到拿自己的积蓄搞公共科研，除非有不可告人的目的。

于是，克里帝安对此有种不妙的预感。许多年前，他自己正在上大学二年级时，便听说有人利用新型霍乱病毒制造社会事件，后来又听到有恐怖组织收买掌握有重组病毒具有高传染性这一重要学术信息的科研人员进行恐怖活动的实例。因此，克里帝安不得不对这个被他忽略的L-VBNW提高警惕。毕竟在他看来，纪甪这个人不但内心阴险，心理也并不正常，假如他当真搞如此阴谋，那么后果不堪设想。

克里帝安顾不得多想，他迅速从标本架上取到其中的几份标本样本，然后火速从功能区离开……

第四十七章　末页涂鸦

毫无睡意的克里帝安，匆匆回到自己的实验室，他担心一盏孤灯突然凌晨在实验区亮起会引人注意，只好借助凌晨的微光做些前期准备，他决心在这里找到答案，无论是好是坏，他都决心一探究竟。

接下来，克里帝安投入到忘我的工作中，他身体的每个细胞好像都调动出求索的热情，当他解剖第一只白鼠尸体，并成功提取它的细胞、内脏器官、骨质以及神经组织，他便打算从生物学、组织学、遗传学、病理学等方面入手，使出浑身解数……

七十多个小时后，克里帝安得出了惊人的结论。他在那些标本里，发现了受到全球权威组织和国际立法机构绝对禁止的"Beware of waking noose vaccine（提防醒来的套索菌苗）"。

原来是"Beware of waking noose vaccine"！只是那个充满阴谋的家伙把它标示成缩写，而且习惯性地加了他名字中的字母"L"为打头。于是一个完整的L—VBNW之谜被克里帝安破解了。

只是，这意味着整个事件变得更加恐怖。当VBNW理论刚一出现，人们便对它的技术安全性及其对社会伦理道德所必然产生的影响提出了强烈质疑。因为它能够严重削弱男性Y染色体的功能，并在短时期内使人类Y染色体所掌管的遗传基因全部消失。这将意味着在人类无法完全掌握繁衍生息新途径之前，人类生命将因为无法孕育后代，而像得了一场导致全军覆灭的全球瘟疫一样，从地球上全部消失。

于是，它的严重程度一点都不亚于一个极端恐怖分子在世界各个角落安放了威力无比的炸弹。炸弹同时引爆，也许死伤无数。但至少即使幸运的万分之一存活下来，他们仍有延续生命的机会和权力。而L-VBNW，却会令最后的存活者绝望，因为他们无论如何努力，都无法看到新的人类的诞生。

毫无疑问，纪甪的L-VBNW将理论变成了现实。他为什么要得到它？作为科研工作者，理应了解违反国际公约的科研的严重后果。而且令克里帝安更加恐慌的是，他早已听说EKNEBIL进入疫苗的第二实验阶段，而从陈历的事件看，L-VBNW与EKNEBIL有关联，这便意味着他成功利用了EKNEBIL做幌子，让L-VBNW也同时进入了人类疫苗的第二实验阶段……

这是一个多少可怕的信号！

一连串的思考令克里帝安身冒冷汗，他不安地揉着涨痛的太阳穴，同时他拾起电话拨给霍思鲁普，他猜测他睡得正香，但他必须第一时间让霍思得知这一惊人的消息，而且他希望通过他尽快联络到这方面的专家——新西兰生物学术审议会主席欧兰德先生。也许他有办法揭露或阻止这一切。

可是，电话还未拨通，有人鲁莽地夺门而入。

"出去！谁允许你不敲门……"克里帝安低头冲来人怒吼着。但他的声音即刻僵在空中，因为当他边吼边抬头时，他眼前出现的不是别人，而正是这里真正的主人——纪甪。

"别紧张！是我！我们打过几次招呼的。"他语气冰冷地边说边径直走到距离克里帝安不到两米的地方。

"纪……博士！"克里帝安差点直呼其名，他怔怔地，然后果断中止了与霍思的联络。

但愿监控那头的霍思能够看到。克里帝安在内心自我安慰道。

"看来我的到访令你非常意外！"纪甪用讽刺的腔调说。

"不，不，你知道的，在工作当中，通常不愿受到干扰！"克里帝安开脱道。

"干扰？噢，非常抱歉！但，我想受到干扰的人，应该是我！我突然发现有人动了我的标本！"

他边说边死死盯住克里帝安。

克里帝安心想，完了，他可能有所察觉了。

"本来我并没在意，虽然一直都感觉你和我之前见过的某人的某个特征非常相像。但直到我丢失了一些标本，我才意识到我的记忆力非常了得，这种特殊的专门记忆每个人的某个特别特征的记忆方式帮了我。特别是像你这样，有一颗裂纹的门牙这种明显的特征，真用不着浪费过多大脑细胞，您说对吗？克里帝安教授！"

第四十七章　末页涂鸦

克里帝安有些着慌，毕竟，他只顾忙碌，忘记想好退路。

"你可能有所不知，这里的防范意识并不明显，我是说，整个科研所除了接待门厅和地下停车场，其他九处秘密监控都在我的私人办公室。是的，那里很大很排场，既然你在那里溜达过了，应该有所察觉！"

站在对面只一步之遥的纪甪冷语讥讽道。

克里帝安的心绷得紧紧的，他在大脑里急速运转着合理的解释，或者只是他自私的好奇心。

"对不起，非常惭愧，你知道有些人背地里有可能有些见不得人的癖好，比如我，我喜欢用黑夜里撬门溜锁四处翻动来缓解工作上的压力，至于身份，也许院方把相关资料弄混了，我当时也感觉纳闷，但一想，也许谁是谁对于你们接待方来说并不重要，我只要顺利完成手头的工作就好了！"

"哈哈哈！可是，你的谎言让我产生即刻将你扔进棺材的冲动！"纪甪使劲击掌冷笑道。

克里帝安预感自己真正的灾难就要降临了，而且毫无疑问，自己面对的可不是一般意义上的对手，而是一个妄想制造极端事件的疯子。他根本不会在乎任何人的生命价值。想到这里，他甚至有些后悔拿到那些标本，原来是为五人的失踪寻找线索的，如今没有发现任何迹象不说，而L-VBNW也似乎与他们毫不相干。此时，他从他阴冷的笑声里感觉出来，他触及了对方最敏感的神经，这样的后果，应该比偷窥了一场杀人惨案严重得多。

"其实我这个人不好多管闲事！这个世界本来也非常讨厌，或许……"

克里帝安尽量用轻松的口气安慰对方，他想用闲扯来分散他的注意力，同时他自己用眼角余光扫视右后方实验台的碳化硅坩埚。他必须在对方行动之前想法自救，于是他脚下稍稍后移，然后一个夸张的飞速侧身。

不料，他根本没得到用坩埚将对方打晕的机会。他抓到坩埚的那只手只被他轻轻挡了一下，便完全失去了知觉，软绵绵地塌下来，坩埚重重跌落在地上，随即发出一声清脆的响声。克里帝安似乎中了电流，整个人也都轻软下去，并慢慢失去意识……

克里帝安似乎昏睡了很久，等他醒来，感觉全身酸痛，像血管里灌满了铅。他睁开眼睛，看到自己已身处另外一个陌生的环境——一处豪华会馆之类的独立房间，门窗及窗帘紧闭，大部分装饰灯关着，唯一一盏壁灯发着昏暗的幽光。

克里帝安使出浑身的解数也挣不脱绑住他的绳索，于是他拼尽性命喊救命，却感觉自己的声音似乎又被那些隔音效果奇佳的墙壁阻挡回来。

不知又过了多久，一扇门开了，纪甬又如噩梦般出现在克里帝安的面前。

"欢迎你醒来，教授先生！"他依旧是挑衅的腔调。

"其实我对你是否醒来并不介意，只不过，我很想从你这里得到一个令我百思不得其解的问题的答案。"

"什么？请讲！"克里帝安冰冷地回应他。

"是谁派你来的？我是说，你们怎么知道我在搞VBNW？我一直非常小心，感觉保密到天衣无缝。"

克里帝安在内心暗笑。是的，他现在知道了这个天大的秘密，但实际上这是一个意外，一个完全的意外，他自己也根本没想到会误打误撞，陷入比一场惨烈的杀戮更可怕的事件中。

"妈的！你快把我勒死了，如果你很想知道，先让我感觉舒服点再说！"克里帝安挣扎着，他全身被绑得太结实了，像是被什么东西粘在了柱子上，快要窒息的感觉。

"让你活着，我已经感觉自己非常了不起了！"这是克里帝安得到的冷酷回答。

"而且，你一定不想听到这样一个消息，我切断了你与外界一切联络，对方可能感觉设备出了故障，于是我又利用你的手机给他们发了安慰的信息，比如让他们耐心等待实验结果，设备正在调试恢复中，等等！"

卑鄙阴险的小人！克里帝安恨恨地暗骂道。

"好吧，那个指使我的人，我也许根本没权力知道他的真实名字，既然是他们委派，你应该知道他们是一个想要了解真相的组织，我只是他们的雇员，或者，一次小小的差遣。"

克里帝安自然不想让对方痛快，而且他当然不会说出自己到来的那个单纯而简单的真实目的。于是他随意编织着谎言，也是在如此无奈的境地下一点小小的报复。

纪甬恶狠狠地瞪着他，沉思良久。

"好吧，既然如此，我只好想想别的办法。"

"我知道你不会放过我的，那么，在你没有想出办法之前，能不能也满足一

第四十七章　末页涂鸦

下我的好奇心？"克里帝安反诘道。

"当然，你想知道什么？"对方一脸轻蔑。

"关于VBNW！你为什么要得到它？"

纪甪目光怔怔地在空中呆了两秒，思索着。

"好吧，既然你想知道，我不妨痛快地告诉你！而其实，我老早就需要倾听者——如此令人兴奋的事件无人分享，那是多么可悲的事！"

他的眼中闪过激动的神情。

邪恶的狗屎逻辑！克里帝安内心暗骂。

"曾经，我过得太平安宁，做着神奇的画家美梦，然后，她来了，在我十四岁懵懂的爱的天空，如童话仙子般飘然而至。"

纪甪用跳跃式思维开启了那段异常记忆。

"她叫韩彩悉！多么美妙的名字，她的美，无人能比，她的快乐，像一只被提在空中来回游荡的小蜡烛，我带着年少激荡的心追逐着，呼喊着她的名字，像一片不知疲倦的羽毛！"

他眼神迷离，慢慢沉浸于回忆。

"可是，你亲眼见过凶杀案吗？血腥残忍的杀戮，那些血，黑红色的血，在雪白的皮肤上汩汩地流淌，床单和地上，到处都是！一群丧心病狂的男人，把尖利的刀子刺进她柔弱的身体！"

纪甪痛楚地低下头，眼中开始弥漫仇恨的血色。

"死亡像眼前黑色的天鹅绒幕布，它残忍地隔开了我与她之间的距离！"

"然后，我画家的梦也破灭了，无论我怎么想象怎么勾勒，它们都生动不了，看上去，它们像拿指挥家手中硬邦邦的指挥棒！"

他蓦地坐进扶椅里。回忆的痛楚让他整个人看上去瑟瑟发抖。

"一群该死的人渣！"克里帝安同情地附和道。他心想，正是这帮流氓将一个少年推向了罪恶的深渊，他洁净的心被邪恶污染了，从此无法从仇恨的阴影里解脱。

"所以你想要报复男人，想要毁灭所有男人？"克里帝安追问道。

"可是，你应该非常清楚那样做的严重后果！"克里帝安提醒道，毕竟他尝试过关于心理的深入探索，于是他企图通过感化或疏导做最后的努力。

"是的，你用不着担心人类无法延续而因此毁灭，不，我只是加速进化！

我要保护优品，像丽嘉一样的优质极品。我不仅要让她好好地活着，还要给她最高的权力和最极致的生活，只是那要等到千年的复活之后。为此我为她制造了冰穴，她可以像冰人奥兹那样千年不化。但不同的是，她可以是活着的。到了融化期，我们将重新复活，之所以说是我们，其实不只是丽嘉，至少有几千人可以分享这一史诗般的规划。到那时，所人的男人都是女人的附庸和奴仆。女人才是统治者，是我们的王。如果你有兴趣，我可以给你也预留一个位置，到时也好让你见证一下，我并不是夸夸其谈，或者自以为是。"

克里帝安此时心想，这便是自己所看到的纪甪涂鸦日记里末页涂鸦的全部真实意思了，那幅画就真实地放在那里，他某件上衣的口袋里。画面中的女王正是罗丽嘉，她被所有男人供奉着，吹捧着，把她当成他们的女神。

"我为此甚至不惜代价花了两个月前去拜访这方面的专家——美国的肯哈特的'IWOL理论'是把人冰冻在-4℃下还可以继续存活，并且活人的沉睡状态会使他们永久不老，那便是我为未来人类打造的发源地。当现代人类走向灭绝，我却为他们在地下埋下了得以延续的星星之火。"

原来，这也正是冰穴事件的真正奥秘。

"那么，陈历的EKNEBIL又是怎么一回事？"克里帝安继续追问。毕竟时间紧迫，克里帝安还没来得及完全搞清它们之间的状况。

"也许你无法想象，当我把VBNW隐藏进EKNEBIL疫苗，便恰恰利用了VBNW与EKNEBIL之间的隐蔽与寄存性，VBNW犹如一不小心遗落进EKNEBIL胚胎里的一粒无法察觉的寄生卵，因为它微小到人们几乎无法用任何观察方式来发现它，所以它会被所有人忽略。但随着EKNEBIL第七十八个曲旋微粒的形成，VBNW也随之加速复制和强大，于是二十年之后，当EKNEBIL微粒达到一个极值，接受疫苗的男人们即将遭殃，因为在他们当中，一场毁灭性的瘟疫即将爆发……"十几秒后，他被纪甪坦言的这一切惊出一身冷汗。

到此为止，克里帝安彻底弄明白了：原来在纪甪那里，关于陈历、L—VBNW、冰穴以及末页涂鸦，一系列的小阴谋的背后，竟然蕴藏着一个完全关联而又足以颠覆人类世界的巨大阴谋，他为了那个幻想的新世界，完整而有序地规划了一切。假如在这场黑暗的较量中，没人能够及时发现和阻止他，他即将成为人类历史上最不可思议和臭名昭著的心理阴谋家。

第四十七章 末页涂鸦

他要用他那邪恶的仇恨之火燃起一场新的行星撞击地球的覆灭大劫！

"可是，好多理论上的东西根本行不通，比如千年后复活，它对温度、湿度以及其他外部环境要求非常苛刻，所以，你会害死所有人，包括Ruijia，你会害死她的！"

克里帝安尽可能保持冷静而友好的态度和声调，他不想激怒这个表面看上去非常正常而其实却早已走火入魔的人间魔鬼。而其实他心里在一刻不停地在骂他混账、痞子、王八蛋……

"所以，我就知道没人能够理解我，包括我最亲爱的丽嘉，她甚至因为我这些不太讨人喜欢的想法离开了我。"

"Ruijia？是的，你不提我倒忘了，你又把她和她的伙伴们怎么样了？又新挖了冰窟窿把她活埋了？"克里帝安尖酸地恨恨斥责道。

"是啊？Ruijia，她在哪儿？我好久没见她了，她一直躲着我，这让我更加痛苦。我正准备忙完眼下的工作，抽出时间来专门去找她。你可以想象，我所有的设计里，如果没有她也便失去了意义，如果你知道她在哪儿，作为条件，我可以放你一条生路！"

这样的回答令克里帝安觉得不可思议。怎么会是这样？按理，他已经把最关键的东西都袒露出来，没有在这上面隐瞒的理由，而且，无论是从推理还是从话语都看不到他有说谎的迹象，难道罗丽嘉的失踪，真的与纪用没关系？那么，她究竟在哪儿？这倒是完全意料之外的状况。而且，假如她真的并没落入纪用的手中，而她的出现对纪用的阴谋进程有至关重要的关联，那么，此时倒更应该保护好她。可是这一切，除了自己，没有第二个人知道。

克里帝安更加心急如焚。

"现在，我要去忙一会儿了，你也许想象不到，为了避免出更多的差错，我已经让那些东西提前出现在工厂的生产线上了，也许它们已经被生产出来了，最晚下个月，第一批疫苗就要面市。人人追求的长寿的灵丹妙药终于出现了，所有人都会争相购买，只有你这种自作聪明的人在这里与我作对。"

纪用带着一脸的冷血关门离开了，剩下困在昏暗的灯光里的克里帝安心急火燎却又力不从心。其实他已经可以想象得出来，自己的下场将比陈历更惨，而且，到现在为止，霍思根本不知情。他本来就对那些新型电子产品的应用掌握得不够精准，而在这方面他根本不是纪用的对手，仍被迷惑在他是安全的信号中。

等到发觉问题的严重，一切都来不及了。

而纪甪的阴谋，也会因为没有第二个人知道而使人们走向无尽的深渊，打着诺尔奖幌子的EKNEBIL疫苗一旦上市，人们根本不会怀疑，即便结果不是毁灭性的，也至少会让许多人深受其害……

此时的克里帝安无助地叹息着，感觉自己犹如茫茫沧海里被海盗洗劫一空的一叶孤舟，只等待一个巨浪将它葬身海底……

第四十八章　需要一座公寓

罗丽嘉五人，究竟经历了什么？

进入布鲁斯特北侧的西部山谷，大家准备"安营扎寨"。

"离迎风口远点，帕尼克！"乔迈洛给并没多少露营经验的帕尼克提建议。

"而且，为了缩短使用营灯时间，我们要争取天黑前完工。"

所有人都忙碌起来。女孩们用石块搭起炊灶，她们商量后决定做一锅青豆蘑菇干贝汤。

"要不要再来个煎蛋和蔬菜拼盘？"静芝似有哼不完的快乐，于是说话也拖腔拿调的。

"省省吧小女孩儿，别忘了，到旅行结束，我们还有三餐自助，你不想末了拿野菜充饥吧。"苏C乐呵呵地提醒她。

当帐篷搭好，简单的晚餐准备妥当，大家聚拢在了一张展开的防潮垫上，当他们举起水杯打算庆祝一天快乐又辛苦的旅程时，苏C注意到前方5米内长在石缝里的蒿草在晃动。

"感觉到风了吗？那些草在那里瑟瑟发抖，我却感觉不到！"她轻声嘀咕。

坐在同一方向的罗丽嘉也注意到了，她还听到了身旁锅灶与灶下石块摩擦发出的"咔啦"声。

"或许是小龙卷，我也没觉得有风吹过。"她不以为然地说。

而且，微小的异常并没持续，跟随音乐的响起，每个人很快陶醉在夕阳美景中。

五分钟后，乔迈洛感觉到异样了，他当时正站起身拿瓶装水，可他感觉脚板发麻，然后一阵剧烈的颤抖由下而上，像电击一样让他无法走动。

"不妙，地震！"他惊呼。

在新西兰，微小的地震时有发生。于是瞬间所有人都本能地从地上爬起，如

果必要,他们会选择快速离开。就在这时,地面从帕尼克两脚间空隙的位置裂开一道口子,由于向心力和惯性,瞬间的张力把帕尼克甩了个趔趄,然后随着裂缝的迅速扩张,他猝不及防地倒下去。苏C慌乱中抓到了罗丽嘉的手,两人在震动中扶持着,她们企图逃过那张凶猛的裂口,然而,脚下犹如踩到了泼满润滑油的大理石地面,失去重心后的跌倒和碰撞让两人疼痛地尖叫着,然后同其他三人一起向地裂的深处坠落。

"完了,这回死定了!"罗丽嘉惊吓得嘴唇咬出血来。

"苏C、帕尼克!救我!"静芝在坠落中呼喊。

她撕心裂肺的喊声让罗丽嘉想起半小时前背包失踪的事件,原来静芝真的与它无关,那只是"地震"魔爪的前兆……

坠落,极速地坠落,一头扎进地狱般的恐慌在每个人大脑里膨胀,几十秒钟里,他们踏着死亡的迷雾在坠落中挣扎,无人预知自己将被厄运带往哪里,是粉碎还是化为灰烬……

许久之后,一束遥远的光线从头顶渗透而来,把眼前延绵伸展的境地映照出大致的轮廓,那是一个类似天坑的深渊,它有近乎百米的落差,底部又像曲颈瓶的超级肚腩无限空旷。

对于眼前的一切,所有人都迷蒙恍惚。直到有人隐约听到了清脆的水滴声。

"嗨!结束了?"帕尼克打破了沉寂。

此时的他除了脑袋和半只胳膊,周身掩埋在一潭黑色的沼泽里。其他人离他两米,因为物品包裹的叠压,或趴或仰浮在了沼泽的表面。

"救世主具有超强的体力!"帕尼克开始兴奋地唠叨起来,因为他基本可以判断那不是真正的沼泽,它只是一潭发酵了动植物尸体的死水,而且他的左脚探到了坚固的地面。

"他拥抱了我们!不然我的脑浆可能溅得你满腿都是,你说呢,伙计!"帕尼克边说边伸出手向已经站立起来的乔迈洛求援。

乔迈洛木讷地拉了他一把,但几乎使不出力气,他感觉此时的自己头晕目眩,他怀疑极端的状况冲击了他一贯正常的血压。

帕尼克几乎没动,也许是他陷入太深,加上那些黏稠的东西,于是他不得不先慢慢把自己斜拉起来,直到第三次尝试,他才像个青铜雕塑一样站立起来。

三个女孩彼此拉扯着,很快便逃脱了那些黑色的死水,她们已经顾不得怜惜衣物和鞋子,也顾不得嘲笑对方溅花的脸,她们刚刚经历了心惊肉跳的变故,此

第四十八章 需要一座公寓

时已辨不清方向，更指挥不了语言系统，于是一个个傻呆呆地站立着，不知如何是好。

还是帕尼克勇敢一些，他找了一处坚硬的地面站稳后，仰面朝透着昏黄光线的地方张望。头顶，大约百米的高度上，原来十几米厚的花岗岩此时划开了道狭长的豁口。

"确认一下，我们是从那个位置掉下来的吗？"

乔迈洛也仰头望着，眉头即刻皱得死死的，他对于这个"万丈深渊"惊诧不已。

"幸亏有这个！"帕尼克从身上刷了一把黑糨糊贴近鼻息故作爱怜地闻了闻。他仍念念不忘他的救命糨糊。尽管大家也都这么想，却仍因为突变的打击说不出话来。

"我们应该喊救命！"罗丽嘉突然间醒来，她喊道。她那颗飘摇的游魂大概刚好被帕尼克的碎碎念拽到了，于是即刻恢复了求生的本能。

但她又后悔此话的多余，因为谁都清楚，整个南阿尔卑斯，即使在地面上喊上三天三夜，能够让人听到呼救的概率都接近于零，更何况在这万劫不复的地狱里。

"电话！对，请求紧急救援！"罗丽嘉的话提醒了乔迈洛，他急匆匆从幸好没完全湿透的背包里掏出手机，即刻拨打"111"。

"没有反应！"乔迈洛对此感到震惊，当他发现手机竟然没有信号时，他失态地天真了一回，他迅速跳到高处，继续拨号。

大家从他失望的表情里看到了不妙的答案，于是每个人开始疯狂地寻找自己的手机。

"我的已经完全泡水了，真是见鬼！"帕尼克拿着卸开后仍冒脏脏水泡的手机，恨恨地骂道。

苏C的手机也遭遇了同样的厄运。

罗丽嘉的没有泡水，但孤单地躺在制造了她与静芝间的误会并坠入另外一处深崖的背包里。

于是，大家齐刷刷把目光转向朵丽静芝。她的脸"唰"的一下红了。

"对不起，我一直玩游戏，两小时前已经没电自动关机了！"这样的噩耗让人心慌到窒息，这是一个致命打击。

"去你的，真是倒霉透顶！"乔迈洛情急之下粗骂道。

"为什么没有信号？可是！如果我没记错的话，我们在两公里之内经过了一座信号塔！"苏C疑惑地嘀咕道。

"没错！"帕尼克似乎从"信号塔"的字眼上看到了希望，于是他往苏C近前跳了两步，插嘴道，"哈哈，不瞒你们说，我在那附近撒尿的时候还瞄见两只恋爱的黑背钟鹊在塔尖的避雷装置上幽会！"

大家无心理会他无聊的幽默。

"问题有点严重！如果存在干扰信号的强磁场……"乔迈洛喃喃低语，因为他已感到没有信号的噩梦开始在其他人的神经里蔓延。

空气里令人作呕的恶臭在静寂中膨胀。

短暂的沉默之后，乔迈洛仰头凝视已近昏暗的一线天空。

"必须想想别的办法！"他说。然后他收回目光转向帕尼克。

"登山健将，告诉我你背包里准备了什么？钻镐，上升器，攀岩绳还是挽锁？"

"没人告诉我需要那个，所以我只带了敲野山果用的工具锤。"他说的同时已经伸手从旅行包里找到了它，那是一把便携式小工具，拿在他宽大粗糙的手上像只黑色的塑料玩具。

"我自己倒有一截固定帐篷的绳子，可惜它不过10米长！"乔迈洛语气带着无可奈何的沮丧。

又是短暂的沉默。

他们现在所处的位置，看上去是一个曲颈瓶的底端，通过回声可以判断，它有一个超级肚腩，因为无论从哪个位置往里看，都黑乎乎、空荡荡一片。

两个男人在竭力思考。女孩们也开始低声讨论。

"叠罗汉！"苏C突然有了主意。

"我们借助山壁，假如帕尼克或乔的肩膀有力量，而且足够托住我们三个女孩儿。说不定可以到达那个狭窄位置。"但她的话明显底气不足，因为她远远低估了那个将近百米的高度，而所有人叠加起来也超不过10米。

乔迈洛向帕尼克要了一支烟。他年少时有过吸烟史，但半年后又因在一次与伙伴的争吵中闻到了对方口中带着烟草的恶臭而发誓戒烟直到现在。

作为领队，责任让乔迈洛深感不安，他点烟吸烟时的蹩脚动作，暴露了他内心的慌乱。

第四十八章　需要一座公寓

夜色已渐渐在无尽的沉默和冥想中来临。

"无论怎样，今晚暂时待在这儿吧，没准明早会有信号，或者想出完美的主意也不一定！"乔迈洛故作镇定地说，那支烟已经吸到无法继续的地步，他犹豫着把它掐灭，但接下来，他甚至不知该如何处置它的附属品——烟蒂。

"而且，偶尔在这样的地方待上一两夜也不错，至少可以省去搭帐篷的麻烦，理论上，这种地方昼夜温差应该不大。"他无奈地补充道，然后终于随意扔掉了烟蒂。

一个万劫不复的不眠夜。在没有找到一个可行的方案之前，所有人都沉浸在一种叫作落井之蛙的绝望里……

第二天是个十足的大晴天。当一缕晨光到来，头顶打来的一丝光亮稍稍给窘困的人打起一点儿精神。

"嗨，无论怎样，我要晾干我的帆布鞋！"帕尼克打破沉闷，提着他沾满泥浆的帆布鞋，试图找个通风干燥处。

"还有我的！"乔迈洛抓起自己的鞋子扔给帕尼克，其实他并不在乎这个，但为了调节一下大家的气氛，他不想傻待着。

"而且，我建议大家吃点东西。"他边说边摊开野餐垫并倒掉自己装食品的背包。

"不为别的，至少应该庆幸昨天没人受伤或遭遇不测。然后还要庆幸，我们又迎来一个充满希望和灿烂阳光的白天！"

帕尼克把手在自己换好的干净衣服上抹了两把，然后使劲砸巴着嘴夸张地说道："就是就是，我快饿晕了，不管怎样总要填饱肚子。"

于是其他人也勉强凑坐而来。

"有什么想法吗？"乔迈洛问大家，他迫切需要答案，昨晚以及几分钟前的多次努力已经让不可能有信号这一状况成了不争的事实。

"无论多糟的主意都要说出来！"他补充道，他用极其平和的语调说话，但眼神却掩不住他内在的忧心如焚。

"应该研究一下那些动物的尸体。"苏C抓一把盐水花生在手上摆弄着，她一点胃口都没有。

"它们快成化石了！"帕尼克讥讽道。

"可这里不是它们的原生地!"苏C回应。

"那倒是!"帕尼克眨巴着眼。

"对呀!昨天地震之前,我们坐在一块完好的地面上,当时我看得很仔细,它草皮平整,草皮的空当还有碎石块,所以,这些化石尸体应该另有来处。也就是说,这里没准是一处地下溶洞之类的神秘世界,完全与昨天的地震无关,只是地震撕开了道口子把它暴露出来,按照这样的思路,我们完全应该能找到另外的出口,那么所有问题就都会解决。"苏C兴奋到无法话止,她一口气把激动倾倒出来。

"噢,我明白了!"静芝用日语附和道。但她很快又为昨天被冤枉的事生起气来,于是她恨恨地白了罗丽嘉一眼,更后悔刚才的接茬儿。

乔迈洛似乎也回过神来,他惊喜地喊道:"苏西贝拉,我的智慧女神!你真是太棒了!"此时的他对妻子敏锐的思维充满感激,他们刚好并肩而坐,于是他毫不吝啬地给她一个利落的拥吻。

"可是里面太黑了!"罗丽嘉看着黝黑的深处疑惑着。

"那倒不用担心!"帕尼克因得到了生存希望的心理暗示而兴奋异常,他利落地取出强光手电并打开它,整个"谷底"像映进正午阳光一样大亮了。

"可是老兄!"乔迈洛站起身走到帕尼克跟前,拍着他的肩膀提醒道。

"这么强的光没好处,如果有出口,它周围会有明显的空气和光线变化,而你那家伙没准会把那点线索给淹没了。"帕尼克狠狠地点头,毕竟这时候,所以有价值的建议都关乎命运。

"除了保证脚下安全,我尽量不用!"帕尼克此时乖得像个孩子。

大家顾不得再吃东西,决定即刻出发寻找出口。

其实,幸好有帕尼克的强光手电,眼下他们所处的位置,像一个危机四伏的地雷区,除了地表黏腻湿滑,到处是大小不一的裂痕和石块,裂痕虽然没有大到可以把整个人吞噬的大危险,但扭伤或摔倒被利石划伤的可能无时不在。

"小心!亲爱的!"帕尼克牵着他的小情人静芝的手走在前面,其他人紧随其后。

"谁对地理或地质有研究?"罗丽嘉边走边问,因为她留学前去过重庆的奉节天坑,所以她对眼前看到的充满疑惑。

"这种岩石叫什么?它看上去特别坚硬!记得那些喀斯特溶洞虽然也是峡谷

第四十八章 需要一座公寓

幽深、壁立万仞，但那里的岩石结构看上去与这里完全不同。"她俯身摸着脚下一块突起的石头追问道。

她的话没有得到回应，似乎大家也在思考同样的问题，于是大家在沉默中缓慢前行。

"啊！"五六分钟后，静芝一声摄人魂魄的尖叫打破了沉寂。

"怎么回事？本来就阴森森的，干吗这么一惊一乍的！"走在最后的罗丽嘉愤愤地抱怨。

当她抬头顺着电光望去时，不由得倒吸一口冷气，一具面目狰狞的干尸半倚半躺地蜷缩在石壁的角落里，也许时间太久，干枯的骨架有些已然成了白骨。

白骨脚下，堆了空罐头盒、食物垃圾以及一把锈迹斑斑的野营刀具。

干尸的出现，更恐怖的气氛包围了五个人。乔迈洛离开苏C，建议她带女孩们原地不动，然后他和帕尼克一起走上前去。

"伙计，你估计他大概死了多久？一年，十年，还是千年古尸？"帕尼克边低声咕哝边用手电在骨架周围照来照去，似乎有发笔横财之类的想法。

"把手电给我！"乔迈洛伸手把帕尼克的手电拿了过来，他仔细观察干尸，甚至用手去触摸他颈部仅存的皮肉组织，它又黑又枯，像风干的鱼皮。

"啊！不要碰他！"静芝再次发出惊恐的尖叫。

"亲爱的！把脸转到那边去，我们最好不看。"

苏C像母亲保护婴儿一样把静芝揽在肩旁，但静芝看上去依然在发抖。

比起在实验室接触的病尸及医用骨骸，罗丽嘉对于干尸本身并不害怕，她只是对这种情境下出现干尸这样的状况感觉惊讶，因此她不能理解静芝夸张的恐惧。

"她紧张得像掉进了蛇窝！"罗丽嘉小声嘀咕着。

还好，静芝似乎并没听到。

"帕尼克，别理他，干我们的正事吧！"乔迈洛指着干尸语气坚决地说。

"我们没时间研究这个家伙，但愿他的存在和那些小尸体一样，都是好迹象！"他补充道。其实不知为何，在乔迈洛的内心有种不祥之感，但作为"队长"，对于这种感觉必须慎重。

大家跟着乔迈洛绕开干尸继续行进。

他们花费了大半个上午仔细搜索每一处角落，但这个神秘的山体空穴似乎像

个吞噬生命的魔鬼，除了头顶的裂缝像它张开的血盆大嘴，他们没有发现其他任何一丝通往外界的光亮。

"什么状况？"帕尼克拧着眉头，似乎感觉不妙。

"别急！"乔迈洛安慰道。

"既然没有明显的通道，就最好留意隐蔽的出口，没准有人把出口封住了，所以，咱们需要点儿耐心！"

他一边安慰别人，自己心里却在担心问题的复杂。

现在，已近中午，在继续搜索和停下来休息的选择上，乔迈洛被孤立起来。

乔迈洛又带头回到了发现干尸的位置，他弓下腰再次观察那具尸骸的每一处细节，帕尼克似乎也想顺着光束一探究竟，但他欣赏不了凶恶的事物，第二秒时已经开始反胃，于是他将视线移往手电的余光里，就在这时，他再次发现了秘密。

"有字！乔！"他兴奋地呼喊起来。

乔迈洛抬高手臂，几行划在石壁上的字迹在光线下显现出来，因为大约是用尖石划上去的，非常粗糙，所以好几个相近的字母只能凭借推测。帕尼克念得有些费力，于是，其他人也凑过去，努力拼读：

"我要冻僵了，假如上帝肯帮忙，请赐予我一所公寓，我需要一点点温暖，以求度过这漫长而黑暗的痛苦时光，最后，请允许我喊出我心上人的名字，她叫温斯杰莉……"

"蠢蛋！干吗写这些没用的东西，害我空欢喜一场！"帕尼克恨恨地抱怨，然后神情落寞地离开了。

就在这时，静芝竟然哭泣起来，她边说边嚷："我要出去！我要出去！求求你们救我出去！"

静芝的失态让罗丽嘉感觉可笑，救你出去？哼，真是个无聊的讽刺，如果可以救你，大家早该举杯欢庆了。而现在，口干舌燥的她手里拿着空咖啡杯和汤勺，却不可能有热水更不能想象会有一个可供坐下来享受咖啡的地方。

"谁也不愿待在这个鬼地方，但我想我们需要多一点时间。"乔迈洛回过头来对静芝安慰道。

"不要像哄孩子一样骗我了！我可不想像他一样在这里活活等死！"静芝显然让自己有可能像干尸一样命运的想象吓坏了，她几乎在哀号。

第四十八章　需要一座公寓

乔迈洛的脸上，平添了一丝为难，他环视了大家一眼，然后以平缓的语调说："其实，出口的意义对于我们与他完全不同，因为我通过观察发现，他似乎在这里待了很久。最重要的问题是，他最后时日的活动范围小得可怜，即使他要在石壁上写字，都非常节省空间，按道理，他可以把整张石壁全部写满。但事实上，字迹的位置只有半人高，而且为了写更多内容他在拼命拖拽他沉重的身体，于是周边留下那么明显的拖动轨迹。"

"他残疾？或者受伤？"帕尼克从10米之外插嘴道。

"是严重的腰椎骨折，他接近骶骨的两节骨骼几乎完全断开了，因此他的下肢可能完全失去了知觉。"

静芝安静下来，她加入其他女孩的沉默，但她不能明了，这样的探讨将把她内心的慌乱引领至何处。

"于是，他无法下山成了残酷的事实，还有，他到山里来的当时选错了季节，我估计这个可怜的家伙在这里待了一段时间便遭遇了极端寒流，他不得不拖着下肢封住了唯一的出口，以求保暖，所以伤痛和寒冷注定了他困死在这里的宿命。"乔迈洛语气略带幽怨。

帕尼克从10米之外走回来，他似乎为了印证乔迈洛的说法而凑到干尸跟前端详了几眼，然后他莫名生出一腔愤恨的气焰，于是他咒骂道："真是晦气，他自己倒霉也就算了，还要害我们这些人！如果是他让出口这么重要的信息和他的脑组织一起消失了！这种人应该下地狱！"

为了让帕尼克控制住自己的情绪，乔迈洛转身走近揽了下帕尼克的肩膀，那似乎是男人间一种默契的传达，帕尼克收到了，于是他稍作平静，垂下头重新沉默下来。

乔迈洛站在那里思索了几秒钟，然后他回过头来接着说："我刚才想了一下，之前之所以看不见明显的痕迹，很可能它并不规则，既然这样，咱们要把接下来的工作再做得细致些。比方说，要敲打每一处能够接触到的石壁，凭借声音来判断它是否与众不同，或者用力去推，假如它也有些厚度，这种方法一定管用。然后，假如它在高处，咱们也马虎不得。再或者，它实在小得可怜，只容一个瘦弱的小孩儿通过，但只要通往外面，那也没关系。也说不定，总之各种情形都要观察清楚，如果要做最坏的打算，那么就争取在两周后"差菜"他们的 Helly Hansen（海丽汉森）海角挑战赛之前找到它！"

319

"没有问题！"帕尼克痛快地响应道。合理的分析似乎让他原本阴郁的心情晴朗起来。

"其实，如果可以自由出入，我宁愿下次还来！"帕尼克喜笑颜开地嘟哝着，他甚至补充说，"我还特别认同那个家伙说需要一所公寓的说法，假如在这里设计一所临时公寓，里面沙发、餐厅、浴室、书房一应俱全，每天享受打牌、花洒和咖啡的休闲，一定会有更多人来开发南阿尔卑斯，让它成为另一种特色旅行。"

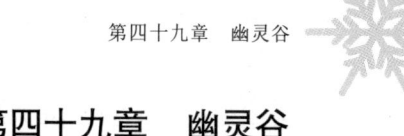

第四十九章　幽灵谷

　　接连三天，乔迈洛带领大家分头寻找出口。他每次休息时都在反复追问："有没有和'咚咚'不一样的声音，比如清脆的'嘭嘭'或'咔咔'之类的？或者谁发现了蚁缝一样的裂纹？一块单独的石头即使卡在一起，它与崖壁本身也应该是不一样的！"

　　他说完，总会视线茫然地环顾每个人等待回应。但，每次都换来沉默的摇头。他慢慢地把头埋下去，也好把失望和消沉压到最低。

　　"会不会恰恰每个人的判断不同，所以被忽略了？"第三天傍晚，他经过缜密的思索，低声自语。

　　"所以！不如你们全都停下来！"他自信地招呼道。

　　"由我自己仔仔细细侦察一遍，即便多耗点时间，但也许比较行得通！"

　　所有人都点头表示同意。毕竟，这样的主意，至少又在每个人内心点燃了一丝希望。

　　"但也许仍有人来找我们或别的什么人来野餐，你们朝上面喊喊救命也无妨！"他提醒道。

　　于是，乔迈洛开始细致耐心地试探每一寸岩壁。他在他勘测的每一方石壁上标绘了清晰的画线。他希望通过自己不懈的努力打开那扇希望之门……但，随着标志原点的一步步逼近，他内心越发慌张，似乎已预感他们陷入了非常严重的境地——他们当中的每个人，都有可能成为下一具被困死在这里的干尸。

　　他下意识地放缓了进程。甚至夸大疲惫，装模作样地美美睡了十几个小时。而其实他花了大半的时间在深度思考。

　　"真的要被困在这儿了吗？这样的事实真叫人恐惧！"

　　等他终于盘算好了，便故作轻松地一跃而起。

　　"各位，请听我说，在此前的某个地段……"他回头指着背后的某处岩壁，

拖腔拿调、饱含热情地招呼道,"我之前找到了一丝规律,但当时没做详细标志,所以请多给些时间!"

帕尼克显然对此十分厌烦,他沉沉地把屁股随便往地上一坐,铁青着脸抱怨道:

"到底行不行啊?不行就抓紧想别的办法!而且,即使再节省,吃的也所剩无几了!"

乔迈洛没有勇气说出那句被印度海军总司令用在潜艇爆炸事件上的"期待最好的结果,做最坏的打算"的话,他明显感觉到了每个人情绪的极度脆弱和敏感。

他小心地注视着其他人的表情,然后接着话茬儿说:"噢,对了,说到吃的,我知道大家都在忍饥挨饿,尽量把腌制和包装食品留下来。我想,这样做还有另外一个重要的理由,毕竟这么特别的经历,一旦结束理应有个庆祝之类的仪式。所以,让我们期待那场盛宴的早日到来!"

他轻描淡写的语气给了大家些许安慰。他们各自收紧腹肌,尽可能不让别人看出饥饿难耐的信息。

就在这时,头顶上突然有"唰啦啦"东西坠落的声响,大家仍在坠落事件的阴影当中,于是瞬间像受惊的鸟儿,迅捷地四散而逃——尽管不知该逃往何处。

一块不大的黑色圆石砸中了帕尼克的脚踝。

"妈的,它砸到我了,好痛!"他跳着脚谩骂。

"余震吗?我们会不会被埋?"静芝惊恐地尖叫着。

"天哪!那我们死定了!"罗丽嘉哀怨道。

但,随后什么也没发生,脚下也没有任何的震荡和晃动。

"什么情况?"乔迈洛打破沉寂。

"好像是只蜗牛!"苏C低头仔细看了刚才砸中帕尼克的"圆石"一眼,顺便嘀咕着。

"是只蜗牛,而且是一只新西兰大蜗牛!它和我们一样,猝不及防从上面掉下来了!"帕尼克忘记了脚踝的疼痛,他凑近时嚷嚷道。

"而且,它好像摔晕了!" 他幸灾乐祸地补充道。

小小的意外状况很快过去。之后它便再也没给大家带来情绪上的波动。每个人甚至不再看大蜗牛第二眼。

临近中午,这样的小状况又发生了一次,这次,随着小石子一起坠落的,是

第四十九章 幽灵谷

一只可怜的母鸭子和它的四只羽翼未丰的小雏鸭。它们在空中像一串打着滚的湿水羽毛，轻盈华丽，但着地后却几乎成了骨粉。因为它们像那只蜗牛一样，没有下面这些人那么幸运——就在几个小时之前，帕尼克和三个女孩刚把那些救命的恶臭淤泥搬走，他们清理出了站立在裂缝正下方可以喊话的位置。

"听到了吗？上面还有一只小可怜！"顺着苏C所指的方向，其他人也隐约听到凄哀的尖叫声。

"之前，它们一定常常从这里经过，可它无法预料这里与先前不同了。"苏C看着那些小尸体怜惜地分析道。

"习惯有时是很可怕的事！"帕尼克总结道……

夜半，罗丽嘉突然从噩梦中惊醒，她自从经历了冰穴事件，便常常睡眠不好——尽管她白天努力驱散精神天空的阴霾，但夜晚的噩梦，从来不被意志所左右。

两米之外的苏C似乎也辗转难眠，罗丽嘉听到她翻转时轻微的叹息。

"没睡吗？"罗丽嘉试探着低声发问。

"失眠了，冥想和数羊都不管用！"苏C微探身体轻声回应。

"那不如我们说说话吧！"罗丽嘉翻身坐起。

"好啊！"似乎正合苏C的心意，蹑脚凑过来。

"我的胃一直在抗议，它希望我尽快吃下三盘蔬菜或六个蛋挞。"苏C小幽默了一下。

"我想吃下十个！实际上，一顿只有面包和牛奶的便餐也很可爱！"罗丽嘉也按着瘪瘪的肚皮抱怨道。

可是，坐在一起之后，两个人似乎又没了热烈交流的热情和勇气，毕竟气氛和环境都不对，而且在这样的困境，让她们连"今晚星空真美"之类的话题都找不到。

沉默许久，罗丽嘉没话找话地问。

"下半夜了吗？"

"应该是吧，但也许十二点刚过。"苏C并不肯定。

"今天是几号？"罗丽嘉接着问。

"是10月的二十九号。"苏C回答。

"噢，记得网上看到霍科努伊（Hokonui）月末有爵士音乐会。"罗丽嘉随口说。

323

"其实我不喜欢爵士乐。"她又补充道。

"而我，已经错过了两次基督教礼拜！"苏C抬头仰望透着一丝光亮的"天窗"处。那是他们坠落的裂缝，它在黑暗里，龇牙咧嘴，阴气慑人。

"祈求你的上帝营救我们！"罗丽嘉做祈祷状。

"可是，关于世俗、命运、灵魂与虚无等教义，我还没完全看懂。"苏C神色落寞地叹息着。毕竟，刚加入基督教的她，并没达到超度伦回等最高境界，于是，她此时和所有无信仰者一样，对当前的境遇充满了恐惧。

深夜的凉气袭来，罗丽嘉拢紧双腿。

"幸好，天气在转暖，不然晚上我们会被冻僵的！"她低头用下巴抵住膝盖。

"是啊。"苏C低声回应，然后怜惜地把披在自己身上的毛毯匀出一半罩在罗丽嘉身上。

这样干巴巴的谈话并没驱散两人内心的沮丧。

又沉默了一会儿，苏C突然用凝重的口吻，指着头顶的光亮处说："Ruijia，你发现没有，那里在变小！"

罗丽嘉仰头观望。

"变小了吗？我倒没留意。"她疑惑不解。

"原来它看上去至少可以盛得下一头大象，可是现在，你看，一头牛只怕也要卡在上面了。"苏C伸手打着比方。

"你可真逗！难道你指望有大象或牛从上面掉下来供我们饱餐一顿吗？可是，苏C，在新西兰野外，根本没有这些大型的野生动物。"

"不是这个问题！"苏C拼命摇头，然后思索着如何把内心的想法说出来。

"我们可能真的遇上大麻烦！"苏C凑得更近些，然后说，"我曾经在一本很厚的地理杂志看到过类似的报道。报道上说，在20世纪70年代，一个叫格兰特·史密斯的澳大利亚摄影记者航拍了一组麦克唐奈山脉的大冲击镜头，回到住所后连夜冲洗胶片，结果他意外发现其中一些图片出现了裂痕一样的瑕疵，他以为是自己的冲洗技术出现了问题，于是再次尝试，可是效果还是一样，他不得不仔细查看底片，这时他才注意到底片本身就是如此。他十分吃惊，因为如果不是胶片出了问题便意味着实地上出现了宽度超过十米的裂谷。于是，他后来不得不把这一谜团讲给当地的地质专家，随后，地质专家组织了考察团前往该地区。他们希望找到图片上显示的那些明显的新的断崖或峡谷地带。"苏C稍作停顿。

"然后呢？"罗丽嘉急切地等待答案。

第四十九章 幽灵谷

"然后,他们没有找到任何裂谷之类的或与原来地图标志上有所不同的地方。但,他们惊讶地发现,那里的岩石上,确实有明显开裂过的痕迹,虽然它们看上去只是错裂开丝线一样的缝隙,但它明显地存在着并纵横延绵了几十公里。"苏C侧脸观察罗丽嘉的反应。

"怎么回事?到底谁搞错了?"罗丽嘉心生疑窦。

"他们都没有错,是一种奇怪的现象捉弄了他们,如果不是摄影记者的拍摄,人们根本无从知道发生了什么。"

"你是说,那里偶然出现了裂谷,然后在神不知鬼不觉的情况下又像伤口一样完全愈合了?"罗丽嘉惊讶地瞪大双眼。

"是的,后来他们查阅历史,果然从资料中找到了相关记载,就在几百年前英国的塞文河上游沿岸便出现过类似的惊悚奇观。然后,专家们又经过多次实地考察和研究,得出了这样的结论:地表下面。越深温度越高。在距离地面大约32公里的深处,温度之高,足以熔化大部分岩石。岩石熔化时膨胀,需要更大的空间。世界的某些地区,山脉在隆起,而作为一个星球的整体,其他地区也会受到压力,使那些地壳脆弱部分张裂、断陷而成为裂谷,但如果该地区的火山喷发了,于是那里的张裂及断陷又恰好很快愈合了,从而恢复了原来的地理地貌。然后,这一奇特的现象大多短暂且在僻远的地域,从而往往不为人知。它并没规律和时间可循,或许几十年、几百年发生一次,于是,研究这一现象的专家们给它起了一个非常生动的名字,叫幽灵谷。"

"它的确有幽灵的特质!"罗丽嘉悻悻地附和道。

"这么说,那具干尸和那些淤泥里的动物骨头正是距今许多年前的某次相似遭遇?"罗丽嘉惊恐地瞪大眼睛。

"很有可能,只是,他掉下来时下面是坚硬的石头,他的骨盆受了严重的伤,而后,连日暴雨肆虐,这简直是雪上加霜,于是,饥寒交迫加速了他的死亡。而且,持续的暴雨同时形成了那堆救命的黑色淤泥,而细菌的繁殖和岩顶的渗水一直让它更加稀薄和恶臭。"

"好像很有道理!"罗丽嘉茫然若失地低语着。

"那么,我们很可能和他一样,成了第二批被打入十八层地狱的倒霉鬼,别说什么出口了,上面唯一的天门也要关闭,对吗?"罗丽嘉惊恐万分地嘶嚷着。

"嘘!小点声!"苏C被她的激动吓到了,她伸手捂住罗丽嘉的嘴。

"但愿我想多了,我只是这样猜测,别让他们听到,不然就麻烦了!"

"可是,万一真是这样那该怎么办?我们真的会困死在这里的。"罗丽嘉难过得快要哭了。

"所以,必须跟乔说说,让他赶快想办法。"苏C坚定地说。

"不如你现在就把他叫醒!"罗丽嘉急切地低吼着。

"天亮再说吧!"苏C听着男人们的鼾声说道。

……

第二天早上,除了罗丽嘉,其他人似乎都一切如常。罗丽嘉无精打采地坐在一块泥色岩石上,她的手在一刻不停地拔掉从母鸭翅膀上掉下来的一根细长羽毛上的绒毛。

"Ruijia,来吧,吃点东西充充饥!"苏C用从岩石上渗下来的水沾湿了毛巾擦完脸后,带着抚慰表情,伸手递给她几颗蚕豆干。

罗丽嘉跟自己赌气似的自顾自地低着头重复着唯一的动作,根本不理苏C的茬儿。

朵丽静芝似乎气不过她的无礼,于是讥讽道:"公主小姐哪吃得下那个,她不是最喜欢意大利海鲜比萨吗?苏C,你不如祈求上帝给她单派一份!"

显然,罗丽嘉被激怒了,她"腾"地站立起来。

"吃什么吃,你个白痴,如果我告诉你即便吃长生不老丹也只能在这里石化!你会感觉怎样?然后我告诉你这便是我们的下场你又会感觉怎样?你还是感觉吃那些东西很有意义,是吗?"

静芝并不示弱,她带着满脸的不屑回应道:"别以为就你明白,昨晚你和苏C说的,我都听到了,看来,我比你勇敢多了!"

"你……"罗丽嘉自知失态,窘在那里不再说话。

于是,大家聚集过来,似乎都在等待一个答案。

一阵令人尴尬的沉默之后,苏C决定坦白她昨晚与罗丽嘉讨论的关于"幽灵谷"的事。而且,她心里在想,静芝那点倔强的坚强,倒的确给了她一个说出实情的时机。因为,对于情绪,她由于年龄的关系,应该是最令人担心的一个。

只是,等她把话说完,气氛仍沉闷凝重起来。毕竟,现实的残酷正在拷打每一颗年轻人的心。

"好吧,咱们另做打算!"乔迈洛终于先开了口。

"原来我心里盘算总会有人来……"他不安地注视着大家。

"想想看,不管是什么法子,哪怕是书上看到的,咱们一定要试试!"他用乞求的眼神环顾左右。

没人回应。然后，一阵更久的沉默。

"有什么呀，大不了就待在这儿！"静芝似乎仍在延续她年少的无畏和勇敢。

"住嘴！"帕尼克突然狂躁起来。

"我可不想在这里等死！我要出去！出去！"他冲她怒吼。

"好啊，让我给你画双翅膀你飞出去好了！"静芝羞恼地挖苦道。

"难道把脚下的石头全部堆起来不是办法吗？或者在石壁上每隔一步凿石柄或石臼！好好动动脑子，办法多的是！"帕尼克气急败坏地嚷嚷道。

"很好啊！可是所有的石头加起来会有多高？剩下的你打算从石壁上敲吗？还有，假如你在那里关闭之前没弄来足够的石头，那么，上面闭合的部分还有十几米的厚度等你慢慢敲！"静芝反击道。她此时表现出令人惊讶的敏捷和冷静。

"还有呀，你说的什么石柄石臼，你没有凿子，那意味着什么？你的小工具锤可以做到吗？"

"我不管，反正我一定要出去！"

帕尼克的激动，把其他人原来还算平静的情绪也打乱了，于是，更加阴沉沮丧的气氛笼罩了五个人，仿佛濒死的魔爪渐渐袭来……

第五十章　生存

帕尼克真的开始行动了，他表现得像一名想要独自打赢一场战役的勇士，他先是疯狂地用工具锤锤下突出的石块，然后把那些可以搬运的巨石集中在一起，做好一切堆砌石梯的准备。看到他食不果腹备感吃力的样子，乔迈洛不得不加入他的行列。

他们在迎着出口的位置堆砌石梯。两人先把最大块放在下面，接着摞上用膝盖顶着勉强搬得动的大石，再然后是更小一些的，二十几个小时后，他们把所有坚硬的块状物全部用上了，即使这样，整个工程也不过十几米。而且，由于没有任何水泥或沙石的粘砌，看上去它摇摇欲坠……

"加上叠罗汉的高度，你估计距离那个可以挂上绳子的地方还差多少？"帕尼克指着"瓶颈"下方一块石柱一样的卡口处，目光恳切地注视着乔迈洛问。

"还差三五十米！"乔迈洛神色黯然地应道，然后，他拖着沉重的双腿将最后一块小石子塞进石缝，以此加固那个粗糙的工程。

"可是，再也找不到可以下锤的地方了！"帕尼克失望地叹息道。

晌午过后，感觉到上面的合拢在加速的帕尼克再也坐不住了。

"看到了吗？那里差不多只能侧身通过了！"他急切而痛苦地嚷嚷道。

"可是，没人能把绳子抛上去！"乔迈洛担心地摇着头。

"没试过你怎么敢肯定，我讨厌你这些无聊的畏惧。"帕尼克真的发疯了。他说着便直接起身往乱石堆上爬，石块挤压摩擦，发出"咔嚓咔嚓"的响声。

乔迈洛此时也动摇了，内心那份渴望恢复生活常态的冲动汹涌而来。

"好吧，只是，大家上去的时候一定要多加小心，每个人的脚都尽量不要同时踩在同一块石头上，而且任何东西不要带，尽量减轻负担……"他简单地吩咐道。

可是，乔迈洛刚加入，脚下便有石块滑走了。

"不行啊，帕尼克！"乔迈洛警觉地提醒道。

第五十章 生存

"别婆婆妈妈的,再不上去真的来不及了!"他厌烦地催促道。

"你们三个从那边上去!"帕尼克急切地命令道。

乔边洛没有发出阻止的指令,于是,她们小心翼翼地从侧面上去,与两人会合。

"她们没什么平衡技巧。"帕尼克指着三个战战兢兢的女孩对乔迈洛分析道。

"所以,只有我们两个可以上去试试,而你肩上的力量更大些。我的意思是,我要跳到你肩膀上去,而你踩在她们三个用手搭成的架子上,你们只要能够保证我站稳并把绳子抢到那个地方,差不多就成功了!"帕尼克信心十足地指挥道。

大家小心翼翼地按帕尼克说的做了,因为每个人心里都十分清楚,对于这次意外,上帝也无能为力,他们只得竭力自救。

可是,帕尼克尝试了好几次都没有成功。

"能行吗?"乔迈洛气息促狭地抻着脖子问帕尼克。其实他知道那个距离根本没可能。

"还差那么一点!"他语调幽怨地说。

乔迈洛明显感觉到他踮起了脚尖。

两个大个男人的重量,快把女孩们胳膊上的皮肉撕裂了。她们痛苦地忍受着。

"我要挑战一下,乔!我要直接跳高些,然后抓住抛挂上去的绳子。"帕尼克突然坚决地说。

他的话把乔迈洛吓坏了,他浑身打了个哆嗦,然后急切地大吼:"不!帕尼克,那样会送命的!"

"没关系,迟早也是一死,我宁愿来个痛快的!"帕尼克带着哭腔回应道。

就在这时,三个女孩脚下的石梯晃动了,那些像多米诺骨牌一样脆弱的石块犹如即将决口的堤坝,出现了令人揪心的险情。那即将破裂的"咔嚓"声把所有人的心都提起来了。

帕尼克显然也感觉到了,他知道自己没了犹豫的余地。于是,他再次踮起脚尖,然后使出浑身解数将自己弹了出去……

绳子依然没能到达那个指定的高度。帕尼克像一辆半空抛锚的悬浮汽车,先是在那里呆呆卡了一秒,然后直直地栽了下去,并随即发出一声凄厉的惨叫。

等到惊愕的其他人缓过神,连滚带爬地从石梯上下来,那堆酥油饼一样的石

头便轰然倒塌了，它扬起的尘土淹没了一切。

"帕尼克！帕尼克！"乔迈洛扒开压在身上的石板，心慌意乱地在污尘中大喊。

"帕尼克！你怎么样？"他爬起来，朝帕尼克栽下的那个方向冲去。

"我想，我还活着，只不过，可能站不起来了！"空气中，低低地传来帕尼克凄怨的回应。

"谢天谢地！不，我是说，感谢上帝让你还活着！"

乔迈洛激动得眼泪在打转，他颤抖地扶起他的双肩，帮他坐立起来。

帕尼克的伤，令常人难以想象。他的左脚脚尖抵住了左膝，而粉碎的胫骨嵌入并穿破了后腿肌肉，然后带着血红的皮肉组织裸露出来。

三个女孩尖叫着抱成一团，不敢再看第二眼。

"苏C！急救包！"乔迈洛叫嚷着。

鲜血顺着帕尼克的裤管汩汩流下，很快染红了地面。

"是的，我们带了急救包！"苏C慌里慌张地朝李堆奔去。

"帮我把止血带勒紧！它可能穿破了动脉血管。"乔迈洛边从急救包里扯出止血带，边命令手脚不停发抖的苏C。

缠绕带子和强压止血让帕尼克很快因过度疼痛休克了。

等到帕尼克在四个缺乏专业医护经验的人手忙脚乱的抢救中苏醒过来，所有人都激动地扑上去拥抱了这个因失血过多而脸色苍白的男人。

"帕尼克，我把你当成并肩作战的兄弟，所以，下次行动之前，请允许我帮你想清楚！"乔迈洛眼含热泪恳求道。因为他知道，在这种特殊的境遇里，让每个人都完好无损地活下来是多么奢侈的事……

而在稍有病理知识的罗丽嘉心里，此时正深深地埋下她对这个不幸男人的担忧，因为如此严重的伤害，如果不能及时手术，后果不堪设想。

此次意外，似乎让所有人更加绝望了。他们之间几乎不再交流，有时默默地坐在某个地方，呆看那个狭长的豁口越来越窄。除了几处水滴声，这里安静得仿佛上帝到来，也会清楚地听到。

十几天后，天空唯一的豁口在午后毫不留情地完全闭合了，它同时吞噬了谷底的最后一丝光亮。当那道犹如金丝玉缕般的光芒被邪恶的乌黑吞噬时，惊慌的人们注意到，坚强的苏C此时已经无法控制情绪，痛苦地蹲下身去，继而掩面低泣了。

这种情绪感染着每个人，大家都在黑暗中默默流泪，毕竟，这似乎意味着已经失去了唯一的希望。

许久，罗丽嘉摸索着走到苏C身边。

"别难过了！我们中国有句谚语说，任何事，不到最后一刻，不要放弃希望！"她强忍泪水安慰道。

"可是，Ruijia，我怀孕了！"

苏C的话惊大了罗丽嘉的嘴巴，她不知所措地愣了两秒。

"可是，My god！为什么偏偏这个时候！"她又急又喜。

然后又替苏C难过得差不多快哭出来。

现在，她终于明白坚强的苏C为什么流泪了。这是一个多么令人悲伤的信息。

"我们自己都吃不饱肚子，更何况一个需要更多营养的胎儿！"罗丽嘉自语道。

"所以我想，也许应该赶快想想办法！"苏C又开始抽泣了。

罗丽嘉当然明白苏C的办法是指什么，她沉默了许久，然后问她："乔知道吗？他知道你怀孕的事吗？"

"我已经告诉他了，所以，压力快把他压垮了。"

罗丽嘉这才留意到，几十米外传来的疯狂敲砸石壁的声音，正是百感交集的乔迈洛的情绪宣泄。

"对于这个世界，没有哪个小孩儿会提前捎信说自己要来，可是，我们没有拒绝他生命的权力对吗？所以，求你不要伤害他（她）！"罗丽嘉央求道。

"他（她）会给咱们带来好运也说不定！"罗丽嘉喃喃地补充道。

"所以，我们需要为他（她）做点什么！"罗丽嘉突然激动起来。

"可是，做点什么呢？"罗丽嘉默默自语。

"噢！天哪，至少可以为他（她）的生命带来一丝光明！"罗丽嘉说着，深一脚浅一脚地摸向她的行李包。

"荧光石！"她兴奋地从袋子里取出出发当天在山上捡到的两块在黑暗中隐隐发出光亮的石头。

"我和帕尼克也有三块！"显然，那个看上去还不算那么傻的静芝又不动声色地搞明白了一切。

荧光石堆在一起，微光打破了伸手不见五指的黑暗。

"我们不要这么干坐着，为了这个勇敢的小生命，我们唱首歌吧！"静芝建议道。

"好啊，好啊！"罗丽嘉此时表现得随和了许多，因为她知道，在生与死的考验面前，谁都不会是永远的敌人。

于是，一首Westlife的 *You Raise Me Up* 在幽深的谷底里久久荡漾……

There is no life （世上没有）

no life without its hunger （没有失去热望的生命）

Each restless heart （每颗悸动的心）

beats so imperfectly; （也都跳动得不那么完美）

But when you come （但是你的到来）

and I am filled with wonder （让我心中充满了奇迹）

Sometimes, I think （甚至有时我认为 因为有你）

I glimpse eternity （我瞥见了永恒）

……

曾经优越的生活，带给罗丽嘉许多脆弱，比如对于背后无尽的黑暗，她内心充满了胆怯。于是，她一刻也不肯离开苏C和那堆荧光石半步。而且，似乎她还得了话痨症。

"你的小贝贝会长什么样儿？"

"你觉得他（她）将来可能像谁？"

"他（她）会是个男孩儿还是女孩儿呢？"

"如果是个女孩儿，会像希拉里·达夫那样成为流行公主吗？如果是个男孩儿，你准备让他和他的爹地一样成为冲浪高手还是棒球明星？"

然后，她又说："薯片比萨橙虾沙拉杏仁饼柠果干都是我的最爱，网购旅行动漫电影又让生活充满了意义，可是现在所有这些，都石化了，甚至我都摸不到它的轮廓。"

她像只蹭毛的懒猫，依偎在苏C身旁，睡眼惺忪却不停呢喃。

"我想，我要永远地睡了！假如我再也无法醒来，请帮我记住我的家人，妈妈是个怀着律师梦却做了女企业家的女强人，爸爸他安静细腻而又充满智慧。

第五十章 生存

而他们的长子罗凌野是个十足的怪胎，他游手好闲胸无大志，但他又因为能说会道，善于表演，总能用他的空头支票赚到更多的女人缘。可是，这样的他如今也令我撕心裂肺地想念了，这辈子能成为同胞兄妹是多有幸的缘分，我却从没好好珍惜，总感觉他这辈子来这世上就是被我欺负的。"

她伤感地喃喃着，眼角悄悄淌着思念和亏欠的泪。

"然后，我自己的生命也并不完美，在我很小的时候，后背受了严重的烫伤，它和周围的皮肤不一样，所以当我可以踩着椅子用梳妆镜反窥到那个位置，我总在偷偷用各种清洗液，企图把那些细微的褶皱搓掉。然后，到我七岁的时候，又经历了我人生另一重大事故。在这场事故中，我的左手被一段固定在水泥地里的钢钎刺穿了，然后，我的小指至今无法完全伸直，因为指挥它的肌腱被撕断了，虽然做了两次手术，仍不能恢复成完好的状态，这也是我喜欢钢琴却永远无法弹奏一曲完美乐曲的致命原因。"

苏C从罗丽嘉瑟瑟发抖的身体感觉到，她至今仍对那次伤害充满畏惧。她搂紧她，好给她更多的温暖和慰藉。

罗丽嘉感觉到了这种温暖，她很想把关于那次受伤的心结打开，因为，她知道，有些东西是迟早要面对的。

当她鼓足勇气接近她那个最惨烈的内心时，乔迈洛带着兴奋的呐喊，跌跌撞撞地从黑暗的尽头回来了。

"我找到了这个！"他跌跌撞撞地跑到她们近前，然后打开视若面包的珍贵光源——手电筒。

"那里还有好多，我想，至少它们可以延续我们的生命！"

"天哪，那是什么？它居然是活的！"朵丽静芝凑过来，惊讶和好奇让她的尖声听起来像叉刀剐擦着空盘子。

帕尼克也强忍着疼痛，拖着那条废腿凑了过来。

"它那么柔软，又完全透明！还有细长的螯钳。看上去像南美白对虾和螯虾的结合体。"罗丽嘉好奇地伸手触碰它。

"我在电视节目里见过这个，好像是专门生活在阴暗的水洼或地下河谷中的白化小虾。"帕尼克似乎忘记了自己的疼痛，非常肯定地说。

"白化是它适应环境的需要，没有阳光，影响钙质，从而，使它的甲壳钙质和色素减少，其实说白了是一种适应生存的完美进化，只为了生存的进化，无论

动物或植物，在它们身上，我们可以看到比人类更多适应能力的勇敢。"

"可是人类，除了阳光，我们对营养或者是物质需求超级复杂。比如，那些超级工厂都是为我们复杂的需求所建造的。所以，离开了那些，可悲的我们只能在这里坐以待毙。"帕尼克感慨道。

"了不起的虾米！"罗丽嘉感觉这话极富哲理，她轻轻将其中一只放在手心，用仰慕的眼神欣赏和感叹。

"为什么作为高等生物却不能做到呢？"帕尼克皱着眉头细细思索。

几秒钟后，帕尼克的情绪大概因为多了食物来源而激动起来，心情大好的他提出建议道。

"我们不如干脆学它，将物质虚像一下。"

"虚像？那是什么意思？"罗丽嘉疑惑地问。

"在我们的周围，仍有学校、工厂、宽敞的公路和绿树成荫。你们几个女孩儿依旧可以开车去海边兜风。我是说，如果把那边规划出一片海洋的话，而我和静芝会考虑在合适的位置盖起几间面海的乡间度假屋和一间特色饼店。"他看上去喜气洋洋。仿佛身边已经高楼林立，车水马龙。

"无论是银行还是便利店都是自助的，而且，我会建议苏C提前为你的小孩儿买点高价奶粉和婴儿纸尿裤。"

"我们唯独没有电梯间、阳光和柔软温暖的大床。"他耸着肩，眼中放出兴奋地光芒。

罗丽嘉向帕尼克投去钦佩的眼神，她想象不到，外表如此粗糙的一个人，竟然也有如此丰富的内在。

"是的，我也认为可以考虑，至少那样可以让咱们快乐而简单地活着。"乔迈洛点头附和道。

"噢，这相当于我们中国式的'望梅止渴''画饼充饥'，不过，在我们民间，的确有修炼到如此至高境界的大师，他们把精神和物欲看成是一个类似于一种液体连通器的关联体，如果人的精神高度满足了，物欲在一定程度上可以最大限度地弱化或忽略不计。"

大家放松了表情，似乎一个小小的不太靠谱的建议，仍是点开了令人窒息的死穴。虽然所有人都明了，不远处仍是死穴。

日子又在表面的平静中度过了一周，他们的生活，即使有白化的虾群，也仍像纳粹集中营一样的残酷和艰难。为了活得长久，乔迈洛把那些虾实行严格控制，每个人虽能分到用便携式酒精炉烧沸的一碗苔藓鲜虾汤，苔藓是实实在在漂在汤里的，而一只食指大小的白化螯虾需要每两天才能分得完整的一只。

于是，大家都在勉强地活着。一天夜里，罗丽嘉又被难忍的胃痛扰醒。然后，她听到身边有一阵窸窸窣窣的拖动声。她仔细倾听，感觉到那声音已经离开很远，正朝某个特定的位置靠近。

罗丽嘉似乎明白了，是帕尼克在那里爬行，他那条废腿令他痛苦不堪，也许受伤部位的一部分神经正在逐渐腐烂坏死。即使在夜里，他痛苦的呻吟已经变得时断时续。

他打算干吗？罗丽嘉心想。

难道？她确定他在那个特定的位置停顿下来，并开始着手轻翻那里的石块。

罗丽嘉终于确信自己的猜测是对的。帕尼克想要偷吃大家节省下来、留给苏C以备不时之需的救命点心——两只用大量食盐腌制后在通风干燥处风干的鸭腿。

这个疯子！他连苏C母子的救命口粮都敢偷吃！罗丽嘉忍不住内心的恼怒，她忽地起身，凭借白天行走路线的感觉深一脚浅一脚朝那里冲去。

果然，帕尼克已经吃到了其中一只，他夸张的咀嚼和鸭肉特有的香味已经通过感觉系统传递到离帕尼克还有两米远的罗丽嘉的耳朵和鼻息中。

显然，罗丽嘉的到访也把帕尼克吓到了。他停顿下来，在黑暗中，他企图用绝对的安静来制造空无一人的假象。

"很过瘾吗？你这贪吃的'蟑螂腿'！"罗丽嘉此时又想起了曾经给他起的歪名，于是顺嘴喊了出来。

帕尼克先是愣了一下，然后似乎反应过来。

"对不起，我实在受不了了。我的腿痛得让我整夜睡不着，这样的煎熬已经够痛苦了，可是难忍的饥饿让我更加难过。"

帕尼克的话，让罗丽嘉感觉为难。毕竟，他说的都是实话，那种撕心裂肺的痛苦不是靠意志所能承受的。他那痛苦的声调，明显带有苦苦的哀求。

"我想我很快就要死了，如果我死掉，就让她们把我吃了好了。或者作为惩罚，你们命令我从明天起开始绝食，但今晚我实在熬不住了！"

她知道，他的腿正在发生更加糟糕的变化，只是他本人并不知晓，因为他的腿明显在肿大，而且在变黑和有血黑色的液体不断地溢出来。

想想他即将面临的灾难,罗丽嘉不忍再责怪……

"可是,苏C和她肚子里的小生命也很可怜!如果你把它全吃光,会引起公愤的。所以,我建议你再吃一口就把它放下吧!"

帕尼克乖得像个孩子,他轻轻地咬了一小口,慢慢地品尝着,然后拖着他那条正在坏死的腿,艰难地爬回去。

残酷的生活已经让这个男人失去了所有的尊严,罗丽嘉看着他不堪的背影心里莫名感到酸楚。她知道,自从出事以来,她与他们之间已经产生了一种无法割舍的手足亲情,任何一个人的痛都深深牵动着其他人,无论曾经的印象如何糟糕……

第五十一章　为自己的勇敢感到后怕

果然，第二天开始，帕尼克的腿便开始让他高烧不退。看来，他的伤口创因化脓和重度感染正在溃烂和坏死，如果不把它截掉，他就要因为重度感染而送命。

"得想办法把他的那段废腿拿掉！"罗丽嘉小声嘀咕道。

但她说出来又后悔了。毕竟，在这里她是唯一接近医学的人，生命科学是什么，通俗地说，就是在通晓了人体机能及生命原理之后，为人类开辟更加健康合理的生命通道……

况且，她感觉自己体力不支，只怕连皮肤都拉不开，怎么去帮他取下那截破败的小腿？

静芝吓坏了。她守在帕尼克身边，不停地哭泣。然后转向罗丽嘉乞求道：

"求求你，救救他，我不想让他死，要死我俩一起死。"

她边哭喊边转身走近她的包裹。然后她把背包彻底倾倒过来。

"给你这个！"

借着荧光石的微光，大家吃惊地看到，她手里拿着的，竟然是一包未开封的饼干和两块瑞士莲巧克力。

"四个星期前大家已经把吃的全都充公了，你竟然仍有私货，真叫人恶心，日本人走到哪儿都喜欢玩这种自以为是的小聪明！"

不知为何，罗丽嘉那点可爱的民族气概冒了出来。

显然，那个静芝也已经在她决定拿出这些的时候，做好了挨骂的准备。而且，饥饿难耐的罗丽嘉看着那些可爱的宝贝只觉嘴软。

"好吧，现在看来也并不完全是坏事。我如果不吃点东西还真是干不了那个。所以，我就不客气了。"她说着，毫不犹豫地拿到了巧克力。

"不过，我倒没你那么自私，巧克力归我，饼干发给大家开荤好了！"

此时的罗丽嘉很为自己的正义感到骄傲，如果不是担心对面的人尴尬到脸

红,她一定得意地笑出声来。

然后,罗丽嘉接下来要做另外一件她认为非常重要的事,必须直面那次关于手的伤害,才能走出内心的阴影。

现在,她要鼓足勇气,再次直面那次的血淋淋,就像闭上眼睛翻下过山车的穹顶。

"当我一个人在遥远的郊外乡下外婆家。"

她从事件的最初说起。

"我看到了黏糊糊的血汹涌而出。它把它完全穿透了,它沾满血,却仍然露出像刀刃一样的冷厉寒芒。"

简单的开始,罗丽嘉的手已经开始紧张得颤抖。

"亲爱的,让我握住你好吗?"苏C紧紧抓住罗丽嘉的双手。

"我想挣脱它,可它纹丝不动,它像是牢牢钉在了骨头里,血流了一地。不知过了多久,大概我哭累了,仍没人来,于是我不知从哪儿冒出一股劲儿,突然站直身子使出全身解数,硬生生把它拔了出来了,我看到,锈迹斑斑的钢钎上甚至带着滴血的肉丝。然后我看到血汩汩地冒出来,我握紧拳头没命地往外婆家里跑,直到我看到有人朝我走来,才昏了过去。"

说起这些,罗丽嘉的额头已经渗满汗珠。对于那次事故,她一直感觉她内心所受到伤害远比手指的缺陷更糟。但每个人的承受能力不同,尤其在她那个还无法承受如此的痛和恐惧的年龄。自己从来不敢回想,一想起来,身体就会发生强烈的抵触,比如全身发冷,汗毛直立,甚至肌肉变硬……不管真实的状况是否如此,但她感受到的都是这样的反应激烈的过程。她知道,其实那并不需要太多的勇敢,而这一切都会好起来,只是,在她小小的自私里,她总是暗自把它作为对父母过失的处罚,她固执地守护着它。甚至正是那次之后,她开始晕血,从而使她无法顺利地完成任何的解剖实验。后来,只好下手之前必须请求同窗帮她给解剖动物放血。她知道这并不正常,可她克服不了。现在她知道,自己终于勇敢了一次,毕竟,有些伤口想要愈合,就先要撕裂,把那些沉积的毒全部一点点用刀剐掉,才可能恢复得彻彻底底。

"好受点了?"苏C怜惜地问她。

"畅快多了!像征服了恐怖的宇宙黑洞!"她脸上挂起欣喜的微笑。

"在我们的教义里,这样的过程叫作心灵洗礼。受礼者会明显感受到轻松和释放。"

"那么，手术可以开始了吗？"朵丽静芝神情迫切地问。

"好吧！看在你对他那么痴情的分上！"罗丽嘉脸上扬起一丝坦然。现在，她确信，自己至少可以轻松面对手术了，因为她刚才在人脑里一次次想象汹涌的红色画面却并没昏倒。

即使不晕血，这个未知的手术，依然成为罗丽嘉的沉重负担。

"我们拿什么当手术刀？普通水果刀吗？它只适合用刀尖把苹果那样清脆的东西扎上洞，然后顺着洞拉开。"

乔迈洛从裤袋里取出一把更加锋利的工具刀，可惜它单薄得像片树叶。

帕尼克抱着活命的希望而选择坚强地面对，他看到罗丽嘉为难的样子，忽然想起什么，于是指指身后遥远的黑暗处，对乔迈洛说："伙计，记得吗？在他屁股上挂着一把斩骨刀！"

大家似乎回忆起来，在那具被转移之后完全散架的干尸身上，的确有把锈迹斑斑的钢刀。

"感觉有点怪怪的，你确定要用它吗？"静芝好心提醒。

"你认为还有所选择吗？"罗丽嘉回应道。

"好吧，让我们暂借一下！"乔迈洛恭敬虔诚地说着，然后决定鼓足勇气把它"借"来一用。

至于缝合伤口用的针和线，只能将用苏C行李包里的家用缝纫工具将就一下。

然后，登记五人血型。帕尼克是A型血，而罗丽嘉是全能O型，此外，苏C是最合适的A型，乔迈洛和朵丽静芝则是直接淘汰掉的B型。

"苏C不在考虑范围。如果紧急，在不影响手术质量的情况下，我可以输给他400CC，也就是两个标本袋的血量。"罗丽嘉果断地说。

随后，罗丽嘉还用静芝的标本袋、热水消毒的饮料吸管以及用竹签削成的输血针头做成了简易输血器，以备不时之需。

之后，罗丽嘉开始分派任务。

"只有止血带和压迫止血来控制出血，所以不可以大动作，我们边切边处理。而这样需要帕尼克更大的忍耐和毅力，所以静芝你专门负责他的情绪控制。"罗丽嘉盯着静芝，吩咐道。

"好吧，我会请求他听我的！"静芝爽快应答。

"乔，你负责压迫止血！苏C帮我清创和传递工具。"

在罗丽嘉做这些细致的准备和发号施令时，静芝的目光一直追随在她左右，

在她看来，此时的罗丽嘉简直是战场上指挥千军万马的女将军，让她内心充满折服和敬仰。

"你这样盯着我，会让我更加慌张的！"罗丽嘉抗议道。

静芝只好乖乖退后几步。

一系列的忙碌之后，静芝忽然又感觉到了罗丽嘉眼中的犹豫，她内心一阵惊慌，于是质疑道：

"怎么，你反悔了？"

"其实，我并不知道应该从哪儿下手！"她皱着眉头回应道。

"按说只要有一线希望，应该只把它坏死部分锯掉，保留膝下两指长的残骨，方便以后安装假肢，但前提是要有可以锯开骨头的齿锯。而从这里，就不需要那么麻烦。"罗丽嘉在帕尼克的膝盖处比画道。

"也就是说，它的下半截保不住了对吧！"帕尼克指着他那条废腿郁闷地说。

"没关系，反正上帝从来不想给我什么幸运签。大不了，我下辈子也不说他一句好话！"帕尼克愤懑地谩骂道。然后，他神情忧郁地看着罗丽嘉，但他知道，那是她唯一的选择。

"好吧，那么就从这里往上开。但我会考虑留下一部分肌肉和其他组织。"罗丽嘉边说边指着帕尼克的断腿处用化妆笔往上画着记号。

"把所有消炎药和镇痛药给他，让他一口气全都吞下去。"罗丽嘉吩咐道。

她当然清楚，仅靠七颗Indomethacin（吲哚美辛）和五颗马伯龙（盐酸曲马多）用来手术，这样做在外科医生眼里简直是个天大的笑话，她之所以这么做，只是想给接下来在手术磨难中苦苦挣扎的帕尼克一点点精神慰藉。

手术半小时之后正式开始了。她用锋利的工具刀把皮瓣和肌内拉开，然后将它们分离。她费了很大的力气才斩断靠近胫骨的膑韧带。找到动脉血管后，罗丽嘉看到那血管的创伤端的溃烂和坏死正在扩大和蔓延，她决定把它看上去颜色不对的部位全部切掉并双重结扎，以保证它不会因瘀血形成血肿而再次坏死。

从膝盖下端关节处剔掉胫骨和腓骨也并不简单。手术中罗丽嘉糟糕地认识到，原来解剖动物尸体和肢解人类肢体根本不是一回事。

然后，她一边剔骨，一边为此时自己的命运处境感到既滑稽又无奈。一个有希望成为国际人——在国际科研机构工作的年轻博士，却被困在魔窟一样的幽谷里，给一个喜欢偷吃孕妇食物的家伙做着拙劣的手术。

等到手术结束，帕尼克昏死过去，而罗丽嘉已经精疲力竭，瘫倒在一边。

第五十一章　为自己的勇敢感到后怕

然后她脑子里开始感觉后怕，因为她当然清楚，许多理论上成立的东西，实际上并不一定行得通。毕竟自己在医学手术方面，一点实践经验都没有。时间越久，罗丽嘉越感觉压力巨大，甚至她有那么一瞬间，感觉之前所做的一切都是错的。于是她越想越为自己的"勇敢"感到后怕。

"我把各个拮抗肌一一拉紧缝合了对吗？你看到我对神经的伴行血管结扎了对吧？"她坐卧不安，反复自问。

然后她又不停地在静芝耳边忏悔："万一他死了，你会恨我吗？"

"我不会，但我真的不想他死！"静芝的话似乎更刺激了她。

"如果他真的醒不过来，我算不算是过失杀人？"

她陷入极度焦虑中。苏C为她感到难过。

"Ruijia，你没必要如此自责，大家都知道你想要帮他，假如真的有不幸发生，那也只是他命该如此。"

十几个小时后，帕尼克终于苏醒过来。他慢慢睁开眼睛，然后惊讶上帝终于又慈悲了一次，竟然给了他第三次生命。

罗丽嘉激动得哭了，她抽泣得像个受了委屈的孩子，苏C没有阻止她，而且她也阻止了其他人的劝慰，她感觉Ruijia此时真的需要好好释放一下，她外在的坚强已经快垮塌了。

第五十二章 乔的爱

为了延续生命,乔迈洛又从岩缝和小水洼里找到了另外几种食物,比如一种带暗色花纹的蚯蚓和几只个头极小的柠檬黄爪鲵。

罗丽嘉把头快摇掉了。

"别让我吃下那个!即便弄成肉粉加在鲜虾苔藓汤里也不可以!"

她任性得像在点餐或家宴时宣告配菜里不要青椒、花菇或银耳,仿佛那是她永远的禁忌。

是的,她讨厌那些丑陋的生物,尤其是蚯蚓,它们总是像蛇一样移动,而且从不会发出任何声响,所以她会感觉有天它也会像蛇一样,随时到达某个吓人的位置,比如钻进鞋子或裤脚,甚至盘踞在背包下面……

只是,罗丽嘉并不担心吃下它们会发生什么,或者,那些冷飕飕细长柔软的小爬行动物会瞬间爬满她全身。她此时小小的倔强,来自她内心暗生的绝望。她感觉待在这里真的不好,虽然为了不影响到其他人的情绪,她尽量表现出平静和正常。

可她原本并不强壮的身体,已经没有太多能量可供她抵抗。于是她比其他能将就吃下那些东西的人明显虚弱下来,整个人看上去像挂在角落里的风衣,皱巴巴、软绵绵的,一点气力都没有。

乔迈洛表情淡然地躲进黑暗里,那是一处更黑的角落。他的心刺痛着。那是怎样的一种痛?他自己也难以厘清。

渐渐地,一段清晰的回忆从恍惚中走来。

那是乔迈洛与前女友分手的那个夏末,虽然他明白那只是他作为男人对恋爱的最初体验,但结束一段长达三年的爱情长跑,仍不可避免地有些混乱。

"差莱"说,换个环境调整一下吧,那会对你有好处。

第五十二章 乔的爱

上海是他接受建议的境外之旅第二站。

一周的上海之行，除了增加了身体的疲惫，他似乎并没在情绪上有所改观。但，旅行仍在浑浑噩噩中结束了。

那天下午，当他打着电话走进浦东机场二号航站楼某个登机口附近VIP休息室准备登机回国时，他注意到里面的人并不多。感觉距离登机时间还早，于是他坐在高脚凳点了一杯冰茶。电话讲完时他恰好看到手机邮箱里有收图信息。那是他在俱乐部的助手"浪卷儿"给他传来的少年新秀冲浪职业联赛宣传图片。他边喝冰茶边查收翻看。他之所以选择这趟航班，也是为了赶上新西兰时间下午三点的联赛直播盛况。

乔迈洛正坐在右前方通道对面的位置，尽管他能够感觉到陆续地有人进出，他也未抬头，除了偶尔留意一下斜前方的报时荧屏。

有那么一阵儿一股强大的人流和声浪从通道朝里面席卷而来，霎时占据了休息室大半的空荡空间。

乔迈洛就在这时感觉到一丝柔和的风，他知道外面天气很好，但他更明了那是人群涌动带来的气浪，或者是那群人当中的某个女孩身上散发的淡淡薄荷清香。随着内心的猜测，乔迈洛不禁侧目。

只是，仅此一眼，他已经无法回转视线。因为他的目光瞬间被某种光或力量罩住了。

吸引，是个广泛的概念。比如地球对于太阳的吸引、人类对于地球的吸引、捕猎者对于猎物的吸引、梦境对于梦想者的吸引以及男女间情爱的吸引……

对于爱的吸引，乔迈洛先前因受伤而自设了屏蔽魔咒。

但，显然有人具备不用识别码便可解除魔咒的超能力。因为就在此时，他重新感受到了引力——一种让沉闷空气变得清新凉爽的引力，一种推动他到达黑暗出口的引力，一种激活兴奋短路的引力。

吸引他注意的女孩，就在人群当中。其实要注视她并不容易，在她四周人头攒动，而且他们当中许多人在寒暄或发表议论。乔迈洛中文原本就不好，所以听起来这些热闹的上海方言更让他感觉像有人在用欧腔快速背诵《牛津英语大词典》里的化学元素。

但女孩在乔迈洛看来真的十分特别。她一身国际机车风十分帅性时尚，而夸张的如烟短发更是纯粹妥帖，她鼻梁高挑、眸光精灵，她有模特般高挑秀颀的身材，又有明星般耀眼的清丽明艳的容貌。总之，在乔迈洛看来，她哪儿哪儿都那么完美地迎合了他那与生俱来的审美。

上帝按我臆想，缔造了我的梦幻女神！他心中窃喜。

可是，我还并不了解她，她是谁？要飞往哪里，是旅行？访友？她眼中的世界是怎样的？强烈的好奇心让他的心情莫名地激动，仿佛顷刻间，他的内心盛开了一座奇幻而阳光明媚、鸟语花香的心灵花园……

此时，那个她，正醉心于朋友口中生动的故事，从她的表情看出，她时而惊讶时而唏嘘，等到对方说完，她先是与她们喁喁细语，然后表情夸张地嗤笑起来，那率真狂放的样子犹如脱缰飞奔的斑鹿，让人忍俊不禁。

"别一直盯着！"乔迈洛自嘲地嘀咕着。但他的视线根本不听使唤，刚离开一两英寸，又被强硬地拉扯回来。

"好奇怪的痴傻。"他取笑自己。但他似乎也并不反感自己的反常。

要不要把这个好消息告诉"差菜"他们？或者只是说说这个情形。我想，那才是我的真爱！他拿不定主意。

正在这时，登机提醒开始了。

"噢！不，为什么偏偏现在！"乔迈洛慌乱了，他抓起背包，追随着人群一直往前。

他寸步不离地跟了上去，幸运的是，她抬手捏着的竟然是一张与他手上一模一样的登机牌——左上角清晰地印制了一枚银蕨树叶。这意味着他要与她同搭一班飞机，前往同一座南太平洋的城市奥克兰！

今天真是幸运日！乔迈洛暗自窃喜。

然后他每走一步都在虔诚祈祷能与她邻座。

真实的情形是，他与她相隔三排，而且坐进她身边的方脸胖子刚一落座便倒头大睡，仿佛得了嗜睡症一样，没给他任何讨好换座的机会。

好吧，落地后总应该有机会！他悻悻地想，并在内心开始盘算搭讪的"战略"。

也许可以说："美女，我有个饶舌的邻居穿着一件花色和你一样的外衣！她三岁的儿子喜欢在草地上建水塔和雷达站。"

也许应该说："漫长的行程真是枯燥，你觉得怎样？"

然后，也许接下来应该谈谈上海或者说点别的。

十几个小时后，飞机稳稳地降落在了奥克兰机场停机坪。

乔迈洛从头顶行李箱中取下自己唯一的行李——一个Gucci背包，然后心怀

盯梢的执着与忐忑一直不远不近地追随着她,那个令他心情大好的上海女孩。

他看到她在托运行李传送带前等待的时候,已经带着几分兴奋边开机边朝安检口外的接站台张望了。

然而,当她拿到行李走出安检后,乔迈洛从她渐渐凝重的表情猜测到,她似乎并没看到那个她迫切想见的人,甚至连陌生人打出的接机牌也没她的份儿。于是她急匆匆翻动电话。

几次拨打无人接听,她异常失落地将拿手机的手臂从空中重重甩下。

乔迈洛明白,有人误了接机。

于是,她的情绪便在此刻犹如骤变的天气,忽然从登机前的阳光明媚直接转到风起云涌、暴雨临门了。此时的她,如同一个受了委屈却无人理会的公主,所有的懊恼和焦虑迅速膨胀到脸上,只等待下一秒的爆发。

这一幕在乔迈洛看来却有戏剧性或可爱。他暗自发笑又暗自庆幸,毕竟所有的搭讪都不及上前帮忙来得实在。而且他的车就在机场最近的停车位里。他可以送她去任何她想去的地方,哪怕天涯海角。没准这是上帝特意为他安排的初识方式。于是他边大步上前边告诫自己,一定要成为第一个冲上前去的人而不要让别人抢了先机。

然而还是有房屋中介和语言学校宣传员比他先到一步。他们围着她开始念咒一样滔滔不绝。

他鼓足勇气挤了进去,深情而直接用蹩脚的中文对她说:"我可以帮你,我要带你回家!"

所有人哑然地看向他,他自己也感觉好像哪里出了问题。但话已出口。

面对陌生的面孔惊人的语言,女孩犹如惊弓之鸟,神情忧郁地大吼道:"不,走开,走开!别烦我!再烦我我要报警了!"

他难过地看到,她因急切和不安已泪眼迷蒙,这个也许初出国门的女孩儿此时犹如被飞机甩出外太空的小可怜,遇到了有生以来她认为的最大麻烦。

所以,他此时所有的好心都被她当成嗡嗡乱叫的绿头苍蝇他也完全理解,他无奈而默然地退后到一边,直到几分钟后有位匆忙赶到的大叔把她接走。

乔迈洛原原本本向"羞菜"他们讲述了机场的偶遇。

"绿豆糕"笑得快差点儿背过气去。

"天哪,你哪来的勇气说出那样的话?在那种场合那么多骗子,傻子才会相信你的鬼话,换作是我,我会直接亮出护照,表明身份,然后帮不帮忙是一码

事,先套套近乎联络联络感情是另一码事!"

"差菜"则不停地打击他。

"别不着边际地胡思乱想了,人家没准只是转机路过,说不定当天已经飞往火地岛、智利或阿根廷了。"

乔迈洛感觉"差菜"的猜测不无道理,但他心里仍是悔恨自己关键时刻像只笨拙的猴子,彻底把事情搞砸了。

在这样郁闷懊悔的情绪里,时间不知不觉又过了几周。然而,令乔迈洛意料不到的是,当他在幼稚园里做一周的义务保育员的第一天,便在园门外又见到了那个令他迷失的女孩。

只是这次的情形似乎更糟糕,除了他那身为了让孩子们放松和开心而特意打扮的不伦不类的休闲行头(着装),当时还被结实地纠缠在那些顽皮的孩子当中无法解脱,那些小鬼根本看不出他眼中的焦急,他们有人在叫嚷,有人扯住了他的衣角,甚至将他从头到脚用水浇透了,总之,他们让他无法在短时间内到达与她更近的距离。

他又喜又急。这就是乔迈洛,一个英俊、健壮、独立、豁达,但关键时刻又有点小害羞的新西兰男人。情急之下乔迈洛似乎又不知如何表达,而当他说出那句"我们见过"的问候时,她除了表现出惊讶,更多的是见了瘟神一样的逃避。(而其实是罗丽嘉声称是小女孩亲戚后自己的心虚的表现)。乔迈洛想象得到,当她把他此时的形象和不恰当的场合甚至连同他曾经的那句"我要带你回家!"叠加在一起的时候,于是他本应光辉正义的形象完全被扭曲为无处不在、招摇撞骗的无赖。

乔迈洛无法理解自己到底交了什么厄运,明明第一眼看到便喜欢的她,为什么偏偏像迷雾一样忽隐忽现。这种虚无缥缈令他痛苦不堪。而且从那天之后,他更是满眼满脑子里全是她。她的甜美,她的笑,她的声音,她的一切的一切。

但,无论怎样,至少有一点令乔迈洛欣慰。

"好吧,她就在这里,奥克兰的某个地方!所以,我有信心找到她!"

接下来,乔迈洛决定行动起来。他从她手中抱着的书本判断,她应该在此上学,而幼稚园附近的语言学校和大学至少有六家,他要和"差菜"他们一起想办法搞到电子版学生档案,也许很困难,但"差菜"说他会联络其他俱乐部的朋友,发动校友帮忙。

这种方法十分管用,在所有本届中国留学生的电子档案资料里,乔迈洛果然

搜索到了那个拨动他心弦的女孩。

"她的英文名叫Ruijia，出生于1996年，今年18岁9个月。她就读于奥克兰大学生命科学系，有中国驾照和家族外姻史。"

"差菜"差不多把他看到的所有信息都一一读了出来。

"她真的非常不错！仔细看，还真是让人很有感觉的那种！""绿豆糕"不错眼珠地盯着电子相片，然后夸张地舔着口水。

"这里已经没你啥事了，一边儿待着！""差菜"狠狠踹他一脚。

"兄弟我看不如这样，要么递个字约她出来，要么直接去她的课堂找她。"大家一起出主意。

所有的规划大概感动了上帝，还没等有所行动呢，爱的机缘真的来了，那天，她竟然和她的新朋友一起出现在乔迈洛常去的"Zealot"咖啡吧里。令他更加意想不到的是，她的朋友居然像上帝特使一样，招呼他坐在一起。

原来，什么事情都逃不过上帝的法眼，在他那里，我内心的想法一清二楚，只是他一直在考验我！乔迈洛心怀感激地想。

"我叫Ruijia，来自中国上海。"

"I know！"

"我们是奥大的学生，她学建筑学，我是生命科学系。"

"I know！" "I know！"

她惊恐地看着他。

"你的意思是你全都知道？"

"No.No.No！我是说，我明白！"乔迈洛又陷入混沌状态，他差一点就把自己和兄弟们查阅档案的秘密说漏了。

"我们很谈得来，而且她气质好、骨子里有点野性但又举止得当。那个声音，有魔法一样的穿透力。笑起来又像海滩细浪那样，连空气中都弥漫着温润和悠柔。而且，每一秒她都会正视你的眼睛，那是多么完美的自信和笃定啊！总之，与她面对面坐着的感觉真是太棒了。"乔迈洛难以压抑自己错愕激动的情绪，回到俱乐部便开始像醉汉一样滔滔不绝。

"虽说是第一次接触，但这样算不算和她正式交往了？"乔迈洛不自信地补充道。

"这么说来，她真的无可挑剔！My god！为什么我们没交到这样的运气！""差菜"他们打趣他。

"完蛋了，这么快你就爱上她了。早知道我们根本没必要为你之前的痛苦而担心！""绿豆糕"挖苦道。

接下来的半年，乔迈洛完全进入一种为之迷恋的状态，他每天清晨都会因为有可能见到Ruijia而兴高采烈；每天，他都无数次拿起电话想要拨通她的号码，约她聊聊或喝点什么；每晚，都是祈祷从有她的梦境开始。总之，乔像个迷失的暗恋少年，所有的兴奋点都集中在Ruijia身上。

但乔迈洛不会冲动到第三次见面便直白地说爱她，那或许会因唐突而遭到拒绝。而且，对于爱情，他希望看到彼此眼中闪亮的火焰，而不是游移和闪躲。因此，他决心给她充足的时间。他认为，彼此爱和更加爱的感觉会更棒。于是，一直在等待机会。

可是，不久之后，便出现了不和谐音，他突然听到了她有男朋友的消息。但他并不在乎，他猜测他们也许已经分手，因为他们并没在一起，而且她脸上没有任何爱的幸福和甜蜜。或者哪怕事情是真的，也没关系，只是多个竞争对手，他发誓她只要没有结婚，他就有信心让她成为自己的新娘。

但事情就是这样，现实常常残酷到令人难以想象。当乔迈洛精心策划表白机会，用他的冠军之夜来见证爱情时，她异常决绝地带着令他难以置信的甜蜜来了，好像要宣布他只是多余的第三者一样，令他尴尬和不堪。

"认输吧，兄弟，不是你太弱，只怨对手太强，据说他可是刚刚得到诺尔医学及生命科学奖的青年天才！"

那段日子乔迈洛痛苦至极，他不知道自己交了什么运气，竟然在爱情剧里一直都是悲剧角色。于是他常常拿酒麻醉自己。他的体重直线下降，眼窝也深深地陷了下去。

有时他还会嘲笑自己在这件事上的怯懦，他常常想，假如那个男人出现时他仍把他视若空气，依然向Ruijia表明心迹，也许那个男人会识趣放手，或者，Ruijia因感动而改变主意。只是后悔替代不了什么，他明明看到他们的爱情因紧紧缠绕在一起而甜蜜成长。

那段时间，苏C一直在安慰他，而且，她比自己勇敢多了，至少她愿意大胆表白，并向他表达无论怎样都愿意相伴左右的誓言。她的勇敢和执著让乔迈洛感动。而对于苏C，他只是感觉苏C至少看上去并不那么令人讨厌。当乔治家族决心为二十八岁的乔迈洛公开征婚时，乔迈洛决定与苏西贝拉结婚。毕竟，苏C也很优秀，她美丽大方，温婉善良，是令人有信心携手走过生命旅程的人，虽然他

第五十三章 罗丽嘉得到暗示

当时仍不确定那是否与完美的爱情有关。

只是,那段悲剧的伤,如今仍然在内心隐隐作痛!

干燥的空气中传来静芝惊恐的尖叫,罗丽嘉昏迷的消息将乔迈洛从回忆中惊醒,这样的情形更让他忧心忡忡,但又不知所措。

走火入魔般地敲打岩壁寻找出口是他唯一能做的,于是,他甚至把精力转移到脚下,发了疯一样一刻不停地挖呀挖、敲呀敲,为了挽救他生命中最重要的人,包括他的妻子及未出生的孩子,他决心与命运抗争到死……

第五十三章　罗丽嘉得到暗示

罗丽嘉昏迷了，其实她的生命进入一种持续的嗜睡状态，她呼吸平稳，生命体征正常，但就是无法醒来。她躺在那里，任人呼喊推搡，都像注射了麻醉剂的贵妃猫，眼皮都懒得眨上一下。这样的状况一天天持续。

昏睡中，罗丽嘉似乎进入一种幻境，在那里，她正与苏C沿着黑暗前行，结果两人误打误撞进入了一个吃食鼠蛇的原始部落，他们把两人抓住捆绑起来，然后等待族长之类的人前来发落。其间，她们恐怖地看到，那些野蛮人拿着长满寄生虫的老鼠生生吞下，当他们把那些恶心的动物塞进嘴里，鲜血顺着他们的嘴角流淌时，那些寄生虫已经爬满了他们的脖子和下巴。

两人恶心地拼命呕吐。

族长到了，迈着迟缓衰老的步伐。当他走过罗丽嘉来到苏C面前时，他竟然对苏C一见钟情。他张开长着恶狼一样锋利獠牙的丑恶嘴巴，在空中发出淫秽觊觎的狞笑。然后，他吩咐手下把苏C带走，他要即刻与她成婚。苏C冲他们嘶吼，并努力让他们相信自己已怀孕的事实，但根本没人理她，甚至还遭到恶毒的踢打。当罗丽嘉气急败坏地咒骂他们是畜生、王八蛋的时候，他们把她推进了鼠穴，让她同那些肥硕的老鼠以及吸血寄生虫待在一起。

罗丽嘉把自己蜷缩起来，喉咙里发出绝望的哀号。

荧光石旁，一直守护在身边的朵丽静芝和苏C似乎感觉到罗丽嘉的痛苦挣扎，于是，她们拼命俯在她耳边呼唤她，企图把她从噩梦中拉扯回来。

"他们把苏C抓走了，那些浑蛋在打苏C和她肚子里的孩子，快去救她！"她紧闭双眼却在哀哀梦呓。

苏C听清了她说的每个字，她感动得快要哭了。

"Ruijia，求求你醒过来，我就在这里，你在做噩梦！"看到她在痛苦中挣扎，苏C再也止不住泪水。

猛然间，她终于睁大双眼，似乎真的醒来了，但借助荧光石的微光，她们却失望地看到，她目光呆滞，身体微微颤抖。

"不要离开我！我身边已经没有亲人和朋友了，求你不要离开我！"她喃喃自语。

苏C将她紧紧搂在怀里，在她耳边安慰道："亲爱的，不要担心，既然缘分让我们像姐妹一样将命运交织在一起，那么，无论遭遇什么我们都不要分开！"

得到许诺的罗丽嘉很快平静下来，她呼吸恢复了均匀，脉压也平稳了，只是，无尽的睡眠又持续下去。

昏睡中的罗丽嘉，继续纠缠在幻境或噩梦中，只是新的幻境与苏C无关。

暗夜中，她正追随着一个像安教授的男人背影。他神情严肃，神色慌张，好似带她走向一个神秘的地方。

"教授，是你吗？"罗丽嘉急切地追问。

"你来营救我们吗？"她的思维似真亦幻。

对方并不搭话。

"现在我们去哪儿？"前方模糊的视线让罗丽嘉疑惑。可是背影依然急速前行。

雾霾散开处，罗丽嘉看到眼前是一处类似实验基地的建筑功能区，那里视线开阔，已然像是阳光明媚的白天，许多人穿梭在附近，过道上，讨论者在喧哗，罗丽嘉甚至听到有年轻的学者正拿肤浅的东西滔滔不绝地逞强。

奇怪的是，当她与"安教授"从他们身边经过时，他们似乎视而不见。

"没人注意到我们，而且，那种像隐形人一样不必挤散或推开他们便可穿越水杯大小的间隙的感觉真是神奇！"罗丽嘉欣喜地叫嚷着。

那个像安教授的人并不理会，而是径直带她到了一间实验室门旁停下，那里大门敞开，他低头示意罗丽嘉进去而自己却退到后面。

"记住你所看到的！"他冷冷地说。

罗丽嘉满脸困惑地看了一眼那张有点眼熟的工作台。然后她发现这里竟是纪甪的私人工作间。当她再次回头时，那个疑似安教授的神秘人已经消失无踪了。

纪甪就在里面，他起初坐在电脑前点击查看了一份类似论文结论的文档，然后在桌上的草纸上画了几笔便忽然得意扬扬地狂笑不止。

"哈哈哈，让这场巨大的灾难快点到来吧。到那时，就算有人在遍地枯叶的

山坡上认出了我,他们也根本无法想象是谁制造了这场秋霜扫落叶的决绝毁灭!"

纪甪的狂言和冷笑让罗丽嘉不寒而栗。加之"冰穴"事件的阴影,罗丽嘉禁不住往门后撤了两步。她感觉到自己撞响了门,但从纪甪毫无反应的状况看,他根本感觉不到她的存在。

"他复仇一样的得意来自哪里?按理,他的成果应该到了应用阶段,可那根本不是正常的工作喜悦。"罗丽嘉疑虑重重。

此时,纪甪放缓激动的情绪,闲适地坐回椅子里,他思索了一两秒便打开了碎纸机开关,然后罗丽嘉看到他从锁着的抽屉的最里层拿出了一本写满内容的实验记录手册。

罗丽嘉猛然想起"教授"离开前所提"记住你所看到的"的"指示"。

于是罗丽嘉像幽灵一样蹑手蹑脚地来到纪甪近前。随着纪甪的翻阅,罗丽嘉像扫描仪一样用大脑快速记忆她所看到的一切,虽然她并不知道哪些是至关重要的。

10分钟后,纪甪自信而傲慢地长舒一口气,随后便一页页将那份记录塞进碎纸机,把它彻底销毁了。

罗丽嘉在碎纸机咝咝的噪声里顺利地逃离。

之后,罗丽嘉彻底从昏睡中醒来了。她饿狼一样吃下任何可吃的东西,包括黄爪鲵骨头和生蚯蚓干。只是她依然神情恍惚,不理会任何人。

她机械地吃东西、喝水。最后,她顺手抓走荧光石堆里最大的一块荧光石,然后木讷地靠近最近的一侧岩壁。

她苍白木然的脸、枯槁凌乱的头发,加之走路时的僵直木讷实在让胆小的静芝感觉毛骨悚然。

"好像诈尸的女鬼!"她窃声对苏C说。

"My god!请告诉我怎样才能帮她?"苏C更加担心。

罗丽嘉不仅像诈尸一样行走,接下来还似受人远程控制一样,毫无征兆地捡起一块锋利的尖石在石壁上写字。

她"嚓嚓嚓"地写个不停。帕尼克离她最近,他虽然无法看清那是什么,但从组合排列和书写规则来看,应该与她的专业有关。

"完了,她彻底疯了!她以为这是她自己的工作室吗?"静芝低声嘀咕道。

第五十四章　好运策马而来

　　被困者的状况越来越差了，先是罗丽嘉出现了行为"异常"，接着苏C因营养不良出现了水肿，于是，乔迈洛更加心急如焚。

　　不放弃希望——大概是乔迈洛作为男人唯一能做的。

　　那份执着促使他把脚下的寸土寸石都敲了个遍。

　　这次真的有所不同！他心中暗喜。

　　但为谨慎起见，他拉上帕尼克一起，重复一遍。

　　"这儿！"他一只手打亮电筒，一只手指向光束中心位置。

　　"好像比之前几个声波长了一点点！"帕尼克也十分认真。

　　"再听这个！"这次乔迈洛亲自敲给帕尼克听。

　　"也不一样！"帕尼克肯定地说。

　　乔迈洛带他把从他们休息地到靠近西北角岩壁之间的所有勘测点检验了个遍。帕尼克疑惑地问："你认为这下面有空洞是吗？"

　　乔迈洛并不回答，反问道："你记不记得出事当天清早咱们蹚过一条河？"

　　"当然记得，之前的持续的小雨让上游的水流大了许多，那里唯一的小木桥看上去快被淹没了。"帕尼克回想着。

　　"那条河两边的山涧除了地势上渐渐抬高，它差不多是向正西北延伸的。"乔迈洛十分肯定。

　　"它就是你所说的大分水岭？"帕尼克注视着他。

　　"不，你看这里。"乔迈洛拿出地图指给帕尼克。

　　"从这上面看，它应该是这座山上东西两座险峰间的天然山涧。"

　　然后，乔迈洛的手指向另一条蓝色线条。

　　"这才是大分水岭！"他坚信。

　　"可能是这么回事。"帕尼克点头。

"如果我没记错的话,我们跨过河岸之后一路往北,沿上坡路大约走了40分钟,然后为了绕过正前方陡崖开始西行。而到我们停下来等待Ruijia她们拍照直至后来安营扎寨,大约一小时,而且一路大致都是朝西北方向。这样看来,我有种预感,在前面正西方位置,咱们差不多又离那条河远端的山涧不远了。"乔迈洛细致地分析道。

"那又怎样?"帕尼克不解。

"假如这下面有空洞,尤其是那种蜿蜒伸展的裂谷,我们可以想办法下去。我的意思是说,说不定那些水正是从这里渗下去,然后进入河道的。"乔迈洛带着兴奋的神采指着头顶滴水处。

"可是,可能只是美好的想象,伙计!你仔细看过这段山涧的高度标志了吗?这种黄色格条代表它的高度超过两百米。而且,你当真会认为下面恰好与外面是贯通的?没错,也许会有蚁穴那样的岩缝,而你,却没有水一样柔韧的身板。"帕尼克用不屑的口吻取笑他。

乔迈洛思索着沉默了一会儿,然后坚定地说:"有必要试试!"

即使没有得到认同,乔迈洛仍是花费了两个上午,终于把听上去敲击时声波最长的那个中心打开了。它果然是空的,而且它比想象中开阔得多,出乎意料的是,那下面储满了水。

"悬空井!"乔迈洛大声惊呼。

帕尼克跳着他的单腿,前来观看。

"一眼超大号悬空井!"帕尼克也深感惊讶。

"水质透明,有附着在石头上的毛毡苔和黑顶藻,而且有石林假山一样的天然景观。"帕尼克感叹道。

"不过,非常不幸,伙计,你看到了,它即使看上去有几十米深,它下面依然是实心的,而不是和你想象中的那样和外面连通。"帕尼克的话语充满奚落。

这的确令人失望。乔迈洛沮丧地蹲坐下去,眉头锁得更紧。

之后的几天,乔迈洛越发沉默。他时常坐在悬空井井边发呆,或者突然想起什么就会拿起自制的尺子比量一番,然后把量到的东西记在报纸一角。后来他又接连几次跳进水里,深潜下去,有时几分钟都冒不出来,当大家都紧张地以为他被淹死的时候,他又一个猛子钻了出来,把大家吓个半死。

有时,乔迈洛会在夜晚无法入眠时也起来"工作"。相比之下罗丽嘉则睡得更少,她自从昏睡之后醒来便几乎不再睡觉。而且她的"异常行为"和"胡言乱

第五十四章 好运策马而来

语"正在加剧……

那晚,当乔迈洛在别人的呼噜声中轻悄悄度量从当初的坠入口到达西北岩壁的距离并再次做了记录的时候,他听到罗丽嘉仍在墙根"胡写乱画"。

乔迈洛顾自量了又记,记了又量。然后,他甚至不顾夜深水凉再次跳进悬空井,而且这次他是带着工具锤下去的。几分钟后,乔迈洛激动地从水里跳了出来。为了分享心中的喜悦,他不顾浑身透湿快速来到罗丽嘉跟前,拉上她便来到井口。

"Ruijia,你听我说,我预感到咱们要时来运转了,我有全新的'出逃'计划了!"他脸上带着夸张的欣喜。虽然他没指望罗丽嘉搭话,他怎么能指望一个已经崩溃的人与他正常交流呢。

但出人意料的是,罗丽嘉用一种完全正常人的惊奇眼神看着他,然后反应敏捷地用非常欣喜轻松的口气对他说:"我就知道你能行!"

乔迈洛怔住了,感觉这话仿佛来自遥远的外太空,而不是从她嘴里发出来的。

"Ruijia,你究竟怎么了?你还好吗?"乔迈洛借助她手中荧光石的光芒注视着她,关切地问道。

"很好啊,一切正常!"罗丽嘉一脸的认真。

"可是之前……"乔迈洛疑惑不解。

"我在思考,而且,有那么一阵儿,我好像得了暂时性耳聋,只感觉别人在说话,却听不到他们在说些什么。"

"天哪,真是这样吗?"他感觉难以置信。但当他注视她的眼睛的一刹那,他完全确定了,在那眼神当中,曾经的活跃、自信和笃定仍在。

"简直太棒了!"一阵异样的喜悦涌上乔迈洛的心头,他对上天充满感激,他欣喜若狂、张口结舌,于是不顾一切地抱起罗丽嘉在原地不停地转圈,把罗丽嘉差不多转晕了。

"小心脚下!"罗丽嘉惊慌地看到,他几乎转到了井口边缘,眼看要踩空掉下去了!

乔迈洛轻轻把罗丽嘉放下。然后深情地望了她一眼,眼中突然涌满泪水。

"为什么不跟大家讲清楚,我内心受尽了折磨!"他低声抱怨道。

"对不起,我……"罗丽嘉后悔地抱歉道。

"好吧,现在,我感觉咱们的好运正策马而来!我更加有信心了!那么,让我说说我的新设计!"乔迈洛语气欢快起来。

355

"看到了吗？下面是一口大号悬空井，悬空井你明白吗？就是悬在山体中央，既不靠边又不着地，像镶嵌在山石当间的一尊巨大鱼缸。我大致测量过了，它有差不多79米深。越往里越不太规则。但它的水量一直平稳，自从我挖开它开始测量，虽然一直都有来自上面的水流和水滴加入，但它的储水总量一直不变。这说明它的井壁或井底有渗水点。而且这意味着渗水一侧的岩石石质比咱们身边的这些花岗岩粗糙或柔软得多。这正是我所希望的。"

原本，乔迈洛只是不想把这种兴奋压抑到天亮，但又不想打扰其他人的深度睡眠才拉罗丽嘉过来的。没想到更大的意外是他看到了罗丽嘉的清醒。现在，他有更好的心情说出内心完美的计划。

"你看这里。"乔迈洛把自己的手绘图和景点地图同时拿给罗丽嘉看。

"通过实地测量和地图比对，我得出了'鱼缸'西侧外壁五六米之外正是山涧绝壁的结论。而这5米，我已经检测出它是石质柔软的页岩。所以我设想，如果在鱼缸的底部打开一个洞，你知道的，页岩可比这些花岗石好对付。我们可以借机顺流而下，到达山涧底部的河流当中。"

"我明白了，你现在把这些水，当成关上了闸门的死水，而我们是待在闸门口等待放生的鱼。一旦闸门打开，死水便可以像泄洪的闸水一样流向山涧，形成壮观的瀑布。而我们顺流而下，如果幸运，便可以成为到达海洋湖泊的自由之鱼。"

"OK，就是这样！"乔迈洛释然地微笑着。

"可是，除了你我，其他人根本不会潜水，甚至静芝连游泳都成问题。所以，这79米对他们来说简直是灾难性的深度。还有，打开洞口之后的风险也很大，大多山涧悬崖都有突兀的尖石、锋利的岩片或死亡的树桩，即使有幸是垂直平整的绝壁，也还会遭遇乱石密布的凶险河床，所以，无论是怎样的死法，惨烈的结局都不可想象！"罗丽嘉细致地分析道。

"可是，如果不冒这样的风险，我又担心苏C和孩子坚持不了太久！"乔迈洛难过地说。

罗丽嘉看到，这个不再健壮的男人的眼中充满不安和忧郁。

"所以，也许我作为队长可以先行探路。"他决意道。

"我能理解你的心情。可是，仔细分析一下好像也行不通。我记得你的最好的纪录只比我高出28秒。那么我们大致计算一下，从这里潜下去到达79米的水底，除去缓压及调整速度，像你这样，好身手也要两分几十秒。然后从敲

第五十四章 好运策马而来

开最后一层岩石，到被水流冲出，身体完全到达洞外，到这个环节为止，再加二三十秒。接着在无法喘息的情况下，直接冲进百米水瀑，水一直在脸上和鼻孔间冲刷，正常情况下依然无法呼吸，以免引发咳嗽而呛水。而落下百米悬崖需要四五十秒。再然后，假如下面正好是水面，就还要计算从落水到浮出水面的时间。假如下面是河道自然好些，可说不定那是深水潭或天然湖，那样的话，说不定就在这个环节熬不过去。所以，要达到连续屏息四到五分钟才有成功的可能。这对于一个正常人来说，根本不可想象。所以，所有种种，成功的概率不到百分之一。"罗丽嘉忧虑地皱着眉头，异常冷静地分析道。

"我在资料上看到一种罕见的水中呼吸循环方法，就是模仿鱼类或青蛙，让自己找到一种假鳃的感觉，然后逐渐形成滤水循环，据说可以帮助人类在水中延长至少1分半钟的屏息时间。它对于我们来说具有一定的挑战性，但也许真的可以派上用场。"乔迈洛用并不自信的语气说。

"你有多少把握？"罗丽嘉急切地问。

"我原来试过，可惜并不成功。"他表情黯淡。

"现在这时候，我们不能只靠碰运气。"罗丽嘉神色茫然地说。

无论怎样，乔迈洛还是正式进入战备状态。他把时间同时花在水中换气法的尝试和挖掘页岩上，为了加快进度，他还自制了简易石凿。但他绝不允许其他人帮忙完成水下工程，此时此刻，对于那个对技术含量有极高要求的最后洞开而预留的尺寸问题，他只相信自己的判断。

帕尼克了解了整个解决方案后，出奇地赞同。

"那可是他的强项！所以，我一点都不感到担心！"他兴奋地单腿跳了起来。

"感觉这次真是比较靠谱！"他边跳边击掌。

"我们期待一切好消息，兄弟！"他一脸释然，而且似乎很有说笑的心情。

"不知为何，我总感觉现在的自己有种残缺之美，怎么说呢，当我跳跃时，会感觉自己像一支往土豆里戳但又突然折断了半截腿儿的劣质塑料餐叉。"他自嘲道。

转眼，他又炫耀说："谁还记得我有令人恐怖的烟瘾？哈哈，现在我不得不说，它已经和我彻底决裂了，我感觉那事只发生在别人身上。"

"也许时间真的太久了，我差不多记不起欠叔叔几百块钱的事了。"

帕尼克没完没了，同时在张罗让静芝帮他"搬家"的事。

"等到救援人员一到，他们要在那里打开通道，我可不想等着碎石砸烂脑

袋。"他开着无聊的玩笑。

接下来的几天里,大家的情绪受到帕尼克的感染,似乎也都沉浸到一种大赦前的舒畅和豁然当中,就连苏C也精神了许多。

帕尼克甚至决心与静芝一起为大家举办一场原创摇滚音乐会,由他担任节奏吉他手,并兼任主唱,而朵丽静芝则担任鼓手和助唱。

"我们唱《那天是星期天,这个事说来话长》那个。"

"我更喜欢《信不信由你,请别让我失望》那个。"

虽然事实上除了几块烂石头并没任何乐器,但两人仍在热烈讨论和细致揣摩。

但同时,罗丽嘉留意到,私下里,两人似乎又在为别的什么事低声嘀咕个不停。

终于,等到"音乐会"结束之后,罗丽嘉和苏C正讨论两人很有乐队默契和表演天分的时候,静芝却突然要求召开表决会议。

"表决什么?"乔迈洛作为队长一脸疑惑。

"我们有言在先,所有事,人人有份。我是说,即使是你走,也要大家表决通过。"

罗丽嘉终于明白了。原来,他们也想到了百分之一概率。

第五十五章　表决结果

五人全部与会。但静芝似乎抢到了主持会议的特权，她一直神情凝重地注视着每一个人，直到所有人都安静下来等待她发言。

"我们必须遵从民意，这表明我们仍存活在充满民主的人类世界。"她似乎想要启发别人。

"可是，这个事没有选择的余地，除了我和Ruijia，其他人根本不会潜水，而Ruijia的水准很差，我们不能为了什么狗屁民主做无畏牺牲。"乔迈洛有些恼火。他站在那里，根本没有要坐下来等待其他结果的意愿。

"既然这样，那就在具备条件的你和她之间做出选择好了！"静芝似乎正中下怀。

"Ruijia，你看如何？"她故意把主动权丢给罗丽嘉。

罗丽嘉很想用"其实，你完全可以直接命令换作我！"的讥讽来攻击她，但她想到了修养，于是她面无表情地回应道："我愿遵从民意！"

静芝接着把目光转向苏C。

"作为乔迈洛的妻子和Ruijia的朋友，我建议你弃权，苏C！"

正在为难的苏C点头表示同意。

"这样一来，五人小组，有四人参加表决。"静芝煞有介事地宣布。

"先从队长开始。"朵丽静芝指着乔迈洛建议道。

"有谁同意队长离开，请举手！"她故意把"队长"一词的语调加重，随之把手使劲往身后甩，仿佛生怕一时控制不住，手会自己抛向空中一样，帕尼克似乎也在模仿。

罗丽嘉的手在收和投之间彷徨，因为，在她的内心深处，对于生死有十分的不确定，毕竟，她怕死，尤其惧怕那种像抛向空中的鱼被尖石直接刺穿鱼腹的惨死——简直是极端残酷的自虐。

乔迈洛已经将手臂高高举起，那预示着他为争取罗丽嘉留下付诸了直白的宣言。

罗丽嘉内心点燃无尽感激的星火，于是仅有的一点挣扎和渺小也被彻底击溃，她把手紧紧缩了回去。

"一票通过，三票反对！"朵丽静芝带着谄媚的腔调高声宣布。

"第二轮投票，同意Ruijia的请举手！"静芝的语调里，似乎带有必胜的信心。然后她直接举手，投出了自己决绝的一票。

帕尼克的一票，似乎是受到连带作用的，所以紧随其后。

罗丽嘉非常清楚，她必须投出一票，在她和乔之间。而她当时之所以没有把那一票投给乔迈洛，是因为在她内心还有过这样的闪念，那就是，假如乔迈洛没中那百分之一的概率，失败了，便意味着他们将永远失去领队和两个男人当中唯一健全的一个。全军覆没和坐以待毙将成为最终结局。

但是，当她没有把权利行使在给乔迈洛的一票上，这便意味着现在她已经没有了选择。况且，现在她已经是1∶2的定局，这样一来，其实她这一票几乎失去了意义。那么，至少从气势上，她不想在朵丽静芝面前示弱，于是她举起右手。

"三票通过，一票反对！"静芝差不多在欢呼。

"可是这等于让Ruijia送死！"乔迈洛急了，他气恼地抗议。

"临时急训一下好了！说不定会因此成就潜水高手！"静芝发出得意的挑衅。

乔迈洛很想藐视民主继续争辩，但他注意到，此时他的妻子正神情复杂地注视着他，他当然明白，这也正是苏C想要的结果。于是他不得不沉默下来，毕竟，他不可能做到两全其美——既保护了Ruijia，又不伤害到妻子。

乔迈洛强压住内心的挣扎，开始为罗丽嘉制定周密而严格的急训计划。

"必须先从'假鳃'开始对吧，然后是熟悉水下基本环境，那里可不是一般的复杂！"他叹息道。

"最后一步是提速训练，如果达不到预期的5分钟以内，根本别指望成功。"他喃喃自语。

然后，以乔迈洛作为教练，罗丽嘉为队员的急训正式开始了。

"我们先来分析一下'假鳃'的基本原理。"乔拿来两张纸板圈成鱼头的形状。

"鱼鳃上有许多毛细血管，这些毛细血管的管壁很薄，气体容易渗透进去，当鱼吸入的水经过鳃片时，氧气就会渗透到毛细血管里，鱼身体里的二氧化碳也通过鳃片排出。"他说。

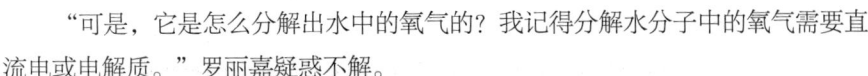
第五十五章 表决结果

"可是,它是怎么分解出水中的氧气的?我记得分解水分子中的氧气需要直流电或电解质。"罗丽嘉疑惑不解。

"不是分解水分子中的氧分子,而是摄取水中所溶解的氧。"他解释道。

"噢,是这样!"她点头。

"我们没有鳃,只能在舌根与腮内侧形成一个可以过滤气体的腔隙,基本的口型是这样的。"乔迈洛说着,开始细致地示范。

"气息鼓起在这个位置!"他张开嘴,指着左腮示意。

他不厌其烦地反复为她示范,然后又下到水里,进行实地演练。

帕尼克悠闲地坐在岸上看两个人在水面上像青蛙一样吸水、鼓腮、吐水,等到两人都停下来歇息,他便打趣说:"如果真行得通,你俩是不是可以成为永远生活在水中的快乐人鱼了?那样的话,也很自在呢!"

"自在个头啊!除非人类的器官得到彻底改造,不然永远都没这个可能。"乔迈洛没好气地对他说。

借机,乔迈洛也想把原理说给罗丽嘉听:"之所以叫'假鳃',肯定比不了真鳃,鱼的鳃片上那些薄壁的毛细血管我们其实是长在肺上,所以从器官结构上,我们就不具备成为类似鱼的人类的基础。从而也就永远都不可能像鱼一样在水中形成真正的呼吸循环。但人类却愿意在不对身体造成伤害的情况下做些边际性的尝试。即使是这样,每次差不多只适用一次,最多两次,因为假腮所滤出的氧气不到需要量的一半,长时间肺部缺氧,仍会导致窒息而亡,所以,现在你明白了吧,我们此时所做的所有努力,仅仅是为了到时候得到那不到半叶肺的氧气。"

罗丽嘉在这些方面还是有些智慧或悟性的,她很快掌握了乔迈洛所说的方法,也就是利用"假腮"在水中增加屏息时间的要领。

而对于79米深水下潜,刚开始罗丽嘉便有些傻眼。

"它像迷宫一样,孔洞和裂隙交错在一起,有些看上去根本没法通过。"她为此感觉压力巨大。

"几处费劲的地方,我已经做纪了命名和标注,比如魔穴1号、套洞2号、U形狭窟4号以及簸箕洞6号。"

"这些可都是些硬骨头!"罗丽嘉叹息道。

"所以我的方案是,反复演练,各个击破,每一处都专门花些工夫,用上最佳的气息和技巧,以保证拿到顺利通过的最好纪录。只有这样,才能将最终到达井底的时间争取到两分半钟以内。剩下的两分半留下在洞外。"乔迈洛将事情安排得很有条理。

下潜训练开始了。

"魔穴1号10秒！"

"魔穴1号5秒！"

"魔穴1号1.3秒！"

"套洞2号11秒！"

"套洞2号7秒！"

"套洞2号2秒！"

……

至此，前两关进展还算顺利。但当到达U形狭窟4号的时候。第一次尝试罗丽嘉便出了状况。

当时帕尼克正在给其他两个女孩讲无聊的笑话。罗丽嘉突然从井下跳上岸，表情扭曲，情绪激动得像是快要疯了。

"受不了，我再也受不了了！从此往后，我不想再靠近那口井半步！"她痛苦地叫嚷着。

大家都愣住了，然后见她非常痛苦，不停地发狂抓自己的头发和脖子，便急忙上前阻止她。

乔迈洛紧随其后上岸了。他为罗丽嘉突然的状况感觉难过，但看样子他并不吃惊。

U形狭窟4号，之所以被乔迈洛称作这个名字，是因为它的地形非常特别，它犹如一道镂空的半截窗梁，无论是朝下走向的入口还是横梁过后的朝上走向的出口，都呈笔直的直角，然后横着的一段狭窄而悠长，这样的地形不是一般的技术能通过的。乔自己实地体验的时候，反复实验了侧潜、俯潜和仰潜多种方法，但其中只有仰潜用时最短，但，排山倒海的巨石紧贴眼前让人极不舒服，心理需要承受莫大的压力。

"Ruijia，你听我说，我了解你的那种感受，我完全明白！可是……"

"你不明白！当那些万吨巨石横在眼前，我立马就觉得胸口发闷、手脚不听使唤，还有这两只背包，它们让我变得像充气猪一样笨重，当我像一条卡在石缝里的翻肚鱼一样浑身是劲儿都使不出来的时候，那种感觉太痛苦了！"她嘶吼着，奋力从身上扯下用打结的细绳缠绕在她胸前和背后的两只带有钢制金属圈的粗帆布背包。

"我实在受不了了，如果你再逼我，不如拿把刀杀了我吧！"她依然疯狂地叫嚷。

为了稳定罗丽嘉的情绪，乔迈洛决定放弃上午的训练。

"好吧，反正我也饿了，不如我们提前吃午饭！"他建议道。说着，他夸张地嗅着气味走向正在烹饪的静芝。

"我闻到了一股特别的味道！"

"不管怎样，这是我唯一能做出的东西了！"

静芝指着那一锅用腐败的鸭肠和两只干尸脚掌炖成的浓汤无奈地抱怨道。

的确，他们几乎犯下了竭泽而渔的罪孽，所以，那个生活过白化小虾的"池塘"早在一周前已经空空如也了。

"你确定它能喝吗？"乔迈洛盯着那锅黑色的汤皱紧眉头。

"说实话，我并不确定。但应该没事，刚煮沸的时候我尝过，现在已经过了大半小时。"她故作轻松地拍着肚皮，看上去十分自豪的样子。

天，她居然又把那点可怜的勇气当成无畏在炫耀！罗丽嘉不屑地白了她一眼，接着又想：如果她这次敢嘲笑我，我就跟她好好干一架！

然后，她愤懑地坐在远处，不想和任何人搭话。

午饭之后，乔迈洛决定和罗丽嘉谈谈。

"现在感觉好点了？"他关切地问。

罗丽嘉点点头，但并不回话。

"为了防止跳崖时尖石刺穿内脏和减少重力撞击或冲撞，你必须带着那些背包，而且那是现有条件下，我所能帮你想到的最好装备了，而它所带来的阻力，却是你训练时必须克服的！"

他语气柔和，生怕再伤到她。

"而U形狭窟4号的设计的确不太合理，但难度系数最小，所以提速也就更快，我现在通过的最快速度是4秒零六。而你在狭小空间里的灵敏度比我要好，所以也许成绩也会更好。"

"可是，那种感觉比死还要难受百倍！它让我恶心和胸闷。"她一脸痛苦地拍打着胸口。

"其实那没什么，当你走在百米大厦的底层，你丝毫不会察觉到万吨重量所对你造成的威胁，那是因为你心理上知道，它根本不会突然垮塌。即使它与你的间隙再小一些。现在的情形也是一样，那只是与你几米或0.01微米的距离差别。虽然它已经贴到了你的鼻子尖，却不会伤到你，更不会把你压得粉碎，对吗？"

"那是在那种特殊环境下的正常心理应激反应，我经过时也有同样的压迫感,非常强烈,但我们必须想办法克服。当你冲出百米悬崖时也是一样,巨大的恐惧瞬间会将你击垮。如果你内心不够强大,你将不堪一击。"

乔迈洛语速缓慢地安慰道,然后他停顿下来,仔细观察她的反应。她低着头,依然沉默,也许她的内心仍在挣扎。于是他接着说:"对付它的方法非常简单,你只要蹚过入口拐角,就闭起眼睛,等到凭借头部和双手的触觉到达出口拐角,再睁眼,前后不到5秒钟,便一切OK了。"

罗丽嘉抬头看了乔迈洛一眼,脸部紧张的肌肉略有放松。她思忖了一会儿说:"好吧,我再试试!"面对纠结,她再次选择了坚强。

接下来的几天里,两人又顺利拿下了除簸箕洞6号之外的其他几个标注点的满意"通关"记录。

离正式出发的日子越来越近了,大家都充满期待。

但就在这时,已经严重水肿的苏C又突然高烧和急剧气喘,而且大半个下午的物理降温都没起到任何作用。到了当天晚上,她的脸色开始由烧红变得灰紫,并渐渐出现意识模糊的危急状况。

乔迈洛急了,他紧紧搂着病重的妻子,祈求上帝帮帮她。

但无论他怎么呼喊和祈求都无济于事。于是他思索了几秒之后表情凝重地对一直守护在苏C身旁的罗丽嘉说:"你对簸箕洞6号及剩下的十几米的把握有多大?"

簸箕洞6号在井深60到65米处,那里从岩石缝里不停地冒出氢气气泡,细密而汹涌的气泡漫布狭长的甬道,使那里凭空增加了浮力,加大了下潜的阻力。于是,从这个地段通过,连乔迈洛都异常费力,而罗丽嘉的体力条件远远不及乔迈洛。

因此,罗丽嘉对如何回答乔迈洛的问题有些为难。

对于这样的情况,乔迈洛心里也十分清楚。

于是他语调哀怨地请求道:"她要死了,再也撑不下去了!我们改变计划可以吗?簸箕洞6号我来帮你,我随你下去当助力推你穿越那里,然后我马上返回。然后,剩下的综合训练已经来不及,而且最后十几米的强大压强会有恶劣反应……"

罗丽嘉不忍再看乔迈洛那满目的哀伤,她默默抓起苏C干瘦如柴的手,眼含泪水对她说:"好吧,我决心赌一把,明天一早出发!"

乔迈洛内心对罗丽嘉充满感激……

第五十六章　诀别之痛

彻夜的守候并未阻止苏C病情的恶化，黎明时分，她急剧气喘的力量也已消耗殆尽，此时的她，面无血色、四肢瘫软、气若游丝。

其他人的心情也染上濒死的灰色。毕竟，长久以来的期待和幻想随着时间的推移，都慢慢化成泡影——甚至包括接下来的"潜水跳崖"。

罗丽嘉手抚苏C因营养不足而不见孕态的小腹，在耳边低乞道："亲爱的，你说过的，我们永远不分开，所以，请你一定等我回来！"

从苏C身边站立起来，罗丽嘉照例去水溪边洗了把脸，甚至把最后一捧美美地喝了下去。

这可是地道的天然甘泉。她想，但转眼她又愤懑起来，但无论如何，我都不会留恋这个鬼地方！

"开始做准备吗？"静芝异常轻柔地走了过来。

罗丽嘉看她一眼，点头称"是"。

于是静芝殷勤地拿来"装备"，帮她捆绑。

"松开一点，你勒得我快喘不过气来了！"罗丽嘉为了打破沉寂，故意夸张地高声叫嚷。

乔迈洛过来了，他扯了扯那些从帐篷上截断的绳子。

"差不多了，太松阻力也大。"他建议道。

然后，他默默地在两人身旁站了一分钟，然而似乎感觉没别的话题，便随即摆出教练的姿态，一脸严肃地开始就出发过程中的事项发问。

"说一下线路和要领？"

"直潜21米，魔穴1、套洞2号侧潜，接着17米直潜，U形狭窟4号仰潜……"罗丽嘉边背边用手在空中比画出垂、侧或仰的姿势。

"屏息？"他接着问。

"如果'假腮'换气成功,极限屏息5分01秒。"

"是的,5分01秒,抛开预留在洞外的两分半钟,我们在剩下的另一半时间里仍要争分夺秒。我大致估算过,假如你发挥正常,到达水底的最好成绩应该在2分08到2分11秒之间,就算不那么顺利,衡量一下你之前训练时的失误概率,就让我们预留出15秒的失误时间,或者,加之在你敲开石壁之前还需要调节10秒钟,那么2分半钟也已经足够。所以两分半是临界值,如果读秒到达临界值可你还没准备好,对不起,你只好收起工具锤返回重来!"

"是的,我明白!"罗丽嘉应着,然后接连做了几个深呼吸,以此来缓解不由自主的紧张。

"当然了,我也建议你最好把失误的机会留给下一秒,因为不到成功的那一刻,你永远都不会预料之后会发生什么。而且,假如你根本不失误或干脆刷新纪录,这意味着你把更多的时间节省下来,用更充足的呼吸去应付悬崖和悬崖之外的未知。"

"那样当然好!"她抬头看了乔迈洛一眼,然后说,"但我不要给自己太大压力。"她神情淡然。

"然后,只要工具锤敲下去,水开始往外涌,你就没了选择余地,而且,一旦冲出去,无论身体受到怎样的伤害,只要你头脑还清醒,或腿脚没有完全断裂,都要保持抱头和屈膝的姿势不变,这样可以让你的头和内脏最大限度地得到保护,毕竟,这些普通背包,除了避免轻微的剐蹭,起不了太大作用。"

乔迈洛细致地嘱咐道,而且这些话的语气里带着隐隐的酸楚。

"是的!抱头屈膝很有必要!"罗丽嘉故作轻松地重复道。

"我还建议你穿走你的鞋,假如你能顺利到达河涧,你就顺流下到我们来时路过的木桥,然后到周围最近的管理中心去求助,在山上光脚走会让你的脚被尖石划烂,而你身上如果已经有伤在流血,脚下的伤口可能让你流尽最后一滴血而死在半路上。"他不无担心地叮嘱道。

"虽然听上去乔有点啰唆,但不管怎么说,这个虽不专业的教练,的确十分细心和敬业!"静芝在一旁小声嘀咕。

罗丽嘉按乔迈洛的吩咐穿上了她那双从网上购买的O-QW鞋子——当她们从瓦纳卡出发,她决定穿着它前去旅行,因为它轻便舒适而且式样很美,只是自从跌落幽谷,在这样的环境里生活用不着为路途奔波,所以虽然已经穿了近三个月,冲洗之后,它看上去依然跟新的一样。

第五十六章　诀别之痛

最后，乔迈洛差不多交代完毕的时候，罗丽嘉把那段装疯卖傻的日子里的研究成果——一大包手写资料拿了出来。她放在三个人视线内的一块碎石上，然后拿出一副英勇就义前的大义凛然的面孔发令说："假如我牺牲了，而你们当中却有谁幸运地活下来，那么，拜托帮我把它转交给我的教授克里帝安。"

"那是遗嘱吗？"静芝瞪大眼睛怔怔地问。

"按理说你这么年轻应该没那么多内容和麻烦！"她眼神中充满疑惑。

"算是吧。但它非常特殊，所以只能交给教授本人。"她强调说。

"没问题。"乔迈洛应诺道。

一切准备就绪。当两人跳进水里准备出发时，静芝突然情绪失控，哭着跑了过来。

"Ruijia，对不起，其实我并不想让你走，可是……请你不要恨我！"

"傻瓜！我怎么会恨你呢，其实是你帮我做了一个正确的决定！"

她伸出手，帮蹲下来与自己道别的静芝擦眼泪。

"而且，你还是笑起来比较可爱亲爱的！"她深情地说。

"我会想你的！"静芝勉强笑了一下，依然泪流不止。

罗丽嘉也难过得差不多快哭了。但她必须克制，因为她知道，这个时候哭会使鼻腔阻塞，会使那个"假腮"呼吸受到影响。

乔迈洛也想到了这一点，于是他很想及时阻止告别仪式的继续。但帕尼克还是把他身上唯一的宝贝——一串镶嵌了欧泊宝石的护身符扔了下来。

"Ruijia，戴上它，它会给你好运气，既然之前你救过我，那么如果这次你要送命，就让上帝先把你给我的那条命拿去，这样我就不欠你人情了！"他站在那里，神情忧郁地大喊。

那是一块价值不菲的变彩欧泊，罗丽嘉曾听说，帕尼克十七岁时，一次偶然的机会，一个澳大利亚逃犯强迫他用他八成新山地自行车换一块他偷来的奇怪石头，当时帕尼克为难和痛苦极了，后来他才发现，那次肮脏的交易让他得到了今生以来最大的便宜。因此，它几乎代表了他这半生全部的财富。

"可是，我听说它非常值钱！"罗丽嘉把那块彩石拎过头顶提醒他。

"如果我们还有机会考量它的价值，那说明咱们都还活着，所以，没关系，到那时，你再把它还给我好了！"

"OK！"罗丽嘉决意接受这份饱含珍贵情分的馈赠。

"为了不碰坏它，到了出口那里，我会把它含在嘴里！"她把它挂在脖子

上，怜惜地说。

七点过后，两人决定正式出发。罗丽嘉一头扎进水里，像条疾驰如箭的飞鱼，瞬间消失在乔迈洛的视线中。乔迈洛也紧随其后疾速下潜，与此同时，他隐约听到了静芝一声凄惨的哀号，他的心被深深地刺到了，因为他知道，那一定是来自苏C的不幸，在那一时刻，他的世界突然空了。

虽然，他仍在下降。但此时，视线中的一切都变得虚无缥缈，他犹如悬浮在水中的浮游生物，任这个世界无限巨大和繁杂，他却什么都不是，甚至连生命的意义都变得空洞模糊……

他确信，上帝决定抛弃他了。

当Ruijia男友在他面前出现的那一刻。他感觉自己生命的意义已失去大半。

那种伤，会让冲动的人选择痛快地死去。

但他没有选择放弃生活。因为，他知道，生命里还有其他的东西，比如事业、亲友之情或者别的。

于是，当他选择了与苏C结婚。他便决心开始新的生活，他决心培养自己新的完美世界，因为他知道让善良的苏C幸福非常简单，只要常常和她待在一起，如影相随。即使不怎么交流她都会心满意足，他知道她需要一些会心的微笑，这也并不为难。而且，这也是一个有家庭责任和有婚姻的男人应该做的。而且在那个时刻，他根本不去想Ruijia或别的什么。好吧，既然命运如此，他只好至少可以做一个好人。为了一个爱他的人的幸福而努力做到最好。那就是他给她婚姻的那一刻许下的诺言。

有时，也会告诉自己，这才是上帝想要给你的幸福。每当这个时候，他会笑得更开心、更灿烂。

虽然，某个平静的时刻，他又会突然地想，如果婚姻的主角是Ruijia，应该会有所不同。

但，也许正是这点可怜的内心觊望，惹恼了洞察秋毫的上帝。所以，上帝再次发威想要让他彻底毁灭了：先决绝而无情地夺走他的妻子和尚未出世的孩子，让他唯一的希冀破灭。然后，下一秒，便是与自己曾经深爱的Ruijia的诀别。而且，就是这样诀别，也是他亲手将推她下去……

几十秒后，她会死得很惨，尖石刺穿她的心脏，鲜血顺着利石汩汩而下，染红那条她永远无法到达的小河……或者她的手脚被无情的岩缝扯断，如果她被卡在半壁悬崖上，就必须等待一个又一个烈日把她晒化；或者她直直摔在坚硬的河

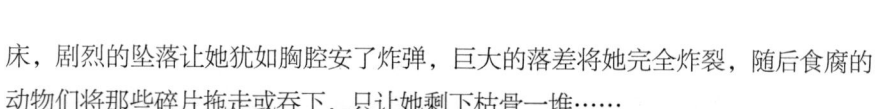

床,剧烈的坠落让她犹如胸腔安了炸弹,巨大的落差将她完全炸裂,随后食腐的动物们将那些碎片拖走或吞下,只让她剩下枯骨一堆……

不,她会痛的!

不,不要让她死得那么凄惨,她可以死得更有尊严。

当乔迈洛眼前惊现这些惨烈的情形,他突然做出一个惊人的决定,他决心与她同归于尽,在这个水世界里。

于是,他上前一步,紧紧抓到了她的手臂。

那么好吧,就让我们一起去见上帝吧。

既然是死,乔迈洛决心对自己忠诚和自私一回,他要倾听那些来自自己最后心跳的声音。是的,他是爱她的,假如人的一生需要经历许多女人,但爱情是唯一的,那么,他的那个唯一,一定是她。

于是他开始忘情地亲吻她。她如水的唇在他的唇齿间流动,她的眼眸闪过惶恐、惊讶和迷茫。

而后她没有过多地抗拒,她,想要搞清真相的微弱挣扎,也只能让他下意识地更加抱紧。

而且,他突然意识到这个温柔的冲动还有另外一个好处,他此时竟然非常得意自己突然的智慧闪光。不需要做过多的解释,也许她在恍惚的几十秒后完全不必抗拒,便让他顺利完成了这个柔情谋杀。但他的心仍痛得哭了,只是泪淹没在水中,他的眼角,四处汹涌着眼泪的温度。

那么好吧,就这样吧,就按上帝的意愿,彻底消失,灵魂已经空了,没有了生活的任何必要和意义,化成水气,溶解在这里,永远葬身在水里。那是他向往的水中世界,漂飞的感觉很美。

再坚持十几秒,上升也来不及的时候,一切就都结束了。

在心里默念:就这样结束吧。如果有来生,一定不要错过你。这个吻,是我给你的下辈子的承诺。

"怎么回事?"罗丽嘉下意识地睁大眼睛。当她看到他脸上的哀怨和沮丧,她想,也许他太担心了,如果这样做能够使他感觉到内心的安慰,那么好吧,就当彼此用一种甜蜜的方式告别吧!

于是,罗丽嘉轻轻闭上眼睛,等待几秒离别之吻的结束。可是,当罗丽嘉下意识地在心里读秒,她发现十几秒过去了,乔成洛没有放弃的迹象,而且他似乎吻得更加激烈,如痴如狂,加之激烈的拥抱,简直令她感到窒息。

他占据了我两次失误的时间！罗丽嘉心想。

完了，10秒的调整时间也没了！她内心在收紧。

她下意识地再次睁大双眼，用力挣扎，当他仍然没有罢休的迹象时，罗丽嘉突然看清了他眼中的痛苦和绝望。罗丽嘉瞬间明白了一切。

但，他还是令她错过了临界值。

"你疯了！竟然做这样的傻事！"罗丽嘉急了，她抓狂地挣脱他，拉着他匆匆上浮。

"你会令大家失望的！"潜上岸，罗丽嘉冲乔迈洛轻吼道。

"不要为我担心，我会没事的！"她轻声安慰。

罗丽嘉毫不犹豫地再次下水。这次，她听到了静芝哀伤的哭泣，她知道，无论苏C发生什么，她只有出去，才会有一丝希望。

当她像一条冲出鱼缸的自由之鱼，顺着瀑布顺势而下，她感觉到了自由的气息，还有痛。

先是树枝撕破了她的头皮，热腾腾的血水与瀑流一起在她脖颈上漫延，裤子划开一大道口子，扯去一大片皮肉，那片血肉模糊的东西似乎在她能感觉的某个地方。只是，她睁不开眼睛，但仍能感觉有阳光打在她的眼前，有强烈的光感。然后又有尖锐的东西刺进了她的小腹，激烈的痛让她头晕目眩。好吧，这就是人们常说的死亡之前的炼狱吧！经过了这次，她理应进入天堂了，这种痛并升腾着的感觉很美妙，结束吧，到没有黑暗和痛的天堂去，让我彻底解脱。

一阵剧烈的冲撞之后，罗丽嘉感觉自己停了下来。她努力睁开眼睛，只见自己正侧卧在一片细沙的小水塘边，原本平整的沙滩已经被瀑雨和血水打散。血红和沙白交织在一起，发出耀眼的光芒。

罗丽嘉抬头看一眼自己飘落的百米断崖，内心激动地喊了一句：乔，我们成功了！然后便晕死过去。

第五十七章　FNO病毒

在跳崖事件中，兴许是与水瀑一起落下的缘故，罗丽嘉虽然摔断了一条胳膊，身体到处都有剐碰伤，小腹也被刺破一个冒血的洞，好在肠子没破，内脏也没出什么大问题，而且流血过多竟然也并没要了她的命，总之她幸运地躲过了一场生死大劫。当她求救成功，救援队到达出事地点，救出所有人之后，她便开始联系另外一件大事，她要找到克里帝安，亲自跟他谈谈纪甪以及关于纪甪的一切。

在受到克里帝安启示的那晚的非凡经历中，她不但清晰记住了扫过一眼的全部内容，而且似对纪甪大致的阴谋也有所感知，因此，她像中了邪一样，用走火入魔般的毅力和效率，完成了正常人在实验室几个月都无法完成的一系列重大研究。

可是，当她去找克里帝安，却发现他像突然间变了一个人，对她的到来不仅表现冷漠，就联想起她是谁都费了很大的劲儿。

"噢，没错，你喜欢用'Do l have to'来偷懒，但，你通常做得很好，包括上周五基因异同诱导课题的讨论中，不，你为什么没在讨论中发言？"克里帝安言语含糊，思维混乱。

"我没有参加周五的讨论，之前我出了点状况失踪了，教授！难道你压根儿不知道这事？"

罗丽嘉惊讶地紧盯着克里帝安，她不敢相信眼前这个智商IQ值至少在140以上的中年男人，竟然在短短的四个月里，把曾经有过许多关联的人和事的记忆全做了物理性删除。

"失踪？对，有听说过，怎么回事，你去哪儿了？"克里帝安轻描淡写，一点也看不出他的急切和关心，好像她回不回来，或者是否回答问题都无关紧要。

罗丽嘉有些发蒙。

"纪甬呢？这个名字你总该熟悉吧？"罗丽嘉惊恐地注视着他，心想也许他是故意开玩笑的。

"他现在就是这个样子！"推门进来的是一个年过七旬的老人，他行走如风，气息饱满。

"我叫霍思鲁普，是帝安的老朋友！"他向罗丽嘉简单介绍了自己。

"你一定是那个与纪甬有关的中国女孩！而且我曾经从帝安那里知道了你的遭遇和你的名字'Ruijia'。"霍思喜欢用肯定的语句占据话语权。

罗丽嘉点点头，神情狐疑地看着他。

"发生了什么？"她满心疑惑地问。

"你来得正好，我想我们最好到外面单独谈谈，我想这不是一两句话可以说完的。"霍思示意道。

于是两人离开克里帝安的办公室，走到过道尽头停了下来。

"您也感觉他不对劲了？"罗丽嘉迫切想要知道答案。

"他是为了找你才成这样的！"霍思压低声音说。

"到底怎么回事？"她更加不解。

"四个月前的一个星期三，我记得应该是11月10日，他匆匆跑来找我帮忙。他说他的一个学生连同其他四个朋友一起失踪了。他说之所以不相信警察是因为他了解那个叫纪甬的被怀疑对象，他非常不简单，之前他们已经较量过了，于是请求我帮帮他。"

"他怀疑是纪甬把我们藏起来了？"罗丽嘉抖了抖肩，不解地说。

"然后他就去找他了？"罗丽嘉睁大惊恐的双眼。

于是，霍斯不得不把两人如何假冒狄文斯跑去纪甬的实验室寻找线索的事说了一遍。当霍斯讲完他与克里帝安共同策划了租用实验平台事件的整个过程之后，罗丽嘉为两人的冒险感到毛骨悚然。

"他那么聪明，即使是他干的，你们也根本看不到痕迹。但，实际上这事真的与他没关系！"罗丽嘉思索着低声说。

"可当时我也相信了！"霍斯悔恨地摇头。

"是安教授把我从冰山上救下来的，所以那个事件一定严重影响了他的判断。"罗丽嘉轻叹着。

"他的确是这么想的，而且他当时非常担心那小子会对你们下狠手！"霍思附和道。

"然后他在那里实在找不到人,就直接去找纪用并当面与他对峙,然后他就被他打成了重伤?"罗丽嘉分析道。

"我想他们应该没有发生正面冲突,但他一定做了什么手脚,我当时除了偶尔打个盹,一直和帝安战斗在一起。但离约好的'撤离'时间还有不到半天的时候,信号好像出了点问题,但我很快收到了帝安的短信,说正在想办法重新调试启动信号,因为之前一直都很顺利,加上那些先进的东西我搞不懂,所以心里着急也没有办法。等到帝安回来发觉他神情恍惚我才如梦初醒,原来那家伙切换了信号。"

"他对教授做了什么!"罗丽嘉透过窗户,远远地看到屋内的克里帝安正神色疑惑地注视着他们。

"CT扫描除显示他大脑有了阿尔茨海默病的早期反应之外,也没发现特别的损伤。假如真如他妻子所说他的确有这方面的家庭遗传,医生也仍认为巧合得蹊跷和有悖病情发展规律。因为我可以发誓,在那之前的两天内他一切正常。"

罗丽嘉的大脑在高速运转,她自从经历了冰穴事件、幽灵谷事件之后,脑子似乎更加高效灵光了。

然后她得出了一个大胆的结论,那就是克里帝安虽然没能找到他要找的人,却意外发现了纪用的秘密,这完全触动了纪用敏感而胆怯的神经,于是,他用了不可思议的招数摧毁了他的大脑。

"是'末页涂鸦'!"罗丽嘉坚定地说,毕竟,在她那里,所有的事情已经非常了然。

"什么?我更不明白了!"霍斯愣住了。

罗丽嘉思索了一下,心想这事如果对一个不太在行的人说起来十分困难,即使让他明白也没用。于是她安慰说:"安教授的事可能比较麻烦,如果是纪用给他用了'FNO'病毒,那就非常危险。它不但能摧毁他的记忆,还会损伤他的脑部神经,让他的身体和生活各方面都受到严重影响。我听说只有美国的加州大学洛杉矶分校(UCLA)医疗中心对'FNO'病毒有研究,所以他最好到那里做个小手术。"罗丽嘉表现出难得的沉着冷静,此时的她竟然没有因为孤独无助而不安和退缩,反倒突然间变得更加坚毅和顽强。此时的她,仿佛能够感觉到一股明显的蜕变力量,那股力量正迅速地支撑她由小女孩蜕变成女王,可以指挥千军万马抵挡一切邪恶的女王。

霍思乖乖地点头,当他第一眼见到她的时候,就已经看到了她的沉着和机

智,于是他对这个年轻女孩儿充满期待和信任。

"另外,您能帮我联系上新西兰安全情报局的沃伦·塔克局长吗?我有非常重要的事跟他商量。或者你帮我找到他的电话号码!"罗丽嘉请求道。

"当然可以,我会尽快联系克伦威尔警局局长,他们之间有必然的联络。"霍思坚定地说。

这时候,克里帝安拉开门探出了脑袋,他似乎想起了什么,但又不那么确定。

于是他只好尴尬地笑笑又返回屋子。

罗丽嘉难过得鼻子酸酸的,她不知道眼前的安叔叔还能不能回到从前,那时的他是那么敏捷活跃,曾经给她父亲一样的照顾和兄长一样的扶携,不知何时起,她除了完全的信任,还对他产生了一丝的依赖……

想到这些,罗丽嘉的眼泪已经在眼眶里打转。

霍思此时也在轻声叹息:"但愿会好起来……"

第五十八章　被破译的阴谋密码

其实，罗丽嘉起初对自己在浑浑噩噩中想到和写下的那些东西并没信心。即使她越来越为自己曾经在纪甬实验室里留意到的一些细节感到奇怪，比如，某次她意外发现了在纪甬偌大的工作台的某个锁得严严实实的抽屉里，竟然是他所在实验区摄像探头的秘密监测设备；然后在某次她意外到访时，她看到他慌张地把手头的实验标本丢进销毁溶液里。至于那些她时常感觉看不懂的符号和数据，她当时也感觉非常纳闷，毕竟，当熟知了那篇关于EKNEBIL的论文后，它背后的实验对于罗丽嘉这种具有相当悟性的同行来说，已经不再那么深奥。

只是，她依然愿意相信，那也许只是一个不可思议的机缘巧合。

于是，罗丽嘉在前去会面新西兰安全情报局的沃伦·塔克局长之前，又异常慎重地把那些数据和诱导及相关实验链接在实验室里重新细致地校对了一遍。

事实却是，她得到的暗示分毫不差，实验越往下进行，她距离那个残酷的罪恶越近。同时她又在为自己感叹，如此强大复杂的运算和诱导，自己在幽灵谷里，竟然只凭一颗混沌的大脑，便把如此神奇的L-VBNW的结论做了出来！

只是，罗丽嘉在递交相关资料时仍有顾虑，毕竟，她与纪甬除了曾经的恋人关系，还有一脉相承的中国人的血统，她一脚踏进安全情报局之门，便同时意味着她将付出出卖同胞的代价。

"如果换作你，你会这么做吗？"她很想把这个问题发给所有朋友，让她们帮她拿个主意，她想要祈求二分之一以上的支持率来取得一点点心理安慰。

只是，用这样的方式来解决一个比分手之类的小矛盾严重得多的大问题，根本不够严肃。

"事态太严重了，已经到了节骨眼上，你之前的犹豫和不坚定从来都是错的，况且，他现在想要伤害的，已经不是一两个人，而是整个想要购买EKNEBIL疫苗的人，这也包括那些无辜的中国同胞。所以，当他做这件事的时

候,其实已经背叛了自己的国家、民族,所以,也许他之所以强烈地想要脱离中国人的身份,只怕也是不愿背负这个臭名昭著的骂名!"

然后,罗丽嘉为了抚慰自己的挣扎,甚至想到了国际人道主义。

"是的,先有人类再有国籍、民族之分。大灾难面前,人人都有同等的生存权利,我们最明智的选择就是阻止罪恶和伤害。"她终于打败了心结。

塔克局长当即签发了对EKNEBIL疫苗进行检测的秘密指令,然后有人化装成普通工作人员,进入疫苗生产基地取样。

经过专家团组成的实验检测小组的多次缜密检测,他们果然在EKNEBIL疫苗的第7461至9000对序列中,发现了与L-VBNW相关的裂变因子。

参与实验检测的专家都惊呆了。

"太可怕了,一个典型的亡命之徒!如果让他得逞,它的超级威力一点儿也不亚于一颗巨星撞击地球!"

"它的关键在于,第7461对序列之后,这意味着那是接受疫苗者在注射疫苗三至五年之间才会发生,它既没有任何表面的强烈反应,又根本不容易被普通检验检疫机构所识破!而且最最恶劣的后果是,它是不可逆的,亦即只要接受了EKNEBIL疫苗,L-VBNW显现出来,就将成为永久性基因缺陷,任何药物和治疗都无法扭转。"

一切迹象都表明,在EKNEBIL疫苗的背后,果然隐藏着一个险恶而巨大的阴谋。

更加令人惊叹的是,他们的检测报告中所有关键诱导和数据,都和罗丽嘉在幽灵谷凭借大脑凭空运算出来的东西完全一致。

后来,有人说,罗丽嘉在那个时期中了邪,身体里奇妙地产生了一种高强度的类似于特异功能之类的特殊能量。毕竟,在她清醒之后,尤其当好奇的人们想要对她进行智力和运算速度方面的测试时,她已经完全没办法恢复到那个特别时期的特别状态了。

结论报告很快形成正式文件递交到沃伦·塔克局长手中。

一周后的星期二上午,一场紧急而秘密的情况通报会在某机要机关的会议室进行。与会的除了新西兰安全情报局的沃伦·塔克局长、犯罪心理学专家杜蒙·加罗,还有克伦威尔市市长、警察局局长、新西兰社会心理学会常务理事、法学研究会常务理事,还有刑侦专家以及新西兰主流媒体的记者等。

其实起初塔克考虑到这件事的糟糕影响,企图瞒过新闻媒体,但市长则建议

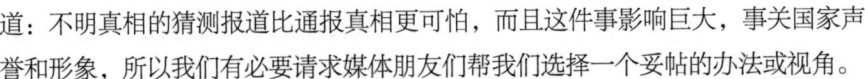

道：不明真相的猜测报道比通报真相更可怕，而且这件事影响巨大，事关国家声誉和形象，所以我们有必要请求媒体朋友们帮我们选择一个妥帖的办法或视角。

塔克明白了，市长的意思是，要把这一可能轰动全球的爆炸性新闻像洪水一样尽可能疏导消化，而不是靠纸包火一样的封堵，甚至，他们也许有可能想要用世人不明真相的假名字来掩盖他是诺尔奖获得者的身份……

另外，霍思鲁普和罗丽嘉作为本事件的参与者和重要当事人，也在前一天傍晚分别接到了列席会议的约请电话。

一听到自己要与那么多身份显赫的政要和高官一起开会，罗丽嘉略感紧张。但她决定挑战一下自己，毕竟，用不了多久，她的博士生学业就要结束了，到那时自己就要完全脱离学生的头衔走向社会，开始自己真正的人生。

为了调节会场气氛，主持会议的塔克用罗丽嘉真实的经历组织了一个小幽默："不知道大家是否和我一样对这样的一则新闻有点印象，我们的'小甜甜'布兰妮曾想投资冷冻公司保存遗体，好待日后有一天能够解冻复活，让大家再度欣赏她的精彩歌舞。"

大家轰然点头，毕竟大家对此并不陌生。

"其实谁都知道，那只是一个科学神话。但现在，又有一个年轻人进入了这样的怪圈，他对冰冻人的复活已经深信不疑，甚至早已着手打造冰穴冰棺。"塔克将纪用有关冰穴的涂鸦用幻灯的形式打在屏幕上。

人们发出阵阵唏嘘。

"不仅如此，他可能是个严重的妄想症患者，因为他想要凭借一个人的力量来改变整个人类的未来命运。"

于是，接下来分别由罗丽嘉、霍思鲁普以及EKNEBIL疫苗检测结果的结论专家通报了整个事件的来龙去脉。

面对岌岌可危的严重事态，与会者都心事凝重。

现在，所有人都明了了在那个名叫纪用的二十七岁身上发生了什么。

然后，会议并没就此结束，而是在所有人之间展开了一场更加深入透彻的剖析。

"没准儿，他是被人利用或是受人威逼利诱，如果那样，在他背后一定有一个隐蔽的强大组织，由不得自己非做不可了！"法学理事在嘀咕。

"不，我并不认同这样的说法。"犯罪心理学专家杜蒙·加罗反驳道。

"可能你们忽略了一点，近些年已经有越来越多反派的'孤胆英雄'出现在

人群当中,这些各方面能力都非常了得的家伙,他自己就足以象征一个强大的组织。"他断言道。

"最近,我一直在研究去年7月发生在美国丹佛影剧院的枪击案,所以当我大致了解了当前这一事件时,惊讶地发现它们有许多不可思议的一致性,比如,当事人都是自身条件很好的年轻人,档案纯洁,无复杂的政治或社会家庭背景。所以,这非常出乎人们的意料。"加罗注视着大家,停顿片刻。

"但也正是这样一个看起来并不特别的人物,却足以让全世界为之震惊。"

他说着,开始将自己的某些观点打在幻灯幕上,以便让大家了解得更加清晰。

"可以说,这便是我一直致力于研究的特别人群之一,尽管人们已经给他们冠以'独狼'或'小丑'之名,但我自己更愿意叫他们'The evil addiction',就是有罪恶癖好的人。"

会议室里静悄悄的,人们都有想要更加了解那些比表面的东西更深刻复杂的东西的意愿。

"之所以称他们为'The evil addiction',是因为这类人通常看上去是正常人,我一直认为,有些罪犯,他们的罪恶因子很大程度上来自他们并不优秀的家族基因,那些过分的贪婪、自私、邪恶几乎是从他们生下来就摆脱不掉了。所以,区分于这点,我们所研究的这种人,他本身却看起来无可挑剔,甚至有许多因为超级的智商和良好的教育,正常情况下即便成不了霍金、汤姆逊、乔布斯,至少也可以成为比咱们这些人更优秀的社会贡献者。只是,他们由于后天的心理变化或病态才导致他们趋向了罪恶。"

"正是这种人,也形成了他们罪恶的特殊性。比如'小丑'杀手霍姆斯,他的凶恶尽人皆知,可至今人们仍在为无法正常地审讯他以及无从了解他的犯罪动机而头痛。"

与会者纷纷点头。

"是的,有报道说他自被捕之后一直在装疯卖傻!"市长补充道。

"这便是'The evil addiction'的犯罪特点或罪恶法则!"加罗断言道。

"首先,这种事件具有必然性。我通过研究比如霍姆斯及'绿河'杀手等类似案件时发现,他们内心的想法绝不是一两天的事。我分析,这些人当某一特殊时期产生了一个坏想法,而且因为心理的畸形或扭曲无法释放的时候,便会把一个经过深思熟虑的阴谋从此当成一个理想。作为一个热衷于行动的理想者,他们愿意用所有的执着来对待于自己已经无从判断好坏的理想,并一路顺着那里走下

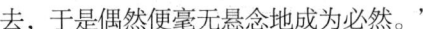

第五十八章 被破译的阴谋密码

去,于是偶然便毫无悬念地成为必然。"

"所以,一个人如果有了一个不恰当的理想,那是十分可怕和危险的!"塔克附和道。

"然后,我们不得不为这类事件的隐蔽性感到头痛,它一点儿也不亚于万丈堤坝上的蚁穴。'The evil addiction'大多数情况下是个人行为,他们聪明、善于伪装,而且他们的计划根本不是一两天的事,加之,他们往往长期一个人生活,或者至少私人空间充足,于是一个持续已久的阴谋或计划,完全可以逃过任何不太敏感的人的眼睛。就拿霍姆斯来说,他那个险恶的计划的雏形说不定自十几年前便开始了,那么谁来负责或延续这种敏感和监督?所以,相比之下,那些一时情绪冲动,随便跑进器械市场买到刀具或仿真枪跑去仇人那里报复的行为,就像墙角里的那些安全指示灯一样明朗。"加罗暂停下来,喝了口瓶装水。

"还有,凭借他们的智慧和敏锐,根本不需要合作者或听从于任何组织,比如我们的主角纪甪先生,他一定非常自信,而且自信到,他会认为其他人只是麻烦或负累。可是,这样也同时迎合了事件的隐蔽性。所有单兵式或圣战式的挑战,都根本不需要大费周折的训练或高度的协调,当他的计划成熟,而且那些仇恨或追求极限刺激的狂热思想再也无法扼制时,便是他要扣动扳机朝最密集的人群扫射的时刻。毕竟,在他的计划当中,也许所有人都是目标!"

"当然了,并不是所有的'The evil addiction'都喜欢枪。比如我们的纪先生,他仅仅热衷于L-VBNW。"加罗补充道。

"同时,正是这种隐蔽和不计后果的病态,往往导致破坏程度的超级严重。"

"或者,他可能真的疯了,对了,您刚才也提到过'病态'之类的词?"人群中有记者提出了这样的疑问。

"假如一个完全的精神病患,有如此清晰的思维和控制能力,他的心理医生一定早就把他列为完全康复的人群,除非他接受的是一个对完全精神分裂的全新定义。而'The evil addiction'当中,他们对于事件的逻辑控制以及社会协调控制都好过普通人,当他们确定了'一项事业'时,几乎是渐进而有序的,处处都有精心策划的影子。如此巨大的差异,假如仍有人想要以精神疾患来替他开脱,那么,'The evil addiction'犯罪即将成为一种非常热闹的职业!"

"现在,我们明白接下来应该做些什么。"见加罗叹息,警察局局长表示对事件走向胜券在握的信心。

"不,我只是在想,对于这样的事件,我们还有理由多反思些什么,他们当

379

中很大一部分人是因为内心的伤害或是受到过度的刺激，他们自己也一定有过痛苦的挣扎，虽然那种折磨没有完全把他打垮，但他又没能斗过那个强大的邪恶，所以，在某种程度上，它也反映出社会的某些阴暗和教育缺失。是的，我们有足够的能力把眼下这个消灭掉，可是下一个'他'由谁来负责？"

心理学会常务理事听到这里，第一次开口接下话茬："是的，我非常赞同加罗的说法。当看到那些奇怪的事件发生，我有种感觉，他们很可能是许多事件的'失败者'，因为找不到合适的途径，只好借助这些极限事件来向世人发出挑战，以此达到内心的痛快。当这个时刻出现，他们是不会顾忌倒霉的对象是谁，他自己也不会有因此牺牲之类的考虑的。所以，我也非常认可一个主张，那就是，在这一类的事件当中，警方与其花费大力气寻找凶手作案动机，不如把更多精力集中于事先阻止这类刑事案件上。"

众人哑然……

第五十九章　冰冻的躯壳

塔克在克伦威尔警方的配合下，决定对纪甪有所行动了。

他们先是封锁了疫苗在乡下的制造工厂，并控制了相关人员，准备对他们进行是否有所关联的审查。同时，另一路执行抓捕工作的人员进入纪甪所在的ATocke科研所。

"如果帝安的律师拿出足够的证据证明他受到了那小子的伤害，加之他如今危害公共安全的罪名，还有他在中国的那个事儿，所有这些加在一起只怕要让那小子坐一辈子监狱了。"

塔克对前来递交与克里帝安相关材料的霍思普鲁说。

"现在想想仍为这事儿后怕，假如那小子像美国那个小丑一样喜欢枪，真不知道他会害死多少人。所有大事件都会害许多无辜的人失去健康或生命，我作为这行的过来人，特别害怕面对受害者的家人，他们那种身心俱焚的痛经常害我心情压抑甚至严重失眠。"霍思感慨道。

"而这个事件中，我们自己也是幸运者！"当时两人正走出议会大厦，塔克抬起头，看看漫天的晴朗，发出同样的感叹。

"走吧，咱俩抄近道！"两人迅速钻进车子朝ATocke科研所赶去。

罗丽嘉此时正焦灼地在她的出租房里乱转。不知为何，自他们决定要抓纪甪，她竟突然间把他当成至亲一样心痛和怜惜，这种既恨又痛的感觉快把她的心折磨碎了。

于是她再也控制不住自己的情绪，拿起电话给霍思拨了过去。

"找到他了吗？他看上去还好吗？我已经快想象不出他的样子了，他一定比原来瘦了。"

"我们正在前往的路上。"霍思回答。

10分钟后，坐立不安的罗丽嘉再次拨通了霍思的电话："见到他了吗？他有

没有要求见我？我也很想见见他，如果他提出这样的要求，请你通知我！"罗丽嘉乞求道。

霍思那边心急火燎地告诉她："他根本不在科研所，警察正在到处找他，没人知道那家伙跑哪儿去了，或者他会不会做其他的蠢事！"

罗丽嘉突然感觉这是一个天大的好消息，甚至在心中窃喜，幸亏他跑掉了，如果可能，就永远在新西兰消失吧！

只是，下一秒她又不安地想，如今这个社会，想要逃脱罪过哪有那么简单？即使要逃，又能逃到哪里去呢？他真是太天真太傻了，既然事情已经到了这个地步，暂时逃跑又有什么意义？

于是心焦的罗丽嘉第三次拨出了电话："霍思，我知道他们迟早会找到他，所以我担心如果他反抗，他们会打死他。他其实内心里真的并不是一个万恶的坏人，我就在刚刚才突然间感知到，可是，这种感知来得太迟了，我心里好难过！"

"我能够理解你此时的心情，所以我会替你请求塔克，让他们尽可能说服他……"

"谢谢你……"电话那端声音已经变得酸楚。

纪甪"逃跑"了。

其实在罗丽嘉等五人得救第三天，纪甪偶然从某小报上得到这一消息，他当时心里是大喜过望的。毕竟他日夜都在"思念"和"牵挂"着罗丽嘉，毕竟对于他来说，失去她，就像一部爱情童话里缺少了女主角。虽然之前的冰穴失败了，但新的冰穴即将启动，无论怎样，那里终将有一对最完美、华丽的冰棺属于他俩。他曾无数次想象当千年之后两人双双从融化的冰棺中复活，然后在全新的世界里重新开始新的生活的浪漫情景。到那时，他因为手中拥有让其他冰棺中的人复活的特权而凌驾于他人之上，但他仍愿意在亲爱的丽嘉面前俯首称臣，因此，在未来新世界里，罗丽嘉才是千灵之主，万物之王！

只是，等他放下手头的工作循着报纸所透露的踪迹前去寻找罗丽嘉时，他却意外发现她和许多刑侦专家及警察在一起。做贼心虚的他于是躲在暗处观察他们的动向，并通过买通新闻记者打探消息，然后，他终于被那些突如其来的信息吓到了。

这不可能！她是怎么做到的？他内心充满疑惑和惊讶。

可收监令上明明就是你的名字！内心开始发毛的纪甪提醒自己。

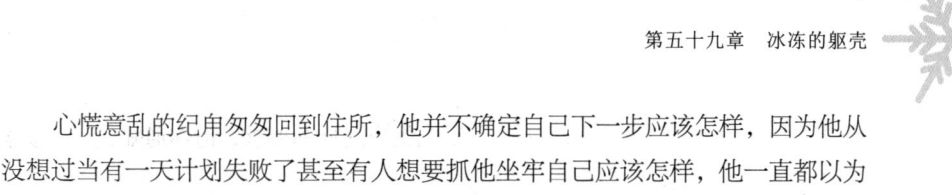

第五十九章　冰冻的躯壳

心慌意乱的纪甪匆匆回到住所，他并不确定自己下一步应该怎样，因为他从没想过当有一天计划失败了甚至有人想要抓他坐牢自己应该怎样，他一直都以为克里帝安是他最后的对手，他简直自信得过了头。所以，此时他方寸大乱。

他先是草草地收拾行李，收拾到一半的时候他突然感觉那种令他恐惧的折磨又来了，他知道那个该死的魔鬼又要趁机抬头了，他已经闻到它的气息，它喘着粗气，从心脏那个位置一直往上蹿，直至想要扼住他的喉咙，于是他的思维渐渐混乱、神情渐渐恍惚、接着是一阵排山倒海的头痛、恶心……

纪甪惊慌地跑去卧室，想要找到他的涂鸦日记，可他转了好几圈都没找到。

"该死，真是倒霉透了！"他恶狠狠地骂着。情急之下他不得不随便拿了支笔在卧室的墙上乱涂乱画，是的，他根本不知道此时应该画点什么，只是，在潜意识里，他想努力使自己按原来的法子接通"导线"，好让那只邪恶的魔鬼自惭形秽地乖乖溜走。

"和你较量我还是有点经验的！"他喃喃自语。

可是，这个法子根本不管用了。此时，他已经明显感觉到，一切都来不及了，那个囚禁了他十几年的害他与世界隔绝的真空泡沫突然在他眼前爆开了，于是，来自真实世界的气浪，犹如一记猛拳，将他一个趔趄推向墙角，耳边即刻传来异常清晰而急促的警铃，他自己也如同一个早已习惯了高压氧却被突然扯掉氧气罩的危重病人，完全失去了呼吸真实世界空气的能力。

纪甪瞬息间崩溃了。世界在他面前成了透明的，从此不会给他任何的逼迫和压力，他扔下手里的东西轻快地打着赤脚走上了街道，光着脚板走在街上的感觉真好，像小时候在乡下玩泥巴的清新感觉。

此时的纪甪灵魂已经散了，他完全成为一堆没有精神的行尸走肉，或是一具地地道道的躯壳，又像一只没有生命的风筝，他不知自己即将飘往哪里，或者只是随风而逝。

他隐隐听到了来自彩悉的呼唤，那甜美的声音忽近忽远，他循着声音一路往前，并开始慢慢奔跑，恍惚中他似乎被什么东西剐蹭了一下，还似乎听到有人在恶狠狠骂他，可是，他越跑越快，根本停不下来。

彩悉，你要带我旅行吗？可是我忘了拿上车钥匙和地图！噢天哪，这是哪儿？为什么有那么多的眼睛在盯着我？天哪，这又是在哪儿？我好像穿过了许多树林，现在，我看到了什么？好多冰！是冰山吗？你怎么会知道冰山是我的钟爱？我已经在那里挖了好多洞，我记得妈妈曾说你也躺在身边堆满冰块的地方。

是的，我原本也想叫上丽嘉一起的，可是她去哪儿了？她总是令人难以琢磨，其实我根本凌驾不了她，她的主见和坚持是我俩永远无法合作的致命伤，所以算了吧，不管她，有彩悉你在身边就好了！彩悉？彩悉！你在哪儿？我看不到你……

纪甬恍恍惚惚地朝冰山深处跑去，也许奔跑让他汗流浃背，因为此时他感觉到热浪在不断地朝他身边汹涌，他便边往冰山上爬边往下撕扯衣服。有些地方太陡了，他爬到一半连人带冰翻滚下来，许多伤口开始流血，他根本觉察不到。

彩悉，我来了，你那里是不是着火了？我好热，热浪让我感觉窒息。

纪甬一直不停地碎碎念，他甚至听不到自己在说什么，这个世界在他心里彻底消失了。

两天后，人们在FOX冰山某个山坳里，发现了已经冻成冰坨的纪甬，他全身赤裸，伤痕累累、皮肤铁青。人们可以想象，他一定是在深夜零下四十几摄氏度的低温里活活冻死了。

当罗丽嘉听到这个消息她再也控制不住自己的情绪，她甚至在瞬间迷失了，这就是生命的意义吗？她曾经向往的爱情，如今成了什么？像冰一样脆弱，摔得支离破碎，连同那些浪漫的记忆。

而当她前去拜访另一位资深心理专家，那位专家的话终于让她从迷雾中惊醒。她说：一个抑郁的人内心总有许多纠结和愤怒，当他无法释放那些情绪的时候，就会变得内向。而那一时刻他是最需要有人拉一把的，不然，他就迷失了。

所以，罗丽嘉不知道自己是不是就在那个时期认识了纪甬，并与他谈起了恋爱。但她至少在那些日子里，对他的不开心不快乐有所感觉。可当时的她仍是单单喜欢被人哄着宠着爱着的小女孩儿，她从来没在内心问过自己，他为什么不开心？我应该为他做些什么？在爱情里，她大多数时候在做专享者，而不是参与者。在所有的事物规则里，参与者是需要互动和共鸣的。

还有学业呢？你聪明能干有魄力，然后你用你强大的智慧和它支持下的"博大精深"战胜了你曾经的爱人，然后送他上了断头台。

她越想越怕，越愧疚难当。痛和悔恨同时在摧残着罗丽嘉，于是她把自己反锁在屋子里哭得歇斯底里，稀里哗啦。这一定是她余下的生命中的一个大大的死结，或者她将把自己送入一个致命的死循环。她即将被这些自制的枷锁囚困起来，成为自己灵魂的罪人……

第六十章　帕尼克的乐队

纪甪事件之后，罗丽嘉不得不接受了一段时间的心理健康辅导。加之她毕竟心理状态还好，因此，她很快恢复了往日的开朗和平静。

只是在经历了这些之后，她真正成为成熟的女孩。她懂得珍惜身边所有的亲人和朋友，她懂得当遇到事情也应该从别人的角度考虑和理解，这样既尊重了他人的感受，又可以使彼此相处愉快。

帕尼克那条残缺的腿装上了假肢，虽然无法奔跑，但他至少又可以像正常人一样来回走动了，为了庆祝他重新获得行动的自由，他决定再次和静芝合作一场乡村乐手原创音乐会，音乐会的地点选在帕尼克家乡——奥克兰北端的SANDSPIT（仙德司必德）小镇。

罗丽嘉特意腾出时间前去捧场。经历了一场大事件之后，大家彼此成了非常默契的至交。

罗丽嘉永远不会忘记帕尼克当初毫不迟疑地把自己身上最值钱的欧泊石护身符给她的情形。虽然此时护身符已经挂回帕尼克的脖子上，但她将永远感激他当时对她生命的期许和慷慨。

装上假肢的帕尼克仍是个健壮的男人，他皮肤黝黑、脸膛红润，全身透着年轻的活力。看到他恢复成这样，罗丽嘉为他感到欣慰。静芝则依然一脸小鸟依人的甜蜜感。

音乐会因为没有过多的宣传前来的人并不多，但罗丽嘉完全能够理解他们只是为了表达内心那种难以言表的快乐和幸福，而不是为了表现他们的音乐水准有多棒的本意。

当然，她依然能够看到两人的认真。她欣赏他们的认真，因为她自己一直认为认真是一种非常负责的姿态，假如你内心充满敷衍、愚弄甚至欺骗，从事任何事业都会付出代价。

　　此时，两人正边演奏边唱那首《那天是星期天，这个事说来话长》。

　　帕尼克边弹奏边介绍："这是一首还没来得及写完的歌，是我俩的原创，我们经历了一场生死灾难，在那场特殊的经历中，我们所有人经受住了考验，在这里，我要大声地宣布，我爱你们！我爱这个世界和属于这个世界的一切！"

　　助手配上了当时拍摄的营救五人的录像资料，加上帕尼克动情的表达，所有在场的人都被打动了，罗丽嘉自己也激动得哭了，她边流泪边想：真是两个大傻瓜，今天是个高兴的日子，应该快乐才对！

　　她没有上前打扰他们，她在心里送上了对两人深深的祝福，然后默默离开了，因为她有理由相信他们两个一定会有一个幸福美满的未来！

　　罗丽嘉决定去医院把这个好消息告诉仍躺在重症监护室的苏C。她自幽灵谷昏迷之后，至今仍没醒来，虽然她腹中的孩子一天天明显有了生长的迹象，她自己却丝毫不见好转。

　　医生说这是一种罕见的因为休克时间过长引发的重度脑缺氧，重新醒来几乎没有可能。而且她身体的其他指标也都在随着腹中胎儿的成长一天天恶化，他们已经尽到了最大努力，但仍为这对可怜的母子的命运深感担忧。

　　罗丽嘉示意一直陪伴在医院的乔迈洛回去休息，她说今天她没别的事，可以在这里待到傍晚。虽然她和苏C的其他朋友及家人也都常来帮乔，但他一直很少离开他亲爱的妻子和未出生的孩子，此时，她明显感觉到，这个富有担当和责任的男人已经更加深沉和沧桑。

　　罗丽嘉轻轻坐了下来，她每次来看苏C总有说不完的话。

　　她说："我给你未来的宝贝起好了中文名字，女孩叫宝儿，男孩叫小贝，都是特中国的名字。当然了，如果你不喜欢，那我还准备了更多。"

　　她又说："亲爱的，你快醒过来吧，我知道你已经很棒了，自己身体都这样了，还没忘记当母亲的责任，你感觉到了吗？孩子也像你一样坚强勇敢，他在疯长，我眼见他一天天在长大。噢，我怎么忘了，那是你自己的肚子呀，它现在鼓得那么大，你肯定能感觉得到。"

　　"亲爱的苏C，看在乔的分上你快好起来吧，再这样下去他真的要撑不住了。你真应该好好看看乔迈洛每次注视你的痛惜眼神，他如今为你所做的一切，让我真切感受到了什么才是一个好丈夫。苏C，相比之下，你是幸运的，因为你的爱得到了爱的报偿……"

　　可是，每次罗丽嘉起身离开时都会感觉到失望，因为她手中放下的，依然是苏C冷若冰霜的手和她睡成床单一样的麻木。

两个月后的一天中午，罗丽嘉刚忙完了毕业论文的修改和打印，便接到了苏C的同班好友埃依娜的电话，电话里，她又急又喜地告诉罗丽嘉，医生发现苏C有异常反应，从各方面情形分析，他们认为她可能要提前生产。

"也就是说苏C要提前当妈咪了对吧？哎呀！那可太好了，好吧，我现在就出发，我要尽量赶在孩子出生前到达！"罗丽嘉挂上电话，兴奋地推掉了身边一切事务，立马赶过去。

车开到半路，埃依娜又打进电话来了。

"怎么样？生了吗？是儿子还是女儿？大人、孩子都还好吗？"罗丽嘉边加大油门往医院猛赶边急切地问。

埃依娜并没急于说出内容。她的犹豫让罗丽嘉的神经一下子绷紧了。

"怎么回事？说话呀！"她突然紧张得声音都变了。

"对不起，我什么都帮不了她，苏C她可能真的撑不过去了！"埃依娜撕心裂肺的哭，让罗丽嘉傻住了，她一脚踩下刹车，没勇气继续。

苏C的生命，也就在罗丽嘉踩下刹车的那一秒终结了，她拿自己年轻的生命从她崇拜的上帝那里换来了另一条生命。她耗尽最后一丝气息，成全了一个健康男孩儿的诞生。

苏C葬礼那天整个新西兰都在下雨。大片的雨幕如同站在墓前的人们内心的阴霾。一颗年轻生命的逝去，总有更多的痛惜和不舍。

罗丽嘉在心里默念：亲爱的，你曾经说，因为口渴，上帝创造了水。因为黑暗，上帝创造了火。因为我需要朋友，所以上帝让你来到我身边。可是又是因为什么，在我们依然相爱的时刻让我失去了你？也许上帝他自己也是自私的，他从来都是一个人，永远的孤独会让他偶尔也会嫉妒我们的亲密，于是他如此坚决地带走你。

抱在乔迈洛怀里的婴儿，他给他取名小乔治·贝洛，名字的字母音里既连着父亲又连着母亲。他还是那么小，不足三千克重，只是啼哭的力气却很大，也许他感知到了他生命中的第一个不幸……

第六十一章　回国

罗丽嘉决定回国了。其实她在学术上的突出表现为她赢得了许多优越的机会，比如奥克兰大学向她发出了聘用约请，希望她留下来从事教学或科学研究。另外，全球高校联合体Universitas 21也有意邀请她的加入。而半年前克里帝安为她申请的由国际生命科学学会发起的专门对生命科学研究成果进行监测监督的机构也已经通过了她的相关申请，只等她前去报到。

这些听着叫人心跳加速的前景诱惑统统被罗丽嘉否掉了。

蓝玫得知她的决定又喜又恼。一方面，女儿终于又可以回到她身边了。另一方面，从女儿的前途考虑，她认为女儿这样的决定并不明智。

叶梓瑄也一改她一心想要拉她回国的"自私"念头，搬来满屋子的理论想要说服她。

"你疯啦？"阿瑄急了。

"没疯啊，很正常！"

"我知道你经历了许多，可能受到了打击。可那么多好机会你都浪费掉太可惜了！其实你走时大家说的那些话都是开玩笑的。豆子早就弃学嫁人了，芊芊下半年也打算回广东了。"阿瑄嚷嚷道。

"她们都走了不是还有你呢嘛！"罗丽嘉拖着声调故意调侃道。

"我？算了吧，你也是知道的，我早就厌烦了这些乱七八糟的化学式和导码，所以，其实我早就打算好了，如果没什么好去处，我就和我心爱的他一起开大巴车，我才不管什么职业更赚钱什么职业更风光体面呢，喜欢才是硬道理。我喜欢跑在路上，我喜欢坐在大巴车上每天带着许多陌生的面孔朝城市的各个角落飞奔的感觉！而且即便就是算上我，我们两个要组建什么生物科研所也只怕是一个天真无邪的白日梦。所以依我看，抓住你眼下能抓到的，那才是活得靠谱的理想。"

"其实，我有个新打算，等回去跟你慢慢说！"罗丽嘉解释道。

"噢，原来是这样。"叶梓瑄总算松了口气。

第六十一章 回国

回国之前，罗丽嘉还有一个重要的决定。她决定要为自己的"安叔叔"——克里帝安教授做点事。对于安教授，罗丽嘉每每想起都感觉愧疚不安。如果他不是为了她，至今应该依然过得好好的，至少一切正常。可现在，虽然他手术成功，大脑的功能已完全恢复，但因为"FNO"病毒的作用，他仍失去了之前的一部分记忆。比如他已经完全不记得他曾带警察去FOX冰山解救罗丽嘉，他也不记得纪用在他们的庆贺派对上自残的事，他也完全忘记了自己曾潜进纪用的科研所，在那里当"卧底"做了大半个月的"侦查"。总之那段记忆仿佛完全被人从他的大脑中连根拔除了一般，什么印记都没留下。

假如他根本没从新闻画面中见到自己在那些事件中，他也许不会相信那些事是真实的，或者那根本就是别人的事，与他无关。可是，有些事件都已经成为公众事件，所以当他偶尔像倾听别人的故事一样听到或看到这些时，他会心里突然空空的，接着就是一种非常难过的感觉。就像一个被迷晕后挖去肾脏的人，当他清醒之后，除了那道深深的缝合疤痕时刻在提醒他那便是事实真相外，其他的他根本没什么印象。

这便是在克里帝安身上发生的。他时常为失去那段记忆而难过。虽然他表面上从来不说，罗丽嘉去拜访他时，他也极力表现出非常释然开怀的样子。

"我没事的，大不了就像提前得了一场老年痴呆，现在恢复得很好，记忆力也没有问题，我现在已经开始为回去上班做准备了。"克里帝安大概也担心罗丽嘉有心理负担，于是安慰她。

"我知道您恢复得非常棒！而且您比之前更精神了！"罗丽嘉说这话时心里酸酸的，毕竟她十分清楚，他不再是之前那个自信、神气、充满年轻活力的"安叔叔"了。

"怎么办呢？我很想帮帮他！"罗丽嘉在网上发了帖子。

结果，两天后她果然收到了一条令她眼前一亮的回帖。

"通常，物理删除的唯一补救办法是重新输入！"

对呀，我怎么就没想到呢？罗丽嘉兴奋地给他一排作揖和泪奔的表情包。

没错，重新输入，我只要按原来的时间顺序，帮他把在那段时间与他相关的大事件按原来的地点、人物和时间背景令其重新发生一次，也就是相当于重新把那些相关的事件录回他记忆的空缺处，除了时间不对称，其他即便效果差一点，应该没太大关系，假如他仍有残缺的记忆碎片重新链接上那就更好了。

于是罗丽嘉说做就做。她先做了电影编剧一样的工作，写了工作程序和运作大纲。然后又做起了制片、导演、策划，并先后邀请了她的同门师兄妹、霍思鲁

普、克伦威尔市的胖子警察甚至包括一些临时的群众演员。

替身应该不会影响效果,只要事件本身照原样发生!她想。

总之罗丽嘉在做这件事时非常卖力。

"当时你就站在那儿,然后我记得你发出的指令是:'摁住伤口,看样子非常严重!'"

"是这样吗?"克里帝安表现得十分配合。

"对,当时就是这样的,然后你说'拿毛巾或丝带把手腕勒住!马上送急救室!'"

"噢,对,好像有点印象!"他似乎真的回想起一点什么……

就这样,罗丽嘉把回国前的一个多月时间都花在了这件终于可以让她稍稍心安的事情上。

罗丽嘉要走了。蓝珍带着她十个月大的女儿前来送行。她如今的家庭是美满幸福的,这种感觉不必蓝珍说罗丽嘉也能感受得到,因为蓝珍看上去比四年前她刚到新西兰时年轻了许多,像是找回了她的第二个春天。

帕尼克气喘着赶来了。因为静芝前几天刚刚回了日本,而他和静芝在奥克兰北岸海滩一处最美丽的地方开的乐器馆暂时只剩他一个人打理,所以有些忙乱。平时两人依然可以自由地玩原创乡村音乐,而那些乐器的买家也一定会带给他们不一样的音乐话题。

克里帝安也来了。

"新西兰总理亲签了文件,要把EKNEBIL疫苗的重新研发交给AL-NKHBE研究中心了,你真的不考虑留下来帮我吗?"他注视着她,眼中充满恳切和期待。

"谢谢您的好意,我知道您能行!"罗丽嘉没有动摇。

"回去之后记得E-mill联络!"克里帝安感慨道。

"一定的!要知道,我一直都在忽略您是我恩师的身份而把你当朋友!"

"朋友,我最喜欢'朋友'这个词!"克里帝安快乐起来。

"还会回来吗?"帕尼克满脸的感伤。

"那当然,虽然这里留下过痛苦的记忆,但它让我成长,教我蜕变,它注定要成为我生命中不可磨灭的记忆。"

前来送别的人群当中,唯独没有乔迈洛的影子。这不能怪他,因为罗丽嘉并没告诉他自己确切要走的日期。因为罗丽嘉明白,他需要照顾没有奶水的婴儿,而且他内心的伤痛那么深那么满,她不想再添加更多……

第六十二章　关于那个新打算

罗丽嘉回上海之后做的第一件事，便是报了一个能够系统学习心理学、社会学、行为健康学等相关知识的培训班。其实她曾经的计划有许多，这包括好好上几天网和原来的朋友们聊聊，或直接找她们聚聚，然后买几本小说一路看一路来一次欧洲畅游。但与眼下她最想做的这件事情相比，她依然愿意让那些计划继续搁浅。

然后她自己也买来大摞的书籍，比如约瑟夫·哈里南的《错觉》以及N佩塞施基安《种子与大树》日夜恶补，间或也奔波于办理心理咨询机构的相关事宜中。

还没等罗丽嘉开口呢，叶梓瑄已经猜出了大半。

"这是要开心理诊所的节奏啊！"

"暂时是这么打算的，等我拿到了资格证就开始上岗。"

"看样子还是纪用的事影响了你！"叶梓瑄带着几分担忧看着罗丽嘉。

"不只是他。你记得咱们班那个来自河南的黑瘦小男生吗？他一直坐在教室的最后排，他喜欢独自唱歌和自言自语。"

"当然记得，他后来休学回家了！"

"还有隔壁517宿舍的艳艳，她经常因为听到不顺心的话或看不惯什么事突然间歇斯底里地大吼，而且一吼就是十几二十秒，直到她感觉舒服些了才能停。"

"没错，我讨厌那家伙，有一次在洗手间我还和她大吵了一架！"

"他们就生活在我们身边。我是说，那些可怜的心理上有问题的家伙就在我们当中，而且，也许一直非常正常的人，如果突然遭遇了不幸的事件或打击，心理上受到了伤害，也会变得不太正常，他们遇到相同的事就会做出和原来完全不一样的反应。"

"我能理解，其实有时候我自己的内心也挺脆弱的。"叶梓瑄随手拿起一本

书轻翻了几页，神情悠然地说。

"其实，纪甪的事，的确让我感触蛮大的，当亲自经历了一些事情，然后我决心站在他的位置上体会他从十四岁内心受到伤害的感觉的时候，我才慢慢体会到了他当时的痛苦和无助，同时也在猜想，如果有人及时看到了他内心的伤和痛，也许就不会有后来这些事。"

"对呀，善恶本来就是一念之差！"

"不，不是的，这与你说的善恶是不一样的概念，他的心理状况扭曲之后，他自己已经无法判断是非曲直，所以，即使他根本不存在恶意，依然会做出有伤害性的事。"罗丽嘉表情严肃地望着远处。

罗丽嘉沉默了一会儿，拿出手机指给叶梓瑄。

"给你看看这些帖子，都是我从网上搜罗到的，在我看来，都是些心理求助信号。"

"这是第一个：'我是一个懂得奋斗的人，可是不知为什么，不管我再怎么努力都感觉眼前每个人都过得比我富有、比我舒坦、比我幸福，本意上，我是想用良好的心态hold住它的，可一点一点的迹象在压迫我，那不是我心理上的比较，而是残酷的现实差距，于是我感觉自己真的hold不住了。'"

"第二个是个中学生。他说'今晚下半夜我注定要在街上流浪了。因为我和父母赌气离家出走了，我兜里只有五块钱，网吧会在四块九毛九时善意地提醒我离开！好吧，但愿我能活到明天！'"

"那孩子不会出什么事吧？"叶梓瑄惊叫道。

"有没有事只在一念间，当他发这种帖子的时候，正是他的心理极度脆弱的时候，他没勇气回家，而深夜的流浪会加剧他的冲动和痛苦。"

"所以，对于心理健康的人，他们也许可以忽视生活本身的不幸或不美满，而心理畸形却让他每时每刻都充满痛苦，无论他是高官或是富豪。而且，对于延长寿命这个课题，那无疑是对心理有创伤的人的延期酷刑。所以，我的深刻感受是，让人们把当下活出精彩也是一门大学问，然后才去考虑EKNEBIL疫苗的事。"

"不错，没白出国一趟，一回来这思路立马开阔了，着眼点也长远了，真是大不一样了。"

"别先急着夸我呀，我是来收买你的，跟我一起吧？你那么细心体贴，很有心理老师的素质。"罗丽嘉美言道。

"真的？我自己怎么就没感觉出来呢？"叶梓瑄自持地嬉笑着。

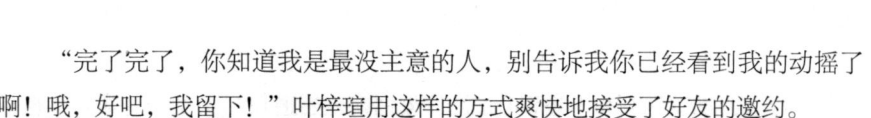

第六十二章　关于那个新打算

"完了完了，你知道我是最没主意的人，别告诉我你已经看到我的动摇了啊！哦，好吧，我留下！"叶梓瑄用这样的方式爽快地接受了好友的邀约。

罗丽嘉感激得只差亲密拥抱了。

"你打算怎么做？我是说，资金问题。钱从哪儿来？咨询一般都是公益服务的，没钱你将来吃什么？你总不能让你父母帮你把这个钱也一起出了吧！"此时叶梓瑄拿到了主动权。

"当然要向民政部门申请资金，我们也可以去大的企事业单位拉赞助，总之一开始肯定要吃点苦的，但什么事业都有个创业过程。"

"好吧，如果资金没问题的话，现在说说你的具体打算吧！"

"往小了想，办一个像样的心理诊所。往大了想，应该让这种服务像路边报亭一样遍地开花，而且，网上也要设立专门的服务机构。只有这样，那些离家出走四处流浪的孩子、投资破产的商人，或大吵一架的夫妻才会在走投无路时随时走近我们。他们不是真正的病人，只是需要一些心灵上的交流或疏导，也许只是需要比正常人更多的倾诉。其实，他们内心的那点阴霾，只与我们的阳光相差一步，不到一米之遥，我们在关键的时刻拉他们一把，他们也就重新回到阳光里。"

"有了，我们的第一诊所就叫'一米阳光'好了！"

"'一米阳光'？好啊，就叫'一米阳光'！"罗丽嘉为这个形象生动的名字而兴奋起来。

"不过，我们自己要先像海绵一样饱和起来，才有足够的能量补给别人，所以我打算先上进修班，如果有必要我们也可以去国外学，把那些经济发达国家的成功经验吸取进来，和我们国家已有的经验互补。而且之前我还从我的导师克里帝安那里得到一点启发，那就是，也许将来人们可以把'FON'病毒研究有效控制在治疗异常记忆的范围内，那样的话，它就可以成为正能量，可以帮那些心理上受过创伤的人把那些痛苦的记忆删除掉，没有阴影就不会有心理后遗症。"罗丽嘉内心充满奋斗的激情。

"而且，也许应该有个完整的测试标准或软件，这样随时可以让每个人在平常事件的反应中有个自我判断的标准，如果离标准远了，自己就会非常清楚最近心理有些偏离了，尽快调整一下。还有，对于家庭成员相互间的安慰和鼓励也很重要，对于有问题的人，我们有义务接触到他们的家人，与他们的家人做好交流与沟通，以达到相互配合共同努力的目的！"

"这么一来,还真有帮帮他们的冲动了!"叶梓瑄咕哝道。

"什么?难道你刚才不是真心的?"罗丽嘉疑惑道。

"没有啊,我是说比之前更冲动了!"

"噢,吓我一跳,还以为你又变卦了呢!"

"怎么会呢?骗谁也不能骗你呀,谁让咱俩是闺密呢!"

"哎,只顾着说我的事了,你呢,和那位喜欢开大巴的男朋友怎么样了?哪天带他出来认识认识啊?"

"挺好的呀,已经很亲昵的那种了呢。认识一下就算了吧!"

"怎么?长得不帅没信心?"

"恰恰相反,是长得太帅了怕你抢!"

"说啥呢?我罗丽嘉是那号人吗?有信任危机还算什么闺密,白认识你这么多年!"

"哈哈哈,开玩笑的啦,明天吧,明天我俩都有空,一起请你吃个饭!"

"这还差不多!请客就免了吧,别忘了,咱们现在可是无产阶级!"

两人闲扯着直到夜深。上海的夜,依然那么美,此时在罗丽嘉心里,它也幻化出无限的温馨,有亲情和友爱的缘故吧……

第六十三章　和你在一起

两年后，"一米阳光心理咨询中心"已经成为上海家喻户晓的心理服务机构，在其他城市的连锁机构也陆续展开中。他们采用全国联网机制，只要你在某地登记了访问信息，随便你去往哪个城市，随时都可以走进当地的"一米阳光"，按最初制定的访问计划跟进服务。从提供服务的工作和继续学习的忙碌中，罗丽嘉感受到了被认同和被需要的自信和快乐。余暇时，和朋友们待在一起，聊聊天、喝喝咖啡，或逛逛街的日子也很美好。总之，罗丽嘉的生活重新步入正轨。

只是，另一种感觉正慢慢侵扰她，尤其当她独自待着的时候。不知何时起，她内心爱上了一个人，起初只是淡淡的牵挂和思念，后来当那种思念越来越强烈，强烈到想到他她就脆弱到想要像小女孩一样哭鼻子的时候，她知道那便是爱的感觉了。

这可是她第一次主动去爱上一个人。如果说当年和纪用在一起是因为她只是对恋爱充满好奇和憧憬，而且又感觉纪用还算是个不错的对象，于是，不由自主地想要进入恋爱角色的话。那么这次，她内心已经真正成熟了，是一种对男人的爱慕和向往。他洒脱、浪漫、自由而真实，这便是她爱上他的全部理由。

其实他们已经好久没联系了。当她从新西兰离开，她与他只通过几次简短的电话，有时只是相互问候一下，其实罗丽嘉拿着电话的时候一直没勇气说感情的话题，于是每次她都后悔到痛骂自己。只是下一次，她仍不知道对方此时的内心是怎样的。

"好吧，感情的事，顺其自然！"罗丽嘉安慰自己道。

只是不知道，乔迈洛他此时真的好吗？他的婚姻和家庭遭受了那么残酷的打击，他自己究竟是怎样面对突然的孤寂和沉重的压力的？他已经学会照顾和他一样可怜的小贝了吗？是的，小贝，那个小可怜的中文名字还是她帮他取的。乔一

定在内心想要把这个自出世便失去妈妈的小男孩儿照顾得像他自己当年一样健康而富有活力。

好吧,我承认自己爱上他了,除了乔迈洛,我已无暇顾及其他男人!罗丽嘉时常躲在角落里边哼唱那首叫作《我们的吻》的情歌,边嘲笑自己再次为爱情沉沦。

《我们的吻》

你怀念吗?
我们的亲吻
它让我窒息
让我泪流不止
世界从此变成奇幻的颜色
我的心没了退路
相信你也是真心的
你的热烈,带着灼伤的温度
那是我们爱的唯一见证
可是,你忘记了吗?
好久没有音讯
每晚我吞尽寂寞
还是,你根本不知
我已深深地爱上了你
I LOVE YOU I MISS YOU
为了爱,我愿葬身火海
把梦也一起烧光
火光中,我奋不顾身扑向你
我们拥抱,我们亲吻
你怀念吗?
我们的亲吻
它让我窒息
让我泪流不止

第六十三章 和你在一起

它是我们爱的唯一见证
为了爱,我愿葬身火海
把梦也一起烧光
火光中,我奋不顾身扑向你
我们拥抱,我们亲吻

某天下午,业务不太忙碌的时候,罗丽嘉正与往电脑里输送来访者信息的叶梓瑄讨论增加户外心悦会员数量的事。

"他们多数是成年人,所以只要提前做好安全约定,管理上应该没有问题。"罗丽嘉自语着。

"马丽说她丈夫变卦不能来了,她没有登记其他亲属信息。"

"她所有的不幸都是因为他,所以遇到一个不负责任又自私的丈夫比遭遇一场惨烈车祸的后果还严重。"罗丽嘉愤愤道。

"每到这个时候,我都有想劝她离婚的冲动!"叶梓瑄也在感慨。

这时,门口进来一个手捧大束玫瑰花的帅气小男孩儿。因为花束太大、孩子太小的缘故,他看上去快被花束斜斜地绊倒了。

"快帮帮他!"罗丽嘉对站在小男孩儿身边的助手金妮吩咐道。

"他可真帅,看上去像欧美混血儿!"金妮边帮他接下花束边惊讶地感叹道。

"他有一双漂亮的墨蓝色大眼睛!而且,我感觉这双眼睛好亲切好熟悉!"罗丽嘉紧紧地盯着小家伙儿的眼睛看了足足10秒钟。

"请问您要找哪位?您是替家人来送花的对吗?"金妮亲切地躬身问小男孩儿。之前,她们也收到过这样的答谢礼物,所以,通常情况下,她们都在猜测是哪位咨询师今天中奖。

"我叫小贝,我们从机场那边来,去找名字叫Ruijia的中国妈咪!"小孩子中文说得不太溜,但基本上表达出了他的意思。

他的话令全场愣住。

"丽嘉,是找你的吧,Ruijia不是你的英文名字吗?"叶梓瑄最先缓过神来。

"小贝?难道他是苏C的儿子小贝?是的,那正是她的一双眼睛!"罗丽嘉惊讶万分。她喜出望外地迎了上去,她隐隐感觉到,苏C是以这样的方式再次与她相见了。

此时,门外又走进来一位像明星Robert Pattinson一样高大英俊而又稍有腼

腆的金发男子。

大家更傻了,仿佛今天是男神节一样,各种的意外。

罗丽嘉激动起来,那正是她日夜思念的乔迈洛,他竟然在没有任何预兆的情况下突然出现了。

"乔,你怎么来了?"她的声音在颤抖。

"哦!我,上海一家造船厂招新锐船舶设计师,我递了简历之后上周收到了约聘通知。也就是说,我今后要来上海工作了。"乔迈洛一副淡然而平静的语气。

"真的?那可真是太好了!"罗丽嘉兴奋到想要欢呼。

可转眼她又有些失落。因为她心里想要的是另一个答案,她想乔迈洛是为了她而来,而不是什么船舶或工作。

于是她失神了一下,也许别人并未注意到。

但不管怎样,乔迈洛父子俩驻扎上海了。他们租住的地点距离罗丽嘉的公寓并不远,于是,罗丽嘉至少可以经常见到他们,或他们也常过来接她一起吃饭或游玩。

有一天,罗丽嘉因为自己对乔迈洛爱的情绪已经压抑太久而正感觉难过时,乔迈洛关切地问她:"怎么了?不太开心的样子!"

罗丽嘉最初只摇摇头说没什么,可她再也控制不住了,于是她突然满眼深情地向他乞求道:在一起好吗?

于是令她意外的一幕发生了,她们漫步的海滩边,无数张陌生的面孔一起向两人身边涌来,他们把两人紧紧地围住,然后在他们手中迅速传递开一条写着"我们在一起"的横幅。

"怎么回事?"罗丽嘉疑惑地看着这一切,喃喃自语。

就在这时,叶梓瑄她们也突然从人群中冒了出来。她手拿扩音大喇叭边装模作样地指挥边高声呼喊:

"在一起!"

"在一起!"

"在一起!"

于是她的声音刚刚落下,成千上万个声音一起齐刷刷喊了起来。

"在一起!"

"在一起!"

"在一起!"

第六十三章 和你在一起

罗丽嘉满脸疑惑地盯着乔迈洛，等他给出一个合理的解释。

"亲爱的，别紧张，我一直想要告诉你，其实来上海工作唯一的理由就是想要和你在一起！今晚，我特意为你安排了求婚仪式，你知道的，我下面的台词很简单，请问你准备好了吗？"

罗丽嘉终于恍过神来，她激动得不知如何是好。

"那么，嫁给我好吗？"乔迈洛单膝跪地，请求道。

罗丽嘉并没急于答应。

叶梓瑄此时沉不住气了，她一看罗丽嘉一副无动于衷的样子，跺着脚直嚷嚷"快答应呀！急死人了！还在犹豫什么？"

罗丽嘉又迟疑了10秒。

等到大家都心跳加速害怕会出状况时，罗丽嘉终于开口了："我是故意让你们着急的，我自己，早就盼着这一天了！"

"好啊，你个丽嘉，到这时候了还耍我们，看我们怎么收拾你！"

"救命啊！非礼啦！救命啊！"海滩一片欢歌笑语声……

几个月后，罗丽嘉生了一个女儿，她给她取名叫苏宝儿。然后又给小贝的户口本的名字上也改成了苏贝儿。她心里在想，等到两个孩子长大懂事了，她会告诉他们还有另一个妈妈一直在爱着他们全家。

四年后，某小区某单元门口，男主人上班前匆匆与女主人道别。然后女主人自己也急匆匆从车库里取出车，边小跑着上楼招呼孩子们下楼，边从餐桌上拿了块面包塞进嘴里，顺便唠叨着：完了，完了，又要迟到了，小贝牛奶喝光了没？今晚爸爸接你和妹妹、妈妈开会，宝儿快点，怎么回事？衣服又穿反了，嘴上怎么回事？你又偷吃牙膏了？跟你说过多少次了那东西不能吃，里面有摩擦剂、发泡剂、温化剂、稠化剂、调味剂、防腐剂、氟化剂，这么多不能吃的东西你究竟喜欢上哪一样了？

……

也许，这个快乐又匆忙的四口之家就生活在你的身边……

后记

不知不觉中,已经把想要表达的全部写出来了。随着人物的成长,我自己也从中收获了许多,包括在写的过程中,我能够深深体会各个角色的喜怒哀乐。所以尽管表达也许不尽如人意,但我作为作者,却感觉他们在我心中活了起来,回头再想那些情节的时候,不需要任何文字,好像只是在回忆我自己的过去……

无疑,对于正常人来说,青春是人生最美好的季节,它朝气蓬勃、活力四射、热情奔放、五彩斑斓……然而凡事都有例外,例外的人生,例外的青春……让我们一起关注青少年的健康成长,尤其关注他们心理的健康成长,为他们能够拥有美好的青春而做出一些努力。比如,尽最大努力保护好他们不受伤害,比如拒绝家长式说教,比如与他们以朋友的方式去相处和交流……